Nina Blazon

Ich träumte von einer Bestie

Roman

HarperCollins

1. Auflage 2023
Originalausgabe

Gesetzt aus der Stempel Garamond
von GGP Media GmbH, Pößneck
Druck und Bindung von GGP Media GmbH, Pößneck
Printed in Germany
ISBN 978-3-365-00300-8
www.harpercollins.de

Klimaneutral
Druckprodukt
ClimatePartner.com/15109-2009-1001

MIX
Papier
FSC FSC® C014496

Tag und Nacht

Der Jäger hat schöne Hände. Sie sind glatt und makellos, kein einziges Haar wächst auf den Handrücken. So schmal und feingliedrig, wie sie sind, könnten sie vielleicht sogar die Hände einer Frau sein. Meine Augen haben sich an die Nacht gewöhnt, im Mondlicht erkenne ich jedes Detail. Ich sehe das Eisen des Gewehrlaufs wie dunkles Wasser glänzen und sogar die Silberintarsien in Form von drei Lilien im Holz über dem Abzugsbügel – blank poliert und ebenso mondhell wie die Hände. Nur das Gesicht des Jägers bleibt auch diesmal verborgen. Zu tief kauert er im Mitternachtsschatten einer Tanne. Lediglich ein Innehalten verrät, dass er mich entdeckt hat. Es ist nur eine Verschiebung in den Schatten, die Pause im Atmen, die ich aus der Stille des Waldes deutlich heraushöre, eine Verdichtung der Atmosphäre, in der die Gefahr als Gänsehaut auf meinem Körper fühlbar wird. Ich weiß nicht, warum meine Sinne all das wahrnehmen können, schließlich bin ich kein Tier. Ich bin einfach nur ich.

Unter der Tanne verrät die Ahnung eines Raschelns eine vorsichtige Gewichtsverlagerung. Ich halte den Atem an, spüre die Hitze von Adrenalin in die Muskeln schießen. Der Puls pocht in meinen Armen und in den Fingern, die sich in Moos und Totholz krallen. Über die Lichtung hinweg starrt der Jäger mich an. Ich spüre es. Weiß es. Und höre den Schuss, während ich mich schon herumwerfe und in die Richtung fliehe, aus der ich gekommen bin. Ich warte auf den Schmerz, der mich straucheln und stürzen lässt, doch die erste Kugel hat mich verfehlt. Während ich fliehe, frage ich mich, warum ich mich auf Händen und Füßen durch das Unterholz kämpfe. Ich bin viel schneller, wenn ich mich aufrichte und renne. Es ist Unrecht, flüstert es in mir. Ich bin doch kein Jagdwild. Aber der Mann mit den schönen Händen wird mich jagen, solange noch Atem in mir ist. Der zweite Schuss lässt einen Tannenast bersten. Splitter und Nadeln regnen auf meine nackten Schultern. Harzduft und der beißende Rauchfleischgeruch von verbranntem Schießpulver hüllen mich ein, als ich wieder auf alle viere falle. Und während sich Schritte nähern, starre ich keuchend vor Entsetzen auf meine Hände. Denn es sind nicht länger meine Hände. Sie sind kompakt und fingerlos, dicht mit Fell bedeckt. Wie die Pfoten eines Tieres.

*

»Iris«, flüstert jemand an meinem Ohr. »Iris, wach auf!«

Eine Berührung an meiner Schulter lässt mich heftig zusammenzucken, dann verblasst der Wald zu einer Wand mit weißer Raufasertapete, an der ein zerkratztes Snowboard lehnt. Es riecht nach kalter Pizza und neben mir liegt Simon, auf seinen Ellenbogen aufgestützt, im schmalen Gesicht eine Kissenfalte, die sich quer über seine Wange zieht. *Ich bin noch in seiner Wohnung?*, denke ich benommen. *Und warum ist es hier so hell?* Auf dem Regal über dem Bett springen die Ziffern auf dem Radiowecker auf Punkt sieben Uhr. Erschrocken will ich hochfahren, doch auf der Stelle wird mir schwindelig, glühende Mücken verengen mein Sichtfeld und so sacke ich wieder in die Kissen zurück, zittrig und atemlos, als wäre ich immer noch auf der Flucht.

»Hey, langsam.« Simon streicht mir über den Arm. »Das muss ja ein schlimmer Albtraum gewesen sein.«

Ich muss mich räuspern, um sprechen zu können. Immer noch rast mein Herz. »Keine Ahnung, ob es ein Albtraum war.«

»Willst du mir im Ernst erzählen, dass du nichts mehr davon weißt?« Er mustert mich so aufmerksam, dass ich unwillkürlich die Decke bis zum Kinn hochziehe. »Du hast gewimmert und so wild gezuckt, als wäre jemand hinter dir her«, fügt Simon hinzu. »Ehrlich gesagt, wirkst du immer noch, als hättest du ein Gespenst gesehen.«

»Kann schon sein«, murmle ich. »Ich erinnere mich nie an meine Träume.« Ich weiß nicht, ob er mir glaubt. Doch für berechtigte Zweifel kennen wir einander noch nicht genug, also wird mein Lover für heute mit dieser Ausrede leben müssen. *Mein Lover.* Die Bezeichnung habe nicht ich mir ausgedacht. Meine Mitbewohnerin Renate nennt ihn so, seit ich mich zum zweiten Mal mit ihm verabredet hatte.

Er sieht mich immer noch zweifelnd an. Hastig weiche ich seinem Blick aus und reibe mir die Nacht aus dem Gesicht. »Tut mir leid, dass ich dich geweckt habe.«

»Keine Sorge. Das hast du nicht. Der Hund tigert bereits seit einer Stunde hellwach in der Wohnung herum.«

Und so lange liegst du schon wach neben mir und beobachtest mich, während ich schlafe?

Verstohlen prüfe ich, ob ich mein Top noch trage. Dabei gibt es keinen Grund, nervös zu werden. Schließlich bin ich freiwillig hier. Gestern hatten wir uns in einem kleinen Szeneclub in Simons Viertel verabredet. Wenig Licht, viel Theke, pulsierende Bässe, die im Zwerchfell zu spüren waren. Tanzen, bis wir kaum noch Atem für unsere Küsse hatten. Blicke und Berührungen, die dazu führten, dass ich Simons Einladung zu ihm nach Hause nur zu gerne gefolgt bin.

Doch hier im Morgengrauen fühle ich mich nun wirklich wie in einem Albtraum, und zwar in einem von der Sorte, in dem man sich plötzlich ohne Kleidung auf einem öffentlichen Marktplatz wiederfindet. *Wie konnte ich hier nur einschlafen?*

Simons vollgestelltes Schlafzimmer wirkt nun fremd und so verblasst wie eine alte Fotografie. Unter dem Fenster reihen sich seine Architekturmodelle, die er auf Instagram perfekt ausgeleuchtet in Szene setzt. Im spärlichen Kerzenlicht hatten die Miniaturgebäude heute Nacht wie verwunschene Feenhäuser gewirkt. Ohne diesen Weichzeichner erkennt man deutlich die Strukturen von Styropor und die Staubschicht auf den Moosgummi-Rasenflächen der Vorgärten. Mein sandfarbener Blazer und die helle Seidenbluse liegen vor der Modellsammlung, als hätte Gullivers Braut sie vor einer

Siedlung einfach auf dem Boden zurückgelassen – zusammen mit überdimensionierten Pizzakartons und einer halb vollen Flasche Rotwein. Simons Glas ist leer, der Wein, den er mir eingeschenkt hat, dagegen völlig unberührt. Ich trinke nie, wenn ich noch fahren will.

Simon mustert mich immer noch so intensiv, dass ich mich trotz der hochgezogenen Decke nackt fühle. Ja, ich weiß schon, warum ich niemals bei einem Mann übernachte. Es gibt nichts Intimeres als Tageslicht – vor allem, wenn zwei Menschen einander bisher noch nie bei Tag begegnet sind. In der sachlichen Helligkeit des Morgens fallen unter Simons Augen Schatten und tiefere Linien um den Mund auf. Hier sieht man ihm an, dass er siebenunddreißig ist. Und ehrlich gesagt, gefällt er mir so besser als in der Rolle des jungenhaften Idealisten, die er bei unseren Treffen spielt. Was das Tageslicht ihm gerade von mir enthüllt, kann ich nur vermuten. *Falscher Ort*, denke ich. *Falsche Zeit. Zu früh. Und schon gar nicht beim dritten Date.* Nervös zupfe ich den langen Pony und das fransig geschnittene Seitenhaar zurecht. »Lass doch«, sagt Simon sanft. »Es steht dir gut, wenn die Haare nicht so viel von dir verbergen.«

Er streicht mir ein paar glatte Strähnen hinter das Ohr und betrachtet mein Gesicht. »Ich … habe dich gestern nicht danach gefragt. Aber hast du dich mal verbrannt?«

»Ja. Vor Ewigkeiten.« So beiläufig wie möglich setze ich mich auf und kämme das Haar mit den Fingern nach vorne, bis es wieder fällt, wie es soll: Stirn, Wangen und Hals bis zu den Schlüsselbeinen umspielend.

»Das muss eine krasse Verbrennung gewesen sein«, setzt Simon vorsichtig hinzu. »Hattest du einen … Unfall oder so?«

Ich halte seinem Blick stand, obwohl mein Herz bis zum Hals schlägt. Wären wir verliebt, wäre das hier der Moment, an den wir uns später erinnern würden. *Weißt du noch? An unserem ersten gemeinsamen Morgen? Du hast lange gezögert, aber dann hast du es mir doch erzählt.*

Doch genau das ist mein Problem mit Tageslicht. In der Nacht zählt nur die Gegenwart, aber der Tag fordert Vergangenheiten ein.

Und Nähe beginnt erst dort, wo wir aufhören, nur Timelines und zurechtgelegte Storys zu teilen, und damit anfangen, uns unsere Geschichten zu erzählen. Die wahren Geschichten, nicht nur die Vorzeigeschatten. Und in den Sekunden, in denen das Schweigen immer länger wird, sehne ich mich tatsächlich danach. Doch wenn ich eines weiß, dann das: Manchmal endet Nähe, wo Wahrheit anfängt.

»Sorry, habe ich etwas Falsches gesagt?«, bricht Simon die Stille.

»Nein, alles gut. Ich … rede nur nicht oft darüber.«

Sein Blick zuckt sofort zum Stehkragen meines Oberteils. Die elastische Spitze bedeckt zur Hälfte meinen Hals. Simon beginnt offenbar nach einem Muster zu suchen, nach der Matrix, die meine Zurückhaltung erklärt. Ich weiß sehr wohl, welchem Bild ich nach außen hin entspreche. In jedem Hollywoodfilm gibt es eine auf mich zugeschnittene Rolle. Die Braunhaarige, deren Pony sogar die Augenbrauen verdeckt. Eine Unscheinbare in hochgeschlossener Bluse, die meist als beste Freundin der Heldin auftritt. Jemand, der die Kunst beherrscht, mit dem Hintergrund zu verschmelzen. Bisher war ich für Simon die Frau, die lieber zuhört als spricht und es nicht mag, wenn im Schlafzimmer Licht brennt. Ein stilles Wasser, das ihn dennoch überrascht hat – mit lakonischem Humor, ihrer Art zu tanzen und zu küssen und vielleicht auch mit der Tatsache, dass sie schon gestern mit zu ihm gegangen ist. Nun fragt er sich, warum ich mein Top heute Nacht auch dann anbehalten habe, als die Teelichter schon verloschen waren. *Verbergen sich unter dem Stoff möglicherweise weitere Narben?*

Simon schluckt. Es ist ihm anzusehen, wie unbehaglich ihm zumute ist. »Sorry, ich wollte nicht neugierig oder aufdringlich sein. Und im Grunde geht es mich ja auch nichts …«

»Es ist nicht halb so dramatisch, wie du vielleicht denkst. Drei Stichworte: Teenager, Alkohol, Silvesterraketen.«

Zwei Lügen in drei Worten. Das ist beachtlich, sogar für ein Pokerface wie mich. »Autsch.« Er verzieht ehrlich mitfühlend das Gesicht, »Das tut mir leid, Iris.«

Er zieht mich an sich und küsst die zu glatte Haut der Narbensichel, die sich von meinem Ohr bis über den Kinnbogen zieht. Hier spüre ich die Berührung seiner Lippen nicht, lediglich seinen Atem auf der Wange nehme ich wahr. Ich schließe die Augen, vergrabe meine Nase an Simons Hals und atme seinen Duft tief ein. Das ist das Verrückte daran, jemandem so nahe zu sein: dass man einen Geruch, einen Mund, ein Lachen lieben kann, obwohl man den anderen im Grunde noch gar nicht kennt.

Draußen in der Küche kratzt geräuschvoll Blech über Steinfliesen. Sicher der Futternapf, den Simons Hund über den Boden schiebt. »Wunderbar, jetzt sind auch meine Nachbarn wach.« Simon seufzt und setzt sich auf. Beim Aufstehen streift seine Hand an meinem Arm entlang. Die Berührung ist sanft, absichtslos, einfach eine Liebkosung. Sie weckt in mir die Sehnsucht nach einem Wir, das auch im Tageslicht Raum bekommt.

»Weißt du was?«, sagt er, während er sich streckt. »Ich füttere Fetti von Baskerville, dann mache ich uns Frühstück. Isst du gerne Omelette?«

Ich schaue zum Wecker, als müsste ich wirklich abwägen. Und obwohl es sich feige anfühlt, schüttle ich den Kopf. »Ich kann leider nicht bleiben, Simon.«

»Warum nicht?«

Weil ich für diese Bühne einfach keinen Text habe? Weil Mut noch nie meine Stärke war? Weil Drei meine Unglückszahl ist? »Weil … ich längst schon zu Hause sein sollte.«

»Verschweigst du mir etwa, dass dort ein Mann und zwei Kinder auf dich warten?«

»Drei Kinder«, kontere ich im selben Tonfall. »Und zwei Männer. Nein, im Ernst, Simon: Auf mich wartet nur Arbeit.«

»Heute?« Er schüttelt irritiert den Kopf. »Seit wann haben Behörden am Sonntag geöffnet?«

»Ich habe mir ein Projekt mit nach Hause genommen.«

Simon sieht mich an, als würde er überlegen, ob ich ihn auf den Arm nehme.

»Du verlässt ohne Frühstück fluchtartig meine Wohnung, weil du dich sonntagmorgens freiwillig mit Statistik-Datenbanken beschäftigen willst? Wirklich eine dezente Art, jemandem mitzuteilen, dass er ein lausiger Liebhaber ist.«

Ich sollte auf das Spiel einsteigen. Doch die scharfzüngige Ironie unserer Abende wirkt im Tageslicht wie ein leeres Echo. Langsam sollte ich wirklich von hier verschwinden.

Wie aufs Stichwort surrt es in meiner Umhängetasche. Sie liegt zusammengesackt auf dem Nachttisch zwischen der Wand und einer Designerlampe. Ich muss ewig wühlen, bis ich das Smartphone darin finde.

Und die ganze Zeit steht Simon nur vor dem Bett und mustert mich auf diese wache, fragende Art, die mich noch nervöser macht, als ich ohnehin schon bin. Er scheint darauf zu warten, dass ich rangehe, stattdessen prüfe ich nur kurz die Nummer und lehne den Anruf ab. Dann hangle ich nach meiner Jeans, die zusammengeknüllt am Fußende des Bettes liegt. »Das nächste Mal bleibe ich. Versprochen.«

»Okay«, sagt Simon gedehnt. »Irgendeine Chance, dass du wenigstens noch einen kurzen Kaffee trinkst?«

»Ein andermal. Ich … habe wirklich viel zu tun.«

»Ach komm schon, Iris. Es ist ein Kaffee, keine Geiselnahme. Hey, ich bin einer der Guten!«

Und damit bringt er mich nun doch zum Lächeln. *Stell dich nicht so an*, höre ich im Geiste Renate sagen. *Menschen trinken Kaffee miteinander, wo ist das Problem?* Natürlich gibt es kein Problem. Dennoch kostet es mich viel, einfach zu nicken. »Also gut, überredet. Einen Kaffee.«

»*Überredet?*« Simon schnaubt ein fassungsloses Lachen. »Wow! Wirklich schmeichelhaft.« Er sieht aus, als könnte er sich nicht entscheiden, ob er gekränkt sein soll, aber dann schüttelt er den Kopf und steigt über die Reste des Pizzagelages, um seinen Hund zu füttern.

Ja, Simon ist vermutlich wirklich einer der Guten. Und das

schließe ich nicht aus den Beiträgen, die er im Internet likt. Aber vor vier Wochen war er zur Hochzeit seiner Jugendliebe eingeladen. Auf Instagram präsentieren sich der Bräutigam und Simon wie Brüder, einander locker die Arme um die Schultern gelegt. Natürlich kann auch das nur Inszenierung sein, aber wenn man weiß, wie man Querverbindungen filtert und wertet, dann schimmert das Muster eines Lebens hindurch, das Simon bei mir vergeblich zu finden versucht.

An der Tür dreht er sich noch einmal um. »Ich weiß noch nicht einmal, wie du deinen Kaffee magst.«

»Mittelstark, keine Milch, zwei Löffel Zucker.«

»Na, das ist doch ein Anfang!« Er zwinkert mir zu und schenkt mir das Lächeln, in das ich mich auf seinem Tinder-Profilbild verguckt hatte. Offen und völlig unverstellt. Und als ich es nun erwidere, glost in meiner Brust eine vorsichtige Wärme: die Möglichkeit, dass es mit uns doch etwas Richtiges werden könnte.

*

Die Anruferin von eben war meine Mutter. Da ich nicht rangegangen bin, hat sie gleich noch eine SMS geschickt: *Wir sind gestern gut angekommen, ruf mich zurück.* Was zwischen den Zeilen bedeutet, dass sie bei mir zu Hause den Speicher des Anrufbeantworters schon komplett mit dem Bericht über den Kurzurlaub auf Rügen gefüllt hat.

»Rocky, nein!«, höre ich Simon draußen rufen. Krallen klacken auf Parkett. Hundemarken klimpern und noch während ich aufblicke, drängt sich eine Mischung aus XXL-Hirtenhund und schwarzem Flokati durch die Tür, springt aufs Bett und – stürzt sich auf mich. Pfoten, groß wie Unterteller, schrappen über meine Oberschenkel, die Tasche rutscht mir von den Knien, Kugelschreiber und Autoschlüssel fallen auf den Boden. Hundeatem schlägt mir ins Gesicht, dann lappt mir eine nasse Zunge über Kinn und Mund.

»Rocky, aus!«, ruft Simon. »Runter vom Bett!«

Doch da habe ich Rocky schon reflexartig abgewehrt. Leider etwas zu resolut. Der massige Hund verliert das Gleichgewicht und reißt dabei den filigranen Nachttisch um. Simon kann gerade noch sein Surfboard abfangen, bevor es auch noch kippt und die Modellhäuser in Trümmer legt. Aber meine offene Tasche landet auf dem Parkett und hinterlässt eine Spur aus Kugelschreibern und losen Münzen. Rocky hat sich aufgerappelt. Glas klirrt, als der riesige Hund sich schüttelt und die halb volle Weinflasche und auch ein Glas zum Kippen bringt.

»Oh, Shit!« Simon packt ihn am Halsband und zerrt ihn von den Scherben des Weinglases weg. Ich renne in die Küche und hole Tücher, um den verschütteten Wein aufzuwischen. Als ich zurückkomme, hat Simon den Hund schon aus dem Schlafzimmer bugsiert.

Meine Tasche hat nur Hundesabber abbekommen, aber der Leinenblazer und die Bluse sehen aus wie etwas, das man an einem Tatort erwarten würde. Rote Flecken tränken den Stoff. Die Laune vergeht mir endgültig, als ich die Buchsendung entdecke, die ich gestern auf dem Weg zur Bar noch aus meinem Postfach abgeholt hatte. Das dünne Päckchen ist aus der Tasche gerutscht und liegt nun in der Lache von Wein. Ich schäle die durchweichte Verpackung herunter, schnappe mir in der Eile den noch trockenen, sauberen Blusenärmel und versuche damit zu retten, was zu retten ist. Doch der Wein hat sich bereits in das goldgeprägte Leinen des Buchrückens gesogen.

»Mann, das hätte schiefgehen können mit den Glasscherben«, sagt Simon beim Hereinkommen. Sorgfältig schließt er die Tür hinter sich. »He, was ist los? Du bist ganz blass.« Er setzt sich zu mir aufs Bett. »Hat Rocky dich erschreckt? Gestern sagtest du doch, du hast keine Angst vor Hunden.«

»Das heißt nicht, dass ich es mag, wenn mir fünfzig Kilo Kampfgewicht auf den Schoß springen.«

Simon seufzt und fährt sich mit den Händen durch das Haar. »Tut mir wirklich leid, Iris. Rocky ist aufdringlich, aber so schlimm führt er sich normalerweise nicht auf und … oh nein.« Er starrt auf die ruinierte Bluse. »Na toll, auch das noch. Gib her, ich weiche sie ein.«

»Nicht nötig, ich muss heute ohnehin waschen.« So gut es geht, rolle ich den Stoff mit den nassen Stellen nach innen zusammen und stopfe alles in das Seitenfach meiner Tasche. Rasch will ich auch das Buch verstauen, doch Simon hat bereits einen Blick auf das Titelbild erhascht. »Was ist das?«

»Nichts.«

»Zeig doch mal! Oder ist es ein Geheimnis?«

Seltsamerweise fühle ich mich ertappt. Nur zögernd hole ich das Buch wieder hervor. Wenigstens ist das Titelbild auf der Vorderseite nicht mit Wein befleckt. Es ist ein Kupferstich-Motiv und zeigt eine junge Frau mit einem Wolf, der auf zwei Beinen geht.

»Oje, der Einband hat auch etwas abbekommen?« Jetzt sieht Simon ehrlich zerknirscht aus. »Ich weiß nicht, wie ich mich noch entschuldigen kann. Das ist ein antiquarisches Buch, stimmt's?«

»Leider ja.« Der Gedanke, wie viele Jahrzehnte lang das Märchenbuch Generationen von Kindern und Käufern unbeschadet überstanden hatte, macht mich traurig und auch wütend – und zwar ausschließlich auf mich selbst. In der viel zu langen Pause hört man draußen das Klicken von Rockys Krallen auf Parkett, dann ein Winseln und ein Kratzen an der Schlafzimmertür.

»Ist das auf dem Titelbild Rotkäppchen?«, fragt Simon zaghaft.

»Le Petit Chaperon rouge«, antworte ich. »Die ältere französische Version des Märchens von Charles Perrault.«

»Und ein älteres Rotkäppchen, als ich es von dem Märchen kenne. Wie alt ist sie da auf dem Cover? Achtzehn?«

»Eher vierzehn. Die Brüder Grimm haben später aus dem Teenager ein Kind gemacht und auch das Ende umgedichtet. Die französische Version hat nämlich kein Happy End für das Mädchen.«

»War wohl keine so gute Idee, als Lolita in einem sexy Kleidchen durch den Wald zu spazieren.« Es ist typisch Simon, dass er versucht, die Stimmung mit einem schrägen Witz aufzulockern. Doch diese Art von Spruch behagt mir nicht. Ich ziehe meine Tasche heran und räume das hintere Seitenfach aus, um Platz für das Buch zu schaffen. Dabei spüre ich, wie Simon mich von der Seite prüfend mustert. »Ich hätte nie gedacht, dass ein Technik-Nerd wie du sich für Märchen interessiert.«

»Und ich hätte nie gedacht, dass jemand wie du Lolita-Witze lustig findet.«

»Du tust es schon wieder!«

»Was? Deinen Humor anzweifeln?«

»Nein. Aber immer, wenn es mal um dich geht, weichst du mit Gegenfragen oder Themenwechseln aus. Und am Ende des Tages haben wir wieder mal nur über mich geredet.« Er schenkt mir ein Lächeln. »Sorry, es war wirklich ein blöder Spruch. Aber jetzt noch mal die ganz einfache Frage: Warum kaufst du dir alte Märchenbücher?«

Zwei Möglichkeiten: Ich behaupte, ich hätte das Buch für Renates Enkelsohn oder irgendein fiktives Patenkind gekauft. Oder ich rede zur Abwechslung wirklich einmal über mich. »Ich ... finde Märchen einfach interessant. Und wenn ich im Antiquariat zufällig auf eine besondere Ausgabe stoße, kaufe ich sie.«

»Weil die Antiquariate *zufällig* voller Bücher in französischer Sprache sind?«

Simon zieht die Stirn kraus. Sie ist schon vertraut, diese Geste der Irritation darüber, dass ich ihm ausweiche. Ja, Simon weiß weniger über mich als ich über ihn. Zum Beispiel, dass ich gar nicht Iris heiße. Der Name, der in meinem Pass steht, klingt zart, pastellfarben, nach einem ätherischen Frühling in Paris. Und er passt heute ebenso wenig zu mir wie damals, als ich zwölf war und mir wünschte, auf dem Pausenhof unsichtbar zu sein. Ich weiß außerdem, dass Simons jüngere Schwester Laura heißt und Rocky ein *Rescue*-Hund aus Rumänien ist. Unter dem Hashtag *#rockydokey* ist er auf Insta zu finden. Ich weiß, dass Simon das Surfboard gebraucht gekauft und nie benutzt hat, obwohl er auf seinem Tinder-Profilfoto damit am Strand posiert. Vor allem aber weiß ich vieles von ihm, was er niemandem erzählt. Ja, das Deep Web ist ein Friedhof toter Träume. Und jemand wie ich muss dort nicht tief graben, um auf ihre Knochen zu stoßen.

»Ich sammle Märchenbücher in allen Sprachen«, breche ich schließlich die Stille. »Vor allem solche mit Originalillustrationen.«

»Du magst Grafiken?«

»Mir geht es nicht um die Zeichnungen an sich, sondern um die historischen Ursprünge von Märchen. Den wahren Kern, der in den Geschichten steckt. Manchmal sieht man davon etwas in den unzensierten frühen Zeichnungen, die näher an der Urfassung sind.«

Ich blättere zu der Illustration, die der Grund dafür war, dass ich diese Ausgabe aus dem frühen neunzehnten Jahrhundert haben musste. Sie zeigt eine Bauernstube. Vor dem Bett stehen klobige *Sabots* – Holzschuhe – und auf einer Truhe ist Kleidung abgelegt, die sich exakt einer Zeit und einer Region in Frankreich zuordnen lässt. Doch Simon interessiert ein ganz anderes Detail: »Der Wolf und Rotkäppchen liegen ja zusammen im Bett!«

»Ja, das wurde in der Grimm'schen Fassung zensiert. Bei Perrault überredet der Wolf das Mädchen, sich auszuziehen und sich zu ihm zu legen. Das ist die eigentliche Moral des Märchens: Lass dich nicht von fremden Männern ansprechen. Denn selbst wenn sie sich verführerisch und freundlich geben, können sie doch Wölfe sein.«

Simon legt den Kopf schief und betrachtet die zarten Linien von Rotkäppchens bloßen Schultern. Sie sind die einzige Andeutung von Nacktheit, und mehr braucht es auch nicht, um ihre Verletzlichkeit zu zeigen.

»Ich sammle auch alte Zeichnungen«, sagt Simon. »Hauptsächlich Konzeptskizzen von historischen Gebäuden. Sieht ganz so aus, als hätten wir etwas gemeinsam.«

Weniger, als du vermutest, Simon, denke ich bei mir.

»Was sind denn die Ursprünge von Rotkäppchen?«, will Simon wissen.

Ich klappe das Buch zu. »Nichts, was man kleinen Kindern erzählen sollte.«

»So schlimm?«

»Na ja … Forscher sagen, das Motiv des Verschlingens geht auf symbolisch-kannibalische Stammesriten in der Frühgeschichte der Menschheit zurück. In manchen Versionen der Geschichte isst Rotkäppchen sogar, ohne es zu wissen, vom Fleisch ihrer Großmutter.«

Mein Lover lacht. »Kein Wunder, dass du schlecht träumst.«

Nun, ich könnte ihm noch viel mehr über das Wolfsmotiv erzählen. Über Söldner, die im achtzehnten Jahrhundert nach einem verlorenen Krieg gegen England geächtet in den französischen Wäldern lebten und als »Wolfsmänner« bezeichnet wurden – und auch über die Cyberwölfe und Rotkäppchen unserer Zeit. Das ist das Faszinierende an Märchen: Sie tragen ihre DNA bis in unsere Gegenwart.

»Was ist mit *Die Schöne und das Biest*?«, will Simon wissen. »Meine Nichten stehen auf den Film. Aber der Ursprung hat vermutlich nichts mit diesem Disneykitsch zu tun, oder?«

Während Rocky draußen krallenklickend den Flur auf und ab trottet, stelle ich mir vor, wie die Schöne in der Urfassung des Märchens voller Angst auf die Raubtierschritte des Ungeheuers lauscht und sich für die Frage wappnet, die das Tier ihr Abend für Abend mit einem immer bedrohlicheren Knurren stellt: *Willst du mit mir schlafen?* Aber natürlich gibt es auch eine nichtentaugliche Version.

»Kommt darauf an, welche Vorlage man betrachtet. Eine der Inspirationen für das Märchen war eine reale Geschichte. Die echte Belle hieß Catherine und war eine Bedienstete am Hof von Katharina di Medici. Auf Befehl ihrer Herrin musste sie einen Mann namens Petrus heiraten. Man achtete darauf, dass die Braut ihn erst am Altar zu Gesicht bekam. Laut Augenzeugen war es ein solcher Schock für sie, dass sie in Ohnmacht fiel.«

»Wow, wie sah er denn aus?«

»Nicht wie eine Kreuzung aus Bison und Löwe wie bei Disney. Aber nach damaligem Verständnis wurde Petrus nicht als Mensch angesehen, sondern als tierhafter ›wilder Mann‹. Er entsprach diesem Bild, weil sein Körper und sein Gesicht von Haar bedeckt waren.«

Simons Brauen zucken hoch. »Dann war er also einer dieser Freaks mit dem Werwolf-Syndrom?« Er grinst mich von der Seite an und tippt mit dem Zeigefinger auf den aufrecht gehenden Wolf auf dem Märchenbuch.

»Menschen wie Petrus sind für dich also *Freaks*?«, frage ich kühl.

Simon sieht mich an, als würde er erwarten, dass ich gleich doch noch lache. Aber selbst wenn ich meinen Ärger überspielen wollte, könnte ich es nicht.

»Na ja, solche Leute, die früher wegen ihres Aussehens auch im Zirkus aufgetreten sind, wurden halt so bezeichnet«, erklärt Simon. »Die Frau mit Bart, der Elefantenmensch, siamesische Zwillinge …«

»Genau: früher! Kein Grund, sie heute so zu nennen.«

»Meine Güte, Iris. Ich wollte dich doch nur ein bisschen aufziehen. So weit kennst du mich doch inzwischen, dass du weißt, dass ich niemanden als Freak betrachte.«

Warum sagst du es dann? Diese Antwort liegt mir schon auf der Zunge, aber ich beherrsche mich und packe nur das Buch in die Tasche. Die Pause dehnt sich, während Simon mich völlig verwirrt mustert.

»Das ist jetzt nicht dein Ernst, oder?«, fragt er. »Du bist sauer, weil ich mich nicht politisch korrekt ausgedrückt habe? He, es war ein Witz!«

»Ich … mag solche Bezeichnungen einfach nicht. Ganz egal, wie sie gemeint sind.«

»Dann dürftest du auch nicht mehr ins Internet gehen. Was glaubst du, wer da alles als Freak oder Monster bezeichnet wird? Manche nennen sich doch sogar selbst so und verdienen auch noch Geld damit.«

»Und deshalb ist es in Ordnung?« Ich muss mich beherrschen, ruhig zu sprechen. Längst rast mein Herz und das Blut ist mir in die Wangen geschossen.

Simon runzelt die Stirn. »Willst du mir jetzt wegen eines Wortes eine Diskussion aufdrücken?«

»Es geht nur darum, dass … Worte etwas bedeuten. Und dass wir den Zirkus am Leben halten, wenn wir solche Begriffe für Menschen verwenden, die sich ihr Schicksal nicht ausgesucht haben. Leute wie Petrus können sich nicht einmal mehr dagegen wehren.«

Ich kann Simon nicht verübeln, dass er mich nun anstarrt, als wäre ich hier der »Freak«. Ja, für ihn muss es wie eine Überreaktion wirken. Und vielleicht übertreibe ich ja wirklich, aber ich fühle mich, als hätte ich Petrus ausgeliefert und der Lächerlichkeit preisgegeben. Wenn ich deshalb auf jemanden so wütend sein sollte, dann wohl nicht auf Simon, sondern nur auf mich selbst.

»Dann bist du also die Retterin der verlorenen Seelen?«, fragt Simon.

»Für mich hat das einfach etwas mit Anstand zu tun«, sage ich. »Selbst wenn Menschen wie Petrus längst tot sind, ändert es doch nichts daran, dass sie immer noch eine Würde besitzen.«

Simon holt scharf Luft. Zwar hält er meinem Blick stand, aber er presst die Lippen zusammen, als müsste er sich mühsam eine sarkastische Bemerkung verkneifen. Wieder wünschte ich, ich wäre heute Nacht nach Hause gefahren. Denn auch das ist das Schwierige an Tageslicht: Es zeigt den Menschen, in den man sich so gerne verlieben würde, in einem härteren Licht. Und damit auch mit schärferen Schatten. Was sicher auch für Simons Bild von mir gilt.

»Von mir aus …«, murmelt er genervt und steht auf. »Es ist echt noch zu früh am Morgen, um mich von dir als Minderheiten-*Basher* angreifen zu lassen. Ich brauche jetzt einen Kaffee.«

Im Bett erklingt gedämpftes Surren. Bei Rockys Überfall ist mein Handy zwischen den Decken gelandet. Als Simon mein Smartphone aus der Ritze zwischen Matratze und Bettrahmen fischt, leuchtet eine SMS auf dem Display. Simon ist sicher niemand, der absichtlich in fremden Nachrichten herumschnüffelt, aber es ist kaum möglich, den Kurztext nicht mit einem flüchtigen Blick zu erfassen.

Fleur, wo bist du? Ich stehe vor deiner Tür. ❤ *Küsse!*

Sogar Rocky scheint zu spüren, wie die Stimmung endgültig auf den Gefrierpunkt sinkt. Man hört nicht einmal mehr sein Winseln hinter der Tür.

»Arbeit am Sonntag, hm?«, bemerkt Simon und reicht mir das Smartphone.

Ich wünschte, ich würde nicht rot werden. »Und bei ihm heißt du *Fleur*?«, setzt er kühl hinzu. »Interessant. Hast du für jedes Dating-Profil einen anderen Namen?«

»Nein.« Was die Wahrheit ist.

»Und wer ist dann der Typ, der auf dich wartet? Es ist doch ein Mann, stimmt's?«

»Ja, schon, aber …«

»Ist er deine Beziehung?«

Unter anderen Umständen hätte ich jetzt gelacht. Aber zum zweiten Mal an diesem Morgen verliere ich den Halt. Es ist nicht nur die direkte Art von Simons Frage, es ist der harte, fremde Unterton, der in seiner Stimme mitschwingt. Simon wertet mein Schweigen offenbar als Eingeständnis. »Na, wenn das nicht lustig ist!«, sagt er sarkastisch. »Ausgerechnet du hältst mir eine Moralpredigt über Anstand! Mir hast du erzählt, du seist Single, *Fleur*. Oder soll ich dich weiter Iris nennen?«

Sein Ton ist laut geworden, Wut schwelt darin. Und ich weiß, wie es wirken muss, dass ich seinem Blick ausweiche. »Fleur ist mein richtiger Name. Aber im Internet … trete ich nie unter meinem Realnamen auf.«

»Warum? Weil du in Wirklichkeit ein Undercover-Cop bist?« Er lacht verächtlich auf. Das kannte ich an Simon auch noch nicht.

»Verschiedene Gründe«, antworte ich. »Unter anderem berufliche, ja. Es wird nicht gern gesehen, wenn die Mitarbeiter privat auf Social Media aktiv sind.«

Was so ziemlich das Gegenteil der Wahrheit ist.

Simon holt sehr tief Luft. »Das hier ist aber nicht das Internet. Und auch nicht dein Büro. Es ist mein Schlafzimmer. Wir haben die Nacht zusammen in meinem Bett verbracht. Wir kennen uns außerdem schon seit zwei Wochen und zumindest ich habe dir schon mein halbes Leben erzählt. Und während dieser ganzen Zeit lügst du mir vor, Single zu sein und hältst es nicht mal für nötig zu erwähnen, wie du mit *Realnamen* heißt? Aber andererseits würde dein Freund ja sonst herausfinden, dass du mit anderen ...«

»Ich habe nicht gelogen! Und Max hat nichts – gar nichts! – mit uns beiden zu tun.«

»Na, schön zu wissen, dass er Max heißt!«

Ich halte den Atem an. Simons Zorn entfacht etwas in mir, das ich schon sehr lange nicht mehr gespürt habe. Etwas zwischen Flucht und Erstarrung. Und seltsamerweise fühle ich mich, als wäre ich wieder im Wald, den Blick des Jägers auf mich gerichtet.

»Warum ist es eigentlich so schwer, aus dir auch nur ein einziges klares Wort rauszukriegen?«, fährt Simon mich an. »Sag doch einfach, was Sache ist! Oder denk dir wenigstens eine Lüge aus, die glaubwürdig klingt. Ist Max vielleicht dein schwuler Nachbar, der dir Küsschen schickt? Oder ein stalkender Ex, der am Sonntagmorgen vor deiner Tür steht?«

Rocky beginnt wieder an der Tür zu kratzen. *Mach endlich den Mund auf*, flüstert es in mir. Aber mir kommt es vor, als wären die Worte, die ich sagen müsste, ein gefrorener Klumpen in meiner Kehle. Ich wende mich ab und packe die Tasche zusammen, als ließe sich die Büchse der Pandora jetzt noch schließen.

»Herrgott, was wird das hier, *Fleur*?«, bricht es aus Simon heraus. »Sind wir für dich nur ein One-Night-Stand? Ich hätte einfach verdammt noch mal gerne gewusst, woran ich mit dir bin!«

»Ich weiß es noch nicht!«, entfährt es mir ebenso laut.

Simon schluckt, aber er fängt sich sofort wieder. »Tja, da haben wir ja schon wieder was gemeinsam«, erwidert er frostig.

Spätestens jetzt müsste ich ihm von mir erzählen, von meinem Leben hinter den Spiegeln. Aber ich schaffe es einfach nicht. »Ich ... muss los, Simon.« Ich springe auf und suche meine Sachen zusammen. Simon sagt kein Wort mehr. Schließlich geht er aus dem

Zimmer und knallt die Tür hinter sich zu. Gleich darauf klappen draußen Schranktüren, Dielen knarzen unter Schritten. Als ich endlich meine Schuhe gefunden habe und noch zögere, den weintriefenden Blazer über das Top zu ziehen, kommt Simon wieder herein, in Jeans und Hemd, an der Leine einen Rocky, der sich vor Freude kaum einkriegt. »Ich gehe mit dem Hund raus. Zieh einfach die Tür zu, wenn du gehst. Ach ja, und hier, Rotkäppchen!« Schon im Gehen greift er ein rotes T-Shirt von dem Stuhl neben der Tür und wirft es mir zu. »Gib es mir irgendwann wieder zurück. Oder auch nicht.«

Hinter dem Spiegel

Selten war ich so froh, mich in mein Auto verkriechen zu können. Und Kriechen ist wörtlich gemeint. Die Schienen des Fahrersitzes sind angerostet und so verkantet, dass im Moment nur die Einstellung »Brust an Lenkrad« funktioniert. Mein Vater macht sich gerne darüber lustig, dass ich diesen uralten gebrauchten Lada fahre. »Jemand, der nur auf Datenautobahnen unterwegs ist, braucht doch keinen Geländewagen«, spottet er. Er hat recht, aber ich mag das Auto, das ich schon seit Studienzeiten habe. Vielleicht, weil es mich an eine Phase in meinem Leben erinnert, in der zum ersten Mal alles möglich schien. Und natürlich, weil es mich davor bewahrt, mit den Öffentlichen nach Hause zu fahren – aufgewühlt, zittrig und in einem roten Sportshirt, das mich sichtbarer macht, als ich es jetzt ertrage. Der Rückspiegel zeigt wirres Haar und wunde Augen. Als mein Handy vibriert, zucke ich zusammen. Ich weiß nicht, ob ich hoffen soll, Simons Nummer auf dem Display zu sehen. Aber es ist nur meine Mitbewohnerin. »Guten Morgen, Renate«, murmle ich ins Telefon.

»Wo treibst du dich denn noch herum?« Ihr Lachen geht in einen Husten über, der sie jeden Morgen plagt, obwohl sie schon seit Jahren nicht mehr raucht. »Rate mal, wer hier gerade reingeplatzt ist.«

»Ich weiß, tut mir leid. Max hat mir nicht gesagt, dass er vorbeikommt.«

»Natürlich nicht«, gibt Renate tadelnd zurück. »Hält der Rumtreiber es jemals für nötig, sich rechtzeitig anzumelden?«

Löffelklimpern erklingt, das Zurückschieben eines Stuhls und dann ist Max da, mit seiner guten Laune und seiner Leichtigkeit, die sogar durch die Leitung zu spüren ist. »Frau Faber ist sauer, weil ich sie aus dem Bett geklingelt habe. Sag mal, stimmt es, was Renate erzählt? Du hast jetzt einen festen Freund?« Die Frau im Rückspiegel atmet sehr tief durch. *Vielen Dank, Frau Faber.* »Warum weiß ich nichts von ihm?«, bohrt Max weiter.

»Weil du Renate nicht jedes Wort glauben solltest. Warum fällst du so früh bei uns ein?«

»Ach stimmt, du konntest den AB ja gar nicht abhören. Moms hat mir geschrieben, dass du heute auch zum Mittagessen kommst. Und da dachte ich, ich springe in Frankfurt aus dem Nachtzug, hänge mich spontan bei dir dran und fahre gemütlich im Auto weiter.«

Ich hätte mir denken sollen, dass die verpassten Anrufe meiner Mutter etwas zu bedeuten haben. Vermutlich hat sie mir sogar den Menüplan auf den Anrufbeantworter gesprochen.

»Da hast du leider Pech, Max. Ich komme heute nicht mit zum Essen, ich habe zu tun. Tut mir leid, du wirst zum Bahnhof zurückgehen und mit dem nächsten Zug weiterfahren müssen.«

»Oh, fuck!«, rutscht es ihm heraus. Es klackt und ich sehe ihn vor mir, wie er mit dem Kaffeelöffel gegen den Küchentisch klopft, als würde er nervös morsen. Max kann so einiges, aber niemals seinen Unwillen verbergen. »Und wenn du mir den Lada leihst, Fleur?«

»Dein Ernst? Wie lange hast du deinen Führerschein? Sechs Wochen? Außerdem muss ich morgen Getränkekisten holen.«

Er seufzt. »Na, toll, jetzt habe ich mein ganzes Zeug umsonst durch die halbe Stadt geschleppt.«

»Dann schick mir das nächste Mal eine Nachricht, bevor du ohne Vorwarnung aus dem Zug steigst. Lass die schweren Sachen bei mir. Ich bringe sie mit, wenn ich zum Hochzeitstag unserer Eltern komme.«

Das Morsen hört auf. »Okay, danke. Trotzdem schade, ich hätte dich heute gern gesehen. Sag mal, geht es dir gerade gut?«

Diese Frage ist ernst gemeint. Max verschwendet nie Zeit mit Small Talk, bei ihm geht es immer um alles.

»Blaugrau«, antworte ich wahrheitsgemäß. »Grüß Mama, ich melde mich.«

»Mach ich. Und … ich umarme dich ganz fest, Große.«

Ich lächle noch, als ich aufgelegt habe. So ist es, wenn man einen kleinen Bruder hat, der ein menschlicher Seismograf für Stimmungen ist.

*

Renate verschluckt sich fast am Kaffee, als ich vierzig Minuten später in unsere Küche komme. »Es geschehen ja noch Wunder«, ruft sie und mustert mich ungeniert.

»Kein Grund auszuflippen«, erwidere ich. »Es ist nur ein geliehenes Shirt, kein Verlobungsring. Meine Bluse hat Weinflecken abbekommen.«

»Weinflecken, soso.« Ich wünschte, sie würde nicht so großmütterlich süffisant lächeln. »Rot steht dir jedenfalls viel besser als deine langweiligen Mausfarben«, fährt sie fort. »Wenn du so etwas öfters tragen würdest, bräuchtest du Männer bestimmt nicht mehr mühsam im Internet zu suchen.«

Boomer-Logik. Das würde Max jetzt sagen. Renate stammt noch aus der analogen Ära, als man sich im Tanzschulkurs in den späteren Ehemann verliebte und Schmuserock-Kassetten hörte. Wie eine verblasste Aura umgibt sie ein Hauch dieser Zeit – erkennbar in Form ihres Faibles für Silbermuster und Leoprint-Oberteile und in der Art, wie sie ihr getöntes Haar à la Prinzessin Diana frisiert.

»Ist noch Kaffee da?«, frage ich.

»Sag bloß, er hat dir kein Frühstück gemacht?« Renate beugt sich vor und schenkt mir die letzte Tasse aus der Kanne ein. Ihre goldene Brillenkette klickt gegen die Perlenohrringe. Renate ist die Art von Frau, die sogar dann Schmuck und Lippenstift trägt, wenn sie in Morgenmantel und Jogginghose am Küchentisch ihre Zeitung liest. Sie ist die dienstälteste Sekretärin einer Realschule und im letzten Teilzeit-Arbeitsjahr vor ihrer Rente. Vor einem Jahr haben ihr Mann und sie sich den Traum vom Ruhestandshäuschen auf dem Land mit Gartenschaukel für den Enkel erfüllt. Und da das Häuschen weit hinter dem Westerwald liegt, wohnt Renate ihr letztes Arbeitsjahr über bei mir und fährt über die verlängerten Wochenenden nach Hause.

Max hat es mit dem Waschmittel übertrieben, Hosen und Shirts ertrinken in Schaum. Neben der Waschmaschine stehen sein Outdoor-Rucksack, eine Gitarre und ein ausgebeulter Trolley, groß genug, um die Leiche eines Wrestlers darin zu verstecken. »Er wollte seine Sachen tatsächlich in dein Arbeitszimmer stellen«, sagt Renate. »Das habe ich ihm aber sofort ausgetrieben!«

»Danke. Ich habe ihm schon hundertmal gesagt, dass mein Büro tabu ist.«

»Männer«, antwortet Renate nur. »War er auf Weltreise oder warum braucht er so viel Gepäck?«

»Er war mit einem Freund ein paar Wochen in Spanien und hat noch Bekannte in Verona besucht. Der letzte Urlaub, bevor sein Freiwilliges Soziales Jahr beginnt.«

Renate schnaubt. »Na, hoffentlich lernt dein kleiner Prinz dann auch, richtig Wäsche zu waschen. Und sein Frühstücksgeschirr aufzuräumen«, setzt sie mit einem tadelnden Blick auf seinen verkrümelten Frühstücksplatz hinzu. Ich räume Max' Gedeck kommentarlos ab und dann – endlich – macht der Kaffee diesen Katastrophenmorgen etwas heller.

»Du sieht aus, als hättest du heute Nacht nicht viel Schlaf abbekommen«, bemerkt Renate. »Kann es etwa sein, dass sich da zur Abwechslung etwas Ernsteres anbahnt?«

»Kann es sein, dass du etwas zu neugierig bist?«

Renate lächelt nur vielsagend und mustert mich über den Rand ihrer Lesebrille hinweg. »Jedenfalls scheint dir wirklich etwas an ihm zu liegen. Da habe ich ein Auge für.« Renate-Logik. Dagegen kommt man nicht an. »Habt ihr beiden heute noch etwas vor?«, bohrt sie weiter.

»Du meinst, mein Rechner und ich? Ja, ich will noch eine Festplatte sichten.«

Das war die falsche Antwort. Renate zieht die Brauen zusammen. Ihre Zornesfalte lässt sie wie eine strenge Politikerin wirken. »Siehst du eigentlich jemals so etwas wie Natur aus der Nähe? Wir haben so wunderschöne, sonnige Herbsttage. Wie wäre es mal mit einem Spaziergang im Wald?«

Die ehrliche Antwort wäre: Die Wälder meiner Albträume reichen mir vollauf. Ehe ich auch noch tagsüber und freiwillig in die Natur gehe, laufe ich lieber barfuß einen Marathon auf heißem Asphalt. »Ich habe eine Allergie gegen Herbstlaub.«

Renate schnaubt nur und schüttelt den Kopf, als wäre ich ein hoffnungsloser Fall. »Bevor ich es vergesse«, sagt sie nach einer Weile. »Darf dich morgen eine meiner Mütter anrufen?«

Eine meiner Mütter bedeutet übersetzt die Mutter eines Schülers. So wie der Arbeitsplatz für Renate *meine Schule* ist, und die wilde 5a *meine Fünftklässler.*

»Worum geht es denn?«

Renate fängt bei Adam, Eva und der Erfindung von Digitalfotografie an. Ich unterbreche sie nicht, obwohl ich mir schon nach zehn Sätzen zusammenreimen kann, was passiert ist.

»Gib mir die Telefonnummer«, sage ich. »Ich rufe die Mutter noch heute an.«

»Das ist doch nicht nötig. Mach dir keinen Stress, das hat wirklich bis Montag Zeit.«

Oh nein, das hat es nicht. »Ist schon in Ordnung. Wie heißt die Schülerin?«

Renate zögert. »Jennifer Lesnik.« Sie hat die einzigartige Gabe, vielsagend an ihrem Kaffee zu nippen. Selbst ihr Schweigen hat viele Vokabeln, aber ich bin gut darin, den Subtext zu ignorieren. Nach ein paar Minuten hält sie es nicht mehr aus. »Weißt du, ich will wirklich nicht wie deine besorgte Großmutter klingen. Aber pass auf, dass dein Leben dir nicht davonläuft. In deinem Alter hätte ich meinen Sonntag nicht ohne Not mit Arbeit verbracht.«

»In meinem Alter warst du längst mit deinem Kurt verheiratet und hattest drei Kinder.«

»Einer musste sie ja kriegen«, kontert Renate trocken. »Von deiner Generation ist da ja nicht viel zu erwarten. Sieh dich an: Statt dir heute mit deinem Simon einen schönen Tag zu machen, hockst du am Computer und beschäftigst dich bestimmt wieder mit Schmutzseiten.« Ihr angewidertes Schnauben bringt mich zum Lächeln. Renate ist alles andere als ein zartes Gemüt, aber die Tatsache, dass ich auf vielen Rechnern Pornosammlungen finde, hat ihr Vertrauen in unbescholtene Familienväter offenbar nachhaltig erschüttert.

»Jetzt ist es also schon *mein Simon*? Und irre ich mich oder opferst du dein Wochenende, um Excel-Tabellen für Unterrichtspläne zu erstellen?«

»Bei mir ist das etwas anderes«, gibt Renate verärgert zurück. »Auf mich wartet zu Hause nur noch ein unrasierter, wehleidiger Rentner, der nichts mehr mit sich anzufangen weiß. Glaub mir, dagegen ist ein Sonntag am Laptop die reinste Erholung.«

Dann sind wir also schon zwei, die sich mit ihrer Arbeit vor ihrem Privatleben drücken, denke ich bei mir. Ich versuche mir vorzustellen, wie es sein muss, in ihrem Alter zum ersten Mal ein wirklich eigenes Zimmer zu haben. Sie war achtzehn, als sie von der Schulbank weg heiratete – natürlich den Jungen, den sie seit der neunten Klasse küsste. Aus ihrem Elternhaus zog sie am Tag der Hochzeit direkt in die Einliegerwohnung im Haus der Schwiegereltern. Zehn Monate später war sie Mutter. Seitdem folgte ihr Leben einer geraden Linie mit vorbestimmten Etappen. Frauen wie Renate haben die Zügel fest in der Hand und halten eisern die Spur, damit die Familie sich sicher und gehalten fühlen kann. Doch je länger sie bei mir wohnt, desto öfter schimmert hinter dem Bild der ikonischen Gattin und Großmutter eine Frau durch, die vielleicht nicht einmal ihr Kurt kennt. Eine, die ihre Nase in den Wind ihrer späten Freiheit hält und vorsichtig wittert. Und die sich möglicherweise fragt, ob es ihr wirklich genügt, für den Rest des Lebens in einem Garten auf dem Land zu sitzen.

*

Wie jeden Morgen nehme ich meine Kaffeetasse mit ins Bad. Rituale sind meine Art, Abstand zwischen mich und einen verunglückten Start in den Tag zu bringen. Als ich das Licht anmache, überrascht mich das Rot im Spiegel. Im kalten LED-Licht wirkt es lebendig wie eine frische Wunde. Aber ich verstehe, was Renate vorhin meinte. Das Rot bringt alles an mir auf eine beunruhigende Art zum Leuchten. Fast kann ich die Hitze der Farbe auf der Haut spüren. Ich habe diese andere Fleur lange nicht mehr gesehen. Gefangen auf der anderen Seite des Spiegels sieht sie mich mit diesem Licht in den Augen an, das mir längst schon fremd geworden ist. Und trotz allem, was dieses Licht birgt, tut es gut zu wissen, dass es noch existiert. Ich fahre mit den Fingerspitzen über mein Brustbein, folge der Empfindungsspur dieser Berührung und lege die Hand dann auf die Spiegelfläche, genau an die Stelle, wo Fleurs Herz ist und das Feuer brennt, das Bedrohung und Heimat zugleich ist.

Doch das Spiegelglas an meiner Hand bleibt kühl, die Brust meines Ebenbildes ist starr und ohne Atem, und alles, was zwischen uns hallt, ist die Leere hinter den Masken meiner Nächte.

Mein Haar knistert, als ich mir Simons Shirt über den Kopf ziehe. In meinem weißen Top fühle ich mich sofort weniger nackt. Es ist, als könnte ich aus der Sichtbarkeit zurücktreten, einsinken in die Sicherheit der Nicht-Farben. Eine Weile schließe ich die Augen und atme nur, finde endgültig zurück aus dem Wald, dann ziehe ich auch noch meine eigenen Sachen aus und suche nach Wattepads zum Abschminken. Simon hat falsch vermutet. Ich trage keine einzige Narbe unter dem Top. Aber hätte er heute Morgen meinen Pony von der Stirn zurückgestrichen, dann wäre ihm aufgefallen, dass die Narbe an meiner Kieferlinie nicht mein einziger Makel ist. Auf den ersten Blick erinnert die Textur der Haut über der linken Braue an eine schlecht verheilte Entzündung. Ich brauche nicht viel von der speziellen Reinigungslösung, um das wasserfeste Narben-Make-up zu entfernen. Zum Vorschein kommt ein Archipel von Inseln aus rosaweißer Haut, die wie entfärbt wirkt und sich unter meinen Fingerspitzen kühl und leblos anfühlt.

Schwellen

Der Rotwein-Fleckenlöser ist ein Geheimtipp von Renate. Bisher scheint er den Schaden auf dem Leineneinband des Buchs nur zu mildern, nicht zu beheben. Aber zumindest erinnern die Flecken nun nicht mehr ganz so sehr an Blut. Es wird nicht einfach werden, für den Neuzugang Platz im Bücherschrank meines Schlafzimmers zu schaffen. Die Regale biegen sich unter Märchen-Ausgaben, die meisten davon in französischer Sprache. Und auch die Pinnwand über meinem Bett ist voll von Kopien mit historischen Daten und Recherchefakten zu einzelnen Märchen. Irgendwo unter diesen Sedimentschichten aus Papier muss noch das Bild sein, das ich vor Monaten angepinnt habe. Ich finde den Ausdruck unter einem Artikel über japanische Begräbnisriten der Edo-Zeit.

Das Porträt aus dem späten 16. Jahrhundert zeigt ein Ehepaar. Der Mantel des Mannes leuchtet in einem auffallenden Paradiesvogelblau. Die zarte Frau, die schräg hinter ihm steht, wirkt in ihrem schwarzen Kleid und der ebenso schwarzen Haube fast durchscheinend. Vielleicht hat der Maler diesen Effekt bewusst gesetzt, um den Gegensatz zwischen den beiden noch deutlicher zu machen: Catherine als zivilisierte zarte Blüte neben ihrem Ehemann, dem »Tier«. Auf diesem Porträt erinnert Petrus Gonsalvus mit seinem behaarten Gesicht und dem ernsten, grimmigen Blick tatsächlich an eine Gestalt zwischen Wolf und Mensch. Aber seine Frau sieht ihn ganz anders: Ihre Hand ruht auf seiner Schulter. Diese offen zu Schau gestellte Zuneigung ist ein herber Bruch mit den damaligen Konventionen solcher Porträts. Man gab seine Gefühle nicht öffentlich preis. Und auch heute berühren mich Catherines Mut und ihre Stärke, ihre Liebe für Petrus mit dieser zärtlichen Geste der ganzen Welt zu zeigen.

*

Renate hat es sich nicht nehmen lassen, als Dankeschön für meinen Gefallen Max' Wäsche aufzuhängen und mir neuen Kaffee zu kochen. Im Arbeitszimmer erwartet mich eine volle Tasse. Der Kaffeeduft vermischt sich mit dem synthetischen Geruch von Teppich und Kunststoff. Und wie gewohnt beruhigt mich diese Mischung bis in die letzte Nervenfaser. Das ist mein eigentliches Zuhause: drei unabhängige Arbeitsplätze und Systeme, ein Dutzend externer Festplatten, Laptops und fünf Monitore, alles auf zwei Glastische verteilt und bei Bedarf miteinander vernetzbar. An den Wänden und unter dem Fenster reihen sich abschließbare Metallschränke. Ich liebe die Nüchternheit von Glas und Stahl, das bilderlose Weiß der Wände und den lichtgrauen Teppich. Das Einzige, was aus diesem strengen Rahmen fällt, ist die kleine Statue einer *Vierge Noire* – einer Schwarzen Madonna –, die auf einem Archivschrank steht. Ursprünglich saß ein Jesuskind auf ihren Knien, doch die antike Figur ist beschädigt, das Kind verloren gegangen. Auch die Vergoldung der Marienkrone ist kaum noch vorhanden. Mit ihrem ausgebleichten gelben Mantel aus echter Seide wirkt die Madonna in dem Zimmer wie ein Fremdkörper, eine Zeitreisende aus dem achtzehnten Jahrhundert. Doch diese Figur ist das einzige Element, das die monochrome Klarheit des Raumes bricht.

Max nennt mein Büro nur »Raumschiff Hacker-Surprise«. Dabei ist Cyberkriminalität gar nicht meine Arena. Ich gehöre nicht zur IT-Feuerwehr, die von Firmen gebucht wird, um Cyberangriffe abzuwehren und Schäden und Leaks in der Unternehmenssoftware zu reparieren. Werde ich von jemandem privat nach meiner Arbeit gefragt, erzähle ich nur, dass ich in der Datenverarbeitung für städtische Behörden tätig bin. Erstens klingt das langweilig genug, damit niemand nachfragt. Und zweitens stimmt es zu einem gewissen Teil. Zu neunzig Prozent besteht meine Arbeit darin, gelöschte oder beschädigte Dateien wiederherzustellen oder Passworte zu entschlüsseln, die jemand vergessen oder mit ins Grab genommen hat. Oft ist es das Nachlassgericht, in dessen Auftrag ich Festplatten nach Kontodaten, Vermögenshinweisen oder Kryptowährung durchforste. Im Auftrag von Privatleuten kümmere ich mich um den digitalen Nachlass Verstorbener, lege Social-Media-Existenzen still, kündige Mitgliedschaften und Daueraufträge, lösche Profile und Sonstiges, was kein Zombiedasein im Netz führen soll. Manchmal bezahlen mich Leute auch einfach nur dafür, dass ich grenzwertige Partyvideos soweit wie möglich aus dem Internet tilge, bevor Personalchefs auf sie stoßen. Nur selten suche ich im Rahmen erweiterter Polizeiermittlungen auch nach Fotos von Hehlerware auf den Geräten Verdächtiger, sichere Beweisvideos oder rekonstruiere Mails und Dateien, die schnell noch gelöscht wurden, bevor die Polizei mit dem Durchsuchungsbefehl an der Haustür stand. Es ist erstaunlich, wie viele Kriminelle denken, Datenspuren zu verwischen, wäre leichter, als Leichen verschwinden zu lassen.

Während der Anrufbeantworter die Nachrichten abspult, checke ich Mails und starte nebenher eine erste Recherche zu Jennifer Lesnik. Auf dem einzigen Laptop, den ich nur privat nutze, erwartet mich eine Flut von Urlaubsfotos meiner Eltern. Augenmaß war noch nie die Stärke meines Vaters. Mit verkniffenen Augen und windroten Nasen stehen meine Eltern vor einem diagonalen Ostsee-Horizont. Mein Vater ist unrasiert und wirkt in seinem alten Parka und mit seinem wüsten Fünftagebart wie einer der sozial verwilderten Ermittler aus schwedischen Noir-Krimis. Meine zierliche Mutter scheint in diesem schiefen Selfie-Winkel hinter seiner massigen Brust zu verschwinden. Ihre dunkelbraunen Locken sind vom Herbstwind völlig zerzaust, aber sie strahlt eine Schönheit aus, die schärfer und klarer hervorkommt, je älter sie wird.

Weder Max noch ich haben ihre feinen Züge geerbt. Mit seinem glatten Haar, dem breiten Mund und den geraden Brauen ist Max ganz der Vater. Nur die schmale Statur hat er von ihr. Vermutlich neige ich deshalb immer noch dazu, ihn als »unseren Kleinen« zu sehen.

»… oder du hast gerade die Kopfhörer auf und hörst deshalb das Telefon nicht«, hallt die Stimme meiner Mutter immer noch vom Anrufbeantworter. »Max kommt nun doch schon heute mit dem Nachtzug zurück und ich dachte mir, es wäre schön, wenn du auch etwas Zeit hättest und vielleicht spontan zum Essen kommst …« Wie immer, schöpft sie den ganzen Speicher aus. Ich habe jede Menge Zeit, dabei den zerkratzten Laptop anzuschließen, den ich mir heute vornehmen will. Ich krame gerade nach einem Verbindungskabel, als mein Handy surrt. Mein Herz macht einen Satz beim Gedanken, dass es vielleicht Simon ist. Stattdessen leuchtet die Festnetznummer meiner Eltern im Display auf. »Hi Mama.«

»Schatz, na endlich! Warum hast du nicht zurückgerufen?«

»Ich habe dir doch vorhin eine Nachricht geschickt.«

»Oh, ach so, mein Handy ist noch im Koffer.« Sie lacht. »Max hat schon aus dem Zug angerufen und Bescheid gesagt, dass du heute arbeiten musst. Wie schade! Aber am Dienstag kommst du doch zu unserem Hochzeitstag? Papa freut sich schon so auf dich …« Während sie weiterredet, checke ich den Status einer laufenden Suche. Die Software, die seit gestern nach einem siebenstelligen Passwort sucht, ist immer noch nicht fündig geworden. Manchmal hat man Glück und landet einen schnellen Treffer, dann wieder dauert es zwanzig Stunden, bis die *Brute-Force-Attacke* ein Ergebnis liefert – oder zuweilen auch nicht liefert.

Am anderen Ende der Leitung wird meine Mutter von dem Schrillen der Türglocke unterbrochen. »Augenblick, ich bin gleich wieder da. Sprich derweil mit Papa.«

Es raschelt, dann murmelt seine tiefe Stimme: »Hallo Blume.« Es ist selten, dass er mich noch bei diesem Kindernamen nennt. Meistens dann, wenn er mich wirklich vermisst. Und auch heute fühlt es sich an wie eine überraschende Umarmung. »Schon wieder Arbeit?«, stellt er in seiner mürrischen Art fest. »Ist es wenigstens ein halbwegs interessanter Fall?«

»Du weißt, dass sich meine Kunden auf Diskretion verlassen.«

»Und du weißt, dass neutrale Hinweise ohne Namens- und Ortsbezug nicht der Geheimhaltung unterliegen.«

Wie Max gerne sagt: *Leg dich nie mit einem pensionierten Cop an.*

»Na schön: Privatauftrag einer Witwe. Zufrieden?«

Natürlich nicht. Wäre er ein Jagdhund, würde er jetzt die Spur aufnehmen. »Wonach suchst du? Schulden, Geschäfte, Doppelleben? Ist sie Alleinerbin?«

»Noch mehr ›neutrale Hinweise‹, Roland?« Es ist auch selten, dass ich ihn mit seinem Vornamen anrede. Im Grunde nur dann, wenn er sich bei einem Nein so offensichtlich taub stellt. Ich höre an seinem Ausatmen, dass er schmunzelt. »Schon gut. Deine Mutter will dich noch mal sprechen.«

»Fleur?«, ruft sie in mein Ohr. »Die Nachbarin will irgendwas von mir. Ich muss aufhören.«

»Alles klar, Mama. Bis später.«

Aber sie verabschiedet sich nicht sofort. In der langen Pause kann ich spüren, wie sie nach möglichst beiläufigen Worten sucht. »Keine Sorge. Ich bin nicht allein hier«, komme ich ihr zuvor. »Renate ist übers Wochenende dageblieben.«

Nachdem sie aufgelegt hat, starre ich eine ganze Weile auf das Display, bis ich den Mut aufbringe, nachzusehen. Keine Nachricht von Simon, nur zwei neue Beiträge auf Instagram: Rocky beim Morgenspaziergang und ein Foto, das wie eine Installation zum Thema Eifersuchtsdrama wirkt. Rotwein auf Parkett und unsere zwei Weinkelche. Seinen Kelch hat Simon aufgestellt, mein zerbrochenes Glas liegt auf der Seite. Die Scherben sind so arrangiert, dass sie das Sonnenlicht fangen. Simon hat ein Stück Küchenpapier kunstvoll zu einer Rosenblüte geformt und zwischen die Scherben gelegt. »Beauty and Beast«, lautet der Text. Hashtag #Whoiswho. Ich weiß, was mein Bruder jetzt sagen würde. Für Max ist alles federleicht und einfach. Man streitet sich, doch man macht immer den ersten Schritt, man bittet um Verzeihung oder verzeiht, man schickt sich digitale Küsse. Weil die Welt ein guter Ort ist und alle

Menschen Sternenstaub. Andererseits – habe ich etwas zu verlieren? »Hallo Simon«, tippe ich. »Es tut mir leid wegen heute Morgen. Ich bin wirklich Single und treffe auch niemand anderen. Aber du hast recht, ich mache es Menschen nicht leicht, mich kennenzulernen. Zum Beispiel hätte ich dir erzählen müssen, dass ich einen Bruder habe. Er ist vierzehn Jahre jünger als ich und heißt Max. Es ist schwer zu erklären, warum ich dir nicht einmal etwas so Selbstverständliches erzählen konnte und stattdessen einfach geflüchtet bin …« Ich halte inne. Mein Finger schwebt über dem Tastenfeld. Eine Ewigkeit atme ich nur meinen zu schnellen Herzschlag nieder. Dann lösche ich alles bis auf die ersten zwei Sätze und drücke auf Senden.

*

Bei der Mutter von Renates Schülerin geht nur der Anrufbeantworter ran. Ich gebe meine Festnetznummer durch, dann schalte ich das Telefon auf Lichtsignal und lese das Protokoll des Vorgesprächs mit der verwitweten Kundin durch. Alle Fakten und Daten inklusive meiner Randnotizen zu Geburtsdaten, Hobbys und Haustieren – all das, was Leute für gute Passworte halten. Die Frau, die mir den Laptop übergab, heißt Claudia Kolowski. Dreißig Jahre Ehe, Haus und Hund, zwei erwachsene Söhne. Bei unserem Treffen hatte sie alle Tränen über den plötzlichen Tod ihres Mannes schon geweint. Geblieben ist nur Fassungslosigkeit. Was sie inzwischen weiß: dass ihr Mann sechs Monate vor seinem Herzinfarkt ohne ihr Wissen die Lebensversicherungen gekündigt und sämtliche Festgeldanlagen aufgelöst hat.

Was sie nicht weiß: wohin dieses gemeinsam für die Rente angesparte Geld verschwunden ist.

Sein Laptop liegt wie eine verschlossene Muschel vor mir. Vielleicht birgt sie eine Perle, vielleicht nur Salzwasser und Sand. Ich checke noch einmal die schriftliche Vereinbarung über das, was ich mit den Daten machen darf und was nicht. Doch diese Auftraggeberin will es wirklich wissen und hat alle Kreuze gesetzt.

»Also dann, Herr Kolowski«, sage ich.

In Märchen spielen Schwellen eine besondere Rolle. Ob als Dornenhecke oder Tür aus Pfefferkuchen – alle markieren sie den Übergang in eine Welt, in der die Gesetze von Zeit und der gewohnten Realität ausgehebelt sind. Meine Schwelle ist das Aufsetzen des Noise-Cancelling-Kopfhörers. In der Stille streiche ich mit den Händen an den Kanten des Laptops entlang. Wie bei jedem Mal durchrieselt meine Fingerspitzen ein Kribbeln – als würde Strom durch alle Nervenfasern gleichzeitig fließen und im Kopf alle Lichter anknipsen. Von einem Moment auf den anderen bin ich fiebrig wach und ruhig zugleich. Und mit dem Öffnen des Deckels lasse ich auch Simon an der Schwelle zurück.

*

In Filmen ist das Suchen eines Passworts meist ein Countdown des Todes. Der Ermittler benötigt dafür seine ganze Intelligenz und Kombinationsgabe, während im Hintergrund die Digitaluhr die Sekunden zur Bombenexplosion herunterzählt. In der Realität gleicht meine Arbeit eher der eines Schlüsseldienstes. Man braucht das Wissen über alle Arten von Schlössern und passendes Werkzeug. Nur dass meine Werkzeuge Namen wie »John the Ripper« oder »Aircrack-ng« tragen und aus Bits und Bytes bestehen. Viele Tools brauchen nur Sekunden, um Millionen möglicher Kombinationen von Zeichenketten, Wörtern und sonstigen Codes durchzuprobieren. Erst einmal starte ich die klassische »Wörterbuchattacke«, die durchtestet, ob ein Passwort irgendwo in Dutzenden von Sprachen zu finden ist.

Aber eines muss man Dieter Kolowski lassen: Offensichtlich hat er seine Hausaufgaben gemacht. Alle anderen Rechner des Hauses hatte er nur mit den Namen seiner Söhne geschützt, aber auf diesem Laptop befindet sich etwas, das er unbedingt vor fremden Augen verbergen wollte. Also ist nun Geduld gefragt.

Das Telefonsignal blinkt auf, kaum dass ich den nächsten Suchlauf gestartet habe. »Frau Martin?«, ruft eine atemlose Frau in den

Hörer. »Sandra Lesnik hier. Danke für ihren Anruf vorhin. Ich … Wir waren nur kurz außer Haus.«

»Kein Problem, Frau Les…«

»Ich bin so froh, dass ich Sie anrufen darf! Renate sagte uns, Sie kennen sich mit dem Internet aus. Hat Sie Ihnen erzählt, was passiert ist?«

»Sie sagte mir, dass ein Privatfoto Ihrer Tochter in ein Schülerforum gelangt ist.«

»*Gelangt?*« Frau Lesnik schnaubt. »Jenny hat das Bild selbst verschickt! An einen Jungen aus ihrer Klasse. Ohne auch nur eine Sekunde darüber nachzudenken, wie leicht Fotos weiterverbreitet werden können!« Diesen Tonfall kenne ich nur zu gut. Es ist die Mischung aus Löwenmutter-Blutrausch und blanker Wut auf das eigene Kind. Außerdem gehört Frau Lesnik zu den Eltern, die sich auch noch selbst Vorwürfe machen. »Im Grunde ist es nur meine Schuld. Sie ist zwar schon fünfzehn, aber ich kenne sie ja und hätte wissen müssen, dass sie noch viel zu unreif ist, um verantwortungsvoll mit einem Smartphone umzugehen …« Während sie erzählt, verschaffe ich mir einen Überblick über die ersten Ergebnisse der Online-Recherche zu Jennifer/Jenny Lesnik. Ich glaube nicht, dass Renate das Foto gesehen hat, das seit gestern auf der Plattform kommentiert wird. Sonst wäre sie sicher endgültig vom Glauben abgefallen. Offenbar stand Jennifer schon vorher nicht auf der Sonnenseite der Klasse und wurde im Forum mit verletzenden Spitznamen gemobbt. Jetzt ist sie endgültig Beute der Hyänen.

»In letzter Zeit erkenne ich meine Tochter kaum wieder, wissen Sie?«, gellt Frau Lesniks Stimme aus dem Lautsprecher des Telefons. »Sie war immer ruhig und freundlich. Und auf einmal ist sie wie verwandelt und macht nur noch Probleme. Sie hat mehrmals die Schule geschwänzt. Sie ist frech und unverschämt und außerdem lügt sie, und wenn ich sie frage …«

»Danke, Frau Lesnik. Ich denke, ich habe jetzt die Fakten, die ich brauche.«

»Entschuldigen Sie bitte«, sagt sie jetzt leiser. »Ich ... Wir sind nur alle sehr angespannt.«

»Das ist nach einem solchen Übergriff auch verständlich. Was haben Sie denn bisher wegen des Fotos unternommen?«

»Mein Mann hat es gleich gemeldet. Es sollte eigentlich schon längst aus dem Forum gelöscht sein. Und ich habe natürlich sofort die Eltern von Jennys Mitschülern angerufen. Renate war außerdem so nett, noch gestern Abend privat mit der Schulleitung zu telefonieren. Gleich morgen wird es dazu ein Krisengespräch mit den Lehrkräften und der Schulpsychologin geben.«

Schön, wenn das allein helfen würde. »Haben Sie mit einer Beratungsstelle oder der Polizei gesprochen?«

»Polizei?« Frau Lesnik holt erschrocken Luft. »Nein ... Wir .... Es geht doch nur um Schüler. Mein Mann wird das mit dem Jungen selbst regeln. Und auch dafür sorgen, dass seine Eltern ...«

»Frau Lesnik, ganz abgesehen davon, dass das hier kein harmloser Schülerstreich ist: Im Internet tickt die Zeit sehr schnell. Sie sollten sich professionelle Unterstützung holen, bevor das Foto sich auch auf anderen Plattformen verbreitet.«

Das reicht, um Jennifers Mutter den Rest zu geben. »Entschuldigen Sie«, sagt sie mit erstickter Stimme. Es raschelt, ein paar undeutliche, hektische Worte werden gewechselt, dann habe ich Jennifers Vater am Ohr, eine bärbeißige, tiefe Stimme im Angriffsmodus. »Jens Lesnik am Apparat. Und Sie sind ... wer?«

»Fleur Martin. Ihre Frau hat mich kontaktiert.«

»Sie sagt, wir sollen zur Polizei gehen«, höre ich Frau Lesnik im Hintergrund aufgeregt wispern.

»Auf keinen Fall!«, braust er auf. »Das fehlt mir noch, dass auch noch irgendwelche Kerle auf der Wache dieses Bild von meiner Tochter anglotzen.«

»Es gibt psychologisch geschulte Beamtinnen dort«, erwidere ich ruhig. »Ich gebe Ihnen gerne die Namen und ...«

»Ich brauche niemanden, der sich in unsere Privatangelegenheiten einmischt!«

Insgeheim seufze ich auf. »Ich will Sie nicht beunruhigen, aber denken Sie, ein Foto, das sich im Netz verbreitet, ist noch eine Privatangelegenheit?«

»Um mir Angst zu machen, müssen Sie schon früher aufstehen!«, blafft er mich an. »Und wie kommen Sie dazu, mir vorzuschreiben, was ich zu tun habe?«

Auch diesen aggressiven Ton kenne ich. Als wäre ich diejenige, die er niederargumentieren muss, um die Sache aus der Welt zu schaffen. Ich kann ihn verstehen. Und ginge es nur um verstörte Vatergefühle, würde ich mich jetzt höflich verabschieden. Aber schon meine erste grobe Recherche zeigt, dass das Bild nicht mehr nur im Dunstkreis der Schule kursiert.

»Vorschreiben kann und will ich Ihnen gar nichts, Herr Lesnik. Es ist nur ein gut gemeinter Rat. Ich bin Datenforensikerin. Und aus langjähriger Erfahrung kann ich Ihnen sagen: Wenn sich Nacktfotos von minderjährigen Mädchen erst einmal verbreitet haben, wird es sogar für Leute wie mich schwierig, sie dauerhaft aus dem Netz zu bekommen. Abgesehen davon, dass jeder, der es darauf anlegt, über eine Gesichtserkennungs-App herausbekommen kann, wie Ihre Tochter mit vollem Namen heißt, wo sie zur Schule geht und wo sie wohnt. Schließlich gibt es auch Klassenfotos mit ihr im Netz.«

Treffer, versenkt. Herr Lesnik ringt hörbar um Fassung. Doch er ist jemand, der es beherrscht, seine Aura von Dominanz aufrechtzuerhalten. »Was wollen Sie eigentlich von uns? Einen Auftrag abgreifen? Und was würde dieser Spaß mich dann kosten?«

Ich weiß sehr gut, dass man die Worte von Eltern im emotionalen Wildwasser nicht überbewerten soll, aber langsam reicht es mir. »Ihnen ist schon klar, dass es für Jennifer kein *Spaß* ist, was gerade mit ihr passiert?«

»Da haben Sie allerdings verdammt recht! Es ist alles andere als ein Spaß, wenn die eigene Tochter nicht weiß, was Scham und Anstand ist!«

»Jens«, zischt seine Frau.

»Ach, jetzt heulst du hier rum!«, brüllt Herr Lesnik so unvermittelt los, dass ich zurückzucke. »Das hättest du dir überlegen sollen, bevor du dich wie eine …«

»Lass sie endlich in Ruhe!«, faucht Frau Lesnik im Hintergrund. Schlagartig wird mir kalt. Herrn Lesniks Gebrüll war an seine Tochter gerichtet. Was bedeutet, dass Jenny schon die ganze Zeit im selben Raum sitzt und alles hört, was ihre Eltern über sie sagen. Ich könnte mich ohrfeigen, dass ich mich nicht versichert habe, ob wir vertraulich telefonieren.

Den Rest des Streits verstehe ich nicht. Vielleicht hat Herr Lesnik die Hand über den Hörer gelegt. Aber im Geiste sehe ich, wie seine Tochter noch tiefer im Sofa versinkt, die Schultern hochgezogen und den Kopf gesenkt, sodass ihr langes hellbraunes Haar ihr Gesicht verbirgt.

»Frau Martin?«, meldet sich ihre Mutter wieder. »Entschuldigen Sie bitte.« Es ist ihr anzuhören, wie peinlich es ihr ist. Offenbar ist sie in der Familie diejenige, die für das Entschuldigen zuständig ist. Im Hintergrund fällt die Tür mit einem Donnern zu. Ich wünschte, es wäre Jennifer, die aus dem Zimmer gestürmt ist, aber ich höre einen Laut, der mir ins Herz schneidet. Es klingt wie ein ersticktes Schluchzen.

»Mein Mann meint es wirklich nicht so«, sagt Frau Lesnik.

»Schon gut. Ich erkläre Ihnen das übliche Vorgehen und gebe Ihnen ein paar Telefonnummern durch – auch die Nummer einer Beratungsstelle. Haben Sie etwas zu schreiben?«

»Ja … natürlich.« Es klingt zögerlich. Aber sie notiert die Namen und Durchwahlen und bedankt sich dabei so oft, als würde sie ein Beruhigungsmantra wiederholen.

»Haben Sie für Ihre Tochter eine Entschuldigung für die Schule morgen verfasst?«

»Noch nicht«, sagt sie unsicher. »Aber ich … sollte es wohl, oder?«

»Ja. Und bitte gehen Sie mit Jenny gleich morgen früh zur Beratung. Die Leiterin heißt Frauke Jahn. Sie kennt sich mit solchen

Fällen aus und wird Ihrer Tochter helfen, mit der Situation umzugehen – auch in der Schule. Ich schreibe Frau Jahn heute noch eine Mail, damit sie weiß, worum es geht.«

»Danke«, sagt Frau Lesnik leise. Doch diesmal klingt sie nicht so, als würde sie vorhaben, dem Rat zu folgen. Diese Haltung kenne ich nur zu gut: *Alles bleibt in der Familie.*

»Es ist wirklich wichtig, Frau Lesnik«, sage ich mit Nachdruck. »Für Jenny – aber auch für Sie. Ich verstehe gut, wie Sie sich gerade fühlen. Aber glauben Sie mir, solche Fälle kommen häufiger vor, als man denkt. Und es hat nichts damit zu tun, dass Sie als Eltern etwas falsch gemacht hätten.« Ihr stockendes Atemholen verrät, dass sie die Tränen zurückdrängen muss. »Und auch falls Jenny nicht hingehen möchte, rufen Sie da morgen bitte auf jeden Fall an«, setze ich hinzu. »Frau Jahn weiß, was zu tun ist. Und natürlich hat sie Schweigepflicht. Auch ... Ihrem Mann gegenüber, wenn Sie das wollen.« Damit lehne ich mich sehr weit aus dem Fenster, vielleicht schon viel zu weit. Aber Frau Lesnik atmet auf.

»Vielen Dank«, sagt sie leise. Und diesmal kommt es aus vollem Herzen.

Im Grunde gäbe es nun nichts mehr zu sagen. Noch ein paar gute Wünsche, dann könnte ich auflegen und mit vier Klicks alle Fenster schließen. Aber so einfach ist es für mich nicht. Vom Monitor schaut Jennifer mich an. Das Bild ist ein Selfie, das sie vor einem Spiegel aufgenommen hat. In aufreizender Pose versucht sie sich an einem lasziven Lächeln. Und mit dem Make-up könnte man sie auf den ersten Blick tatsächlich für älter halten, als sie ist. Doch ich sehe nur ein Mädchen, das seinen Körper noch trägt wie ein Kleid, in das seine Seele erst hineinwachsen muss.

Semmelfresse hat voll die Monstertitten, ist im Forum noch einer der harmlosen Kommentare ihrer Mitschüler.

Mein Blick schweift zur Madonnenfigur auf dem Schrank. Genau das ist mein Problem mit professioneller Distanz: Ich glaube an Flüche. Daran, dass sie wie der Schatten Teil unserer selbst werden und uns folgen, wohin wir auch gehen. Familien sind aus feinen Netzen gewebt. Und Scham ist eine Erschütterung, die die größten Löcher reißt.

»Frau Lesnik? Dürfte ich Ihrer Tochter noch einige Fragen stellen?«

»Ähm … ja. Natürlich.«

Ein Rascheln, gedämpftes Murmeln, dann ein verschnupftes, misstrauisches: »Ja?«

»Jenny? Ich heiße Fleur Martin. Hat deine Mutter dir erklärt, wer ich bin?«

»Ja.« Es klingt feindselig. *Gut*, denke ich. Schließlich bin ich nur eine anonyme Stimme – und zudem nur eine weitere Erwachsene, von der sie fürchten muss, schuldig gesprochen zu werden. »Ist es für dich in Ordnung, mit mir zu reden?«

»Mir egal«, kommt es betont rotzig zurück.

»Ich brauche nur ein paar technische Infos, um besser einschätzen zu können, was zu tun ist. Ich vermute mal, deine Eltern haben dir dein Smartphone weggenommen?«

»Ja.« Es ist das sprachliche Pendant zu einem verächtlichen Schulterzucken. Doch ich kann mir vorstellen, wie es ihr wirklich damit geht. Technik wegzusperren scheint für Eltern immer der sicherste Weg zu sein, ihr Kind zu beschützen und ein Gefühl der Kontrolle zurückzugewinnen. Nur dass in Beziehungen Kontrolle das Gegenteil von Nähe ist. Jenny muss sich wie eine Gestrandete fühlen – isoliert auch von Freundinnen, die zu ihr halten und sie trösten könnten.

»Hör zu, Jenny, alles, was du mir sagst, ist vertraulich, es bleibt also zwischen dir und mir. Ich werde auch deinen Eltern nichts sagen. Deshalb stelle ich die Fragen so, dass du mit Ja oder Nein antworten kannst. Und du antwortest nur, wenn du auch wirklich möchtest. Einverstanden?«

Sie sagt nichts und ich schweige ebenfalls. Denn das ist die Schwelle. Sie hat die Wahl, auszusteigen, mich anzulügen oder ehrlich zu antworten. Aber wenn ich eines von meinem Vater gelernt habe, dann das: Verlass dich nie auf Wahrheiten, beobachte nur die

Reaktionen und ziehe daraus deine Schlüsse. Nach einer langen Pause kommt von Jenny ein zustimmendes »Mhm«.

»Gut.« Ich lächle, weil sie die Freundlichkeit in meiner Stimme hören wird. »Deine Mutter sagte mir, ein Junge aus deiner Klasse hätte …«

»Ich habe ihm überhaupt nichts geschickt!«, schnappt sie.

Bevor ich reagieren kann, hat ihr die Mutter den Hörer aus der Hand genommen. »Herrgott, Jennifer, jetzt lüg nicht schon wieder!«, fährt sie ihre Tochter an. »Mike hat vor seinen Freunden sogar damit herumgeprahlt, dass sie das Foto für ihn gemacht hat, Frau Martin. Er bestreitet zwar, das Foto ins Forum gestellt zu haben. Aber das Bild war schließlich auf seinem Handy. Er hat es herumgezeigt, das haben andere Schüler bestätigt. Und er hat schon öfter Probleme gemacht, nicht nur in der Schule …«

Ich muss innerlich sehr langsam bis drei zählen, bevor ich sie höflich unterbrechen kann. »Danke für die Info, das ist gut zu wissen. Könnte ich bitte noch einmal mit Jennifer sprechen?«

Ich kann spüren, dass es ihr einiges abverlangt, Hörer und Kontrolle wieder aus der Hand zu geben. »Jenny?«, sage ich ruhig. »Wenn du sagst, du hast Mike nichts geschickt, dann glaube ich dir das.«

»Ach ja?«, kommt es trotzig zurück. »Warum? Ich bin doch nur 'ne dumme Lügnerin, die sich wie 'ne Nutte benimmt!«

»Jennifer!«, zischt ihre Mutter.

Doch in mir wallt eine jähe Zärtlichkeit für das fremde Mädchen auf. Gerne würde ich sie in den Arm nehmen und sie beschützen. Aber alles, was ich für sie tun kann, ist, sachlich zu bleiben und weiter nachzufragen. Denn im Gegensatz zu ihren Eltern glaube ich ihr tatsächlich.

»Du bist alles andere als dumm. Und die Lügner sind diejenigen, die sich im Forum das Maul über dich zerreißen.«

Das muss Jenny wohl erst einmal verdauen. Während sie schweigt, beuge ich mich zum Monitor und betrachte ein Klassenfoto vom letzten Jahr, das die Suchmaschine ebenfalls ausgespuckt hat. Ungeschminkt, mit zurückgebundenem Haar und hängenden Schultern wirkt das Mädchen zwischen ihren selbstbewussten Mitschülerinnen wie jemand, der sich in der Tür geirrt hat und das auch weiß. Man sieht ihr an, wie ernst und unsicher sie ist. Ihr Gesicht ist blass und weich und ihre üppige Figur sorgfältig unter einem weiten Sweatshirt verborgen. Auf den ersten Blick hätte ich nicht erkannt, dass es sich hier um dasselbe Mädchen handelt wie bei der geschminkten Version mit dem halb geöffneten Mund. Und vielleicht liege ich völlig daneben, aber irgendetwas an dieser neuen anderen Jenny passt nicht zum üblichen Muster einer Jugendlichen, die sich einfach nur ausprobiert.

»Kennt jemand außer dir den Zugangscode zu deinem Smartphone?«, frage ich in das Schweigen.

Sie räuspert sich. Und als sie antwortet, schwingt in ihrer Stimme zum ersten Mal etwas Zerbrechliches mit. »Nur … meine Eltern.«

»Hast du dein Phone irgendwann einmal entsperrt irgendwo liegen lassen? In der Schule oder in der Stadt mit deinen Freundinnen? Vielleicht, als du mal zur Toilette gegangen bist?«

»Wieso?«, fragt sie vorsichtig.

»Weil schon ein paar Minuten reichen, damit jemand dein Gerät mit seinem verbinden kann. Dann könnte er jederzeit auf deine Fotos zugreifen. Hattest du in den letzten Tagen das Gefühl, dass etwas mit deinem Handy nicht stimmt?«

»Ich habe es nicht liegen lassen!«, sagt sie so hastig, dass ich aufhorche.

»Gut. War nur eine Standardfrage. Du wärst nicht die erste Schülerin, deren Daten auf diese Art in falsche Hände geraten.« Am anderen Ende der Leitung herrscht plötzlich eine ganz neue Art der Stille. Jenny wagt nicht einmal mehr zu atmen. Spätestens jetzt würde mein Vater vielsagend die Brauen heben.

»Okay, dann nur noch eine letzte Frage«, sage ich betont beiläufig. »Du besitzt noch ein zweites Handy, von dem deine Eltern aber nichts wissen. Und für dieses Geheimhandy kennt jemand anderes den Zugriffscode. Ja oder Nein?«

Mein Vater würde es einen Probeschuss nennen. Frauke von der Beratungsstelle würde jetzt die Hände über dem Kopf zusammenschlagen und mir einen Vortrag halten, dass dieses Telefonat das Gegenteil von einfühlsamer Psychologie sei.

»Nein!«, fährt Jenny mich erstaunlich heftig an. »Und ich sage jetzt gar nichts mehr, klar?«

Ihr Tonfall verrät, wie erschrocken sie ist. Ich weiß nicht, ob ich hoffen soll, mit meinem Verdacht recht zu behalten oder lieber völlig danebenliege. *Aber wäre das wirklich besser für sie?* »Nur noch eines, Jennifer«, sage ich sanft, aber mit Nachdruck. »Ganz egal, was wirklich los ist und wem du was geschickt oder nicht geschickt hast: Du bist nichts von dem, was andere gerade sagen. Und du bist auch nicht schuld. Schuldig sind einzig und allein diejenigen, die dein Vertrauen missbrauchen und deine Bilder gegen deinen Willen verbreiten.«

Ich höre, wie Jenny krampfhaft schluckt. Und als sie sich wieder gefangen hat, klingt sie zum ersten Mal wie eine unglückliche Fünfzehnjährige, die mit dem Rücken zur Wand steht. »Okay«, sagt sie leise und legt auf.

Wilderer

Mit einem Seitenblick prüfe ich, ob die Attacke auf Herrn Kolowskis Passwort noch läuft, dann ziehe ich zum zweiten Arbeitsplatz um und tauche in Jennys Kosmos ein. Manchmal verraten schon Benutzernamen, dass ein Mädchen noch sehr weit davon entfernt ist, die Person zu sein, die sie auf einem Foto darstellen will. In einem Forum, in dem sie sicher ohne das Wissen ihrer Eltern unterwegs ist, tritt sie unter dem Namen einer Kinderbuchfigur auf, ergänzt durch einige Zahlen, deren Bedeutung nur sie kennt. Doch mir geht es nicht um das Mädchen und ihre Geheimnisse, ich suche nach einem ganz anderen Muster. Mit einer Gesichtserkennungs-Software und einigen Log-in-Umwegen finde ich heraus, dass es nicht nur ein Selfie von Jennifer gibt. Es ist eine Serie von acht Bildern, die schon mehrfach auf einschlägigen Plattformen geteilt und meist wieder gelöscht wurden. Ich muss ein wenig schürfen, um drei von ihnen aus Zwischenspeichern zu holen. Das Interessante daran ist: Im Netz waren die Fotos bereits mehrere Tage, bevor das harmloseste im Schülerforum aufgetaucht ist. Ich tippe darauf, dass Jennys Mitschüler Mike es erst dort entdeckt und auf sein Handy geladen hat, um damit zu prahlen. Und vielleicht wollte derjenige, der es im Forum gepostet hat, dass das Bild dort gefunden wird und diese Lawine lostritt. Natürlich kann ich immer noch danebenliegen, aber inzwischen kenne ich die freie Wildbahn lange genug, um zumindest einen Testlauf zu riskieren.

*

Als ich den Kopfhörer abnehme, ist es draußen dunkel. Nach der stundenlangen Lautlosigkeit kommt mir sogar das ferne Rauschen der Stadtautobahn wie Donner vor. Während ich die letzte Mail verschicke, schließe ich kurz die Augen und stelle mir vor, wie Lichtimpulse an schnurgeraden Leitungen entlangrasen und sich um einen User mit dem Benutzernamen Pan02 zu einer pulsierenden Aura verdichten.

»Bin im Kino«, hat Renate auf unsere Küchentafel geschrieben. »Im Kühlschrank ist noch Nudelsalat für dich. Vergiss nicht, Feierabend zu machen!«

Spannungsschmerz sticht in meinem Nacken und hinter meinen Augen. Aber ich bin viel zu euphorisch und aufgedreht, um etwas zu essen. Stattdessen mache ich mir einen Rotwein auf und stelle die Musik im Schlafzimmer so laut, dass ich meine Stimme beim Mitsingen kaum hören kann. Musik ist ein Gegenzauber, der mich aus dem Reich hinter den Schwellen zurückholt. Das Tanzen und Strecken tut gut und der erste Schluck Wein macht mich schwindelig und leicht.

Auf dem Smartphone finde ich zwei Anrufe von Simon und eine Nachricht: *Tut mir auch leid, Fleur. Ich hätte dir einfach zuhören müssen, statt gleich so auszurasten. Das war völlig daneben, entschuldige. Wir sollten reden, okay? Wie wäre es gleich morgen mit einem Morgenkaffee in der Stadt? Oder lieber Abendessen? Wann? Wo?*

Nach der langen Konzentration ist mein Gesicht wie erstarrt, das Lächeln fühlt sich fremdartig an. Das ist der letzte Schritt zurück in meine Zeit und in mein Leben. *Das nennst du ›ausrasten‹, Simon?*, denke ich bei mir. Seine Insta-Story zeigt, dass er gerade auf einer Geburtstagsfeier ist. In einem Reel deutet er einige Tanzmoves an und schaut dabei in die Kamera. Als er lacht, lasse ich mich aufs Bett sinken und trinke den Rest des Glases in einem Zug aus. Aber auch das hilft nicht gegen die jähe Sehnsucht nach Simons Duft und seinen Armen, die Sehnsucht nach einer Beziehung, in der man sich einfach verabredet und miteinander spricht. Vielleicht ist es der Alkohol, der mir in den Kopf steigt. Oder die Euphorie, die immer noch wie ein elektrisches Sirren in mir schwingt. Aber diesmal weiche ich nicht feige aus, sondern schicke Simon einen Ort und eine Uhrzeit.

Ein neuer Song beginnt, während ich mich mit meinem Laptop auf dem Bett ausstrecke. Unter der Tarnkappe des Darknets logge ich mich in ein Profil nach dem anderen ein. Das ist etwas, was ich Simon weder morgen noch an einem anderen Tag erzählen werde: dass ich einen bunten Blumenstrauß an Internetnamen habe. Von Iris, Susann und Rose bis hin zu Lilly und Jasmin ist alles dabei. Identitäten für zwanzig Accounts, mit denen ich mich im Netz unsichtbar bewegen kann.

Das ist der Teil meiner Arbeit, für den mich niemand bezahlt: den Stimmen im Netz etwas entgegenzusetzen. Manchmal schieße ich nur in Foren quer und mische Chats auf, in denen sich Trolle und verbale Gewalttäter austoben. Ich sorge dafür, dass sie gesperrt werden oder verschwinden. Oft programmiere ich abends Bots: Programme, die das Internet selbstständig nach Stichworten und Namen durchforsten und vorformulierte Antworten auf Kommentare tausendfach posten. Manchmal verwische ich Spuren, um Gejagte aus der Schusslinie zu holen. Denn der Zirkus dreht immer noch seine Runden, er hat nur den Ort gewechselt und führt seine »Freaks« nun in der digitalen Arena vor. Um hier zum Objekt degradiert zu werden, muss man kein Elefantenmensch und kein siamesisches Zwillingspaar sein. Es genügt schon, sichtbar zu sein, Teil einer Momentaufnahme am falschen Ort, zur falschen Zeit. Oder man wird – so wie Jennifer – aus der Intimität gezerrt und digital an den Pranger gestellt. Doch in einem Punkt hat Simon sich geirrt: Ich rette keine verlorenen Seelen. Weil man seine Seele gar nicht verlieren kann, selbst wenn andere sie einem absprechen wollen. Und natürlich ist es ein Kampf gegen Windmühlen, aber darum geht es nicht. Sondern darum, dass wie bei Catherine manchmal schon eine kleine Geste genügt, um jemandem wie Petrus Gonsalvus auch vor aller Welt seine Würde zurückzugeben.

*

In dieser Nacht verschont mich der Jäger. Dafür träume ich von Rocky, der nach Haarspray und Parfum riecht und mich mit der Nase anstupst. »Fleur!«, flüstert er mir zu. Ich blinzle mit verschwollenen Augen und schaue Renate direkt ins Gesicht. »Entschuldige!« Sie hält mir das Telefon hin. »Hier ist jemand von der Polizei, der dich unbedingt sofort sprechen muss.«

Ich schiele zum Wecker. »Mor'n Cem«, murmle ich in den Hörer. »So früh am Platz?«

»So früh wie jeden Morgen«, sagt eine schlecht gelaunte Stimme. »Bin ich Tutanchamun, dass ich Ihre Hieroglyphen lesen kann?«

Sofort schieße ich hoch und sitze kerzengerade im Bett. »Herr Walter! Guten Morgen. Ich … hatte die Mail gestern Abend doch an Herrn Arslan geschickt?«

»Der hat sich schon am Freitag krankgemeldet.«

Mist. Renate schaut mich besorgt an und geht erst nach einem Wink von mir aus dem Zimmer.

»Also, was soll ich jetzt mit Ihrem technischen Gedöns anfangen?«, schnarrt mir Walter ins Ohr. »Abteilung? Aktenzeichen? Worum geht's überhaupt?«

Vergeblich versuche ich meine trockene Kehle freizuräuspern. »Es … gibt kein Aktenzeichen«, bringe ich mit kratziger Stimme heraus. »Das ist nur ein Hinweis, den Herr Arslan sich ansehen sollte. Der Anhang ist ein Protokoll mit Screenshots und IP-Adressen …«

»Spielen Sie sich wieder als Miss Marple auf?«

Wer hat behauptet, dass Missbilligungswellen einen nicht auch über Kilometer hinweg grillen können?

»Miss Marple hatte wohl kaum mit der Prostitution Minderjähriger zu tun, Herr Walter.« Das ist sehr weit mit dem Holzhammer ausgeholt, aber jetzt habe ich seine Aufmerksamkeit. Ich höre sein schnaufendes Atmen, während ich versuche, ihm alles zu erklären. Mein Kopf dröhnt, als wäre er mit elektrisch aufgeladener Watte gefüllt. Und Walter wäre nicht Walter, wenn er mich nicht sofort in einen Topf mit Kriminellen werfen würde. »Im Klartext sagen Sie mir also, Sie haben fremde Computer ausgespäht? Sie wissen schon, dass das strafbar ist?«

»Ich habe Fakten zusammengetragen, die man legal einsehen kann«, murmle ich. »Schließlich bin ich kein Hacker.«

»Na, da hat dieser ›Pan02‹ aber Glück gehabt, was?«

Wow. Ironie hätte ich Helge Walter gar nicht zugetraut.

»Auf anderen Plattformen nennt sich dieser User auch Giz98«, fahre ich mit pelziger Stimme fort. »Und einiges deutet darauf hin, dass sich hinter beiden Profilen derselbe Mann mit dem Namen Marko Bantz verbirgt. Er ist vierundzwanzig und lebt in Mannheim. Arbeitet bei einer Autovermietung. Als Pan02 hat er vor einem halben Jahr in einem Forum mit der Schülerin Kontakt aufgenommen.«

»Und das heißt für Sie gleich, dass er sie auf den Strich schickt?«

»Nein, natürlich nicht. Aber Fakt ist, dass über die Profile Pan02 und Giz98 Nacktfotos einer Minderjährigen ins Netz gestellt wurden.«

Ich höre Herrn Walters Schreibtischstuhl knarzen, als er sich zurücklehnt. In seinem Fall ist das ein gutes Zeichen. »Und wie ich Herrn Cem schon schrieb, sagt Jennifers Mutter, dass ihre Tochter seit einer Weile sehr verändert ist«, fahre ich fort. »Ich halte es für wahrscheinlich, dass Pan02 dem Mädchen ein eigenes Handy gegeben hat, mit dem sie ohne das Wissen ihrer Eltern mit ihm in Kontakt …«

»›Wahrscheinlich‹ ist alles und nichts«, unterbricht er mich barsch. »Bleiben wir bei den Fakten: Sie können also nachweisen, dass dieser User unter zwei verschiedenen Accounts Erotografie einer Minderjährigen im Netz verbreitet?«

»Ja.«

»Dann werden wir dem nachgehen. Ansonsten haben Sie keine Beweise, richtig?«

»Nein.« Das Internet ist ein Spiegelkabinett. Es kann alles wahr sein – oder auch alles falsch. Und hier im nackten Licht eines Regenmorgens und mit schwerem Kopf wirkt mein Konstrukt von gestern nur noch wie ein Kartenhaus. Der letzte Rest, der von einer Party noch steht, bis ein Windhauch ihn zum Einsturz bringt. Es kostet mich viel, trotzdem weiterzusprechen. »Aber das Muster würde zum üblichen Stil eines ›Loverboys‹ passen. Sie wissen, wie Täter aus dieser Szene vorgehen: Sie picken sich gezielt ein nicht besonders selbstbewusstes Mädchen heraus, meist in einem Schülerforum. Der Mann baut Vertrauen auf, umgarnt sie und überredet sie zu einem Treffen. Daraus entsteht etwas, das sie für die echte Liebe hält. Nach und nach isoliert er sie von ihrer Familie und bringt sie immer weiter in eine emotionale Abhängigkeit. Und bald werden an seine ›Liebe‹ Bedingungen geknüpft. Er setzt sie unter Druck, bis sie schließlich alles für ihn tut – sogar anschaffen gehen, um ihm aus angeblichen Schulden herauszuhelfen. Vielleicht war das Foto im Schülerforum eine Aktion, um Jennifer von ihrem Umfeld zu isolieren. Oder sie hat sich geweigert, auf seine Forderung einzugehen und er schickt ihr damit eine Warnung, um ihr zu zeigen, dass er die Macht hat, sie …«

»Wie oft habe ich es Ihnen schon gesagt?«, unterbricht er mich trocken. »Machen Sie Ihre Arbeit, wir machen unsere. Sie haben keine Ahnung von Ermittlungen und Sie sind auch keine Kriminalistin.« Damit legt er grußlos auf.

Und vielen Dank für den Hinweis, Ihre kostenlose Vorarbeit und die Screenshots, Frau Martin, ergänze ich in Gedanken. Aber das wäre bei Polizeioberkommissar Walter zu viel verlangt. Ich sollte es langsam lernen, aber heute fühlt es sich an wie eine Ohrfeige.

Zaghaft klopft es, dann lugt Renate sehr besorgt ins Zimmer, schon im Mantel und mit Tasche. »Gibt es Probleme?«

»Nein.«

»Gut!« Sie sagt es in dem Ton, den sie sicher auch hat, wenn sie nach dem Unfall eines Schülers die Notfall-Checkliste abhakt. Dabei schweift ihr Blick missbilligend über die leere Flasche Wein, das Glas auf meinem Nachttisch und den noch eingeschalteten Laptop, neben dem ich eingeschlafen bin. Außerdem trage ich noch mein

T-Shirt von gestern. »Tut mir leid, dass ich dich geweckt habe, Fleur.«

»Ich muss ohnehin aufstehen.«

»Du bist verkatert, hm? Soll ich dir eine Aspirin holen?«

Das Kopfschütteln ist gar keine gute Idee. *Selbst schuld, Fleur.* Aber schlimmer ist die nüchterne Erkenntnis, dass es in meinem Leben offenbar nur noch zwei Zustände gibt: die Euphorie der Nächte – und Morgen wie diese.

Renate steht immer noch in der Tür, als würde sie auf etwas warten und nicht zu fragen wagen. Und endlich fällt bei mir der Groschen. »Ja, ich habe mit Jennys Mutter telefoniert«, murmle ich.

Ihre Miene hellt sich auf. »Wunderbar, danke! Konntest du helfen?«

»Ich … hoffe es. Aber wenn du Jenny noch etwas Gutes tun willst, dann sorge dafür, dass Frau Lesnik mit ihrer Tochter wirklich zu der Beratungsstelle geht, die ich ihr genannt habe, ja?«

»Das mache ich.« Und mit einem kritischen Blick auf mein Gesicht fügt sie hinzu: »Du siehst furchtbar aus, Mädchen. Leg dir ein Kühlpad auf die Augen, bevor du aus dem Haus gehst.«

*

Im Arbeitszimmer zeigt mir der grüne Balken auf dem Monitor, dass das Kowalski-Passwort über Nacht geknackt wurde. Ich fahre den zweiten Rechner hoch. Die Kommentare und Jennys Fotos wurden inzwischen aus dem Schülerforum entfernt, immerhin. Interessanterweise hat heute Nacht auch Pan02 seinen Account gelöscht. Gut, dass ich Screenshots gemacht habe. Dennoch: Helge Walter hat recht. Im Grunde weiß ich gar nichts. Und vielleicht bin ich wirklich eine Möchtegern-Marple, die nur das Schlimmste in allem sehen will. Dennoch mache ich mich lieber zum Affen, als einmal zu oft wegzuschauen. Kurz entschlossen schicke ich eine Kopie der gestrigen Nachricht an Cems Privatmail. Dann checke ich routinemäßig meine eigenen Social-Media-Seiten. Die Fotos, die ich dort poste, gaukeln Persönliches lediglich vor, die meisten sind Freeware aus dem Netz oder aussortierte Schnappschüsse aus Max' Leben, die ich verwenden darf: Fotos von Gläsern mit Whipped Coffee, Frisbee-Scheiben im Gras am Baggersee und Sehenswürdigkeiten von Städtetrips, die ich nie gemacht habe. Falsche Fährten, die sich im Netz verlieren. Sogar mein Tinder-Profilfoto ist durch schräges Gegenlicht, wehendes Haar und die goldbraun getönte Sonnenbrille so verfremdet, dass man mehr erahnt als erkennt. Es ist das einzige Profil, auf dem ich überhaupt mit einem Foto in Erscheinung trete.

Auf dem Handy trudelt mit einem Surren eine Nachricht ein. *Wie schön, ich freue mich auf dich, Belle! ;-),* schreibt Simon. Siedend heiß fällt mir ein, dass wir verabredet sind. Um es pünktlich zum Café zu schaffen, muss ich schon in fünfzehn Minuten los, ohne Plan und – wenn man ehrlich ist – ohne zu wissen, wohin ich mit Simon wirklich will. *Und ob ich mit ihm überhaupt irgendwo hin könnte.* Ich schlucke und schaue zur Schwarzen Madonna. Im Seitenlicht des Morgens wirkt ihre Miene verschattet und streng. Die Drohung in ihrem starren Blick ist spürbar wie eine Berührung.

Aber statt Simon sofort anzurufen und mich mit einer Ausrede zu entschuldigen, kontrolliere ich erst die Mails. Frauke Jahn von der Beratungsstelle hat eine Antwort in Sachen Jenny geschickt. Und mein Bruder einige Bilder, die er für mich aus den Familienalben meiner Eltern abfotografiert hat: Max an seinem ersten Schultag und als Baby in meinen Armen. Und dann gibt es noch das Bild, das Max und ich unseren Eltern vergrößert und schön gerahmt zum Hochzeitstag schenken werden. Obwohl man meiner Mutter ihre Schwangerschaft darauf bereits ansieht, wirkt sie auf dem Bild ihrer Hochzeit noch zierlicher als heute. Sie trug nichts Blaues, nichts Neues und auch keinen Schleier. Ihr Brautkleid war geliehen. So weit traute sie dem Glück dann doch noch nicht über den Weg. Aber ihr Lächeln strahlt bis ins Jetzt. Und irgendetwas ist an diesem Lächeln, das meine Schatten für einige Sekunden verschwinden lässt. *Flüche können auch enden*, denke ich. Für meine Mutter wurde das Leben gut, als sie sich in Roland Martin verliebte und ihre Vergangenheit für immer hinter sich ließ. Zum ersten Mal an diesem Morgen komme ich zur Ruhe und schaue zum Fenster. Regen rinnt am Glas herunter und verzerrt das Außen zu dem surrealen Bild einer Welt ohne Festigkeit.

Pass auf, dass dein Leben dir nicht davonläuft, höre ich im Geiste Renate sagen.

Das wird es nicht, denke ich. *Nicht heute.* Es tut gut, in mir wieder eine Ahnung des Feuers zu spüren.

Bis nachher, texte ich an Simon. *Ich freue mich auch.*

Ich ignoriere den drohenden Blick der Madonna und prüfe noch im Schnelldurchlauf, was Herr Kolowski vor seiner Frau zu verbergen hatte. Soweit man es auf den ersten flüchtigen Blick beurteilen kann, gab es wohl keine Geliebte und auch kein schillerndes Doppelleben, dafür aber astronomische Spielschulden vom Online-Poker und Drohbriefe windiger Inkasso-Unternehmen im Mailfach. Ja, die meisten Geheimnisse, die Menschen mit ins Grab nehmen, sind traurig banal.

Im Netz

Simons Shirt habe ich dabei – und ebenso die zwanzig Antworten auf Privatfragen, die ich mir auf der Fahrt zurechtgelegt habe. Und ich werte es als gutes Zeichen, dass es aufgehört hat zu regnen und sogar die Sonne hervorkommt, während ich vom Parkplatz zum Café laufe. Die üblichen Freiberufler sitzen direkt an der großen Fensterfront und tippen bei Soja-Latte die ersten Mails des Tages. Vor der Eingangsstufe bleibe ich stehen und spähe nach drinnen. Simon sitzt über sein Smartphone gebeugt am Tresen. Sobald er den Kopf dreht, wird er mich draußen hinter der Scheibe entdecken. *Los!*, befehle ich mir. *Du wolltest doch nicht mehr davonlaufen.* Doch als Simon dem Fenster den Rücken zudreht und das Handy für ein Selfie hebt, weiche ich reflexartig zurück. »Vorsicht!«, schreit jemand auf. Metall schrappt über meine Wade. Der Radfahrer, der mich auf dem Bürgersteig fast über den Haufen gefahren hätte, hat sich nach dem Ausweichmanöver schon wieder gefangen und ruft nur verärgert über die Schulter: »Pass doch auf!«

Ich zittere noch, als ich mich neben dem Café an einen Fahrradständer lehne. Mein beiges Strickkleid hat einen öligen Streifen abbekommen. Ein Surren schreckt mich auf. Es ist die Benachrichtigung über einen neuen Insta-Beitrag von Simon. Das Foto von zwei Kaffees auf dem Tresen, einer schwarz, einer milchhell. Und darunter steht mein Name. Mein richtiger Name. *Waiting for Fleur. Morgenkaffee, wie du ihn am liebsten magst: schwarz, zwei Löffel Zucker.* Der Beitrag wird bereits gelikt. Im Sekundentakt hagelt es lachende Smileys und erhobene Daumen aus Simons Netzwerk.

Der Freund, auf dessen Geburtstagsfeier er gestern war, schreibt: *Vergraul sie nicht gleich wieder, Bro!*

Es ist wie der wahr gewordene Albtraum, sich nackt auf einem Marktplatz wiederzufinden. Virtuell sitzt Simons halbe Clique im Café und sieht uns live beim Date zu. *Was hast du denn erwartet?*, schießt es mir durch den Kopf. Aber erst hier, an der Schwelle zu dem Leben, das ich mir so sehr wünsche, überblicke ich, was der nächste Schritt wirklich bedeuten würde: Teil des Netzes zu werden, das aus Simons Freunden, seiner Familie und den Algorithmen besteht, die mich bereits jetzt schon einweben und mit völlig Fremden verbinden. Und dann vibriert es noch mal und ich schaue auf ein neues Posting: Es zeigt sein Selfie von eben. Vor dem Hintergrund des Panoramafensters lächelt Simon in die Smartphone-Kamera. Über seiner rechten Schulter sieht man die Straße und den Radfahrer, der sich gerade wütend nach mir umschaut. Von mir erkennt man nur einen unscharfen Umriss beim Sprung zur Seite. Doch schon diese angedeutete Präsenz jagt mir mehr Angst ein, als gut für mich ist.

Ein paar Minuten später sitze ich schon wieder in meinem Auto. »Sorry, Simon, mir ist gerade ein Geschäftstermin dazwischengekommen«, tippe ich, bevor ich den Motor starte. »Tut mir so leid. Muss dringend los, melde mich heute Abend!« Ich schäme mich dafür, so erleichtert zu sein, während ich Simons Kontakt auf stumm stelle.

Im Berufsverkehr dauert es eine Ewigkeit bis zu meinem Viertel und zwei weitere, bis ich einen Parkplatz gefunden habe. Immer noch zittrig steige ich aus. Da ist wieder das vertraute Gefühl, gerade noch einmal davongekommen zu sein. Ich wünschte, es würde sich nicht so sehr wie eine Niederlage anfühlen. Und ausgerechnet jetzt ruft auch noch meine Mutter an.

»Hallo Mama, ich bin unterwegs. Kann ich dich später zurückrufen?«

Sie antwortet nicht, ich höre nicht einmal ein Atmen. Kommentarlos aufzulegen ist aber nicht ihre Art. »Mama? Bist du noch dran?«

Ein ersticktes Schniefen erklingt, dann ein stockendes Atemholen. »Dein Vater …«, stößt sie gepresst hervor. Dann fängt sie an zu weinen.

Mein Herz setzt einen Schlag aus. »Was ist mit Papa?«

Keine Antwort.

»Mama, was ist passiert?« Ein Passant dreht sich nach mir um, so laut bin ich geworden. An meinem Ohr ringt meine Mutter wie eine Ertrinkende nach Luft. Und dann stößt sie hervor: »Er … ist tot, Fleur.«

Ich muss an der nächsten Wand Halt suchen, sonst hätten meine Beine einfach nachgegeben. »Was? Aber … Wie …?«

Meine Mutter bringt vor Schluchzen kein verständliches Wort mehr heraus. Und ich fühle mich, als würde etwas in mir in Scherben zerfallen. Es vergeht eine Ewigkeit, in der sie nur weint und ich wie von Sinnen immer dieselbe Frage wiederhole. Als bräuchte es lediglich Fakten, um zu beweisen, dass es einfach nicht wahr ist. Nicht wahr sein kann. Doch längst reime ich mir zusammen, was passiert sein muss: der Bluthochdruck, an dem mein Vater schon zu lange leidet. Sein Übergewicht. Die Tatsache, dass er immer noch raucht …

Im Hintergrund dröhnen unregelmäßige Schritte. Max' typischer Galopp, wenn er die Treppe herunterspringt, als wäre er zehn Jahre alt. Und während ich noch denke, dass das gerade gar nicht richtig ist, sage ich bereits: »Mama, hol Max ans Telefon!«

Ihr Weinen gerät ins Stocken. Ein Stuhl wird zurückgeschoben.

Dann habe ich einen völlig verdatterten Max am Ohr. »Hi Fleur! Was ist denn mit Moms los? Hast du etwa den Besuch zum Hochzeitstag abgesagt?«

Jetzt bin ich es, die kein Wort herausbringt. *Er weiß es noch gar nicht?*

»Komm schon, das kannst du nicht machen!«, redet mein Bruder weiter. »Die planen ein Riesending. Papa steht schon im Garten und dekoriert die Bäume vor dem Terrassenfenster.«

»Er … steht im Garten?«, wiederhole ich tonlos.

»Schon seit sieben«, antwortet Max genervt. »Gerade hat er mich aus dem Bett geworfen, damit ich die Lampiongirlande aus dem Keller hole.«

»Max? Wird das heute noch was?«, höre ich eine brummige ungeduldige Stimme rufen.

Mein Bruder seufzt. »Da hörst du es. Ich bin sein Privatbutler.«

Ich spüre kaum, wie ich an der Hauswand nach unten rutsche.

»Fleur?«, höre ich Max wie aus weiter Ferne sagen. »Weinst du jetzt auch noch? Klärt mich mal jemand auf, was hier eigentlich los ist?«

Doch jetzt bin ich es, die vor Schluchzen nicht sprechen kann, so überwältigend ist die Erleichterung. Denn endlich begreife ich, dass meine Mutter gar nicht von Roland gesprochen hat. Sondern von meinem leiblichen Vater.

*

Jedes Mal, wenn ich hinter Münster von der Autobahn abfahre, ist es, als würde ich alles hinter mir lassen und in eine heile, kleine Welt eintauchen. Unter einem dramatischen Himmel fahre ich die letzten Kilometer zwischen weitläufigen Äckern und vereinzelten Obstwiesen. Strahlendes Kupferlicht schneidet durch die Lücken zwischen den Gewitterwolken, die inzwischen abgeregnet sind und Straße und die Grünflächen mit einem gleißend nassen Glanz zurücklassen. In diesem herbstlichen Sonnenspiel leuchten die kleinen Backsteinhäuser der Siedlung in einem intensiven Rot. Es könnte die Illustration eines besonders bunten Märchenbuchs sein. Oder vielleicht nehme ich es nur heute alles viel intensiver wahr nach dem Schreck, dass ich meinen Vater – den Vater, den ich liebe – verloren zu haben glaubte. Schon von Weitem sehe ich den Gartenzaun und dahinter die zwei schlanken Bäume in Sichtweite des Wohnzimmerfensters. Diese Bäume hat mein Vater – technisch gesehen mein Stiefvater – am Tag von Max' Geburt gepflanzt, weil es in seiner Familie seit Generationen so üblich ist. Und für ihn war es ganz selbstverständlich, dass er nicht nur für sein leibliches Kind einen Baum pflanzte, sondern auch einen für mich. »So ist das bei den Martins«, hatte er mir seine Familientradition damals erklärt. »Apfelbaum für einen Sohn, Walnussbaum für eine Tochter.« Ich habe für Bäume nichts übrig, dennoch hat seine Geste mir gezeigt, dass ich ganz und gar Rolands Tochter bin. Und auch jetzt gibt mir der Anblick der Bäume und des gepflegten Gartens das Gefühl, in Sicherheit zu sein, geborgen und willkommen.

Bevor ich den Schlüssel zücken kann, öffnet mir schon ein sehr blasser und besorgter Max die Tür. »Hey, Große«, sagt er zaghaft und umarmt mich. »Tut mir so leid wegen deinem … ähm … Vater.«

Offenbar klingt dieses Wort für ihn ebenso falsch wie für mich.

»Schon gut, Max. Weint Mama immer noch?«

»Keine Ahnung. Vorhin hat sie sich in der Küche verschanzt. Als ich angeklopft habe, hat sie gebrüllt, dass wir sie endlich in Ruhe lassen sollen, und hat das Radio bis zum Anschlag aufgedreht.« Er deutet zur Küchentür, die normalerweise immer offen steht. Dahinter singt sich Helene Fischer mit siebzig Dezibel durch die Nacht und Schubladen werden mit Wucht zugeknallt. »So habe ich Moms noch nie erlebt«, fügt Max leise hinzu. »Sie ist wohl ganz fertig vor Trauer.« Er schaut mich fragend an. Obwohl er sich seinen ersten Bart wachsen lässt, erinnert er gerade an den kleinen, verschreckten Jungen, den ich stets vor der Welt beschützen wollte. Unsere Rollen sind seit jeher klar verteilt: Max ist dafür da, die Welt bedingungslos zu lieben. Ich erkläre sie ihm. Nur, dass ich in diesem Fall nicht wüsste, wo ich anfangen soll.

»Wo ist Papa?«, frage ich stattdessen.

»Oben im Arbeitszimmer. Er versucht einen Termin bei einem Anwalt zu bekommen.«

Das ist mein Vater, denke ich. Während meine Mutter zur Flipperkugel ihrer Gefühle wird, krempelt er wie immer die Ärmel auf und macht sich stoisch daran, die Schäden zu beseitigen, die Maurice in unserem Leben hinterlässt. Zumindest gehe ich davon aus, dass es auch diesmal ein Schaden sein wird. Ich drücke Max meine Tasche in die Hand und gehe zur Küche. Ohne anzuklopfen breche ich den Bannkreis und mache das Radio aus. Ich hatte Chaos und tränennasse, zerknüllte Taschentücher erwartet, aber auf den ersten Blick wirkt alles wie immer. Meine Mutter hat sich das Haar zu einer eleganten Frisur aufgesteckt, sie trägt mohnroten Lippenstift und schneidet Dosenpfirsiche für einen Obstkuchen. Nach alter Gewohnheit hat sie sich ein Küchentuch in den Bund ihres Rockes gesteckt. »Fleur, Schatz!« Sie wischt sich die Hände am Tuch ab. »Du bist ja schon da! Hattest du eine gute Fahrt?«

Sie tritt zu mir und haucht mir zwei angedeutete Küsse auf die Wangen. Spätestens daran hätte ich gemerkt, dass hier nicht alles wie immer ist. Vermutlich ist ihr gar nicht bewusst, dass sie mit der französischen Begrüßung in eine andere Zeit gefallen ist, das andere Land, das andere Leben. Ein Seitenblick auf den Küchentisch zeigt weitere Fehler in der Matrix. Bei meiner Mutter sind es immer die Abweichungen vom Muster, die sie verraten. Von der Porzellanballerina bis zum gehäkelten Zierdeckchen hat in diesem Haus alles seinen Platz. Millimetergenau und nach Jahreszeiten und Anlässen geordnet gibt es feste Deko-Arrangements, die niemals variiert werden. Aber nun liegt mitten auf dem Küchentisch, achtlos zwischen Schneidebrett und Schüsseln abgelegt, ein silbergerahmtes Bild, das in die Wohnzimmervitrine gehört. Teigspritzer und Mehl haften am Glas.

Das Besteck rasselt ohrenbetäubend, so heftig reißt meine Mutter die Schublade auf. »Soll ich dir einen Kaffee machen?«

»Den mache ich mir selbst, Mama. Du legst eine Pause ein und atmest jetzt mal tief durch.«

»Sag du mir nicht auch noch, was ich zu tun habe. Setz! Dich! Hin!«

Wow. Kein Wunder, dass Max so verstört ist. Zögernd gehorche ich, während sie die Kaffeedose aus dem Schrank hangelt. Die Linie ihres Rückens und der ausgestreckte Arm erinnern an die anmutige Geste einer Tänzerin. Ohne die Faltenlinien an ihrem Hals würde man unsere Mutter für eine sehr viel jüngere Frau halten. Eine Locke hat sich aus ihrer Frisur gelöst und ringelt sich in ihrem Nacken.

Frisch gefärbt glänzt ihr Haar in dem satten Dunkelbraun, das früher ihre Tarnkappe war und das sie vielleicht nur noch aus Gewohnheit trägt, vielleicht aber auch als Talisman.

Mein Blick schweift zu dem mehlbepuderten Foto. Es war in einem Krankenhaus in der Nähe von Paris aufgenommen worden und ich bin darauf einen Tag alt. Meine Mutter sieht selbst noch aus wie ein Kind, aber sie hält mich wie einen Schatz in ihren Armen. Ihr Gesicht ist die aufgehende Sonne, so glücklich lächelt sie auf mich herunter. Ihr Haar fällt ihr lang über die Schultern und fängt das Sonnenlicht, das durch das Fenster fällt. Damals war es noch nicht dunkel gefärbt, sondern leuchtete in dem auffallend hellen Aschblond, das ihre Naturfarbe ist. Mein Baby-Ich staunt sie mit weit offenen Augen an, als könnte es nicht fassen, dass seine Mama ein Engel ist. Es wirkt, als gäbe es in diesem Moment nur uns beide. Aber natürlich sind wir nicht allein. Der Dritte im Bunde, ein Mann mit breiten Schultern und dem Herz eines Spielers, hält die Kamera.

Ich erinnere mich nicht daran, je ein Foto von Maurice und meiner Mutter gemeinsam gesehen zu haben, ich kenne nicht einmal das Hochzeitsfoto, das in Paris aufgenommen wurde. Wie bei so vielem, was meinen leiblichen Vater betrifft, weiß ich zwar, dass es existiert, aber es ist nur noch eine schemenhafte Erinnerung, präsent allenfalls als Ahnung in den Schwingungen des Netzes, das unsere Familie zusammenhält. Die Fäden des Netzes zittern im Schweigen und im Ungesagten, in flüchtigen Blicken und den Schatten, die über Mienen huschen, sobald Fragen in die falsche Richtung gehen.

»Woran ist er gestorben?«, frage ich vorsichtig.

Endlich hält meine Mutter inne. Langsam dreht sie sich um und lehnt sich an die Anrichte, die Hände neben sich aufgestützt. »An seiner Herzschwäche. Ein Nachbar hat ihn im Garten gefunden, eine halb volle Flasche Schnaps stand noch neben seinem Liegestuhl.«

Dann hast du es also geschafft, dich mit gerade mal Mitte sechzig ins Grab zu trinken. Auf der Stelle schäme ich mich für diesen Gedanken und noch mehr dafür, dass ich kein Mitleid fühle. »Wie hast du von seinem Tod erfahren?«

Meine Mutter schluckt. »Heute Morgen bin ich endlich den Stapel Urlaubspost durchgegangen. Ganz unten lag eine Sendung für dich, aus Frankreich. Ich habe sie sofort aufgemacht. Und da stand, dass er am 23. Juli gestorben ist.«

»Aber … dann ist er ja schon seit drei Monaten tot!«

Sie nickt, Tränen schießen ihr in die Augen. »Tut mir leid«, bringt sie mit erstickter Stimme heraus.

»Schon gut, Mama.«

»Nein, entschuldige! Es ist nur … er …«

»Ich weiß.« Ich springe auf und umarme sie. »Ich weiß«, wiederhole ich sanft. Aber sie wäre nicht meine kleine, zähe *Maman*, wenn sie mich nicht energisch wegschieben und die Schultern straffen würde. Doch wie sehr sie auch die Zähne zusammenbeißt, die Tränen kann sie nicht länger unterdrücken. Endlich lässt sie sich von mir zum Tisch führen und setzt sich hin. Ihre Schulter bebt unter meiner Hand. Ich reiße für sie ein Stück Küchentuch nach dem anderen ab und bin einfach da. Max hätte als Kind gesagt, ich helfe ihr beim Weinen.

»Als ich den Amtsstempel auf dem Brief sah, hatte ich das Gefühl, ich bekomme keine Luft mehr«, bringt sie nach einer Weile heraus. »Ich dachte, lieber Gott, bitte lass es nicht wieder losgehen.«

»Selbst wenn es so gewesen wäre, ich bin nicht mehr zwölf, Mama.«

Sie schaut zu mir hoch, als müsste sie sich selbst davon überzeugen. Doch prompt schweift ihr Blick zum Narbenbogen an meiner Wange und zuckt weg, als hätte sie sich daran verbrannt. Wie immer, wenn das Ungesagte zwischen uns ohrenbetäubend laut wird, wünsche ich mir, ich könnte ihr das Gefühl der Schuld nehmen.

»Zumindest auf eines kann man sich bei ihm verlassen!«, stößt sie hervor. »Wie immer hat er sich um nichts gekümmert. Es gibt kein Testament, nur Chaos und offene Rechnungen. Er hatte keinen einzigen Freund, nicht einmal flüchtige Bekannte. Wäre er nicht im Garten gestorben, wer weiß, wie lange er unentdeckt in der Wohnung gelegen wäre. Das Nachlassgericht hat eine Art Detektiv beauftragt, um eventuelle Erben ausfindig zu machen. Ehrlich gesagt wünschte ich, man hätte dich nicht gefunden.« Sie schnäuzt sich ins Küchenpapier, zerknüllt es und verfehlt den Mülleimer. »Ich will nicht wissen, wie viele Schulden er aufgetürmt hat!« Sie schaut an mir vorbei ins Leere, in ihren eigenen Maurice-Kosmos, der sich mit meinem berührt wie die Häute zweier Seifenblasen. Verwischte Wimperntusche verschattet ihren Blick. »Komm!«, sagt sie schließlich. »Bringen wir es zu Ende.« Sie steht auf und greift sich das Bild vom Tisch.

»Vorsicht, der Rahmen!«, rufe ich noch. Aber da fällt schon die Rückwand heraus, und mit der Rückwand auch das Bild und die Glasscheibe, die auf den Fliesen zersplittert. Meine Mutter starrt auf das Foto zwischen den Scherben und schluckt, als würde sie gleich wieder anfangen zu weinen. »Ich habe noch nie vergessen, dass der Rahmen kaputt ist«, flüstert sie. »Da siehst du es, sogar seine Todesnachricht bringt nur Unglück.«

»Aber immerhin kannst du jetzt aufhören, dir dein Haar zu färben«, rutscht es mir heraus. Sie starrt mich völlig entgeistert an, und beginnt dann mitten im Weinen zu lachen.

»Alles in Ordnung bei euch?« Max lugt in die Küche.

»Was soll denn nicht in Ordnung sein?«, fragt unsere Mutter, die immer noch unter Tränen lacht. Man sieht Max an, dass ihm dazu eine ganze Menge einfällt, aber er lächelt nur unsicher und deutet mit dem Daumen über die Schulter. »Dein Handy klingelt die ganze Zeit, Fleur.«

»Ich habe mich überall abgemeldet. Lass es klingeln.«

»Okay.« Mit einem besorgten Blick auf unsere Mutter, die sich mit dem guten Geschirrtuch die zerlaufene Schminke abwischt, schließt er behutsam die Tür.

Meine Mutter hebt das Foto auf. Ich kann ihre Jungmädchenschrift auf der Rückseite des Bildes sehen. Im Krankenhaus hatte sie ein paar Zeilen darauf notiert: *Notre fleur d'amour si jolie ….* »*Unsere Blume der Liebe, so schön ….*« Es ist die Abwandlung einer Liedzeile aus ihrem damaligen Lieblingschanson von Charles Trenet.

»Es ist schon verrückt«, murmelt sie. »In einem Moment bin ich siebzehn und hüte als Au-pair-Mädchen die Kinder anderer Leute – und im nächsten Moment bin ich achtzehn, habe einen Ehering am Finger und halte mein eigenes Kind im Arm. Ein paar Wochen später sind wir schon nach Nancy gezogen.« Sie seufzt und fährt leiser fort: »Weißt du noch? Die goldenen Zäune dort? Erinnerst du dich überhaupt noch an diese Zeit?«

»Kaum«, lüge ich. »Ich … weiß nur noch, dass die Rosen in unserem Vorgarten orange wie das Wassereis waren, das ich so gerne mochte.«

»Richtig, dein Lieblingseis.« Sie lächelt bitter. »Meine schönen Rosen. Als wir weggegangen sind, hat er sie alle abgeschnitten.«

Ein Schatten fällt über ihre Miene und ich vermute, wir haben ein ähnliches Bild vor Augen: Maurice, der zwischen Unkraut und Gerümpel im Liegestuhl leblos zusammengesackt ist. Ich für meinen Teil könnte auf die Details verzichten, die meine Fantasie hinzufügt: die Hand mit den breiten, starken Fingern, die auf seiner Brust liegt, gekrümmt in dem Versuch, seinen Herzschlag festzuhalten.

»Ich besorge einen neuen Rahmen für unser Foto«, beeile ich mich zu sagen. »Der Silberlack ist ohnehin abgeplatzt und der Haltebügel jetzt endgültig abgebrochen, siehst du?«

»Auf keinen Fall! Diesen Rahmen hatte ich mir in meiner ersten Woche in Paris auf dem Flohmarkt in der Rue Jean-Henri Fabre gekauft.«

Tja, Johanna Martin kann vieles loslassen – Namen, Menschen, Länder, sogar ihr lichtblondes Ich –, aber niemals das, was ihr von ihrer kurzen Zeit der Freiheit in Paris geblieben ist.

»Wie du möchtest, Mama. Aber dann lasse ich den Rahmen wenigstens reparieren, einverstanden?«

»Wenn du unbedingt willst …« Sie zupft ihre Frisur zurecht, steckt auch die lose Locke fest und steht auf. »Weißt du, ich finde, Brünett steht mir besser als Blond«, sagt sie schon auf dem Weg ins Wohnzimmer. »Und außerdem will ich gar nicht wissen, wie viele graue Haare ich inzwischen habe.«

Fremdes Feuer

Beim Anblick der französischen Behördenstempel wird mir ganz flau im Magen. Umständlich nestelt meine Mutter ein Dokument nach dem anderen aus der Mappe und ordnet vor mir auf dem Couchtisch alles zu einem chronologischen Tarot. Sie hält abrupt inne, als Max ins Wohnzimmer kommt und sich neben mich aufs Sofa fallen lässt. »Und?«, raunt er mir zu. »Alles klar?«

»Klar wie Nebelgrau«, flüstere ich zurück. Er lächelt mitfühlend und legt mir den Arm um die Schultern.

»Hat Papa dir nicht gesagt, dass du zum Bäcker gehen sollst?«, wendet sich meine Mutter an ihn.

»Nein. Wieso?«

»Na, weil Fleur zum Essen bleibt und wir Weißbrot brauchen! Nimm dir Geld aus der Küche.«

Max stutzt. »Ich soll *jetzt* zum Einkaufen gehen?«

»Würde ich sonst fragen?«, antwortet meine Mutter ungewöhnlich gereizt.

»Aber … Fleur ist gerade erst angekommen«, wendet er vorsichtig ein. »Es gibt doch jetzt wirklich Wichtigeres als Baguette.«

»Lass ihn, Mama«, sage ich. »Das hat doch Zeit.«

Meine Mutter zögert, aber schließlich gibt sie widerwillig nach. Allerdings sammelt sie die Dokumente wieder ein und hält den Stapel so, dass Max ihn nicht einsehen kann. Und wie immer, wenn Ungesagtes im Raum schwebt, gibt mein Bruder genau wie wir alle vor, den unsichtbaren Elefanten im Raum nicht zu bemerken.

»Fleur!« Wenn mein Vater das Wohnzimmer betritt, wirkt es stets, als würde der Türstock Haltung annehmen und den Bauch einziehen, um seiner Präsenz Platz zu machen. *Mein Vater.* Noch nie war ich so erleichtert, ihn zu sehen. Und jetzt erwischt es mich doch noch. Denn genau wie heute Morgen spüre ich mit jeder Faser, wie es wäre, wenn ich heute ihn und nicht Maurice verloren hätte. Max ist völlig bestürzt, als ich plötzlich aufschluchze. Und mein Vater zieht mich von dem Sofa hoch und ganz gegen seine zurückhaltende Art in eine so feste Umarmung, dass ich in seiner Wärme versinke. »Mein Beileid, Blume«, murmelt er und küsst mich aufs Haar. »Ich weiß, es ist nicht einfach für dich – trotz allem. Und das ist in Ordnung.«

»Danke, Papa«, bringe ich mit erstickter Stimme heraus. Wieder fühle ich mich schuldig, weil ich beim Gedanken an Maurice nichts empfinde. Zumindest nicht das, was ich empfinden sollte – trotz allem.

»Wie wäre es mit Kaffee?«, meldet sich unsere Mutter mit gespielter Munterkeit zu Wort. »Max, kümmerst du dich wenigstens darum? Und wenn du schon in der Küche bist, kehre bitte die Scherben weg, bevor wir die Splitter durch die ganze Wohnung tragen.«

»Du willst mich wohl loswerden«, murmelt Max und verschwindet in die Küche. Mein Vater holt Kristallgläser und irischen Whiskey aus dem Vitrinenschrank und schenkt uns zwei Fingerbreit ein. »Ihr seht beide aus, als könntet ihr einen Schluck vertragen.«

Das rauchige Torfaroma füllt meine Nase und wärmt meine Kehle, während mein Vater in seiner sachlichen, ruhigen Art von seinem Telefonat berichtet. »Die gute Nachricht ist, dass die Kanzlei dir diese Woche noch einen Termin geben kann, Fleur. Die schlechte Nachricht: Der Anwalt konnte mir schon am Telefon sagen, dass es kompliziert wird. Maurice war immer noch in Frankreich gemeldet.«

Wieso ›immer noch‹?, will ich fragen, aber meine Mutter ist schneller. »Kann Fleur diesem Anwalt nicht einfach eine Vollmacht geben? Dann müsste sie nicht selbst hinfahren.«

Mein Vater schüttelt den Kopf. »So einfach ist das nicht. Da die Erbschaft in drei Ländern abgewickelt werden muss …«

»Wieso drei?«, unterbreche ich. »Maurice wohnte zuletzt in Sompuis. Also geht es doch nur um Deutschland und Frankreich.«

»Er lebte nicht mehr in Frankreich«, erklärt mein Vater. »Und obwohl er sich in Luxemburg hätte anmelden müssen, hat er es versäumt und …«

Fast hätte ich mich am Whiskey verschluckt. »Luxemburg?«

Mein Vater schaut stirnrunzelnd zu meiner Mutter. »Weiß sie es etwa noch gar nicht?«

Es ist immer ein schlechtes Zeichen, wenn meine Mutter die Schultern strafft und kämpferisch das Kinn hebt. »Wann hätte ich ihr wohl davon erzählen sollen, Roland? Seit heute Morgen habt ihr mir ja keine ruhige Minute gelassen!« Sie sammelt hektisch die restlichen Papiere zusammen und schlägt den Stapel auf dem Couchtisch verärgert auf Kante. Mein Vater holt sehr tief Luft. Und als er die Arme verschränkt und sich mit Gewittermiene zurücklehnt, scheint sich der Raum elektrisch aufzuladen. Ja, andere Paare benutzen Wörter. Meine Eltern kommunizieren über atmosphärische Störungen.

»*Was* weiß ich nicht?«, frage ich in das Schweigen.

Meine Mutter blickt finster drein, zupft dann aber eines der Schreiben heraus und legt es vor mir auf den Tisch. Es ist auf Deutsch verfasst und wurde von einer Behörde in Luxemburg ausgestellt. Als ich die Adresse sehe, schließe ich die Hände so fest um mein Whiskeyglas, dass meine Finger pochen.

»Eigentlich hätte ich damals wissen müssen, dass er gelogen hat«, höre ich wie durch Nebel hindurch meine Mutter sagen. »Er hatte die Wohnung seiner Mutter nach ihrem Tod gar nicht verkauft. Und jetzt hast du zu den ganzen Scherereien mit den Behörden auch noch die Gruft der Verrückten am Hals, herzlichen Glückwunsch!«

»Sagt bloß, ihr stoßt schon ohne mich an?« Max kommt atemlos ins Wohnzimmer und stellt ein sehr hastig beladenes Tablett ab.

»Anstoßen?«, fragt unsere Mutter gereizt. »Ich wüsste nicht, worauf.«

»Na … auf Maurice natürlich«, erwidert mein Bruder völlig arglos. »Um sein Leben zu würdigen.«

»Sein Leben würdigen!« Meine Mutter lacht bitter auf. »Bevor ich auf sein Seelenheil trinke, schlucke ich lieber Essigreiniger.«

»Johanna!«, sagt mein Vater warnend.

»Komm mir nicht wieder mit *Johanna*!«, schnappt sie.

Max schaut besorgt zu mir. Ich versuche mit einem beruhigenden Lächeln zu antworten, doch mein Gesicht fühlt sich an wie eine Maske. *Die Gruft der Verrückten*, hallen die Worte meiner Mutter in mir.

Vollmacht. Anwalt. Zuständigkeitsklärung, zähle ich in Gedanken die sachlichen Gegenmantras auf. Doch obwohl ich versuche, nur an Fakten zu denken, drängt sich ein neues Bild auf: ein schmales Altstadthaus im luxemburgischen Echternach. An der Fassade ranken weiße Rosen bis zu den Fenstern im ersten Stock. Und am Fenster, halb verborgen hinter Gardinen aus gelbgerauchter Klöppelspitze, zeichnet sich die Silhouette einer hageren Gestalt ab.

Meine Mutter beugt sich vor und legt mir tröstend die Hand auf den Arm. »Mach dir keine Sorgen, Schatz. Du hast sechs Wochen Zeit, um das Erbe abzulehnen.«

»Vier Wochen«, murrt mein Vater. »Das Schreiben vom Nachlassgericht gilt seit vierzehn Tagen als zugestellt. Und auch wenn deine Mutter anderer Meinung ist, Fleur, finde ich, dass du dir diese vier Wochen nehmen solltest, um in Ruhe zu überlegen, ob du die Erbschaft nicht doch annimmst …«

»Sie will und braucht nichts von ihm«, fährt meine Mutter dazwischen. »Das haben Fleur und ich schon vor Jahren geklärt.«

»Damals wusste sie aber nicht, dass es diesen Kapitalwert noch gibt«, gibt mein Vater zurück. »Der Gewinn könnte eventuelle Schulden vielleicht übersteigen …«

»*Könnte! Vielleicht!*« Meine Mutter funkelt ihn zornig an. »Fleur soll also Finanzroulette spielen, ja?« Mit einem empörten Kopfschütteln nimmt sie die Flasche und schenkt sich ordentlich nach.

»Ich sage doch nur, dass es sinnvoll ist, das Für und Wider genau abzuwägen«, wendet mein Vater genervt ein. »Und Herrgott, Johanna, das reicht jetzt wirklich mit dem Whiskey!«

»Ach, bestimmst du jetzt auch noch, wie voll mein Glas sein darf?«

»Leute«, schaltet sich Max zaghaft ein. »Jetzt kommt mal wieder runter!«

»Alarmrot, Max«, murmle ich noch warnend. Aber da entlädt sich schon, was wie ein Schwelbrand unter der fragilen Oberfläche unserer Familie nur auf Sauerstoff gewartet hat.

»Halt dich da raus, Max«, braust meine Mutter auf. »Und weißt du, was ich bei dir nicht verstehe, Roland? Dass ich über diese ganze Sache überhaupt noch diskutieren muss! Dieser Mann war ein skrupelloser Lügner und Betrüger. Er ist ein Fluch! Und seine ganze Familie ebenfalls. Alles, was mit diesen verdammten Durands zu tun hat, bringt nur Unglück.«

»Moms, hör auf!«, ruft Max erschrocken auf. »›*Dieser Mann*‹ war Fleurs Vater. Du kannst doch nicht in Fleurs Gegenwart so schlecht über ihn reden. Er war ein Mitglied unserer Familie!«

Ich brauche einige Sekunden, um zu begreifen, dass mein kleiner Bruder sich gerade schützend vor mich wirft.

»Maurice war nicht deine Familie«, weist unsere Mutter Max zurecht.

»Das sehe ich anders, Moms! Er ist Teil von Fleurs Leben und somit gehört er auch zu mir. Wir sind nämlich alle miteinander verbunden …«

»Darum geht es jetzt überhaupt nicht, Max«, schneidet ihm unser sonst so ruhiger Vater ungeduldig das Wort ab. »Sondern um Geld, das Fleur vielleicht …«

»Hört auf! Alle!«

Ich erschrecke selbst, so laut bin ich geworden. Mein Herz rast und meine Wangen glühen. Doch es ist nicht meine eigene Hitze. Es ist ein fremdes Feuer, das ich nur zu gut kenne. Und wie ein Rundengong fängt im Flur mein Handy an zu surren. *Eins zu null für Maurice,* denke ich niedergeschlagen. »Bitte«, sage ich leise. »Können wir sachlich und vernünftig darüber reden?«

Mein Vater atmet tief durch und verschränkt die Arme. Meine Mutter nickt zwar, aber sie umklammert den Stapel Dokumente so fest, dass ihre Knöchel hervortreten. Wir spüren beide den Riss, der unsere Geschichte in ein Davor und Danach trennt, deutlich wie eine Wunde. Max ist blass geworden. Ich kann mir vorstellen, wie ihm zumute ist. Es ist nicht leicht, immer derjenige zu sein, der keine Ahnung hat, wovon wirklich die Rede ist. Und selbst nach so vielen Jahren ergreife ich jede Gelegenheit, um die Schatten meines ersten Lebens von meinem kleinen Bruder fernzuhalten.

»Tust du mir einen Gefallen und gehst an mein Handy?«, bitte ich ihn. »Renate wollte sich melden, sag ihr, ich rufe sie nachher zurück. Und dann mach das Handy einfach aus.«

Max ringt sichtlich mit sich, aber endlich gibt er widerwillig nach und verlässt das Wohnzimmer.

»Wir müssen gar nicht weiterdiskutieren«, wende ich mich an meine Eltern. »Ich werde das Erbe ablehnen.«

»Na, Gott sei Dank!« Meine Mutter lässt sich erleichtert in den Sessel zurückfallen.

Aber so leicht gibt mein Vater sich nicht geschlagen. »Fleur, du hast doch erst vor wenigen Stunden von seinem Tod erfahren. Sieh dich an, du bist völlig durch den Wind! Schlaf doch erst einmal darüber und dann reden wir noch einmal in Ruhe …«

»Hör auf, ihr reinzureden, Roland«, fährt meine Mutter ihn an.

»Wollten wir nicht sachlich bleiben, Johanna?«, kontert er. »Ich will verhindern, dass Fleur eine voreilige Entscheidung trifft, nur weil du sie unter Druck setzt. Denn das tust du! Und faktisch betrachtet wäre es nicht klug, eine Immobilie in dieser Lage und mit diesem Wert ungeprüft dem Staat zu überlassen.«

Meine Mutter schnaubt. »Dann bin ich also dumm und du weißt, was für meine Tochter gut und richtig ist? Da irrst du dich gründlich, Roland.«

»Wenn du wütend auf mich sein willst, bitte schön«, braust nun mein Vater auf. »Aber Fleur ist auch *meine* Tochter! Und ich wäre ein schlechter Vater, wenn ich nicht wenigstens dafür sorgen würde, dass sie alle Optionen hat.«

Meine Mutter wirft den Papierstapel auf den Tisch und springt auf. »Ich hätte nie gedacht, dass du mir ausgerechnet in dieser Sache in den Rücken fällst.« Damit stürmt sie hinaus und knallt die Tür hinter sich zu.

Eine Weile stehen wir in der dröhnenden Stille nur da. Mein Vater schiebt die Fäuste tief in die Hosentaschen und blickt finster drein. Und ich könnte schwören, dass noch eine dritte Gegenwart im Raum ist. *Que vienne la bête feroce*, raunt sie mir auf Französisch ins Ohr.

»Ich kann nur hoffen, dass du deine Entscheidung nicht nur deiner Mutter zuliebe triffst«, murmelt mein Vater nach einer Weile.

»Mit dreiunddreißig treffe ich meine Entscheidungen alleine, Roland.«

Dieses Namensspiel zwischen uns entlockt ihm immerhin ein halbes Lächeln. Doch es ist ihm anzusehen, wie müde er von den Echos unserer Vergangenheit ist. »Weißt du, ich kann dich ja verstehen, Blume. Aber alles, was war, ist nun endgültig begraben. Jetzt geht es um dich und deine Zukunft. Und natürlich ist Geld nie eine Wiedergutmachung. Aber es ist das Mindeste, was du von Maurice bekommen solltest. Rein sachlich betrachtet ist es doch nur eine Immobilie; vier Wände und ein Dach, nichts weiter.«

»Ja, vielleicht.«

Mein Vater sieht mich scharf an, doch ich halte seinem Ermittlerblick stand. Wir wissen ohnehin beide, was ich wirklich denke. Und trotzdem ist auch in diesem Moment sein respektvolles Schweigen wie ein sicherer Ort. *Beau-père* – so lautet das französische Wort für Stiefvater. Der »schöne, gute Vater«. *Das bist du wirklich*, denke ich.

Nach einer Weile seufzt er auf und geht hinaus.

Ein paar Papiere sind über die Tischkante gerutscht, als meine Mutter aufgesprungen ist. Ich hasse es, dass meine Hände zittern, während ich sie aufsammle. Vielleicht sollte ich wütend sein, dass Maurice selbst im Tod noch die Macht hat, in unserer Familie Brände zu legen. Aber in mir ist nur aschgraue Leere. Als ich mich über die Papiere beuge, fällt ein Tropfen auf die Schrift. Erst als ich mir ins Gesicht greife, merke ich, dass ich weine. Die Tränen fließen, ohne dass ich eine Verbindung zu ihnen spüre. Sie sind nur Nässe auf meinen Wangen.

Erbschaften

Maurice starb, wie er lebte: chaotisch und größtenteils auf Kosten anderer. Die Papierstapel, die sich auf dem Schreibtisch im Arbeitszimmer meines Vaters reihen, bestehen aus Rechnungen, Mahnungen und Fragezeichen. Soweit ich bisher rekonstruieren konnte, hat Maurice die Tür seines möblierten Quartiers in Sompuis vor fünf Monaten hinter sich abgeschlossen und ist auf Nimmerwiedersehen verschwunden. Aufgefallen ist das erst, als er keine Miete mehr zahlte. Die Vermieterin fand einen überquellenden Briefkasten und leere Räume vor. Alles, was darin nicht niet- und nagelfest gewesen war, hatte Maurice zu Geld gemacht.

Seine Wohnung in Echternach ist bis heute offiziell als leer stehend gemeldet. Ich bin mir sicher, dass er sie all die Jahre über trotzdem vermietet hatte. Die Miete wird er als Deal unter der Hand bar eingesteckt haben. Bei Maurice war Geld, das offiziell auf einem Konto auftauchte, immer nur die sichtbare Spitze des Eisbergs.

Mahnschreiben zeichnen das Bild eines Mannes, der in seinen letzten Monaten nicht einmal mehr die Post geöffnet hatte. *Spürte er, dass er sterben würde?*, frage ich mich. Immer noch warte ich auf ein Echo in meinem Inneren. Aber selbst jetzt ist es, als wäre Maurice nur ein weiteres Rätsel, das ich für einen meiner Kunden lösen soll.

Noch einmal überfliege ich die Gesetzestexte, die der Anwalt per Mail geschickt hat: Paragrafendeutsch, das man auf die Gleichung »Pest oder Cholera« eindampfen kann.

»Kann ich reinkommen?«, höre ich Max plötzlich hinter mir. Mit einem voll beladenen Tablett steht er in der Tür des Arbeitszimmers.

»Natürlich. Ich brauche dringend Kaffee.« *Und du sicher eine Pause von dem Chaos, Kleiner.*

Der Duft von Gebäck erinnert mich daran, dass ich heute noch kaum etwas gegessen habe. Max stellt das Tablett auf dem Sofa ab und schenkt mir eine Tasse ein. »Moms lässt ausrichten, dass es heute Abend Spaghetti gibt.«

Die Meisterin der Küchenstatements, denke ich bei mir. Bloß kein festlicher Trauerschmaus für Maurice. »Reden die beiden inzwischen wieder miteinander?«

Max nickt zaghaft und lässt sich in den Ledersessel neben dem Schreibtisch sinken. So bedrückt, wie er mich ansieht, liegt ihm der Streit noch schwer auf der Seele. »Geht es dir … etwas besser?«, will er wissen.

»Ja, keine Sorge. Alles in Ordnung.«

»Wenn das wahr wäre, hättest du nicht geweint.«

Ich frage mich, was Max davon halten würde, dass meine Tränen vorhin gar nicht Maurice galten. Obwohl der Kaffee noch zu heiß ist, nehme ich einen großen Schluck. So weit bin ich heute schon gekommen, dass selbst dieses Brennen im Mund besser ist als dieses Vakuum in mir. Und Max' Mitleid macht es nicht besser. Plötzlich schießt er aus dem Sessel hoch. »Das hätte ich bei dem ganzen Chaos ja fast vergessen. Ich habe dir aus Verona was mitgebracht.« Er eilt aus dem Zimmer und kommt mit einem flachen Gegenstand zurück, der in italienische Zeitungen eingewickelt ist. »Hier, vom Flohmarkt!«

Der Gegenstand entpuppt sich als Buch, das nach Keller und Mäusestaub riecht. Der Deckel hat Gilbflecken, aber die Farben sind noch gut zu erkennen. Die Zeichnung eines Mädchens, dessen Blattgoldhaar unter einem Kapuzenmantel aus Tierfell hervorlugt, ist zeitlos schön und berührt den Teil in mir, der an gute Enden glauben will. »*Dognipelo dei fratelli Grimm*«, lese ich vor.

»Allerleirauh«, ergänzt mein Bruder. »Dein Lieblingsmärchen. Ich glaube, diese Ausgabe von 1909 hast du noch nicht.«

»Danke, Max! Das ist … einfach nur Gold!«

Er lächelt, setzt sich wieder und schlägt seine langen Beine zu einem Schneidersitz unter, ganz der lässige, unrasierte Backpacker, dessen Auftreten auf irritierende Weise zwischen Teenager und Mann oszilliert. »Papa sagt, Maurice besaß eine Wohnung in Luxemburg?«, fragt er dann. »Und du … willst sie nicht haben? Wieso nicht?«

»Bist du als Papas Agent hier?«

Auf der Stelle tut mir mein Scherz leid. Max wirkt so betroffen, als hätte ich ihm einen Schlag versetzt. Er senkt den Blick und dreht die Tasse in seinen Händen. Sie sind schön; zartgliedrig wie die unserer Mutter, mit schmalen Fingern. Und das Letzte, woran ich jetzt denken sollte, sind die Hände des Jägers. »Ich bin *dein* Agent, Fleur«, antwortet er gekränkt. »Und mir ist es wirklich *fuck*-egal, ob du eine *Kapitalanlage* sausen lässt, wie Papa meint. Aber … es ist doch alles, was du vom französischen Teil deiner Familie noch hast!«

Wieder fällt mir auf, wie sehr er sich während der Reise verändert hat. In seinen Social-Media-Postings fiel es nicht auf, weil er sich dort immer auf dieselbe Art als lachender und leichtherziger Idealist inszeniert. Jetzt sieht er mich ungewohnt ernst und nachdenklich an.

»So, wie es aussieht, würde ich aber nur einen Schuldenberg erben«, gebe ich zu bedenken.

»Aber … wenn du ablehnst, ist dein Erbe mit all deinen Erinnerungen an früher für immer weg. Ist dir das wirklich egal?«

Schön wär's, wenn ich die Erinnerungen auch so einfach per Anwalt loswerden könnte, denke ich bei mir. »Es ist nicht so, wie du vielleicht denkst, Max. An der Wohnung hängen keine Erinnerungen. Als wir noch in Frankreich lebten, gehörte sie gar nicht Maurice, sondern seiner Mutter.«

Es irritiert mich, wie schlagartig sich die Miene meines Bruders aufhellt, weich und kindlich wird. *Hoffnungsvoll.* »Dann hat deine *Mémé* darin gewohnt? So sagt man *Omi* doch auf Französisch, nicht wahr?«

Unter anderen Umständen hätte ich über das Wort »Omi« in Verbindung mit meiner französischen Großmutter gelacht.

»Wie war sie so?«, fragt Max.

Das willst du nicht wissen, wäre eine ehrliche Antwort. »Ich war nur ein einziges Mal zu Besuch bei ihr«, antworte ich widerwillig. »Ich erinnere mich nur, dass sie schwarze Kleidung trug und viele Heiligenfiguren herumstehen hatte.«

»Und wieso bist du ihr nur ein Mal begegnet?«

»Weil sie starb.«

»Oh.« Max wirkt ehrlich betroffen. »Schade. Aber du erinnerst dich doch an den Besuch bei ihr? Mochtest du sie?«

»Ehrlich gesagt … nicht besonders.« Was ungefähr so ist, als würde Frankensteins Kreatur sagen, dass sie Feuer nicht so toll findet.

Aber Max lächelt mir warm und tröstend zu. »Na ja, du kanntest sie ja auch kaum. Hättet ihr euch öfter gesehen, dann hättest du sie bestimmt heiß und innig geliebt.«

Tja, wir zwei leben wirklich in verschiedenen Welten. Und ich sollte meinen Mund halten, aber heute habe ich keine Energie mehr, alles wegzubügeln.

»Max, es hätte auch keine Familientreffen gegeben, wenn sie noch gelebt hätte. Sie war nämlich keine nette alte *Mémé*, sondern eine harte, verbitterte Frau. Die Ehe ihres Sohnes hat sie nie anerkannt, weil es keine kirchliche Trauung gab. Deshalb betrachtete sie mich nicht als legitime Enkelin. Sie wollte mich gar nicht sehen, es war Maurice, der darauf bestand und mich zu ihr brachte. Sie hasste mich.«

Meinem Bruder fällt sichtlich die Kinnlade nach unten. »Das glaubst du doch nicht wirklich!«, ruft er dann entsetzt aus. »Selbst wenn sie ihre Schwiegertochter nicht mochte … niemand, absolut niemand – *hasst* ein Kind!«

Willkommen in der Einhornwelt, denke ich.

»Jedenfalls war sie der Meinung, dass ihr Sohn wegen der Heirat in Sünde lebt«, erwidere ich müde. »Sie glaubte, er habe seinen Platz im Himmel verspielt und werde ewig in der Hölle brennen.«

Max schweigt betroffen. Eine Weile nippen wir an unserem Kaffee, dann fragt er leise: »Verrätst du mir wenigstens noch, wie sie hieß?«

Für einen Moment bin ich versucht, mir einen Namen auszudenken, aber ich gebe mir einen Ruck. »Margot Charlotte Durand.«

»Margot«, wiederholt Max nachdenklich. »Gibt es ein Foto von ihr?«

»Nein. Maurice hatte nach der Scheidung alles behalten – auch die Familienfotos.«

Technisch gesehen ist »nach der Scheidung« nicht korrekt. Aber ich werde Max sicher nicht erzählen, dass meine Mutter das Allernötigste in eine Plastiktüte gestopft und nur das eine Bild im Silberrahmen hastig unter ihren Mantel in den Rockbund gesteckt hatte, bevor wir aus dem Fenster auf der Rückseite des Hauses stiegen und im Schutz der Dunkelheit zum Bahnhof aufbrachen.

Mein Bruder zieht die Unterlippe zwischen die Zähne, wie immer, wenn er mit sich hadert, ob er etwas wirklich aussprechen soll. Schließlich fasst er sich ein Herz. »Weißt du, mir war schon immer klar, dass es nicht gut lief in Moms' erster Ehe. Papa hat mal angedeutet, dass die Scheidung ein Rosenkrieg war. Aber trotzdem … Ich hatte gehofft, dass wir zumindest jetzt mal ganz normal darüber reden können.«

»Wir reden doch gerade.«

»Ach, komm schon, Fleur! Du weißt genau, was ich meine. Diese ewige Omertà um die Familie Durand. Ihr tut ja gerade so, als wäre Maurice ein Serienkiller gewesen! Er … war doch hoffentlich keiner, oder doch?«

Ich warte auf ein ironisches Brauenheben, aber diesmal war es wohl kein Scherz.

»Schau mich nicht so entsetzt an, Fleur«, fährt er fort. »Früher dachte ich immer, Maurice sei so was wie Voldemort. Das Böse, dessen Name man nicht nennt.«

»Selbstverständlich war Maurice kein Mörder!«, sage ich mit Nachdruck. »Und Moms wollte mit Papa eben ein ganz neues Leben anfangen und die Vergangenheit hinter sich lassen …«

»Aber trotz allem war Maurice doch dein Vater!«, bricht es erstaunlich heftig aus Max heraus. Er schluckt und fügt zaghaft hinzu: »Hat es dir nie wehgetan, dass er so totgeschwiegen wird? Und hast du ihn denn nie vermisst?«

Nun, zumindest auf diese Frage bin ich vorbereitet. »Ich habe schon lange einen Punkt gesetzt, Max. Es ist über zwanzig Jahre her, seit ich das letzte Mal überhaupt Kontakt zu ihm hatte. Und auch vorher war er nie die Art von Vater, wie Papa es für dich ist. Selbst als Mama und ich noch in Nancy lebten, war er beruflich ständig unterwegs. Er war Handelsvertreter. Und wenn er doch einmal da war, war er für mich wie ein Fremder. Nicht umsonst heiße ich nicht mehr Fleur Durand, sondern Fleur Martin.«

»Weder Moms noch du habt einen Punkt gesetzt«, sagt Max leise. »Wenn ihr früher wolltet, dass ich etwas nicht mitkriege, habt ihr Französisch gesprochen. Sie hört bis heute die uralten Chansons rauf und runter und du sammelst französische Märchen. Und jetzt behauptest du, dass dir das alles gar nichts bedeutet? Das ist doch Bullshit!« Vermutlich gelingt mir diesmal mein Pokerface nicht, denn Max setzt hastig hinzu: »Tut mir leid, Große! Ich wollte nicht so hart sein.«

Wir sollten nicht so hart sein, denke ich bei mir. Aber wie soll ich jemandem wie Max erklären, dass im Leben nicht alles schön oder zumindest verzeihbar ist. Sondern dass manche Erinnerungen uns nur deswegen so fest an sich binden, weil sie schön und schrecklich zugleich waren? So, wie der goldene Käfig von Nancy und Rosen, die in meiner Erinnerung nach Orangeneis duften.

»Schon gut, Floh.«

Dieser Spitzname aus Kinderzeiten lässt seine Miene weicher werden.

»Unsere Mutter hat Frankreich schon geliebt, bevor sie Maurice kennenlernte«, fahre ich fort. »Deshalb ist sie ja gleich nach der

Schule als Au-pair nach Paris gegangen. Und für mich sind die Märchen einfach ... Familientradition. Moms hat sie mir auf Französisch vorgelesen – und später habe ich sie dir auf Deutsch erzählt, erinnerst du dich?«

»Klar erinnere ich mich.« Max stellt die Tasse ab. Und in der Art, wie er nun langsam aufsteht, die Fäuste tief in die Hosentaschen schiebt und finster auf den Boden starrt, ist er ganz der Sohn unseres Vaters. »Wenn du nach Echternach fährst, dann komme ich mit«, sagt er dann. »Ein paar Tage habe ich ja noch frei, bis das FSJ losgeht.«

»Solltest du die nicht lieber nutzen, um dich mit Merle um eure neue Wohnung zu kümmern, statt mit mir in Behörden herumzusitzen?«

Aber mein Bruder weicht meinem Blick aus und schüttelt den Kopf. »Das mit dem Zusammenziehen hat sich erledigt. Merle ... hat mit mir Schluss gemacht.«

»Was? Wann denn?«

»Gestern«, sagt er bedrückt zu seinen Schuhspitzen.

Jetzt komme ich mir vor wie ein Idiot, der nur um sich selbst kreist, während mein kleiner Bruder mit gebrochenem Herzen direkt vor mir steht. Ich springe auf und nehme ihn in die Arme. »Max, das tut mir so leid!«

Als ich ihm über das Haar und den Nacken streiche, spüre ich sein krampfhaftes Schlucken.

»Warum hast du mich nicht sofort angerufen?«, sage ich sanft.

»Damit du auf deine Monitore starrst, während wir reden?« Er macht sich von mir los und ringt sich ein unglückliches Lächeln ab. »Sorry. Das sollte kein Vorwurf sein. Es ist nur ... wir sprechen doch schon seit Ewigkeiten kaum noch wirklich miteinander. Eigentlich, seitdem du damals zum Studium ausgezogen bist. Sobald du hier zur Tür reinkommst, nimmt Moms dich in Beschlag. Und ansonsten lebst du nur noch in deinem Job im Cyberspace ...«

»Max?«, ruft unsere Mutter mahnend von unten. »Papa wartet auf die Leiter!«

Max seufzt. »Ich habe ihnen noch nichts von Merle und mir gesagt. Das bleibt noch unter uns, ja?«

»Natürlich.«

Zum ersten Mal heute knipst er wieder das Lächeln an, das ich kenne. Max, der Sonnenschein.

Sobald seine Schritte auf der Treppe verklungen sind, öffne ich das Fenster zum Garten. Frische Luft kann ich jetzt wirklich gebrauchen. Unten steht Papa zwischen den zwei kleinen Hausbäumen und entwirrt die Kabel der Girlande, die er zwischen ihnen aufhängen will. Eine Weile betrachte ich meinen *beau-père*, dann gehe ich ins Erdgeschoss. In der Küche röhrt der Staubsauger, meine Mutter beseitigt die letzten Glassplitter. *Ja, Spuren verwischen können wir*, denke ich bei mir. Den Rahmen hat sie samt Foto im Wohnzimmer auf dem Couchtisch abgelegt. Der zerbrochene Haltebügel liegt daneben. Es sieht aus wie eine Installation mit dem Titel *Broken Family*.

Sobald ich mein Handy einschalte, tickert wie erwartet eine Flut von Nachrichten los.

Auf der Anrufliste finde ich Simons Handy und auch eine unbekannte Festnetznummer, offenbar Renates Sekretariat, dessen Nummer ich immer noch nicht abgespeichert habe. Sie hat zweimal angerufen, bevor Max das Telefonat angenommen hatte.

Renate geht so schnell ran, als hätte sie neben dem Telefon gewartet. Und als sie sich mit »Hallo Fleur« meldet, stutze ich, weil sie überhaupt nicht nach Renate klingt. Dann wird mir klar, wer da am Ende der Leitung sitzt. »Simon?«

»Hi«, antwortet er kühl. »Mich ghostest du, aber eine unbekannte Nummer rufst du zurück?«

»Ich … ghoste dich doch nicht. Was ist das denn für ein Festnetz?«

»Ich bin bei einem neuen Kunden. Meine Handynummer lässt du ja ins Leere klingeln.« Ich kann ihn vor mir sehen – sein sarkastisches Halblächeln, das seinen Ärger und seine Enttäuschung nur schlecht verbirgt. »Warum hast du mir gestern nicht einfach gesagt, dass Max dein Bruder ist?«, setzt er verärgert hinzu. Mir wird heiß und kalt. Aber ich hatte Max ja selbst gebeten, ans Handy zu gehen. »Und dann sagt dein Bruder mir, dass du heute deine Eltern besuchst. Das ist also der ›wichtige Geschäftstermin‹, der dir heute Morgen so spontan dazwischengekommen ist?«

»Spionierst du mir hinterher?« Ich kann einfach nicht anders. Schon der Gedanke, dass er Max' Namen kennt und weiß, wo ich bin, ohne dass ich es ihm erzählt habe, weckt das altbekannte Gefühl von Flucht oder Starre. Und ich könnte mich dafür ohrfeigen, dass meine ganze Haut vor Unbehagen flirrt, als wäre ausgerechnet Simon jemand, vor dem ich mich fürchten muss.

»Interessant«, sagt Simon trocken. »Du datest mich unter falschem Namen, lässt mich wegen Max auflaufen, versetzt mich wegen eines erfundenen ›Geschäftstermins‹ – und jetzt tust du so, als wäre ich derjenige, der sich komisch benimmt?«

Ich schlucke. »Simon, es tut mir wirklich leid wegen heute Morgen. Es gab hier eine Art … Notfall.«

»Weißt du was? *Das* glaube ich dir zur Abwechslung sogar.«

»Was soll das heißen?«

Simon holt tief Luft. »Fleur, ich habe dein Tablettenröhrchen gefunden. Es ist unter das Bett gerollt. Ich wollte dich erreichen, weil ich dachte, dass du … vielleicht dringend deine Medikamente brauchst.«

Ich zerre die Tasche heran und durchwühle sie. Es stimmt, das kleine Plastikröhrchen fehlt. *Verdammt!*

»Du hast das Etikett abgemacht«, fügt Simon hinzu. »Aber … es ist doch ein Medikament? Oder nimmst du Drogen?«

»Spinnst du?«, entfährt es mir. Doch es ist klar, was Simons Kopfkino abspielt: Allerleirauh, die tagsüber das stille Mädchen unter dem Tarnmantel ist und sich nachts durch die Magie von Speed in die lachende und sprühende Frau auf der Tanzfläche verwandelt.

In der angespannten Pause scheint die Luft zu flüstern. Simon wartet auf Erklärungen. Das wäre meine Chance, den Sprung zu wagen und auszusprechen, was nun mal die Wahrheit ist. Aber ich beiße nur die Zähne so fest zusammen, dass meine Narbe an der Wange spannt.

Ein Schnauben am Ende der Leitung. »Na ja. Im Grunde geht es mich ja auch nichts an …«

»Vitamin D3«, falle ich ihm ins Wort. »Gegen eine Mangelerscheinung.«

Er glaubt mir nicht. Denn als er wieder zu sprechen anfängt, hat sich schlagartig alles verändert, als hätte Simon zwischen uns eine Tür geschlossen.

»Entschuldige. Ich wollte dir natürlich nichts unterstellen.«

Es klingt so sachlich und kühl, dass es mich fröstelt. Und ich lerne etwas über Simon: Er hat keine Grauzonen, sondern einen klaren Breakpoint. Es ist eine feine Linie zwischen Go und No-Go, hundert oder null, Ja oder Nein. Und die Grenze von Ja zu Nein hat er in Bezug auf mich eben überschritten. Obwohl ich genau weiß, was jetzt kommen wird, zieht sich um mein Herz ein dünner, stacheliger Kranz zusammen, der mir das Atmen schwer macht.

»Ich wollte dich ohnehin anrufen«, fährt er fort. »Stell dir vor, seit heute bin ich im Rennen für ein großes Neubau-Projekt. Für mich als Freiberufler ist das eine Riesenchance. Aber wenn ich den Pitch gut vorbereiten will, komme ich in nächster Zeit zu gar nichts mehr. Wird ziemlich stressig und vielleicht wäre es besser, wenn wir … erst mal eine Pause einlegen. Ich melde mich, sobald ich wieder Luft habe.«

Und jetzt bist du es, der lügt, denke ich niedergeschlagen. Simon bewirbt sich nicht für freie Projekte, und er ist auch bestimmt jetzt nicht bei einem Kunden, sondern sitzt in der Firma, für die er in Wirklichkeit schon seit fünf Jahren als Bauplaner arbeitet.

»Klar«, bringe ich nach einer Weile hervor. »Gratuliere.« Es ist der Code der unverbindlichen Trennungen, bei denen jeder sein Gesicht wahrt, indem er vorgibt, dem anderen zu glauben. »Viel Glück für den Pitch«, füge ich hinzu.

Simon atmet hörbar auf. Hat er erwartet, dass ich ihm eine Szene mache? Oder ist er einfach nur froh, dass ich das Spiel mitspiele? »Danke. Cool, dass du das verstehst.«

Das wäre der Zeitpunkt, um in Würde aufzulegen. Aber diesmal verstoße ich gegen die Tinder-Etikette. »Ich habe noch dein T-Shirt. Am besten, ich bringe es dir heute Abend kurz vorbei und hole dann auch gleich meine Tabletten.«

Sein Zurückzucken ist fast körperlich spürbar. »Oh … ähm … heute Abend ist es ganz schlecht. Und ich bin auch die nächsten Tage nicht da. Behalte das Shirt, ich trage es sowieso nicht mehr. Und die Vitamine schicke ich dir per Post. Sagst du mir die Adresse?«

»Nicht so wichtig. Wirf das Röhrchen einfach weg.«

»Gut, mach ich.« Es tut weh, wie erleichtert er ist, mir nicht mehr begegnen zu müssen. *Als hätten wir einander nie geküsst.* »Also dann …«, schließt er. »Bis bald. Man sieht sich.«

Und das war's.

Auch diesmal habe ich keine Tränen, nur das Gefühl, versagt zu haben. *Wieder einmal*, denke ich. Nur langsam löst sich die Anspannung in meiner Brust und mit ihr kommt der Schmerz ins Fließen. Stockend atme ich aus und wieder ein, bis nur noch Leere und eine dumpfe Traurigkeit bleibt. Doch als mein Blick beim Aufstehen auf das zerbrochene Bild auf dem Tisch fällt, fühle ich plötzlich noch etwas: Wut darüber, dass das Erbe der Durands nicht nur meine Vergangenheit bestimmt, sondern sich sogar zwischen mich und das drängt, was eine Zukunft mit Simon hätte sein können.

Damalsschatten

»Bist du sicher, dass du das ganze Zeug mitnehmen willst?« Renate stellt die letzte Kiste neben dem Lada ab und streckt den Rücken durch. »Was, wenn du doch ein paar Erbstücke ins Auto laden willst, alte Möbel oder Geschirr zum Beispiel?«

»Das wird keine Wohnungsauflösung, sondern ein Städtetrip mit meinem Bruder«, antworte ich. »Wir bleiben nur eine Nacht in Echternach und fahren dann nach Luxemburg-Stadt weiter.«

Renate schüttelt nur tadelnd den Kopf und schiebt die Kiste mit dem Reisemonitor auf die Rückbank. Ich laufe ein letztes Mal zurück in die Wohnung.

Mein Haupt-Arbeitstisch sieht ungewohnt leer aus, so viel Technik habe ich abgebaut. Ich denke nämlich nicht daran, Maurice und seinem Chaos mehr meiner teuer bezahlten Arbeitszeit als nötig zu opfern. Und da Max am liebsten bis mittags schläft, kann ich die frühen Stunden in den Hotels nutzen, um Routinekram abzuarbeiten.

Gerade als ich das Arbeitszimmer abschließen will, bleibt mein Blick an meiner antiken Madonnenfigur hängen. Das Morgenlicht zeichnet einen Heiligenschein um sie. Obwohl ihr Gesicht im Schatten liegt, spüre ich ihren finsteren Blick. Noch nie wirkte sie mehr wie ein Fremdkörper in meinem Universum aus Stahl, Glas und den matten Augen der Monitore. Und ich beschließe, dass sie schon viel zu lange über mich urteilt. Es ist wirklich Zeit, die Vergangenheit dort zu begraben, wo sie hingehört.

*

Max wartet schon vor dem Bahnhof. Er wirft seinen Rucksack mit Schwung auf den Rücksitz, springt ins Auto und wirbelt einen Schwall von kalter Morgenluft herein. »Gruß von Moms. Sie hat mich im Zug gefühlt hundertmal angerufen. Ich glaube, sie hat bis zuletzt gehofft, dass wir doch nicht fahren.«

»Papa hofft, dass ich es mir mit der Erbschaft doch noch überlege«, erwidere ich. »Und ich hoffe, dass Mama ihm nicht die Hölle heißmacht.«

Max lacht und winkt ab. Dennoch wissen wir beide, was unserem Vater die nächsten Tage blüht. Natürlich gibt meine Mutter ihm die Schuld daran, dass sie Max und mich nicht aufhalten konnte. Und wir werden uns noch ziemlich lange anhören müssen, dass sie und mein Vater wegen unserer Tour das Familienessen zum Hochzeitstag verschoben haben.

Mein Bruder langt nach hinten und kramt eine CD aus dem Rucksack. »Ich habe uns auf Papas Brenner eine Playlist zusammengestellt. Die Anlage in deiner alten Lada-Schüssel funktioniert ja noch mit Steinzeittechnik.«

»Wenn du in meiner alten Lada-Schüssel mitfahren willst, sprich gefälligst nett von meinem Auto.«

Er grinst und legt die CD ein. Insgeheim hatte ich mich auf lange Gespräche und meine Rolle als Trösterin eingestellt. Doch mein Bruder erwähnt Merle mit keinem Wort und es wirkt, als hätte es unser Gespräch vor zwei Tagen nicht gegeben. Während ich anfahre, erklingt schon die weiche Stimme von Charles Trenet. »Wir sollen auf der Fahrt Mamas französische Chansons hören, Max? Wirklich?«

»Ich dachte, die magst du?«

»Wenn wir zu Hause sind, haben wir einfach keine Wahl.«

»Es sind auch andere Songs drauf. Ich habe eine bretonische Folkrock-Band entdeckt. Ist retro, aber interessant. *Tri Yann*, kennst du sie?« Er beugt sich vor und sucht den Track. »Sie singen auch Lieder in keltischer Sprache. Mir war gar nicht klar, dass es die Kelten nicht nur in Irland gab.«

»Du hast doch früher meine alten Asterix-Hefte gelesen. Die Gallier und die Arverner – das waren keltische Stämme Frankreichs.«

»Die Gallier? Echt? Wie cool!« Max beginnt mitzusummen und den Takt des Liedes auf den Oberschenkeln zu klopfen. Wie so oft, steckt er mich auch heute mit seiner Art, die Welt in vollen Zügen auszukosten, bald schon an. Ich fädle auf die Autobahn ein und gebe Gas.

»Wie lange fahren wir eigentlich?«, will er nach einer Weile wissen.

»Wenn es glattläuft, sind wir schon in drei Stunden in Echternach. Du kannst ja die Cafés abklappern, während ich in der Stadtverwaltung bin.«

»Oder ich mache einen Spaziergang durch die Wolfsschlucht. Steht als Tipp im Reiseblog.«

»Ich mag Wölfe nicht. Was steht sonst noch auf deiner *Bucketlist*?«

»Was steht auf deiner? Willst du vielleicht zum … Friedhof?«

»Zu Maurice' Grab, meinst du?« Ich schüttle den Kopf. »Nein, die Urne steht ohnehin noch beim Bestatter, bis die Erbschaft und damit die Kostenübernahme für die Beerdigung geklärt ist.«

Es ist Max anzusehen, dass meine Sachlichkeit ihn immer noch befremdet. »Aber … wenigstens bei der Wohnung gehen wir mal vorbei?«, fragt er vorsichtig. »Ich muss doch sehen, was für eine Riesenvilla du ausschlägst.«

Insgeheim habe ich auf diese Frage gewartet. *Es sind nur vier Wände und ein Dach,* höre ich meinen Vater sagen. Und trotzdem bereitet mir allein schon die Vorstellung, zum Rosenfenster hinaufzuschauen, Unbehagen.

»Wenn du unbedingt willst, zeige ich dir das Haus«, antworte ich dennoch. »Aber beim Thema Villa wirst du enttäuscht sein.«

Max lacht nur und zückt sein Handy. Eine Weile liest er mir Passagen aus dem Reiseblog vor und speichert Tipps für Cafés und Museen ab.

Bald übernimmt die Musik. Wir verfallen in Schweigen, während die Kilometeranzeige wie ein Zeitlupen-Metronom vor sich hin tickt. Ich hatte mir fest vorgenommen, Max nicht dazu zu drängen, über Merle zu sprechen. Aber es ist seltsam, dass er noch nicht selbst auf das Thema gekommen ist. Irgendwann meldet sich sein Smartphone mit einer Benachrichtigung. Bei einem Seitenblick erhasche ich ein verräterisch weiches Lächeln auf seinem Gesicht.

»Gute Nachrichten?«, hake ich nach. Und ich kann mir einfach nicht verkneifen, hinzuzufügen: »Habt ihr euch vielleicht wieder versöhnt?«

Max steckt hastig das Handy weg. »Nicht … direkt.«

»Willst du mir nicht erzählen, was los ist? Oder ist das Thema für die Reise tabu? Ist in Ordnung, ich will es nur wissen.«

Er deutet ein Kopfschütteln an. »Es … ist nur ziemlich kompliziert.«

Kompliziert ist das letzte Wort, das ich mit Max und Merle in Verbindung bringen würde. Sie sind seit Kindertagen befreundet und seit der zehnten Klasse ein Paar. Merle nennt unsere Mutter schon lange »Schwiegermoms« und Max hat sein FSJ so gewählt, dass er in Merles Studienstadt wohnen kann.

Tri Yann schmettert bretonische Trinklieder, während Max schweigend aus dem Fenster starrt. Die CD läuft einmal komplett durch. Wir sind fast schon an Kaiserslautern vorbei, als Max plötzlich sagt: »Ich … habe mich in jemand anderen verliebt.«

»Was?«, entfährt es mir. Max weicht meinem überraschten Blick aus und wird rot bis über die Ohren. Dann schaltet er die Musik ab.

»Also hast in Wirklichkeit *du* Merle verlassen?«, frage ich. »Und auch noch wegen einer anderen?«

»Ich habe sie überhaupt nicht verlassen. Und im Übrigen ist es auch nicht aus zwischen uns. Klar, sie war im ersten Moment so geschockt, dass sie sagte, es sei für sie vorbei. Aber gestern haben wir noch mal geredet und … jetzt haben wir so eine Art Auszeit.

Merle braucht auch erst mal Abstand. Die Sache hat sie schon ziemlich verletzt.«

»Die Sache? Du meinst das andere Mädchen, mit dem du fremdgehst.«

Ich sollte auf der Seite meines Bruders stehen, aber Merle tut mir leid. Im Moment hat sie mehr verloren als Max.

»Es ist überhaupt nicht so, wie du jetzt denkst, Fleur. Und Merle ist völlig okay damit.«

Fast hätte ich aufgelacht. »Wir sprechen aber schon von derselben Merle, oder?«

»Musst du immer gleich deinen Sarkasmus auspacken?«, bricht es aus ihm heraus. »Auch wenn du es nicht verstehen willst, es ist kein Fremdgehen. Ich habe mich wirklich verliebt! So richtig!«

»Ach so, das ist natürlich etwas ganz anderes.« Das kann ich mir einfach nicht verkneifen. »Und was soll dann diese ›Auszeit‹ bringen? Ist das so eine Bachelor-Show, bei der du dir überlegst, welches Girl am Ende eine Rose von dir bekommt?«

Max ist blass geworden und schluckt schwer. Und mit einem Mal wirkt er nur noch traurig und niedergeschlagen. »Kannst du dir echt nicht denken, was los ist?«, fragt er kaum hörbar.

»Ich bin keine Gedankenleserin. Wer ist das Mädchen überhaupt? Anne aus deiner Sportgruppe?«

Max schüttelt den Kopf. »Mit wem war ich im Urlaub?«

Ich brauche eine Ewigkeit, bis mir dämmert, was er mir zu sagen versucht. »Du … hast dich in *Tom* verliebt?«

»So, wie du das sagst, klingt das ja, als wäre das völlig abwegig.«

»Nein, natürlich nicht.« Nur, dass es allem widerspricht, was ich jemals über Max zu wissen glaubte. »Dann hast du im Urlaub herausgefunden, dass du auch auf Jungs stehst? Oder … hast du mir das nur nie erzählt?«

Max stöhnt genervt auf und lässt sich in den Sitz zurückfallen. »Das hätte jetzt auch echt von Roland kommen können! Er wird mich als Erstes fragen, ob ich jetzt plötzlich schwul bin. Aber man verliebt sich doch nicht in Chromosomensätze, sondern in Menschen!«

»Schon gut, spring mir nicht gleich ins Gesicht. Ich bin einfach überrascht.«

»Nicht nur du«, murmelt Max.

Ich versuche, mich an seinen Reisebegleiter zu erinnern. Max hat ihn erst vor zwei Monaten auf einem Konzert kennengelernt. Ich kenne Tom bisher nur von Fotos auf Social-Media als einen hageren, sonnengebräunten Kerl, der nie lächelt und dessen Nacken ein Tribal-Tattoo schmückt. Kritischer arroganter Blick, scharf geschnittener Mund. Kaum ein Lächeln für die Kamera. Auf den Urlaubsbildern wirken er und mein Bruder nebeneinander wie Licht und Schatten, Yin und Yang.

»Hat Merle es geahnt?«, frage ich vorsichtig weiter. »Ich meine … wollte sie deshalb nicht, dass du mit Tom nach Spanien fährst?«

Max seufzt. »Jedenfalls wusste sie sofort, dass auf der Reise etwas passiert ist.« Er schluckt krampfhaft. »Das Verrückte ist, dass ich sie ja liebe«, fügt er mit belegter Stimme hinzu. »Aber das mit Tom ist … auch ernst.«

»Und er? Erwidert er deine Gefühle?«

»Klar«, antwortet Max fast verwundert. Als wäre es nicht vorstellbar, dass jemand ihn nicht lieben könnte. »Ich hatte von Anfang an das Gefühl, dass wir uns nahe sind«, fährt er fort. »*Soulmates.* Aber das Ganze hat mich dann trotzdem völlig kalt erwischt. Am letzten Abend saßen wir in Verona auf dem Balkon und haben geredet. Und irgendwann … ist es dann einfach passiert.«

Nichts passiert einfach so, Max, hätte ich fast gesagt. »Und Merle und du habt euch auf eine Beziehungspause geeinigt, bis ihr alle drei wisst, wie und in welcher Konstellation ihr weitermachen – oder vielleicht auch nicht weitermachen – wollt?«

Max nickt, ohne zu zögern. Und ich frage mich, ob er wirklich glaubt, dass es im Leben und in der Liebe so einfach ist.

»Dann verstehe ich aber ehrlich gesagt nicht, warum du jetzt mit mir nach Echternach fährst.«

Max weicht meinem Seitenblick aus. »Ich … musste erst mal weg von zu Hause. Da laufe ich Merle ständig über den Weg.«

Wo ist das Problem? Sie ist doch ›völlig okay damit‹. Das liegt mir auf der Zunge, aber diesmal lasse ich meine Ironie stecken. »Ich will ja nicht wie das *Echo of Doom* klingen, aber Weglaufen macht es nicht einfacher. So etwas wie eine ›Trennung light‹ gibt es nämlich nicht.«

»Ich weiß doch noch gar nicht, ob ich mich trennen will!«, ruft Max verzweifelt aus. »Das ist es ja! Ich will keinen von beiden verlieren. Aber Merle will eine Entscheidung von mir, bevor wir am Montag den Mietvertrag für unsere Wohnung unterschreiben.«

Bingo, Miss Marple. »Dann sprechen wir hier aber nicht von einer Auszeit, Max, sondern von einem Ultimatum, das Merle dir gestellt hat.«

Max beißt sich schmerzhaft fest auf die Unterlippe und starrt auf das Handy in seiner Hand. »Ich kann Tom nicht aufgeben. Aber wenn ich mich für ihn entscheide, dann verliere ich Merle und mache alles kaputt. Abgesehen davon, dass wir den Mietvertrag für unsere Wohnung schon sicher haben … Papa fällt vom Glauben ab, wenn ich plötzlich mit einem Kerl ankomme. Und für Moms wird sowieso die Welt zusammenbrechen, sie liebt Merle ja fast mehr als mich …«

»Es geht hier nicht um die anderen, sondern darum, was du selbst willst – und wen.«

Max' Lächeln will ihm diesmal nicht gelingen. »Eigentlich will ich Tom«, sagt er bedrückt.

Nur, dass ›eigentlich‹ in der Liebe kein gutes Wort ist, denke ich bei mir.

»Wie geht es dir jetzt gerade?«, sage ich leise in die lange Pause. »Ich meine – wie geht es dir wirklich, Kleiner?«

Er starrt auf die Straße und denkt ernsthaft darüber nach. »Papierweiß«, sagt er nach einer langen Weile. »Völlig blank. Wie ein

Blatt, auf dem nichts mehr steht. Was würdest du denn jetzt an meiner Stelle machen?«

Toms Account hacken, um herauszufinden, wer er wirklich ist?

Max' Handy meldet sich. Sogar bei dem kurzen Seitenblick erkenne ich das Foto wieder, das Merle ihm geschickt hat: Sie und Max, eng umschlungen und glücklich auf dem Heidelberger Weihnachtsmarkt im vergangenen Jahr. Merle kennt meinen Bruder lange genug, um zu wissen, woran sie ihn erinnern muss. Max steigen sofort die Tränen in die Augen. Und so gut ich Merle auch verstehe, jetzt sehe ich nur noch meinen kleinen Bruder, den ich beschütze, seit er auf der Welt ist.

»Ich kann dir nicht sagen, was ich an deiner Stelle machen würde, Max. Aber wenn du den Rat einer großen Schwester gebrauchen kannst: Schalte das Handy aus. Denke in Ruhe nach – und zwar nur über dich.«

»Aber wenn ich nicht erreichbar bin, denkt Merle, ich will nicht mit ihr reden!«

»Dann melde dich bei ihr ab. Wie willst du Klarheit kriegen, wenn du dich mit Nachrichten wie dieser quälst?«

Vielleicht bin ich damit schon zu weit gegangen. Max umklammert sein Handy, als hätte ich ihn aufgefordert, es aus dem Fenster zu werfen. Aber nach einer Weile atmet er tief durch und nickt. »Weißt du was? Wir klinken uns einfach beide aus.«

»Das geht nicht. Ich muss erreichbar sein.«

»Dann melde dich bei deinen Kunden ab«, wiederholt Max meinen eigenen Rat. »Bitte, Fleur, wenigstens bis heute Abend! Oder …« Er lacht auf und mit einem Mal kehrt sein Strahlen zurück. »… bis Mitternacht. Wie in deinen Märchen: Wir vergessen das ganze Chaos für ein paar Stunden und haben einfach eine gute Zeit. Nur wir zwei. Deal?«

Ich zögere. Die Kunden sind nicht das Problem – bei den wichtigen Adressen habe ich Bescheid gegeben, dass ich für den Rest der Woche unterwegs bin. Aber Renate wollte mich anrufen, sobald sie heute mit Jennys Mutter gesprochen hat. Auch Cem wollte sich melden. Natürlich darf er mir keine Einsicht in laufende Ermittlungen geben, aber ein paar unverfängliche Stichworte genügen, dass ich mir einen Reim darauf machen kann, ob ich mit meinem Verdacht zur *Loverboy-Akte* richtiglag.

Doch Max wartet auf eine Antwort. »Deal«, sage ich. »Gib Mama Bescheid, sonst schaltet sie eine Vermisstenanzeige. Und mach bei mir die Mailbox an.«

Max strahlt. Und nachdem er alles erledigt und erst sein und dann mein Handy ausgeschaltet hat, streckt er sich und atmet so erleichtert auf, als wäre eine tonnenschwere Last von seinem Herzen gefallen. *Oder,* setze ich in Gedanken hinzu, *als hätte er seinem Erwachsenenleben noch ein paar Stunden Kindheit ohne Entscheidungen abgerungen.*

*

Eine Unfallsperrung hat uns vor Trier viel Zeit geraubt. Als die kantigen Türme der Echternacher Kirche in Sicht kommen, bin ich für den Termin im Amt schon knapp dran. Kurz entschlossen lasse ich mich vom Navi direkt in die Innenstadt lotsen, springe aus dem Wagen und überlasse es Max, unsere Sachen zum Hotel zu fahren. Ohne nach links und rechts zu schauen haste ich zum Amtsgericht. Es dauert eine Stunde, bis eine Beamtin alle Siegel verifiziert und noch ein paar Telefonate geführt hat. Nur, um mir dann mitzuteilen, dass zwei Dokumente noch notariell beglaubigt werden müssen, doch nicht in Echternach selbst, sondern in Diekirch.

Der Fluch der Durands, hätte meine Mutter jetzt sicher gesagt. Mir bleibt nichts anderes übrig, als zähneknirschend alles wieder einzupacken und mich auf den Weg zum Hotel zu machen. Es ist das *Le Petit Poète* und liegt nur wenige Schritte vom großen Dom entfernt. Max wartet im Hotelcafé auf mich. Er hat sich bereits mit der Bedienung angefreundet und lässt sich Tourentipps geben, die er mit Kugelschreiber direkt in einen Stadtplan schreibt. Gut gelaunt scherzt er sogar mit den Kindern am Nebentisch. *Mister Yang strahlt wieder*, denke ich.

»Dann fahren wir eben morgen früh nach Diekirch«, sagt er nur, nachdem ich meinem Unmut Luft gemacht habe. »Aber jetzt steigt erst einmal unsere Party bis Glockenschlag zwölf.«

*

Für mein siebenjähriges Ich war Echternach laut und riesenhaft. Und außerdem so düster und bedrohlich, als könnte ich an jeder Straßenecke auf die gemarterten Heiligen stoßen, die Margot Durand so leidenschaftlich verehrte. Doch mit Max ist es ein helles Städtchen voller malerischer Gassen. Touristen sitzen an diesem sonnigen Oktobertag mit Decken auf den Knien vor den Cafés. Wie früher in den Ferien lassen Max und ich uns durch die Läden treiben und genießen im Gehen das letzte Eis des Jahres. Schließlich erklimmen wir die Treppe zum Wahrzeichen der Stadt: die Basilika des Heiligen Willibrord. Die Sonne, die durch die Kirchenfenster fällt, taucht den Boden in farbige Lichtflecke. Violett, Rot und Orange – und unwirklich strahlendes Hellgrün. Ebenso bunt ist der Mantel einer hellen Marienfigur rechts vom Altar. Ihre Goldkrone blitzt in einem Sonnenstrahl auf. Den Hall unserer Schritte begleitet leise die rhythmische Musik der berühmten jährlichen Springprozession, die im Seitenflügel der Kirche in Endlosschleife vom Band abgespielt wird.

»Komm, wir kaufen eine Kerze«, flüstert Max mir zu. Auch das ist ein Ritual, das uns beide an Max' Kindheit erinnert: In jeder Kirche, die wir im Urlaub besichtigten, zündeten wir ein »Licht für die Vorderen« an, wie es in der Familie unseres Vaters Brauch ist.

Glatt getretene Stufen führen hinunter zur Krypta. Dort empfängt uns das Plätschern einer in Stein gefassten Quelle. Schweigend betreten wir ein Kellergewölbe mit weiß getünchten Bögen. Alles in diesem Andachtsraum ist hell – auch der weiße Sarkophag, in dem die Gebeine des englischen Missionars und Ordensgründers Willibrord hinter geschmiedeten Gittertüren ruhen. Für mich aber gehört die Kirche nicht dem Heiligen, sondern den schneeweißen Marien. Vor einem pastellfarbenen Fenster thront eine weitere dieser Statuen. Mit dem goldgesäumten Gewand und ihrem freundlichen Gesicht leuchtet diese helle Maria wie der sanfte, tröstende Mond. Auf einer Wolke steht sie barfüßig über einem Meer von Opferflämmchen. Die Blumengestecke, die vor der Madonna aufgebaut sind, verströmen den angewelkten Friedhofshauch, der mir nur allzu vertraut ist.

Vereinzelt sitzen Betende auf den niedrigen Stühlen vor diesem Marienaltar. Ein Stuhl knarzt, als eine alte Frau Platz nimmt. Sie schlingt den Rosenkranz um ihre Hand und versenkt sich Perle für Perle ins Gebet. »Hier saß bestimmt auch deine Großmutter«, raunt Max mir mit einem Blick auf die Betenden zu.

Nicht nur sie. Mein Blick schweift zu einem leeren Stuhl in der letzten Reihe. Mit geschlossenen Augen könnte ich die Risse im Steinboden zeichnen, auf den ich gestarrt habe, während ich mir einbildete, dass das Skelett des Mönchs jeden Augenblick hinter mir aus dem Sarkophag klettern und durch die Gitter nach meinem Haar greifen würde. Doch auch diese Erinnerung berührt mich überraschenderweise kaum noch. Als wäre Max' Licht ein Zauber, der sogar die Damalsschatten überstrahlt.

Rosen und Schlüssel

Das Handynavi führt uns zum Rand der Altstadt. Je weiter wir uns vom touristischen Zentrum entfernen, desto üppiger und wilder wachsen die Sträucher in den Vorgärten. Die Zuchtsorten blühen noch und verströmen einen Duft, der an den parfümierten Puder englischer Ladys erinnert. *Und an die Zeit der weißen Rosen*, denke ich bei mir. Bisher dachte ich, genug Distanz zu haben, aber je näher wir dem Haus kommen, desto mehr kriecht mir ein klebriges Unbehagen den Nacken hoch. Ich zucke zusammen, als eine Katze uns vor die Füße springt. Sie läuft vor uns her, bis das Navi uns in eine leere Gasse führt. Rechts ist sie von schmucklosen Wohnbauten gesäumt, linkerhand grenzt eine hohe Natursteinmauer ein Villengrundstück ab. Inzwischen schlägt mein Herz bis zum Hals. Doch erst nach einer Weile entdecke ich das Eckhaus, so verändert ist es. Zwar kauert es immer noch schmal und gedrängt im spitzen Winkel mehrerer Gassen, die sich dort kreuzen. Aber ohne das Navi wäre ich glatt daran vorbeigelaufen. Ich bin überrascht, wie nackt und heruntergekommen das Häuschen ist. Die Rosenstöcke, die früher bis zum ersten Stock rankten, sind längst abgeschnitten worden. Nur noch ein paar vertrocknete, dornige Reste krallen sich am rissigen Putz fest und neben der Eingangstür wuchern Disteln und Gestrüpp.

Max schaut mich ungläubig an, als ich vor dem Gebäude stehen bleibe und zum ersten Stock deute. Er verschränkt die Arme hinter dem Kopf, bläst die Backen auf und schaut zu den Fenstern hoch. Hinter staubigen, ungeputzten Scheiben erahnt man Gardinen aus vergilbter Spitze. Ich ertappe mich dabei, wie ich die Augen zusammenkneife und nach der Silhouette der hageren Gestalt suche, die reglos hinter der Gardine steht, während die Zigarettenglut wie ein Glühwürmchen aufleuchtet. Aber es ist nur noch ein leeres, blindes Fenster ohne jegliche Schatten. Insgeheim atme ich auf. »Tja, das war's«, wende ich mich an Max. »Keine Villa, wie du siehst. Jetzt lass uns ein Restaurant suchen. Ich bin am Verhungern.«

»Nur einen Moment noch. Ich will noch was nachschauen.« Max geht zum Ende der Gasse und verschwindet um die Hausecke. Zögernd folge ich ihm. Und ich kann nicht anders, als noch einmal zu dem Fenster hochzuschauen, als würden dort scharfe Augen jeden meiner Schritte verfolgen. Als ich um das Haus biege, rückt mein Bruder gerade eine Mülltonne aus Metall an die Mauer, die den Miniaturgarten an der Rückseite des Hauses knapp über Kopfhöhe vor Blicken schützt. Ich befürchte, dass dort immer noch der Liegestuhl steht, in dem Maurice sein Leben ausgehaucht hat.

»Du willst doch da nicht etwa hochsteigen, Max?«

»Klar doch! Von da oben kann man durchs Fenster schauen.« Damit ist er auch schon auf der Tonne und zieht sich die kleine Steinmauer hoch.

»Komm runter!«, zische ich.

Mir wird ganz anders, als er sich mit einem Bein zum Fensterbrett hinüberhangelt. Doch bevor er durch das Fenster spähen kann, gellt hinter mir ein empörter Ausruf.

»*Hé! Que fais-tu là?*« Es ist eine alte Frau, die sich aus einem Fenster des gegenüberliegenden Hauses lehnt. »Das ist Privatbesitz«, schimpft sie weiter. »Du hast da nichts verloren, Junge. Sofort runter da oder ich rufe die Polizei!«

Von dem zornigen französischen Wortschwall versteht Max vermutlich nur »Polizei«. Er hebt beschwichtigend die Hand und beeilt sich, herunterzuklettern.

»Alles in Ordnung, Madame«, rufe ich der Fensterfurie zu. »Niemand bricht ein. Wir sind Verwandte von Maurice Durand. Die Wohnung gehörte ihm.«

Die Frau mustert mich misstrauisch durch ihre Brille. »Was für Verwandte denn?«, herrscht sie mich an.

»Ich bin … seine Tochter.« Das Wort fühlt sich ebenso falsch an wie das »wir«, mit dem ich Max in den Familienkreis Durand befördert habe. Die Dame reißt die Augen auf und starrt mich an, als wäre ich eine Erscheinung. »Fleur?«, fragt sie dann ungläubig. »Sie sind Fleur Durand? Warten Sie, ich komme herunter.«

»Sollen wir abhauen?«, flüstert Max mir zu.

»Zu spät. Halte dich im Hintergrund und lass mich reden.«

Völlig außer Atem eilt die Dame auf die Gasse. »Ja, ist denn das die Möglichkeit!«, ruft sie aus. »Die kleine Fleur. Nie im Leben hätte ich Sie wiedererkannt.«

Meine Narben spannen unter dem Camouflage-Make-up, so unverhohlen starrt sie mir ins Gesicht.

»Müssten wir uns kennen, Madame?«, gebe ich höflich zurück.

Sie lacht und winkt ab. »Nein, Sie waren ja noch ein Kind. Ich bin Odile Schiltz. Wir sind uns nur einmal begegnet, als Sie vor vielen Jahren mit Ihrem Vater hier waren. Sie waren mit ihm in der Basilika, ein paar Tage nachdem Madame Durand gestorben war …« Ihr Lächeln erlischt. »Ach je, verzeihen Sie! Mein herzliches Beileid zu Ihrem neuerlichen Verlust!«

»Danke«, antworte ich knapp. Ich kann nur hoffen, dass Max von ihrem unglaublich schnellen Wortschwall nicht genug verstanden hat.

»Wie gut, dass sich jetzt endlich jemand um die Beerdigung des armen Maurice kümmert«, rattert sie weiter. »Und auch um die Wohnung. Das Dach gehört schon seit Jahren repariert. Wir haben ja versucht, mit Ihrem Vater zu reden, aber … nun, er hatte seinen eigenen Kopf, nicht wahr?« Sie lacht unbehaglich und leckt sich über die Lippen. »Wissen Sie denn schon, was Sie mit der Wohnung machen werden? Ich meine, denken Sie daran, sie zu verkaufen?«

Ich habe keine Lust, einer Fremden zu erklären, warum sie sich in Sachen Wohnungskauf ans Nachlassgericht und die Stadt wenden muss. »Das … ist noch nicht entschieden«, sage ich nur vage.

»Verstehe. Aber falls Sie über einen Verkauf nachdenken: Meinem Sohn gehört das Lager im Erdgeschoss. Es wäre ideal, wenn er für sich und seine Frau die Wohnung darüber hätte. Wir hatten schon mehrfach angefragt, da Ihr Vater sie über Jahre ohnehin nicht nutzte, aber er wollte nichts davon wissen.« Damit greift sie in die Tasche ihrer Weste und zaubert eine Visitenkarte hervor. »Rufen Sie uns an. Jederzeit, ja? Wir helfen auch gerne, wenn Sie etwas brauchen.«

Sie verliert wirklich keine Zeit. Ich versuche mich an einem neutralen Lächeln und stecke die Karte ein. »Danke, Madame Schiltz. Aber jetzt müssen wir weiter.«

»Warten Sie, Fleur!« Sie packt mich allen Ernstes am Arm und beugt sich so vertraulich vor, dass ihr Atem meine Wange streift. »Ich will niemandem etwas nachsagen«, raunt sie mir zu. »Aber Sie sollten wissen, dass diese Portugiesin, die für Ihren Vater den Einkauf erledigt hat, immer noch einen Schlüssel hat. Sie war gestern wieder in der Wohnung. Das hintere Fenster stand nämlich offen. Sie verstehen sicher, dass es meinem Sohn nicht recht ist, dass fremde Leute Zugang zu seinem Lager haben. Und da oben stehen ja noch die Sachen Ihres Vaters …«

Vielsagend hebt sie die Brauen. Ich sollte gehen, aber ihre Worte ticken mich an. »Hat *diese Portugiesin* auch einen Namen?«, frage ich nicht besonders freundlich. »Oder nur ein Vorstrafenregister als Diebin?«

»Ach du liebe Güte!«, entfährt es Madame Schiltz. »Sagen Sie nur, dass Sie sie gar nicht kennen? Sie heißt Maria Morais. Und natürlich unterstelle ich ihr nichts, aber Kindchen, man muss doch vorsichtig sein. Sie sollten den Schlüssel von ihr einfordern. Sie wohnt in der Rue André Duchscher, direkt beim Gotischen Haus, ich komme auch gerne mit und zeige Ihnen …«

»Nein, danke.« Damit entwinde ich mich ihrem Griff und winke Max, mir zu folgen. Wir sind wohl beide froh, als wir um die Ecke und damit außer Sichtweite sind.

»Was war das denn?«, bemerkt Max. »Warum war die so aufdringlich?«

»Sie wollte, dass ich der Haushaltshilfe von Maurice den Schlüssel abnehme.«

Max bleibt abrupt stehen. »Es gibt einen Schlüssel? Dann gehen wir hin und fragen die Frau, ob sie uns kurz reinlässt.«

»Auf keinen Fall.«

»Fleur, warte!« Er holt zu mir auf. »Das ist die Chance, ein paar Erinnerungsfotos zu machen.«

»Ich brauche keine Fotos von einer verwahrlosten Wohnung.«

»Aber vielleicht brauche ich sie ja!«, ruft Max verärgert, während ich meine Schritte beschleunige. »Fleur, verdammt, jetzt bleib doch mal stehen!«

Er überholt mich und verstellt mir den Weg. »Wenn es dich nicht interessiert, okay. Aber ich will sehen, wo deine Leute gewohnt haben.«

»Warum ist dir das so wichtig? Maurice hat doch alles längst zu Geld gemacht, was in der Bruchbude noch zu holen war. In den letzten zwanzig Jahren hat er die Räume sicher an Gelegenheitsmieter vertickt …«

»Du verstehst es immer noch nicht, oder?«, bricht es aus meinen Bruder heraus. »Weil wir Geschwister sind! Weil es deshalb auch meine Familie war …«

»Glaub mir, du kannst froh sein, dass du nichts mit den Durands zu tun hast.«

»Du tust es schon wieder«, ruft Max verärgert. »Du schließt mich aus, Fleur, merkst du das gar nicht? Kaum will ich etwas wissen, schlagt ihr mir die Türen vor der Nase zu – Moms, du und sogar Papa.«

Ich muss wohl ziemlich perplex dreinblicken, denn Max beißt sich auf die Unterlippe und sucht nach Worten. Vor einem Jahr noch konnte ich auf ihn herunterschauen, inzwischen ist er größer als ich. Doch der Ausdruck in seinen Augen erinnert an sein früheres Ich. »Ist doch so, Fleur!«, fährt er dann fort. »Und weißt du eigentlich, wie schräg das als Kind für mich war? Von mir gibt es Tausende Fotos, das ganze Wohnzimmer ist tapeziert mit Max

Martin. Aber das einzige Kinderfoto von dir ist das von Moms und dir im Krankenhaus, am Tag deiner Geburt. Du hast mit mir nie über eure Zeit in Nancy gesprochen. Und wenn ich mich überhaupt mal getraut habe zu fragen, hast du abgewiegelt. Und Moms sowieso. Das war … wie ein Minenfeld, das keiner betreten durfte. Und es gab immer diese Trennungslinie bei uns. Moms und du auf der einen Seite. Und ich ganz allein auf der anderen.«

»Aber Max, das ist doch nicht wahr!«

»Erzähl du mir nicht, was für mich wahr ist!«

Ich erschrecke, wie bitterernst es ihm ist. »Das hier«, er deutet zurück zu dem Haus, »wäre endlich mal etwas, was nur uns beiden gehören würde.«

Es zieht mir das Herz zusammen, als ich endlich die Traurigkeit verstehe, die mir neulich schon an ihm aufgefallen ist. Mein kleiner Bruder treibt gerade im luftleeren Raum, losgelöst, haltlos und aller Sicherheiten beraubt. Und das hat nicht nur mit Merle und Tom zu tun. Auch jetzt sieht er mich ernst an, in seinem Blick dieser Hunger nach Zugehörigkeit. Und schmerzlicher denn je nehme ich all das wahr, was uns trennt.

*

Max holt sein Handy aus dem Hotel. Ich bin für den Schlüssel zuständig. Mir ist nicht wohl dabei, aber ich höre auf die sachliche Stimme in mir, die verdächtig nach Roland Martin klingt. *Es sind doch nur vier Wände und ein Dach, Blume.* Und schulde ich es Max nicht, ihm wenigstens diese eine Tür in mein früheres Leben zu öffnen? *Außerdem,* setze ich in Gedanken hinzu, *ist so ein Realitätscheck keine so schlechte Möglichkeit, endgültig mit den Durands abzuschließen.*

Die Sackgasse, in der Maria »die Portugiesin« wohnt, besteht im Grunde nur aus drei Gebäuden. Und direkt neben dem »Gotischen Haus« mit schmalen historischen Spitzbogenfenstern parkt ein roter Traktor vor einem Gehöft. Auf der Suche nach dem Namen Morais auf einem der Klingelschilder begegne ich einer jungen

Frau, die gerade aus dem Nebenhaus kommt, in ihren Händen ein leerer Wäschekorb. Vielleicht hält sie mich für eine verirrte Touristin, die auf der Suche nach dem Gotischen Haus ist, jedenfalls wirkt sie genervt, als ich sie anspreche. Doch dann hellt sich ihre Miene auf. Es stellt sich heraus, dass sie Marias Tochter ist. Offenbar wartet die ganze Familie darauf, dass endlich jemand von Maurice' Verwandtschaft auftaucht. Fünf Minuten später stehen wir in einer Küche, die Frau kramt in einer Schublade und übergibt mir schließlich einen Schlüssel, die neueste Post und einen zerknitterten Briefumschlag, auf den jemand »Rechnungen Durand« geschrieben hat.

»Das hat er alles nicht bezahlt«, erklärt die Tochter. »In den letzten Wochen hat er die Wohnung nicht mehr verlassen. Zuletzt machte er die Klingel aus und ging auch nicht mehr ans Telefon. *Maman* hat ihm die Einkaufstüten nur noch vor die Tür gestellt.« Sie streckt mir einen Zettel hin, auf dem sich Zahlen reihen. »Hundertdreiundzwanzig Euro. Sie können gerne nachrechnen.«

Tja, nun komme ich doch nicht drum herum, einen Teil von Maurice' Schulden zu begleichen. Widerwillig zücke ich den Geldbeutel. »Ihre Mutter war gestern noch mal in der Wohnung?«, frage ich. Die Miene der jungen Frau verfinstert sich auf der Stelle. Sie verschränkt die Arme – genau wie mein Bruder, wenn Empörung in ihm aufsteigt. »Hat sich die Schiltz beschwert? Meine Mutter hat nur die Post geholt und gelüftet. Ist bei dem ganzen Muff immer noch dringend nötig.« Sie bekommt schmale Augen und mustert mich, als versuche sie, Maurice und mich in ein Bild einzupassen. Offenbar gelingt es ihr nicht. *Kunststück, es gelingt mir ja selbst nicht.*

Ich weiß nicht, warum meine Kehle plötzlich eng wird. Ich muss sie freiräuspern, um sprechen zu können. »Danke für Ihre Fürsorge«, sage ich leise zu der Frau. »Mein Vater konnte froh sein, dass Sie für ihn da waren. Richten Sie das bitte auch Ihrer Mutter aus.« Die Tochter schaut mich überrascht an, dann huscht ein flüchtiges Lächeln über ihr Gesicht.

Disparu

Max wartet schon vor dem Eingang des Hauses. Er beginnt zu strahlen, als ich den Schlüssel wie eine Trophäe in die Luft recke. Ich hoffe, er merkt nicht, wie nervös ich plötzlich bin, als wir beide zur Tür treten. Wie zwei Diebe schauen wir uns verstohlen um, bevor ich rasch aufschließe. Mir ist flau im Magen; alles in mir sträubt sich dagegen, über diese Schwelle zu treten. *Aber hier geht es um Max*, rede ich mir gut zu. Im Erdgeschoss sticht uns der Geruch von Lack in die Nase. Frisch gestrichene Bretter liegen zum Trocknen auf Metallgestellen. Türen gibt es nicht, das ganze Erdgeschoss ist ein kahler Lagerraum voller Regale und ein paar übrig gebliebenen Stützwänden, die früher Teile von Zimmerwänden waren. Eine kahle Betontreppe mit Eisengeländer führt in den ersten Stock. An die Treppe erinnere ich mich nicht, vielleicht ist hier umgebaut worden. Mit weichen Knien steige ich die Stufen hoch. Die Eingangstür zu Maurice' Wohnung liegt in einer Nische ein Stück hinter der letzten Treppenstufe. Ich schließe auf, nehme meinen ganzen Mut zusammen und trete ein.

Erst einmal erkenne ich kaum etwas, so dunkel ist der Vorraum. In der Luft hängt der Geruch alter Tapeten, in die sich jahrzehntelang der Dunst von parfümierten Zigaretten und angewelkten Lilien gesogen hat. Meine Finger schließen sich so fest um den Schlüsselbund, dass es fast schmerzt. Denn Erinnerungen, das merke ich nun, sind aus Düften gewebt. Schlagartig ist alles wieder da.

Mein siebenjähriges Ich steht in diesem Vorraum, die breiten Hände von Maurice schwer auf den Schultern. Durch den Stoff meines dünnen Sommerkleides spüre ich, wie schweißig und heiß die Hände meines Vaters sind. Und schon hier im Eingangsbereich steigt mir der Geruch von Margots Nelkenzigaretten, der sich vor langer Zeit in die Tapeten gesogen hat, in die Nase.

Zumindest das Aroma des Lavendelparfüms ist längst verflogen. Meine Augen gewöhnen sich langsam an das Halbdunkel. Ich schaue mich um und zucke beim Blick in den goldumrahmten Barockspiegel neben der Garderobe zusammen. Ein Wunder, dass Maurice ihn nicht verscherbelt hat. Damals hing der Spiegel noch viel zu hoch für mich. Margot war eine sehr große, hagere Dame gewesen. Nun befremdet es mich, nicht mein Kindergesicht im Spiegel wiederzufinden, sondern mein dreiunddreißigjähriges Ich, die Frau mit dem Fransenhaarschnitt, der beigen Jacke und dem rehbraunen Seidenschal, der den Hals verhüllt. Ihr Blick ist klar und direkt, ihre neutrale Miene gibt nicht preis, wie unwohl sie sich hier fühlt.

Langsam gehe ich weiter und öffne die Tür zum Wohnzimmer. Ich schwöre, mein Herz setzt für ein paar Schläge aus. Erwartet hatte ich entweder kahles Elend oder aber ein Messieland voller Gerümpel und leerer Flaschen. Doch das, was ich sehe, muss ein Traum sein – und zwar keiner von der guten Sorte.

Ich war sieben Jahre alt, als ich meine Großmutter zum ersten und zum letzten Mal sah. Erst drei Jahre später betrat ich an der Seite meines leiblichen Vaters noch ein einziges Mal diese Räume, wenige Tage nach ihrem Tod. Und trotzdem war meine *grand-mère* damals in der Wohnung immer noch präsent gewesen – in dem halb gelösten Kreuzworträtsel, neben dem ihr Goldrandfüller und ihre Lesebrille lagen. In dem faltigen Lippenstiftabdruck an ihrer noch halb vollen Teetasse. Und in den penibel sortierten Stapeln unbezahlter Rechnungen und Mahnungen auf dem Wohnzimmertisch. Ja, Madame Margot hatte zum Zeitpunkt ihres Todes noch so einige Rechnungen mit dem Leben offen.

Und nun stehe ich hier, Jahrzehnte später, im Mausoleum meiner Erinnerungen, und kann nicht fassen, was ich hier sehe:

Margots halb gelöstes Kreuzworträtsel liegt immer noch auf dem Telefontischchen. Ihrem Füller und ihrer Lesebrille ist im Lauf der Jahrzehnte ein fettiger Sedimentpelz aus Schmutz und Staub gewachsen. Das Papier ist vergilbt und die schwarze Tinte zu hellbraunen Linien verblasst, aber die strenge, steile Schrift ist unverkennbar. Sogar das eine Wort, das ich damals als Zehnjährige mit Bleistift ergänzt hatte, finde ich wieder: »Lautäußerung einer Katze: *ronronner*« – schnurren. Maurice hat in diesem Zimmer über Jahrzehnte hinweg nichts verändert. Alles ist so, wie Margot es an ihrem Todestag hinterlassen hatte: die Möbel, die Bücher im Regal, die Porträts der Adeligen, die mich mit derselben Strenge betrachten wie damals, als ich mein Spiegelbild nicht fand und nur auf Zehenspitzen zu gehen wagte. Lediglich Margots Rechnungen und ihre mit Lippenstift befleckte Tasse sind verschwunden.

Ich fröstle vor Unbehagen und reibe mir die Arme.

»Wow!« Max tritt neben mich. Für eine Sekunde hatte ich vergessen, dass wir zu zweit hier sind. »Maurice stand wohl auf Retro?«, setzt er hinzu.

Ich lecke mir über die trockenen Lippen. »Die … Einrichtung stammt noch original von Margot.«

Mein Bruder pfeift leise durch die Zähne. »Irgendwie gruselig. Die ganzen Gemälde … ist das eure Ahnengalerie?« Er tritt zu dem Bild eines grobknochigen Mannes mit weißer Lockenperücke. Er trägt einen Metallharnisch und um seine Brust ist eine blaue Schärpe geschwungen. Vage erinnere ich mich, dass ich als Kind wegen der langen Perücke und der scharfen Adlernase dachte, er sei eine hässliche alte Dame, vielleicht eine Hexe. Und auch das Gemälde daneben kenne ich: eine blass gepuderte junge Adelige mit kleinem Mund, leicht gekräuselten Lippen und zierlicher Nase. Die großen dunklen Augen unter runden Brauen erinnern mich nun daran, dass sie für mich als Kind nur die »Eulenfrau« war.

»Nein, das ist keine Ahnengalerie, Margot hatte nur einen Adelstick und sammelte solche Barockporträts«, antworte ich. »Die Frau dort war vielleicht die Mätresse eines französischen Königs. Und das Bild neben der Tür müsstest du aus dem Kunstunterricht kennen. Das ist Louis XIV., der Sonnenkönig.«

Dielen jammern unter meinen Schritten, als ich mich am Tisch vorbeischiebe. Ich brauche dringend frische Luft. Die Scheiben starren vor Fliegenschmutz und kalkigen Regenspuren. Staub wirbelt auf und gleißt in einem Sonnenstrahl, als ich einen vergilbten Vorhang zur Seite reiße und das Fenster öffne. Und endlich füllt Leben diese Gruft – Mopedrattern, Kinderstimmen und das Rauschen der Bäume auf dem benachbarten Villengrundstück dringen herein. Und vielleicht ist Max' Gegenwart ja wirklich ein Talisman, denn als wir uns beide weiter umschauen, kann ich diesen Ort nach dem ersten Schreck allmählich wieder mit den Augen einer Erwachsenen betrachten.

In meiner Erinnerung ist das Wohnzimmer ein Saal, in dem ich mich als Kind völlig verlor. Aber in Wirklichkeit wirkt der niedrige Raum, als hätte jemand versucht, Versailles in einem Schuhkarton zu verstauen. Die Porträts hängen viel zu dicht und reichen bis zur niedrigen Decke. Das Zimmer ist fast zur Gänze ausgefüllt von dem wuchtigen, runden Nussbaumtisch und vier Stühlen mit hohen Lehnen. An dem Tisch vorbei kann man sich nur an der Wand entlangschieben – zu einer schmalen Küche und einem noch kleineren Bad. Ein Bücherschrank mit exzentrisch geschwungenen Regalen ragt einige Zentimeter über den Türstock hinaus. Mein Vater betonte stets voller Stolz, dass Margot ihre Möbel selbst entworfen und von einem Kunstschreiner hatte anfertigen lassen. Damals, als sie noch in der Villa residiert hatte, bis eine andere Frau sie aus ihrer Ehe mit ihrem reichen Offizier vertrieb. Hier sind diese Möbel nur noch Relikte. Riesen, die keinen Platz zum Atmen haben. Die ganze Wohnung ist ein Museum vergangener Größe und luxuriöser Zeiten, ein Mahnmal für das, was das Leben Margot genommen hatte. Das hat etwas Zorniges und gleichzeitig Starres.

Max' Handykamera klickt, dann betritt er das zweite Zimmer und lässt mich mit meinen Erinnerungen allein.

Maurice' Hände dirigieren mich. Ich komme mir zerbrechlich und niedergedrückt vor, zu klein für diese fremde Welt, die nach Zigaretten und Parfüm riecht. Die Fremde, die ich Madame Margot nennen soll, sitzt nicht, sie thront hinter dem Tisch. Ihr schwarzes Kleid wird auf Höhe ihrer Kehle von einer Brosche mit einem violetten Schmuckstein geschlossen. Sie steht nicht von dem Stuhl auf, um uns zu begrüßen, sie hebt nicht einmal den Blick von der Zeitung, die vor ihr liegt. Mein Vater schiebt mich zur ihr hin, seine Finger graben sich schmerzhaft in meine Schultern, bis ich nachgeben muss, wie ein Hund, der sich mit allen vieren in den Boden stemmt und dennoch in einen Käfig geschoben wird. Erst als ich neben ihrem Stuhl stehe, schaut die Frau auf. Mit unverhohlener Verachtung mustert sie mich vom Kopf bis zu den Füßen, ohne mir jedoch in die Augen zu sehen. Auf ein mahnendes Drücken meines Vaters sage ich mit dünner Stimme die auswendig gelernten Sätze auf. Ich grüße diese Dame, die meine Großmutter sein soll, höflich auf Französisch, und sieze sie dabei, wie mein Vater es mir beigebracht hat. Vor Aufregung verhasple ich mich und mache unbeholfen den Knicks der wohlerzogenen Kinder.

»Das ist also das Kind«, sagt die Frau leise, aber mit einer Verachtung, die sich bis in mein Herz bohrt. »Was für ein struppiges kleines Ungeheuer!« Erschreckt starre ich sie an. Doch Madame Margot ist noch nicht fertig mit mir. »Und jetzt soll ich beeindruckt sein, dass du deinem unehelichen Balg wie einem Papagei beigebracht hast, ein paar Höflichkeiten zu stammeln?« Auch das sagt sie über meinen Kopf hinweg – zu meinem Vater, nicht zu mir. Das Blut schießt mir heiß in die Wangen. Ich bin zu geschockt, um zu weinen, aber mein ganzer Rücken kribbelt noch im Frostschauer ihrer Worte. Ungeheuer, struppig, *hallt es in meinem Kopf. Dabei fand ich mich in dem neuen Kleid hübsch und mein langes Haar ist sorgfältig gekämmt und zu einem Zopf geflochten. Hilfe suchend schaue ich über die Schulter hoch zu meinem Vater. Doch der starrt über mich hinweg, widerspricht nicht, verteidigt mich nicht. Und obwohl ich erst sieben Jahre alt bin, spüre ich sehr wohl, wie seine*

Hände meine Schultern fester umschließen und er sich innerlich verhärtet.

Sogar heute muss ich tief durchatmen, so eng wird es bei dieser Erinnerung in meiner Brust. Selbst nach so vielen Jahren gibt es mir einen schmerzhaften Stich, wie sehr ich mich damals für mich selbst schämte. Nur, weil mein Vater sich für mich schämte.

Max zieht nebenan Schubladen auf, Dielen knarren unter seinen Schritten.

Ich schiebe mich um den Tisch herum und betrete das, was offenbar in den letzten Monaten das Quartier meines Vaters war. Obwohl Maria gelüftet hat, hängt in diesem Raum noch die Ahnung von ungewaschenem Leben und Alkohol. Maurice hat Margots Möbel an einer Wand achtlos zu einem Haufen zusammengeschoben. Über einem runden Gegenstand inmitten des Haufens hängt ein Tischtuch. Vielleicht ist es ein Spiegel, den Marias Mutter abgehängt hat, wie man es nach Todesfällen macht. Auf dem Parkett sieht man Kratzer und auch ringförmige Spuren von getrockneter Flüssigkeit. Vermutlich Schnaps, den Maurice dort verschüttet hatte, wo er Flaschen und Gläser einfach achtlos auf dem Boden neben dem Bett abgestellt hatte. Am Fenster steht ein Plastikgartentisch; der Stuhl davor ist so abgeranzt, als hätte Maurice ihn vom Sperrmüll geholt. Der zusammengestückelte Computer mit einem uralten Monitor passt dazu. Wie Fremdkörper in diesem Zimmer wirken hingegen drei nagelneue Plastikbehälter, die sich auf dem Bett reihen. Ich mag keine Kriminalistin sein, aber diesen Tatort hier kann ich lesen. Oft genug habe ich solche Zimmer im Auftrag eines Nachlassgerichts betreten. Jemand hat hier auf der Suche nach Erben Dokumente gesichtet und vorsortiert. Kiste Nr. 1: Persönliches, 2: Vielleicht erbrelevant (Korrespondenzen, Akten, die noch zu prüfen sind etc.), 3: Konkretes und Werte (Sparbücher, Mietverträge, Kontounterlagen, Adressen, Versicherungspolicen etc.). Die Recherche ruht, seit man mich ausfindig gemacht hat. Doch sobald das Erbe offiziell an den Staat Luxemburg übergeht, wird jemand wie ich hier sitzen und sich auch mit den Daten auf Maurice' Computer beschäftigen.

»In der Kiste sind Zeitungen von 1967«, höre ich Max sagen. Er fischt einen vergilbten Stapel heraus.

»Bring nichts durcheinander, Max.«

»Glaubst du wirklich, das fällt jemandem auf?«

»Stimmt auch wieder.«

Max ist auch jetzt mein Glücksbringer. In seiner Gegenwart lösen die Gespenster der Vergangenheit sich auf. Selbst das Wandregal in Brusthöhe, auf dem Margots Märtyrerménagerie steht, wirkt nur noch wie eine Ecke in einem Antik-Trödelladen. Unter dem Gewicht der Heiligenfiguren hat es sich zur Andeutung eines hölzernen Lächelns verbogen. Der mit Pfeilen gespickte Sebastian ist in Spinnennetze eingewoben, die gläserne Lilienvase zur Fliegenfalle geworden. Zwischen Märtyrern aus Holz und Porzellan flankieren Kerzenleuchter das Zentrum dieses Altars. Als Kind war ich zu klein, um von oben auf das Regal schauen zu können, nun entdecke ich, dass zwischen den Kerzen ein Deckchen aus Klöppelspitze liegt. Darauf stand früher Margots größter Schatz: die Schwarze Madonna. Die Stelle ist verwaist, seit ich die Figur nach Margots Tod vom Regal heruntergehangelt und mitgenommen habe. Geblieben ist nur ein geklöppeltes Spitzendeckchen, auf dem die Maria gestanden hatte. Es zeigt ein wirklich seltsames Motiv: Ein Mädchen, das von einem riesigen … Hund? Wolf? … jedenfalls von einem Raubtier angefallen wird. Rotkäppchen als Blood & Gore-Version. Vermutlich stellt es eine Heilige dar, die für ihren Glauben zerrissen wurde.

Ich wende mich ab und sichte den Tisch. Neben dem Computer liegt das Familienbuch der Durands. Heirats- und Taufurkunden, Geburtsnachweise und alles, was man sonst noch braucht, um zu beweisen, dass man nicht anonym in einem Weidenkörbchen treibend aus dem Fluss gefischt wurde. Doch viel mehr als diese Dokumente interessiert mich der alte Rechner.

Natürlich startet er nicht, der Akku ist leer und der Strom in der Wohnung wurde abgestellt. Doch für solche Fälle bin ich immer gerüstet.

»Das ist jetzt nicht dein Ernst!«, sagt Max, als ich Powerbank und Kabel aus meiner Tasche hole.

»Ich will nur wissen, welches Betriebssystem auf diesem Ding läuft.«

»Das behaupten alle Hacker!«, kontert Max ironisch.

Der Rechner müht sich beim Hochfahren, der Monitor zeigt Pixelfehler, Farbabweichungen und ein leeres *Password*-Feld. Probehalber tippe ich ein paar Namen und Geburtstagsdaten ein, doch so einfach macht mein leiblicher Vater es mir nicht. Es wäre kein Problem, mit meinem Werkzeug das Passwort zurückzusetzen, aber dazu müsste ich meinen Technik-Koffer aus dem Hotel holen. Während Max weiterstöbert, fahre ich den Rechner wieder runter und angle einen Ordner aus Kiste Nummer zwei. Ich bin froh, dass ich hineingeschaut habe, bevor Max seine Nase in diese Akten stecken konnte. Es sind die Scheidungsunterlagen und Anwaltsschreiben, die den Sorgerechtsstreit für mich abhandelten.

»Fleur? In der Kiste liegen Kartons mit Postkarten und Briefen. Und das hier.«

Nur zu gerne lege ich den Ordner wieder zurück. Max reicht mir ein Schwarz-Weiß-Foto. »Auf der Rückseite steht *Margot Charlotte Guillaumain, 1951*. War das ihr Mädchenname?«

Zögernd nicke ich. Ich wusste nicht, dass die verhärmte Madame Margot als junge Frau eine marmorkühle Schönheit mit vollen Lippen und den umschatteten Augen eines Stummfilmstars war. Sie steht auf freiem Feld und trägt einen hellen Mantel und einen eleganten Damenhut. Ihre Haut ist schneeweiß und ihr Haar rabenschwarz. Wie ein überhebliches Schneewittchen sieht sie mit erhobenem Kinn direkt in die Kamera. Doch was mich noch unangenehmer berührt als ihr herausfordernder Blick, ist die Waffe in ihrer Hand. Eine Pistole, mit der sie in gestellter Pose auf etwas zielt, das außerhalb des Kamerawinkels liegt.

»Ich hoffe nur, sie hat keine Bank damit überfallen«, bemerkt mein Bruder.

»Ihr Mann war Offizier«, sage ich leise. »Vermutlich war es seine Waffe. Vielleicht war er damals noch ihr Verlobter.«

»›Ihr Mann‹ war übrigens dein Großvater«, sagt Max ironisch und fotografiert das Bild mit dem Handy ab.

In der Wohnung wird es langsam dämmrig. Ich muss näher ans Fenster treten, um den nächsten Ordner zu sichten. Keine Ahnung, wonach ich suche – oder ob ich überhaupt auf der Suche bin. Ein aktuelles Aktenzeichen und ein Behördenstempel prangen auf der Rückseite.

Die Papiere sind ein Sammelsurium, das von einem Mitarbeiter der Stadt zusammengetragen wurde. Ganz vorne ist ein Schreiben vom Friedhofsamt. Allerdings nicht aus Echternach, sondern aus einer Stadt namens Saugues im französischen Département Haute-Loire. Mein Französisch ist nicht gerade behördenfest, aber ich lese heraus, dass die Belegungszeit für das Grab Nummer 74/4 demnächst ausläuft. *Margot ist also gar nicht in Echternach bestattet?*, wundere ich mich. Die Stadt Saugues sagt mir jedenfalls nichts. Weiter hinten im Ordner finden sich nur noch weitere Amtsschreiben und Unterlagen aus meiner Jugendzeit. Im Anflug einer alten Angst schlägt mein Herz schneller, als ich eine Vorladung vor Gericht finde. Sie wurde an Maurice geschickt. Dazu Anwaltsrechnungen und die einstweilige Verfügung, die ihm schließlich verbot, sich meiner Mutter und mir noch einmal zu nähern. Mein Name ist mit gelbem Marker unterstrichen und trägt einen handschriftlichen Vermerk der Echternacher Behörde. Spurensuche nach der einzigen Erbin.

»Sieh mal, Fleur! Ist das Maurice?« Max kommt zu mir und hält mir ein gerahmtes Bild hin. Dieses Farbfoto ist so verblasst, als hätte es zu lange an einem sonnigen Ort gehangen. Es zeigt ein steifes, festlich herausgeputztes Duo: Margot, nicht mehr jung, aber auch noch nicht alt. Sie trägt ein hochgeschlossenes Kleid mit Pelzkragen und blickt irgendwie triumphierend in die Kamera. Auf dem Farbfoto erkennt man, dass sie in Wahrheit gar keine Schneewittchenhaut hatte. Es ist nur helle Schminke, der dunklere Hautton ihrer Hände verrät sie. Sie steht hinter einem blassen Jungen mit hellblondem Haar und hat ihm die Hände auf die Schultern gelegt. Der Junge trägt einen Kinderanzug und hat eine mit Spitzen und einem Goldkreuz verzierte Kerze in den Händen. Ich schätze ihn auf acht Jahre. Er ist schmal und sehr hübsch, mit großen, tiefbraunen Augen und einem ernsten Mund.

»Das ist er nicht, Max. Maurice hatte dunkelbraunes Haar und außerdem blaue Augen. Und er war eher ein dunkelhäutiger Typ.«

»Wer ist dann dieser Junge?«

»Keine Ahnung.« Vorsichtig öffne ich den Rahmen und fische das Foto heraus. *Luciens Heilige Kommunion*, lese ich auf der Rückseite auf Französisch. *Gott spricht: Fürchte dich nicht, denn ich habe dich erlöst.*

»Der Junge heißt Lucien?«, fragt Max. »Den Namen habe ich doch gerade irgendwo gesehen.« Er springt zum Zeitungsstapel und sucht eine zusammengefaltete Seite heraus. »Hier: Lucien Durand.«

Ich stutze. »Da steht wirklich Durand?«

»Ja. Und ›disparu‹ heißt doch ›verloren‹, oder?«

»So ähnlich«, murmle ich, während ich die Zeitungsseite auseinanderfalte. Max reißt überrascht die Augen auf, als er das Kreuz sieht. »Das ist ja eine Todesanzeige.«

Ja, der französische Teil meiner Familie drückte sich stets sehr vornehm und euphemistisch aus. Man »starb« nicht einfach, man »verschwand«. Vielleicht dachte ich als Kind deswegen, dass Menschen eines Tages einfach fortgehen. So wie Margot ging und sogar ihre halb geleerte Teetasse zurückließ. Und hier ist nun ein Lucien Durand gestorben und zwar, wie die Daten auf der Anzeige zeigen, mit gerade mal neunzehn Jahren. »Durch einen tragischen Unfall aus dem Leben gerissen«, übersetze ich. Und dann muss ich zweimal nachlesen, um zu glauben, was ich da sehe. »Und hier steht, dass … Margot Charlotte Durand seine Mutter war.«

»Also war Lucien dein Onkel?«

»Das kann nicht sein. Maurice hatte keine Geschwister.«

»Offenbar doch. Hat Moms nie etwas von einem blonden Schwager erzählt?«

»Nein. Nie!«

Max zieht die Stirn kraus. »Das ist ja echt *sus*. Aber warum sollte dein Vater ihr verschweigen, dass er einen jüngeren Bruder hatte? Andererseits … vielleicht war sein Schmerz über den Tod seines Bruders ja so groß, dass er nicht einmal mit Moms darüber sprechen konnte?«

Als er meine Mutter heiratete, lebte dieser Lucien aber noch. Gestorben ist er erst ein halbes Jahr später, und zwar exakt drei Tage nach meiner Geburt.

»Vielleicht war er ein Adoptivkind«, überlegt Max weiter. »Oder er stammte aus einer anderen Beziehung und war ihr Stiefsohn.«

»Es gab keine Stiefkinder in ihrer Ehe.« Hastig lege ich die Todesanzeige weg. Denn längst habe ich das Gefühl, dass die Luft plötzlich zu dicht zum Atmen wird. Und das ist etwas, woran ich mich nur zu gut erinnere. »Ist auch nicht wichtig«, setze ich hastig hinzu. »Wir haben genug gesehen. Räum die Sachen wieder in die Kiste und lass uns gehen.«

»Jetzt?«, ruft Max aus. »Auf keinen Fall! Es wird doch gerade erst interessant! Wir nehmen die Kisten mit und sichten sie im Hotel.«

Er beugt sich über die Artefakten-Kiste und beginnt auch den Rest auszuräumen.

»Max, leg das zurück!«

»Wieso?« Ungerührt birgt er zwei Pappkartons und klemmt sie sich unters Kinn. »Wir bringen den Kram ja morgen wieder zurück. Obwohl … Fotos vermisst doch sowieso keiner, der die Leute darauf nicht kennt.«

»Wir nehmen gar nichts mit!«, entfährt es mir heftiger, als ich will.

Mein Bruder zieht nur verständnislos die Brauen zusammen. »Mann, Fleur! Was ist denn los? Sonst willst du doch auch immer alles wissen. Und das hier ist unsere letzte Chance, etwas über die

Familie zu erfahren, bevor der Entrümpler das Ganze in den Schredder wirft.«

»Ich brauche keine letzte Chance – und jetzt hör auf, hier den Archivar meiner Familie zu spielen!«

»Aber vielleicht bin ich das ja?«, schnappt mein Bruder. »*Mich* interessiert es nämlich – im Gegensatz zu dir.«

Es ist lange her, dass ich solche Wut auf Max empfunden habe. Aber jetzt wallt sie ohne Vorwarnung auf. Max weicht zurück, als fürchte er, ich könnte ihm die Kartons aus den Händen reißen wie das Feuerzeug, mit dem er einmal als Sechsjähriger zündelte. Es rumpelt, als er mit dem Fuß gegen einen alten Koffer stößt. Um ein Haar hätte er das Gleichgewicht verloren.

»Pass auf!«, rufe ich noch. Aber der Turm in seinen Armen kippt. Marode Pappe reißt und ein Schuhkarton, den Max noch abfangen will, zerfällt ihm in den Händen. Eine Lawine von Briefumschlägen, Karten und Kleinkram ergießt sich über den Boden. Direkt neben seinem Fuß schlägt eine große Schneiderschere ins Parkett ein. Doch mein Bruder springt nicht zur Seite, er starrt nur wie eingefroren auf das Chaos zu seinen Füßen. Auch ich kann nur dastehen, während das Damals mich wie eine heißkalte Welle überrollt.

Hier sind all die Fotos, die Max bei uns zu Hause vermisst. Sie waren an Margot geschickt worden, zusammen mit den Weihnachts- und Osterkarten, die jetzt wild verstreut auf dem Boden liegen. Da ist ein Bild von mir im Garten unseres Häuschens in Nancy. Es gibt Aufnahmen von Geburtstagen und einen Schnappschuss, auf dem ich erst drei bin und das blaue Kleid trage, das meine Mutter für mich genäht hatte.

Doch auf jedem einzelnen dieser Fotos hat jemand mein Gesicht durchgestrichen oder sogar ganz übermalt. Mit einem schwarzen Kugelschreiber wurde so fest aufgedrückt, dass es wirkt, als hätte jemand versucht, meine Existenz einfach von der Erde zu löschen. Über meinem Kopf stehen Worte, so fest in die Glanzschicht gekratzt, dass die Schriftzeichen zerrissen sind: *Enfant du péché*, lese ich in Margots kantiger Handschrift. Kind der Sünde. Und *Bâtard* – Bastard.

Im ersten Moment bin ich einfach nur fassungslos. Und wäre ich allein hier, dann müsste ich mich erst einmal setzen und den Schock verkraften. Er durchrieselt mich wie Glut, die alle Sicherheiten zum Schmelzen bringt. Doch da ist immer noch Max. Er sieht aus wie ein Gespenst, so blass ist er geworden.

»Tja, so viel zu deiner Theorie, dass niemand ein kleines Kind hasst«, sage ich hastig. »Vielleicht verstehst du jetzt, warum ich auf Margots Familienalben keinen Wert lege.« Doch der Versuch, die Situation durch Sarkasmus zu entschärfen, scheitert kläglich. Max reagiert gar nicht auf meine Worte. Wie in Trance sinkt er langsam auf die Knie und beugt sich über die Bilder. »Das hat deine Großmutter getan?«, haucht er. »Aber warum?«

»Weil sie verrückt war. Vergiss es einfach, Max.«

Als könnte ich jetzt noch verhindern, dass sich die Bilder in sein Gedächtnis einbrennen, gehe ich ebenfalls auf die Knie und raffe die Fotos zusammen. Fast hätte ich mich dabei an der Schneiderschere gestochen. Und als könnte es nicht noch schlimmer kommen, habe ich unter den Fotos noch etwas freigelegt. Neben der Schere liegt etwas Weiches, Seidiges. Plötzlich ist mir eiskalt. Diesmal bin ich nicht schnell genug. Max hat meinen Kinderzopf bereits aufgehoben und betrachtet ihn, während ein Gedanke zum nächsten findet. Bevor ich etwas sagen kann, reißt er entsetzt die Augen auf und lässt den Zopf fallen, als hätte er sich daran verbrannt. »Das … ist dein Haar«, sagt er mit schwacher Stimme. »Es war also gar kein Märchen. Das Mädchen im Hungerturm, das … das warst du selbst?«

Maggo Mitän

Ich kann meinem Bruder nicht verdenken, dass er nach dieser Geisterbahnfahrt keinen Hunger hat. Trotzdem habe ich im Hotelrestaurant überbackenen Toast für ihn bestellt. Max hat das Essen nicht angerührt, und auch wenn er sich inzwischen wieder gefangen hat, sind seine Augen immer noch rot vom Weinen.

»Trink wenigstens etwas«, bitte ich ihn.

Er schüttelt den Kopf. »Glaubst du im Ernst, ich kriege jetzt etwas runter?«

Ich verberge es gut, aber auch ich bin zittrig und so aufgewühlt, dass ich meinen Wein viel zu schnell trinke. Und wieder könnte ich mich dafür ohrfeigen, meinen Bruder über die Schwelle geführt zu haben, die er nie hätte übertreten dürfen. »Es tut mir leid, Max«, sage ich leise. »Hätte ich gewusst, dass wir in der Wohnung eine Horrorshow vorfinden, dann wäre ich mit dir nie dort hingegangen …«

»Darum geht es doch gar nicht!«, stößt er hervor. »Sondern darum, dass du mich neulich belogen hast! Du schaust mir in die Augen und behauptest, du hättest deiner Großmutter nur einmal im Leben kurz die Hand geschüttelt. Und dann erfahre ich, dass sie Maggo Mitän höchstpersönlich war.«

Call out vom kleinen Bruder. Ich weiche seinem Blick aus. »Kannst du nicht verstehen, dass man über eine solche Großmutter einfach nicht gerne redet?«

»Aber geredet hast du doch über sie«, ruft Max. »Und zwar meine ganze Kindheit lang. Du hast mir nur nicht gesagt, dass es in deinem Märchen in Wirklichkeit um sie ging.« Er schüttelt fassungslos den Kopf. »Eigentlich hätte ich ja neulich schon darauf kommen müssen. Ich meine: Margot – Maggo … Du hast dir ja nicht einmal die Mühe gemacht, für die Hexe einen anderen Namen zu nehmen.«

Maggo hast du sie genannt, denke ich bei mir. Und ich hatte völlig vergessen, dass ich der Hexe, von der ich Max erzählt hatte, als er fünf war, ursprünglich den Namen Margot angedichtet hatte. »Es war trotzdem nur ein Märchen, Max. Eine erfundene Gruselgeschichte.«

»Verarschst du mich, Fleur?«

Noch nie habe ich erlebt, dass mein sanfter kleiner Bruder mich so zornig anfunkelt. »Du hast hier gar nichts erfunden! Die Wände, die tausend Augen haben – das waren die Gemälde. Und die Hexe hatte eine Scherenhand aus Metall, mit der sie dem Mädchen das Haar abgeschnitten hat. Jetzt erzähl mir nicht, dass ich mir die Schere und den Zopf in deiner Haarfarbe vorhin nur eingebildet habe.«

Diesmal fällt mir beim besten Willen keine Ausrede ein.

»Märchen enthalten immer einen wahren Kern«, fährt mein Bruder ernst fort. »Das hast du mir selbst beigebracht. Und das Mädchen, das deine Großmutter eingesperrt hat und hungern ließ, das warst du.«

»Sie hat mich nicht eingesperrt, und ich musste nur einen Tag fasten, weil sie sehr religiös war und Wert darauf legte …«

»*Nur?*«, ruft Max. »Einen ganzen Tag? Wie alt warst du damals?«

Es kostet mich Überwindung, überhaupt zu antworten. »Sieben«, antworte ich zögernd. »Maurice wollte, dass seine Mutter mich endlich kennenlernt. Er hat mich bei ihr gelassen und fuhr weiter zu einem Geschäftstermin. Sie ließ mich französische Gebete auswendig lernen und brachte mir bei, den Rosenkranz zu beten. Das war's.«

Ich denke, das klingt harmlos genug, aber irgendwie macht diese Erklärung für Max nichts besser. Im Gegenteil. »Dein Vater hat dich mit ihr alleine gelassen?«, fragt er ehrlich entsetzt. »Aber sie war doch für dich eine Fremde! Und wo war Moms? Warum hat sie das nicht verhindert?«

Langsam bekomme ich Kopfschmerzen. Das Licht im Restaurant ist mir schon längst zu grell. »Unsere Mutter war zu Hause. Und es ist völlig legal, wenn ein Vater allein mit seiner Tochter zur Oma fährt. Zumindest, wenn die Eltern noch verheiratet sind.«

Meine Güte, es klingt, als würde ich über ein fremdes Mädchen sprechen. Einen Fall, den ich bearbeite. Max sieht mich so verständnislos an, als würde er sich fragen, was für wirres Zeug ich rede. *Ich hätte ihm nichts sagen sollen*, denke ich. *Und diese Wohnung nie mit ihm betreten dürfen.*

»Und warum hat sie dir das Haar kurz geschnitten?«, will mein Bruder wissen. »Sollte das auch etwas Religiöses sein?«

»Ich weiß es nicht«, erwidere ich müde. »Tu mir einen Gefallen und lass es gut sein …«

»Das kann ich aber nicht!«, ruft er. »Weil überhaupt nichts daran gut ist! Du warst einer fremden Erwachsenen hilflos ausgeliefert. Einer, die … dazu fähig war, dir auf Fotos die Augen auszukratzen. Um dann auch noch mit einer riesigen Mörderschere auf dich loszugehen …«

»Ich bezweifle, dass Maurice von den zerkratzten Fotos wusste. Und es stand noch nie Gefängnis darauf, der eigenen Enkelin einen neuen Haarschnitt zu verpassen.«

»Hör auf damit!«, bricht es aus meinem Bruder heraus. »Hör endlich auf, genau wie Moms alles wegzureden und dieses Heile-Welt-Theater zu spielen. Wer gibt denn einem kleinen Kind einen ganzen Tag lang nichts zu essen und schert ihm den Kopf? Das, was sie dir angetan haben, war Missbrauch, Fleur. Das war Gewalt, Kindesmisshandlung!«

Er ist laut geworden. Eine Frau an der Hotelbar sieht sich verwundert nach uns um.

»Floh …« Ich will die Hand auf seinen Arm legen, doch er schüttelt heftig den Kopf und fährt sich mit zittrigen Händen durch die

Haare. »Ich kriege es einfach nicht klar«, flüstert er. »Oh Gott, du warst so klein!«

Es tut weh zu sehen, wie er zur Echokammer fremden Schmerzes wird. Für einen Moment habe ich wirklich Angst, dass mein empfindsamer Bruder zerbricht. Und das Mitleid kommt mir gefährlich nah. Es erinnert mich an das kalte Metall der Schere in meinem Nacken und an das hässliche Geräusch des Schnittes.

Max schnieft und sieht mich an. Während er meine Narbe betrachtet, beginnt sein Kinn verräterisch zu beben. »Und du hattest es doch ohnehin schon schwer genug«, bringt er mühsam hervor.

Ich streiche mir hastig die Haare über die Wange. Das schmerzhafte Pochen hinter meinen Schläfen wird zum Hämmern. »Du hast ja recht«, sage ich leise. »Es war nicht gut und das hätte nie passieren dürfen. Aber das ist sechsundzwanzig Jahre her und hat für mich keine Bedeutung mehr. Und es hat nichts – gar nichts! – mit dir zu tun.«

»Machst du Witze?«, fährt Max mich an. »Es hat einfach alles mit mir zu tun, Fleur. Weil wir alle verbunden sind. Wir bilden ein gemeinsames Feld – alle von uns, über die Generationen hinweg.«

Oh bitte, verschon mich mit diesen Instagram-Karma-Sprüchen! Das liegt mir schon auf der Zunge, aber ich kann mich zum Glück noch beherrschen. »Max, hör mir zu«, sage ich ruhig: »Es ist nicht *dir* passiert. Und es ist vorbei.«

Auf Max' Wangen erscheinen prompt die hektischen roten Flecken, die zeigen, dass er völlig außer sich ist. »Nichts ist vorbei!«, stößt er hervor. »Du hast Albträume, so lange ich denken kann. Hast du eigentlich eine Ahnung, wie schlimm es für mich war, als du früher nachts schreiend aufgewacht bist? Und Albträume hast du ja sicher nicht, weil deine Großmutter so nett zu dir war.«

Ich könnte ihm erklären, dass ich die Träume schon habe, seit ich denken kann, lange vor Margot. Aber mein Bruder ist so aufgewühlt, dass ich darauf verzichte, noch mehr Öl in dieses Feuer zu gießen.

»Tom sagte gleich, dass du vermutlich irgendein Trauma erlebt hast«, sprudelt Max weiter. »Solche Albträume …«

»Stopp! Moment mal! Du redest mit Tom über mich?«

Max schlägt den Blick nieder und knüllt die Serviette in seinen Händen, als wollte er sie erwürgen. »Er studiert schließlich Psychologie – und er hat mir ja auch von seinen Leuten erzählt! Und er ist der erste Mensch, der versteht, wie es mir früher ging. Dass ich immer das Gefühl hatte, ich muss auf dich aufpassen …«

»*Du* auf *mich*?«

»Mann, Fleur, kapierst du es wirklich nicht? Es gibt niemanden, der jemals mehr über dich nachgedacht hat als ich!«

Diesmal starrt nicht nur die Frau an der Theke zu uns herüber, sondern auch die Touristenfamilie am anderen Ende des Raums. Max schluckt und senkt die Stimme. »Irgendwie wusste ich immer, dass vor meiner Zeit etwas Schreckliches passiert ist. Nur deshalb bin ich so oft zu dir ins Bett gekrochen. Wenn ich bei dir war, hast du nämlich ruhig geschlafen. Ich dachte immer, jemand sei hinter dir her. Ich hatte eine Scheißangst um dich und wusste nicht mal, warum.«

Ich bekomme eine Gänsehaut. »Das hast du mir nie gesagt, Max.«

»Tja, dann weißt du es jetzt! Und was hätte es auch gebracht, zu sagen, wie es mir wirklich ging? Ihr hättet mir doch wieder nur erzählt, dass ich mir alles nur einbilde.« Er verzieht den Mund zu einem ironischen Lächeln. »Genau, wie ich mir eingebildet habe, dass Moms immer blass wurde und Schnappatmung bekam, sobald das Telefon klingelte. Und dass sie jedes Mal Panik schob, wenn sie dich nicht erreichte. Das habe ich mir alles nur eingebildet, denn bei uns in der Familie war ja alles *normal. Happily ever after.*«

Ich bin überrascht, wie bitter mein kleiner Bruder klingen kann. So kenne ich ihn nicht. Langsam dämmert mir, wie sehr ich ihn immer noch als eine Art Avatar des fröhlichen Kindes von damals betrachte und nicht als jungen Erwachsenen, der sich aus den

Scherben, die er finden kann, ein ganz eigenes Mosaikbild von uns zusammensetzt.

»Übrigens weiß ich auch schon seit der Grundschule, dass unsere Eltern sich gar nicht auf Sylt, sondern auf der Polizeistation in Papas Abteilung kennengelernt haben«, fügt Max hinzu. »Aber an jedem Hochzeitstag wird wieder die Story von dem romantischen Kennenlernen am Nordseestrand erzählt. Gott, manchmal fühle ich mich wie ein Familiendarsteller in einem Theaterstück.«

Er schnaubt und sieht mir so zornig direkt in die Augen, dass ich erschrecke. Plötzlich erinnere ich mich daran, was mein Vater einmal sagte: *»Kinder und Hunde wissen alles.«*

»Das stimmt«, gebe ich zögernd zu. »Mama hatte damals nach der Scheidung Angst, dass Maurice mich nach Frankreich entführen könnte. Deshalb war sie bei der Polizei. Aber manchmal erzählt man eben die Geschichten, die man lieber erlebt hätte. Vielleicht haben sich unsere Eltern einfach einen schöneren Anfang gewünscht.«

»Tu es nicht schon wieder, Fleur«, ruft Max. »Hör auf, mir die Welt erklären zu wollen. Oder besser gesagt, die Version davon, die ich euch glauben soll.« Er wischt sich über die Augen und sieht mit einem Mal nur noch erschöpft aus. Ich würde ihn gerne in den Arm nehmen, aber ich ahne, dass er es nicht zulassen wird.

»Na ja«, murmelt er nach einer Weile. »Zumindest verstehe ich jetzt besser, warum du so …« Er verstummt so abrupt, als hätte er sich bei etwas ertappt, was er nicht laut aussprechen wollte.

»Warum ich … was?«, hake ich nach.

Mein Bruder beißt sich auf die Unterlippe. Aber dann hebt er den Blick. »Warum du so bist, wie du bist«, sagt er leise. »So als wärst du am liebsten … unsichtbar. Du lebst, als wärst du ständig auf der Flucht. Und du lässt dich auf niemanden wirklich ein.«

Mein Gesicht glüht jetzt vor Hitze. Dabei dachte ich, ich hätte diese unsinnige alte Scham längst abgestreift. Ja, es gibt auch einiges, was Max nicht weiß. Und das ich ihm auch niemals erzählen werde.

»Dabei klang dieser Typ, den ich neulich am Telefon hatte, richtig nett …«, fährt Max fort. »Simon heißt er doch …?«

»He!«, unterbreche ich ihn. »Rede mit Tom, worüber du willst, aber hör bitte auf, hier auch noch meine Dates zu analysieren.«

Max wirft die zerknüllte Serviette hin. »Stimmt«, murmelt er gekränkt. »Analysieren ist ja deine Arena.« Er steht auf und reißt die Jacke von seinem Stuhl.

»Wo willst du hin?«

»Keine Ahnung. Erst mal raus hier.« Er zieht sein Handy aus der Tasche und schaltet es ein. »Und ausgerechnet du erzählst mir, wie Beziehungen funktionieren«, sagt er im Gehen. »Merkst du gar nicht, wie widersprüchlich das ist?«

*

Die erste Stunde habe ich damit verbracht, meine Technik von links nach rechts zu räumen und auf Max' Schritte zu horchen. Unser Gespräch hat mich mehr aufgewühlt, als ich zugeben will. Noch nie sind wir so aneinandergeraten. Und immer noch fühlen sich seine Worte wie eine Eisdusche auf meiner Haut an, ein unbehagliches Kribbeln, das einfach nicht verschwinden will. Auf dem Hotelbett ausgebreitet liegen meine Sachen. Wohlweislich checke ich Simons Instagram heute nicht. Stattdessen schreibe ich Geschäftsmails und arbeite meine Fake-Accounts ab, checke Bot-Aktivitäten und drehe meine Nachtwächterrunde im Netz. Aber heute helfen die vertrauten Rituale nicht, sondern verstärken nur die Kopfschmerzen. Gegen neun kommt Max endlich zurück ins Hotel, seitdem rauscht in dem Badezimmer, das wir uns teilen, die Dusche.

Renate schreibt, dass Jenny Lesnik bei der Beratungsstelle war. »Sie wird dort unglaublich nett betreut«, steht in der Nachricht. »Und ihre Mutter ist so erleichtert, dass die Fotos endlich aus dem Internet gelöscht sind.« *Schön wär's*, denke ich.

»Du hattest den richtigen Verdacht«, lese ich in Cems Mail. »Und das Mädchen war nicht sein einziges Opfer. PS: Burn after reading.«

Ich sollte mich wohl freuen, dass Loverboy *Pan02* das Handwerk gelegt wird. Vorbei ist es damit für Jenny aber noch lange nicht, den größten Brocken hat sie nämlich noch vor sich: mit der Scham fertigzuwerden. Ich weiß nicht, warum sich Opfer so oft über den Verrat, der ihnen angetan wurde, schämen. Aber diese Scham holt uns ein, manchmal noch Jahre später. Und vielleicht ist sie der eigentliche Grund, warum man Sylter Romanzen braucht. Oder ein buntes Märchengewand, um das nackte Gerippe der Wahrheit darunter zu verstecken.

Als Max fünf war, erzählte ich ihm vom »Croque Mitaine«, eine Schreckensgestalt, die durch die Kindheit jedes französischen Kindes spukt. In meiner Version wurde dieses Gespenst zu einer Hexe, die ich Margot nannte. Max' Kindersprache verwandelte die schwarze Gestalt in »Maggo Mitän«. Ich schuf außerdem eine Heldin, ein Mädchen mit Haar, so lang und glänzend wie das von Rapunzel. Maggo sperrte dieses Mädchen in einen finsteren Hungerturm. Mit ihrer eisernen Scherenhand schnitt sie dem Mädchen das lange Haar ab und raubte ihm damit alles, was an ihm schön war. Viele Tage sperrte sie ihre kleine Gefangene ein und ließ sie hungern. Und dennoch besiegte das Mädchen die Hexe. Es fand den abgeschnittenen Zopf, band ihn am Fenster fest, seilte sich daran ab und kehrte zu seiner Familie zurück.

Max spann die Geschichte weiter. In seiner Version flogen seine Lieblings-Superhelden zum Schloss, befreiten das Mädchen, bevor die Hexe ihm etwas antun konnte, und sperrten Maggo Mitän in ihrem eigenen Turm ein. Später wurde Maggo selbst zu einer Superheldin der bösen Seite. Als schwarz gekleidete Ninja-Hexe ritt sie auf einem Nimbus2000-Besen durch die Nacht und jagte Fledermäuse zum Abendessen. Ich weiß noch, wie mich Max mit dieser Version zum Lachen brachte.

Aber im Rückblick bekommt die Tatsache, dass er Schwerter sammelte und nach Superhelden verrückt war, nun eine ganz neue

Bedeutung. Und auch, dass er sein Laserschwert aus Plastik immer mit zu mir ins Bett nahm. Wie konnte ich so blind sein und nicht sehen, dass mein kleiner Bruder mich beschützen wollte?

Das Wasserrauschen hat aufgehört. Durch die Wand zwischen unseren Zimmern höre ich Max nun telefonieren. Den Sinn der Worte kann man nicht verstehen, auf meiner Seite kommt nur dumpfes Murmeln an. Aber es reicht, um wahrzunehmen, wie erschöpft Max klingt.

Ich warte, bis er aufgelegt hat, dann klopfe ich zaghaft an die Verbindungstür. Max macht sofort auf. Er trägt seine Jogginghose und sein Haar ist noch nass vom Duschen.

»Hey«, sage ich leise. »Wie geht's dir, Floh? Ich meine: Wie geht's dir wirklich?«

Der Spitzname entlockt ihm immerhin ein flüchtiges Lächeln. Doch seine Augen sind gerötet, als hätte er wieder geweint. Und wie viel sich zwischen uns geändert hat, merke ich daran, dass er diesmal nicht auf unser Farbenspiel eingeht. »Ganz okay«, sagt er nur. »Ich war am Fluss spazieren und habe nachgedacht. War in den letzten Tagen alles ziemlich viel. Bist du … böse auf mich?«

»Bestimmt nicht. Aber ich habe auch nachgedacht. Darf ich reinkommen?«

Er runzelt die Stirn. »Ja … klar«, murmelt er. Er schließt die Tür hinter mir und lehnt sich mit dem Rücken dagegen. »Oder soll ich mich lieber setzen? Gibt es noch mehr Enthüllungen über die *True crime*-Durands?«

Doch auch seine Ironie bringt nichts von der alten Leichtigkeit zwischen uns zurück. »Keine Durands mehr«, antworte ich. »Aber ein Vorschlag: Ich bringe dich morgen früh zum Bahnhof nach Trier. Du nimmst den Zug nach Hause und ich erledige meinen Behördenkram allein.«

Ich hatte mit Widerspruch gerechnet, aber zu meiner Überraschung atmet mein Bruder auf und sagt ohne zu zögern: »Okay.« Ich erschrecke darüber, wie groß seine Erleichterung ist. Als hätte ich ihm eine Last von den Schultern genommen, die ihm viel zu schwer war. Und in diesem Moment wird mir klar, dass er wirklich alles andere als erwachsen ist, so gut er diese abgeklärte Rolle auch spielt. *Und ich habe ihn als Glücksbringer und Schutzschild gegen meine eigenen Erinnerungen benutzt. Großes Kino, Fleur.*

»Ehrlich gesagt hatte ich vorhin auch schon darüber nachgedacht«, sagt Max. »Ich glaube nämlich, du hast recht mit dem, was du auf der Fahrt gesagt hattest: dass ich das mit Merle erst mal für mich klarkriegen sollte.«

»Das mit Merle oder das mit Tom?« Ja, ich kenne ihn auch.

Er lächelt und wird rot. »Eigentlich das mit Tom. Ich … habe gerade mit ihm telefoniert. Er ist in Berlin.«

»Dann fährst du morgen zu ihm?«

Max schluckt und kaut auf seiner Unterlippe herum, als würde er immer noch nach einem Grund suchen, nicht seinen eigenen Weg gehen zu müssen. »Ich schätze, ja«, antwortet er schließlich. »Aber wenn, dann fahre ich erst mittags. Wir müssen vorher ja noch aufräumen. Schließlich haben wir in der Wohnung ein Chaos hinterlassen.«

»Das ist aber nicht dein Chaos, Max«, erwidere ich mit Nachdruck. »Sondern meins. Nimm morgen den ersten Zug, den du kriegen kannst.«

Malédiction

Ich habe nicht vor, mit dem Aufräumen bis morgen zu warten. Sobald es im Hotel still geworden ist, ziehe ich noch einmal los. Es ist noch nicht mal Mitternacht, aber Echternach ist keine schlaflose Metropole, auf dem Weg durch die Altstadt begegnen mir nur ein paar einzelne Nachtschwärmer. Diesmal betrete ich die Wohnung nicht auf Zehenspitzen. Der Schein der LED-Taschenlampe, die ich aus dem Auto geholt habe, taucht das Vorzimmer in kaltes Licht. »*Que vienne la bête feroce!*«, sage ich in die Stille. *Pass auf, die wilde Bestie kommt!*

Das war der Satz, den Margot mir damals ins Ohr geflüstert hatte, während ich auf ihrem Betschemel kniete. Im Schlafzimmer zucken die Schatten der Heiligenfiguren im Takt meiner Schritte an der Wand. Drüben bei Familie Schiltz sind die Rollläden heruntergelassen, dennoch schließe ich die dunklen Vorhänge, damit kein verdächtiges Licht nach außen dringt. Max hat das Farbfoto von Margot und Lucien an eine der Kisten gelehnt. Auf dem Boden fächern sich die Bilder auf, die sein Weltbild erschüttert haben und ihm sicher gerade Albträume bescheren. Völlig zu Recht. *Malédiction,* lese ich über meinem lachenden Babygesicht. *Fluch.* Und auf einem anderen Foto: *Punition divine – Strafe Gottes.* Eben noch war ich vom kalten Abendwind durchgefroren, aber jetzt pochen meine Schläfen heiß im Takt des Pulsschlags. Ich dachte, diese blanke Wut hätte ich mittlerweile im Griff. Aber hier, in diesem Taschenversailles einer Wahnsinnigen, lässt sie mein Herz eng werden und facht in meiner Brust das altvertraute Brennen an – als würde sich Glut an den Rändern der Seele entlangfressen. *Warum hast du die*

Bilder die ganzen Jahre seit Margots Tod aufgehoben?, frage ich Maurice. *Was ging in dir als Vater vor, als du sahst, was deine Mutter mit meinem Gesicht angestellt hat? Ging überhaupt etwas in dir vor?*

Ich hätte große Lust, die Fotos in Fetzen zu reißen, aber ich will sichergehen, dass nichts von ihnen zurückbleibt. In einem hat Max mich nämlich völlig richtig eingeschätzt: Ich lege Wert darauf, unsichtbar zu sein und es auch zu bleiben. Schon als wir auf die Fotos stießen, spulte mein Kopfkino den Worst Case ab: Wie jemand aus dem Entrümplerteam diese Bilder einsteckt und mit dem Vermerk »Krasser Scheiß« im Internet teilt. Wie mein zerkratztes Gesicht erst auf WhatsApp und schließlich auf einer Seite wie *Creepypasta* landet – garniert mit einer erfundenen Voodoo-Horrorstory und einem Titel wie: *Das Dämonenkind, das eine ganze Familie auslöschte.* Oft genug verfolge ich, wie Privatfotos für diese Art der Clickbait-Industrie missbraucht werden und als Memes und Fake News ihre Runden durchs Netz ziehen. Erfahrungsgemäß dauert es dann auch nicht lange, bis die üblichen Internet-Irren auf die Jagd nach der »wahren Geschichte« gehen und die Person auf den Bildern im realen Leben ausfindig machen. Paranoia? Schön wär's. Und ich bin schon viel zu lange in dem Geschäft, um zu wissen, dass niemand vor diesem Zirkus sicher ist.

Gewissenhaft checke ich noch einmal die Kisten und auch alle Schubladen. In dem Koffer, aus dem mein Vater offenbar lebte, finde ich nur zusammengeknüllte Hemden und eine halb volle Flasche mit Schnaps. In der Seitentasche ertaste ich lose Münzen und einen alten Schlüssel mit verschnörkelten Verzierungen am Kamm, aber keine Fotos.

Schließlich sammle ich alle Bilder vom Boden auf, klemme mir die Schnapsflasche unter den Arm, packe im Vorbeigehen auch noch das Kommunionsbild von Lucien auf meinen Stapel und mache mich auf den Weg in die Küche. Dort finde ich ein Feuerzeug und auch einen Topf, der in die Spüle passt. Als Scheiterhaufen dient zerknülltes Küchenpapier und als Brandbeschleuniger der Alkohol. Die Flamme leckt ihn gierig auf und greift auf die Fotos über. Papierecken beginnen zu glutroten Bögen zu schrumpfen, verzehren die Fleur, die ich damals war. Nur Luciens Foto will nicht so recht Feuer fangen. Die Beschichtung hält der Hitze stand, das Papier krümmt sich nur, rutscht ein Stück nach unten und kommt genau neben einem Bild von mir zu liegen. Es ist eines der wenigen Fotos, auf dem mein Kindergesicht nur durchgestrichen ist und man mich noch erkennen kann. Im direkten Vergleich fällt eine Familienähnlichkeit auf, die mich unangenehm berührt. Lucien ähnelt mir mehr als mein Bruder. Aber noch etwas tickt mich an. In seinem Kinderanzug wirkt der schmale Junge wie verkleidet, eine herausgeputzte Trophäe, die Margot stolz der Welt präsentiert. Und im Schein der Glut, die gerade seine Mutter verzehrt und seinem Gesicht immer näher kommt, hat sein Blick etwas Flehendes und gleichzeitig Gehetztes. Als wollte er weglaufen und könnte nicht. *»Du wirkst immer, als seist du auf der Flucht«*, hallen mir Max' Worte in den Ohren. Ich muss schwer schlucken. *Hat mein Bruder recht? Machen wir Erstgeborenen uns nur vor, dass die Jüngsten der Familie die offenen Bücher sind?* Wir glauben, sie in- und auswendig zu kennen, weil wir sie seit dem ersten Tag ihres Lebens begleiten. Aber vielleicht haben sie nur gut genug gelernt, zu dem Kind zu werden, das wir Älteren brauchen oder am ehesten dulden. *Schließlich*, so überlege ich, *sind sie ja diejenigen, die uns studieren, seit sie denken und beobachten können.* Wir prägen sie mehr als sie uns. Und als Schwächste lernen sie schnell, was sie von sich zeigen dürfen und was nicht, um möglichst heil durch ihre Kindheit zu kommen. Vielleicht schonen und täuschen uns die Jüngsten gleichermaßen.

Wer musstest du für Margot sein, Lucien?, denke ich. *Was wollte sie mit dir beweisen? Und wer warst du wirklich?*

Lass es, Fleur, ermahne ich mich. Aber meine Hand greift bereits wie ferngesteuert in den Topf und rettet das schon halb verschmorte Foto, obwohl ich mir dabei fast die Finger verbrenne.

*

Meine Mutter war schon immer eine Nachteule. Trotz der späten Stunde ist sie sofort am Telefon, vermutlich tigert sie schon seit Stunden wartend durch die Wohnung und treibt meinen Vater in den Wahnsinn. »Das ist ja eine nette Überraschung«, ruft sie. »Du hattest zwar geschrieben, dass du erst morgen wieder erreichbar bist, aber ich habe natürlich gehofft, dass du dich heute noch meldest. Alles gut bei euch? Wo seid ihr gerade?«

»Im … Hotel.« Zumindest, was Max angeht, ist das nicht gelogen.

»Warte mal kurz, bleib dran.« Es raschelt, energische Schritte sind zu hören und dann das Zuschnappen der Küchentür. »Wie lief es beim Nachlassgericht?«, will meine Mutter jetzt ohne Umschweife wissen. »Hast du das Erbe ausgeschlagen?«

»So gut wie. Ich muss morgen noch ein Dokument nachreichen. Aber das ist reine Formsache.«

»Oh, dem Himmel sei Dank! Dann ist dieses leidige Kapitel ja endlich abgeschlossen.«

Schön wär's, denke ich bei mir. Aber ich werde mich hüten, meiner Mutter eine schlaflose Nacht zu bereiten. Es reicht schließlich, wenn eine von uns nicht schlafen kann.

»Und jetzt erzähl mal«, fährt sie munter fort. »Was habt ihr beiden heute Schönes unternommen?«

Nichts Besonderes, Mama. Max hat einen Blick in den Abgrund des Wahnsinns geworfen und ich fackle gerade Margots Vermächtnis mit dem Notfallschnaps deines Exmannes ab.

»Wir … haben die Kirche besichtigt und Max war am Fluss spazieren. Ansonsten habe ich im Hotel am Laptop noch einiges abgearbeitet. Und bei euch so? Ist Papa noch wach?«

Meine Mutter stößt einen Seufzer aus »Er hockt vor dem Fernseher und schaut irgendeine späte Krimiserie. Als hätte er das nicht jahrelang live und in Farbe gehabt.«

Das bringt mich zum Lächeln. »Sag ihm schöne Grüße. Hör zu, Mama, weswegen ich auch anrufe: Darf ich dich etwas zu Maurice' Familie fragen?«

Es ist spürbar, wie die Temperatur am anderen Ende der Leitung um ein paar Grade sinkt. Ein Stuhl wird herangezogen, meine Mutter setzt sich wohl vorsichtshalber. »Ja, natürlich. Was willst du wissen?« Plötzlich weiß ich, was Max meinte. Sie klingt jetzt resolut und freundlich, aber dahinter vibriert nur zu deutlich eine ängstliche Anspannung, die sich sogar auf mich überträgt.

»Maurice hatte doch keinen Bruder, oder?«, frage ich vorsichtig.

Ihr gedehntes »Nein« klingt wie eine misstrauische Frage. »Wieso?«

»Hat er irgendwann einmal einen Lucien erwähnt?«

»Nicht, dass ich wüsste. Jetzt sag mir bitte nicht, dass es doch Probleme gibt. Behauptet etwa jemand, Anspruch auf das Erbe zu haben?«

»Nein, der Name Lucien Durand stand nur in einer alten Todesanzeige.«

»Und die lag ganz zufällig beim Nachlassgericht herum?«, fragt meine Mutter spitz. »Fleur, was treibst du da wieder? Du schnüffelst herum. Egal, was du gerade machst: Lass es! Du hattest keinen Onkel.«

Ich schiele zum Topf, wo »Kind der Sünde« und »Strafe Gottes« zu einer schwarzen Masse verschmurgeln. Aber von dem halb verbrannten Bild, das ich in meiner Hand halte, schaut mich Lucien immer noch eindringlich an. In der Bewegung der sterbenden Flammen wirkt er auf unheimliche Art lebendig, die Augen glänzen, der Mund scheint sprechen zu wollen.

»Fleur? Bist du noch dran?«

»Ja«, sage ich leise. »Und du bist dir wirklich sicher?«

»Du meine Güte, ja! Schließlich waren wir über zehn Jahre verheiratet. Hör zu, Fleur: Ich mag vielleicht nicht den Namen jeder Frau wissen, mit der Maurice mich auf seinen Außendiensttouren betrogen hat, aber eines weiß ich hundertprozentig: Er hatte keinen Bruder und auch keine Schwester. Als wir uns kennengelernt haben, habe ich ihm erzählt, wie sehr ich mir immer Geschwister gewünscht hatte. Er konnte das gar nicht nachvollziehen und betonte immer, wie glücklich er war, als Einzelkind aufgewachsen zu sein.«

Und das erzählte er dir, während Lucien noch lebte?, denke ich mit einem unbehaglichen Frösteln. Soviel zu Max' Theorie, dass Maurice seinen Bruder aus Trauer totgeschwiegen hat.

Meine Mutter räuspert sich und fährt leise fort: »Ich habe dir das nie erzählt, aber als du ein Jahr alt warst, wollte ich unbedingt ein zweites Kind. Du solltest nicht allein aufwachsen wie ich. Aber Maurice war strikt dagegen. Wir haben uns bis aufs Blut gestritten, aber er blieb dabei. Er sagte, er wolle nicht, dass du alles teilen musst, zwischen Geschwistern herrsche immer ein Konkurrenzkampf.«

Man muss wirklich kein Ermittler sein, um spätestens jetzt aufzuhorchen. »Okay. Danke für die Info, Mama. Ich weiß ja, das sind keine guten Erinnerungen für dich.«

Sie atmet auf. »Schon in Ordnung, Schatz. Und jetzt lass die Toten, wo sie hingehören, und leg dich gefälligst in die Badewanne oder schau einen netten Film. Mach irgendwas Schönes, was dich entspannt, ja?«

*

Ich sollte vernünftig sein und auf sie hören. Aber jetzt kann ich das Foto einfach nicht mehr vernichten. »Warum hast du deinen kleinen Bruder totgeschwiegen, Maurice?«, flüstere ich.

Im Stammbuch finde ich weder Geburts- noch Sterbeurkunde und auch keinen Taufschein. In den Kisten liegen nur noch Artefakte aus Margots Leben, darunter ein Streifen Passfotos aus einem Automaten, die sie als alt gewordene Frau zeigen, viermal bitterer Zug um den Mund, vier anklagende Augenpaare, die mich mit ihren Blicken durchbohren. Noch einmal durchsuche ich das Wohnzimmer, aber auch hier finde ich keine einzige Spur von Luciens Existenz. »*Echt sus!*«, wie mein Bruder sagen würde. Schließlich leuchte ich mit der Taschenlampe zu der Ansammlung zusammengeschobener Möbel an der Wand. Margots antiker Nähtisch steht dort zwischen einem Garderobenständer, losen Holzbrettern und einem Nachttischchen mit einer Schublade. Die Schublade klemmt und lässt sich nur mit einem ordentlichen Ruck aufziehen. Sie ist leer. Doch ein Geräusch wie von einem weichen Flügelschlag lässt mich erschrocken aufblicken – und dann pralle ich mit einem Schrei zurück. Denn einen Moment lang glaubte ich zwischen den an die Wand geschobenen Möbeln eine Schattengestalt zu sehen, aber es war nur meine eigene Spiegelung. Der weiche Flügelschlag war das Geräusch des Tuchs, das vom Spiegel heruntergeglitten ist. Ich brauche eine Ewigkeit, um wieder normal zu atmen. Und als ich die Taschenlampe auf die Möbel richte, flackert der Lichtkegel, so sehr zittert meine Hand immer noch von dem Schreck. Der Spiegel klemmt schräg hinter Margots antikem Nähmaschinentisch und ist angebrochen, der Riss teilt mein verschattetes Gesicht in ein schräges Zerrbild. *Wer ist die Schönste im ganzen Land?*, denke ich. *Du sicher nicht, Gretel.* Ohne das Tuch sieht man, dass der metallene Nähtisch verkeilt ist, als hätte ihn jemand mit viel Kraft gegen die anderen Möbel gewuchtet. Er hat nicht nur den Spiegel eingeklemmt und das Glas gebrochen, eine Ecke des Tisches ist auch an der großen Kommode dahinter entlanggeschrappt und hat dort tiefe Kratzer im Holz hinterlassen. Das Tuch hatte ein weiteres Möbelstück verborgen. Und als ich die alte Kommode erkenne, bin ich wie elektrisiert. Es gelingt mir, den Spiegel vorsichtig hervorzuruckeln, ohne mich an den Scherbenkanten zu schneiden. Über den Tisch hinweg leuchte ich die Kommode an. Als ich ein Kind war, stand sie unter dem Regal mit den Heiligenfiguren. Im Schein der Taschenlampe leuchtet etwas Weißes auf. Eine winzige Ecke ragt aus dem Spalt der Kommodentür, als wäre beim Schließen ein Stück Papier in der Tür eingeklemmt worden. Und als das Licht meiner Taschenlampe auf die fein gearbeitete und ausgeschmückte Rosette eines Schlüssellochs fällt, hätte ich fast triumphierend aufgelacht. Denn ich glaube, ich weiß, welcher Schlüssel zu dieser Kommode gehört.

*

Die Kommode zu finden ist eine Sache, an sie heranzukommen, eine ganz andere. So gut es ging, habe ich das lose Gerümpel zur Seite geräumt. Doch der Nähtisch steckt fest, ein Gegenstand muss sich unter ihm verhakt haben und blockiert jede Bewegung. Um an ihn heranzukommen, krieche ich umständlich ein Stück weit unter den Tisch und entdecke dort den Übeltäter: Margots hölzerner Betschemel. Ich habe nichts mehr gemein mit dem kleinen Mädchen von damals, aber mein Körper erinnert sich an das Pochen in den Knien und die Angst, die mich an allen Rändern ausfranste, während ich Margots Drohung lauschte: »Wenn du aufstehst oder auch nur eine Sekunde zu beten aufhörst, kommt das wilde Ungeheuer, das im Schrank wohnt, heraus und frisst dich.«

Bisher hatte ich die Kommode mit den Augen der Erwachsenen betrachtet. Aber als ich jetzt auf dem harten Parkett knie, sehe ich wieder mit den Augen des Kindes, das ich war.

Ich rieche Madame Margots Lavendelparfüm, als sie sich zu mir herunterbeugt, und spüre ihren Atem, der nach Zigaretten riecht, an meiner Wange und meinem Ohr. »Und jetzt betest du das Ave Maria, Kind der Sünde«, befiehlt sie leise. »Bitte die Heilige Jungfrau, dass sie deinem Vater vergibt und auch deinen von Gott verfluchten Vorfahren verzeiht.«

Maudits ancêtres, erinnere ich mich nun an ihre französischen Worte. Damals hatte ich nicht verstanden, was Ahnen überhaupt waren und was Gott mit ihnen gemacht hatte. Ich verstand nur, dass ich irgendwie durch meine bloße Existenz ebenso schlecht war wie sie und dass ich mitschuldig war. Ich war eines dieser Kinder, die an den Weihnachtsmann glauben und sich vor Gespenstern fürchten. Und ich hatte keinen Grund, einer Erwachsenen nicht zu glauben, dass hinter der Schranktür etwas lauerte, ein schwarzer Panther womöglich, der darauf horchte, ob ich auch brav meine Gebete aufsagte. Also betete ich um mein Leben, während meine Großmutter nebenan im Wohnzimmer saß, mit Teegeschirr klapperte und die Zeitung umblätterte.

Ja, in unserer Familie hüten wir so einige Geheimnisse. Und dieses habe ich nicht einmal meiner Mutter erzählt. »Psychopathin«, zische ich und zerre den Schemel heraus. Kurz darauf habe ich den Nähtisch zur Seite bugsiert und die Kommode freigelegt.

Ich hatte richtig vermutet. Der Schlüssel aus Maurice' Koffer passt tatsächlich, doch um ihn drehen zu können, muss ich mich mit der Schulter gegen die Tür der Kommode stemmen, so stark drückt es von innen gegen das Schloss. Als die Tür endlich aufgeht, rauscht mir das Chaos entgegen: Zeitschriften, Plastiktüten, zerfledderte Stadtpläne; Unterlagen, die zerknüllt oder angerissen sind, als hätte jemand sie voller Wut hier hineingestopft. Ich vermute, es war Maurice. Eine Aktentasche aus rissigem braunem Leder kommt zum Vorschein. Neben Papieren birgt sie auch abgestempelte Fahrkarten, leere Fastfood-Verpackungen und Rasierzeug. Eine Hotelquittung ist auf Maurice ausgestellt. Vor einigen Monaten, so rekonstruiere ich nun, war er in Frankreich unterwegs gewesen, fern von seiner Wohnung in Sompuis, in einer Stadt namens Le Puy-en-Velay. Die Rechnung eines Anwalts mit dortiger Anschrift fällt mir in die Hände. Wofür er siebenhundert Euro in Rechnung stellte, erschließt sich nicht, aber unter dem Zettel kommen Kopien eines alten Rechtsstreits zum Vorschein, den Margot im Jahr meiner Geburt geführt hatte. Es scheint um Ansprüche an einem Grundstück im Département Cantal in Frankreich gegangen zu sein. An den Stapel angeheftet sind verschwommene Kopien von alten Landkarten und von handschriftlichen Dokumenten, die aus dem 18. oder 19. Jahrhundert zu stammen scheinen. Was das alles bedeutet, erschließt sich mir nicht, die Dokumente wirken so unzusammenhängend, als hätte Maurice nur einzelne Seiten aus Margots Unterlagen herausgenommen. *Um einen Rechtsstreit wieder aufzunehmen?*, überlege ich. Mein Vater würde jetzt wohl in Sachen Erbe aufhorchen und mir raten, zu prüfen, ob Maurice vielleicht doch mehr als nur vier Wände, ein Dach und Schulden hinterlassen hat.

Ich suche weiter in der Kommode und stoße auf Margots Bücher, zuoberst ihre abgegriffene Bibel und ihr Gebetbuch. Lose Zettel sind zwischen die Seiten geschoben, Zitate aus der Heiligen Schrift in Margots schwarzen, kantigen Buchstaben. Und gerade hier finde ich unversehens eine Spur von Lucien. Aus dem Gebetbuch rutscht ein Zeitungsausschnitt: Ein 19-jähriger Motorradfahrer ist bei einem riskanten Überholmanöver mit überhöhter Geschwindigkeit einem entgegenkommenden Wagen ausgewichen und von der Straße abgekommen. Luciens Name wird zwar nicht genannt, aber der Inhalt passt zu dem »tragischen Unfall«, von dem in der Todesanzeige die Rede war.

Zwischen Büchern und einer Reihe aufeinandergestapelten Pappkartons klemmt eine große schwarze Kladde. Vorsichtig ziehe ich sie heraus. Der geleimte Rücken der Kladde knarzt beim Öffnen. Die Seiten darin sind bis an die Ränder vollgeschrieben. Und wieder ist es Margots kantige Schrift. Sacht streiche ich über die Buchstaben. Unter den Fingern fühlen sich die Buchstaben an wie Brailleschrift, so hart drückte Margot mit dem Bleistift auf. Und beim Überfliegen einiger Zeilen erkenne ich, was ich vor mir habe. Meine Großmutter gehörte offenbar zu den Menschen, die ihre Briefe erst als Entwurf schreiben, mehrfach mit Streichungen und Ergänzungen überarbeiten, und dann erst den Text auf Briefpapier übertragen. Mir wird ganz anders, als ich beim Durchblättern auf eine Seite stoße, die auf eine Woche nach meinem Geburtstag datiert ist: *Es ist deine Schuld, Maurice. Gott hatte den Fluch von uns genommen, aber du hast ihn zurückgebracht. Deine Tochter ist die Verkörperung dieser Sünde und wird mit dir verdammt sein. »Darum spricht der Herr: Da du mich vergessen und hinter deinen Rücken geworfen hast, so trage denn die Strafe für deine Unzucht und deine Buhlereien.«*

Aber es wird noch schlimmer. Auf der nächsten Seite finde ich ein paar Zeilen, die eher einem Tagebucheintrag gleichen: *Lucien war meine Sonne. Nun ist er tot und mit ihm ist alles ausgelöscht, jede Hoffnung, jedes Licht. Ich wünschte, Gott hätte Maurice an seiner Stelle genommen. Er hat böses Blut und er hat es weitergegeben. Sein Kind hat uns ins Unglück gestürzt. Niemals hätte es geboren werden dürfen …*

Ich muss schwer schlucken. Und ich bin wirklich froh, dass Max nicht hier ist. Er würde mir ansehen, dass diese Worte mich mitten ins Herz treffen. Ich brauche eine Weile, um mich wieder zu sammeln, um auch die restlichen Seiten zu überfliegen. Die Einträge wechseln sich ab – ich stoße auf Briefentwürfe mit privaten Notizen, zum Teil auch Zeichnungen. Eine zeigt eine Art Anhänger mit einem Wappen und darauf einen Turm, zwei Äxte und einen Hundekopf, vielleicht ist es auch ein Wolf, mit langer Zunge. *»Der Herr spricht: Es soll keiner dieses bösen Geschlechts das gute Land sehen, das ich ihren Vätern zu geben geschworen habe«*, hat Margot daruntergeschrieben. Das klingt irgendwie bitter und die Worte, die sie in fahriger, zorniger Schrift ergänzt hat, verstärken diesen Eindruck noch: *Aber wo liegt hier die Gerechtigkeit, Herr? Ich bin nicht diejenige, die gesündigt hat, dennoch trage ich wie Hiob demütig den Fluch von Roux d'Apcher. Und da soll ich nicht einmal das Recht haben, das Land meiner Vorfahren zu besitzen und ihren Namen auf den Grabstein zu schreiben?*

Roux d'Apcher?, wiederhole ich in Gedanken. *Und Margot haderte also mit ihrem Gott?* So behutsam, als würde ich eine Tür lautlos schließen, mache ich die Kladde zu. Es fühlt sich wirklich an, als hätte ich wie ein Spion durch einen Türspalt gespäht und damit Margots intimstes Geheimnis geraubt.

Ich muss mich weit vorbeugen, um einen Karton im hinteren Teil des Schrankes hervorzuziehen. Etwas rumpelt gegen das Holz, kommt ins Rutschen und kippt mir entgegen. Gerade noch kann ich den klobigen Gegenstand abfangen, bevor er auf den Boden fällt. Erst denke ich an eine gewöhnliche graue Blumenvase. Doch dann ertaste ich einen Deckel, der sie verschließt. Ein Metallschild prangt darauf. *What the fuck!*, würde mein Bruder jetzt entsetzt ausrufen. Ich dagegen bin sprachlos, als ich den Namen auf dem Schild lese.

*

Ich rede mir ein, dass draußen der Internetempfang besser sei, aber in Wahrheit musste ich einfach raus aus dieser Gruft. Der Schreck sitzt mir in den Knochen. Noch jetzt zittere ich – und zwar nicht vor Kälte. Keine Menschenseele ist unterwegs, nur eine Katze beobachtet, wie ich mich mit weichen Knien vor ein Haus am Ende der Gasse setze und in meinem Handy den Browser öffne. Es gibt nichts, was mich so rasch erdet wie Algorithmen, die Ergebnisse und Erklärungen aufspüren. Nicht, dass ich wirklich Erklärungen für das finden könnte, was Maurice in der Kommode aufbewahrte.

Nach wenigen Klicks weiß ich, dass man eine Urne mit der Asche Verstorbener auch in Luxemburg definitiv nicht nach Hause mitnehmen darf. Vielleicht hat Maurice seine Mutter ja in Frankreich einäschern lassen? Dort kann man sich eine Beerdigung sparen und seine Vorfahren auch als Fensterbrett-Deko verwenden, wenn man möchte. *Aber warum hat er Margot nicht in Frankreich bestattet?*, überlege ich. Dass es dort ein Familiengrab gibt, habe ich doch erst heute Nachmittag in dem Schreiben der Friedhofsverwaltung gelesen. *Liegt dort vielleicht Lucien?* Ich rufe mir den Namen der Stadt ins Gedächtnis und gebe ihn in die Suchmaschine ein. *Saugues im Département Haute-Loire*, lese ich. *Rund tausendsechshundert Einwohner, Teil des historischen Jakobswegs in der Auvergne.* Die Bilder zeigen mittelalterlich anmutende Häuser vor weitläufigen grünen Anhöhen und fernen Bergen. Mir wird ganz flau im Magen, als ich von einem wolfsähnlichen Raubtier lese, das zwischen 1764 bis 1767 über hundert Menschen angegriffen und getötet hat. Aber bei meiner kurzen Recherche begegne ich nicht nur der kinderfressenden Bestie, mit der Margot mir damals drohte. Ich stoße auch auf den Namen der Familie d'Apcher.

Ich würde tausendmal lieber allein im Dschungel übernachten als noch einmal in Margots Gruft zurückzukehren. Es ist fast ein Uhr, höchste Zeit, die Party zu verlassen. Aber jetzt davonzulaufen, würde sich wie eine feige Flucht anfühlen.

In der Wohnung hängt noch der Geruch von verbranntem Fotopapier in der Luft. Holz knarrt unter meinen Sohlen. Vorsichtig deponiere ich die Urne auf dem Nähtisch und hole alles, was noch in der Kommode ist, heraus. In dem Karton, dessen Deckel unter dem Gewicht der Urne eingebrochen war, stoße ich endlich auf Lucien: seine Geburtsurkunde und den Personalausweis, der ihn als jungen Erwachsenen zeigt, mit schmalem Mund und einem düsteren, herausfordernden Blick, der die klare Schönheit seiner Züge betont. *Mein Onkel*, denke ich beklommen. Die Sterbeurkunde steckt in einer Klarsichthülle, an die der Vertrag für eine Grabstelle getackert ist, unterschrieben von Margot. *Er liegt also wirklich auf dem Friedhof in Saugues.* Mit fliegenden Fingern gehe ich Briefe durch, Kondolenzschreiben und Schulzeugnisse eines Internats in Luxemburg-Stadt. Doch das einzig wirklich Persönliche, das ich von Lucien hier finde, ist eine Metalldose mit Milchzähnen und einer hellblonden Haarlocke.

Ich weiß nicht, wie lange ich im Schneidersitz auf dem Boden kauere und das Durcheinander ratlos betrachte – Maurice' Vermächtnis, vermischt mit dem, was Margot gehörte, Gerichtsstempel, Anwaltsschreiben, Lücken und Fragen, lose Fäden, die kein Netz ergeben. Schließlich schlage ich noch einmal Margots Kladde auf. Diesmal scanne ich die Seiten nach Saugues und dem Namen d'Apcher. Und finde stattdessen eine Notiz, die Margot vielleicht für Maurice verfasst hat, vielleicht aber auch nur für sich selbst:

Seit Lucien tot ist, träume ich wieder von dem Jäger. Jede Nacht sterbe ich von Neuem.

Ich weiß nicht, wie lange ich nicht atme. Mein Nacken wird heiß und mein ganzer Rücken kribbelt vor Unbehagen. Und dennoch fühle ich mich fremd, wie abgeschnitten von mir selbst. Erst als ich tief Atem geholt habe, kann ich wieder einigermaßen logisch denken. *Können Albträume vererbt werden?*, frage ich mich. *Sei nicht albern*, hält meine vernünftige Stimme sofort dagegen. *Das ist ein Zufall. Träume ähneln sich, und das Szenario, von einem Bewaffneten verfolgt zu werden, findet sich unter der Rubrik »Typische Traumbilder und was sie bedeuten« in jedem Lifestyle-Blog.* Doch als ich umblättere, verstummt die Stimme. Es gibt diese Momente, in denen die Haut zu eng ist zum Atmen. Die Stille rauscht in meinen Ohren, während ich auf die Zeichnung starre. Auch wenn einige

Linien nur angedeutet sind, hat Margot sich bemüht, alles Wichtige detailliert zu zeichnen. Man erkennt jedenfalls die Intarsien in Form von drei fein gearbeiteten Lilien, die eine Art Emblem bilden. Es ist das Gewehr, das in meinen Träumen auf mich zielt. *Fürchte nicht die Wölfe,* hat Margot unter ihre Zeichnung geschrieben. *Fürchte die Jäger.*

Axt und Turm

Max hat sich einen der frühesten Züge ausgesucht. Kurz vor sieben habe ich ihn in Trier am Bahnhof abgesetzt. Zurück im Hotel habe ich telefoniert und dabei meine Sachen hastig in die Tasche geworfen. Und seit Echternach hinter mir liegt, habe ich den Fuß kaum vom Gas genommen. Zwei Tage geschenkter Zeit liegen vor mir, undercover sozusagen. Bisher weiß nur mein Bruder, wohin ich unterwegs bin. Meine Mutter würde sagen, dass es sinnloser Wahnsinn ist. Und vielleicht ist es ja wirklich verrückt, wegen ein paar kryptischer Zeilen über siebenhundert Kilometer herunterzureißen. Ich rede mir ein, dass der einzige Grund dafür die Weigerung des Anwalts ist, ein Online-Meeting zu vereinbaren. Aber in Wirklichkeit bin ich mehr als froh, ein paar Stunden im Auto vor mir zu haben. Seit ich in das Kaninchenloch von Margots Geheimnissen gefallen bin, lässt mich der Gedanke an ihre Worte nicht mehr los. *Jede Nacht sterbe ich von Neuem … Fürchte nicht die Wölfe, fürchte die Jäger.* Bis halb drei Uhr nachts war ich in der Wohnung und habe vergeblich versucht, aus Fetzen und Scherben ein Bild zusammenzusetzen. Aber zu viele Teile fehlen – genau wie einige Seiten aus Margots Kladde, die jemand herausgerissen hat. Ihre verbliebenen Aufzeichnungen befinden sich nun in der Aktentasche auf meinem Rücksitz. Genau wie eine Kopie von Maurice' Festplatte, deren Daten ich bisher nur nach Schlüsselwörtern und Namen im Zeitraum des laufenden Jahres durchsucht habe. Ja, es zahlt sich aus, sein Werkzeug immer dabeizuhaben.

Meine alte Heimat hat mich mit Nieselregen über Wiesen und weiten Ebenen empfangen. Untermalt vom Gesang der bretonischen Band auf Max' CD röhrt der Lada monoton vor sich hin, Frankreich-Trance dank Tempolimit, unterbrochen nur von kurzen Stopps an Tankstellen. Mir war nicht bewusst, wie sehr mein Französisch inzwischen eingerostet ist. Beim Small Talk an den Kassen höre sogar ich selbst den hölzernen deutschen Akzent überdeutlich heraus. Dennoch tut es überraschend gut, mich von dieser Sprache umfließen zu lassen. Erinnerungen klingen darin – an Plaudereien meiner Mutter mit den Marktfrauen in Nancy. Und an den kleinen Nachbarsjungen, der aus unerfindlichen Gründen in mich vernarrt war, auf die Art, wie nur Sechsjährige sich für andere Kinder begeistern können.

Auf der Tourismusseite, die ich bei einem Kaffee in einer Raststätte aufrufe, scrolle ich rasch ein paar Eckdaten zu Le Puy-en-Velay durch. Die Stadt in der Auvergne, heißt es dort, wurde in einem Vulkankrater erbaut. Ihre Kathedrale ist eine der ältesten Marien-Wallfahrtstätten Europas und für Pilger aus aller Welt der Startpunkt des Jakob-Pilgerwegs, der über die Pyrenäen bis nach Santiago de Compostela führt. Aber Maurice war nicht dort, um seinen Glauben oder sich selbst zu finden.

Je weiter ich in den Südosten der Auvergne komme, desto wilder und bewaldeter wird die Gegend. Mauern aus kantigen Steinbrocken halten die Natur an den Landstraßen im Zaum. Noch spielt der Herbst seine Farben nicht aus, die Hügel nehmen unter dem diesigen Himmel ein verschleiertes Blassgrün an. Vor Blavozy verengt sich die Straße. Meterhoch ragt Fels an der Straße auf, gekrönt von Nadelbäumen, deren Wurzeln sich in einer dünnen Erdschicht festkrallen. Als ich endlich die letzte dieser bedrückenden Bergstraßen hinter mir habe, öffnet sich die Landschaft zum weiten Hochplateau von Vulkanebenen. Über bewaldeten Flächen und sanften Hügellinien liegt ein Weichzeichner von Regen und Nebel. In der Ferne nehmen die Silhouetten ein unwirkliches Blau an. Vor mir erheben sich die waldüberwachsenen stumpfen Kegel schlafender Vulkangipfel – die »Puys«, deren Kuppen schon vor Urzeiten von Eruptionen abgesprengt wurden. Unter den Wäldern, die auf der erstarrten Lava gewachsen sind, kocht sicher noch Magma. *Man muss nur tief genug bohren*, denke ich. Ich traue Vulkanen nicht und noch weniger dem Label »inaktiv«. Immer habe ich das Gefühl, die Naturgewalten lauerten nur darauf, allen wissenschaftlichen Vorhersagen zum Trotz jeden Moment loszubrechen.

Ich liege gut in der Zeit, doch auf den letzten Kilometern merke ich deutlich, dass ich über acht Stunden am Steuer hinter mir habe. Mein Nacken schmerzt, die Landstraße flimmert vor meinen Augen. Kaum verschwindet das Schild mit der Ausfahrt Le Puy-en-Velay im Rückspiegel, geht auch noch ein Starkregen nieder. Im prasselnden Grau erreiche ich die äußeren Stadtbezirke mit rechteckigen Trabanten-Bauten, die an weiße Parkhäuser erinnern. Durch kurvige Straßen leitet mich das Navi steil bergauf zu Wohngebieten, die hoch über dem Krater liegen. Dort parke ich den Lada an einer Mauer und hoffe, dass die Handbremse die Steigung meistern wird. Es dauert, bis der heftigste Schauer aufhört und ich endlich aussteigen kann. Die Aktenmappe und auch den Technik-Koffer mit dem teuren Equipment nehme ich mit. Und während ich mit noch steifen Knien die Straße überquere, reißt über der Stadt die Wolkendecke auf und milchiges Licht fließt über Basaltklippen und Häuser. Vor dunklen Regenwänden am Horizont leuchten die drei »Puys« der Stadt in unwirklich intensiven Farben auf. Auf dem größten Felsgipfel erhebt sich eine rotbraune Marienstatue mit dem Jesuskind auf dem rechten Arm. Klein wie eine Streichholzschachtel und ebenso zerbrechlich wirkt die Kapelle Saint-Michel, die sich auf der Spitze des zweiten hohen Nadelfelsens festkrallt. Der Kirchturm der Kathedrale, die auf dem Mont Anis hoch über der Altstadt thront, ist der dritte Gipfelpunkt. Dazwischen füllt ein Meer von roten Dächern das Tal und bricht sich in dem Saum von Grün, das am Marienfelsen hochbrandet. Max würde sofort eine Fotoserie für Instagram knipsen, Hashtag #ohnefilter. Das Licht flutet mich bis in den letzten Seelenwinkel und ganz von selbst schleicht sich ein Lächeln in mein Gesicht. So oft war ich zwischen Buchseiten in Frankreich – auf den Spuren von *Le Petit Chaperon rouge*, *La Belle et la Bête* und dem französischen Rumpelstilzchen *Ricdin-Ricdon*. Dabei hatte ich völlig vergessen, wie sehr dieses Land tatsächlich das Märchenreich meiner Kindheit ist. Hier blicke ich wieder auf das Frankreich der heldenhaften Ritter, der weisen Könige und der Prinzessinnen, die sich in weiße Katzen verwandeln können.

Der Fußweg zur Altstadt führt durch regennasse Serpentinensträßchen bergab. Obwohl es Oktober ist, sind einige Pilger in den Straßen unterwegs, die meisten davon ältere Herrschaften in Funktionskleidung, gestützt auf Wanderstöcke und schnaufend unter dem Gewicht prall bepackter Rucksäcke. In Gassen, die so eng sind, dass mir der Geruch ihrer regenfeuchten Kleidung und verschwitzter Haut in die Nase steigt, drängen sie sich an mir vorbei.

Für den Termin bei Dr. jur. Gustave Charlier bin ich zu früh dran. Dennoch gehe ich gleich zur Rue Raphael. Schon im Internet hatte ich gesehen, dass der Anwalt für Erbrecht keine moderne Kanzlei besitzt. Das Haus ist ein schmales Gebäude, das neben den Altstadthäusern mit ihren historischen Bogenfenstern und holzverschalten Fassaden eher schäbig wirkt. Es gibt nicht einmal ein Kanzleischild, aber der richtige Name steht an der Klingel. Beruhigt schlendere ich weiter zum zentralen Platz der Altstadt an der Rue des Tables. Eindeutig die Touristenmeile. Malerische Häuser und Souvenirläden scharen sich hier um einen runden Steinbrunnen. Mit ihren Fassaden in Pastellfarben von Rosa bis Gelb und Fensterläden in Türkis und Rot geben sie sogar diesem Regentag einen Hauch von Méditerranée. Der Hall von Stimmen und das Klacken von Absätzen auf Kopfsteinpflaster vermischt sich mit dem Plätschern des Brunnens zu einer hypnotisch beruhigenden Klangkulisse. Hinter dem Brunnen verengt sich der Platz zum Steilweg, der zur Freitreppe der Kathedrale auf die Spitze des Basaltbergs führt. Ich muss den Kopf in den Nacken legen, um den schattigen Bogen des Kircheneingangs zu betrachten, der die Besucher wie ein schwarzes Portal verschluckt. *Der Tempel der Schwarzen Madonna*, so wurde die Wallfahrtskirche im Internet betitelt. Kurz überlege ich, ob ich die Zeit für eine Pause in einer Brasserie gegen einen Besuch der Sehenswürdigkeit eintauschen soll, aber dann mache ich mich doch lieber auf die Suche nach Koffein. Auf dem Weg fällt mir eine Figur auf der hölzernen Veranda eines Ladens ins Auge. Die lebensgroße Puppe trägt eine historische Tracht mit Häubchen und Schürze und außerdem *Sabots* – die klobigen Holzschuhe, wie sie früher von Bauern getragen wurden. Es ist die Art von Tracht, die ich von der alten Rotkäppchen-Ausgabe kenne, die in Simons Wohnung Weinflecken abbekommen hat. Auf dem Schoß der Puppe liegt Werkzeug für die Herstellung von Spitze. Die hölzernen Klöppel hängen an weißen Fäden, die sich im fertigen Teil einer Borte zu einem Blumenmuster fügen. Im Schaufenster sind Sonnenschirme aufgespannt, die ganz mit durchbrochenen Spitzen bezogen sind, und außen auf dem breiten Fenstervorsprung liegen Schaukästen mit Mustern und Motiven aus, präsentiert auf rotem Stoff. Ich trete heran und studiere die filigranen Kunstwerke. Und zwischen Blütendekor, geklöppelten Bärchen und Schmetterlingen entdecke ich ein bekanntes Motiv: die Frau und das Raubtier, die den Spitzenuntersetzer auf Margots Heiligenregal zieren.

»*Bonjour*, kann ich helfen?« Die Verkäuferin ist vor den Laden getreten und lehnt mit verschränkten Armen an der Tür. Sie trägt eine ähnliche Trachtenbluse wie die Puppe – dunkelbraun, mit einem breiten Klöppelkragen.

»Ich habe nur das Motiv betrachtet«, antworte ich. »Meine Großmutter besaß einen Untersetzer mit diesem Bild. Es stellt eine Heilige dar, oder?«

»Nicht alles hier dreht sich nur um Heilige, Wunder und Wallfahrten«, antwortet die Verkäuferin amüsiert. »Das ist nur ein Hirtenmädchen und bei dem Tier handelt es sich um unsere berühmte Bestie. Von ihr haben Sie doch sicher schon im Reiseführer gelesen, oder?«

Auch wenn Sie mit mir Französisch spricht, hat mich mein Akzent wohl als Touristin verraten.

»Der Wolf, der im 18. Jahrhundert gejagt wurde?«, antworte ich. »Ja, aber mit seiner Geschichte habe ich mich nicht näher beschäftigt.«

Sie lacht freundlich auf. »Na, er wird Ihnen hier noch auf Schritt und Tritt begegnen. Und ein gewöhnlicher Wolf war es nicht, sondern ein richtiges Monster. Ein Menschenfresser, der es auf Frauen und Kinder abgesehen hatte. Die Vorlage für das Klöppelmotiv ist eine historische Zeichnung, die auf Augenzeugenberichten gründet. Die Touristen nehmen es gerne als Souvenir mit. Wir haben es auch in kleinerem Format. Möchten Sie reinkommen und sich die Auswahl anschauen? Vielleicht als Ergänzung zu dem Deckchen Ihrer Großmutter?«

»Danke, Madame, die *Dentelles* sind sehr schön, aber sie passen nicht so ganz zu meiner Einrichtung.«

Ihr Blick schweift zu meinem Technikkoffer. »Ich verstehe«, sagt sie freundlich. »Sind Sie ein paar Tage in der Gegend? Das Wetter soll ja besser werden und im Laden haben wir auch einen guten Reiseführer mit Wandertouren zu den Orten, an denen die Bestie gewütet hat.« Ich muss wohl etwas zweifelnd dreinschauen, denn sie lacht und winkt ab. »Ich weiß, das klingt für manche Leute seltsam, aber wir leben in der Region nun mal auch vom Bestientourismus. Und auch wenn das Thema etwas makaber ist: Die Touren zu den Tatorten sind landschaftlich wunderschön.«

»Das glaube ich, Madame. Vielen Dank, aber fürs Wandern bleibt mir leider keine Zeit. Ich bin nur auf der Durchreise hier.«

»Dann kommen Sie einfach bald wieder!«, sagt sie leichthin. »Und schauen Sie gerne auf unserer Homepage vorbei.« Damit steckt sie mir eine Visitenkarte zu, zupft ihren Spitzenkragen zurecht und wendet sich dem nächsten Besucher zu.

*

Als ich in der Stadt ankam, war ich übermüdet und erschlagen von der Fahrt, doch zwei Kaffees später gehe ich voller Energie und hellwach zu meinem Termin. Bevor ich die Klingel drücken kann, surrt bereits der Türöffner. Im ersten Stock beugt sich ein hagerer grauhaariger Herr aus dem Fenster und gibt mir mit einem Wink zu verstehen, dass ich eintreten soll. Wie eine Kanzlei wirkt es auch hinter der Fassade nicht, im Treppenhaus steht ein Kinderwagen und es riecht nach Putzmittel und feucht gewischtem altem Steinboden. Gustave Charlier erwartet mich an seiner Tür. Mit seinem grauen Rollkragenpullover unter einem Jackett und dem schütteren schulterlangen Haar könnte er als Figur aus einem französischen Arthouse-Film der Sechziger durchgehen. Ich schätze ihn auf siebzig, vielleicht sogar älter. Seine Brauen sind noch dunkel und sehr buschig und betonen seinen strengen, direkten Blick. »Sie sind Monsieur Durands Tochter?«, fragt er ohne Umschweife.

»Ja, wir hatten heute Morgen telefoniert. Danke, dass Sie den Termin so kurzfristig freigemacht haben …«

»Ja, ja«, murrt er. »Kommen Sie, ich habe nur eine Viertelstunde Zeit.«

Ich spare mir also den Begrüßungs-Small-Talk und folge ihm in einen Raum, der wie aus der Zeit gefallen wirkt. Anwaltsbüro anno 1910. Poliertes Holz, dazu Ölbilder mit pastösen Vulkanlandschaften und eine Vintage-Sitzgruppe mit gelbem Seidenüberzug. Eine altertümliche Standuhr tickt überlaut vor sich hin. Auf dem zierlichen Beistelltisch liegen Akten und Papiere schon bereit. Monsieur Charlier bietet mir mit einer knappen Geste einen Platz auf dem Sofa an, setzt sich in den Sessel gegenüber und kommt wieder direkt zur Sache.

»Ich sagte Ihnen ja, dass ich Ihnen nur nach einer Identitätsprüfung Informationen geben darf. Dafür brauche ich Ihren Personalausweis und einen Nachweis.« Insgeheim hatte ich befürchtet, er könnte darauf bestehen, erst in Echternach nachzuprüfen, ob ich wirklich die Erbin bin, aber er vergleicht nur meinen Ausweis mit den Daten auf dem Bescheid vom Nachlassgericht und nickt. »Für meine Unterlagen benötige ich eine Kopie der Dokumente«, murmelt er und geht nach nebenan. Das Surren eines Kopierers wirkt seltsam in diesem aus der Zeit gefallenen Büro. Voller Unbehagen frage ich mich, ob mein leiblicher Vater genau an dieser Stelle saß und ebenfalls die Bücher im Regal betrachtete – jede Menge juristischer Fachliteratur. Aber ich entdecke auch Sachbücher über die

Barockzeit und Biografien französischer Könige. Charlier kommt mit Ausweis, einer Datenschutzerklärung und Papieren zurück und reicht mir einen Kugelschreiber zum Unterschreiben. »Eine Rechnung für ein abschließendes Telefonat mit Monsieur Durand ist noch offen«, erklärt er. »Sie können mit Karte oder bar zahlen.« *Deshalb also keine Online-Beratung*, denke ich bei mir. Er will nicht noch einmal auf einer Rechnung sitzen bleiben. Und wahrscheinlich verdanke ich Maurice' Schulden auch den kurzfristigen Termin. »Wegen des Todesfalls verzichte ich ausnahmsweise auf die Mahn- und Verzugsgebühren«, fügt der Anwalt hinzu. »Mein Beileid zu Ihrem Verlust.«

»Das ... ist sehr freundlich, Monsieur Charlier.«

Er nickt nur knapp. »Und hier die Rechnung für die Beratung, die Sie jetzt in Anspruch nehmen. Wenn es Ihnen nichts ausmacht, sie ebenfalls jetzt gleich zu bezahlen?« Es ist nicht als Frage gemeint. Innerlich seufzend zücke ich meine Kreditkarte. Charlier lässt sich Zeit dabei, den Betrag im Nebenzimmer abzubuchen. Als Quittung bekomme ich den Ausdruck aus dem Kartenlesegerät angetackert an einen handschriftlich ausgefüllten Beleg. Dann hakt er den Posten auch noch in einem analog geführten Bilanzbuch ab. Es ist wohl kein Wunder, dass ich auf Maurice' Festplatte keine Mails und Dateien von Gustave Charlier gefunden habe.

»Also.« Er lehnt sich zurück und schlägt die Beine übereinander. »Sie wollen Einblick in die Rechtsberatung Ihres Vaters?«

»Ja, er hat mir kaum Informationen hinterlassen. Aber soweit ich verstanden habe, wollte er Ansprüche auf ein Stück Land in einer ehemaligen Grafschaft geltend machen?«

»Dafür hätte es erst einmal Beweise geben müssen«, gibt der Anwalt trocken zurück. »Nein. Ihr Vater war wegen eines Mannes aus Saugues bei mir. Dieser sollte angeblich ein Familienerbstück aus dem 18. Jahrhundert haben. Monsieur Durand wollte ihn auf die Herausgabe des Erbstücks verklagen. Angeblich hätte der Mann es schon vor Jahrzehnten widerrechtlich in seinen Besitz gebracht.«

Ich bin sicher, er bemerkt, dass ich seinem gewählten Französisch nur angestrengt folgen kann, dennoch macht er nicht einmal den Versuch, mir in Geschwindigkeit und Wortwahl entgegenzukommen, im Gegenteil. Nun, wie sagt mein Vater, der ehemalige Cop, immer: *Sprache kann immer ein Machtinstrument sein.*

»Das heißt also im Klartext, dass dieser Mann aus Saugues ein Beweisstück gestohlen hat?«, hake ich nach.

Charlier runzelt tadelnd die Stirn. »Ob ein Diebstahl stattfand, kann nicht belegt werden.«

»Und um was für ein Erbstück ging es?«

»Der Beschreibung Ihres Vaters nach handelte es sich um ein sakrales Schmuckstück, ein Reliquiar, das an einer Kette getragen werden kann. Laut Monsieur Durand war seine Mutter vor Jahren in Saugues und bei dieser Gelegenheit sei das Erbstück entwendet worden, zusammen mit einem Dokument, das dessen Echtheit belegen sollte.«

Margot wurde also bestohlen? Jetzt bin ich wacher als vor dem Kaffee. »Das Dokument … war also so etwas wie ein Echtheitszertifikat?«

Charlier hebt die Hände, ein vornehmes Pendant zu einem Schulterzucken. »Das kann ich Ihnen nicht sagen, Madame.«

Kannst du nicht oder willst du nicht? Nur zu deutlich ist zu spüren, dass er keine große Lust hat, auch nur ein Wort zu viel an mich zu verschwenden.

»Über den Inhalt des Schriftstücks wusste Ihr Vater nichts«, setzt er fast gelangweilt hinzu. »Er hat es selbst nie gesehen. Aber es wäre auch irrelevant. Der angebliche Diebstahl wäre längst verjährt, zudem ist der Verdächtigte verstorben. Daher gab es für mich keine juristische Grundlage, Monsieur Durands Fall anzunehmen.«

»Und warum wollte er das Reliquiar einklagen? War es so wertvoll?«

Er lehnt sich zurück und mustert mich mit schmalen Augen. »Angeblich sollte es Ansprüche auf ein Stück Land in der Nähe von *Ruynes-en-Margeride* beweisen.«

Also sollte das der erste Schritt sein, um an das Land zu kommen, denke ich.

»Ihr Vater war allerdings kaum davon zu überzeugen, dass er weder mit noch ohne Beweisstück Anspruch auf das Grundstück hätte«, setzt der Anwalt hinzu. »Er war sich seiner Sache sehr sicher und hatte sich bereits über die Preise in der Region informiert. Offenbar rechnete er fest damit, das Land bald verkaufen zu können. Er war wohl ein Mann mit klaren Vorstellungen und … sehr eigenem Charakter, nicht wahr?«

Offenbar erwartet er ernsthaft ein privates Statement von mir. »Was macht Sie so sicher, dass es keinen Anspruch auf das Land gibt, wenn Sie das Dokument und das Reliquiar nie gesehen haben?«, erwidere ich stattdessen im selben kühlen Tonfall. In der Pause, die folgt, scheint die Uhr noch lauter zu ticken. »Ganz die Tochter des Vaters, scheint mir«, bemerkt Charlier schließlich. »Hartnäckigkeit liegt wohl in der Familie.« Mir steigt die Röte in die Wangen. Und auch sonst muss ich aufpassen, dass ich Ruhe bewahre. Denn langsam bringt seine Art mich innerlich zum Kochen. »Aber wenn Sie sich nun Chancen auf einen finanziellen Gewinn ausrechnen«, setzt Charlier hinzu, »muss ich Sie ebenso enttäuschen wie Ihren Vater. Hier gibt es weder Land noch einen Adelstitel zu erben.«

Okay, jetzt weiß ich, was mich an ihm antickt: die unterschwellige Verachtung, die in seinem ganzen Habitus mitschwingt. Ich ahne langsam, welches Bild er sich von der Familie Durand gemacht hat: Erst die Großmutter, die nach dem Land greift, dann der Sohn, dem es nur darum geht, an Geld zu kommen. Und hier sitzt nun seine bucklige Tochter aus Deutschland, die Raffgier in dritter Generation. *Tja, da musst du durch, Gustave,* denke ich. *Schließlich habe ich deine Zeit im Voraus bezahlt.*

»Warum keinen Adelstitel?«, frage ich. »Laut der Ahnenforschung meiner Großmutter stammt unsere Familie schließlich von der Linie eines gewissen Roux d'Apcher ab.«

»Roux *Elzéar* d'Apcher«, korrigiert mich Charlier streng. Diesmal glaube ich eine leichte Verärgerung zu spüren, vielleicht nur ein Flackern seiner Aura, wenn es so etwas gibt. Denn was das Pokerface angeht, schlägt Charlier mich um Längen. »Ja, Historikern aus der Region ist sein Name ein Begriff«, fährt er fort. »Wenn er auch in seinem Leben weder militärische Erfolge erzielte und geschichtlich nicht so relevant war wie sein Verwandter zweiten Grades, Jean-Joseph d'Apcher. Sie sind sicher im Bilde über dessen Leben und Verdienste?«

»Inwiefern spielt das für mein Anliegen eine Rolle?«

Charlier zeigt mir ein Lächeln, an dem man sich schneiden könnte. »Nun, wenn Sie sich als Erbin dieser Namenslinie betrachten, sollten Sie zumindest den bekanntesten Vertreter der Familie kennen, Madame Martin.«

»Bevor ich mich mit den Biografien anderer d'Apchers beschäftige, wüsste ich erst einmal gerne, was es mit meinem Vorfahren auf sich hat.« Das Wort kann ich mir nicht verkneifen, auch wenn ich selbst nicht daran glaube. Es ist interessant zu beobachten, wie die Lippen des Anwalts bei meinen Worten noch etwas schmaler werden. Doch wenn ich gehofft hatte, ihn mit dem Hinweis auf meinen Vorfahren aus der Reserve zu locken, habe ich mich getäuscht. Charlier ist nicht umsonst schon länger Anwalt, als ich auf der Welt bin. Er lächelt nur wieder sein schmales Lächeln. Dann erhebt er sich ohne Eile und zieht einen Aktenordner aus der Historienecke seines Buchregals. »Was auch immer Sie zu wissen glauben, Ihre Ahnenforschung irrt, Madame Martin. Ganz egal, was in dem verschwundenen Dokument stehen mag. Und selbst wenn das Reliquiar wieder auftauchen würde, hätte es keinerlei juristischen Wert.«

Damit reicht er mir ein Blatt aus dem Ordner. Es ist eine mit Powerpoint erstellte Übersicht eines Stammbaums. Das Wappen mit Axt, Turm und Wolfskopf erkenne ich. Und auch einen Namen, der mir sofort ins Auge springt. *Margot hat ihren jüngeren Sohn tatsächlich nach einem d'Apcher benannt.*

»Das ist die Seitenlinie des fraglichen Grafengeschlechts«, erklärt

Charlier. »Roux Elzéar, geboren 1714, heiratete Irène Catherine de Beauvau, geboren 1728 in Nantes, im Jahr 1745. Es dauerte vier Jahre, bis der erste Sohn kam: Lucien Louis. Erst sechzehn Jahre später kam ein zweiter Sohn zur Welt: Joseph Etienne. Der Graf starb 1768, die Gräfin im Jahr darauf. Der jüngere Sohn kam in die Obhut ihrer Verwandten in Nantes. Dort erlag er allerdings noch im Kindesalter einer Lungenerkrankung. Und damit … erlosch dieser Zweig der Familie.«

»Und … der Erstgeborene? Was wurde aus ihm?«

»Ihre Großmutter war offenbar der Meinung, er könnte ihr Ahne gewesen sein«, sagt Charlier mit kaum verhohlenem Spott. »Aber das ist nicht möglich.« Er blättert im Ordner und schiebt mir die Farbkopie eines historischen Dokuments hin. Ich habe nur die schlechte Schwarz-Weiß-Kopie davon in Maurice' Unterlagen gefunden und mir keinen Reim darauf machen können. Nun erkenne ich dünne schwarze Buchstaben, mit Federkiel geschrieben auf vergilbtem Papier. Es ist eine Art Sterbeverzeichnis, vermutlich eine Seite aus einem Kirchenbuch, die analoge Datenbank des Barockzeitalters. Der Anwalt tippt auf den letzten Todesfall der Seite, der etwas gedrängt ganz unten steht. »*Verstorben am Morgen des 23. Mai 1757, an hohem Fieber, das ihn über Wochen heimgesucht hatte*«, liest er vor. »Dieser Eintrag aus dem Kirchenarchiv zeigt, dass Lucien d'Apcher nicht der Vorfahre ihrer Familie sein kann. Wie Sie sich ausrechnen können, starb er mit acht Jahren. Zeit seines Lebens war er so schwach und kränklich, dass er auf Anraten der Ärzte das Zimmer kaum verlassen durfte. Er konnte seine Mutter nicht einmal zu einer Wallfahrt in unsere Stadt begleiten, um den Fieberstein sein heilendes Werk tun zu lassen. Es ist belegt, dass die Gräfin oft hierherkam, um für weiteren Kindersegen zu beten. Eine Woche verbrachte sie im einfachen Pilgergewand auf Knien vor der Madonna und bat um Luciens Genesung. Aber wie der Eintrag zeigt, hat die Heilige Jungfrau sich seiner nicht erbarmt.« Er nimmt das Blatt wieder an sich und verstaut es mit spitzen Fingern im Ordner.

Treffer versenkt, denke ich verärgert. *Und dafür zitierst du mich extra nach Frankreich? Dass Margot und Maurice falschlagen, hättest du mir auch am Telefon sagen können.* Und noch etwas anderes stört mich. Ich sollte nicht so enttäuscht sein. *Du wolltest doch Fakten, Fleur, hier hast du sie.*

Charlier hat wieder Platz genommen und schweigt, die Fingerspitzen aneinandergelegt. Das wäre wohl der Moment aufzustehen und mich geschlagen zu geben. Aber irgendetwas lässt mir immer noch keine Ruhe.

»Würden Sie sich noch eine Zeichnung ansehen?«

Charlier beugt sich nur widerwillig vor, als ich ihm mein Smartphone mit dem Foto von Margots Skizze hinhalte. »Hat mein Vater dieses Erbstück beschrieben?«

Es ist sicher nicht leicht, Charlier zu überraschen, doch beim Blick auf den Kreuzanhänger zucken seine Brauen kurz in die Höhe. Und zum ersten Mal funkelt so etwas wie Interesse in seinem Blick auf. »Das ist bemerkenswert detailliert«, murmelt er. »Diese Art der Fertigung ist typisch für die fragliche Zeit. Vermutlich war die Axt im Wappen beweglich und diente als Verschluss für den Hohlraum hinter dem Turmsymbol. Darin trug man geweihte Gegenstände oder Knochenreliquien mit sich.«

»Dann könnte es also ein Original aus dem 18. Jahrhundert sein?«

»Gut möglich«, sagt Charlier, ohne zu zögern. »Hätte man es vorliegen, könnte man vielleicht sogar überprüfen, ob es Irène d'Apcher gehörte. Sie stammt aus einer Familie, die einige Bischöfe und andere geistliche Oberhäupter hervorbrachte, und es ist bekannt, dass sie sehr gläubig war und Reliquien sammelte, für die sie solche Anhänger nach eigenen Vorgaben anfertigen ließ. Trotzdem wäre es kein Beweis für Ihr Anliegen. Nach der französischen Revolution war der Schmuck unserer Adelshäuser über das ganze heutige Europa verteilt – entweder geplündert, gestohlen oder auf der Flucht verkauft. In jedem Antiquitätenladen finden Sie solche ›Erbstücke‹.«

»Glauben Sie, dass jemand aus meiner Familie das Schmuckstück erworben hat?«

»Ich glaube nichts, was ich nicht sicher weiß, Madame Martin«, sagt Charlier nicht einmal unfreundlich. »Vielleicht hat Ihre Großmutter das Stück ja tatsächlich geerbt und glaubte an die Geschichte. Und möglicherweise ist in gewisser Hinsicht sogar etwas dran. Vielleicht haben Sie ja d'Apcher-Blut in den Adern. Nur wäre das juristisch irrelevant.«

»D'Apcher-Blut? Wie meinen Sie das?«

Charlier hebt vielsagend die Brauen. »Roux könnte einen Bastard gezeugt haben«, sagt er. »Viele Adelige hatten damals …«

»… *illegitime Nachkommen?* Das ist, soweit ich weiß, die korrekte Bezeichnung.«

Wieder blitzt Interesse in seinem Blick auf. »Sie stören sich an der historischen Bezeichnung?«

»Ich finde nur, kein Mensch sollte so genannt werden. Und schon gar nicht ein Kind.«

Natürlich entgeht ihm nicht, wie aufgebracht ich bin. Meine Wangen glühen, er dagegen erlaubt sich nur ein kurzes Seziermesser-Lächeln. »Nun, dann müsste ich für Sie wohl auch ein freundlicheres Wort für ›Wüstling‹ suchen, um Ihren vermeintlichen Vorfahren zu beschreiben. Roux Elzéar d'Apcher dürfte so einige … illegitime Nachfahren gezeugt haben.«

»Mehr als andere Adeligen seiner Zeit?«, kontere ich. »Und das macht ihn aus historischer Sicht zum Wüstling?«

Cem würde mich jetzt ziemlich komisch ansehen. Und ich kann selbst kaum glauben, dass ich allen Ernstes einen Grafen verteidige, der vermutlich seine Macht missbraucht hat, die er über Mägde und Kammerzofen hatte.

Aber ich lerne etwas über Gustave Charlier. So trocken und abweisend er als Jurist ist, er brennt offenbar für die historischen Fakten seines Landes. »Eine gute Frage«, sagt er ohne jede Ironie. »Sie haben völlig recht, für die Herren der damaligen Zeit galten natürlich andere moralische Maßstäbe als für den einfachen Kirchgänger aus dem Volk. Aber Roux galt sogar unter seinesgleichen als Barbar. Mit seinen Bauern redete er in der hiesigen *Langue d'Oc*, also Okzitanisch. Sie müssen sich vorstellen: In Versailles regierte der Nachfolger des Sonnenkönigs, aber hier war man sehr weit vom Hof und der beginnenden Aufklärung entfernt. Das Gévaudan, das damals noch im Groben gesprochen das Gebiet des heutigen Départements Lozère umfasste, galt als rückständig, wild und unzugänglich. Es gab nicht einmal Straßen. Die Waren mussten mit Maultieren über Trampelpfade und Bergserpentinen von Dorf zu Dorf gebracht werden.«

»Und Roux sprach die Sprache seiner Untergebenen?«

»Ja, die meisten Bauern verstanden kaum das Französisch ihrer Herren. Sie glaubten noch an die alten keltischen Gottheiten, wenn auch nur heimlich. Es hieß, Roux duldete auf seinem Land nicht nur heidnische Ernterituale, er nahm angeblich sogar daran teil. Was dazu führte, dass man ihn in den eigenen Kreisen hinter vorgehaltener Hand auch *Le païen* nannte.«

»Der Heide«, wiederhole ich leise. »Das dürfte der gläubigen Gräfin d'Apcher kaum gefallen haben.«

Diesmal ist das kurze Lächeln, das sein anerkennendes Nicken begleitet, echt. »Ihrer strenggläubigen Familie, die mit so vielen hochrangigen Geistlichen nicht nur in Nantes als christliches Leitlicht fungierte, passte es noch viel weniger«, ergänzt er. »In den Archiven finden sich Mahnbriefe ihrer Verwandten an ihn. Was nichts nützte. Dieser Adelige liebte nun mal ausschweifende Feste, den keltischen Gott Grannus und die Jagd mehr als die christliche Dreifaltigkeit und die Fastengebete. Und seine Jagdleidenschaft wurde ihm letztlich zum Verhängnis.«

Ich schlucke. Dabei gibt es keinen Grund, sich so unbehaglich zu fühlen. *Schließlich war jeder Adelige damals ein Jäger*, sage ich mir. »Wollen Sie damit sagen, er starb bei einem Jagdunfall?«

»An den Folgen eines Unfalls. Er hatte an den großen Treibjagden auf Wölfe teilgenommen, die in jenen Jahren veranstaltet wurden. Dabei stürzte er vom Pferd und verletzte sich so schwer, dass er die wenigen Jahre bis zu seinem Tod weder laufen noch reiten konnte und letztlich an den Spätfolgen der Verletzung starb.«

Ich schlucke. »Das heißt aber, er war vor seinem Tod an der Jagd nach dieser ›Bestie‹ beteiligt?«, frage ich vorsichtig.

Ich weiß nicht, ob Charlier überrascht ist, aber zumindest scheint er angetan zu sein, dass ich die Zeit der Wolfsangriffe richtig zugeordnet habe. »Interessieren Sie sich für die Bestienhistorie?«

»Ja«, lüge ich, ohne mit der Wimper zu zucken.

Zum ersten Mal lächelt Charlier freundlich. »Natürlich hat sich auch Roux an den Jagden beteiligt«, antwortet er freundlich. »Wie jeder Adelige der Region. Die Herren zogen alle aus, um den Wolf zur Strecke zu bringen.«

Ich zögere, aber dann gebe ich mir einen Ruck und zücke noch einmal das Handy. Wie schon heute Nacht, breitet sich beim Anblick der Gewehrzeichnung ein Frösteln in meinem Nacken aus. »Können Sie einschätzen, ob die Waffe aus der fraglichen Zeit stammt? Oder kennen Sie das Modell vielleicht aus historischen Aufzeichnungen? Gehörte … es vielleicht sogar Roux?«

Ich weiß nicht, ob ich erleichtert oder enttäuscht sein soll, dass Charlier diesmal nur ratlos den Kopf schüttelt. »Da bin ich überfragt, Madame. Soweit ich sehe, ist es ein altes Steinschlossgewehr, aber zu Details müssten Sie sich an einen Spezialisten wenden.« Er mustert mich mit einem ganz neuen Interesse. »Hat diese Skizze auch mit der Ahnenforschung Ihrer Familie zu tun?«

Wenn ich das wüsste. »Vermutlich ja. Ich will es herausfinden. Und … der Mann, der meiner Großmutter das Reliquiar gestohlen haben soll, lebte in Saugues, richtig? Können Sie mir seinen Namen sagen?«

»Wozu?«

»Ich fahre heute noch weiter nach Saugues. Und vielleicht hatte der Mann ja Verwandte, die das Originalschmuckstück damals gesehen haben …«

»Auf keinen Fall«, kommt es streng zurück. »Abgesehen davon, dass ich keine Namen herausgeben darf – ich dachte, ich hätte es deutlich genug erklärt: Der Fall wäre verjährt, es gibt keinen Beweis und somit keinen Grund, einen Verstorbenen vor seinen Hinterbliebenen übel zu verleumden. Und das Land kann Ihnen bewiesenermaßen gar nicht zustehen …«

»Das habe ich verstanden«, entfährt es mir so scharf, dass er die Stirn runzelt. »Es geht mir nicht um Land«, setze ich hitzig hinzu. »Und schon gar nicht um Geld oder das Reliquiar an sich.«

Ich weiß nicht, was in mich gefahren ist. Normalerweise habe ich mich besser im Griff, aber in diesem Moment bin ich einfach zu aufgebracht. »Es ist eine rein persönliche Sache«, setze ich beherrschter hinzu. »Ich möchte nur verstehen, was es mit meiner Familie und … mit dieser Waffe auf sich hat.« Das ist mehr, als ich jemals preisgeben wollte.

Es ist erstaunlich, wie lang zehn Sekunden sein können, in denen man sich nur in die Augen starrt. Dann greift Charlier wortlos zu seinem Füller und notiert etwas auf einem Zettel, den er mir reicht. »Hier«, sagt er trocken. »Cyrille Richard kann Ihnen sicher Näheres zu der Waffe sagen. Berufen Sie sich gerne auf mich, wenn Sie ihn anrufen.«

»Danke!«, sage ich ehrlich überrascht. Noch irritierter bin ich, als ich die Adresse auf dem Zettel lese. »Ich soll mich an die *Gesellschaft zur Erforschung des historischen Falls der Bestie des Gévaudan* wenden?«

»Wohin sonst?«, gibt der Anwalt lakonisch zurück. »Dort versammeln sich die Fachleute der verschiedensten Professionen. Auch Historiker der Waffenkunde sind darunter.« Er klappt den Aktenordner zu und steht auf.

»Dann wünsche ich Ihnen eine gute Fahrt nach Saugues, Madame Martin. Und viel Erfolg bei allem, was Sie zu finden hoffen.«

*

Ich fühle mich wie durchgewrungen, als ich auf die Straße trete, die Hand fest um den Zettel in meiner Jackentasche geschlossen. Der kalte Nieselregen sticht auf meiner erhitzten Stirn und meinen

Wangen. Ich sollte mich beeilen, zum Auto zu kommen, aber stattdessen gehe ich erst einmal zurück zur Pilgertreppe. Mein *beau-père*, mein wahrer, schöner Vater Roland sagt immer, man soll sich in eine Kirche setzen, wenn die Welt zu groß wird. Der Gedanke an ihn tut gut. Kurz überlege ich, ihn anzurufen, aber der Regen wird wieder stärker und ich beeile mich, ins Trockene zu kommen. Der Pilgerweg führt direkt zur steilen Freitreppe der Kathedrale. Die hohen romanischen Rundbögen mit einem Muster aus dunklem und hellem Stein ragen weit über mir auf. Noch ist das Tor geöffnet, auch wenn die meisten Besucher mir schon ins Freie entgegenkommen. Durch das Tor trete ich ins Dunkel und ich finde mich im Inneren der Kathedrale an der nächsten steilen Treppe wieder. Die Stadt bleibt zurück, bald höre ich nur noch meine Schritte und den eigenen Atem. Die Treppe mündet mitten in den weitläufigen Altarraum. Der Duft von Weihrauch erinnert an Margot, und das ist nicht das einzige Déjà-vu. Zwischen hängenden ewigen Lichtern thront vor mir die Schwarze Madonna vor blaugoldenem Stoff. Die Figur ist natürlich größer als die Maria auf meinem Fensterbrett, die zweifellos eine Nachbildung dieser Wallfahrtsmadonna ist. Im Gegensatz zu meinem Exemplar ist das Jesuskind auf dem Schoß der Muttergottes beim Original nicht abgebrochen und verloren gegangen. Hier schaut sein dunkles Gesicht aus dem goldgewirkten Seidenumhang, der beide Figuren umhüllt. Es ist ein seltsames Gefühl, auf dem Boden zu stehen, auf dem schon Irène d'Apcher kniete und für ihren kranken Sohn betete. Inmitten der Gläubigen, die hier in sich versunken in Gedanken ihre Gebete sprechen, fühle ich mich wie eine Zeitreisende, die sich mit dem Jahrhundert, in das sie geraten ist, nicht besonders wohlfühlt.

In einer Seitenkapelle stoße ich auf die schwarze Steinplatte, die seit Jahrhunderten als wundertätiger Fieberstein verehrt wird. Dahinter steht die Skulptur einer Pietà. Doch es gibt auch ein flaches, sandgefülltes Becken, in dem man Opferkerzen anzünden kann. Familientraditionen können Halt geben und uns in die Gegenwart zurückholen, das merke ich nun stärker denn je. Denn als ich für die »Altvorderen« von Rolands Seite der Familie ein Gedenklicht entzünde, werde ich endlich ruhiger. Der zweite Anker ist das Handy, das ich aus der Tasche ziehe. Der Empfang ist zu schlecht, aber es beruhigt mich schon, diese Verbindung zu meiner Welt einfach mit der Hand zu umschließen. So geerdet versuche ich ganz logisch zusammenzusetzen, was es mit dem Chaos auf sich hat, das Maurice in der Kommode hinterlassen hat. Offenbar ist er zufällig auf Margots Mission gestoßen – vielleicht durch das Schreiben des Friedhofsamtes in Saugues, das den Ablauf der Frist für Luciens Grab anmahnte. Maurice hat sich also auf die Suche nach dem Vertrag für die Grabstelle gemacht und stieß dabei auch auf Margots Aufzeichnungen. *Und sobald er von Charlier erfuhr, dass er umsonst auf Geld gehofft hatte, war er so enttäuscht, dass er aus Zorn alles weggeworfen oder weggesperrt hat,* vermute ich. Das würde erklären, warum Dokumente zerrissen und zerknittert waren.

Hinter mir betritt jemand den Raum. Bei einem flüchtigen Blick über die Schulter nehme ich eine damenhaft schwarz gekleidete ältere Frau wahr, die sich zum Fieberstein beugt und ihn berührt. Meine Augen brennen, so lange habe ich ohne zu zwinkern in die Flammen der Opferkerzen gestarrt. *Warum hatte Margot nicht herausgefunden, dass die Söhne des Grafenpaares schon als Kinder gestorben waren?,* überlege ich. Der letzte Eintrag in ihrer Kladde stammt aus der Woche vor ihrem Tod und lässt keinen Zweifel daran, dass sie selbst da noch fest davon überzeugt war, dass der Adelsname ihr zustünde.

Mein *beau-père* erzählte mir auch, dass er im Lauf seines Berufslebens bei der Polizei schnell gelernt habe, seine Intuition niemals zu unterschätzen. *»Dort, wo es keine Beweise gibt, ist es gut, diese Ahnungen nicht zu übergehen, Fleur«,* höre ich ihn sagen. *»Wir nehmen unterschwellig sehr viel mehr wahr, als wir bewusst einordnen können. Wenn du ein komisches Gefühl hast, zieh den Rahmen größer und betrachte das Ganze.«*

Nur habe ich gar kein Bild im Rahmen, nur Scherben, die kein Ganzes ergeben. *Margot und Irène,* wiederhole ich wie ein Mantra.

Zwei Söhne namens Lucien, zwei tief religiöse Mütter, zwei Schwarze Marien, eine mit, eine ohne Jesuskind. Und dazu die Wildnis, ein Wolf und ein Jäger, von dem offenbar schon meine Großmutter träumte. Irgendeine Verbindung gibt es. Aber welche?

Die Besucherin hat den Fieberstein verlassen und tritt neben mich. Sofort drücke ich das Handy an die Brust und schirme es mit beiden Händen ab, ein halbherziger Versuch, vor der gläubigen Dame zu verbergen, dass ich gar nicht hierhergehöre. Denn so fühle ich mich: als hätte ich mich hier nur eingeschlichen. Die Frau ist wohl keine Touristin, sie stellt ihre Einkaufstasche ab und nickt mir lächelnd zu. Ohne Hast entzündet sie eine Opferkerze und steckt sie zu den anderen in den Sand. Dann holt sie einen Rosenkranz hervor und schließt die Augen zum Gebet. So stehen wir da wie Spiegelbilder – nur dass sie Jesus an die Brust gedrückt hält und ich das Smartphone. *Verschiedene Universen*, denke ich. Und für einen bizarren Moment stelle ich mir vor, der Lauf der Zeit wäre aufgehoben. Die Schleier zwischen Epochen und Generationen werden durchsichtig und wir existieren alle im gleichen Moment: meine Großmutter und diese gläubige Dame. Die Gräfin Irène und ich, die Datenforensikerin, die nur an Fakten glauben will. Die Frauen und Mädchen, die Opfer eines Wolfs wurden. Und sogar mein früheres Ich ist hier, die Siebenjährige, die auf dem Holzschemel kniet und betet, damit das Untier nicht aus dem Schrank springt und sie auffrisst. Meine Kiefer pochen, so fest presse ich die Zähne zusammen. Nein, ich bin nicht übermüdet oder fiebrig. Es ist ein ganz anderes Feuer, das sich in mir entzündet. Und in diesem Moment beschließe ich, morgen Nachmittag nicht wieder nach Hause zu fahren.

Die dunkle Seite der Märchen

Bei der Auswahl von Hotels gewinnt bei mir immer die beste WLAN-Verbindung. Als das Le Sabatier im Licht der Scheinwerfer auftauchte, fragte ich mich aber doch, ob ich mir nicht eher die Zimmer-Galerie hätte vornehmen sollen. Was sich im Netz als gepflegte Villa aus dem letzten Jahrhundert präsentiert, erinnerte vor dem Nachthimmel eher an das Privathaus von Norman Bates. Das Gebäude liegt außerdem am äußersten Rand der Stadt, der umliegende Garten franst in wildwachsende Sträucher aus und geht nahtlos in felsigen Berg über. Das Geräusch meiner Schritte auf dem scharfkantigen Kies des Parkplatzes erinnerte an Zähneknirschen, und der Regen, das Gewitterleuchten und das bleiche Bewegungsmelderlicht machten den Eindruck nicht besser. Der Hotelier, der extra noch auf mich gewartet hatte, stellte sich aber als gemütlicher Landlord mit Bierbauch, Bartschatten und hochgekrempelten Flanellärmeln heraus, der kein Faible für Taxidermie und tote Mütter zu haben scheint. Und das Zimmer mit zarter Blumentapete im englischen Stil und Volants an den Vorhängen würde der wahren Miss Marple gewiss gefallen.

Max behauptet, ich würde jeden noch so chilligen Raum innerhalb von fünf Minuten in eine Kommandozentrale verwandeln. Hier hat es zwanzig Minuten gedauert. Mit dem Rotwein und den belegten Brötchen aus Le Puy-en-Velay und dem Laptop auf den Knien fühle ich mich langsam wieder wie ich selbst. Renate hat mir zurückgemailt und ist frenetisch begeistert, dass ich mir ein paar Tage freinehme und *endlich mal Urlaub mache*. Max hat Selfies von sich und Tom aus einem Berliner Club geschickt, auf denen er todmüde, aber glücklich aussieht. *Moms würde ausflippen, wenn sie wüsste, wo ich bin*, schreibt er, garniert mit einem zerknirschten Smiley.

Du wolltest doch, dass wir etwas haben, das nur uns beiden gehört, tippe ich als Antwort. *Voilà: Geheimnisse!* Die Flut lachender Smileys und ein Crazy-Emoji, die er zurückschickt, bringen mich zum Lächeln. Und nach Tagen, in denen ich mich davor gedrückt habe, nehme ich nun endlich meinen Mut zusammen und checke Simons Accounts. Wow. *Sucker Punch* mitten ins Herz. Simon hat mich auf allen Kanälen blockiert. Ich sollte nicht so enttäuscht und traurig darüber sein, aber ich brauche eine ganze Weile, bis ich mich so weit wieder gefangen habe, dass ich seinen Kontakt, die Nachrichten und Links vom Handy lösche.

In Gedanken höre ich Renates Mahnung, während ich mir das dritte Glas Rotwein einschenke. Eigentlich wollte ich mir noch die kopierten Daten von Maurice vornehmen und nach Lucien Durand forschen. Aber nach Simons hartem Beziehungscut beschließe ich, dass ich für heute genug von Enthüllungen habe. Zum Wundenlecken tauche ich in mein heimeliges Dasein als Avatar im Universum der Algorithmen ein, drehe die übliche Runde durch den Cyberzirkus, kontrolliere Kommentare, bespiele Bots – und suche nebenbei nach Bildern von Roux und Irène d'Apcher. Doch der Anwalt hatte recht, dieser Familienzweig ist nur eine unbedeutende Randnotiz der Geschichte und es finden sich lediglich ein paar Eckdaten. Also nehme ich mir den bekannteren Grafen vor. Ich werde sofort geflutet von Bildern, Fakten und Theorien. Und jede einzelne Information über Jean-Joseph d'Apcher ist verbunden mit dem Fall der ominösen Bestie des Gévaudan. Im Juni 1767 organisierte der Graf eine Treibjagd, in deren Verlauf der Wolf nach vier Jahren endlich erlegt wurde. *»Nach heutiger Analyse könnte der überdurchschnittlich große Wolf auch ein Mischling zwischen einem Wolf und einem Hund gewesen sein«*, schreibt ein französischer Blogger aus der Jetztzeit. *Das Tier hatte sich auf Frauen, junge Mädchen und Kinder spezialisiert. Vermutlich, weil sie als Weidehüter allein mit* *den Schafen und damit leichte Beute und außerdem unbewaffnet waren. Viele Opfer wurden ohne Kopf gefunden.*

Ein Wolfshund, der Menschen enthauptet?, denke ich mit einem Frösteln. Ich weiß schon, warum ich mich von Wäldern fernhalte. Im selben Forum kursieren Theorien, dass dieses Tier in Wirklichkeit eine Hyäne gewesen sein soll, die aus dem Privatzoo eines Adeligen ausgebrochen ist. Die Ménagerie-These bespielt einen ganzen Zirkus von Tierarten. Der Biologe Karl-Hans Taake geht von einem noch jungen männlichen Löwen aus. Sogar Kryptozoologen liefern sich in den Foren hitzige Debatten mit der Wolfsfraktion. Sie wollen beweisen, dass die Bestie der letzte Vertreter einer ausgestorbenen Tierart war. Je mehr ich lese, desto verworrener wird der Fall. *Bleiben Sie gefälligst bei den beweisbaren Fakten*, würde Polizeioberkommissar Walter sagen. Doch in dieser Hinsicht wird der Boden dünn. Schon die Zahl der Todesopfer schwankt zwischen 60 und 113. Es gibt sogar historische Augenzeugenberichte, in denen die Bestie angeblich einen Schuppenpanzer wie ein Drache hat oder wie Rotkäppchens Wolf auf zwei Beinen läuft. Trotz aller unglaubwürdiger Mythengeschichten stoße ich auch auf alte Berichte, die meinen Puls schon beim Lesen beschleunigen. Zum Beispiel den Augenzeugenbericht eines Pfarrers aus *Saint-Jean-la-Fouillouse*, der auch noch eine Zeichnung angefertigt hat. Hier ist die dunkle Seite der Märchen: rot wie Blut, weiß wie die Angst und schwarz wie der Tod. Die *Dentelles*-Klöpplerinnen haben das Motiv in einer weitaus harmloseren Version für die Touristen verewigt. Auf der laienhaften Abbildung aus dem Jahr 1764 spiegelt sich sogar das Entsetzen im Gesicht des Mädchens, das von einem Raubtier angefallen wird. Es hat tatsächlich Ähnlichkeit mit einem Löwen. *Marianne Hébrad*, lese ich die Worte des Abbé, *wurde vor meinen Augen am helllichten Tag am Eingang des Dorfes attackiert.*

Bei jedem Klick stoße ich auf weitere Opfer. Sie waren Bauerntöchter und hießen Gabrielle oder Catherine, Anne oder Marie – und ihre Leben endeten auf ähnliche Weise. Die Kalenderblätter und Gazetten der damaligen Zeit sparen bei den reißerischen Illustrationen nicht mit roter Farbe und grässlichen Details. Auch nicht im Falle von Jeanne Jouve, einer Frau, deren Kinder von der Bestie im eigenen Garten angegriffen wurden. Mit dem Mut der Verzweiflung und einem Stein in der Hand kämpfte sie gegen das Untier und konnte ihren jüngsten Sohn namens Martin dennoch nicht retten.

An dieser Stelle muss ich den Laptop ausschalten und zuklappen. Denn das ist der wahre Kern, der in Rumpelstilzchen aka dem *Ricdin-Ricdon*-Märchen steckt: Namen bedeuten etwas. Sie machen ein abstraktes Opfer zu einem Menschen, einen Fall zu einem Du. Ich denke an Jeanne, Gabrielle und Marianne und ihre Namen erwecken sie zum Leben, hauchen ihnen Lachen und Weinen ein, Hoffnungen, Freude und ein Herz, das vielleicht für jemanden schlug. Sie hatten Familien und Geschwister, sie waren genau wie Max, wie Merle, wie Jenny Lesnik. Und auch wenn nichts mehr von ihnen existiert als die Geschichte ihres Todes, die bis heute im Internet erzählt wird, würde ich sie am liebsten beschützen, verbergen – oder zumindest ein anderes Bild von ihnen zeichnen. Eines, das ihr Leben würdigt, nicht ihr Leiden. Aber noch etwas lässt mir keine Ruhe: Was, wenn der Anwalt richtig vermutet hat und eines der Bauern- oder Dienstmädchen jener Zeit tatsächlich ein Kind von ihrem *Seigneur* Roux d'Apcher bekam? *Träume ich deshalb von Jägern?*, denke ich. *Aber warum bin ich in meinen Albträumen das Tier, das gejagt wird?*

Das Gewitter ist an Saugues vorbeigezogen, der Donner in der Ferne verklungen und der Nieselregen, der die Fensterscheibe in ein Labyrinth aus Regenspuren verwandelt, ist weich und lautlos. Die Stille ist beklemmend, hier dringt nicht einmal Autolärm – zu Hause ein ständiges fernes Grundrauschen der Großstadt – ins Zimmer. Mit meinem Weinglas in der Hand trete ich ans Fenster und lehne die Stirn an die kalte Scheibe. Draußen erkenne ich nur Schwärze und die Ahnung eines Himmels.

Als das Handy klingelt, hätte ich vor Schreck fast den Wein verschüttet. Auf dem Smartphone, das auf dem Bett liegt, leuchtet die

Festnetznummer meiner Eltern auf. Mein Herz rast immer noch, als ich abhebe, fest damit rechnend, meine Mutter am Ohr zu haben, mit der ich heute auf dem Weg hierher nur kurz telefoniert hatte. Doch diesmal ist mein Vater dran. »Ich weiß, es ist schon spät«, sagt er in seiner ruhigen Art. »Habe ich dich geweckt?«

»Nein, Papa. Schön, dass du anrufst!« Selten war ich so froh, seine tiefe warme Stimme zu hören. In diesem Sturmauge der Stille und Dunkelheit ist sie wie ein vertrauter Ort, an dem ich schon immer in Sicherheit war. »Hat Mama sich heute noch sehr aufgeregt?«, füge ich hinzu.

»Sie ist immerhin zu ihrer Chorprobe gegangen«, antwortet mein *beau-père*. »Aber du hast recht, sie war nicht besonders begeistert, als du ihr sagtest, dass du das Erbe nicht abgelehnt hast, sondern erst noch ein paar Dinge klären musst.«

Gestatten: Mein Vater, Meister der nordisch-kühlen Untertreibungen. »Nicht gerade begeistert?«, wiederhole ich. »Sie meinte, ich hätte den gleichen Sturkopf wie du. Und das war noch das Netteste, was sie mir an den Kopf geworfen hat.«

Sein tiefes Lachen tut gut. »Nimm es ihr nicht übel, Fleur. Die ganze Sache nimmt sie ziemlich mit.« Er lässt sich Zeit mit der Pause, bevor er vorsichtig hinzusetzt: »Willst du mit mir über die Erbsache reden?«

»Nicht heute, Papa. Ich bin hundemüde und … muss den Kopf erst freikriegen.«

Für meine Mutter wäre das jetzt die Lizenz zum Löchern. Aber im gebrummten »Mhm« meines Vaters schwingt nur ein verständnisvolles Nicken mit. »Habt ihr schönes Wetter?«, wechselt er dann das Thema.

»Kommt darauf an, ob man Regen mag. Aber morgen soll es sonnig werden.«

»Na, dann wird sich Max umso mehr ärgern, dass er keine Fotos machen kann, weil er sein Handy verloren hat.«

»Hat er das?« *Fehler, Fleur!*, denke ich noch, während ich es ausspreche.

»Dachte ich mir doch, dass es nur eine Ausrede war«, brummt mein Vater. »Gibt es einen Grund, warum er nicht erreichbar sein will?«

»Hast du nur angerufen, um ihn zu überführen, Colombo?«, kontere ich. »Max will … ein bisschen für sich sein, aber mach dir keine Sorgen, es ist alles in Ordnung bei ihm.«

Draußen auf dem Parkplatz geht das Licht an. Und fast hätte ich vergessen, dass ich gerade telefoniere. *Habe ich schon Halluzinationen?* Da ist ein großes Tier. Es ist braun und buschig, mit spitzen Ohren und langen Beinen. Vielleicht habe ich mir im Internet zu viele Wolfsfotos angeschaut, aber ich könnte schwören, dass da draußen gerade einer an meinem Auto vorbeiläuft. Als hätte er meinen Blick gespürt, verharrt er und schaut direkt zu mir hoch. Unwillkürlich weiche ich zur Seite, spähe nur noch durch einen schmalen Streifen am Vorhang vorbei auf den Parkplatz.

»Eigentlich wollte ich nur wissen, ob bei dir alles in Ordnung ist«, höre ich meinen Vater sagen.

»Ja, ist es«, bringe ich heraus. Aber ich müsste viel früher aufstehen, um Roland Martin Märchen zu erzählen.

»Fleur«, sagt er geduldig. »Mal ehrlich und unter uns: Wo bist du gerade?«

»In … Frankreich«, murmle ich. »Nur für ein paar Tage. Ich … muss hier etwas überprüfen, was ich in Maurice' Nachlass gefunden habe.«

Ich schiele nach draußen, wo das Tier jetzt mitten auf dem Parkplatz sitzt. Erleichtert sehe ich, dass ich weder spinne noch, dass da ein wirklicher Wolf ist. Es ist nur ein wolfsähnlicher großer Hund. Er trägt eine Art Geschirr und ist angeleint, doch der Besitzer – vermutlich ein Hotelgast, der gerade sein Auto absperrt – befindet sich noch außerhalb meines Blickfelds.

»Und Max besucht einen Freund«, füge ich hastig hinzu. »Das war meine Idee, ich wollte ihn hier nicht dabeihaben, weil ich das allein regeln muss. Tut mir leid, aber wir wollten Mama nicht beunruhigen.«

»Verstehe«, murmelt mein Vater. Und ich liebe ihn in diesem Moment dafür, dass er nicht enttäuscht oder zornig ist, sondern einfach nur sagt: »Ich will nur eines wissen, Blume: Muss ich mir Sorgen machen?«

Nicht, solange ich dich in meinem Leben habe. »Nein, Papa.«

»Gut.« Wie viele Sorgen er sich tatsächlich gemacht hat, merke ich an seinem vorsichtigen Aufatmen. »Ich sage deiner Mutter erst mal nichts von unserem Gespräch. Das ist deine Sache«, fügt er hinzu. »Aber du versprichst mir, dass du mich jederzeit anrufst, wenn du etwas brauchst, ja?«

»Ja«, antworte ich aus ganzem Herzen. »Danke.«

Noch Sekunden, nachdem er aufgelegt hat, halte ich das Handy am Ohr, als wäre es eine warme Berührung von ihm. Draußen knallt eine Autotür zu, dann spritzt Kies und ein zweites Tier fegt auf den Parkplatz. Es ist ein ganzes Stück größer als der braune Hund, schwarzgrau und noch wolfsartiger. Der Zusammenprall der beiden Tiere lässt mich erschrocken zurückzucken. Ich höre das Knurren sogar durch die Scheibe hindurch. Das ist kein verspieltes Gerangel, die beiden Tiere liefern sich einen wilden Kampf.

»Hé!«, ertönt ein lauter, herrischer Ruf. Ein Mann kommt mit großen Schritten über den Kiesplatz. Sein Gesicht sehe ich nicht, er hat die Kapuze seines Parkas über den Kopf gezogen. Er ist schlank und kräftig und hat einen federnden, selbstbewussten Gang. Im ersten Impuls will ich das Fenster aufreißen und ihn vor den Wolfshunden warnen, aber natürlich wäre das lächerlich. Auch das schwarze Biest trägt ein Leinengeschirr und beide Leinen liegen in der Hand des Mannes. Der Schwarzgraue lässt sofort von dem Braunen ab und läuft zu seinem Besitzer. Auch der kleinere Hund kommt auf die Beine und springt zu ihm. Während der Mann weiterläuft, werben beide Tiere um seine Aufmerksamkeit, umwedeln ihn, winseln und lecken seine Hände. Ein paar Schritte später sind alle drei aus meinem Blickfeld verschwunden. Das Licht auf dem Parkplatz erlischt und ich bin wieder allein mit dem Regen, mit Roux und mit all meinen Fragen.

Keltische Kreuze

In dieser Nacht bin ich nicht die Gejagte. Ich sitze im Hotelzimmer vor einem ovalen Märchenspiegel aus Silber und kämme mein Haar. Im Traum ist es so schwarz wie das von Margot und meine Haut so weiß wie die von Schneewittchen. Doch ich muss gar nicht erst fragen, ob ich die Schönste im ganzen Land bin. Ich bin es nicht, ich war es nie. Unbarmherzig klar zeichnet der Spiegel die Narben nach. Je länger ich mein Gesicht betrachte, desto blasser und unschärfer werde ich, so, als würde mein ganzes Sein vom Spiegel aufgesogen, bis ich schließlich verschwunden bin. Dort wo gerade noch mein Ebenbild war, ist nur noch das Zimmer sichtbar, die Seidenlampenschirme auf den Nachttischchen und die zart gezeichneten Blumen an den Wänden. Ein Kratzen ertönt, dann ein weiteres. Es hört sich an, als würden dornige Zweige an der Tapete entlangstreifen. Unter dem Teppich bricht knackend das Parkett. Obwohl ich unsichtbar bin, wage ich nicht zu atmen. Denn mit siedendem Schreck wird mir klar, dass das Untier aus Margots Schrank mich gar nicht sehen und hören muss. Es reicht, wenn es mich wittert. Und als hätte ich damit alles herbeigerufen, wovor ich mich verbergen will, heben sich dornige Brombeerranken in Bögen vom Boden, ziehen Fäden aus dem Teppich und reißen Streifen von der Tapete. Der Lack der Zivilisation löst sich in Fetzen von der Wirklichkeit, bis nur noch Wildnis bleibt. Aus dem Holz der Möbel sprießen Triebe und Zweige, winden sich zur Decke, drücken auch die Tür des Zimmers aus den Angeln. Dahinter gähnt Dunkelheit. Und darin alles, was ich fürchte.

Immerhin habe ich nicht geschrien. Jetzt sitze ich aufrecht im Bett, die Brust eng vom krampfhaften Atemholen, und bilde mir ein, dass grüne Augen mich anstarren. Aber da sind nur die LED-Lichter meiner Ladestationen und das Kratzen der Ranken kommt vom mechanischen Surren meines vibrierenden Handys.

»Meine Güte, Max! Was willst du so früh? Es ist noch nicht mal sieben Uhr.« Vom Rotwein klingt meine Stimme rau, aber mein Bruder bemerkt es wohl gar nicht.

»Sorry«, sprudelt er aufgeregt heraus. »Tom und ich sind schon wach und als ich im Bad war, habe ich gemerkt, dass ich gestern in der Hektik versehentlich deine Medikamente eingepackt habe.«

Wenn mein Kopf ein Rechner wäre, müsste ich ihn erst mal dringend ans Netz hängen. Der Ladestatus hängt noch bei dreißig Prozent. »Warte«, nuschle ich. »Ich schau mal nach.«

Meine Synapsen sind nicht begeistert vom Badezimmerlicht. Mit steifen Fingern räume ich den Kulturbeutel aus. Und finde tatsächlich nur ein Medikamentenröhrchen, das definitiv nicht meines ist. »Max? Ja, du hast meine Tabletten eingesteckt.«

»Fuck!«, rutscht es ihm heraus. »Na toll. Dann hast du jetzt das Aspirin, das ich in Spanien gekauft hatte. Tut mir leid. Kommst du klar? Findest du einen Arzt, der dir ein Notrezept ausstellt?«

»Du tust ja gerade so, als sei ich auf Methadon. Nein, ein paar Tage ohne Tabletten sind kein Drama.« *Und schlimmer als jetzt kann es ja nicht werden*, denke ich beim Blick in den Spiegel. Von Schneewittchen keine Spur mehr, ich schaue in das Gesicht von Pechmarie, die eine wirklich schlechte Nacht im Brunnen hatte. Als Max sich beruhigt hat und ich das Handy beiseitelegen kann, genehmige ich mir erst einmal zwei spanische Aspirin. »Was hat dich nur geritten, hierherzukommen, Marie?«, frage ich die Frau im Spiegel. Sie verzieht nur zweifelnd den Mund. Als ich das Zahnputzglas mit Wasser wegstelle, stoße ich aus Versehen auch noch das Make-up am Waschbeckenrand um. Beim fahrigen Versuch, es aufzufangen, haue ich mir die Hand an. »Verdammt!« Das Fläschchen zerbricht mit einem satten Geräusch. Hautfarbe der Tönung

»Sand04« kriecht über die Fliesen. In diesem Moment habe ich nur eine Antwort: Ich bin hier, weil ich das alles hier müde bin. Ich bin es müde, ein fahles Gespenst mit tiefen Ringen unter den Augen zu sein. Und müde, mir jeden Morgen die Albträume aus dem Gesicht zu waschen.

*

Was bei Nacht und Gewitter wirkte, als wäre ich in einem Horrorfilm gelandet, verwandelt sich an diesem sonnigen Morgen in ein Feel-good-Movie. An der Rezeption steht eine gut gelaunte blonde Frau in Blümchenbluse. Das Radio spielt sanfte Klassik und hinter den Flügeltüren neben der Rezeption versteckt sich eine Salonbibliothek à la Jane Austen mit Ohrensesseln und einem edlen Holztisch, an dem die Gäste wie an einer Tafel gemeinsam frühstücken. Ein älteres Ehepaar aus Paris trinkt gerade seinen Morgenkaffee. »Leihen Sie sich einen Stadtführer aus«, schlägt die Dame nach einem kurzen Begrüßungsplausch vor. »Die Gäste dürfen sich Bücher mitnehmen, sagen Sie nur Julie kurz Bescheid.« Julie ist die Rezeptionistin und wie sich herausstellt die Tochter des Hotelbesitzers. Die Gästebibliothek hat sie selbst für die Touristen eingerichtet. Es gibt eine Geschichtsabteilung, Kulinarisches, Bücher über den Pilgerweg und auch das Thema Bestie füllt ein Buchregal. Fachzeitschriften, Romane, Sachbücher – und unzählige Comics und Graphic Novels. *La Bestia* prangt als Titel über einem Monster mit weißen Zähnen. *L'histoire vraie!* steht auf einem anderen Cover – *Die wahre Geschichte.* »Die Comics haben früher meiner Tochter gehört«, erklärt mir Julie, während sie mir Kaffee einschenkt. »Als Jugendliche hat sie sie verschlungen. Wollen Sie heute wandern gehen?«

»Nein, ich muss zur Stadtverwaltung«, antworte ich. »Und außerdem zum Friedhof. Ist er weit von hier?«

Julie lacht auf, als hätte ich einen guten Witz gemacht. »Hier geht im Winter eine Eislaufpirouette als Stadtrundfahrt durch«, sagt sie mit liebevoller Ironie. »Zum Markt und dann immer bergauf, den Friedhof können Sie nicht verfehlen.«

Was sie so lustig fand, geht mir auf, als ich wenig später mit Laptop und Aktentasche aufbreche. Le Puy-en-Velay mit seiner Altstadt aus dunklem Lavastein kam mir mittelalterlich vor, aber Saugues schlägt dieses Prädikat noch um Längen. Auf den ersten Blick ist es nicht mehr als ein Dorf aus altertümlichen Steinhäuschen, die sich an einer steilen Bergstraße zusammenkauern. Meine Mutter würde sagen, es ist ein romantisches Örtchen. Grob behauene Natursteine fügen sich zu schmalen Gebäuden. Von den blauen und hellgrauen Holzläden hat die Witterung schon den Lack genagt, um sich nun an den sandigen Putz der Fensterumrahmungen zu machen. Schräges Morgenlicht zeichnet Fugen, Kanten und Bruchstellen mit harten Schatten nach.

In Saugues ist die Reisewelle wohl vorbei, zumindest entdecke ich keine Pilger und auch keine Leute, die Fotos machen. Das normale Leben geht seinen Gang – Leute mit gefüllten Einkaufstaschen kommen mir entgegen, Mütter mit Kinderwagen und auch eine Schulklasse. Jenseits der Hauptstraße gibt es Gehöfte, auf deren Grundstücken Traktoren neben Futtersilos parken. Hofhunde faulenzen hinter Maschendrahtzäunen und an den Straßen wuchert Unkraut aus den Ritzen. Ich hatte gelesen, dass Saugues das Zentrum der damaligen Jagden auf die Bestie war. Aber das hier ist Overkill, wie Max sagen würde. Wolfsfratzen geifern von Hausfassaden, sie schmücken Wände, Brunnen und auch die Schaufenster von Läden. An der Kante eines Hauses prangt die Steinskulptur eines Wolfskopfs mit langer Zunge und so menschlichen Zügen, dass man sogar eine Zornesfalte zwischen den großen Augen erkennt. Ein paar Häuser weiter entdecke ich auf einem Balkon das Relief eines Jägers an der Wand. Mit dem Gewehr zielt er auf ein aufrecht gehendes Wesen, das an einen Werwolf erinnert. Und als wäre das noch nicht genug, ziehen sich Spuren durch die Straßen: aufgemalte weiße Pfotenabdrücke, größer als meine Hand, mit langen Krallen. Die Menschen hier verschwenden keinen Blick darauf, bestimmt oute ich mich als Touristin, weil ich immer wieder stehen bleibe.

Bei einem Café werden Stühle vors Haus gestellt und mit Filzdecken bestückt. Ein Mann in meinem Alter tritt heraus und geht ein paar Meter vor mir her. Ich kann nicht anders, als ihn zu mustern, so sehr wirkt er wie jemand, der aus einem der guten Arrondissements von Paris direkt aufs Land gebeamt wurde. Der schmal geschnittene Mantel wirkt teuer und betont die durchtrainierte Linie seiner Schultern. Das schwarzbraune Haar des Mannes ist akkurat geschnitten und sein Gang so fest und zielstrebig, dass die Schritte in der Gasse wiederhallen. Eine alte Frau schaut aus einem Fenster und winkt ihm zu. »*Tomé!*«, ruft sie. »*Ça va?*«

Er bleibt stehen und wechselt ein paar Worte mit ihr in einer Sprache, die nur bruchstückhaft an Französisch erinnert und härter klingt. Fast habe ich ihn überholt, als er sich von der Frau verabschiedet und weitergeht. Wir laufen in dieselbe Richtung, vorbei am *Tour des Anglais,* dem historischen Wehrturm, der das Herzstück der Altstadt bildet. Für einen bizarren Moment wirkt es, als würde der Mann vor mir die weißen Spuren auf dem Boden hinterlassen. Dann bleibt er plötzlich stehen und dreht sich so abrupt zu mir um, dass auch ich unwillkürlich stoppe. Es gibt diese Männer, deren scharfe Züge sie auf eine herbe Art besonders attraktiv machen. Das glatte Haar fällt ihm schräg über die Stirn und seine Augen sind wach und scharf und von einem dunklen Blau.

»Verfolgen Sie mich?«, fragt er mit einem Stirnrunzeln.

»Was? Natürlich nicht!«

»Schade.« Er grinst. »Trotzdem einen schönen Tag.« Damit lässt er mich stehen und biegt mit federnden Schritten in die Seitenstraße ein, ohne sich noch einmal umzusehen. Erst bin ich verdattert, dann ärgere ich mich darüber, dass ich von diesem Pfau so leicht zu überrumpeln war. Aber noch viel mehr ärgert es mich, wie froh ich eben war, heute Morgen noch ein paar Tropfen Camouflage-Make-up von den Fliesen gerettet zu haben. Hastig streiche ich mir den verwehten Pony wieder über die Stirn und beeile mich, zum Friedhof zu kommen.

Je weiter es bergauf geht, desto urtümlicher und kleiner werden die Gebäude. Kräutertöpfe reihen sich hier auf schmalen Fenstersimsen. In einer Straße kommt mir eine Herde von milchkaffeebraunen Kühen mit sehr langen und spitzen Hörnern entgegen. Ein Bauer in einem staubigen Blaumann, Gummistiefeln und einer Schiebermütze treibt die Tiere vor sich her. Er lacht, weil ich mich in den Schutz eines Türstocks verkrieche. Der Geruch nach Kuhfell und Stall hängt noch in der Luft, als endlich das geschmiedete Friedhofstor auftaucht.

Im ersten Moment bin ich einfach nur überwältigt von der Aussicht. Der Friedhof liegt wie auf einer Terrasse weit über der Landschaft. Bis zum Horizont blickt man hier über flache Erhebungen und vereinzelte Wälder. Stumpfe Granitfelsen liegen wie verstreut an den Hängen rund um die Stadt. In der Ferne stehen ein paar struppige Tannen, sonst gibt es nur Buschwerk, Flechten, Stein und Trampelpfade. Sie erinnern mich daran, was der Anwalt Charlier über das Gévaudan des 18. Jahrhunderts erzählte: keine gepflasterten Straßen, keine Kutschen, nur schwer bepackte Lasttiere, die ihren Weg durch das steinige Gelände suchen.

Dieser Friedhof sieht aus, als sei er seit Urzeiten Teil der Landschaft, als wären die Gräber ursprünglich einfach Granitfelsen gewesen, die von Wind und Wetter zu den sarkophagähnlichen Gebilden geschliffen worden waren, die sich nun ordentlich aneinanderreihen. Meine Schuhe sinken in nasses, weiches Gras, befestigte Wege gibt es hier nicht. Die Kreuze scheinen direkt in den Himmel zu ragen. Die meisten sind ebenfalls aus Stein; mit dem Ring, der ihr Zentrum einfasst, erinnern sie an die keltischen Kreuze Irlands. Andere sind aus schwarzem Metall geschmiedet, bloße Umrisse, durchbrochen und so filigran, dass sie die ziehenden Wolken umrahmen. Mitten in dieser Granitstadt der Toten erhebt sich eine winzige Kapelle aus Naturstein. An der Außenwand lehnen verwaiste Metallkreuze. Sicher stammen sie von Gräbern, die es längst nicht mehr gibt.

Es ist ein seltsames Gefühl, von Grab zu Grab zu gehen und

nach einem Namen zu suchen. *Nach meiner Familie.* Der Gedanke lässt mein Herz schneller schlagen, als hätte ich Lampenfieber. Vielleicht gehe ich ja gerade auf Margots Spuren? Vielleicht ist sie an denselben Gräbern stehen geblieben wie ich und hat ebenfalls den Grabschmuck betrachtet. Hier legt man wohl keinen Wert auf schlichte Eleganz und frische Blumen. Die Grabplatten sind zugestellt mit Nippes und Vasen voller bunter Plastikrosen von Pink bis Himmelblau. Dazwischen sind Porzellan- und Steintafeln platziert, Keramikaufsteller mit Jägern und Jagdhunden, erlegten Enten und röhrenden Hirschen. Die Reliefiguren umrahmen die Grüße der Lebenden. In Goldschrift sind darauf die Namen von Vereinsmitgliedern verewigt, von Freunden und Verwandten. Sie lassen die Toten wissen, dass sie nicht vergessen sind.

Und dann finde ich Lucien – direkt an den moosbewachsenen Brocken, die eine Mauer bilden. Es ist ein unscheinbarer Grabplatz mit einem schlichten Metallkreuz. Auf einem kleinen Schild stehen Name und Lebensdaten. Das Grab ist verwildert, Gras wuchert und Distelgestrüpp lehnt sich an das schiefe Kreuz. Mein Versuch, das Kreuz aufzurichten, schlägt fehl. Ich zerkratze mir nur den Unterarm. Und obwohl ich keine Kirchgängerin bin, fühle ich mich ein wenig schuldig. Denn mir wird bewusst, dass ich mit leeren Händen dastehe und nicht einmal eine Rose habe, um sie meinem jung verstorbenen Onkel auf das Grab zu legen.

*

Der Warteraum in der Stadtverwaltung ist leer, dennoch dauert es fast eine Stunde, bis ich aufgerufen werde. Ich dachte, dass schon Gustave Charlier kein Fan von Small Talk ist, aber gegen die junge Beamtin mit dem Namensschildchen M. J. Saby ist der Anwalt ein Ausbund an Charme und Gesprächigkeit. Schweigend und mit kritisch gerunzelter Stirn hört sie sich mein Anliegen an und lässt sich eine gefühlte weitere Stunde Zeit, um meine Unterlagen zu sichten. Die ganze Zeit klackert sie dabei ungeduldig mit dem Kugelschreiber. Und mit jedem nervtötenden Klick-Klick scheint die

Temperatur im Raum weiter abzusinken. »Sie wollen also Einsicht in die Unterlagen, mit denen Ihre Großmutter Erbansprüche geltend machen wollte?«, meint M. J. schließlich zweifelnd. »Das ist schon einige Jahrzehnte her.«

»Das stimmt, aber Sie können doch prüfen, ob das Archiv die Akten noch hat. Meine Verwandte hat damals ein Dokument vorgelegt, das ihre Ansprüche belegen sollte.«

Madame Saby schaut mich sehr scharf an und schüttelt den Kopf. »Ein Anwalt könnte vielleicht eine Recherche in den Archiven beantragen«, sagt sie knapp. »Aber dafür braucht es einen offiziellen Antrag mit einem juristischen Grund – und den sehe ich hier nicht.«

»Das Dokument wurde ihr gestohlen, aber vielleicht gibt es ja eine Kopie davon im Archiv.«

»Für Diebstähle ist die Polizei zuständig.«

Ruhig bleiben, Fleur. Es ist nie eine gute Idee, auf einer Behörde schlechte Laune zu bekommen.

»Das ist mir klar, Madame Saby«, erwidere ich. »Ich bitte Sie doch nur, nachzusehen, ob eine Kopie hinterlegt wurde.«

M. J. hört endlich mit dem passiv-aggressiven Kugelschreiber-Klicken auf, legt den Stift zur Seite und klickt am Computer weiter. Der Drucker fängt an zu surren. Doch ich habe mich zu früh gefreut. »Wie schon gesagt, wenden Sie sich an einen Anwalt«, sagt sie und pflückt das Dokument aus dem Drucker. »Aber da Sie schon hier sind, Madame Martin: Die Liegezeit für das Grab läuft demnächst ab.« Sie legt mir den Ausdruck hin und macht mit dem Kugelschreiber ein schwungvolles, schiefes Kreuz neben das Unterschriftenfeld. »Hier bitte einmal unterschreiben. Damit bestätigen Sie, dass Sie die Kosten für die Auflösung des Grabs übernehmen. Wir brauchen außerdem Ihre Kontoverbindung. Die Gebühr für die fachgerechte Entsorgung des Kreuzes beträgt zweihundertelf Euro.«

Was im Klartext bedeutet, dass jemand das Kreuz einfach vier Meter weiter zu den anderen Restexemplaren zur Kapelle schleift und es dort an die Mauer lehnt, denke ich grimmig.

»Wie kommen Sie darauf, dass ich das Grab auflösen will?«, höre ich mich fragen.

»Dann wollen Sie die Liegezeit also verlängern?«, fragt sie kühl. »In diesem Fall bräuchte ich dann aber den Erbnachweis und die schriftliche Bestätigung, dass Sie den Vertrag Ihrer Großmutter für das Grab übernehmen.« Sie holt ein weiteres Formular und schiebt es über den Tresen.

Ich beiße mir auf die Unterlippe. Die Pause dehnt sich. M. J. schaut demonstrativ auf ihre Armbanduhr und atmet hörbar aus. Ich sollte das Vernünftige tun und das Grab, an dem niemand weint und das keiner jemals wieder besuchen wird, sofort kündigen. Aber irgendetwas in mir sträubt sich dagegen, auf diese Art über Luciens endgültiges Verschwinden zu entscheiden. »Ich werde in Ruhe darüber nachdenken, Madame«, antworte ich und packe die Formulare ein.

Tulpe aus Glas

Ich bin immer noch aufgebracht, als ich zu dem Treffpunkt mit Gustave Charliers Kontaktmann in Sachen historischer Waffenkunde gehe. Am Morgen hatte ich ihn angerufen. Der Dschungelfunk zwischen Le Puy-en-Velay und Saugues funktioniert offenbar gut. Sobald ich Charlier erwähnte, hatte ich eine Einladung.

Der Weg führt an der aufgemalten Wolfsspur entlang in die Altstadt und endet direkt an einer Haustür am vereinbarten Treffpunkt. Ich befinde mich in einer grauen Gasse am historischen Wehrturm und dem Musée fantastique de la Bête du Gévaudan. Genau wie der Wehrturm, der die Gasse überschattet, hätte auch dieses gedrungene Museumshäuschen einem Ansturm von feindlichen Truppen mühelos getrotzt. Die wuchtigen Steinblöcke, die den Türstock säumen, sind größer als die Holztür selbst. Alle Fenster sind blickdicht verrammelt; ein Schild neben dem Eingang verkündet, dass das Museum nur bis Ende September geöffnet hat. Doch auf mein Klopfen hin öffnet sich die Festung und ein alter Mann in Flanellhemd und Arbeitshosen erscheint in der Tür, in der Hand einen Gummihammer. Langsam sollte mich wohl nichts mehr wundern. »Ah, da sind Sie ja!« Ehrlich erfreut streckt er mir die Hand hin. »Ich bin Cyrille Richard. Kommen Sie rein, Madame. Camille hat schon Kaffee gekocht.«

Camille ist eine rundliche Dame, die seelenruhig die Trennwand an der Ticket-Theke putzt. Zur Begrüßung schwenkt sie nur kurz den Glasreiniger. Monsieur Richard führt mich zur Shop-Ecke, in der Postkarten, Bestien-Schlüsselanhänger und sogar Bestien-Briefpapier ausliegen, und holt zwei Hocker. Der Kaffee, den er mir einschenkt, ist aromatisch und stark und lässt mich sogar M. J. fürs Erste vergessen.

»Sie wollen also etwas über ein historisches Gewehr wissen«, beginnt mein Gastgeber.

»Ja, meine Großmutter hat es irgendwo abgezeichnet – vielleicht aus einem Museumskatalog. Aber im Internet konnte ich nichts über das Original finden.«

»Internet!« Richard schnaubt mit deutlicher Verachtung. »Die richtigen Informationen findet man nur in der richtigen Welt. Zeigen Sie die Zeichnung mal her.«

Ich reiche ihm mein Handy mit dem Foto und er zückt seine Lesebrille, kneift die Augen zusammen und verwandelt sich in einen Fuchs mit scharfem Blick. »Auf jeden Fall ist es ein Steinschlossgewehr, wie es im 18. Jahrhundert typischerweise verwendet wurde«, murmelt er. »Aber diesen Intarsienschmuck habe ich noch nie in dieser Form gesehen. Es hat ziemlich sicher keinem einfachen Jäger oder Soldaten gehört. Dafür war die Verarbeitung zu teuer. Das Motiv – die königliche Lilie – deutet eher auf das Gewehr eines Adeligen hin. Man könnte recherchieren, wer den Intarsienschmuck angefertigt hat.« Er gibt mir das Handy zurück. »Dafür fahren Sie am besten nach Mende zu einem Freund von mir, der Fachmann für die Emblematik des Barockzeitalters ist und …«

»Warum machst du es so kompliziert?«, meldet sich Camille von der Theke. »Wieso soll sie denn gleich nach Mende fahren, wenn sie auch erst mal Antoine fragen kann?« Bei dem Namen verfinstert sich Monsieur Richards Miene. »Ach, schau nicht so grimmig, Cyrille«, sagt die Frau und wendet sich an mich. »Auch wenn mein Mann ihn nicht leiden kann, Antoine kennt sich mit alten Waffen aus und hat sogar eine eigene Sammlung. Und außerdem führt er ein Archiv zu den damaligen Treibjagden auf die Bestie. Er ist selbst Jäger, wissen Sie?«

Sie strahlt mich an, als müsste ich über diese Nachricht jubeln. Sie nimmt eine Postkarte und einen Kugelschreiber aus dem Verkaufsständer und kommt zu uns herüber. Dann schreibt sie den

Namen Antoine Oulier und eine Festnetznummer darauf. »Er ist zwar immer sehr beschäftigt«, fügt sie hinzu. »Aber bestimmt nimmt er sich die Zeit, sich Ihre Zeichnung zumindest mal anzusehen.«

»Ja, der Herr ist viel beschäftigt«, murrt ihr Mann. »Das Einzige, womit sich dein Antoine auskennt, ist Schießpulver. Von allem anderen hat er keine Ahnung und das weißt du genau!«

»Jedenfalls kann *mein* Antoine ihr sicher weiterhelfen«, kontert Camille ungerührt. Sie wendet sich mir zu und rollt mit den Augen. »Die beiden Streithähne beharken sich seit Jahren«, erklärt sie. »Im selben Verein, aber an verschiedenen Fronten. Hier!« Sie drückt mir die Postkarte in die Hand. »Lassen Sie sich nur nicht einschüchtern. Antoine kann anfangs etwas abweisend wirken, aber im Grunde ist er ganz in Ordnung, egal, was Cyrille von ihm hält. Man kann durchaus mit ihm reden.«

Dieser Seitenhieb ist an ihren Mann gerichtet. Monsieur Richard schnaubt nur abfällig, aber wirklich gekränkt über die Worte seiner Frau scheint er nicht zu sein. Die beiden sind wohl in jeder Hinsicht ein eingespieltes Team.

»Danke für Ihre Zeit und Mühe«, sage ich. »Und auch für Ihren köstlichen Kaffee, Camille.«

»*Y a pas de quoi, ma chère!*« Sie lächelt und geht zur Theke zurück – nicht, ohne ihrem Mann im Gehen beiläufig liebevoll über die Schulter zu streichen.

Monsieur Richard wirft einen Blick auf die Uhr über dem Tresen und steht auf. »Na dann viel Erfolg«, sagt er mürrisch. »Melden Sie sich, wenn Sie nicht weiterkommen. Und jetzt wollen Sie sicher noch unser Museum besuchen. Sie haben Glück. Es hat sich eine Reisegruppe aus Lyon angemeldet, der Sie sich anschließen können. Und wenn Sie mehr über unseren Wolf wissen wollen: Ich beschäftige mich seit über dreißig Jahren mit diesem Fall und habe mehrere Bücher darüber verfasst. Das hier ist das neueste.« Er angelt ein Taschenbuch von einem der Regale. Und weil ich weiß, was sich gehört, erwerbe ich nicht nur eine Eintrittskarte, sondern auch Richards neuestes Werk mit dem Titel: *Der Wolf, der eine Armee verschlang – Neue Beweise zu den Angriffen im historischen Gévaudan.*

Monsieur Richard signiert sein Buch mit dem Stolz des Wissenschaftlers und legt das Museumsticket als Lesezeichen hinein. Inzwischen ist auch die Reisegruppe eingetrudelt und kauft bei Camille Tickets. Es sind zwei Elternpaare mit ihren Kindern, ein Mädchen und zwei Jungs, alle drei im Teenageralter. Das Mädchen gähnt, die Jungs checken noch schnell ihre Handys, während Camille uns einweist. »Es ist ein Rundgang durch das Haus. Folgen Sie den einzelnen *Tableaus*. Dort, wo das Licht auf der Bühne angeht, da geht es weiter. Viel Spaß!«

Kurz darauf stehen wir in einem abgedunkelten Raum mit niedrigen Decken. Als Camille die Tür hinter uns zumacht, umgibt uns Finsternis. Ein Tonband schaltet sich ein. Die tiefe Stimme eines Sprechers begrüßt uns zu einer Reise voller Gefahren und Geheimnisse. »Das ist ja wie in einer Geisterbahn«, flüstert einer der Väter hinter mir. Seine Tochter kichert. Und eine der Frauen zischt: »Steck endlich das Handy weg, Léon!«

»… *Entrez dans le rêve et l'irréel*«, schließt der Sprecher mit unheilvollem Unterton. *Betreten Sie nun das Reich des Traums und des Irrationalen.* Mit einem Klicken geht in einer Ecke eine Beleuchtung an und illuminiert das erste *Tableau* auf einer kleinen Bühne. Lebensgroße Figuren in historischer Kleidung sind darauf zu einer Szene arrangiert. Die gemalten Landschaften im Hintergrund erstrahlen in intensiven Farben, wir blicken auf purpurnen Himmel und blaue Waldschatten. Geräusche und Dialoge werden eingeblendet. Die Szenen spielen auf Weiden, Wirtshäusern, Dorfplätzen. Bei den ersten Tableaus flüstern und lachen die Teenager noch, aber bald schon werden sie still und sind gebannt von dem Schauertheater. Die Puppen haben ernste, wettergegerbte Gesichter und komplett schwarze Augen, ohne Iris und auch kein Weiß darin. Ich finde sie unheimlich, sie wirken weder tot noch lebendig. Wiedergänger, die auf ewig dazu verdammt sind, ihre Geschichten zu wiederholen. Sobald das Licht über einer Szene erlischt, stehen wir im

Dunkeln, bis uns in einer anderen Ecke eine neue Beleuchtung weiterlockt.

Verstohlen betrachte ich die Mienen der Teenager, als ein weiteres Todesopfer auf grellgrünem Kunstgras präsentiert wird. Der Oberkörper der Puppe ist hinter einem Kunstfelsen verborgen und an Rock und Schürze klebt rote Farbe. Wir hören, dass es sich um eine junge Hirtin handelt. Ich bin froh, dass der Künstler sie halb vor unseren Blicken verborgen hat und ihr damit ein Stück Würde gelassen hat. Ich bin froh, dass niemand lacht, niemand kommentiert, niemand mit dem Handy Fotos macht. Die Hirtin war nicht älter als das Mädchen, das neben mir steht. Und vielleicht denkt das Mädchen aus Lyon etwas Ähnliches, denn sie tritt näher zu ihrer Mutter und hakt sich bei ihr unter, als würde sie bei ihr Sicherheit suchen.

Dunkelheit fällt über die Szenerie und wir folgen dem nächsten Licht, hören Bauern über Treibjagden reden und sehen einen königlichen Jäger aus Versailles, den Ludwig XV. ins Gévaudan schickte. Er wurde Monsieur Antoine genannt – der Name des Jägers, dessen Telefonnummer in meiner Tasche steckt. Fragt sich nur, ob das ein gutes oder ein schlechtes Omen ist.

Das nächste Tableau zeigt ein Kloster in Saint-*Julien-des-Chazes*. Eine schwarzäugige Ordensfrau betrachtet zusammen mit dem Jäger Monsieur Antoine einen Wolf, der erlegt und gefesselt zu ihren Füßen liegt. Der »Wolf von Chazes« wurde ausgestopft und am Hof von Versailles offiziell als Bestie präsentiert. »Doch das Ende war das nicht«, tönt es aus dem Lautsprecher. »Nachdem der königliche Jäger abgereist war, begannen die Angriffe von Neuem.«

Immer düsterer wird das Märchen, das wir auf knarrenden Dielen durchwandern. Von den Berichten aus dem Internet weiß ich, dass die Landbevölkerung nun völlig auf sich gestellt war. Vor Angst wagte sich kaum noch jemand auf die Felder. Das letzte Tableau zeigt schließlich einen einfachen Mann aus dem Volk namens Jean Chastel. Unter einem Sternenhimmel schießt er mit dem Gewehr auf ein Monster mit wallender Mähne. Die Bestie sieht aus wie einem Fantasyfilm entsprungen, mit spitzer Schnauze und dolchartigen gefletschten Zähnen. Passend dazu erklärt der Sprecher, dass diese wahre Bestie mit einer Silberkugel erschossen wurde. »Dann war es ja doch ein Werwolf«, höre ich nun einen der Jungs flüstern. »Cool.« Das Mädchen lacht leise auf und ihr Vater sagt: »Ich wusste gar nicht, dass es damals zwei Wölfe gab, die als Bestie galten.« Ich muss den Blick abwenden, so sehr fröstle ich. Nicht wegen des Monsters, sondern wegen des Jägers, der mich an meine Nächte erinnert. Nur, dass im Traum stets ich das Tier bin, auf das sich seine Waffe richtet.

*

Draußen ist ein kurzer Regenschauer vorbeigezogen. In der Herbstsonne glänzt die nasse Straße wie ein Kupferspiegel. Ein aufgemotztes Motorrad röhrt bergauf. In der reingewaschenen Luft klingt der Motorlärm lange nach. Aus einer Seitengasse nähert sich Hufgeklapper. Ein Mann in Trekkingkleidung taucht auf, am Zügel führt er zwei Maultiere, auf deren Rücken Outdoor-Taschen und zusammengerollte Schlafsäcke geschnallt sind. Der Guide telefoniert im Gehen, während die Tiere mit wippenden Ohren brav hinter ihm hertrotten. Irgendwie beruhigt mich dieser Anblick und holt mich endgültig ins Tageslicht zurück. Ich schaue den Tieren nach, bis sie hinter der nächsten Straßenbiegung verschwinden und nur noch ihren Hufschlag zurücklassen. Dann suche ich mir ein Café.

Was meine Mutter an Frankreich immer besonders liebte, sind die kleinen Kaschemmen, die mittags völlig überfüllt sind und sich je nach Tageszeit in Bar, Café oder Kantine verwandeln. In Saugues scheint das *Le Petit Chez Soi* das Herzstück des Städtchens zu sein. Alle Mittags-Stammtische sind belegt. Es ist ganz offensichtlich, dass die meisten Leute hier einander kennen. Für sie bin ich nur die verschwommene Figur am Rand des Sichtfelds, die sich an den letzten freien Einzel-Katzentisch neben dem Zigarettenautomaten setzt. Männer mit Schiebermützen lehnen lässig an der Theke. Vielleicht sind es Landwirte aus der Gegend, die sich einen Plausch gönnen. Ich kann nicht anders, als ihnen verstohlen zu lauschen. Sie unterhalten sich in dem Dialekt, von dem ich kaum ein Wort verstehe. Die junge Bedienung scherzt in derselben Sprache mit ihnen. Sie hat ein raues, herausforderndes Lachen und eine Ausstrahlung, die den Raum mit resoluter Energie füllt. *Fisch im Wasser*, denke ich bei mir. Ich dagegen bin Strandgut und froh darum, dass niemand sich nach mir umschaut, als ich Bücher und Unterlagen hervorhole. Die Bedienung stellt mir mein belegtes Baguettebrötchen und ein Glas Rotwein hin und eilt zurück hinter die Theke, ohne mich wirklich wahrzunehmen. Es tut gut, in diese Unsichtbarkeit zu sinken. Richards Buch blättere ich nur flüchtig durch. Es ist eine Beweisführung, dass die Bestie ein Wolf gewesen sein muss – beziehungsweise ein Rudel Wölfe, das herausgefunden hatte, dass unbewaffnete Menschen leichte Beute sind. *Danke, das reicht*, denke ich bei mir und versenke das Buch in meiner Aktentasche. Im Moment habe ich gründlich genug von Raubtieren und Jägern aller Art.

Während der Museumstour war mein Handy ausgeschaltet, nun finde ich Max auf der Anrufliste.

»Hi Große«, meldet er sich sofort. »Wo bist du?«

»In einem Café – so wie du offenbar auch.«

Sein Lachen vermischt sich mit dem Fauchen eines Milchschäumers. »Du legst die Miss Marple wohl nie ab. Wie läuft es? Hast du schon was rausgefunden?«

Ich schiele zum Antragsformular für die Auflösung des Grabes. Und sofort glost in mir wieder der Zorn auf und all der Widerwille, Lucien verschwinden zu lassen, als hätte es ihn nie gegeben. »Bei mir nichts Neues, Max. Bis jetzt renne ich nur von A nach B.«

»Das heißt, du hast das Grab nicht gefunden?«

»Doch, am Grab war ich.«

»Und das nennst du *nichts Neues*?«, ruft Max aus. »Warum hast du mir kein Foto geschickt?«

Prima. Jetzt bin ich auch noch wütend auf mich selbst. Dafür, dass ich Lucien ohne nachzudenken ebenso totschweige wie meine

Herkunftsfamilie. Vielleicht bin ich ja doch mehr die Tochter meines leiblichen Vaters, als ich ertragen kann. »Erzähl schon«, drängt Max. »Hast du rausgefunden, warum Margot ihren Sohn ausgerechnet in Saugues beerdigt hat?«

Es ist komisch, dass es mich immer noch Überwindung kostet, Max wirklich in mein Leben zu lassen. Aber mit jedem Satz fühlt es sich richtiger an. Nur ganz am Rand nehme ich ein Begrüßungshallo am Tresen wahr. Die Landwirtfraktion schart sich um einen neuen Gast. Ich kann ihn nicht sehen, aber es gibt diese Menschen, die einen Raum verwandeln, sobald sie ihn betreten. Die Luft scheint dichter zu werden, die Stimmung besser. Die Bedienung strahlt und angelt sofort ein Weinglas aus dem Regal. Und als ich den Gast schließlich erspähe, erkenne ich den Mann im eleganten Mantel, dem ich auf dem Weg zum Friedhof begegnet bin. Kurz bleibt sein Blick an mir hängen, dann wendet er sich ab und taucht wieder in seiner Gruppe unter.

»Das ist ja Wahnsinn«, höre ich Max atemlos sagen. »Das heißt, wenn du das Reliquiar findest, das Margot gestohlen wurde, springt für dich vielleicht doch ein Märchenschloss raus?«

»Nein, keine Chance, Max.«

»Aber das Stück Land schaust du dir doch an und machst für mich Fotos davon, ja?«, beharrt Max. »Und wenn du das nächste Mal zu Luciens Grab gehst, lege ein paar Blumen von mir dazu. Ich zünde für ihn eine Kerze hier in Berlin an, sobald ich an einer Kirche vorbeikomme.«

Es gibt Momente, da beschämt mein kleiner Bruder mich. Mein Herz wird so weich und wund, dass ich schlucken muss. Für ihn gehören wir wirklich alle zusammen. Natürlich hätte er an Blumen gedacht, bevor er zum Friedhof geht. *Und er würde nie zulassen, dass Lucien im Vergessen verschwindet*, setze ich in Gedanken hinzu. »Versprochen«, sage ich. »Und wie geht es dir in Berlin, Kleiner? Ich meine: Wie geht es dir wirklich?«

Max muss tief durchatmen. »Ganz ehrlich, Große? Im Moment steht alles bei mir auf Panikrot.«

»Wieso? Was ist passiert?«

»Noch nichts. Aber ich brauch dich als *Fallback*, Fleur. Ich werde nämlich heute mein FSJ canceln. Papa wird mir den Kopf abreißen, aber ich … bleibe erst mal bei Tom in Berlin.«

Das ist wirklich ein Plot-Twist, den ich nicht erwartet hätte. »Und Merle?«, frage ich vorsichtig.

Max muss sich räuspern. »Ich … werde ihr sagen, dass es zwischen uns als Paar vorbei ist«, sagt er bedrückt. »Ja, ich weiß, es ist ihr gegenüber nicht fair. Ich komme mir jetzt schon vor wie der letzte toxische Idiot, aber … es wäre doch noch unfairer, keinen reinen Tisch zu machen, jetzt, wo ich sicher weiß, dass ich bei Tom bleiben will. Und mir ist klar, dass ich Merle damit das Herz breche, aber ich kann nicht mehr zurück – obwohl ich sie liebe und es mir auch das Herz bricht. Verstehst du das?«

Der Kummer in seiner Stimme ist so deutlich, dass ich selbst einen Widerhall davon in mir spüre. Gerne würde ich ihn jetzt in den Arm nehmen.

»Fleur?«, fragt er mit banger Stimme.

»Ja, ich verstehe es, Floh«, sage ich. »Aber so ist es eben. Im Leben kommt keiner von uns darum herum, anderen mal Schmerz zuzufügen.«

»Schöner Shit«, sagt Max aus vollem Herzen.

»Ja.« Mehr gibt es dazu wirklich nicht zu sagen. Aber im Schweigen, das wir nun teilen, sind wir uns so nah, wie ich es sonst von uns nicht kenne. Bei Max ertönt im Hintergrund das helle Klickern eines Flippers. Vielleicht vertreibt Tom sich im Café gerade die Zeit damit. Um mich herum scheint es hingegen plötzlich still zu sein, als hielte die Zeit den Atem an. Ich starre auf M. J.s schiefes Kreuz auf dem Antrag. Auf die Leerstelle, an der mein Name stehen könnte. Die Leerstelle, die irgendwie auch für mein Leben steht.

»Wie lange bleibst du noch in Frankreich?«, höre ich Max sagen.

So lange, bis ich weiß, was ich wissen will. Aber ich antworte: »Erst einmal noch eine weitere Woche. Heute übernachte ich noch im Hotel. Aber dann suche ich mir eine günstigere Unterkunft. Ich gebe dir durch, wohin du mir meine Tabletten schicken kannst.«

»Das mache ich. Und halte mich immer auf dem Laufenden, ja?«

»Versprochen, Max.« Das meine ich von Herzen. Und es tut gut, dass die Zeit des Schweigens zwischen uns vorbei ist. Auch nachdem ich aufgelegt habe, spüre ich noch diese neue Verbindung zwischen uns. Es ist nur eine zögerliche kleine Flamme, aber sie wärmt mich auf eine gute Art und lässt mich lächeln.

*

Bei Antoine Oulier geht nur der Anrufbeantworter ran. Ich bitte um Rückruf und hole meinen Laptop hervor. Ouliers Foto finde ich auf Anhieb auf der Seite der Gesellschaft zur Erforschung des Bestienfalls. Wie ich vermutet hatte, ist er in Cyrilles Alter. Er ist beleibt und breitschultrig, sein Walrossschnauzbart schneeweiß und sein Blick grimmig. Fehlen nur noch eine Flinte und ein totes Tier, dem er triumphierend seinen Stiefel in den Nacken rammt. *Siegessicher, wettergegerbt, schießwütig,* denke ich. *Der letzte Mensch, dem ich live begegnen möchte.*

An den anderen Tischen macht die obligatorische Nachtisch-Käseplatte die Runde. Die ersten Gäste gehen. Der Zigarettenautomat rattert und immer wieder schieben sich Leute an meinem Tisch vorbei, sodass ich den Laptop schließlich wieder wegpacke und mich stattdessen mit den Formularen für das Grab befasse. Erst nach einer Weile bemerke ich, dass jemand wohl schon eine ganze Weile direkt vor meinem Tisch steht. Es ist der Mann mit dem scharfen Blick. Er hält ein Glas Wein in der Rechten. Die andere Hand hat er in der Tasche seiner schwarzen Hose vergraben. Mit dem lässig geöffneten Mantel und seinem selbstbewussten Lächeln sieht er aus wie ein Model für Pariser Herrenmode. Und ich müsste lügen, um zu behaupten, dass er mir nicht gefällt.

»Sieh mal an«, sagt er. »Von allen Cafés dieser Stadt kommen Sie ausgerechnet in meines.«

»Ich verfolge Sie immer noch nicht.«

»Und das ist immer noch schade.« Er grinst, als mir wieder keine Antwort darauf einfällt. »Ich sehe, Sie hatten einen Termin bei Marie-Jeanne Saby?«, fährt er dann fort. Mit einem angedeuteten Kinnrucken deutet er auf das Formular, das vor mir liegt.

»Und Sie verbringen Ihre Mittagspause damit, die Dokumente fremder Leute zu lesen?«

Vielleicht etwas unhöflich, aber er hat mich überrumpelt und die Tatsache, dass er auftritt, als würde der ganze Raum ihm gehören, gefällt mir nicht. Er denkt auch nicht daran, sich zu erklären oder zu entschuldigen. Sein Blick wird nur schärfer und sein Lächeln verschwindet. Ohne mich aus den Augen zu lassen, nimmt er ruhig einen Schluck Wein. Ich muss mich beherrschen, um meine Haare nicht über die Narben zu zupfen, so intensiv mustert er mich.

»Lesen musste ich gar nichts«, erwidert er dann. »Das Wappen der Stadtverwaltung erkennt man auf drei Meter Entfernung. Und Marie-Jeannes schiefes Kreuz ebenfalls. Sind Sie Journalistin?«

»Weil ich einen Laptop dabeihabe?«

»Weil Sie nicht nur einen Laptop, sondern ein halbes Büro in Ihrer Tasche haben, am Telefon hängen, statt ihr Mittagessen zu genießen und eines Ihrer Fachbücher aus Julies Bibliothek im Hotel Le Sabatier stammt.«

Ich schiele zu meiner Aktentasche. Der Reißverschluss ist offen, man kann die gesammelten Ladegeräte, zwei externe Festplatten und weitere Kabel sehen, außerdem das Buch über alte Adelshäuser der Region, auf dessen Buchrücken ein Aufkleber mit dem Hotelstempel prangt. »Die Filmleute und Journalisten, die hier immer wieder auftauchen, steigen normalerweise im Sabatier ab«, setzt der Mann hinzu. »Das Touristenbüro empfiehlt das Hotel allen Medienleuten mit viel Nachdruck. Gegen eine Provision natürlich. Und Marie-Jeanne ist auch für Drehgenehmigungen zuständig. So schließt sich der Kreis.«

Er hebt kurz die Brauen und lächelt mir ein wenig überheblich zu. *Erwartest du Applaus?*, denke ich verärgert.

»Und das ist alles, was Sie an Schlussfolgerungen zu bieten haben?«, gebe ich trocken zurück.

»Nein«, entgegnet er. »Aber Sie haben eben auf dem Laptop nach Antoine Oulier von der Bestiengesellschaft gesucht. Und wenn Medienleute etwas über den Bestienfall wissen wollen, ist er die erste und beste Adresse.«

Seine Augen blitzen amüsiert auf, als mir mein Pokerface entgleitet. Ich sitze mit dem Rücken zur Wand, er kann unmöglich gesehen haben, was auf meinem Bildschirm los war. Doch als ich seinem Fingerzeig folge und mich umdrehe, fühle ich mich eiskalt ertappt. Mir war gar nicht aufgefallen, dass genau über mir an der Wand ein schräg nach unten gekippter Spiegel hängt. Vielleicht für die Bedienung, die ansonsten von der Theke aus die hinteren Tische nicht im Blick hat. Und Antoine Ouliers Gesicht mit Walrossschnauzbart erkennt man sicher auch gespiegelt und aus drei Metern Entfernung.

»Sie kennen also Monsieur Oulier?«

Er zuckt mit den Schultern. »Nicht jeder mag ihn«, antwortet er. »Aber jeder hier kennt ihn.«

»Sie liegen bei mir dennoch daneben, Sherlock.«

Ein amüsiertes Lächeln blitzt in seinem Gesicht auf. Dann mustert er mich wieder auf diese prüfende und intensive Art, die mich auf der Hut sein lässt. Ich habe keine Ahnung, was das hier soll. Vielleicht ist es ja nur ein kurzes Austesten, ob sich ein Flirt lohnen könnte. Vielleicht will er auch einfach nur glänzen. Aber abgesehen davon, dass ich immer misstrauisch werde, wenn zu schöne Männer sich zu sehr für mich interessieren – in seinem Blick flackert auch eine unterschwellige Unruhe, auf die ich mir keinen Reim machen kann. Und langsam macht er mich damit wirklich nervös.

»Keine Journalistin also«, stellt er fest. »Verraten Sie mir wenigstens, warum Sie als Deutsche so gut Französisch sprechen?«

Wieder sieht er auf mich herab, als würde er Applaus dafür erwarten, diesmal richtigzuliegen. Aber nun ist es an mir, müde zu lächeln.

»Was hat mich enttarnt? Doch nicht etwa mein Akzent?«

Mein ironischer Konter entlockt ihm überraschenderweise tatsächlich ein echtes Lächeln. Für eine Sekunde habe ich den Eindruck, hinter die Maske aus arroganter Selbstgefälligkeit zu blicken. Doch der Ernst ist sofort wieder zurück. »Auf Akzente gebe ich nichts. Die beherrscht jeder mittelmäßige Schauspieler. Aber wenn ich mich kurz setzen darf, sage ich Ihnen gerne, was Sie wirklich verraten hat.«

Fragend deutet er auf den freien Stuhl. Ich kann mich immer noch nicht entscheiden, ob ich ihn mag oder nicht, dennoch deute ich ein Nicken an und räume meine Papiere weg. Er stellt sein Weinglas ab, setzt sich und lehnt sich im Stuhl lässig zurück. »Ich habe mich noch gar nicht vorgestellt.«

»Ich weiß, dass Sie Tomé heißen.«

Es ist sicher nicht leicht, ihn aus dem Konzept zu bringen, aber ein kurzes Stirnrunzeln kann ich ihm entlocken.

»Die Dame, mit der Sie heute Morgen in der Altstadt gesprochen haben, nannte Sie Tomé«, setze ich hinzu.

»Oh, richtig. Dann fehlt jetzt nur noch Ihr Name.« Er knipst ein charmantes Lächeln an und hebt fragend die Brauen. Wieder bin ich irritiert und frage mich, ob ich nach so vielen Jahren Tinder-Dasein einfach nur verlernt habe, einen Flirt in der analogen Welt zu erkennen. Er wartet auf eine Antwort. Erst will ich einen meiner Internetnamen nennen, aber der Gedanke an Simon und alles, was in letzter Zeit schiefgelaufen ist, hält mich zurück. *Was habe ich hier schon zu verlieren?*, denke ich. »Fleur.«

»Schöner Name. Freut mich sehr, Fleur.« Er beugt sich vor und hebt sein Weinglas. Und weil ich nicht nur Deutsche bin, sondern auch französische Reflexe habe, nehme auch ich meinen Wein und stoße mit ihm an.

Doch statt einen Schluck zu nehmen, lächelt Tomé triumphierend. »Sehen Sie? Unbewusste Gesten verraten mehr als Akzente. Ich weiß nicht, warum, aber in Deutschland ist es üblich, Weingläser unten am Stiel zu halten, als wären es gläserne Tulpen.«

Ich stutze. Genau so halte ich mein Glas. Tomé dagegen umfasst den Kelch, als hielte er einfach nur ein Wasserglas, an dem zufällig unten ein Stiel angebracht ist. Und als ich mich umsehe, entdecke ich, dass er recht hat. Ich bin die Einzige in dem ganzen Café, die eine gläserne Blume in der Hand hält.

»*Touché*«, sage ich ernsthaft beeindruckt und stelle mein Glas ab. Wir mustern einander, als würde derjenige verlieren, der als Erstes wegschaut. Wieder schwingt diese Spannung zwischen uns, ein kühles Knistern, das mich wachsam sein lässt. Aber ich muss zugeben, dass mir zumindest seine Art zu denken und zu beobachten gefällt.

»Da ist ja der verlorene Sohn!«, schallt es plötzlich quer durch den Raum. Ein älterer, vierschrötiger Mann in Arbeitshosen tritt von hinten an Tomé heran und haut ihm beide Hände auf die Schultern. Tomé zuckt überrascht zusammen. »Dass du dich auch mal wieder hier blicken lässt«, dröhnt der Mann. »Nehmen Sie sich vor ihm in Acht, Madame«, wendet er sich dann an mich. »Unser ewiger Junggeselle hier ist nämlich ein Herzensbrecher.« Er grinst, als Tomé ihm einen verärgerten Blick über die Schulter zublitzt. *Tja, so schnell fällt die Maske der Überlegenheit*, denke ich.

»Danke für die Warnung, Monsieur«, erwidere ich.

»Ja, vielen Dank, Jeanót«, sagt Tomé knapp.

Der Mann lacht nur und haut Tomé noch einmal gutmütig auf die Schulter. »Sitz nicht zu lange hier rum, deine Tante wartet auf dich«, sagt er, dann geht er zur Theke, wo sich auch die Bedienung, die mitgehört hat, sichtlich amüsiert. Er übergibt ihr einen Schlüsselbund und verlässt wieder das Café. Aber nicht, ohne mir vorher noch einmal zuzuzwinkern.

Tomé wendet sich mir wieder zu. »Tja«, murmelt er. »Jetzt kennen Sie meinen Onkel.«

Seine Miene verdüstert sich noch mehr, als ich grinse, aber ich kann einfach nicht anders. Es ist interessant, wie sich das Bild eines Menschen in wenigen Sekunden wandeln kann. Bis eben habe ich ihn für einen zwielichtigen Schönling gehalten. Nun hat sich die Spannung zwischen uns schlagartig aufgelöst. Und ich stelle fest, dass ich ihn tatsächlich mögen könnte.

»Der verlorene Sohn also?«, bemerke ich. »Das heißt, Sie kommen aus Saugues, aber Sie leben nicht mehr hier?«

Die Art, wie sich seine Miene verschließt, verrät noch mehr über ihn. *Er gibt nicht gerne etwas über sich preis. Genau wie ich.*

»Ja, ich bin heute nur zu Besuch hier«, antwortet er schließlich. »Ansonsten lebe ich schon lange im Département Lozère. Aber Sie sehen ja: Egal, wie weit man wegzieht, der Familie entkommt man nie.«

Wahre Worte, denke ich bei mir. »Sprechen Sie dann auch den hiesigen Dialekt?«

»Natürlich. Das Auvergnatische ist eine Variante des Nordokzitanischen, die nur hier gesprochen wird. Und es ist meine Muttersprache.«

»Also ist Tomé ein auvergnatischer Name. Oder doch ein Spitzname von Thomas?«

Tomé runzelt die Stirn. Ja, der Wind hat gedreht, nun bin ich diejenige, die hier die Fragen stellt. Und das scheint ihm nicht besonders zu gefallen. »Beides«, sagt er dennoch. »Von jedem Namen gibt es eine okzitanische Variante. Thomas wird zu Tomé, eine Magdalena zu Magali. Und in meiner Familie würde man Sie nicht Fleur nennen, sondern Flór.«

Aus seinem Mund klingt der Name fremd, der Vokal tief und düster. Es könnte der Name einer Nachtfee aus einem spanischen Märchen sein. Doch irgendwie gefällt er mir besser als das pastellfarbene Fleur, das nie so recht zu mir passen wollte.

»Interessieren Sie sich für unser keltisches Erbe?«, fragt Tomé.

»Ich habe als Jugendliche ›Asterix und der Arvernerschild‹ gelesen. Sonst weiß ich nichts darüber.«

Er verzieht das Gesicht. »Darin sind die gallischen Stämme als nuschelnde Barbaren dargestellt, was sie definitiv nicht waren. Der Stamm, der hier ansässig war, nannte sich Gabales. Aber nicht nur hier in Saugues finden sich die Spuren dieser Kultur. Waren Sie schon mal in Le Puy-en-Velay?«

»Ähm … ja. Erst gestern.«

»Dann haben Sie keltisches Heiligtum betreten. Der Mont Anis, auf dem die Wallfahrtskirche steht, war ein Kultplatz der Druiden. Und der heilende Fieberstein ursprünglich Teil des heidnischen Altars. Aus heutiger Sicht fast schon paradox, dass christliche Pilger ihn seit Jahrhunderten verehren.«

Und die gläubige Irène d'Apcher flehte dort um das Leben ihres Sohnes Lucien, denke ich.

Das Café ist nun fast leer, das gedämpfte Surren eines Handys klingt deutlich durch die Stille. Tomé holt es aus der Manteltasche. »Tja«, sagt er trocken. »Wenn ich jetzt nicht gehe, bekomme ich Ärger mit meiner Tante.«

»Dann sollten Sie sich beeilen. Mit gallischen Tanten ist nicht zu spaßen.«

Er sieht mich scharf an. Aber dann zuckt ein kurzes Lächeln um seine Mundwinkel. Ein paar Sekunden schauen wir uns in die Augen. Wenn das hier ein Flirt wäre, dann wäre dies der Moment, nach einem Kontakt zu fragen. Doch Tomé steht auf und knipst sein Lächeln so schnell wieder aus, als hätte er einen Lichtschalter umgelegt. Plötzlich wirkt er sehr distanziert. »Also dann, Flór …«, sagt er kühl und klopft zweimal mit den Knöcheln auf den Tisch. Ich bin mir nicht sicher, ob das hier eine übliche Abschiedsgeste ist oder das ironische Zitat eines deutschen Stammtisch-Grußes. »Vielleicht sieht man sich ja irgendwann.« Damit geht er einfach davon, ohne meine Antwort abzuwarten oder sich noch einmal umzublicken. Durch die Fenster des Cafés sehe ich ihn mit wehendem Mantel und großen Schritten die Straße überqueren. Eine Weile sitze ich nur verdutzt da und frage mich, was hier eigentlich gerade passiert ist. Sein leeres Weinglas hat er auf meinem Tisch zurückgelassen. Und als ich verstimmt meine Sachen zusammenpacke und die Bedienung rufe, erfahre ich, dass Tomé meine Rechnung längst beglichen hat.

Windsbraut

Ein Gutes hatte die schräge Begegnung mit Tomé. Sie verfolgte mich noch so sehr in Gedanken, dass ich in der Nacht weder vom Wald noch von Waffen träumte. Und trotzdem bin ich ruhelos und aufgewühlt um fünf Uhr morgens aufgewacht. Eine Weile starrte ich an die Decke und versuchte vergeblich zu ergründen, warum mich ein kurzer Small Talk mit einem Fremden dermaßen umtreibt. Schließlich stand ich auf und nutzte die Zeit bis zum Frühstück, um Mails an Kunden und Geschäftspartner zu schreiben und zu planen, wie ich einige Aufträge von hier aus abwickeln kann, ohne eine ganze Arbeitswoche zu verlieren. Dafür werde ich Renates Hilfe brauchen. Nun bin ich doppelt froh, dass ich mein halbes Büro in den Lada gepackt und nach Frankreich mitgenommen habe.

Meine neue Unterkunft habe ich für eine Woche im Voraus bezahlt und prompt die Buchungsbestätigung und den Code für einen Schlüsseltresor bekommen. Den Bildern nach zu urteilen ist es eine winzige, aber technisch gut ausgestattete Airbnb-Wohnung in einem Städtchen namens Le Malzieu-Ville. Der Ort liegt rund dreißig Kilometer von Saugues entfernt und auch nicht weit weg von der Gegend, in der Margots Land sich befinden soll. *Margots Land.* So nenne ich es also schon in Gedanken.

Bevor die Läden über das Wochenende schließen, will ich noch Proviant und ein paar Kleidungsstücke besorgen. Für den Kurztrip mit meinem Bruder hatte ich lediglich Kleidung für drei Tage eingepackt. Und meine braune Übergangsjacke taugt nicht für den grauen Herbstwind, der heute durch die Gassen von Saugues pfeift. Auf dem zentralen Platz ist heute Wochenmarkt, der Wind zerrt an

Regenschirmen und den Planen der überdachten Stände und zaust die Blumen, die als Beiwerk zu Käsesorten der Region, duftendem Landbrot und Gemüse verkauft werden. Ich ertappe mich dabei, wie ich bei jedem schlanken, dunkelhaarigen Mann sofort aufmerke und verstohlen Ausschau nach Tomé halte. Ich blicke sogar beiläufig ins Café, entdecke aber nicht einmal die Bedienung von gestern. Hoffe ich wirklich, ihm noch einmal zu begegnen? *Und was soll das überhaupt?*, fragt spöttisch meine vernünftige Stimme. *Erstens bist du nicht hier, um ein Gelegenheitsdate an Land zu ziehen – angenommen, der schöne Tomé hätte überhaupt Interesse. Und zweitens: Selbst wenn Tomé hier jeden im Ort kennt, hieße das noch lange nicht, dass er dir helfen könnte, die Tür zu Marie-Jeanne Sabys geheimen Akten zu öffnen.* Davon, dass die Beamtin an Informationen zu Margots alten Akten herankommen könnte, wenn sie nur wollte, bin ich nämlich überzeugt.

Ich hatte gehofft, in den Geschäften an der kleinen Einkaufsmeile von Saugues Kleidung zu finden, die zu meiner sonstigen Garderobe passt, aber Beige, Braun und andere Tarnfarben sind hier wohl gerade ausverkauft. Bei den einzigen zwei gefütterten Windjacken, die keine Airbag-Optik haben, bleibt mir die Wahl zwischen kreischendem Neontürkis und Mohnblumenrot mit stylischer Hoodie-Kapuze aus Fleece. Rotkäppchen lässt grüßen. Zur roten Jacke erstehe ich noch Rollkragenshirts in schlichtem Schwarz und einen Stapel Unterwäsche. Außerdem hole ich mir in einer Drogerie einen Concealer, der mein Narben-Make-up hoffentlich einigermaßen ersetzen wird. Und gerade als ich wieder auf dem Weg zum Marktplatz bin, um mich noch mit Brot und Käse einzudecken, ruft mich der Jäger an – oder besser gesagt, er lässt mich anrufen. Am Telefon ist eine junge Frau, die sich als Antoine Ouliers Nichte vorstellt und mir mitteilt, dass ich morgen am Sonntagmittag kurz vorbeikommen könne. »Leider hat mein Onkel nicht viel Zeit«, erklärt sie. »Aber da Camille Richard vom Bestienmuseum ein gutes Wort für Sie eingelegt hat, macht er eine Ausnahme und schaut sich Ihr Gewehr mal an.«

Es klingt, als hätte ich entgegen aller Wetten kurzfristig eine Audienz beim Papst bekommen. Im Geiste umarme ich Camille und notiere rasch die Adresse und auch die Wegbeschreibung auf der Rückseite einer Quittung. »Das Haus liegt ziemlich weitab vom Schuss«, erklärt die Nichte noch in lässigem Slang-Französisch. »Verpassen Sie bloß das Holzschild mit dem roten Pfeil an der Straße nicht, sonst müssen Sie bis zur nächsten Wendemöglichkeit den halben Berg runter. Und nicht wundern, wenn Sie erst einmal auf einem Feldweg landen. Einfach immer weiterfahren, hinter der Kurve und den Fichten liegt dann schon unser Gehöft.«

»Danke, Madame Oulier!«, sage ich aus vollem Herzen.

»*De rien*«, sagt sie leichthin. »Bis morgen! Bringen Sie Hunger mit.«

Als ich auflege, habe ich zum ersten Mal das Gefühl, vom Fleck zu kommen. Gut gelaunt kaufe ich auf dem Markt auch noch zwei Blumensträuße mit gelben und roten Astern. Doch heute öffnet niemand, als ich im Museum klingle, und bei den Richards geht nur der Anrufbeantworter ran. Also hinterlasse ich Camille für heute als Dankeschön nur eine Sprachnachricht und gehe vollbepackt zum Friedhof. Trotz des grauen Wetters ist es hier belebt, einige alte Leute scharen sich um die Parkbank vor dem geschmiedeten Tor und plaudern. Das Tuckern eines Traktors in der Nähe untermalt die Stimmen.

Es fühlt sich schon vertraut an, den Friedhof zu betreten. Eine Besucherin sieht mir dabei zu, wie ich das Distelgestrüpp auf Luciens Grab zur Seite zerre und die beiden leuchtenden Sträuße vor dem Kreuz platziere. Und als ich zurücktrete, muss ich plötzlich schwer schlucken. In meinem Zwerchfell flackert etwas Neues, Warmes auf. Als wäre etwas an seinen richtigen Ort zurückgekehrt. Denn mit einem Mal ist es kein verlassenes Grab mehr. *Hier liegt ein Mensch, der einst geliebt wurde*, das sagen die Blumen. *Mein Onkel Lucien, der nicht vergessen ist*, setze ich in Gedanken hinzu.

Die Église Saint-Médard, die ich auf dem Rückweg zum Hotelparkplatz spontan betrete, überrascht mich im Inneren mit düsterer, rauer Schönheit. Die breiten Spitzbögen der Kirche bestehen aus grauem, grob gemeißeltem Stein und haben nichts mit der zum Himmel strebenden, filigranen Gotik europäischer Großstadtkathedralen zu tun. Es wirkt eher, als wäre ich in einen Höhlendom eingetreten, den die Erosion im Lauf von Jahrhunderten zu diesen Formen geschliffen hat. Insgeheim hatte ich damit gerechnet, auch hier auf irgendein Bildnis der Bestie zu stoßen. Aber die Kirchenfenster, die in den Nischen der Granitwände wie bunte Höhlenfeuer glimmen, zeigen die üblichen harmlosen Motive von Heiligen, Engeln und Marien. Etwas verwundert entdecke ich zudem das Motiv eines kriegerischen Mannes mit bloßem Oberkörper und buntem Federschmuck auf dem Kopf, der sich gerade auf einen Missionar stürzt. *Tod des Heiligen Noël Chabanel*, steht auf einer Erklärungstafel für Touristen. *Jesuitenmissionar aus Saugues, der von einem Huronen getötet wird.*

Noch so ein Märtyrer, denke ich bei mir. *Das Fenster hat Margot sicher besonders lange betrachtet.* Bestimmt war sie nach der Beerdigung von Lucien hier in dieser Kirche gewesen. Vielleicht hatte sie genau wie ich jetzt eine Opferkerze geholt und für ihren Sohn entzündet. Anders als in der Wallfahrtskirche in Le Puy-en-Velay fühle ich mich nicht länger wie jemand, der gar nicht hierhergehört. Im Schein der Opferlichter kommt es mir so vor, als würden das Damals und das Heute zu einer einzigen Flamme verschmelzen. Vielleicht bilde ich mir nur ein, dass ein Echo in mir klingt – aber ich spüre ein feines Sirren, als würden die straffen Fäden eines Netzes zu schwingen beginnen, weil vor Generationen jemand an einem Faden gezupft hat; an genau dieser Stelle, nur zu einer anderen Zeit. Aber ist das möglich? Kann man wirklich Verbindungen zu Ereignissen und Geschichten spüren, die man selbst nie erlebt hat? *Warum nicht?*, höre ich in Gedanken meinen Bruder darauf antworten. *Du träumst doch auch Margots Träume. Schließlich sind wir alle verbunden.*

Margot fände es sicher pietätlos, in einer Kirche ein Handy hervorzuholen. Doch ich muss noch einmal Max' Nachricht von vorhin lesen. Wie versprochen hatte ich ihm Bilder vom blumengeschmückten Grab geschickt. Seine Antwort war eine Flut von Emoji-Herzen gewesen – gefolgt von gefühlt einhundert Fragen. Doch das, was mich nun noch viel mehr berührt als sein bedingungsloses Ja zu allem, klingt im PS seiner Nachricht an: *Wenn du das nächste Mal an einer Kirche vorbeikommst, zünde auch eine Kerze für unseren Onkel an.*

*

Der Wind hat eine Decke aus grauen Wolken über den Himmel gezogen, als ich Saugues und seine Bestiendenkmäler fürs Erste hinter mir lasse. Am Horizont baut sich eine dunkle Regenwand auf und raue Seitenböen versuchen den Lada an den Straßenrand zu drücken. Mein Weg in die Vergangenheit wird mich zum südlichen Zentralmassiv der Cevennen führen. Außer ein paar Häuschen an der Straße gibt es hier erst einmal nur sanfte, weitläufige Hügel mit versprengten Flecken von nebligem Nadelwald. Hoch über den Wipfeln zerreißt der Sturmwind tief hängende Wolkenschleier zu Fetzen und jagt sie über den Himmel. Das Navi führt mich an struppigen Baumgruppen vorbei und an Weiden mit Schafen und hellbraunen Kühen, die stoisch auf der Wiese dösen, als könnten sie den nahenden Sturm mit ihrer Wiederkäuer-Trance einfach ausblenden.

Hinter dem Örtchen Paulhac wird die Gegend gebirgig. Dunkles, windgeschütteltes Fichtengrau kriecht dicht an die Straße heran, verengt die Wege und beschneidet den Himmel zu einem struppigen Band. Auf den Bergstraßen umklammere ich das Lenkrad, so schnell und waghalsig überholen mich die Einheimischen, die die Strecke wohl im Schlaf kennen. Auf einer besonders kurvigen Strecke ziehe ich drei Autos hinter mir her, die alle viel zu dicht auffahren und nur auf ihre Gelegenheit warten, mich endlich zu überholen. Ich schicke ein Dankgebet zum Himmel, als die Schluchten wieder weitläufigen Hügeln weichen und dieses Rennen am französischen Nürburgring ohne mich weitergeht.

Hinter Fraissinet öffnen sich bis zum Horizont weite Kalkstein-Hochebenen und das Panorama ferner, nebelverhangener Berge. Ich ertappe mich dabei, wie ich aufgehört habe, auf den Tacho zu schielen und die raue, urwüchsige Schönheit dieses Landes in mich einsauge.

Meine Unterkunft liegt nicht in der historischen Altstadt von Le Malzieu-Ville, sondern an der Zufahrtsstraße, an der sich moderne Häuser mit weißem Putz und blau lackierten Metallzäunen reihen. Große Garagen, große Autos und auch ein Parkplatz im Hinterhof für den Lada. Auf der anderen Straßenseite befindet sich eine Tankstelle mit greller Leuchtreklame, die nach meiner Tour durch archaische Naturlandschaften wie ein Landeplatz für Außerirdische anmutet. Wenig später betrete ich ein Miniatur-Appartement mit Küchenzeile, das noch etwas beißend nach neuen Ikea-Möbeln, Plastik und Putzmitteln riecht, und atme tief durch. Ein bisschen ist es wie nach Hause kommen. Es dauert keine Stunde, dann habe ich den Esstisch aus Glas und Stahl in meine neue Kommandozentrale verwandelt, den Reisemonitor aufgebaut und meine Technik verkabelt. Externe Festplatten reihen sich neben Speichersticks, Laufwerken und Software. Während draußen das längst fällige Oktobergewitter niedergeht, setze ich mich mit einer Tasse kochend heißem Löskaffee in den Bürostuhl, blende mit meinem Noise-Cancelling-Kopfhörer die Welt aus und mache mich daran, zwischen Bits und Bytes Antworten auf meine und Max' Fragen zu suchen.

Bisher hatte ich auf der Kopie von Maurice' Festplatte nur nach Infos zu dem Anwalt gesucht. Nun gehe ich systematisch alle Dateien durch, die mein französischer Vater ohne Sinn und Logik an den verschiedensten Speicherorten deponiert hat. Viel finde ich nicht. Maurice war ein Native der analogen Generation. Als Verkäufer alter Schule verließ er sich auch bei Geschäften am liebsten auf den Handschlag und das gesprochene Wort. Sogar Papier war ihm zuwider und die wenigen Mails, die er zu Lebzeiten geschrieben hatte, geben nicht viel Persönliches preis. Das Postfach besteht hauptsächlich aus Bestellungen und Korrespondenz mit Frauen, deren Namen mir nichts sagen. Also konzentriere ich mich auf die Dokumente, sortiere sie erst nach Speicherdatum, grenze ein, filtere mithilfe von Suchbegriffen. Und stoße dabei unversehens auf einen verirrten Ordner. Vielleicht hat Maurice ihn von einem Stick gezogen und irrtümlich zwischen die Systemdateien verschoben.

Vielleicht ein Treffer, denke ich. *Vielleicht aber auch die Büchse der Pandora.* Mein Finger schwebt eine Weile ruhig über dem Trackball meiner Maus, dann öffne ich den Ordner. Mechanisch klickt die kühle Taste unter meiner Fingerkuppe ein zweites Mal und öffnet die erste Bilddatei.

Es ist der Scan eines alten Fotos, das Hochzeitsbild meiner Eltern in Paris. Mit dem Blick der Erwachsenen bin ich befremdet, wie jung meine Mutter war. Maurice überragt sie um zwei Köpfe. Mit seinen breiten Schultern, den buschigen Brauen und seinem perfekt getrimmten Vollbart hat er etwas von einem Holzfäller. Sein dichtes, dunkles Haar fällt ihm lang und schräg über die Stirn und ist auch an den Seiten nicht gekürzt, was damals wohl eine angesagte Männerfrisur war. Neben ihm erinnert meine Mutter an eine zierliche Ballerina aus weißem Papier. Die beiden haben nie kirchlich geheiratet, dennoch trägt sie ein weißes Brautkleid. Der Wind hat ihren Schleier genau in dem Moment gen Himmel geweht, als der Fotograf auf den Auslöser drückte. Es wirkt, als sei sie gerade mitten aus den Wolken in Maurice' Arme gesprungen – eine gerade mal achtzehnjährige Windsbraut, die ihre ungeplante Schwangerschaft unter dem weiten Hochzeitskleid versteckt. Ich kann mir denken, was mein Bruder sagen würde: *Die Schöne und das Groomer-Biest.* Aber ich sehe auf diesem Foto auch das Paar, das wirklich glücklich ist. Ja, mein Vater, den ich nur als unberechenbaren, besitzergreifenden Menschen kannte, strahlt auf diesem Bild, wie ich es nie bei ihm gesehen habe.

Nacheinander öffne ich ein paar weitere Bilder. Und lande direkt auf der dunklen Seite des Mondes. Wäre ich nicht in meiner distanzierten Analysetrance, dann würde ich jetzt sicher Herzrasen bekommen. *Also doch!*, denke ich. Vielleicht sollte ich schockierter sein, dass es diese Fotos von mir tatsächlich gibt. Aber geahnt hatte ich es ja schon damals. Die Fotos sind aus versteckten Winkeln mit Zoomobjektiv geschossen worden – vielleicht aus dem Spalt über einer heruntergekurbelten Autoscheibe. Jede dieser heimlichen Aufnahmen zeigt entweder meine Mutter, mich im Alter von zwölf Jahren oder uns beide zusammen. Die junge Windsbraut ist zu einer gehetzten, zermürbten Erwachsenen mit dunklen Ringen unter den Augen geworden. Sie hat sich die Haare braun gefärbt und vor Gericht einen hässlichen Rosenkrieg ausgefochten, der ihr gesamtes Erbe verschlungen hat. Die Fotos zeigen uns beim Einkaufen, an Busstationen und an der Haustür der kleinen Wohnung, in der wir lebten, bis wir in Rolands Haus umzogen. Sie spionieren uns aus und stehlen uns die Seele unserer Privatsphäre. Es schneidet mir ins Herz, das Kind zu sehen, das ich damals war. Ob in der Bäckerei, auf dem Schulweg oder am Briefkasten – ständig drücke ich mich in den Schatten, mit hochgezogenen Schultern und wachsamem Blick, sichtlich bemüht, mich klein und unsichtbar zu machen. Nur nicht auffallen. *Nur nicht ich sein.*

Ich schließe den Ordner und nehme den Kopfhörer ab. Im Zimmer wird es schon dämmrig, über meinen Recherchen ist es später Nachmittag geworden. Mein Handy hat mehrmals geklingelt, was nicht zu mir durchgedrungen ist. Auf der Anrufliste stehen die Nummer von Max und auch die meiner Eltern. *Ruf mich bitte schnell zurück, wenn du kannst*, lese ich in der SMS meiner Mutter. Aber ich öffne erst einmal das Fenster, setzte mich halb auf das Fensterbrett und atme in der frischen Herbstluft durch. Das Gewitter ist vorbeigezogen, der Regen nur noch ein hypnotisches weißes Rauschen. Und am Horizont klart der Himmel schon etwas auf und gießt rosafarbenes Abendlicht auf die fernen Berge. Ich sollte aufgewühlt oder wütend sein, aber seltsamerweise macht die Entdeckung der Fotos mich einfach nur traurig und so müde, als hätte ich einen Endpunkt erreicht.

Meine Mutter braucht eine Weile, um ranzugehen. »Fleur!«, meldet sie sich dann so atemlos, als wäre sie ins Nebenzimmer geeilt, um das Telefon zu finden. »Oh Himmel, danke, dass du zurückrufst. Bist du so lieb und holst Max ans Telefon? Er hat ja sein Handy verloren.«

»Er ist unterwegs«, höre ich mich sagen. Und ärgere mich sofort, dass ich dieses Spiel immer noch spiele. Doch bevor ich mich korrigieren kann, redet sie schon weiter. »Hast du eine Ahnung, warum Max und Merle sich gestritten haben? Das arme Mädchen sitzt gerade bei uns in der Küche und weint sich die Augen aus. Sie hat vorhin eine Kiste mit Max' Sachen zurückgebracht – auch die Silberkette, die er ihr zum Geburtstag geschenkt hat, ist darin. Ich konnte bis jetzt nur aus ihr herausbringen, dass er mit ihr Schluss gemacht hat. Aber mehr will sie nicht sagen. Was um Gottes willen ist denn vorgefallen?«

Das ist genau die Art von Gespräch, die ich jetzt nicht führen will. Aber irgendwann musste die Bombe ja platzen. »Das sollte Max dir wohl besser selbst erklären, Mama.«

»Du liebe Güte, du weißt also schon Bescheid?«, fragt sie besorgt. »Warum rufst du mich denn nicht sofort an?«

»Weil … wir uns da raushalten sollten«, antworte ich leise. »So schlimm es für Merle auch ist, das müssen die beiden selbst klarkriegen.«

»Natürlich werde ich mich nicht raushalten!«, ruft meine Mutter empört aus. »Merle gehört schließlich zur Familie! Und ich habe meinen Sohn ganz bestimmt nicht dazu erzogen, so mit ihr umzugehen. Mach schon, Fleur, hol ihn ans Telefon. Ich will mit ihm reden und das hier klären, bevor das Mädchen noch völlig zusammenbricht.«

»Erstens ist Max nicht hier«, sage ich mit fester Stimme. »Und zweitens: Du wirst gar nichts klären, hörst du? Er ist kein Kind, das etwas ausgefressen hat. Und langsam sollten wir beide akzeptieren, dass er ein eigenes Leben hat.«

Ich hätte schwören können, dass jetzt ihr Temperament mit ihr durchgeht. Doch vielleicht spürt auch sie die Erschütterungen in unserem Netz über alle Entfernungen hinweg. Als sie wieder zu sprechen anfängt, klingt ihre Stimme nur atemlos und belegt. »Er ist gar nicht bei dir, oder?«

Die Pause verrät mich ohnehin schon. Und ich bin es müde, mir Lügen und Ausreden auszudenken, nur damit die heile Welt unserer Familie auch heil bleibt. »Du hast recht«, sage ich leise. »Er ist in Berlin. Aber auch das soll er dir selbst erzählen. Und ich … bin nach Frankreich gefahren.« Komisch, ich bin auch kein Kind mehr, aber trotzdem schlägt mir das Herz bis zum Hals, als ich meiner Mutter endlich die Wahrheit sage. Es fühlt sich an, als würde ich sie verraten. In der fassungslosen Pause, die folgt, füge ich zaghaft hinzu: »Und das ist leider noch nicht alles, Mama. Ich war in Maurice' Wohnung, habe seinen Rechner geknackt und gerade alte Fotos auf seiner Festplatte gefunden. Es sind Bilder von uns beiden, die vermutlich ein Privatdetektiv gemacht hat. Maurice hat damals also wirklich jemanden auf uns angesetzt. Und auf diesem Weg hat er wohl auch unsere Adresse herausbekommen und die Geheimnummer und … alles Weitere. Ich hatte mir den Mann im Auto also nicht nur eingebildet.«

Die Stille dröhnt in meinen Ohren. Und als ein Schniefen ertönt, versetzt es mir einen Stich ins Herz. »*Maman?*«, frage ich vorsichtig. Unbewusst bin ich in die Sprache unserer Nancy-Jahre gefallen.

»Oh mein Gott«, flüstert sie. »Ich wusste es! Kaum taucht Maurice wieder auf, geht alles schief und das ganze Chaos ist wieder da und alles fällt auseinander …«

»Nichts fällt auseinander!«, entfährt es mir. »Im Gegenteil! Ich will endlich abschließen, verstehst du das nicht?«

Sie lacht nur bitter auf. »Dann tu es, Fleur! Lösch die Bilder, lehne das Erbe ab und komm nach Hause. Und versprich mir, dass du deinen Bruder nicht mit reinziehst. Es würde ihn nur verstören.«

Ich werde gar nichts löschen, denke ich. *Erst recht keine Beweise.* Die Fotos sind die einzigen Zeugen meiner Angst und der Jahre des

Versteckens, der Ungewissheit, ob Maurice mich doch noch nach Frankreich zurückholen könnte. All das verdichtet in meinem Kindergesicht auf den Bildern. Ja, so sieht jemand aus, der keinen Zufluchtsort mehr hat.

»Aber vielleicht geht es in Familien ja gerade darum«, erwidere ich hitzig. »Uns auch Verstörendes zuzumuten, statt das totzuschweigen, was nun mal die Wahrheit ist? Und das gilt auch für Max.«

Meine Mutter schluckt hörbar. »Oh, Fleur«, haucht sie dann nur. Es versetzt mir einen Stich, wie erschöpft und müde sie klingt. In dem Schweigen, in dem wir beide nur atmen, starrt sie vermutlich aus dem Wohnzimmerfenster, wo noch die Lichtergirlande ihres Hochzeitstags zwischen den beiden Kinderbäumen hängt. Ihr geliebter Garten mit dem weißen Gartenzaun ist auch im Herbst perfekt gepflegt, genau wie ihr Haus immer ein Hort der Sicherheit und Geborgenheit war, mit Fotos voller lachender Gesichter an den Wänden und Spitzendeckchen an fest definierten Plätzen, die sich niemals ändern dürfen. *Unser Leben in einer Schneekugel*, denke ich nun.

Ich dagegen blicke aus dem Fenster auf zerklüftetes, freies Land, das sich unendlich weit in die Ferne streckt. Am Horizont ist der Himmel aufgeklart und glüht über den Bergen in einem Farbenspiel von Lavarot bis Rosa. Und zum ersten Mal seit langer Zeit spüre ich wieder mein eigenes Feuer.

Fährten

Dass Antoine Oulier »ab vom Schuss« wohnt, war die Untertreibung des Jahres. Der Weg führt über karge Kalksteinebenen zu zerklüfteten Bergpassagen rund um das Plateau von Aubrac. Wenn ich gestern dachte, dass ich schon mitten im Gebirge war, dann lerne ich jetzt, was wirkliche Bergserpentinen sind. Jedes Mal, wenn ein entgegenkommendes Fahrzeug nur zentimeterbreit am Lada vorbeifegt, halte ich unwillkürlich die Luft an und ich bin ziemlich erleichtert, als am Rand einer Straße endlich das verwitterte Holzschild auftaucht: ein aufgemalter roter Pfeil und darunter die Hausnummer. Gefühlte Kilometer lang hoppelt der Lada über einen Pfad mit ausgefahrenen Radspuren, tief wie Schlaglöcher. Schlammwasser spritzt bis zu den Fenstern hoch. Aber wie angekündigt, taucht hinter der ersten Biegung eine Ansammlung von Nadelbäumen auf. Zwischen den Stämmen hindurch leuchtet ein hellgraues Gebäude, das einige Jahrhunderte auf den Schultern hat. Das Dach ist mit schieferartig geschuppten Platten aus Stein bedeckt. Aus demselben Material wie das Dach sind auch die grob behauenen Quader der Wände. Modern ist nur ein sehr hoher Metallzaun, der um das Haus herumführt und sich zwischen Gesträuch und Bäumen verliert. Es wirkt, als würde er ein Wildgehege umfassen. *Oder*, überlege ich, *soll die Umzäunung Hirsche und andere Wildtiere vom Garten fernhalten?*

Der Lada schwankt und holpert und gleitet dann plötzlich auf einen betonierten Parkplatz. Die Fläche bietet Platz für mehrere Autos. Ein verbeulter Fiat parkt hier. Und eine Schlammspur mit einem breiten Reifenmuster zeigt, dass hier erst kürzlich ein größerer

Wagen gewendet hat. Direkt hinter dem alten Gehöft schließt sich ein moderner und sehr schlichter, flacher Neubau an, der fast wie eine überdimensionierte Garage wirkt. Ein Durchgang verbindet das historische Steinhaus mit dem Neubau, der wohl das eigentliche Wohnhaus von Oulier ist.

Kaum habe ich geklingelt, wird schon die Tür schwungvoll aufgerissen. Ein Mädchen, das ich auf höchstens dreiundzwanzig schätze, steht vor mir. »*Salut!*«, stößt sie atemlos hervor. »Ich habe Sie vom Fenster aus gesehen. Ich bin Sylvie Oulier.« Sie bläst sich eine Strähne aus dem Gesicht und lächelt mir strahlend zu. Nur ihr glatt geföhnter Pony ist lang. Die Spitzen ihrer kurz geschnittenen schwarzen Haare sind blau eingefärbt, was ihr einen Szene-Touch gibt, der gar nicht zu ihrem weiten Flanellhemd und den abgeriebenen Arbeitshosen passen will.

»*Bonjour*, freut mich, ich bin Fleur Martin. Wir hatten telefoniert.«

»Ja, ich weiß. Sie sind aber sehr pünktlich!« Wieder strahlt sie mich an. Ihre Augen sind von einem so dunklen Blau, dass sie auf den ersten Blick auch braun sein könnten. »Kommen Sie rein. Oder darf ich einfach Du sagen? Ich hab's nicht so mit Förmlichkeit.« Ihr Augenzwinkern ist so charmant, dass es mich zum Lächeln bringt.

»Gerne, Sylvie. Ich bin Fleur.«

»Schön! Lass deine Schuhe an. Wie du siehst, leben wir hier ohnehin halb im Wald. Der alte Kasten nebenan war früher nämlich ein Forsthaus.« Das sagt sie schon im Gehen über die Schulter. »Mein Onkel ist noch unterwegs. Er kommt aber gleich.«

Auf dem nüchtern gefliesten Flur passiere ich eine Reihe strammstehende Stiefel und aufgehängte Mäntel. Unsere Schritte hallen auf den Fliesen laut wieder, der ganze Neubau scheint damit verlegt zu sein, zum Teil reichen die Fliesen an den Wänden sogar hüfthoch. Nicht sehr einladend, aber vermutlich praktisch. Noch bevor wir in die Küche treten, steigt mir schon der Duft von süßem Gebäck in die Nase. Die Küche erinnert mich an mein Elternhaus, so vollgestopft ist sie mit Nippes und Deko. Die Kräutertöpfe, die zwischen Blümchenvorhängen auf dem Fensterbrett stehen, haben sogar lachende Gesichter, und auf einem Regal drängen sich zerfranste Kochbücher. Dort steht auch ein Smartphone, das den Raum mit Sylvies Playlist beschallt. Offenbar mag sie Rap eines Sängers namens *Nekfeu*.

»Was darf ich dir anbieten, Fleur? Kaffee? Wasser? Unseren guten Gentiane-Enzianschnaps?«

Sie lacht, als ich verdutzt die Stirn runzle. »War nur ein Scherz. Du siehst mir nach Kaffee aus, stimmt's?«

»Ja. Danke.« Ich bleibe an der Tür stehen, die Küche ist zu eng für uns beide und Sylvie wirbelt so flink herum, dass ich ihr nur in die Quere kommen würde.

»Camille Richard sagt, du hast vielleicht einen interessanten Neuzugang für die Waffensammlung des Vereins?«, plaudert sie weiter.

»Eigentlich brauche ich nur eine Expertenmeinung zu der Zeichnung eines Gewehrs.«

»Mach dich trotzdem auf einen langen Vortrag gefasst«, gibt Sylvie mit einem Augenrollen zurück. »Zeig mir einen Oulier-Mann und ich zeige dir ein Extrem.«

Das klingt ja vielversprechend, denke ich mit gemischten Gefühlen.

»Nimmst du Milch zum Kaffee, Fleur?«

»Nur Zucker, danke.«

Sie reißt einen Küchenschrank auf, auf dem ebenfalls Nippes befestigt ist, bunte Postkarten und auch eine Kinderzeichnung. Ich denke erst, ich sehe nicht recht, aber das ungelenke Bild zeigt einen Wolf mit Säbelzähnen und langen Krallen, von denen hingekritzeltes Blut tropft. Sylvie bemerkt meinen entgeisterten Blick und lacht. »Ja, meine kleine Cousine ist für ihr Alter schon ein blutrünstiges kleines Biest. Die Zeichnung hat beim diesjährigen Bestien-Malwettbewerb der Zeitschrift *La Gazette de la Bête* den ersten Preis abgeräumt.«

»Bestien-Malwettbewerb? Aber das hat doch eine Grundschülerin gezeichnet!«

»*Ouais!*«, bestätigt Sylvie in lässigem Slang. »Sieben Jahre alt, drei Zahnlücken und stolz wie ein nasses Huhn auf ihren Preis.«

»Die Bestie ist doch kein Thema für kleine Kinder«, wende ich vorsichtig ein.

Sylvie grinst. »Ach, hier ist das längst nur noch eine Geschichte wie der Drache im Märchen«, gibt sie mit einem Schulterzucken zurück. »Weißt du, was meine Oma früher zu mir sagte, wenn ich zu laut war? *Si t'es pas sage, la Bête va venir te manger!*«

Wenn du nicht brav bist, kommt die Bestie und frisst dich, übersetze ich in Gedanken. Es ist seltsam, in dieser heimeligen Küche das Echo von Margots Drohung als Small-Talk-Anekdote zu hören.

»Geh schon vor ins Wohnzimmer.« Sylvie reicht mir die Teller und ein paar Servietten. »Rechts runter bis zur weißen Tür und dann kommt ein Durchgang zu unserem Salon im alten Haus. Ich bringe gleich Kaffee und Kuchen.«

Der schmale Gang führt mich vom Neubau direkt ins Gestern. Größer könnte der Bruch kaum sein. Hinter mir hallt noch Sylvies Rap von den kahlen Flurwänden wider, vor mir glotzen Jagdtrophäen stumm von den Wänden: Hirschköpfe mit gläsernen Bernsteinaugen und ein Wildschwein im Blutrausch, das mit gewetzten Hauern aus der Wand zu brechen scheint. Der Raum wirkt wie ein Museum altväterlicher Männlichkeit. Unverputzte Steinwände, wuchtige Schränke und ein Holztisch, an dem sicher schon mehrere Generationen Platz genommen haben. Mit den kleinen Bauernhausfenstern und der dunklen Bohlendecke ist es hier drin regelrecht düster. Die Vorhänge lassen nur einen schmalen Spalt Helligkeit herein. Die Luft ist stickig und riecht nach rissigem Leder, altem Stein und muffigen Fellen. Auf dem Tisch reihen sich gerahmte Fotos von schwarz-weiß gefleckten Jagdhunden. Auf einem Bild steht auch Antoine Oulier persönlich, den Jagdhund bei Fuß. Die ganzen Trophäen hier gehen sicher auf sein Jägerkonto. Das seltsamste Artefakt ist der Kronleuchter, der aus einem Kranz von Geweihstangen gemacht ist. Eiserne Kerzenhalter in Form von Eichenblättern sind ins Horn geschraubt. Das scheußliche Ding hängt an viel zu dünnen Ketten von der Decke, als würde es nur darauf lauern, herunterzufallen und jemanden zu erschlagen. Last but not least entdecke ich zwischen Wildschwein und Hirschkopf ein Gewehr. Spätestens jetzt hätte ich gute Lust, den Rückzug anzutreten.

Aber hinter mir rumpelt die Tür gegen die Wand. Sylvie hat sie mit dem Fuß ganz aufgestoßen und trägt das Tablett zum Tisch. »Willst du deine Jacke nicht ausziehen?«, fragt sie. »Setz dich doch und mach es dir gemütlich!«

Definiere gemütlich, denke ich bei mir. Aber ich hänge meine neue Rotkäppchenmontur über die Stuhllehne und lasse mich am Tisch nieder. Sylvie stellt das Tablett mit Kaffee und Hefekuchenstückchen in die Mitte. Das Gebäck ist mit Hagelzucker bestreut und verströmt einen zarten, butterigen Duft mit leichtem Orangenaroma. Er vertreibt für Momente den morbiden Hauch alter Jagdtrophäen. »Ich hoffe, du magst Fouace«, sagt Sylvie. »Frisch gebacken. Greif zu!«

Sie angelt sich mit der Hand ein Stück von der Platte und beißt noch im Stehen hinein. Der Hefekuchen dampft noch warm und mir läuft das Wasser im Mund zusammen. Sylvie lächelt zufrieden, als ich mir zum Kaffee auch eine Fouace nehme und mit vollem Mund anerkennend nicke.

»Erzähl mal, Fleur!«, fordert sie mich dann mit vollem Mund kauend auf. »Woher kannst du so gut Französisch?«

Es ist leicht, mit Sylvie zu plaudern. Sie hat einen sympathischen Witz und ein herzliches Lachen und sie ist wie Wasser, das immer einen Weg findet. Nach ein paar Minuten habe ich fast vergessen, dass wir auf dem Friedhof der Kuscheltiere sitzen. Als sie mir Kaffee nachschenkt, piepst ein SMS-Ton und Sylvie holt ihr Handy hervor.

»Ist mein Onkel. Er fragt, ob du schon da bist und ob ich Kaffee gemacht habe.« Sie rollt leicht mit den Augen, dann tippt sie in Windeseile eine Antwort und legt ihr Handy neben ihren Teller.

»Dein Onkel ist wohl ein passionierter Jäger«, sage ich mit einem Blick auf das Wildschwein.

»Eigentlich gar nicht«, sagt Sylvie leichthin. »Er geht nur ganz selten noch mit ins Gelände, wenn mein Vater und mein anderer Onkel auf die Jagd gehen.«

Weil er den Wald schon leer geschossen hat? »Ist der Zaun hinter dem Haus dann ein Gehege für Jagdhunde?«

Sylvie runzelt irritiert die Stirn. »Ach, du meinst wegen der ganzen Fotos von den beiden Bracken! Nein, die zwei alten Fellnasen sind schon längst in Rente und lassen sich bei meinen Eltern in Saugues nur noch die Sonne auf den Pelz scheinen. Zuckerwürfel?« Sie schiebt mir die Silberdose über den Tisch.

»Deine Eltern leben in Saugues und du wohnst trotzdem bei deinem Onkel?«

»Nur übergangsweise. Ist praktischer. Saugues ist viel weiter weg von meiner Arbeitsstelle. Ich jobbe hier in der Nähe. Im Frühjahr hatte ich meine Wohnung gekündigt, um Geld zu sparen. Nächsten Monat ziehe ich nämlich nach Marseille. Mein Freund ist schon dort. Aber diese Saison muss ich noch hier abarbeiten. Wird ja nicht gerade billig, am Meer zu wohnen.« Munter plaudert sie weiter. Ich erfahre, dass sie gerade eine Ausbildung zur Reisekauffrau abgeschlossen hat, als Tourenguide für Touristen jobbt und dass ihr Freund Jonah heißt und aus Kanada kommt. Er ist Musiker und die beiden träumen davon, eines Tages einen Club aufzumachen. »Aber jetzt erst einmal die Wohnung und dann ein Brotjob«, fügt sie mit einem Seufzen hinzu. Ihr Handy schrillt mit einer so lauten Fanfare los, dass ich zusammenzucke.

»Ich muss ran, das ist Jonah!« Sylvie springt wie elektrisiert auf und rennt aus dem Zimmer. Ein paar Sekunden später lugt sie wieder zu mir herein. »Das wird vielleicht etwas Längeres«, flüstert sie mir zu. »Kommst du klar?«

Als ich nicke, hebt sie den Daumen. Die Tür klappt zu und ich bleibe allein zurück. Ich widerstehe dem Impuls, die plötzliche Stille mit einem Check meiner Mails zu überbrücken, und trete stattdessen zum Fenster. Vorsichtig ziehe ich die Vorhänge ganz auf und öffne das Fenster – und blicke auf ein Netzgitter aus solidem Metall, das außen vor der Scheibe angebracht ist.

»Jonah war gerade beim Vermieter«, erklingt Sylvies Stimme hinter mir. Sie lässt sich wieder auf ihren Stuhl fallen. »Drück uns die Daumen, dass wir die Wohnung kriegen.«

»Die bekommt ihr bestimmt«, murmle ich. »Warum sind eure Fenster vergittert?«

»Damit die Scheiben heil bleiben«, antwortet sie leichthin. »Die Leute glauben es nicht, aber eine Fensterscheibe ist für einen Wolf gar kein Hindernis.«

Ich schlucke und spähe hinaus zum Wald, der ans Grundstück grenzt.

»Da draußen gibt es … wild lebende Wölfe?«, frage ich.

Sylvie schaut mich an, als hätte ich gefragt, ob im Wald Drachen leben. »Ähm, nein, natürlich nicht«, sagt sie verdutzt. »Wieso?« Draußen röhrt ein Auto bergauf. Sylvie springt wieder wie Quecksilber auf. »Da ist er ja endlich. Bleib sitzen, ich sag ihm Bescheid.«

Offenbar ist Feuerwehrübung angesagt, wenn Antoine Oulier nach Hause kommt. Sylvie nimmt noch schnell einen Bissen vom Kuchen, bevor sie aus dem Zimmer eilt. Vor dem Haus fällt derweil eine Autotür zu. Und ich zupfe nervös den Kragen meines Rollkragenpullovers weiter nach oben. Irgendwo wird ein Gatter mit einem metallischen Rasseln aufgezogen. Und als ich mich zum Fenster beuge, zucke ich reflexartig sofort wieder zurück. Ein großer schwarzgrauer Vierbeiner läuft in das Gehege, starrt mich aus kaum zwei Metern Entfernung aus hellen Bernsteinaugen an und huscht dann sofort aus meinem Blickfeld, als würde er vor mir flüchten. Ein zweites Tier springt herbei. Es ist braun mit einer helleren Zeichnung um die Schnauze und an der Brust. Und mir wird klar, dass das die beiden Hunde sind, die ich in Saugues auf den ersten Blick für Wölfe gehalten hatte. Vom Hotelfenster aus hatte ich sie beobachtet. Aber das ist nicht das einzige Déjà-vu.

»Ich sehe, meine Nichte hat Sie gut versorgt«, ertönt hinter mir eine wohlbekannte Stimme. Ich fahre herum. Es ist tatsächlich

Tomé, der ins Wohnzimmer tritt. Nur dass er heute Jeans, schlammbespritzte Stiefel und eine olivgrüne Jacke trägt. Seine Haare sind vom Wind zerzaust und über seiner Schulter hängt eine vollgepackte Tasche. Im Gegensatz zu mir scheint er nicht im Mindesten überrascht zu sein, dass wir uns hier begegnen. »Kommen Sie, Flór«, sagt er statt einer Begrüßung und ohne ein Lächeln. »Wir gehen nach nebenan in mein Arbeitszimmer.«

»Eigentlich bin ich mit Antoine Oulier verabredet«, bringe ich heraus.

»Steht vor Ihnen.« Jetzt blitzt doch ein schnelles, überlegenes Lächeln auf, das sofort wieder verlischt. »Nehmen Sie Ihren Kaffee einfach mit.«

Damit macht er kehrt und geht mit schnellen, energischen Schritten hinaus. Ich bin zu überrumpelt, um ihm gleich zu folgen. Schließlich greife ich meine Jacke und die Tasche mit den Unterlagen und folge ihm zögernd zurück in den Neubau. Tomé hat sich schon seiner Jacke entledigt und wartet sichtlich ungeduldig an einer offenen Tür. Genau wie bei seinem Auftritt im Café scheint seine bloße Gegenwart das Haus mit einer flirrenden Energie zu füllen, als würde die Zeit plötzlich schneller laufen. Ich ignoriere seine Geste, mit der er mich energisch auffordert, vor ihm durch die Tür zu treten, und bleibe auf dem Flur stehen. »Hat es einen besonderen Grund, dass Sie im Internet ein anderes Foto und einen anderen Namen haben?«

Seine Augen blitzen amüsiert auf. »Sie verlassen sich also immer auf das, was im Internet steht?«

»Zumindest das Profil eines Ansprechpartners auf der Seite eines Vereins sollte korrekt sein«, gebe ich kühl zurück.

Tomé zieht den linken Mundwinkel hoch. »Es ist korrekt. Sie brauchen jemanden, der sich mit alten Waffen auskennt. Im Profil steht, ich kenne mich aus. Mein Gesicht tut dabei nichts zur Sache.«

»Ihr Name auch nicht? Haben Sie so viel zu verbergen?« Ich weiß nicht, was mich mehr ärgert: Die Tatsache, dass er mich nun schon zum dritten Mal überrumpelt hat. Oder das sichelscharfe, leicht arrogante Lächeln, das davon zeugt, dass er sich dessen vollkommen bewusst ist.

»Schon möglich, dass ich etwas verberge«, sagt er. »Oder ich trenne Privates einfach strikt vom Beruflichen. Doch der Name im Profil stimmt: Ich heiße Antoine Oulier. Tomé ist nur ein Rufname aus Saugues, der an mir hängen geblieben ist. Thomas, der Ungläubige, hat wohl als Kind besser zu mir gepasst als Antoine. Wollen Sie meinen Ausweis sehen oder glauben Sie mir auch so?«, setzt er etwas spöttisch hinzu.

Dafür brauche ich deinen Ausweis nicht, denke ich bei mir. *Gib mir zwei Stunden und ich grabe deine komplette Timeline im Deepweb aus, inklusive der Dinge, die du über dich selbst nie wissen wolltest.*

»Onkel Tomé?« Sylvie taucht am Ende des Flurs auf. Sie trägt einen Parka und klimpert mit Autoschlüsseln in ihrer Hand. »Ich habe dir fürs Abendessen einen Auflauf in den Kühlschrank gestellt. Wenn ihr zwei nichts mehr braucht, würde ich jetzt fahren. Und heute Abend treffe ich mich noch mit ein paar Leuten im Donjon, also mach dir keine Sorgen, wenn es spät wird.«

»Danke dir, Sylvie«, antwortet Tomé ruhig. »Aber falls was ist, übernachte nicht wieder bei diesem Kiffer, klar? Diesmal rufst du an, dann hole ich dich ab, egal, wie spät es ist.«

Sylvie seufzt theatralisch auf. »*Oui, papa!*«, sagt sie mit gutmütigem Spott. Aber dann fängt sie an zu strahlen und wirft ihm eine Kusshand zu. Und ich erkenne, dass sie Tomé von Herzen mag. »Mach's gut, Fleur!«, ruft sie mir zum Abschied zu. »War schön, dich kennenzulernen.«

Die Haustür fällt zu und nun stehe ich allein hier mit einem Mann, der mich mit seiner Art völlig aus dem Konzept bringt. Eben noch wirkte er richtig sympathisch, als er sich um seine Nichte sorgte. Doch als er sich wieder mir zuwendet, strahlt eine enorme Distanz und Kühle von ihm ab. Und obwohl mich seine Art ärgert, bin ich froh, dass ich mich mit Rollkragenpullover und Concealer ausgestattet habe und mich somit nicht noch entblößter fühlen muss.

»Also?« Er deutet auf die Tür. »Raus oder rein? Ich soll mir doch die Zeichnung eines Gewehrs ansehen?«

»Ich habe gehört, Ihre Zeit ist kostbar«, antworte ich ruhig. »Wäre es nicht schneller gegangen, sich einfach einen Scan meiner Zeichnung per Mail anzusehen, statt mich herkommen zu lassen?«

»Natürlich. Aber dann hätten wir ja jetzt kein Rendezvous.« Er hebt die Brauen und schenkt mir ein charmantes Lächeln. Doch abgesehen von der Tatsache, dass Schillerfalter wie Tomé nur selten auf Blumen wie mich fliegen, schwingt hier nur zu deutlich noch etwas anderes mit. *Was für ein Spiel spielst du hier, Antoine?*

»Und ich hoffe, Ihre Waffe ist interessant genug, dass sich das Treffen auch lohnt«, setzt er hinzu.

Am Zucken seiner Mundwinkel erkenne ich, dass das hier wirklich ein Spiel ist. Eines, das wohl meinen Reibungswiderstand austesten soll. *Player*, denke ich bei mir.

»Camille Richards Beschreibung scheint Sie jedenfalls schon überzeugt zu haben«, kontere ich. »Sonst hätten Sie mich kaum hierher zitiert, statt sich gleich im Café vorzustellen. Sie hatten ja gesehen, dass ich auf dem Laptop nach ihrem Profil gesucht habe. Ach ja – und danke übrigens noch für die Einladung zum Wein. Die auvergnatische Gastfreundschaft ist zwar unberechenbar, aber wohl wirklich etwas Besonderes.«

Es überrascht mich, dass er auflacht und nickt. »Na schön, eine Mail hätte es auch getan. Aber um ehrlich zu sein, ich war neugierig. Nach unserem Gespräch hatte ich nämlich auch über Sie im Internet recherchiert. Ich hätte wetten können, ich finde Sie doch bei irgendeiner Zeitung oder Fernsehredaktion. Doch bis auf ein paar auffallend nichtssagende Cappuccinofotos auf einem langweiligen Instagram-Account ist über Fleur Martin im Internet nichts zu holen.«

Tja, du weißt nur nicht, wie man richtig sucht. Dennoch behagt es mir nicht, dass er irgendwie meinen Nachnamen herausgefunden hat. Vielleicht über das Hotel?

»Also haben Sie entweder ein besonders langweiliges Leben«, fährt er fort, »oder aber ein besonders interessantes. Nur legen Sie offenbar Wert darauf, dass niemand es erfährt. Vielleicht sind Sie ja diejenige, die mehr zu verbergen hat als ich?«

Unwillkürlich hat sich mein Rücken angespannt. *Er schaut genau hin*, denke ich bei mir. Zu genau für meinen Geschmack.

»Vielleicht trenne auch ich gerne Berufliches und Privates«, antworte ich. »Genau wie Sie.«

Ein paar Sekunden lang blickt er mir auf seine forschende, intensive Art direkt in die Augen. Ich halte seinem Blick stand. Dann flammt sein Lächeln wieder auf – und diesmal bleibt es. Von einer Sekunde auf die andere ändert sich die Stimmung und lässt mehr Raum zwischen uns. *»D'accord«*, sagt Tomé. »Sie haben Ihre Geheimnisse und ich meine. Wollen wir uns Ihr Erbstück ansehen?«

Diesmal nehme ich die Aufforderung an und betrete sein Arbeitszimmer. Alles hier ist hell und modern. Die große Terrassentür bildet gleichzeitig die Fensterfront des Raumes. Doch auch hier schützt ein Gitter die Scheibe. Weiße Regale an den Wänden biegen sich unter Zeitschriften und schweren Büchern, die meisten davon antiquarische Kataloge. Sie stapeln sich auch neben dem Tisch, auf welchem Laptop, Scanner und ein Drucker stehen. »Nehmen Sie Platz, Flór«, fordert Tomé mich mit einem Lächeln auf. »Ich hole uns frischen Kaffee.« *Der heißkalte Tomé*, denke ich. Immer noch kann ich ihn kaum einschätzen, so schnell wechselt er zwischen kühl und charmant. Aber viel mehr beunruhigt mich, dass er mir immer noch gefällt – mehr noch als neulich im Café. Und vielleicht atme ich deshalb erst einmal auf, als ich alleine zurückbleibe. Das heißt – »alleine« ist relativ.

Die beiden Hunde haben sich kaum vier Meter von mir entfernt auf der Terrasse ausgestreckt und genießen die Sonnenstrahlen, die wie Lichtfinger durch die Tannenwipfel fallen. Die Tiere können mich durch das Glas sicher nicht hören, dennoch gehe ich nur auf Zehenspitzen zum Tisch. An der Wand hängen zwei große Landkarten. *Zone d'Errances et d'Attaques 1764–1767* steht über der linken. Es ist eine bearbeitete historische Karte. Die verschiedenen Gebiete sind darauf nach Jahren farblich unterlegt. Nadel-Wimpel stecken an verschiedenen Orten – sie ähneln den klassischen Tatortmarkierungen, wie ich sie noch von der Polizeiarbeit aus der aktiven Zeit meines Vaters kenne. Die zweite Karte ist ein geografischer Plan der heutigen Auvergne und des angrenzenden Gévaudan mit allen Gebirgs- und Höhenzügen. Mit Edding sind darin Orte eingekreist, Pfeile und Namenskürzel verzeichnet.

Tomé kommt mit zwei frisch gefüllten Kaffeetassen zurück und reicht mir eine davon. Dann schiebt er den Laptop und einen Ordner ans Ende des Tisches. Bevor er den Ordner zuklappt, erhasche ich einen Blick auf das Handout einer Fortbildung. Tomés richtiger Name steht darauf. Zusammen mit seiner Dienstbezeichnung. »Sie arbeiten bei der Polizei?«, frage ich.

»Hat Sylvie das nicht schon ausgeplaudert?«

Fast hätte ich erleichtert aufgelacht. Es ist seltsam, wie eine einzige neue Information einen Menschen schlagartig vertrauenswürdiger machen kann. Und endlich kann ich mich entspannen. Denn nun ergeben die Teile ein stimmiges Bild. Sogar seine doppelbödige Art, Menschen zu analysieren und auszutesten, passt dazu. Auch das kenne ich von meinem Vater, von Cem und Polizeioberkommissar Helge Walter.

»Und Sie haben die Fortbildung zur digitalen Sequenzierung von Tatverläufen gemacht, damit Sie Ihre Theorien zum Bestienfall nicht mehr wie Inspektor Colombo in den Achtzigern machen müssen?«, bemerke ich mit einem Fingerzeig auf die Karte. »Das Programm, das in Ihrer Fortbildung Thema war, kenne ich. Bei uns verwenden wir allerdings schon die neue X13-Version dieser Polizeisoftware.«

Es ist schön, dass zur Abwechslung Tomé der Überrumpelte ist. Er stellt die Tasse ab, lehnt sich zurück und verschränkt die Arme. So kann er quasi auf mich herunterschauen. »Bei *uns*?«, fragt er.

Dann lässt er die Pause wirken. Auch das ist vertraut. *Du musst Stille als Druckmittel verwenden*, das hat mein Vater mir beigebracht. *Das Wichtige bei einem Verhör geschieht nie, während man redet. Sondern während man schweigt. Denn diese Art von Stille ist Stress, den niemand lange aushält.*

Tomé ist sichtlich irritiert, als ich mich ebenfalls zurücklehne und ihm freundlich zulächle. In der angespannten Pause schwingt weiter die Frage, die ich nicht beantworten müsste. Aber ich bin nicht hier, um Spiele zu spielen. Und mit diesem neuen Wissen über den heißkalten Tomé fällt es mir plötzlich leicht, meine Deckung zu einem kleinen Teil aufzugeben.

»Ich kenne die Software, weil ich ab und zu für die Polizei in Frankfurt arbeite«, sage ich in das Schweigen. »Allerdings nicht hauptberuflich.«

Wenn es ihn erstaunt, verbirgt er es gut. »Aha? Und was genau arbeiten Sie?«

»Datenforensik. Für die Beweissicherung.« Das ist mehr, als ich jemals einem meiner Tinderdates verraten habe. »Und für Privatleute lasse ich auch schon mal Beweise aus dem Netz verschwinden – zum Beispiel peinliche Partyvideos«, ergänze ich.

Seine Brauen zucken ehrlich überrascht in die Höhe. Dann schaut er auf meine Tasche und lacht auf. »Wahrscheinlich sagt es nichts Gutes über mich aus, dass ich trotz Ihrer ganzen Technik nicht ansatzweise auf die Idee kam, Sie könnten eine Datenspezialistin sein.«

»Es ist immer ein Vorteil, unterschätzt zu werden. Ich hätte Sie auf den ersten Blick auch nicht für einen *Flic* gehalten.«

Er stutzt, als überlegte er, ob das ein ernst gemeinter Seitenhieb ist. Und ich muss lächeln. Denn längst flirrt eine spannungsgeladene und spielerisch-aggressive Energie zwischen uns. Und um ehrlich zu sein, beginnt dieses Spiel mir Spaß zu machen. Es fühlt sich lebendig an, ein Kräftemessen auf gute Art. »Darf ich Sie weiterhin Tomé nennen oder steigen wir lieber auf das offizielle Monsieur Antoine um?«, setze ich hinzu.

Tomé runzelt die Stirn, als ich ihn mit dem Namen des königlichen Bestienjägers anspreche. Doch dann lacht er auf.

»Wie wäre es damit: Wenn du Flór bist, bin ich einfach Tomé?« Er umfasst seine Kaffeetasse mit der Hand und prostet mir damit zu, als wäre es ein Weinglas. Mir fällt zum ersten Mal auf, dass er schöne Hände hat, kräftig, mit langen, schlanken Fingern und sehr gepflegten Nägeln. *Aber es sind Jägerhände, die Waffen halten.* Der Gedanke stört in meinem Zwerchfell ein Kribbeln wie von elektrischen Schmetterlingen auf. Seltsamerweise fühlt dieses Echo von Gefahr sich gut an.

»Einverstanden?«, hakt er nach. Ich nicke und besiegle das Du mit einem Schluck Kaffee. Ich wundere mich, dass er genau richtig gesüßt ist. Dabei konnte Tomé Sylvie gar nicht fragen, wie ich meinen Kaffee mag.

»Wer ist der Mann auf deinem Profilfoto wirklich?«, frage ich. »Sein Bild steht im Wohnzimmer.«

»Das war mein alter Herr«, erwidert Tomé. »Er ist vor zwei Jahren gestorben.«

»Dein Vater? Das tut mir leid!«

Doch Tomé winkt ab. »Schon gut, das war schon lange abzusehen. Er war krank. Und ich habe seine alte Jagdhütte und auch die Verwaltung seiner Waffensammlung für den Verein übernommen. Und da ich als jüngster Sohn praktischerweise seinen Vornamen trage, konnte sein Profil einfach bleiben, wie es ist. Er war einer der Gründer der Bestiengesellschaft und auf diese Weise behält er seinen Ehrenplatz.«

»Das heißt, du verwaltest hier im Grunde sein Erbe?«

Vielleicht bin ich damit schon zu persönlich geworden, Tomé nimmt einen langen Schluck Kaffee und schaut mich über den Rand seiner Tasse nachdenklich an. »Was heißt hier *im Grunde*?«, fragt er dann. »Es ist auch mein Erbe und damit meine Aufgabe, es zu erhalten. Die Bewahrung von Erinnerungen und Traditionen ist schließlich das, was uns ausmacht und zusammenhält. Es gibt uns erst unsere Identität.«

»Die Bestiengeschichte gibt euch eure Identität?«

»Sie ist Teil davon, ja«, sagt Tomé ruhig. »Auch das gehört zum Erbe der Region.«

»Wie die Throphäen in diesem Raum und der ganze Kult um die Jagden?« Es ist mir rausgerutscht, und leider hört man mein Unbehagen wohl deutlich heraus. Die Pause dehnt sich, aber dann bemerke ich, dass Tomé nicht verärgert ist, sondern einfach nur über die Frage nachdenkt.

»Ja«, sagt er dann schlicht. »Die Jagd ist ein uraltes Erbe, das in jedem von uns steckt. Aber hier in meiner Heimat hat sie eben noch eine besondere historische Bedeutung. In meinem Fall ist sie zudem eine Familientradition. Alle Oulier-Männer sind damit verbunden. Ich bekam zum achtzehnten Geburtstag mein erstes Jagdgewehr. Mein Großvater war Förster und nahm mich oft mit auf seine Touren. Er sagte immer, die Natur muss im Zaum gehalten werden, sonst frisst sie uns früher oder später auf.«

Sicher nicht die Rehe, denke ich und schaue verstohlen hinaus zu den wolfsähnlichen Hunden, die nun am Zaun entlanglaufen.

»Sylvie sagte aber, du gehst nicht gern auf die Jagd?«, frage ich leise.

Tomé lächelt auf eine Art, die ich nicht deuten kann. »Kommt darauf an, wie man das Jagen definiert. Ich war nie ein Trophäensammler, falls du darauf anspielst. Und ich würde mir keine ausgestopften Tiere an die Wände hängen, die stammen zum Teil noch von meinem Großvater. Sie waren ein wichtiger Teil seines Lebens, also sind sie es wert, aufbewahrt zu werden. Aber es geht nicht darum, ob ich gerne Jäger bin. Ich bin es einfach – genau wie du.«

»Wie meinst du das?«

»Alle Menschen sind Jäger«, sagt Tomé ernst. »Es liegt einfach in unserer Natur. Wir jagen alle etwas – manchmal auch nur Geld, Ruhm, Anerkennung oder die Wahrheit. Dein Revier ist die digitale Welt, aber das Prinzip ist das Gleiche: Du folgst der Fährte, du spürst dein Ziel auf, du bringst es zur Strecke.«

Meine Wangen glühen, so sehr sträubt sich alles in mir gegen Tomés Vergleich. Und noch deutlicher schwirrt der elektrische Falter in meinem Bauch. Nur, dass es sich diesmal kein bisschen gut anfühlt.

»Ich jage nicht, ich *suche*«, korrigiere ich mit Nachdruck. »Und es ist immer noch ein Unterschied, ob es um digitale Daten und Fakten geht oder ob man etwas verfolgt, was lebt!«

»Mag sein«, räumt Tomé mit einem Schulterzucken ein. »Aber ich für meinen Teil sehe mich als Jäger, auch wenn ich schon lange keine Tiere mehr erlege, sondern – wie du – Kriminellen auf der Spur bin.« Mit einem Statement-Klack stellt er seine leere Tasse auf den Tisch und beugt sich vor. »Aber du bist ja nicht hergekommen, um Grundsatzdiskussionen zu führen«, sagt er dann freundlich. »Also: Was ist das für ein Gewehr, das dir so wichtig ist, dass du dafür extra nach Frankreich reist?«

Es ist immer noch irritierend, wie schnell er von einer Stimmung auf die nächste umschalten kann. Ich dagegen bin immer noch aufgewühlt und gebe mir Mühe, es zu verbergen. Meine Finger zittern dennoch ein wenig, als ich das Handyfoto heraussuche. Tomé zoomt auf dem Handy Details heran und betrachtet sie lange. »Ungewöhnliche Verzierungen«, sagt er. »Ansonsten ist es ein üblicher Vorderlader aus der Zeit von Louis XV. Für Laien kurz erklärt heißt das, dass man die Rundkugeln aus Blei, die man damals als Munition verwendete, von vorne in den Lauf schob.«

Er steht auf und holt mehrere kiloschwere Kataloge aus dem Regal, die er auf den Tisch wuchtet. Darin sind Hunderte von blassen Schwarz-Weiß-Fotos, die er nun durchblättert.

»Ist das etwa die berühmte Waffensammlung, von der Camille sprach?«, frage ich.

»Ja und nein«, murmelt Tomé, ohne aufzublicken. »Unser Verein hat auch eine eigene Sammlung historischer Waffen, die allerdings noch in verschiedenen Kellern lagern – unter anderem auch in Cyrilles Museumskeller. Wir planen, sie irgendwann in einem eigenen Jagdmuseum auszustellen. Und alle Gewehre und Pistolen, die in unserer Region hergestellt wurden und zur Zeit der Bestienjagden in Gebrauch waren, sind in den Katalogen aufgeführt.«

»Wäre es nicht einfacher, eine digitale Datenbank zu erstellen? Man könnte in Sekunden filtern und suchen. Ihr würdet viel Zeit und Lagerplatz für den Papierkram sparen …«

Ich verstumme, als Tomé mir einen stirnrunzelnden Seitenblick zuwirft. »Ehrlich gesagt mag ich es, ein richtiges Buch in der Hand zu haben«, sagt er und blättert weiter.

Willkommen im analogen Dorf der Gallier, denke ich bei mir.

»Hier, das ist zumindest schon mal der genaue Typ deines Gewehrs.« Tomé tritt heran und legt den aufgeschlagenen Katalog vor mir auf den Tisch. »Hergestellt um 1740 herum. Das Modell wurde gern von Scharfschützen benutzt – wobei das bei diesen Waffen relativ war. Sie waren mit ihren glatten Läufen nicht zielgenau, vor allem wenn die Kugeln nicht ganz rund gegossen waren. Dann konnte es sein, dass das Geschoss einen Drall bekam und ganz woanders landete. Siehst du dieses Bauteil hier?«

Er tippt mit dem Zeigefinger auf die Metallkonstruktion über dem Abzugsbügel. »Das ist der Schlagmechanismus. Am Hahn des Schlosses ist vorne ein Feuerstein eingespannt. Wenn er auf das Metall der Batterie auftrifft, entsteht ein Funke. Der entzündete das sogenannte Zündkraut und löste damit den Schuss aus. Die Explosion des Schwarzpulvers im Gewehrlauf schleuderte die Kugel im besten Fall genau in Richtung Ziel.«

Danke, so genau wollte ich es gar nicht wissen. Jetzt habe ich ganz neue Details für meine Albträume.

»Der Hahn deiner Waffe scheint allerdings eine ungebräuchliche Form zu haben«, fährt Tomé fort. »Aber dazu müsste ich mehr Details sehen. Hast du die Originalzeichnung noch?«

Ich zögere. Die Kladde befindet sich zwar in meiner Tasche, aber es fühlt sich nicht richtig an, einem Fremden Einblick in Margots privateste Aufzeichnungen zu geben. »Ist das Foto nicht scharf genug? Du kannst es auf den Laptop ziehen und vergrößern …«

Ein rasselnder Schlag unterbricht mich. Der braune Hund ist

seitlich gegen das Gitter vor der Terrassentür geprallt. Direkt vor der Tür balgen sich die beiden Tiere um ein buntes Hundespielzeug. Durch die Scheibe dringt lautes Knurren und ich bin geschockt, wie bösartig der schwarzgraue Hund plötzlich aussieht, als er die Lefzen zurückzieht. Ich fröstle, als lange weiße Fänge aufblitzen. Auch das Weiße in seinen Augen ist zu sehen. Nichts erinnert hier an das freundliche Lächeln von Retrievern und anderen Haushunden. Das ist die Mimik aggressiver Raubtiere.

Tomé grinst nur. »*Loubards*«, sagt er. *Rowdys*. Und wendet sich wieder ruhig meinem Foto zu.

Ich dagegen wage erst wieder zu atmen, als der braune Hund aufgibt und beide Tiere sich von der Terrasse entfernen.

»Hast du die Hunde auch von deinem Vater geerbt?«, frage ich atemlos.

Tomé lacht auf, als hätte ich einen guten Witz gemacht. »Wolfshybriden hätte er nicht mal mit der Kneifzange angefasst«, gibt er zurück. »Du siehst ja, die verhalten sich nicht wie Haushunde. Sie haben eine ganz andere Körpersprache, dazu gehören die Drohgebärden, das gesträubte Fell und das Zähnefletschen, das Knurren – und sie heulen auch wie Wölfe. Das Zähnezeigen sieht aggressiv aus, ist aber einfach eine sehr klare Art der Kommunikation. Je höher der Anteil der Wolfsgene ist, desto mehr Wildnis steckt auch meist in den Mischlingen. Aber selbst die mit wenig Wolfsblut sind für Überraschungen gut, wenn das Wildtier dann doch in ihrem Verhalten durchschlägt. Das sieht man an Ors – das ist die Braune. Genetisch gesehen hat sie zwar weit weniger Wolfsgene als Fada, aber viel geben sich die beiden nicht.«

Ich muss erst noch einen Schluck Kaffee nehmen, um zu verkraften, was er mir eben erklärt hat. »Das heißt, du hältst dir Wolfsmischlinge?«, sage ich leise. »Warum?«

»Tja, warum?«, sagt Tomé sarkastisch. »Weil sich immer irgendwo ein Idiot über den Internet-Schwarzmarkt einen Wolf fürs heimische Sofa besorgt und dann feststellt, dass man ihn nicht wie einen gewöhnlichen Haushund im Wohnzimmer halten kann. Leider gibt es immer mehr Leute, die sich solche Kreuzungen viel Geld kosten lassen und dann nicht mit den Tieren klarkommen. Der Handel mit illegalen Zuchten blüht mittlerweile in Holland, in den USA, in Deutschland – und zunehmend auch in Frankreich. Aber mit diesen Tieren muss man umgehen können. Dressieren lassen die sich nämlich so gut wie nie und sie schlafen auch nicht wie Schoßhunde friedlich auf dem Sofa. Ein Hund springt zudem nicht einfach durch ein geschlossenes Fenster, die zwei da draußen schon. Und wenn sie allein im Haus wären, bräuchten sie keine Stunde, um die Einrichtung komplett zu zerstören.«

Überrascht stelle ich fest, wie sehr er sich in Rage geredet hat. Seine Augen funkeln vor Ärger und seine Körpersprache ist energisch geworden, temperamentvoll, wie ich es bisher von dem beherrschten Tomé nicht kenne. »Fada kam zu mir, weil sie beschlagnahmt wurde«, fährt er fort. »Ihr Besitzer hatte sie über eine Internetbörse gekauft, mit Papieren, die sie als Mischling zwischen Schäferhund und Husky auswiesen. Aber der Gentest zeigte, dass die Papiere gefälscht waren – wie üblich bei diesen illegalen Zuchten. Sie ist zu einem Viertel Wolf. Damit gilt sie vor dem Gesetz noch als Wildtier und nicht als Hund und steht damit unter Artenschutz. Tierheime sind darauf nicht ausgelegt. Und wir haben hier zwar den Wolfspark von Gévaudan in der Nähe, aber die nehmen natürlich keine Mischlinge auf. Genau aus diesem Grund sind die beiden erst einmal hier: Ich kann sie wie gesetzlich vorgeschrieben im Freigehege halten.«

»Dann hast du hier so etwas wie eine Auffangstation.«

Tomé seufzt. »Zumindest ist es eine Übergangslösung, bis ein besserer Platz für sie gefunden wird. Bei Fada mache ich mir da allerdings nicht viele Hoffnungen, sie ist zu sehr Wildtier. Ors ist zahmer und menschenbezogener. Sie wurde in der Nähe eines Waldparkplatzes bei Mende aufgegriffen. Ihr Besitzer hat sich nie gemeldet, vermutlich hat er sie einfach freigelassen, als er nicht mit ihr klarkam. Sie hat ein paar Grauwolf-Gene, ist aber Menschen gegenüber weniger scheu als Fada.«

Noch ein Argument gegen Renates Vorschlag für Sonntagsspaziergänge im Grünen. Allein die Vorstellung, zufällig auf ausgesetzte Tiere wie Ors und Fada zu treffen, reicht für Gänsehaut. »Hast du ihnen ihre Namen gegeben?«

Tomé lächelt schmal. »Ja. Ors ist Okzitanisch für Bär. Und Fada ist eine keltische Fee der Wälder. Die sind nicht so lieblich wie die griechischen Nymphen. Nein, unsere Feen haben Krallen und Zähne.« Bei diesen Worten ist er aufgestanden und geht hinüber zur Terrassentür. »Stimmt's, mein Mädchen?«, ruft er, während er die vergitterte Tür öffnet und einfach hinaustritt. Die Tiere springen sofort auf ihn zu. Auch Fada zeigt bei ihm wenig Scheu. Für mich sieht es so aus, als würden die Wolfshunde ihn bedrängen, mit so viel Wucht und Körperkontakt umspielen sie ihn, versuchen mit den Schnauzen sein Gesicht zu erreichen. Mir fährt ein Schauer über den Rücken, als Fada sogar ein raues Heulen von sich gibt. Aber Tomé bleibt völlig entspannt. »Willst du rauskommen?«, fragt er über die Schulter. »Die sind friedlich und ich bin dabei, also keine Angst.«

»Nein«, stoße ich hervor. »Nein, ich … bleibe hier.«

Beim Klang meiner Stimme hält Fada im Spiel inne und schaut mich an. In dem schwarzen Fell scheinen die bernsteinfarbenen Wolfsaugen regelrecht zu glühen. Für ein paar Sekunden starre ich der Wildnis direkt in die Augen, dann duckt die Wölfin sich und huscht scheu zur Seite davon. Ich atme auf, als Tomé wieder reinkommt und die Tür schließt. »Da siehst du es«, sagt er. »Fada zeigt typisches Wolfsverhalten, das kann man ihr auch nicht abtrainieren. Wilde Wölfe, die nicht von Menschen angefüttert wurden, sind scheu und wollen von uns nichts wissen, und erst recht sind sie keine Gefahr für uns. Sie gehen auf Abstand und bleiben am liebsten unsichtbar.«

Unsichtbar? Immer noch sitzt mir Fadas Blick im Nacken. Meine Haut kribbelt wie in einem Schreckschauer. Doch seltsamerweise ist es keine Furcht, sondern ein neues Gefühl, das ich noch nicht einordnen kann. Ein Riss im erstarrten Magma, ein Ziehen im

Herzen, im Zwerchfell, eine Sehnsucht, die ich schon so lange nicht mehr spürte und die nicht sein darf.

»Alles klar?«, fragt Tomé und setzt sich wieder. »Du bist ganz blass.«

Ich weiche hastig seinem Blick aus und verstecke mein Gesicht hinter der Kaffeetasse und den Haarsträhnen, die mir über die Wangen fallen. »Alles okay. Ich dachte gerade nur daran, dass … die Bestie ja vielleicht auch ein Wolf war.«

Tomés Miene verfinstert sich so jäh, als wäre ein Schatten darauf gefallen. »Zumindest will Cyrille Richard das beweisen.« Er schnaubt verächtlich. »Aber egal, was er und seine Anhänger verbreiten, Wölfe waren es nicht. Kein einziger Angriff von damals entspricht ihrem typischen Jagdverhalten.«

»Ich habe gelesen, dass eine Autopsie der Bestie gemacht wurde. Und dass sie …«

»… den Maßen des Kopfes und des Kiefers nach zu urteilen vermutlich ein Wolfsmischling war? Ja, schon möglich, das würde auch eher zu manchen Angriffsbeschreibungen passen, die eher Attacken von Kampfhunden entsprechen. Aber selbst wenn einige Todesfälle von damals wirklich auf das Konto eines Wolfshybriden gehen sollten, tun wir den Wölfen, die gerade in Europa wieder heimisch werden, keinen Gefallen, indem wir diese Ausnahmefälle zur einzigen Erklärung hochspielen. Noch mehr Schaden richten die *Crétins* an, die sich in heutiger Zeit ohne Sinn und Verstand Hybriden anschaffen, mit denen es dann schon mal zu Zwischenfällen kommt. Dann zieht man wieder Rückschlüsse, dass die echten wild lebenden Wölfe sich genauso bissig verhalten und für den Menschen gefährlich sind.«

Tomés Augen blitzen vor Zorn. Die Art, wie er für sein Thema und seine Überzeugung brennt, facht auch in mir etwas an. Etwas Lebendiges, das mich hellwach sein lässt. Und ich verstehe nun, was Cyrille Richard und ihn bei diesem Thema zu Gegnern macht.

»Entschuldige«, murmelt Tomé. »So genau wolltest du es nicht wissen, aber bei diesem Thema kocht mir immer das Blut hoch.«

Und genau das gefällt mir an dir. »Engagierst du dich auch deshalb in der Gesellschaft zur Aufklärung des historischen Falls? Um zu beweisen, dass die Wölfe damals unschuldig waren?«

Tomé schüttelt entschieden den Kopf. »Ich verschwende keine Zeit auf Fälle, die sich nicht mehr eindeutig rekonstruieren lassen. Dafür ist die Beweislage zu dünn.«

»Aber auf welcher Seite stehst du dann?«

Tomé lächelt kühl. »Auf der Seite der Wirklichkeit. Wahrheiten gibt es nämlich immer mehr als genug. Deine Wahrheit ist vielleicht, dass deine Kaffeetasse halb leer ist. Meine Wahrheit, dass sie halb voll ist. Doch die Wirklichkeit sagt, sie fasst zweihundertfünfzig Milliliter und beinhaltet zum jetzigen Zeitpunkt exakt hundertfünfundzwanzig Milliliter. Deshalb interessiert mich nur die Handvoll Morde, die zwar der Bestie zugeschrieben werden, aber eindeutig eine menschliche Handschrift tragen.«

»Du meinst, einige der Todesfälle von damals könnten auf das Konto eines menschlichen Mörders gehen?«

Tomé deutet ein Nicken an. »*Pour couper une tête, il faut de la force, de l'intelligence … et un outil*«, sagt er. *Um jemanden zu enthaupten, braucht man Kraft, Intelligenz … und ein Werkzeug.* »Und das sagt nicht nur André Aubazac«, fügt Tomé hinzu. »Auch andere Forscher gehen von einem möglichen Serienmörder aus. Nur eindeutig beweisen konnte diese These noch keiner.«

Mein Blick schweift zur Karte der Tatorte, an denen Tomé die Markierungswimpel angebracht hat. *Und warum suchst du nach Mördern, die schon seit 250 Jahren tot sind?* Die Frage liegt mir auf der Zunge, aber eine seltsame Scheu hält mich davon ab, sie laut zu stellen. Sie kommt mir zu persönlich vor, zu direkt. Und vielleicht fürchte ich mich ja vor einer Antwort, die Tomé zu einem Jäger machen würde, der mir Angst einflößt.

»Kommt dir wohl seltsam vor, dass ich mich damit beschäftige?«, bricht Tomé die Stille. Er hat wirklich gute Antennen. Und auch wenn ich ihm ausweiche, spüre ich seinen aufmerksamen Blick auf mir ruhen.

»Ehrlich gesagt kommt mir der ganze Hype um die Bestiengeschichte seltsam vor«, erwidere ich vorsichtig. »Jedes Dorf hat seine eigene Skulptur und jeder, der hier lebt, eine andere Theorie. Überall stößt man darauf, als wäre das nicht schon Jahrhunderte her …«

»Hype?« Tomés schüttelt verärgert den Kopf. »Es ist die offene Wunde dieser Region. Der französische Jack the Ripper. So sehe ich es zumindest. Und sicher ist das auch der Grund, warum diese Verbrechen bis heute die Leute so sehr beschäftigen.«

Du trennst Privates und Berufliches kein bisschen, denke ich. *Verbeißt du dich deshalb in die Serienmörder-Theorie? Um als Mann zu glänzen, der den Ripper-Fall Frankreichs gelöst hat?*

»Ich glaube daran, dass es wichtig ist, jeden Mord aufzuklären, egal, wann er geschah«, fährt Tomé fort. »Denn auch wenn der Täter Vergangenheit ist, seine Tat ist es nicht. Es gibt alteingesessene Familien bei uns, in deren Geschichte heute ein ungelöstes Verbrechen nachhallt.«

»Und was ist, wenn du herausfindest, dass der Täter einer deiner eigenen Vorfahren war?« Ich weiß nicht, was mich reitet, ihm diese provokante Frage zu stellen. Wieder scheint die Luft zwischen uns wie unter Spannung zu knistern. Tomé zieht die Stirn kraus und sieht mich nicht besonders freundlich an. Doch die unwillige Antwort, die er schließlich gibt, hätte ich nicht erwartet.

»Warum zum Teufel soll das eine Rolle spielen? Es geht nur um die Opfer! Ein ungelöster Mord öffnet ein Grab in den Familien, das sich erst schließen kann, wenn klar ist, was wirklich passierte. Und wenn es irgendein Oulier-Vorfahr gewesen wäre, dann wäre ich es den Opfern doch erst recht schuldig, ihnen mit einer Antwort Ruhe und Würde zurückzugeben. Sie waren nämlich Menschen, keine Pappfiguren wie in Richards Museum.«

Es ist dieser Moment, in dem ich weiß, dass ich ihm vertrauen will. Doch Tomé deutet mein schweres Schlucken und mein Schweigen wohl falsch. Er schnaubt und trinkt verstimmt seinen Kaffee aus. Dabei lasse ich nur seine Worte in mir nachklingen. Ich muss mich räuspern, um sprechen zu können, so berührt bin ich immer noch. »Dann … sind wir gleicher Meinung, was die Würde der Ermordeten angeht«, sage ich leise. »Wie viele Fälle hast du?«

Er schaut mich kritisch an, als würde er überlegen, ob ich nun diejenige bin, die sein Vertrauen verdient. Doch schließlich steht er auf und tritt zur Karte. »Drei, bei denen man mit der Faktenlage zumindest ansatzweise arbeiten kann. Zwei davon im Dreieck Chaliers – La Bessaire – Ruynes en Margeride im Abstand von wenigen Wochen.«

Dort in der Gegend liegt auch Margots Land, denke ich. Im Raum scheint es kühler und auch dunkler geworden zu sein, was aber vielleicht nur daran liegt, dass draußen die Sonne hinter die Wolken gekrochen ist.

»Ich habe mir die Gegend hinter Ruynes im Reiseführer angeschaut«, sage ich. »Vielleicht stammt ein Vorfahre von mir von dort.« Einige Sekunden zögere ich noch, aber dann gebe ich mir einen Ruck, hole die Kladde hervor und schlage die Zeichnung mit dem Gewehr auf. »Das ist die Originalzeichnung, nach der du gefragt hast. Meine Großmutter wollte vor Gericht beweisen, dass unsere Familie von einem Zweig der Grafenlinie d'Apcher abstammt. Vielleicht hat das Gewehr hier einem meiner Vorfahren gehört.«

Tomé tritt neben mich und beugt sich über das Buch. Mit schmalen Augen scannt er die Details und bleibt an Margots handschriftlichen Zeilen hängen. »*Fürchte nicht die Wölfe, fürchte die Jäger*«, murmelt er. »Hat das deine Großmutter geschrieben?«

Ich nicke. Immer noch fühlt es sich an, als würde ich ihm einen Blick in ein intimes Tagebuch gewähren.

»Was meinte sie damit?«, will er wissen.

»Das will ich ja gerade herausfinden. Ich hatte gehofft, dass die Waffe etwas darüber verrät.« *Die Waffe, von der ich träume, seit ich denken kann.* Aber das spreche ich wohlweislich nicht laut aus. »Und dann habe ich noch das hier.« Ich blättere die Seite um. »Ein Reliquiar, das vielleicht Gräfin Irène d'Apcher gehört hat. Sie lebte genau zu Zeiten der Bestienjagden.«

»Ich weiß«, sagt Tomé knapp. »Roux hat die Jagden schließlich mitfinanziert. Darf ich?«

Er zieht die Kladde zu sich heran. Mein Herz schlägt noch schneller, als er stumm Margots Zeilen unter der Zeichnung des Reliquiars studiert. Ich brauche sie nicht zu lesen, längst kenne ich sie auswendig. *Aber wo liegt hier die Gerechtigkeit, Herr? Ich bin nicht diejenige, die gesündigt hat, dennoch trage ich wie Hiob demütig den Fluch von Roux d'Apcher.*

Tomé hebt den Kopf und schaut mich mit so einem intensiven Blick an, dass ich fast zurückzucke. Es ist, als würde man in die Sonne treten, so deutlich strahlt die fiebrige Energie, die Tomé zu eigen ist, von ihm ab. »Was für ein Fluch soll das sein?«

Auch hier kann ich nur ratlos die Schultern heben. »Vielleicht das offene Grab meiner Familie? Mit diesem Reliquiar wollte meine Großmutter nachweisen, dass Roux d'Apchers Sohn Lucien ihr Ahne war. Sie hatte noch ein Dokument dabei, das wohl alles erklärte. Aber beides wurde ihr in Saugues gestohlen.«

Tomé runzelt kritisch die Stirn. »Ich bin kein Historiker, aber soweit ich weiß, starb Rouxs Linie mit ihm aus. Was sollte das Dokument dann beweisen?«

»Wenn ich das wüsste, säße ich nicht hier. Ich wollte nachforschen, aber Marie-Jeanne Saby hat mich in der Stadtverwaltung abblitzen lassen. Doch … Ich schätze, jemand von der Polizei könnte zumindest mal prüfen, ob es überhaupt noch eine Akte über den Diebstahl des Reliquiars gibt.«

Tomés Miene verschließt sich sofort. Ich kann seine Gedanken fast lesen. Jedenfalls weiß ich, was ich an seiner Stelle denken würde.

»Und du denkst, dieser Jemand von der Polizei könnte ich sein?«, sagt er unwillig. »Warum sollte ich in irgendwelchen alten Diebstahlsfällen herumstöbern?«

»Du hast eben selbst gesagt, dass der Comte d'Apcher die Jagden mitfinanziert hat. Es gibt ein Gewehr und ein Reliquiar. Und das Dokument dazu war offenbar brisant genug, dass jemand es stehlen musste. Vielleicht hat Margot ja bei der Anzeige angegeben, was in dem Dokument stand? Und möglicherweise ist es etwas, was auch für dich interessant sein könnte. D'Apchers Adelssitz befand sich schließlich in genau dem Gebiet, in dem auch dein Serienmörder am Werk war.«

Das ist ein kompletter Schuss ins Blaue, aber jetzt habe ich zumindest seine Aufmerksamkeit. Ohne ein Lächeln sieht er mich mit gerunzelter Stirn an.

»Angenommen, ich erkundige mich nach der Akte«, sagt er nach einer Weile. »Was bietest du mir dafür?«

Mir ist völlig klar, dass er nicht Geld damit meint. *Das ist nicht die Währung, mit der du handelst, Antoine.*

»Informationen«, erwidere ich. »Alles, was ich über meine vermeintlichen Vorfahren herausfinde, teile ich mit dir. Und falls meine Großmutter etwas Brisantes über die d'Apchers oder den Bestienfall wusste, gehören die Fakten dir. Entweder für deine eigenen Nachforschungen zu den Mordfällen – oder für das Geschichtsarchiv eures Vereins. In beiden Fällen ein guter Preis für einen kurzen Telefoncheck bei deinen Kollegen, meinst du nicht?«

Ich kann den Ausdruck in Tomés Augen nicht deuten. Seine Miene bleibt unbewegt, doch die Spannung ist fühlbar. Für einen Moment bin ich sicher, er wird den Kopf schütteln und mich verärgert nach Hause schicken. Aber plötzlich fragt er: »Wie lange bist du noch hier?«

»Ein .... paar Tage, auf jeden Fall noch bis zum Wochenende.«

Noch einmal überfliegt er Margots Worte. Und als er sich mir wieder zuwendet, sehe ich ihm an, dass er Feuer gefangen hat. »Also schön, ich erkundige mich nach der Akte. Morgen habe ich allerdings frei, also kann ich mich frühestens am Dienstag darum kümmern. Und nur, damit wir uns richtig verstehen: Sollte etwas für mich Relevantes dabei herauskommen, dann gibst du die Fakten auch zur Veröffentlichung frei. Und zwar alle Fakten.«

Nun zögere ich doch. Die Fleur, die ich noch vor einigen Tagen war, hätte sofort den Kopf geschüttelt und den Rückzug angetreten.

Weil Fakten das Letzte sind, womit ich handle – vor allem, wenn sie meine Familie betreffen. Aber dann mache ich mir klar, dass das, was vor Jahrhunderten im Haus d'Apcher geschah, weder eine Verbindung zu den Durands noch zu Familie Roland erkennen lässt.

»Ich willige nur unter einer Bedingung ein«, sage ich in die Stille. »Es geht hier nur um die d'Apchers. Mich lässt du völlig außen vor. Egal, was du veröffentlichst, ich bin dabei nicht existent und komme in keinem Bericht vor. Es wird keine Hinweise geben, keine Namenskürzel, keine Andeutungen, woher du die Infos hast. Was mich und meine Großmutter betrifft, legst du die Quellen nicht offen. Und auch die Zeichnungen von Margot Durand bleiben privat. Kann ich mich auf dein Wort verlassen?«

Tomé streckt mir die Hand hin. »Wenn ich mich auch auf deines verlassen kann, Flór?«

Ich mag es immer noch, wie mein keltischer Name aus seinem Mund klingt. Und als ich seine Hand ergreife, ist es Kräftemessen und Versprechen zugleich. Sein Händedruck ist warm und stark und ich spüre wieder die hitzige Energie, die von Tomé abstrahlt. Sie springt auf mich über, lässt mein Herz rasen, macht mich unruhig und auch ein wenig euphorisch. Denn mit diesem Versprechen bekommt Margots Geschichte eine Wirklichkeit, die bisher nur ein Traum und eine Ahnung war.

Unsichtbar

Eines habe ich an diesem Nachmittag bereits über Tomé gelernt: Wenn er für etwas Feuer fängt, gibt es für ihn kein langsames Beginnen, nur den Sprung von null auf hundert. Den halben Nachmittag lang hat er Kataloge gewälzt und sein Ballistik-Netzwerk durchtelefoniert. Mit seinem Tempo hat er mich angesteckt. Auf dem Heimweg ertappte ich mich mehrmals dabei, wie ich viel zu schnell fuhr und als ich jetzt meine provisorische Hacker-Zentrale betrete, ist es zwar schon dunkle Nacht, doch in mir flirrt immer noch die Euphorie. Im Gepäck habe ich Ausdrucke und Kopien, eine Liste mit Links und Handykontakten sowie ein Passwort für den geschlossenen Bereich auf der Homepage der Bestiengesellschaft. Hier laufe ich nun unter Pseudonym als neuestes Mitglied und kann in den Archiven meinen eigenen Recherchen nachgehen und nach Roux und Co stöbern.

Noch in Jacke und Schuhen hole ich den Laptop aus der Tasche, starte ihn und gebe den ersten Link ein. Tomé hat mir den Direktzugriff zu einer, wie er es nennt, »internen Bilddatenbank« eingerichtet. De facto stoße ich auf eine zusammengestückelte Hobby-Homepage mit teilweise schlecht beleuchteten Fotos, die der Betreiber in irgendwelchen kleinen Heimatmuseen geknipst hat. Er ist ein pensionierter Geschichtslehrer in Clermont-Ferrand, der ehrenamtlich die Adelshäuser der Auvergne katalogisiert. Vor allem diejenigen, die es nie in die Geschichtsbücher geschafft haben.

Schon nach wenigen Klicks durch die Galerie werde ich fündig. Wie elektrisiert starre ich auf ein Gemälde, das ich aus Margots Wohnung kenne. Es ist ein skurriles Déjà-vu. Als Kind hatte ich diese Gestalt mit der weißen gelockten Barockperücke für eine alte Frau gehalten. Mit den Augen einer Erwachsenen betrachtet, ist Roux Elzéar d'Apcher ein untersetzter Lebemann, dem man seinen Hang zu gutem Essen und viel Wein ansieht. Schnell klicke ich mich durch die Apcher-Galerie und finde ein Familienporträt. Es zeigt Roux und seine Frau Irène. Er posiert mit herausgedrückter Brust neben dem Barocksessel, auf dem Irène Platz genommen hat. Schräg hinter ihm steht auf einem zierlichen Schränkchen die *Vierge Noire* aus Le Puy-en-Velay – beziehungsweise eine kleine Nachbildung mit gelbem Gewand. Es könnte meine Madonna sein, aber in jener Zeit hat sicher jedes Adelshaus seine eigene Kopie von diesem Kirchendenkmal besessen.

Viel mehr zieht das Ehepaar meine Aufmerksamkeit auf sich. Größer könnte der Gegensatz zwischen dem massigen, aufgeschwemmten Grafen und der kleinen hageren Dame kaum sein. Mit ihrer strengen Haltung und dem hochgeschlossenen Kleid strahlt sie etwas Nonnenhaftes aus. Ihre runden Brauen über den großen Augen und der kleine, etwas gespitzte Mund kommen mir bekannt vor. Ihre Linke ruht an einer reich verzierten Wiege zu ihrer Linken. Laut Beschreibungstext ist das Gemälde anlässlich der Geburt des zweiten Sohnes, Joseph Etienne, entstanden. Das Baby selbst ist nicht zu sehen, doch die teuren, geklöppelten *Dentelles*-Spitzenschleier am Wiegenhimmel zeigen, wie kostbar das langersehnte Kind für die Eltern war.

Aber glücklich sieht anders aus, denke ich. Natürlich wurden Ehen damals nicht geschlossen, um glücklich zu werden. Und meine kunstsinnige *Maman* würde mir jetzt einen Vortrag halten, dass nichts an solchen formellen Porträts zufällig war, sondern bis hin zum Gesichtsausdruck strengen Regeln der Inszenierung folgte. Es irritiert mich dennoch, wie wenig Freude diese Szene ausstrahlt. Aber vielleicht interpretiere ich schon in alles eine Bedeutung hinein, nur weil das Adrenalin durch meine Adern pocht und ich auf Teufel komm raus endlich etwas finden, sehen, wissen will. »Komm runter, Flór«, murmle ich. »Schlaf dich erst mal aus.«

Doch selbst nachdem ich die Jacke ausgezogen habe und mit dem Laptop auf den Knien im Bett sitze, lässt mich die Unruhe nicht aus ihren Krallen. Ich hatte Renate am Telefon gebrieft, wie sie alle nötigen Systeme in meinem Arbeitszimmer aktivieren kann, damit ich auch von Frankreich aus auf meine Werkzeuge und Daten zugreifen kann. Kein Vorgang, der sicher genug für die heikleren Aufträge meiner Kunden ist, für meine privaten Angelegenheiten reicht er aber völlig aus. Ich logge mich direkt in meinen zentralen Rechner zu Hause in Frankfurt ein. Doch nicht einmal meine übliche Patrouille durch das Web kann mich beruhigen. Wie von einem Magneten gezogen lande ich doch wieder in den Bestienforen bei Tatbeschreibungen und bei den drei zentralen Fällen, die Tomé sich für seine Untersuchung herausgepickt hat.

Catherine Boucher ist sein Fall Nummer eins. Sie war achtzehn Jahre alt und stammte aus einem Dorf, das dreißig Kilometer von Margots Land entfernt lag. Tomé hat recht, sogar ich als völlige Laiin würde stutzig werden. Egal, was man von Wölfen hält, sie würden ihr Opfer nie sorgfältig arrangiert auf der Weide zurücklassen – symmetrisch ausgestreckt auf dem Rücken, den abgetrennten Kopf auch noch hübsch säuberlich an die richtige Stelle zurückgelegt. Zudem lag Catherines Hut über ihrem Gesicht, als sollte der Eindruck erweckt werden, dass sie nur im Gras eingeschlafen war. Die anderen beiden Fälle tragen eine ähnliche Täterhandschrift. Meine Schläfen pochen und die Augen brennen, als ich mich endlich aus meiner Bestien-Trance losreiße.

Aber noch bin ich zu aufgedreht, um den Laptop zur Seite zu legen. *Du kannst es echt nicht lassen*, sagt meine tadelnde, kritische Stimme. Aber hier geht es nicht ums Dating, ich will mich nur noch einmal vergewissern, dass ich meinem Gefühl diesmal wirklich vertrauen kann. Denn das Dumme ist, dass Euphorie und warnende Furcht sich exakt gleich anfühlen können. Und ich muss mir bestätigen, dass ich inzwischen wirklich gelernt habe, gut genug zu unterscheiden.

Allzu tief muss ich gar nicht graben. Denn auch wenn Tomé sich selbst im Internet bedeckt hält, posten andere Leute umso mehr über ihn. Vermutlich weiß er gar nicht, wie oft er auf den Fotos anderer Nutzer präsent ist. Nach zehn Minuten kann ich die gesamte Verwandtschaft aus Saugues zuordnen. Sylvie ist die beste Quelle, sie lebt ihr halbes Leben im Internet. Aber über Querverbindungen ist es nicht schwierig, ihn fast überall aufzufinden. *Kein Wunder, dass er keine Zeit für eine feste Beziehung hat*, denke ich. Mit seinen Brüdern ist er in diversen Vereinen und in Gremien städtischer Einrichtungen sehr aktiv. Ich erfahre, dass er bei der Gendarmerie Nationale in Saint-Chély-d'Apcher angestellt ist und auf den höheren Dienst und einen Wechsel nach Mende hinarbeitet. Darüber hinaus engagiert er sich im Wolfspark von Gévaudan in der Aufklärung zur Einwanderung wilder Wölfe in Frankreich, ist in kommunalen Initiativen präsent und auch noch Gründungsmitglied in einem Verein zur Erhaltung des okzitanischen Spracherbes in der Region.

Aber auch hier gilt für Tomé: hundert oder null. Er polarisiert mit seiner Klarheit, Kompromisslosigkeit, mit eindeutigen Haltungen und Worten. Man liebt ihn dafür – oder man hasst ihn, so wie Cyrille Richard und so einige andere. Doch diejenigen, die ihn mögen, sehen einen Glanz in ihm, der sich in offener Bewunderung zeigt. »Antoine Oulier hat das leidenschaftliche, heiße Herz der *Gabales*«, schreibt tatsächlich ein Lokaljournalist über ihn.

Ein altes privates *Throwback*-Foto auf Sylvies Seite zeigt ihn zusammen mit seinen zwei deutlich älteren Brüdern auf einem Feld. Das kleine Mädchen, das dabei ist, heißt Marielle und ist Tomés jüngere Nichte und Sylvies Cousine. Ich vermute, dass sie die Grundschülerin ist, die im Bestienmalwettbewerb so gut abgeschnitten hat. Sie steht bei Tomés Bruder Bernard und schaut fasziniert zu, wie während einer folkloristischen Erntefeier eine Korngarbe zu Ehren des keltischen Getreidegottes Grannus verbrannt wird. Auf diesem Bild mit seiner Familie erscheint Tomé mir noch viel sichtbarer und präsenter als heute Nachmittag. Die Art, wie er lacht und seine ganze Haltung – all das wirkt locker, selbstbewusst und geerdet, als wäre er mit diesem Sein völlig eins. *Glücklich*, denke ich. *Und ohne Angst, sich der Welt zu zeigen und sie sich zu eigen zu machen.*

Ich schließe den Browser und atme durch. Mein Herz rast und das Blut wummert schmerzhaft fest in meinen Schläfen. *Was suchst du eigentlich, Fleur?*, denke ich bei mir. *Den Fehler bei Tomé, den es nicht gibt?*

Mit einem Pling meldet sich eine E-Mail. Max hat endlich die Fotos geschickt, um die ich ihn gebeten hatte: Margots Wohnung und darin die Gemälde. Und als ich das Bild der Frau entdecke, die ich als Kind nur »Eulenfrau« nannte, erkenne ich die jüngere Version von Irène d'Apcher mit ihren runden Brauen und dem schmalen Kinn.

Meine Handyfanfare schreckt mich so auf, dass ich fast hochgesprungen wäre. Es ist eine Nachricht– und auch sie ist von Max. Ich hatte völlig vergessen, dass ich für seine Nummer einen speziellen Signalton eingestellt habe.

Sorry, ich hatte es heute verpennt, dir die Fotos zu schicken, die du haben wolltest, schreibt mein Bruder. *Die Mail müsste schon bei dir im Postfach sein. Hier bei mir geht gerade alles schief. Merle war heute schon wieder bei Moms und hat die nächste Bombe platzen lassen. Sie hat ihr echt einfach erzählt, dass ich jetzt mit Tom zusammen bin, obwohl ich sie gebeten hatte, das für sich zu behalten.* Ein entsetzter Smiley mit explodierendem Gehirn garniert die Nachricht.

Tja, was hast du erwartet, Kleiner?, denke ich. *Dass Merle eine Off-Taste im Herzen hat und auf Toms und deiner Seite ist?*

Gerade will ich ihn zurückrufen, da poppt schon die nächste Nachricht auf:

Papa will mir außerdem das Geld streichen, weil ich das FSJ cancle. Er ist stinksauer. Rufst du ihn morgen an und redest mit ihm? Melde dich, falls du noch wach bist!

Mein Finger schwebt schon über der Anruftaste, aber irgendetwas in mir sperrt sich. Dabei sollte ich ihn trösten, ihn retten, seine Welt ordnen, wie ich es immer gemacht habe. Aber zum ersten Mal tue ich etwas, was ich noch nie bei meinem kleinen Bruder gemacht habe. Ich komme seinem Bitten nicht nach, sondern lege einfach das Handy wieder auf den Nachttisch und schließe auch am Laptop alle Seiten und Bilddateien. Auf dem nun leeren Bildschirm leuchten nur noch kaltes, steriles Blau und die Ordnersymbole. Und mittendrin Maurice' Stalking-Kartei mit den Fotos von meiner Mutter und mir. Ich weiß nicht, was mit mir los ist, aber in der jähen Stille glaube ich mein Blut so laut rauschen zu hören wie einen Fluss. *Wir jagen alle etwas*, hallen Tomés Worte in mir. *Manchmal auch nur Geld, Ruhm, Anerkennung.*

Oder deine Exfrau, weil du nicht ertragen kannst, dass sie dich verlassen hat, ergänze ich in Gedanken. *Und damit auch deine Tochter, von der du dachtest, sie wäre dein Eigentum.* Auch wenn ich Maurice' Fotos längst geschlossen habe, spüre ich das Kribbeln zwischen den Schulterblättern, die Angst, beobachtet zu werden – von einem Jäger, den ich selbst nicht sehen kann. Aber ich glaube auch das kalte Metall von damals am Nacken wahrzunehmen, als Margot mir hinterrücks den Zopf kappte, als wäre ich ein Hund, dem sie ohne zu fragen eine Klette aus dem Fell schneiden konnte. Und noch ein dritter Mensch schwelt wie Glut auf meiner Seele. Ja, es gibt einen Grund, warum drei meine Unglückszahl ist. Nie würde ich diesen dritten Namen laut aussprechen, nicht einmal meine *Maman* weiß von diesem Schwelbrand in meinem Leben. Denn die Märchen haben recht: Namen können Macht über uns haben und wie Flüche sein.

Die Wut auf die drei Menschen flammt so jäh in mir auf, dass ich kaum atmen kann. Mir ist heiß, als hätte ich Fieber, die Stirn und meine linke Wange spannen. Meine ganze Haut glüht und pocht im Pulsschlag, als wäre sie plötzlich zu eng zum Atmen. Als wäre das ganze Zimmer zu eng für mich. *Oder mein ganzes Leben?*

Die Uhr am Laptop springt genau in dem Moment auf zwölf, als ich das Gerät ausmache und der Bildschirm erlischt. Aschenbrödels Stunde, in der sich alles zurückverwandelt, der schützende Zauber erlischt und ihr nur die Flucht bleibt. Aber heute ertrage ich es einfach nicht, mich wieder in der Asche zu verkriechen. Und dank Sylvies Instagram weiß ich, welcher Club als einziger in der Gegend noch geöffnet hat.

Sirona

In manchen Nächten ahne ich, dass das, was ich gerade durchlebe, nicht real ist. Zumindest hoffe ich, dass sich das Chaos, durch das ich gerade irre, als bloßes Synapsengewitter eines Traums entpuppen wird. Fotos und Gemälde treiben als Spiegelungen auf einem Fluss, verzerren und vermischen sich mit der Bewegung des Wassers. Heute und Damals fließen in Strudeln zusammen. Die Eulenfrau überlagert mein Kindergesicht, Tomés Gestalt die Silhouette des DJ, der im blauen Laserlicht des Club Gentiane im Takt der Bass-Baseline mit dem Kopf wippte. Die technische Trancemusik hallt noch in meinem Kopf, aber während ich mich aus dem Schlaf hochkämpfe, zerrinnen nicht nur die Bilder und Klänge, sondern auch das schöne Gefühl, das ich beim Tanzen hatte: frei und von allem losgelöst zu sein. Nun senkt sich die Welt wieder wie eine schwere Decke über mich, das Licht sticht in meinen Augen. Obwohl ich gestern keinen Tropfen Alkohol getrunken habe, fühle ich mich verkatert. *Hallo Realität.* Ich liege auf dem Bauch in meinem Bett, kopfwund und völlig neben der Spur. So fühlt sich also ein Jetlag von einem Trip in meine Vergangenheit an. Meine Haut pocht, als hätte ich eine allergische Reaktion. Ich kann nur hoffen, dass Max in seinem eigenen Gefühlslabyrinth wirklich daran denkt, mir meine Tabletten zu schicken. Irgendwo summt das Handy – aber diesmal erklingt nicht Max' Fanfare. *Bitte nicht meine Eltern*, flehe ich im Stillen. Doch es ist Tomé.

»*Salut*, Flór. Wo bist du gerade?«

Mein Mund ist so trocken, als wäre er voll Asche. »Zu Hause«, krächze ich und setze mich im Bett auf. Beim Blick auf die Uhr erschrecke ich. Es ist schon Mittag, ich habe also den halben Tag verschlafen.

»Hast du gerade Zeit?«

»Ja, wieso?«, murmle ich. »Hast du etwas über das Gewehr herausgefunden?«

»Unter anderem, aus welcher Waffenschmiede es stammt, ja. Aber eigentlich wollte ich dich fragen, ob wir heute zusammen zu dem Landstück fahren. Das Wetter ist gut und Sylvie kennt die Gegend, weil sie dort oft als Guide unterwegs ist. Sie wollte uns sogar spontan eine kleine Tour organisieren.«

Ich blinzle zum Fenster. Ein unglaublich blauer Himmel voller Schäfchenwolken strahlt mir entgegen. Und es war ohnehin mein Plan, in dieser Woche Margots Land zu besichtigen. »Klingt gut«, flüstere ich. »Wann treffen wir uns?«

»Im Grunde gleich. Ich wollte jetzt losfahren. Die Tour startet um eins bei einem Hotel in der Gegend. Es heißt Les Gabales. Soll ich dich in Le Malzieu abholen und du fährst mit mir?«

Tomé im Modus hundert. Mein Gehirn hinkt noch hinterher, aber immerhin bringe ich eine Antwort heraus. »Nein danke, ich … Wir treffen uns dort.«

»*Bien*«, kommt es knapp zurück. »Bis nachher.«

*

Für die Concealer-Camouflage meiner Narben blieb keine Zeit mehr, aber für den Ausflug ins Freie tut es auch das Stirnband, das ich mir in Saugues gekauft hatte. Max geht nicht ans Handy, also tippe ich auf dem Weg zum Auto ein Lebenszeichen und ein kurzes Update. Das Les Gabales war im Internet leicht zu finden. Es ist ein uriges Landhotel für Urlauber, die besonders viel Naturnähe suchen. Also nichts für mich. Laut Navi liegt es über fünf Kilometer von unserem Ziel entfernt. Ich kann nur hoffen, dass Tomé nicht vorhat, die ganze Strecke zu laufen, sondern dass wir zumindest bis zum ersten Wanderparkplatz mit dem Auto fahren.

Ein Teil von mir tanzt sich in einer anderen Zeitzone immer noch im künstlichen Lichtgewitter des Clubs das Adrenalin aus dem Körper, während ich an hellbraunen Aubrac-Rindern vorbeifahre. Neugierig heben sie ihre Köpfe und schauen dem Lada hinterher. Führte mich die Reise gestern noch durch felsige Landschaften mit struppigen Nadelbäumen und kargen, vom Sommer gelb gebrannten Ebenen, tauche ich jetzt in eine grüne, dicht bewaldete Gegend ein. Je näher ich den Margeride-Bergen komme, desto üppiger wird die Vegetation. Die Wiesen leuchten noch in einem saftigen Dunkelgrün. Doch der Herbst leert auch hier schon seine Farben aus und übergießt ganze Waldhänge mit Gold und Orangerot.

Das Les Gabales liegt ein ganzes Stück hinter der Ortschaft Chaliers an einer Straße, die um eine weitläufige Kuppe herumführt. Von Nahem betrachtet würde ich es nicht als Hotel bezeichnen, das lang gezogene, niedrige Gebäude erinnert eher an ein Gästehaus. *Aber immerhin Zivilisation*, denke ich. Auf dem Kiesparkplatz stehen ein paar Autos und auch ein ziemlich abgeranztes kleines Motorrad mit Pariser Kennzeichen.

Hundegebell erklingt, sobald ich aussteige. Diesmal zum Glück keine Wölfe, auf dem Parkplatz springt mir nur ein gelber Retriever entgegen, der sich aus unerfindlichen Gründen wie verrückt freut, mich zu sehen. Dann rennt er einfach weiter und verschwindet irgendwo hinter dem Gebäude. Von Sylvie und Tomé noch keine Spur. Also lehne ich mich an die Motorhaube und nutze die Wartezeit, um Max neue Fotos zu schicken. Die Mobilfunkverbindung ist allerdings kaum vorhanden. Die Sonne kriecht im Schneckentempo hinter die Wattewolken und kommt wieder hervor. Der einzige Mensch, der nach einer Ewigkeit auftaucht, ist ein großer, kräftiger Typ in Schlotterjeans und einem schwarzen Hoodie. Er tritt aus dem Hotel und schlendert mit einem Rucksack über der Schulter zum Motorrad, ohne mich zu bemerken. Auf den ersten Blick erinnert er an einen der typischen Reiseblogger auf Instagram, die ich kaum auseinanderhalten kann, so gleichförmig sind ihr Erscheinungsbild und auch ihr Content bis hin zum üblichen Lagerfeuercamp vor diversen Bergkulissen. Dieser hier dürfte schon über dreißig sein und gehört wohl eher zu der Fraktion Abenteuer & Outdoor. Sein Haar ist von einer schwarzen Mütze verdeckt, aber ein paar störrische braune Locken ragen darunter hervor. Er ist so unrasiert, dass es fast schon als Bart durchgehen könnte und er sieht nicht viel wacher aus als ich. Er holt einen Helm aus dem Kofferraum der Maschine und stopft seinen Rucksack in das Fach. Dann kramt er ein Handy aus dem Hoodie und schaltet es ein. *Hallo Steinzeit*, denke ich bei mir. Dieses Handy spricht eindeutig gegen die Blogger-These. Es ist sehr lange her, seit ich ein knochengroßes Nokia in freier Wildbahn gesehen habe. Der Typ spürt wohl, dass er beobachtet wird, er schaut sich um und stutzt, als er mich entdeckt.

»Hi!«, sagt er sichtlich überrascht.

»*Salut.*« Ich kann mir ein Lächeln nicht verkneifen, denn er schaut mich an, als wäre ich ein Puzzle, das er erst zusammensetzen müsse. Offenbar bin ich nicht die Einzige, die einen Jetlag von der Nacht hat. Sein Blick wandert erst zu meiner Laptoptasche und dann zu dem deutschen Nummernschild meines Autos. »Bist du ein neuer Hotelgast?«, sagt er schließlich mit Franko-Akzent auf Englisch.

»Nein, ich warte hier nur auf jemanden«, erwidere ich auf Französisch.

Noch irritierteres Stirnrunzeln. Pause. Pause. Der Groschen rollt. Dann scheint Easy Rider das Puzzle endlich zusammenzuhaben und switcht ebenfalls ins Französische. »Dann gehörst du zu der Truppe, die heute zu den Ruinen hochwill?«

»Sieht ganz so aus.«

Immerhin, sein Lächeln ist nett. »Schönes Wetter für ’ne Tour.«

Und das war’s mit dem kürzesten Small Talk aller Zeiten. Er schiebt das Handy zurück in die Tasche seines Hoodies und schwingt sich auf das Bike. Auch damit könnte er auf Insta keinen Eindruck schinden, es ist eine kleine klapprige Geländemaschine voller Staub und getrockneter Schlammspritzer. Auch der zerkratzte Helm, den er aufsetzt, hat bessere Zeiten gesehen. Nach einem Abschiedsnicken gibt er Gas und verschwindet um die Kurve aus meinem Sichtfeld.

Eine Minute später schanzt Sylvie in ihrem verbeulten Fiat auf den Parkplatz und springt aus dem Auto. »Tut mir leid!«, ruft sie mir entgegen. »Ich konnte nicht früher von der Arbeit weg. Ist Tomé noch nicht da?«

»Habe ihn noch nicht entdeckt.«

»Na ja, er hat eine längere Anfahrt als du von Le Malzieu.« Sie hakt sich freundschaftlich bei mir unter und zieht mich einfach mit – vom Parkplatz in den Hof hinter dem Hotel. »Ich bin völlig kaputt«, plaudert sie im Gehen weiter. »Warum bist du nicht schon reingegangen und hast dir im Frühstücksraum einen Kaffee geholt? Ich brauche jetzt jedenfalls dringend einen. Obwohl – im Sattel werde ich immer schnell wach.«

»Im Sattel?«

»Klar, wir reiten doch zu den Ruinen hoch. Hat Tomé dir das gar nicht gesagt?«

Ruckartig bleibe ich stehen. »Nein, hat er nicht!«

»Typisch.« Sylvie seufzt. »Hatte mich schon gewundert, warum du dein Technik-Equipment zu einer Reittour mitschleppst.«

Im ersten Moment rede ich mir noch ein, dass das ein Scherz sein soll. Aber dann dämmert mir, dass es auf Sylvies Insta-Account verdächtig viele Fotos von Pferden gibt.

»Ich kann nicht reiten, Sylvie! Ich … Ich habe noch nie ein Pferd aus der Nähe gesehen – geschweige denn auf einem gesessen.«

»Dann wird es aber Zeit!«, gibt Sylvie gut gelaunt zurück. »Es gibt nichts Schöneres, du wirst sehen. Ich habe eine ganz leichte Route ausgesucht, keine steilen Strecken, nur gemütliches Zuckeltempo.«

»Sylvie, das ist alles nett gemeint, aber ich …«

»Komm schon, ich habe vorletzten Sommer über hier gejobbt und kenne jedes Pferd. Das sind lammfromme Touristenschaukeln. Außerdem führe ich deines am Anfängerseil, du musst nichts machen, nur draufsitzen.«

Ich hole schon Luft, um noch einmal zu widersprechen, aber mir gehen tatsächlich die Argumente aus. Der Retriever, der eben noch am Hauseingang in der Sonne gedöst hat, rafft sich auf und springt bellend zu einer Frau, die mit schnellen Schritten quer über den Hof auf uns zukommt. In der Hand hält sie mehrere Pferdehalfter. Ich schätze sie auf jugendliche fünfzig, nur ihr von grauen Strähnen durchzogenes dunkles Haar deutet auf ihr Alter hin. »Das ist Magali«, raunt Sylvie mir zu. »Meine Chefin, ihr gehört das Les Gabales.«

Ich bin schon von Magali beeindruckt, bevor sie ein Wort gesagt hat. Wenn der Begriff Chefin auf jemanden zutrifft, dann wohl auf sie. Sie strahlt Kraft aus, Ruhe – und eine Autorität, die keine Worte braucht. »Magali Dalle«, stellt sie sich vor. »Sylvie hat schon von Ihnen erzählt, Madame Martin. Freut mich, dass Sie sich für unsere historischen Denkmäler interessieren.« Ihr argwöhnischer, prüfender Blick sagt jedoch etwas ganz anderes, wie auch ihr Händedruck, der fast schmerzhaft fest ist. Keine Ahnung, warum, aber sie scheint mich auf Anhieb nicht besonders zu mögen. »Ich mache die Pferde fertig«, sagt sie knapp zu Sylvie. »Wir treffen uns am Gatter.«

Damit lässt sie uns stehen. »Sie kann ein bisschen mürrisch wirken«, sagt Sylvie entschuldigend – aber erst, als ihre Chefin außer Hörweite ist. »Jetzt brauchst du noch Stiefel. Mit deinen Stadtschuhen kannst du nicht reiten.« Widerspruch ist offenbar zwecklos, alles ist bereits organisiert. *Und auf einem angeleinten Pferd zu sitzen, sollte ich wohl schaffen*, rede ich mir gut zu.

Das längliche Nebengebäude, das an eine weitläufige, umzäunte Weide grenzt, ist eine Kombination aus Stall und Lagerräumen. Dort befindet sich ein Umkleidebereich mit Reitstiefeln in allen Größen. Im Raum riecht es nach Heu und altem Gummi und die Stiefel, in die ich schlüpfe, sind kalt und unangenehm hart. Aber tatsächlich fühle ich mich darin besser geerdet.

»Gib mir dein Zeug«, sagte Sylvie. »Ich lege es ins Büro.«

Mein Zeug ist meine Laptoptasche mit meinem kostbaren technischen Equipment. »Wird der Raum abgeschlossen?«, will ich wissen.

Sylvie runzelt gekränkt die Stirn. »Du glaubst doch nicht im Ernst, dass hier jemand etwas stiehlt? Aber wenn es dir damit besser geht: Es gibt auch einen Spind mit Schlüssel.«

Ich zögere trotzdem, meine Sachen zurückzulassen, aber dann beruhige ich mich damit, dass meine Tasche sich zumindest nicht in Luft auflösen kann. Cem nennt mich Kontrollfreak, weil im Innenfutter für den Fall der Fälle ein Ortungschip steckt. Dennoch fällt es mir schwer, alles, was mir Sicherheit gibt, einfach aus der Hand zu geben. Jetzt bin ich nur noch ich. In fremden Stiefeln.

Sylvie ist im Gästehaus in irgendein Hinterzimmer verschwunden. Der Eingangsbereich ist hell und freundlich, Wände und Decke sind holzgetäfelt und es duftet nach Möbelpolitur. Das Ambiente ist mit Brauntönen und Naturmaterialien auf rustikal getrimmt. Noch bevor Tomé auftaucht, höre ich schon seine Stimme. Er muss gerade angekommen sein. Angeregt unterhält er sich mit zwei Herren mit Walking-Stöcken. Lachend verabschieden sich die Wanderer von ihm und gehen zu ihren Zimmern. Und sobald er mich an der Rezeptionstheke entdeckt, ist es wieder, als würde die Sonne auf mich fallen. »Ich hoffe, ich habe dich mit meinem Anruf nicht zu sehr überfallen«, sagt er mit einem Lächeln.

»Kleine Warnung wäre nett gewesen«, antworte ich. »Du hattest gar nicht erwähnt, dass du auch im Reitverein bist.«

»Bin ich nicht. Und es war Sylvies Idee. Sie übernimmt hier ab und zu die Touren als Nebenjob. Aber wenn das Rodeo uns zu wild wird, steigen wir einfach ab und laufen.« Ich muss wohl sehr erleichtert aussehen, denn Tomé lacht und winkt ab. »Keine Sorge, sie hat oft Touristen, die noch nie im Sattel saßen. Willst du einen Kaffee? Am Telefon hast du dich so angehört, als könntest du einen Wachmacher gebrauchen.«

Das ist der erste gute Vorschlag heute. Tomé verschwindet im Frühstücksraum. Ein Kaffeeautomat surrt und gurgelt, dann kommt Tomé mit zwei glasierten rotbraunen Tonbechern zurück.

Sie wirken wie handgetöpfert. Er reicht mir den Becher, auf dem das bärtige Gesicht eines sehr wütenden, schreienden Mannes eingeritzt ist. »Interessantes Design«, bemerke ich. »Artefakt aus einem keltischen Kriegergrab?«

»Zumindest soll es so wirken«, antwortete Tomé. »Magali setzt voll und ganz auf den derzeitigen Keltentrend. Sogar die Zimmer sind mit Keltenfolklore bestückt.« Vielsagend verzieht er den Mund.

»Das sollte dich doch eigentlich freuen, Tomé. Du legst doch Wert auf keltische Traditionen.«

»Ich halte aber nicht viel von Disneyland für Asterix-Fans«, erwidert er knapp.

Der Mann der klaren Worte, denke ich. »Wer ist der Kerl auf meinem Kaffeebecher?«, will ich wissen. »Majestix während eines Meltdowns?«

Tomé lacht auf. »Nein, das soll der Kriegsgott Dumias sein. Und das hier …«, er stellt seinen Becher auf die Theke und dreht ihn, bis das Gesicht einer Frau mit wildem Haar zu mir zeigt, »… stellt Sirona dar, die Göttin des Waldes und der Jagd. Sozusagen die keltische Diana. Eigentlich hätte ich dir diesen Becher geben sollen – auch wenn du nicht wahrhaben möchtest, dass du doch eine Jägerin bist.«

Er grinst und zwinkert mir zu. Es ist nicht nur der starke Kaffee, der meine Lebensgeister endgültig weckt. Es ist Tomés Feuer, das auf mich überspringt, diese widersprüchliche Energie, die zwischen uns spürbar ist, als wären wir zwei Magnete, die sich abstoßen und trotzdem die Nähe suchen.

»Wie passt dann die christliche Madonna zum Keltenthema?«, will ich wissen.

Er folgt meinem Blick zum Schlüsselregal hinter der Rezeption. Die kleine Figur darauf ist aus schwarzbraunem Holz geschnitzt und wirkt modern, fast schon expressionistisch.

»Maria gehört zu diesem Themenkreis«, erklärt Tomé. »Die Verehrung der *Vierges Noires* geht schließlich auf den Kult um die große Muttergöttin zurück. Wie du weißt, war Religion in früheren Jahrhunderten ja reine Politik. Die Kirche setzte bewusst ihr Kreuz an die keltischen heiligen Orte, ersetzte römische Tempel durch Kapellen und Göttinnen durch Maria. Doch so leicht lässt sich der Glaube an die alten Götter nicht überschreiben. Er findet nur neue Namen und Formen – und sei es nur auf Bechern mit fragwürdigem Design.«

Damit bringt er mich zum Grinsen. Doch irgendwie gefällt mir der Gedanke, dass nichts wirklich verschwindet. *Ob Margot wusste, dass sie im Grunde eine heidnische Muttergöttin anbetete?*

»Vorhin am Telefon sagtest du, du hättest Infos zu der Waffe gefunden?«

»Ja, ich habe ein paar Unterlagen dabei. Wenn wir oben bei den Ruinen sind, zeige ich sie dir.«

In den Eingeweiden des Hauses rumpelt es, Schlüssel rasseln, Türen knallen, dann kommt Sylvie aus einem Nebenraum, turnierreif gekleidet mit Lederstiefeln, Reithosen und einem Reithelm unter dem Arm. »Seid ihr noch nicht fertig mit eurem Kaffee?«, ruft sie. »Magali wird sauer, wenn wir sie warten lassen.«

Tomé zieht nur spöttisch den linken Mundwinkel hoch, aber er trinkt gehorsam aus und stellt seinen Becher ab. »Also, Flór?«, wendet er sich an mich. »Bereit, unser nacktes Leben in die Hände einer Amazone zu legen?«

Sylvie rollt nur mit den Augen, aber ich muss lächeln.

*

Von der Straße aus waren vorhin keine Pferde auf der Weide zu sehen. Aber an ihrer Stelle hätte ich auch Besseres zu tun, als am Zaun darauf zu warten, dass mir jemand einen Sattel auf den Rücken schnallt. Jetzt stehen zwei Schimmel und ein dunkelbraunes Pferd aufgezäumt am Weidegatter. Magali zieht gerade noch einen Sattelgurt fest. Und mir werden die Knie weich. Die Pferde sind riesig. Und die beiden schwanenweißen Exemplare kabbeln sich und schnappen mit angelegten Ohren biestig nacheinander. Der

Braune steht gelangweilt daneben und erträgt das Gezicke seiner Gefährten mit stoischer Ruhe. Erst als Sylvie herantritt, hebt er den Kopf und begrüßt sie mit einem freudigen kleinen Wiehern, als würde er sie wiedererkennen.

»Aber … Magali?«, wendet Sylvie sich an ihre Chefin. »Ich dachte, wir kriegen Abellio und Belenus?«

Magali klopft dem größeren der weißen Kolosse auf den Hals und schüttelt den Kopf. »Ihr kriegt die Stuten«, antwortet sie knapp. »Die Wallache sind heute schon eine Tour gelaufen.«

»Ja, das hattest du am Telefon gesagt«, wendet Sylvie zaghaft ein. »Aber wir machen doch nur einen Spaziergang, die Tour geht nicht mal über den Steilweg, sondern um den Berg herum …«

»Hör zu, Sylvie«, unterbricht Magali sie ungeduldig. »Wenn ich euch meine Tiere schon so kurzfristig für einen Ritt überlasse, weil ihr eurer Touristin die Gegend zeigen wollt, dann bestimme ich, welche Pferde ihr nehmt. Mit Loba kommst du ja bestens zurecht. Und ansonsten haltet die zwei Weißen einfach auf Abstand, dann gibt es auch kein Gezicke.«

Sie wirft mir einen unwilligen Blick zu. Okay, sie mag mich wirklich nicht, warum auch immer. Auf Sylvies Wangen breiten sich rote Flecken aus und ihre Augen funkeln verärgert auf. Doch sie schluckt ihren Einwand hinunter und schnallt eine Ledertasche an den Sattel des Braunen.

Tomé dagegen lächelt nur. »Danke fürs Ausleihen der Pferde, Magali«, sagt er freundlich. »Wie kommt dein Holzfäller mit deinem Wald-Versailles-Projekt voran?«

»Wir sind fast fertig«, gibt Magali kühl zurück. »Fehlt nur noch eine Genehmigung für die Erschließung der Zufahrt. Aber wenn es dich interessiert, schau es dir doch an, Antoine. Pierre ist gerade oben und gibt dir sicher gerne eine Touristenführung.«

Ohne Tomés Antwort abzuwarten, lässt sie uns stehen. *Wow, was war das denn?*, denke ich bei mir. Magali gehört wohl auch nicht zu Tomés Fans. Er scheint kein bisschen von ihrer schroffen Art angetickt zu sein, er lächelt nur kühl und wendet sich dem Schimmel zu, den Sylvie zu ihm geführt hat. Für sich selbst hat sie das braune Pferd ausgesucht, das aus seiner Trägheit erwacht ist, herumtänzelt und lebhaft an den Zügeln zerrt. Verstohlen schaue ich Magali nach. Sie geht mit großen, festen Schritten davon, aufrecht, die Hände locker in den Taschen ihrer Arbeitsjacke. Und auch wenn sie für mich nicht viel übrig hat – ich mag sie. Sie erinnert mich an das, was Tomé gestern über seine Wölfin Fada sagte: *Unsere keltischen Feen sind keine lieblichen Nymphen. Sie haben Krallen und Zähne.* Und Magali, da bin ich mir sicher, hat ihre Zähne noch nicht mal gezeigt.

»Von welchem Versailles-Projekt habt ihr gesprochen?«, wende ich mich an Tomé.

»Wellness-Voodoo im Wald«, erwidert er lakonisch. »Wie du vielleicht schon gemerkt hast, macht Magali jeden touristischen Trend mit, wenn er nur Geld bringt.«

»Es ist kein Voodookram!«, empört sich Sylvie. »Magali lässt gerade ein paar Baumhäuser oben auf der Kuppe errichten«, sagt sie dann zu mir. »Für Gäste, die ein Natur-Retreat buchen wollen.«

»Ja, dort können sie dann Ricdin-Ricdon Gesellschaft leisten«, spottet Tomé. Er grinst, als Sylvie wieder rote Flecken auf den Wangen bekommt. Offenbar zieht er seine Nichte gerne auf.

Sie schnaubt. »Nenn ihn nicht immer Ricdin-Ricdon!«, beschwert sie sich. »Pierre ist wirklich nett! Und die Hütten, die er baut, sind richtig toll.«

»Ich würde den Namen Ricdin-Ricdon nicht als Beleidigung lesen, Sylvie«, werfe ich ein. »Tomé weiß es wohl nicht, aber Rumpelstilzchen ist ein mächtiger Naturgeist – nicht anders als die Waldgöttin Sirona.«

Tomé lacht bei meinem ironischen Seitenhieb nur auf. »Sirona würde jedem Beine machen, der sich an ihrem Wald vergreift«, sagt er spöttisch und zieht sich in den Sattel hoch.

Tausend Augen

Für Sylvie mag das Reiten das Schönste auf der Welt sein, aber ich weiß schon jetzt, dass man es getrost von jeder *Bucketlist* löschen kann. Mein Kopf glüht, weil das Stirnband unter dem Helm viel zu warm ist. Der Sattel drückt an interessanten Stellen und jedes Mal, wenn mein Pferd wegen eines Geräusches aus seinem ruhigen Trancetrott hochzuckt, flutet mich eine Schreckwelle. Dabei ist die Landschaft märchenhaft, ein Bach plätschert in der Nähe, Herbstlaub reißt sich im Wind los und fällt den Pferden raschelnd vor die Hufe, als würden die Bäume extra für uns einen Blätterteppich streuen. Sylvies scheinbar so ruhiger Brauner ist endgültig aufgewacht und tänzelt herum, doch Sylvie ist eine souveräne Reiterin und hält ihn mühelos in der Spur. Im Gegensatz zu mir sitzt auch Tomé fest im Sattel und reitet ohne Führstrick ein ganzes Stück hinter Sylvie und mir her.

Als wir nach einer halben Stunde auf einen Waldweg abbiegen, schlägt mein Herz unwillkürlich schneller. Tomé überholt mich und Sylvie in weitem Bogen und reitet in zügigem Schritt voran. Von nun an geht es leicht, aber stetig im Bogen bergauf. Das Kronendach schirmt die Sonne ab und bei jedem Knacken aus dem Unterholz zucke ich zusammen. Je tiefer wir in den Wald vordringen, desto mehr überträgt sich meine Unruhe auf mein Reittier. Nervös spielt es mit den Ohren, es versucht mehrmals selbst anzutraben und wirft mich im Sattel hoch, bis Sylvie uns ausbremst. »Nur noch eine kleine Steilstrecke, dann sind wir schon da«, ruft sie über die Schulter. »Beug dich vor und halte dich an der Mähne fest. Und duck dich unter den Ästen!«

Es ist eine kurze Kletterpartie über federnden Boden, und ich verkrampfe mich vor Unbehagen. Zweige streifen meine Schultern und als mein Schimmel plötzlich stolpert, rutscht auch noch mein rechter Fuß aus dem Steigbügel. Ich kralle mich fest wie ein Affe auf einem Zirkuspony, bis endlich schräges Nachmittagslicht mir ins Gesicht fällt und Sylvie ihr Pferd zügelt. Elegant springt sie aus dem Sattel. Ich dagegen knicke bei der Landung im Gras fast ein, so zittrig sind meine Muskeln und Knie nach dem langen Ritt. Tomé ist schon abgestiegen und nimmt von Sylvie die Satteltasche entgegen.

»Schaut euch in Ruhe um«, ruft Sylvie mir zu. »Wenn ihr fertig seid: Ich bin mit den Pferden dahinten auf der Wiese und mache Fotos.«

Sie schnalzt und die drei Riesen trotten mit ihr davon, das braune Pferd zwischen den beiden Schimmeln. Tomé nimmt seinen Reithelm ab und tritt zu mir.

»*Voilà!*« Mit einer Geste umfasst er das begrünte Felsplateau vor uns. »Genau hier stand vor zweihundertfünfzig Jahren das Schloss von Roux d'Apcher.«

Vorsichtig nehme auch ich den Helm ab und rücke mein Stirnband zurecht.

Wir stehen auf einer flachen Stufe zwischen einer bewaldeten Anhöhe rechts von uns und sanft abfallenden Hängen zur Linken. Bis in die Ferne erstrecken sich die malerischen Schluchten, Ebenen voller Granitfelsen und die bewaldeten Anhöhen der Margeride. Doch einsame Natur ist das hier nicht. Das Plateau scheint ein Ausflugsziel zu sein. Rufe hallen im nahen Wald und irgendwo bellen Hunde. Rechts von der bewaldeten Anhöhe kommt gerade eine Wandergruppe mit Rucksäcken heruntermarschiert.

»Und?«, höre ich Tomé sagen. »Wie gefällt dir das Land deiner Ahnen, *Comtesse* Flór?«

Ich wünschte, ich könnte über seinen Scherz lächeln und von diesem Ort begeistert sein oder zumindest berührt. Aber die Wahrheit ist, ich bin enttäuscht. Denn da ist keinerlei Verbindung, kein Funke, der überspringt, es ist einfach nur ein fremder Ort mit

Distelgestrüpp und ein paar Wacholderbüschen, die zwischen den Resten von Mauerruinen wachsen. *Was hast du erwartet, Fleur? Einen Flashback in frühere Leben?*

Tomé schaut mich immer noch erwartungsvoll an.

»Es … war wohl ein eher kleines Schloss«, ist alles, was ich herausbringe.

»Na ja, ein *Château de la Baume* konnte man auf dieser schmalen Fläche nicht errichten«, räumt Tomé ein. »Unsere Adelssitze waren wie das Land: hart, kompakt und kantig. Keine Erker und weitläufigen Spiegelsäle, nur Fensterscharten und dicke Mauern. Das Gebäude hier wurde nach der Revolution abgetragen und die Steine für den Bau von Häusern wiederverwendet. Aber ein Teil des Turms ist noch erhalten. Komm mit!«

Im Gegensatz zu mir bereitet es ihm offenbar keine Mühe, über das unebene Gelände zu gehen. Meine Beine sind immer noch so zittrig und muskellahm vom Ritt, dass ich wie auf schwankendem Boden gehe. Zweige und Gestrüpp knacken unter meinen Stiefeln, als ich unsicher durch das Ruinenfeld stakse. Aus der Nähe betrachtet erkennt man, dass auch das, was ich für flechtenüberwachsene Granitsteine gehalten hatte, Mauerreste sind. Hinter einer Reihe von Wacholderbüschen erhebt sich ein kniehohes Quadrat von der Grundfläche eines sehr großen Zimmers. Tomé ist über ein Mauerstück gestiegen und wartet auf mich. Mit den Händen in den Hüften steht er aufrecht da und schaut sich um. Er ist in seinem Element und seine Augen leuchten, als wäre das hier sein Land. Und mir wird klar, dass wir hier völlig unterschiedliche Dinge sehen: Tomé seine Heimat, die er mit Herz und Seele fühlt. Für ihn ist die Geschichte lebendig und das Bauwerk steht ihm vor Augen, als wäre es noch da. Ich dagegen blicke auf tote Erde, mit der ich nichts gemeinsam habe.

»Das war der Eckturm der Anlage«, ruft er mir zu. »Der *Donjon*. So hieß diese Art von Wehr- oder auch Wohnturm, je nachdem. Und manchmal war er bestimmt auch als Kerker im Einsatz. Solche Donjons siehst du oft auf den hiesigen Wappen – auch das d'Apcher-

Wappen hat einen solchen Turm als Wahrzeichen.« *Neben Äxten und einem Hundekopf,* ergänze ich im Stillen.

Während Tomé das Karree verlässt und weitergeht, setze ich mich auf einen der Mauerreste. Unter meiner Hand ist der Stein eiskalt und rau. Meine Zähne pochen, so fest presse ich die Kiefer zusammen. Denn wieder steigt die unbändige Wut in mir auf. *Dafür das alles, Gräfin Margot? Für ein Feld voller Steine, zwischen denen der Plastikmüll von Wandertouristen hängt? Für vermeintliche Ahnen, deren Burg schon längst nicht mehr steht? Dafür hast du gelebt und deine eigene Familie verachtet?*

Oben am Waldrand bricht die Wandertruppe in lautes Gelächter aus. Sie haben sich um die Pferde geschart, Sylvie lacht und plaudert mitten unter ihnen. Fotos werden gemacht, von einem Handy plärrt Musik. *Ein Königreich für meinen Lada.* Am liebsten würde ich mich ins Auto setzen und das alles hinter mir lassen.

»Flór?« Tomé winkt mich weiter. Nur aus Höflichkeit gebe ich mir einen Ruck und stehe auf. Unser Weg führt ein Stück den Abhang herunter. Auf der nächsten Ebene thront ein riesiger Baum mit einem Stamm, den nicht einmal drei Leute umfassen könnten. Unter dem Dach seiner ausladenden Äste liegt ein Granitquader, der als Sitzbank gedacht ist. Tomé nimmt Platz und beginnt die Satteltasche auszupacken. Zum Vorschein kommt eine Leinenserviette, die er als Tischdecke zwischen uns auf den Stein breitet. Es folgen Brotscheiben, Käse und schließlich eine halbe Flasche Rotwein und zwei Gläser. *Picknick mit Profiler.* Das lässt mich nun doch lächeln. Und als mir der würzige, intensive Duft von Blauschimmelkäse in die Nase steigt, wird mir erst bewusst, wie hungrig ich bin.

»Das ist unser Bleu d'Auvergne«, erklärt Tomé. »Aber ich wusste nicht, ob du so kräftigen Käse magst, deshalb habe ich auch einen Salers eingepackt. Und am Wein werden wir Autofahrer natürlich nur nippen, aber ein Schluck gehört einfach dazu.«

»Danke, Tomé!«, sage ich aus vollem Herzen. Er wendet den Kopf und schenkt mir ein Lächeln. Der Wind spielt in seinem Haar.

Herbstlicht zeichnet seinen Wangenbogen und seine klaren Züge nach und lässt die Augen in einem intensiven Blau leuchten. »*Avec plaisir,* Sirona«, antwortet er sanft und reicht mir das Weinglas.

»Auf unseren Fall.« Er hebt feierlich sein Glas.

»Auf die Wirklichkeit«, erwidere ich leise. Und als wir anstoßen und uns in die Augen sehen, muss ich durchatmen, so gefährlich nah kommt mir sein Fuchslächeln.

Wir essen schweigend, mit dem Blick auf das Panorama der Granitberge, die in der schrägen Nachmittagssonne in einer Aura von Feenlicht glühen. Der goldgelbe Salerskäse schmeckt erdig und aromatisch und der Bleu d'Auvergne aus der Region Puy-de-Dôme ist beinahe scharf, aber dabei so cremig, dass er auf der Zunge zergeht. Nach dem letzten Bissen holt Tomé einen Stapel Ausdrucke aus der Tasche. »Für dich. Ein paar Dokumente zu Roux und Irène. Und das hier wird dich ganz besonders interessieren.« Er tippt auf das oberste Blatt.

Ich stelle mein Glas auf den Stein und nehme die Kopien entgegen. Die erste davon ist der Scan, den Tomé gestern aus dem Drucker gelassen hatte. Mit Kugelschreiber hat er auf Margots Gewehrzeichnung Linien nachgemalt, die auf der Bleistiftzeichnung nur Ahnungen sind.

»Ich dachte mir schon gestern, dass der Hahn mit dem Feuerstein eine seltsame Form hat«, erklärt Tomé. »Er ist als Relief gestaltet, siehst du? Diese Art der Bearbeitung ist selten zu finden, zu leicht konnte der Hahn bei Belastung brechen.«

»Der Hahn stellt ja tatsächlich eine Figur dar!«, sage ich überrascht. »Soll das ein Hundekopf sein?«

»Wolf«, korrigiert mich Tomé. »Mit offenem Maul. Der eingespannte Feuerstein sitzt an der Stelle der Zunge.«

»Heißt das, dieses Gewehr war für die Wolfsjagd gedacht?«

»Nein, das ist nur ein Wappensymbol.«

Jetzt bin ich wie elektrisiert. »Roux hatte einen Wolf im Wappen und keinen Hund?«

»Korrekt«, bestätigt Tomé. »Aber das Beste kommt erst noch: Ich habe mein Netzwerk auf den Scan angesetzt und heute bekam ich die Info, aus welcher Waffenschmiede das Gewehr stammt.« Er beugt sich zu mir und deutet auf das Emblem mit den drei verschlungenen Lilien. »Das hat Aristide Vabonnier angefertigt, seine kunstvollen Spezialanfertigungen wurden sogar in Versailles hoch gehandelt. Und Fakt ist, dass er dieses Gewehr im Auftrag von Roux hergestellt hat – und zwar im Jahr 1745 als Hochzeitsgeschenk. Der Comte d'Apcher hat es seiner Braut geschenkt.«

»Dann gehörte das Gewehr also Irène?«, hauche ich. »Ich dachte, sie hätte ihre Zeit mit Beten verbracht, nicht mit Jagen?«

»Ob sie damit wirklich jagte, wissen wir nicht. Vielleicht hoffte Roux ja, dass sie nach der Hochzeit gemeinsam die Wälder durchstreifen würden, ich vermute allerdings eher, sie hat es sich als Zierde über den Kamin gehängt. Die Jagd auf die Bestie wurde aber dann tatsächlich zu ihrer Mission – zumindest im letzten Jahr der Angriffe. Damals war Roux nach seinem Unfall nicht mehr in der Lage, das Schloss zu verlassen. Er war so gut wie gelähmt, konnte nur noch mit einer Stütze stehen, aber nicht mehr laufen. Dafür war Irène d'Apcher plötzlich umso aktiver.«

Auf sein aufforderndes Nicken hin ziehe ich das nächste Blatt hervor: Eine kopierte Liste und ein Text in altertümlicher Handschrift. Das Französische stammt aus einem früheren Jahrhundert, aber den Sinn kann ich mir zusammenreimen: *Eine wilde Bestie, unbekannt in unseren Breiten, tauchte hier auf, und niemand weiß, woher sie gekommen ist. Wo immer sie sich zeigt, hinterlässt sie eine blutige Spur ihrer Grausamkeit. Doch Gottes Gerechtigkeit, so sagt der heilige Augustinus, lässt niemals zu, dass Unschuldige Qual erdulden. Nur wer gesündigt hat, muss leiden. Dieser Grundsatz lässt euch keinen Zweifel: Euer Unglück kann nur aus euren Sünden entstanden sein.*

»Das war der Hirtenbrief des damaligen Bischofs von Mende aus dem Jahr 1764«, erklärt Tomé. »Nach den ersten Angriffen ließ er verkünden, die Leute hätten selbst Schuld am Auftauchen der Bestie. Sie sei eine Strafe Gottes für die Sünden der Menschen.«

»Also ist jeder, der getötet wurde, angeblich von Gott bestraft worden?«, murmle ich. »*Victim-Blaming* vom Feinsten!« Ich kann nicht anders, als Zorn zu empfinden. Aber es wird noch schlimmer.

»Irène war jedenfalls ganz auf der Linie des Bischofs«, fährt Tomé fort. »Sie war überzeugt davon, dass die Opfer der Bestie sündig gewesen waren. Anfangs war sie strikt dagegen, dass Roux sich an den Jagden beteiligte. Aber jetzt wird es spannend: Trotz dieser Einstellung hat sie ihre Meinung wohl sehr plötzlich geändert. 1767 organisierte sie selbst eine große Jagd auf die Bestie. Und die hat sie sich einiges kosten lassen. Die Liste, die du in der Hand hältst, ist eine Aufstellung ihrer Ausgaben.«

Er schaut mich an, als müsste ich jetzt in Jubel ausbrechen, aber in mir sträubt sich immer noch alles gegen das, was im Hirtenbrief steht. »Du ... hast deinen freien Tag dafür geopfert, um all das herauszufinden?«, frage ich zögernd.

Tomé lacht auf, aber seine Augen lächeln diesmal nicht mit. »Ich *opfere* nichts«, sagt er mit Nachdruck. »Aber wenn ich etwas tue, dann richtig oder gar nicht. Bisher hatte ich mein Augenmerk noch nie auf diesen d'Apcher-Zweig gerichtet. Er spielte einfach keine Rolle, aber je mehr ich nachforsche, desto interessanter wird er für mich.«

»Du meinst ... Für deine Ermittlungen zu Jack The Ripper?«

Tomé steht auf und tritt zum Stamm des Baumes. Sein Blick ist auf den Rand des Waldes gerichtet, der sich unter uns über den ganzen Abhang zieht. »Möglicherweise«, sagt er mehr zu sich selbst als zu mir. »Auch in dieser Gegend ist damals ein Mädchen verschwunden. Man suchte sie, aber das Einzige, was jemals von ihr gefunden wurde, war ein Fetzen ihrer blutigen Schürze ein paar Kilometer weiter. Als hätte jemand sie durch den halben Wald verschleppt.«

Ich schlucke. »Einer deiner drei Mordfälle spielte sich also direkt hier ab?« Ich weiß nicht, warum ich so beunruhigt bin. Als dürfte es nicht sein, dass sich an einem so schönen Ort unter einem Himmel wie diesem etwas Schreckliches zugetragen hat.

»Nein, das wäre Fall Nummer vier«, murmelt Tomé, ohne den Blick vom Waldrand zu wenden. »Catherine Bouchers Fall ist dreißig Kilometer von hier verortet, der nächste Mordfall mit ähnlichem Muster ereignete sich vier Wochen später in Richtung Mont Mouchet. Nur wird sich kaum nachprüfen lassen, ob dieser Fall hier ebenfalls die Handschrift des Täters trägt. Ein Fetzen Stoff ist nicht gerade viel Beweismaterial.«

»Und warum überlegst du dann, dieses verschwundene Mädchen in deine Ermittlungen aufzunehmen?«, frage ich leise. »Wie hieß sie überhaupt? Und wer war sie?«

»Unten im Tal stand damals das Dorf, aber es gibt nur noch wenige Dokumente dazu. Ich vermute, dass die Verschwundene ein Bauernmädchen war, aber beweisen kann ich es noch nicht. Dafür habe ich allerdings einen anderen interessanten Anhaltspunkt.« Sacht legt er die Hand an die zerklüftete Rinde des alten Baums. »Diese Eiche stand schon zu Zeiten der Bestie hier. Sie taucht in einem Augenzeugenbericht auf. Unter dem Baum saß am Tag, als das Mädchen verschwunden ist, nämlich ein Hirtenjunge. Er schaute runter zum Waldrand – und genau dorthin, wo du heute die Tannen siehst.«

Er späht konzentriert zu den Nadelbäumen. Ich habe den Eindruck, er schaut direkt in die Vergangenheit. *Mit den scharfen Augen eines Jägers*, denke ich mit einem Frösteln.

»Es war ein nebliger Tag«, fährt er leise fort. »Aber der Junge erzählte, er hätte dennoch einen Wolf gesehen, der sich plötzlich auf zwei Beine erhob. Er verschwand zwischen den Bäumen.«

»Ein … Werwolf ist aber auch nicht gerade valides Material für eine Ermittlung«, wende ich vorsichtig ein.

Tomé lacht kurz auf. »Das stimmt. Und bisher hatte ich diesen Bericht auch nicht weiter beachtet. Es gibt zu viele erfundene Geschichten aus jener Zeit, und solche Werwolf-Storys gehören dazu. Natürlich glaubten die Menschen damals durchaus an Werwölfe. Das Gévaudan war finsterste Provinz, die Aufklärung war hier noch nicht mal ein Lichtstreif am Horizont. Aber wenn man die möglichen Fälle und Fakten verbindet, dann könnte man sich vorstellen, was ein Hirtenjunge damals vielleicht dachte, wenn er im Schatten der Bäume zum Beispiel einen bärtigen Kerl mit Schmutz im Gesicht und wirren Haaren sah.«

»Einen Gesetzlosen?« Ich kenne solche Theorien von Ausgestoßenen und Verbrechern. Das Märchen Rotkäppchen warnte schließlich auch vor »Wolfsmännern«, die fern der Gesellschaft in den Wäldern lebten.

Tomé nickt. »Wäre möglich. Aber was mich viel mehr interessiert, ist die *Comtesse* d'Apcher. Die ersten Jahre, in denen die Bestie ihr Unwesen trieb, verbrachte sie auf Wallfahrten und bat um Kindersegen, als ginge die Bestiengeschichte sie gar nichts an. Doch als dieses eine Mädchen verschwindet, da organisiert Irène plötzlich eine eigene Jagd. Sie heuert sogar Suchtrupps an, um die Verschwundene zu finden, sie setzt ein ungewöhnlich hohes Kopfgeld aus und lässt die ganze Gegend durchkämmen. Und das für irgendein unbedeutendes Dorfmädchen, das sie laut Bischofsbrief für sündig und damit für schuldig am eigenen Tod halten muss?«

Suche nach den Abweichungen in der Baseline, hallen die Worte meines Vaters mir im Ohr. *Jede Abweichung vom üblichen Muster im Verhalten eines Menschen kann ein verräterischer Hinweis sein.*

»Und noch im selben Jahr spendete sie eine riesige Summe an die Kirche in Le-Puy-en-Velay«, setzt Tomé hinzu. »Und mit riesige Summe meine ich ein halbes Vermögen.«

Ich runzle die Stirn. »Was soll eine Kirchenspende mit den Jagden zu tun haben?«

»Vielleicht gar nichts«, murmelt Tomé. »Ich sammle nur Fakten.« Er nimmt wieder Platz und beugt sich vor. »Aber es ist schon interessant, in den Aufzeichnungen deiner Großmutter zu lesen: *Ich bin nicht diejenige, die gesündigt hat, dennoch trage ich wie Hiob demütig den Fluch von Roux d'Apcher.* Hört sich so an, als hätte Roux sich damals irgendeine Sünde aufgeladen, findest du nicht?« Die Ellenbogen auf die Knie gestützt, schaut er mich von der Seite an. »Und wir wissen beide, dass man sich in damaliger Zeit bei manchen Kirchenmännern die Seele auch mit Geld reinwaschen lassen konnte. Weißt du wirklich nicht, was deine Großmutter mit diesem Fluch gemeint haben könnte?«

Ich schüttle den Kopf. Doch dabei schlägt mein Herz mir bis zum Hals, als wäre ich diejenige, die etwas zu verbergen hat. *Was, wenn dieses Mädchen etwas mit Roux zu tun hatte?*, denke ich. *Hätte Irène Ehebruch nicht auch als Todsünde betrachtet?* Aber eine Sünde ist etwas anderes als ein Fluch. *Und ein ermordetes Mädchen kann keinen illegitimen adeligen Nachkommen geboren haben,* setze ich hinzu. *Oder doch?*

»Tomé?«, frage ich in die Stille. »Glaubst du tatsächlich, dass die Vergangenheit in unserem heutigen Leben noch eine Rolle spielt?«

»Ich glaube sogar, dass wir zu einem großen Teil aus Vergangenem bestehen«, antwortet Tomé ernst. »In der heutigen Zeit ist es *en vogue* zu denken, die Menschen würden sich in jeder Generation ganz neu erfinden. Ich bin anderer Meinung. Wir fügen in jeder Generation nur etwas hinzu. Und das ist nicht viel, zum größten Teil sind wir die Summe aller Erfahrungen und Leben, die vor uns gelebt wurden. Und jedes frühere Leben hallt wie ein Echo bis in die Jetztzeit.«

Mir sinkt der Mut. Danke, genau so etwas wollte ich nicht hören.

»Also … glaubst du auch an Flüche?«

Tomé lächelt schmal. »Viel interessanter ist doch, ob du daran glaubst, Flór.«

Kalt erwischt, Monsieur Antoine. Ich halte seinem Blick nicht stand. Als müsste ich mich verstecken, so seltsam das auch ist.

Ich wende mich den Bergen zu und starre zum Waldrand. Dorthin, wo ein Hirtenjunge vor Jahrhunderten vielleicht einen verwilderten Mann gesehen hatte. »Ich glaube nicht daran«, lüge ich. Der Wind ist kühler geworden und lässt die Wipfel der Tannen schwanken, als würden sie mir höhnisch zuwinken. Und es ist völlig bizarr, aber ich bilde mir ein, dass ich aus dem Schutz der Tannen heraus beobachtet werde. Nur ist es nicht ein Paar Augen, es sind Tausende, feige im Schatten versteckt, obwohl ich ihre Blicke so deutlich spüre wie Hitze auf meiner Haut.

Und ich weiß nicht, was mich plötzlich übermannt, aber jäh flackert die Wut, die ich schon gestern gespürt hatte, wieder in mir auf. Am liebsten würde ich aufspringen und in den Wald hineinbrüllen, alles vertreiben, was sich dort im Schatten verbirgt. Denn jetzt kriecht das Echo der alten Scham wieder in mir hoch wie zähe Lava, die sich in mir ausbreitet und in der Kehle erstarrt. Und gleichzeitig ist die Scham eine heißkalte Hand am Hinterkopf, die meinen Kopf nach unten zwingen will, die Augen zu Boden, die Schultern nach vorne, bis ich kaum noch atmen kann.

»Wollen wir noch runter zu dem ehemaligen Dorf?«, höre ich Tomé fragen.

»Nein.« Ich springe auf und schüttle den Kopf. »Danke für den Ausflug, Tomé«, bringe ich mühsam hervor. »Aber … ich habe für heute genug gesehen. Lass uns gehen.«

»Du willst jetzt schon zurück? Wieso?«

»Es wird … sonst zu spät, bis ich wieder in Le Malzieu bin. Ich habe heute noch jede Menge am Rechner zu tun. Lass uns zurückreiten, bitte!«

Tomé sieht mich mit seinem prüfenden, intensiven Ermittlerblick an, als versuchte er meine Gedanken zu lesen. »*D'accord*«, sagt er schließlich verwundert. Doch sein Einverständnis klingt eher wie eine Frage.

Digital Detox

Wir finden Sylvie auf der Wiese vor dem Waldstück oberhalb des Plateaus wieder, wo sie Selfies von sich und den Pferden macht. Unsere Reittiere zupfen entspannt an Heidekräutern, die hier neben Findlingen aus Granit wachsen. Meine Stute wirkt nicht sehr begeistert, als Sylvie den Sattelgurt, den sie für die Pause gelockert hatte, wieder anzieht. »Nimm den Stein da drüben als Trittbrett«, rät sie mir. »Das ist einfacher beim Aufsteigen.«

Diesem Vorschlag folge ich nur zu gerne, denn die Schimmelstute erscheint mir nun noch größer als vorhin und meine Beine sind immer noch kraftlos von dem langen Ritt. Mein Pferd schnaubt ergeben, als Sylvie es zu einem kniehohen Findling führt. Schritt für Schritt dirigiert sie die Stute, bis diese parallel zum Granitfelsen steht. Tomé hält die anderen beiden Pferde am Zügel und wartet darauf, dass ich aufsteige. Mein Pferd legt zwar die Ohren an, doch es hält brav still, während ich zum Sattel greife und mit dem Fuß nach dem Steigbügel hangle. Doch gerade als ich mich hochziehen will, durchschneidet ein tiefes, lautes Bellen die Luft. Die Stute zuckt am ganzen Körper zusammen. »He!«, ruft Tomé, als die Pferde, die er hält, erschrocken die Köpfe hochwerfen. Der Braune macht einen Riesensatz zur Seite und ruckt so fest am Zügel, dass Tomé fast das Gleichgewicht verliert. Dann geht alles so schnell, dass ich kaum reagieren kann. Aus dem Augenwinkel sehe ich einen großen Hund heranstürmen. Meine Stute macht einen Satz zur Seite und quiekt erschrocken auf, Hufe trappeln, ein Mann brüllt und meine Finger schrappen über den Sattel, der sich mir mit einem Ruck entzieht. Reflexartig versuche ich noch meinen Fuß aus dem Bügel zu ziehen, doch mein Stiefel verkantet sich. Ich spüre nur noch ein Reißen am Fuß, dann zieht es mir auch schon den Boden weg. Der Aufprall auf dem Rand des Felsens raubt mir die Luft. Für einen Moment sehe ich nur noch Blitze im Blickfeld. Nach Luft ringend, finde ich mich im Gras wieder. Schmerzen pochen an meiner Schulter und meinem rechten Oberarm. Der Hund springt zwischen uns herum und bellt ohrenbetäubend laut. Und während ich vergeblich versuche, Luft zu holen, sehe ich meine Schimmelstute um Sylvie herumtänzeln. Ihr braunes Pferd steigt so abrupt auf die Hinterbeine, dass es Tomé die Zügel aus der Hand reißt, und jagt mit pendelnden Steigbügeln davon in Richtung Wald.

»*Merde!*«, entfährt es Sylvie. Ich schließe die Augen und krümme mich. Eine fremde Männerstimme schreit einen Namen – vermutlich ruft das Herrchen seinen Hund zurück. Hufgetrappel ist zu hören, ein Galoppschlag. Und dann spüre ich eine Hand auf meiner linken Schulter. »Flór!« Es ist Tomés atemlose Stimme. Als ich die Augen öffne, blicke ich in sein besorgtes Gesicht.

»Nichts passiert«, presse ich mühsam hervor.

»Bist du sicher?«, sagt er sanft. »Kannst du aufstehen?«

»Ja, geht schon, alles gut!«, entfährt es mir nicht gerade freundlich. Denn nichts ist gut, mein Helm liegt auf dem Boden und alles, woran ich sogar jetzt noch denken kann, ist die Frage, ob mein Stirnband verrutscht ist und Tomé gerade die weißen Hautinseln auf meiner Stirn betrachtet. Bevor er mir aufhelfen kann, rapple ich mich allein hoch. Der zweite Schimmel, den Tomé vorhin wohl hastig an einem Strauch angebunden hat, zuckt nervös mit den Ohren. Ich schaue mich nach Sylvie um – und sehe sie auf meiner Stute bergauf reiten – dorthin, wo ihr Brauner inzwischen aus dem Sichtfeld verschwunden ist.

»Entschuldigung«, ruft der Mann, der seinen Hund inzwischen eingefangen hat. »Hätte ich gewusst, dass hier oben Pferde sind, hätte ich ihn an die Leine genommen.«

Tomé richtet sich auf und geht mit großen Schritten auf ihn zu. »Hunde dürfen im Wald überhaupt nicht von der Leine«, herrscht er ihn an. Und dann erlebe ich eine wirklich einschüchternde Seite von Antoine Oulier. Den Polizisten, der keinen Spaß versteht. Er faltet den Hundemenschen verbal so zusammen, dass der locker in ein Portemonnaie gepasst hätte.

Mit zitternden Knien lasse ich mich auf dem Stein nieder. Langsam bekomme ich wieder genug Luft, aber die Schulter, mit der ich bei meinem Sturz über den Felsbrocken geschrappt bin, brennt immer noch höllisch. Als Tomé zu mir tritt, ringe ich mir dennoch ein schiefes Lächeln ab. »So viel zum Thema Rodeo«, bringe ich heraus.

Doch Tomé überhört den ironischen Kommentar, er zieht nur besorgt die Stirn kraus. »Bist du sicher, dass du nicht verletzt bist?«

»Mach dir keine Sorgen, es war nur ein Schreck.«

Zweige knacken wie Schüsse in der Nähe, als würden sie unter einem großen Gewicht brechen. Tomé und ich wenden uns beide dem Waldrand zu, wo Sylvie gleich hoffentlich mit beiden Pferden zurückkommen wird. Stattdessen taucht im schrägen Nachmittagslicht eine Art Fata Morgana auf. *Habe ich mir doch den Kopf angeschlagen und fantasiere?*, denke ich. Aber hinter einer kleinen zerzausten Tanne erscheint tatsächlich Easy Rider, in der Hand die Zügel von Sylvies Pferd, das nun friedlich neben ihm hertrottet. »*Hé*, Oulier!«, ruft er Tomé schon von Weitem zu. »Habt ihr unterwegs ein Pferd verloren?«

In diesem Moment taucht auch Sylvie auf dem Schimmel wieder auf. »Oh, Gott sei Dank!«, ruft sie schon von Weitem. Sie trabt heran und springt ab, bevor die Stute ganz zum Stehen gekommen ist. Ohne Umschweife drückt sie Tomé ihre Zügel in die Hand und rennt zu dem Motorradfahrer. »Danke dir, Pierre!«, ruft sie aus vollem Herzen.

Pierre?, wiederhole ich in Gedanken. *Das ist Ricdin-Ricdon?*

»Kein Problem«, antwortet er ruhig. »Das Pferd ist mir direkt vor die Füße gelaufen.«

»Magali hätte mir den Kopf abgerissen, wenn Loba alleine nach Hause gekommen wäre«, sprudelt Sylvie weiter. Noch während sie redet, schweift sein Blick zu mir. Er scheint nicht überrascht zu sein, mich hier wiederzutreffen. Ich dagegen versuche immer noch, zwei Bilder aus verschiedenen Welten zusammenzubringen. Und dieser Pierre scheint mir die Verwirrung anzusehen, denn er grinst, während er dem Pferd noch mal freundschaftlich auf den Hals klopft und die Zügel Sylvie übergibt. Tomé hat eine sachliche, undurchdringliche Miene aufgesetzt. »Danke fürs Zurückbringen«, sagt er nur knapp.

»Es tut mir so leid, Fleur!«, ruft Sylvie mir zu. »Das war mein Fehler. Ich hätte besser aufpassen müssen. Dein Pferd kann nichts dafür, es ist nur erschrocken und hat deshalb einen Satz zur Seite gemacht.«

»Es ist nicht dein Fehler, wenn Leute ihre Hunde nicht im Griff haben, Sylvie«, sagt Tomé. Und als er sich an mich wendet, ist er nicht mehr der kühle Polizist. Er schenkt mir ein besorgtes Lächeln. »Sollen wir erst ein Stück gehen, bevor du wieder aufsteigst?«

Keine zehn Pferde bringen mich heute noch einmal in den Sattel, hätte ich am liebsten geantwortet. Aber die Alternative wäre, fünf Kilometer in fremden Reitstiefeln den Berg hinunterzustapfen. »Nein«, sage ich mit fester Stimme. »Es ist alles in Ordnung, wirklich.«

Über Pierres Miene huscht ein verräterisches kleines Lächeln. *Merkt er, dass ich lüge?*, denke ich. Sylvie und Tomé dagegen glauben mir jedes Wort. Tomé führt meine Stute zu dem Trittstein und hält sie dabei am kurzen Zügel. *Los, zurück in den Sattel!*, befehle ich mir. Immerhin schaffe ich es, mit weichen Knien aufzustehen, aber alles in mir lehnt sich dagegen auf, den Helm aufzuheben und wieder nach dem Steigbügel zu greifen.

Und plötzlich sagt Ricdin-Ricdon: »Wenn du willst, kann ich dich auch rasch mit dem Motorrad zum Les Gabales runterfahren.«

»Lass mal, Pierre«, meldet sich Tomé kühl zu Wort. »Ich schicke meinen Gast ganz bestimmt nicht auf eine Gelände-Rallye.«

»Ich habe sie gefragt, nicht dich«, erwidert Pierre und tatsächlich klingt er dabei nicht einmal unfreundlich. Er schaut mich auffordernd an und deutet mit dem Daumen über die Schulter. »Mein Motorrad steht oben am Bauplatz. Ich hol's und wir fahren hinten an den Weiden runter. Geht schnell, da wir nicht um den ganzen Berg herum müssen.«

Er lächelt mir zu. Ich weiß nicht, was mich reitet. Vielleicht ist es nur der zornige Blick von Tomé und sein besitzergreifendes »mein Gast« von eben, das mir noch im Ohr klingt. Aber ich antworte: »Danke, gerne!« und hebe meinen staubigen Reithelm auf.

*

Ich wusste, dass es Prinzen auf weißen Pferden gibt, aber mir war nicht klar, dass manche von diesen Retterfiguren aus den Märchen auch staubige Motorräder fahren. Tomé blickt mehr als finster drein, als ich wenig später hinter Pierre auf die kleine Geländemaschine steige. »Es wird ein bisschen steil«, sagt er über die Schulter zu mir. »Also halt dich gut an mir fest.«

»Ich fahre nicht das erste Mal auf einem Motorrad mit«, entgegne ich.

An seinen Augen sehe ich, dass er lacht. »Umso besser«, sagt er über die Schulter. Und bevor er das Visier seines Helms herunterklappt, blitzt er Tomé eindeutig noch ein kurzes triumphierendes Rumpelstilzchen-Grinsen zu.

Ich hatte mich auf eine holprige Fahrt über Stock und Stein eingestellt, aber wir kommen erstaunlich leicht voran. Meine Schulter schmerzt und so halte ich mich vor allem mit dem linken Arm fest, den ich um Pierres Mitte geschlungen habe. Er kurvt an einer Lichtung vorbei und biegt dann auf einen ausgefahrenen Pfad zwischen den Bäumen ab. Schon bald stoßen wir auf ein Hangstück, das auf der anderen Seite des Hügels steil bergab führt. Die Schwerkraft drückt mich nach vorne gegen Pierres Rücken. Irgendwann holpern wir auf einem Trampelpfad an einem Weidezaun entlang, der schließlich hinter dem Nebengebäude am Le Gabales endet. Der gelbe Retriever rast quer über den Hof auf uns zu und springt an uns hoch, noch bevor wir absteigen können. Pierre bockt seine

Maschine auf und zieht den Helm vom Kopf. Heute Morgen war sein Haar unter einer schwarzen Mütze verborgen, jetzt stehen struppige braune Locken in alle Richtungen ab. »Na, *Couette*?« Er beugt sich zu dem Hund herunter und krault ihn am Nacken.

»Er heißt *Bettdecke*?«, frage ich.

Pierre lacht. »Lass Magali nicht hören, dass ich ihren Hund so nenne. Er heißt Napoléon. Dabei ist er eine *Couette*. Wenn man nicht aufpasst, wird man morgens wach und er liegt bei einem im Bett, obwohl er das nicht darf. Stimmt's, du Fellteppich?«

Der Retriever gerät völlig außer sich von so viel Aufmerksamkeit. Er winselt und wedelt vor Freude und sein Hecheln sieht aus wie ein breites Clownslächeln, was ihm etwas Unterbelichtetes, aber auch etwas unglaublich Nettes gibt. Das ist alles so anders als die Mimik von Tomés Wölfen, dass er eine ganz andere Tierart zu sein scheint.

»Danke fürs Herbringen, Pierre«, sage ich aus vollem Herzen.

»Jederzeit wieder.« Er zwinkert mir zu. Seine Augen haben dasselbe Braun wie sein Haar. Er wäre kein Tinder-Match für mich, aber mir fällt auf, dass er überhaupt nicht so gewöhnlich und austauschbar wirkt, wie ich heute Morgen gedacht hatte. *Er hat Spieleraugen*, denke ich. *No risk, no fun.* Jedenfalls werde ich den Verdacht nicht los, dass es ihm diebischen Spaß gemacht hat, Tomé seinen Gast vom Sattel weg zu entführen.

Er zückt einen Schlüsselbund und öffnet das Nebengebäude, in dem meine Schuhe stehen. In der Tür stehend wartet er, bis ich meine Reitstiefel gegen meine eigenen Schuhe ausgetauscht habe, und räumt die Stiefel dann weg. »Du arbeitest also für Magali?«, frage ich. »Sylvie hat erzählt, du baust ein Baumhaus-Hotel auf der Kuppe.«

»Hotel ist zu viel gesagt. Es sind nur fünf Hütten für Outdoor-Übernachtungen. Ich bin Schreiner und habe die *Lodges* für Magali entworfen. Sie lässt mir freie Hand bei der Umsetzung.«

»Dann ist das hier ein Saisonprojekt für dich? Deinem Nummernschild nach zu urteilen lebst du ja in Paris, oder?«

Er schüttelt den Kopf. »Nicht mehr. Ich habe nur mein Motorrad immer noch nicht umgemeldet. Und du? Bist du Ouliers Freundin-*to-be*?«

»Was? Nein!«

»Gut für dich.« Seine Augen blitzen und ich merke, dass er mich nur aufzieht. Trotzdem spüre ich eine ganz andere Schwingung als zwischen Tomé und mir. Da ist kein Funkenschlag, kein Feuer und auch kein Kräftemessen. Es ist nur ein lockeres, freundliches Gespräch, aber ehrlich gesagt tut es gut und lässt mich freier atmen.

»Kann es sein, dass ihr beide euch nicht besonders mögt?«, bemerke ich dennoch.

Pierre winkt lässig ab. »Das mag so rüberkommen, aber im Grunde wollen wir nur unterschiedliche Dinge. Hast du alles?«

Ich will schon nicken, aber da fällt mir siedend heiß ein, dass ich an das Wichtigste gar nicht gedacht habe. »Verdammt!«, entfährt es mir. »Sylvie hat meine Laptoptasche irgendwo in einen Spind eingeschlossen. Ich habe vergessen, sie nach dem Schlüssel zu fragen.«

»Ist doch kein Problem«, sagt Pierre ruhig. »Ich muss sowieso noch was im Lager holen. Komm mit!«

Der Retriever begleitet uns in das Gästehaus. Kein Gast weit und breit, nur eine Uhr tickt überlaut im Frühstücksraum. Die Rezeption ist verwaist und auch Magali ist nirgendwo zu sehen. *Willkommen im Overlook Hotel*, denke ich. Aber ich bin froh darum, zumindest Magali nicht über den Weg zu laufen. Ungern hätte ich ihr erklärt, wo ich ihr kostbares Ross gelassen habe. Und sie wird sicher nicht begeistert sein, dass ich hinter den Kulissen des Hotelbetriebs herumspuke. Pierre führt mich durch lange Gänge zu einem Lagerraum, auf dessen Tür das Schild *Entrée interdite* prangt. Hier stapeln sich Getränkekisten, Servietten und andere Vorräte für den Frühstücksraum, dazu Türme von Klopapier, Putzmittel und Plastikeimer. Hinter dem Label des urwüchsigen Wohnens in der Natur verbirgt sich also auch nur ein völlig normaler Hotelbetrieb. *Potemkinsche Wildnis*, denke ich. *Alles nur Fassade.* Aber ehrlich gesagt, finde ich die Normalität beruhigend.

Hinter dem Putzschrank reihen sich Spinde für Hotelangestellte. Nur in einem steckt kein Schlüssel. Aber Pierre zückt einfach seinen eigenen Schlüsselbund und überreicht mir Sekunden später meine Laptoptasche. Ein Schreiner mit Universalschlüssel also. Vielleicht ist er auch so etwas wie ein Hausmeister. Trotzdem stört es mich, dass Magali und er mühelos an meine Sachen gekommen wären. Pierre kramt aus einem Werkzeugschrank einen Koffer mit einer Bohrmaschine. Eigentlich könnte ich mich verabschieden, aber so ganz lässt mich meine Neugier nicht los.

»Fährst du immer mit dem Motorrad auf den Berg?«

Pierre schließt den Schrank ab. »Nein, nur wenn ich viel Zeug nach oben bringen muss, sonst laufe ich durch den Wald. Von der anderen Seite des Berges sollte man demnächst auch mit dem Auto zu den Lodges kommen, aber die Behörden lassen sich Zeit mit der Genehmigung. Es war schon ein Kunststück, meinen Trailer und das größere Werkzeug oben am Bauplatz hinzustellen.« Er mustert mich wieder aufmerksam, aber auch das Schweigen zwischen uns ist nicht unangenehm. »Tja dann«, sagt er. »Zurück an die Arbeit.«

Ganz von selbst gleichen sich unsere Schritte an, als wir zur Lobby zurückgehen. Dort stellt Pierre die Bohrmaschine ab und holt hinter der Rezeptionstheke einen Kugelschreiber und eine Hotelvisitenkarte, auf deren Rückseite er eine Handynummer schreibt. »Hier. Falls du mal in der Gegend bist und die Baumhäuser sehen willst, ruf mich an. Ich bin während der Woche jeden Tag oben.«

»Danke«, sage ich überrascht. Es ist schon ziemlich lange her, dass ich für eine Verabredung eine Nummer auf Papier bekommen habe statt eines Instagram-Handles. »Hier steht nur Pierre. Hast du auch einen Nachnamen?«

»Belassen wir es bei Pierre. Sonst googelst du mich womöglich noch.«

»Wäre das so schlimm?«

»Nein, aber mir ist das *Jetzt* auf Augenhöhe einfach lieber. Eine Begegnung ist ja schließlich kein Vorstellungsgespräch.«

»Hast du deshalb kein Smartphone, sondern nur ein antikes Nokia?«

Kurz stutzt Pierre, als würde er sich wundern, wie ich darauf komme. »Natürlich habe ich auch ein Smartphone«, antwortet er dann. »Aber hier brauche ich den ganzen Kram ja nicht. Und ein bisschen Digital Detox ist manchmal ja gar nicht so schlecht.«

»Detox wovon? Paris?«

Er lacht. »Du stellst ja ganz schön viele Fragen, Fleur!«

Und du hast dir meinen Namen gemerkt, denke ich. *Und du wolltest wissen, ob ich Tomés neue Freundin bin.*

»Bis bald mal vielleicht«, sagt er leichthin. »Würde mich freuen.« Damit nimmt er sein Werkzeug und geht nach draußen. Durch das Fenster der Lobby schaue ich ihm nach, wie er mit lockerem Gang über den Hof zu seinem Bike geht, begleitet von Magalis Hund. Und ein wenig von seiner Lockerheit und Ausgeglichenheit hat sich auch auf mich übertragen. Ich lächle noch, als ich in den Lada steige. Und bemerke erst beim Blick in den Rückspiegel siedend heiß, dass mein Stirnband während der Motorradfahrt ein Stück nach oben gerutscht ist und Pierre bei unserem Gespräch freie Sicht auf die hellen Narbenflecken über meinen Augenbrauen hatte.

Rahmen und Muster

Heute schmeckt der Wein nicht, den ich mir auf der Rückfahrt von der Tankstelle geholt habe. Die Schürfwunde brennt, meine ganze Schulter pocht und vom Ritt spüre ich jeden Knochen. Für diesen Abend habe ich das Tanzen im Club deshalb von der Liste gestrichen. Stattdessen habe ich sehr lange mit Max telefoniert, organisiert und beim Erzählen auch meine eigenen Gedanken geordnet.

»Und glaubst du, dass deine Vorfahren was mit den Morden zu tun haben?«, hatte Max etwas verstört gefragt. »Was machst du denn, wenn das wirklich stimmen sollte?«

»Was wohl, Max?«, war meine Antwort. »Dann legen Tomé und ich es offen, damit die Akte geschlossen werden kann.«

Und hoffentlich meine Albträume verschwinden, setze ich nun hinzu. Inzwischen bin ich mit dem pensionierten Lehrer aus Clermont-Ferrand in regem Mailaustausch. Auch heute hat er mir wieder Dokumente zugeschickt. Geburtsverzeichnisse und Urkunden der Familie d'Apcher, Abschriften und Kopien alter Briefe. Sogar zwei an Roux adressierte Schreiben aus Nantes sind dabei. Der Historiker hat das altertümliche Französisch extra für mich sogar in moderne Sprache übertragen. Der längere Brief ist eine Standpauke, die den Grafen beschuldigt, *fêtes païennes* – heidnische Feste – zu feiern und ihn ermahnt, ein gottgefälliges Leben zu führen. *Abgekanzelt im wahrsten Sinne des Wortes*, denke ich. Verfasst wurden beide Schreiben von einem Verwandten von Irène, ein Geistlicher, der zu dieser Zeit Bischofsanwärter in Nantes war. *Alle Heiligen gegen einen.* Es muss Roux *le païen viel* Spaß gemacht haben, sich mit so einer Verwandtschaft herumzuschlagen.

Unter den Kopien, die Tomé mir mitgegeben hat, befindet sich eine historische Zeichnung des ehemaligen Schlosses. Sie zeigt, dass Roux und seine Frau wirklich nur Provinzadel waren. Bis auf den *Donjon*-Turm wirkt ihr Adelssitz eher wie ein großes Gutshaus mit Wehrmauer. Davor erstreckte sich schon damals ein Wald. Noch jetzt spüre ich das Unbehagen, das mich unter der alten Eiche beim Blick auf die Tannen befallen hatte. Dennoch bin ich hin- und hergerissen, ob ich nicht doch noch einmal allein zu dem Ruinenfeld gehen soll – ohne störende Wanderer und ohne Teil einer Gruppe zu sein, nur mit mir und meinen Eindrücken. *Und ganz allein wäre ich oben mit dem Wald ja nicht.* Schon zum x-ten Mal an diesem Abend schweift mein Blick verstohlen zu der Visitenkarte, auf der Pierre seine Nummer notiert hat. Natürlich habe ich eine Kurzrecherche gestartet, aber mit der Kombination *Handynummer/Pierre/Schreiner/Les Gabales/Baumhaus* kam ich auf Anhieb nicht weit. Ich ärgerte mich, dass ich mir sein Motorrad-Kennzeichen nicht gemerkt hatte. Dafür poppten umso mehr News über das Les Gabales und auch über Magali auf. Das Hotel, so erfahre ich, hat sie erst vor einem Jahr eröffnet. Vorher leitete sie mit ihrem Mann eine Mietwagenfirma, die sie nach dessen Tod verkaufte, um mit dem Les Gabales ganz neu anzufangen. Auch wenn lokale Medien über den Plan des Baumhaus-Hotels berichten, entdecke ich nur Magalis Namen. Privates über sie taucht ebenfalls an die Oberfläche. So ist ihr Napoléon wohl von ihrem verstorbenen Mann geblieben. Auf einem Privatfoto ist der Retriever noch ein Welpe auf dem Schoß von einem beleibten, freundlichen Herrn mit Schiebermütze. Pierre hat sicher recht – es ist besser, sich von Menschen ein Bild zu machen, ohne vorher alles über sie herauszufinden. Aber schon das Wenige, was ich im Vorbeiscrollen über Magali und ihr Leben erfahre, macht die herbe Frau für mich nur noch sympathischer.

*

Mein Vater ist wirklich überrascht, als er meine Stimme hört. »Blume!«, ruft er aus. »Wie schön, dass du dich meldest. Wie geht es dir?«

»Das wollte ich eigentlich Mama und dich fragen. Max sagt, ihr habt gestern telefoniert. Und du hast ihm das Geld gestrichen.«

Meine Mutter würde jetzt ein Drama entfesseln, aber mein Vater antwortet nur sachlich: »Ich denke einfach, wenn er erwachsen genug ist, der armen Merle so das Herz zu brechen und von einem Tag auf den anderen alles hinzuwerfen, dann ist er auch erwachsen genug, sein eigenes Geld zu verdienen.«

Auch wenn er es bei Max sicher übertreibt – genau das macht meinen Vater aus: Schon als Polizist war er immer auf der Seite der Frauen. Keine von ihnen musste je Angst haben, von Roland Martin in ihrer Angst und ihrem Schmerz nicht ernst genommen zu werden oder keinen respektvollen Umgang zu erfahren. Auch hier geht es ihm nicht um das FSJ, das mein Bruder geknickt hat – vermutlich nicht mal um die Neuigkeit, dass es Tom gibt. Es geht ihm um Merle. Mein Vater breitet den schützenden Mantel über die Frauen in seinem Leben aus. Und Max' Freundin gehörte für ihn immer ohne Wenn und Aber dazu. »Falls Max dich darauf angesetzt hat, bei mir gut Wetter zu machen, vergiss es«, setzt er mürrisch hinzu. »Mein Wort gilt, er bekommt kein Geld.«

»Das ist mir schon klar, Papa. Trotzdem wird das Merles Herz nicht heilen.«

Mein Vater schnaubt nur. »Ich nehme an, du hast ihm ohnehin längst versprochen, dass du ihm im Notfall etwas leihst, nicht wahr?«

»Ich habe es ihm sogar schon online überwiesen«, gebe ich ruhig zurück. »Schließlich ist er mein Bruder, und Familie hält immer zusammen, das hat mir mal ein gewisser Roland Martin beigebracht.« Ich muss lächeln, so tief ist sein resigniertes Seufzen am anderen Ende der Leitung. »Aber eigentlich rufe ich gar nicht wegen Max an, Papa. Ich wollte nur fragen, wie es Mama und dir mit der Neuigkeit geht.«

»Rate mal«, ist die knappe Antwort. »Deine Mutter ist völlig aufgelöst. Und ich verstehe ehrlich auch nicht, wieso Max plötzlich denkt, schwul zu sein. Kennst du diesen *Freund* denn? Diesen … Tom?«

»Du meinst, den Menschen, den Max liebt?«, sage ich mit Nachdruck. »Nein, ich kenne Max' neue Beziehung noch nicht. Aber sobald Max mir Tom vorstellen will, werde ich unsere Familie würdig vertreten.« Ja, ich verpacke meine Botschaften auch nicht sehr subtil.

»Hm«, brummt Roland. Aber im tiefen Atemzug am Ende der Leitung schwingt eine ganze Ansprache mit. Ich kann ihn verstehen. Es braucht Zeit, sich von festen Bildern zu lösen, die man sich von den Menschen, die man liebt, gemacht hat. »Reden wir von etwas Schönerem«, murmelt er dann. »Was gibt es bei dir Neues?«

Ich schiele zu den Ausdrucken, die sich auf den Tischen und dem Boden reihen. »Hast du gerade etwas Zeit? Ich … könnte den Blick eines Ermittlers gebrauchen. Aber es geht bei der Geschichte auch um Maurice.«

»Du bist meine Tochter«, antwortet er, ohne zu zögern. »Alles, was dich angeht, geht auch mich etwas an.«

Wärme flutet mich bei diesen Worten. *Ob du weißt, wie sehr du gerade wie Max klingst,* beau-père*?*

Das leise Quietschen verrät mir, dass er im Arbeitszimmer sitzt und sich in seinem Bürostuhl zurücklehnt. Das ist sein Ermittler-Move. *Columbo macht sich bereit.* Dann sagt er in einem völlig anderen, abgeklärten Tonfall: »Pack die Fakten aus!«

*

Mein Weinglas steht immer noch unberührt da, dafür laufe ich seit einer Stunde einen Graben in den Ikea-Teppich. Mein Kopf raucht und zum zehnten Mal sortiere ich die Papierstapel auf dem Boden um. Roland ist mit jeder Frage tiefer in den Cop-Modus gerutscht, ich höre sogar, wie er am anderen Ende der Leitung mit dem Edding ungeduldig Verbindungsstriche auf einem Blatt zieht.

»Was die drei oder vier Morde betrifft, haben wir bis jetzt schon mindestens zehn mögliche Szenarien«, höre ich ihn sagen. »A: Die d'Apchers hatten selbst etwas mit den Morden zu tun. B: Sie waren Komplizen des eigentlichen Täters. Oder C: Sie wussten zumindest, wer es war, und deckten ihn aus anderen Gründen. In jedem Fall hätte die Jagd, die die Gräfin auf die Beine gestellt hat, auch dazu dienen können, Beweise zu vernichten oder Mitwisser zum Schweigen zu bringen. Bleiben wir aber erst einmal bei A: Möglichkeit 1, Roux selbst war der Mörder. Das könnten wir nach genauerer Prüfung vermutlich ausschließen, da er seit dem Jagdunfall ja so gut wie gelähmt war.«

Insgeheim seufze ich auf. Ich hätte mir denken sollen, dass mein Vater auf die Mörderschiene aufspringt, statt sich nur auf meine Familiengeschichte zu konzentrieren. Ich will ihn gerade ausbremsen, doch als er seinen Faden weiterspinnt, verschlägt es mir erst mal die Sprache. »Möglichkeit 2, Irène hatte mit den Morden im Umkreis ihres Schlosses zu tun. Dem Gemälde nach zu urteilen scheint sie ja nicht gerade kräftig gewesen zu sein. Das könnte allerdings erklären, warum sie sich vor allem auf Kinder und Frauen fixierte, denen sie körperlich gewachsen war. Vielleicht hatte sie ja einen abgerichteten Hund dabei, der einen Teil der Arbeit übernahm.«

Ich versuche mir ernsthaft vorzustellen, wie die zarte Eulenfrau mit Messer und Kampfhund bewaffnet als Serienkillerin durch die Wälder streift. Doch ich kann nicht anders als aufzulachen. »Komm schon, Papa! Abgesehen davon, dass sie meist auf Wallfahrten war: Du hast mir selbst beigebracht, dass weibliche Serienkiller erstens sehr selten sind und zweitens eher unblutig mit Gift arbeiten.«

»Die Statistik sagt nie etwas über Einzelfälle aus«, kontert er trocken. »Denk an diese Blutgräfin aus Ungarn, die ihre Zofen ermordete.«

»Aber die heilige Irène? Ernsthaft?«

»Unterschätze nie den Schatten einer Person. Ich sage ja nicht, dass ich es für wahrscheinlich halte, Fleur. Aber es ist wichtig, niemanden zu früh aus dem Kreis der möglichen Verdächtigen auszuschließen. Was weißt du denn über die Bediensteten im Schloss?«

Ich greife schon reflexartig zu meinen Kopien, aber dann pfeife ich mich gerade noch zurück. »Ich will nicht den Fall lösen, ich wollte nur wissen, ob du noch eine Idee hast, wie ich mit der Familiengeschichte weiterkommen kann. Lucien d'Apcher ist ja mit acht Jahren verstorben und kann nicht mein Vorfahre sein. Aber vielleicht hatte Roux ja mit dem verschwundenen Mädchen einen illegitimen Nachkommen. Könnte das nicht erklären, warum Irène alles daransetzte, sie nach ihrem Verschwinden wiederzufinden?«

»Schon möglich. Aber was für ein Interesse hätte sie daran? Eher hätte sie doch die Existenz des außerehelichen Kindes ihres Mannes vertuscht, da wäre es ihr doch ganz gelegen gekommen, wenn dessen Mutter spurlos verschwindet. Aber die Abstammung solcher Kinder konnte man damals ja ohnehin gar nicht nachweisen. Ein *Seigneur* wie der Graf d'Apcher musste sich sicher nicht dazu äußern, ob er wirklich ein Bauernmädchen geschwängert hatte ...«

»Aber irgendeine Verbindung muss es doch geben!«, unterbreche ich ihn hitzig. »Ich will wissen, ob Margot richtiglag, aber die ganzen Dokumente ergeben überhaupt kein Bild.«

»Dann trete zurück und atme mal tief durch«, sagt mein Vater. »Und zieh den Rahmen größer. Versuch nicht nach den Fakten zu schauen, schau nach den Lücken.«

Toller Vorschlag, Roland. »Und bei welcher der tausend Lücken soll ich da anfangen?«

»Hast du die Papiere alle vor dir?«

»*Oui, mon géneral!*«, murmle ich.

Jetzt lacht mein Vater doch auf. »Dann lasse das Gesamtbild auf dich wirken. Suche nach Mustern. Und nach Unterbrechungen in den Mustern, nach Störungen. Hör auf zu grübeln und darüber nachzudenken, was du finden willst. Achte nur darauf, ob dich etwas irritiert oder intuitiv länger beschäftigt. Wir nehmen viel mehr wahr, als wir bewusst sehen. Außerdem: Schick mir alles, was du noch an Kopien und Unterlagen hast, dann sehen wir weiter.«

*

Als ich auflege, schwirrt mir der Kopf. Inzwischen ist es tiefe Nacht. Im Bett kann ich mich selbst mit einem Kissen im Rücken nur sehr vorsichtig anlehnen, so sehr brennt die Schürfwunde. Ich bin sogar zu müde für meine Cyberpatrouille, doch einfach einzuschlafen, wage ich heute nicht. Ich kann mir denken, welche Art von Träumen mich nach diesem Mörderparcours erwarten. Also stehe ich wieder auf, ziehe mich vorsichtig an und verlasse das Haus für einen Spaziergang, um den Kopf auszulüften. Renate würde jetzt applaudieren. Ich kann mich nicht erinnern, wann ich das letzte Mal ohne Ziel unterwegs war – und das auch noch unter einem Himmel, der so klar und hart ist wie eine Kuppel aus nachtblauer Emaille, die mit Sternbildern gesprenkelt ist. Der Weg führt mich an der Straße entlang in Richtung Stadtmitte. Viel ist hier in Le Malzieu nicht mehr los, hinter einigen beleuchteten Fenstern sehe ich Leute vor Fernsehern sitzen. Eine Spaziergängerin führt noch ihren Schoßhund aus und grüßt mich freundlich. Ansonsten erscheint die Stadt in den Bergen mir gespenstisch still. Die Brise, die von den Gipfeln herüberweht, kühlt meine Wangen, während ich an den Neubauten vorbei direkt ins Mittelalter wandere. Im historischen Stadtkern reihen sich in schmalen Gässchen Häuser, an denen die Jahrhunderte spurlos vorübergezogen sind. Auf einem kleinen Platz thront eine Marienfigur mit weißem Gewand und blauem Mantel auf einem Brunnensockel. Wie Strandgut aus der Zukunft lehnen zwei gelangweilte Jugendliche am Brunnen, Alkopop-Dosen in der einen, das Handy in der anderen Hand. Einige Denkmäler der Altstadt sind noch beleuchtet – auch die erstaunlich gut erhaltene Stadtmauer mit runden Wehrtürmen und Toren, die in eine Anderwelt zu führen scheinen und doch nur den Weg zur Umgehungsstraße öffnen. In Gedanken versunken schlendere ich außen an der Stadtmauer entlang. *Muster und*

Rahmen, wiederhole ich so lange, bis mein Handy mich aus der Trance holt.

»Ich weiß, es ist spät«, sagt Tomé. »Aber ich wollte dich noch einmal sprechen. Ich hoffe, ich störe nicht?«

»Nein, ich gehe noch spazieren.« Ich bin sicher, er hört an meiner Stimme, dass ich lächle.

»So ein Zufall. Ich auch – Abendrunde mit den Wölfen, damit sie etwas anderes sehen als das Gehege. Wie geht es deiner Schulter inzwischen?«

»Nicht der Rede wert, es ist wirklich nur ein blauer Fleck.« Das ist gelogen, aber ich will Tomé und vor allem Sylvie nicht noch ein schlechteres Gewissen machen. Nachdem ich nach Hause gekommen war, hatten wir lange telefoniert. Und leicht war es nicht, Sylvie davon zu überzeugen, dass keine absolute Katastrophe passiert ist.

»Hör zu, ich habe vielleicht Neuigkeiten«, fährt Tomé fort. »Ein Ballistiker aus unserem Netzwerk hat sich gerade gemeldet. Er meint, das Gewehr, das wir suchen, sei in einem Museum in Nantes ausgestellt.«

Ruckartig bleibe ich stehen. »Nantes? Das ist Irènes Heimatstadt.«

»Exakt. Nach ihrem Tod nahmen Verwandte ihren Sohn Joseph auf, und so kamen vielleicht auch die Besitztümer seiner verstorbenen Eltern dorthin.«

Vage erinnere ich mich daran, dass der Anwalt Gustave Charlier so etwas erwähnt hatte.

»Das ist eine interessante Spur«, fügt Tomé hinzu. »Vielleicht finden wir in Nantes ja noch ganz andere Hinweise.«

»Kann dein Kollege ein Foto von Irènes Waffe aus dem Museum besorgen?«, frage ich atemlos.

»Das habe ich schon in die Wege geleitet. Wie wär's, du kommst am Mittwochabend zu mir? Bis dahin weiß ich bestimmt schon mehr. Und … Wenn wir genug davon haben, uns mit Waffen zu beschäftigen, könnte ich für dich kochen – als Entschuldigung für den verunglückten Ausritt. Vorausgesetzt, du nimmst ein mittelmäßiges Essen überhaupt als Entschuldigung an.«

Nun höre ich sein Lächeln heraus. Und ich bin wieder hellwach und wie elektrisiert von allem, was zwischen uns flirrt.

»Im Augenblick lebe ich von Tankstellen-Fastfood«, gebe ich zurück. »Was Essen betrifft, bin ich also hart im Nehmen, Tomé.«

Sein Lachen klingt warm und scheint mich einzuhüllen. Und als ich aufgelegt habe und tief durchatme, ist der Himmel über mir nicht mehr zu kalt und viel zu groß. Tomés Stimme klingt noch in mir nach, als ich beschwingt weitergehe. Nach wenigen Schritten aber vergeht mir die gute Laune und macht Ernüchterung Platz. Ich stehe vor einem gepflegten Rasenstück an der Stadtmauer. Auch Le Malzieu bedient das Bestien-Narrativ in Form einer Skulpturengruppe mit lebensgroßen Bronzefiguren. Vor mir sitzt ein Hirtenmädchen mit Hut und Stock ganz in Gedanken versunken im Gras. Ein schlafendes Schaf hat sich in Sichtweite zusammengerollt. Weder das Mädchen noch das Tier bemerken den Mann, der sich von hinten heranschleicht. Er hat einen Hund dabei, der eine Art Lederrüstung auf den Rücken geschnallt hat. Der Mann hat sich ein Wolfsfell übergezogen. Der Wolfsschädel sitzt auf seinem Kopf und verbirgt den Großteil seines bärtigen Gesichts.

Das ist wohl mein Muster, denke ich. *Egal, wo ich hingehe, ich lande immer wieder bei Rotkäppchens Nemesis.*

Die Süße des Lebens

Nicht, dass ich mir Illusionen über eine friedliche Nachtruhe gemacht hätte, doch als ich um vier Uhr morgens hochschrecke, bin ich heilfroh, dem Albtraumgewitter entkommen zu sein. Noch während ich mich steif vom Muskelkater zur Küchenzeile schleppe, klebt das ekelhafte Gefühl, nackt durch einen dichten Wald zu laufen, wie Pech an mir. Anstelle von Blättern hatten die Bäume und Sträucher Augen an den Zweigen. Und heute war kein anonymer Jäger hinter mir her, es war Irène im schwarzen Ninja-Dress, flankiert von zwei Wölfen, deren Vorderpfoten menschliche Hände waren. *Du dachtest, Maggo Mitän sei gruselig, Max? Sei bereit für Blutgräfin Irène!*

Mit einem Glas Wasser in der Hand tappe ich zurück zum Bett. Der Blick auf mein Handy beruhigt mich und bringt mich zurück ins Jetzt. Max schickt mir ein Dankeschön für das geliehene Geld und verspricht mir, es zurückzuzahlen, sobald er in Berlin einen Übergangsjob gefunden hat. Pierre hingegen hat auf meine Nachricht von gestern Abend nicht reagiert und ich muss zugeben, dass mich das ein wenig enttäuscht.

Die Papiere liegen alle noch auf dem Teppich. Im kalten Licht der Nachttischlampe kommen mir die Theorien und Überlegungen von gestern nur noch bizarr vor. Aber es tut unendlich gut, meinen Vater mit im Boot zu wissen und mit all dem nicht mehr allein zu sein. Direkt vor meinen Füßen liegt der Auszug aus dem Kirchenbuch. *Lucien Louis d'Apcher. Verstorben am Morgen des 23. Mai 1757 an hohem Fieber, das ihn über Wochen heimgesucht hatte.*

Ist das alles, was von einem Leben bleibt?, denke ich müde. *Ein paar Zeilen auf Papier oder auf einem vergessenen Grabkreuz in Saugues*? Und zum ersten Mal fällt mir etwas auf. *Keine Bilder.* So wie Maurice die Fotos seines Bruders verschwinden lassen hatte, als hätte es ihn nie gegeben, gibt es unter den historischen Gemälden auch kein einziges Abbild von Lucien Louis d'Apcher. Noch etwas irritiert mich nun. Ich hebe das Blatt auf, studiere die Schrift aus der Nähe und stutze.

Keine Ahnung, ob es etwas bedeutet, aber da könnte tatsächlich eine Kleinigkeit sein, die nicht ganz zum Muster passt, tippe ich in der Nachricht an meinen Vater. *Sieh dir das Ende der Seite aus dem Kirchenbuch mal genauer an. Sehe ich Gespenster oder ist Luciens Eintrag in einer anderen Handschrift verfasst?*

*

Nach dem goldenen Oktobertag gestern zeigt mir der Herbst an diesem Morgen seine kalte Schulter. Und in der Nähe des Waldes ist es sogar noch kühler. Als ich über den Parkplatz zum Les Gabales gehe, knirscht erst Kies und dann frostweißes Gras unter meinen Sohlen. Pierres Motorrad steht nicht vor dem Gebäude, also wird er schon bei der Arbeit sein. Im Hotel dagegen scheint seltsamerweise noch kein einziger Gast auf den Beinen zu sein. Alle Fensterläden sind geschlossen und es ist so still, dass die Szenerie wie ein verwunschener Ort wirkt. *Dornröschens Ferienhaus*, denke ich.

Hinter dem Haus stehen die Pferde am Zaun und äugen hellwach zu mir herüber, Auren von Morgenlicht um die behaarten gespitzten Ohren. Mein Fußweg wird heute an der Weide entlangführen, doch ganz sicher bin ich mir nicht, ob ich weiter oben den Motorradpfad wiederfinde. Eine Weile vertrete ich mir frierend die Füße, aber schließlich zücke ich doch das Handy. Immer noch keine Antwort von Pierre. Wenn er schon losgefahren ist, muss er auch meine beiden Nachrichten schon gelesen haben. Ich ringe meinen Stolz nieder und rufe ihn an, aber am anderen Ende geht nicht mal eine

Mailbox ran. Gerade will ich den Weg zur Weide einschlagen, als hinter mir eine Tür ins Schloss fällt. Ich warte darauf, dass Magali erscheint oder die lebende Bettdecke gleich über den Hof fegt, aber es ist Pierre, der aus dem Gebäude tritt und in meine Richtung zum Weidezaun geht. Heute trägt er keinen Hoodie, sondern eine braune Arbeitsjacke mit vielen Taschen. Sobald er mich entdeckt, bleibt er stehen. Er zögert kurz, dann kommt er doch zu mir herüber, die Hände tief in den Taschen vergraben.

»Morgen!«, murmelt er. Er sieht nicht viel wacher aus als ich. Und ohne sein Lächeln wirkt er gar nicht mehr so zugänglich wie gestern. »Falls du zu Magali willst, die ist unterwegs und kommt erst heute Mittag zurück.«

Was sollte ich von Magali wollen?, denke ich etwas verwundert. »Eigentlich wollte ich bei dir vorbeischauen. Ich hatte dir eine Nachricht geschickt.«

»Wirklich?« Pierre muss sich wohl erst daran erinnern, in welcher Tasche er sein Steinzeithandy versenkt hat. Umständlich kramt er es hervor. »Oh, ich habe es seit gestern gar nicht mehr angemacht.« Das Gerät erwacht zum Leben und Pierre stutzt. »Wow, du hast es ja gleich drei Mal bei mir versucht.«

Wunderbar, jetzt komme ich mir vor wie eine Frau, der man seine Handynummer lieber nicht gibt. »Ich wollte nur nicht bei dir reinplatzen, aber dir Bescheid sagen, dass ich heute noch mal zu den Ruinen hochgehe.«

»Du allein? Oder ist Monsieur Oulier auch dabei?«

Was soll das denn? »Ich allein«, gebe ich mit Nachdruck zurück. »Keine Begleiter, keine Wandergruppen – und vor allem keine Pferde.«

Pierres unbewegte Miene und die betonte Sachlichkeit, mit der er mir heute entgegentritt, irritieren mich. »Ja, tagsüber ist da oben einiges los«, bemerkt er nur. »Ich würde dich ja hochfahren. Aber gestern Abend habe ich das Bike oben stehen lassen.«

»Ich wollte zu Fuß gehen. Die Strecke, die wir gestern gefahren sind, ist ja nicht so lang wie der Reitweg um den Berg herum.«

»Trotzdem bist du locker eine Stunde unterwegs. Warum nimmst du nicht den Weg durch den Wald?«

»Weil ich keine Lust habe, mich in der Wildnis zu verirren.«

Zumindest scheint Pierre sich jetzt insgeheim zu amüsieren, auch wenn nur seine Augen verraten, dass er sich ein Lächeln verkneift. »Das ist doch keine Wildnis«, sagt er. »Und es geht einfach immer gerade bergauf. Wie willst du dich da verlaufen?«

»Frag mal Rotkäppchen.« Aber Pierre scheint nicht der Typ für Sarkasmus zu sein. Er zieht nur die Stirn kraus. »Ob Wildnis oder nicht – ich mag Wälder einfach nicht besonders«, setze ich hastig hinzu.

Das scheint mich in seinen Augen endgültig zu einem schrägen Vogel zu machen. »Okay«, sagt er gedehnt. Prüfend schaut er mich an. Er wirkt alles andere als begeistert, dass ich hier aufgetaucht bin. Nun schaut er auf sein Handy, das er offenbar nur als Uhr benutzt, und scheint angestrengt zu überlegen. »Eigentlich müsste ich hier unten was machen«, murmelt er nach einer Weile. »Aber … da wir schon mal beide hier sind – wie wär's, ich komm mit dir und zeige dir die Abkürzung. Damit sparst du eine Menge Zeit. Und du hättest in der Wildnis sogar einen Bodyguard, *Chaperon rouge*«, fügt er mit einem Blick auf meine rote Jacke hinzu.

Okay, er hat doch Humor. Dennoch habe ich keine Ahnung, warum er mir seine Begleitung anbietet. Es verunsichert mich, dass ich Pierre plötzlich überhaupt nicht mehr einschätzen kann. Große Sympathie scheint er für mich wohl doch nicht zu hegen. *Aber warum bietet er mir dann überhaupt seine Begleitung an?* »Klar … wenn du möchtest?«, sage ich. »Abkürzung hört sich immer gut an.«

Und nun überrascht er mich mit einem wirklich netten Lächeln. »Schön! Komm, ich lasse dir im Hotel erst einmal einen Kaffee raus.«

Im Gehen holt er seinen Schlüsselbund hervor. Offenbar vertraut ihm Magali voll und ganz, denn er hat nicht nur die analoge Schlüsselgewalt, sondern auch die Herrschaft über die zentrale KI dieses

Hauses: Im Frühstücksraum steckt er den Kaffeeautomaten ein und erweckt ihn mit einem Aktivierungscode zum Leben. Wenige Minuten später sitze ich mit dem heißen Getränk als einziger Gast in dem urigen Zimmer voller Keltengemälde und warte darauf, dass Pierre wieder aus dem Lager zurückkommt.

»Wieso ist das Hotel eigentlich leer?«, frage ich ihn, sobald er auftaucht.

»Saisonflaute«, antwortet er mit einem Schulterzucken. »Die letzten Gäste sind gestern abgefahren. Und die nächsten Urlauber kommen erst in ein paar Tagen. Hier!« Er wirft eine lange blaue Jacke über den freien Stuhl mir gegenüber. »Zieh lieber die Reitkluft von Magali an. Es sieht nach Regen aus und deine Jacke wirkt nicht so, als sei sie wetterfest.«

»Glaubst du, Magali fände es gut, wenn ich ihre Sachen trage?«

»Ich fände es nicht gut, wenn du bis auf die Haut nass wirst«, erwidert er. Und als er mir zulächelt, fällt mir auf, dass Ricdin-Ricdon seine Worte völlig ernst meint. Es freut mich mehr, als ich mir eingestehen will, dass nach dem seltsam kühlen Empfang wohl doch etwas mehr als nur Höflichkeit zwischen uns schwingt. Also trinke ich den Kaffee aus und streife vorsichtig mein Rot ab. Pierre bemerkt, wie ich mein Gesicht verziehe, als ich die Schulter bewege. Er hält mir Magalis Jacke hin und hilft mir dabei so behutsam in die Ärmel, als wäre ich zerbrechlich. Das Kleidungsstück riecht ziemlich streng nach Pferdefell, doch sobald ich hineingeschlüpft bin, umfängt mich wärmendes Innenfutter. Sofort fühle ich mich geschützter. Rasch lade ich noch meine Kabel und die Powerbank in die Taschen um und folge Pierre nach draußen.

Unser Weg führt durch das Weidegatter und dann mitten über die Weide. Die Pferde freuen sich über Abwechslung, sie trotten mit wippenden Köpfen neben uns her. Die weiße Stute, die mich gestern zu den Ruinen getragen hat, schnobert nach Magalis Jackentasche, als würde sie auf Futter hoffen. Ihr Fell ist warm unter meinen Fingern. Ich fahre ihr durch die Mähne und sie lässt es zu, dass ihr auch über die Stirn und die Nase streiche. Die Stute gefällt mir viel besser ohne Zaumzeug und Sattel, und vielleicht liegt es an Pierre, dass ich die Nähe zu dem großen Tier einfach genießen kann. Er hält sich dicht bei mir und hat keine Scheu davor, die Pferde einfach wegzudrücken, wenn sie zu aufdringlich werden. Schließlich verlieren sie das Interesse an uns und überholen uns im Trab. Die zwei weißen Stuten fallen in einen Galopp, bocken dabei und schnappen im Laufen nacheinander. Im Morgennebel ist es eine gespenstische Szene. Geisterpferde, die einander durch das taufeuchte Gras bergauf jagen. Ich dagegen keuche schon jetzt, so steil ist der Weg. Ich bin heilfroh, als wir endlich das obere Ende der Weide erreichen und durch den Zaun hindurchsteigen können. Doch es wird noch steiler. Ein Trampelpfad, der eher eine schmale Fuchsspur ist, führt schnurgerade zwischen Laubbäumen und Tannen hinauf. Mein Muskelkater macht sich inzwischen bei jedem Schritt unangenehm bemerkbar. Auf dem Pfad geht Pierre direkt vor mir, doch ich muss mich anstrengen, um mit ihm Schritt zu halten. Das Herbstlaub raschelt und der Boden federt und rutscht unter meinen Sohlen, als böte der Wald mir überhaupt keinen Halt. Es riecht nach erdigem Moder und auch nach frischem, nassem Holz. Bei jedem Windstoß trudelt uns Herbstlaub entgegen. Zweige auf dem Boden brechen unter meinem Gewicht, mehr als einmal rutsche ich auf glitschigem Laub aus und muss mich an Baumstämmen abfangen. Der Abstand zwischen mir und Pierre vergrößert sich. Inzwischen brennen meine Beinmuskeln, aber ich verkneife es mir, Pierre zuzurufen, dass er langsamer gehen soll. Stattdessen beiße ich die Zähne zusammen und kämpfe mich weiter bergauf. Ich bin so konzentriert auf den Weg, dass ich schließlich ganz vergesse, Pierre im Auge zu behalten. Als ich das nächste Mal aufblicke, ist er nirgendwo zu sehen. Vor mir ist nur noch der Hang voller Bäume, durch deren Kronen der Wind rauscht. »Pierre!«, rufe ich. »Warte!« Ein Rascheln lässt mich zusammenzucken. Instinktiv weiche ich nach rechts unter eine Tanne aus und schaue mich gehetzt um. Ein Nadelzweig streift meine Wange, ich rieche frisches Harz. Und etwas Seltsames passiert. Für eine Sekunde bin ich davon überzeugt, dass mich jemand lauernd beobachtet. In den Kronen über mir rauscht es auf. Und als unter meinem Fuß ein Zweig mit einem lauten Knacken bricht, packt mich die Angst vor dem Schuss so jäh, dass ich die Hand vor den Mund schlage, um nicht aufzuschreien. Im nächsten Moment fliehe ich bergauf, den Pulsschlag voller Adrenalin. Ich spüre weder Brennen in meiner Lunge noch meine schmerzenden Beine, ich hetze nur so schnell ich kann dorthin, wo es lichter wird. Und stolpere zwischen Bäumen und niedrigen Büschen auf ein Feld unter freiem Himmel. Pierre lehnt dort entspannt an einem kugelförmigen Felsen.

»Warum lässt du mich einfach zurück?«, bricht es aus mir heraus.

Er schaut mich völlig perplex an. »Ich habe dich nicht zurückgelassen! Was ist denn los?«

Ich versuche zu antworten, aber ich muss mich vorbeugen und mit den Händen auf den Knien aufstützen, so atemlos bin ich und so heftig ist das Seitenstechen.

»Hey, alles in Ordnung?« Pierre ist zu mir getreten und mustert mich besorgt.

»Ich habe nach dir gerufen«, bringe ich keuchend hervor.

»Ja, das habe ich gehört. Ich habe doch zurückgerufen, dass ich hier oben bin und auf dich warte.«

Ich muss schlucken, so trocken ist mein Mund. »Das … habe ich nicht gehört.«

Er runzelt die Stirn, als würde er sich fragen, ob ich ihn auf den Arm nehme. Ich kann mir vorstellen, was er vor sich sieht. Die Stadtpflanze, die bei jedem Mäuserascheln im Wald in Panik ausbricht. Aber ich habe immer noch das Gefühl, mitten in meinem Albtraum gelandet zu sein, auf der Flucht vor jemandem, der es auf mein Leben abgesehen hat.

»Setz dich erst einmal und atme tief durch«, höre ich Pierre sagen. Mit weichen Knien nehme ich das Angebot an. Er zaubert eine kleine Wasserflasche aus seiner Jacke und reicht sie mir. Dann lehnt er sich neben mich an den Granitfelsen und verschränkt die Arme. Das Getränk tut gut und löscht die letzten Funken der Angst. Ich bin froh, dass ich Magalis Regenhaut trage, sie schirmt mich ab wie eine Membran zwischen mir und dieser Welt, die mir Unbehagen bereitet.

»Besser?«, fragt Pierre.

Ich ringe mir ein Lächeln ab. »Ja, besser. Und … Entschuldige, dass ich dich so angefahren habe. Ich habe einfach Angst bekommen, als ich plötzlich allein war.«

»Tut mir leid, das wollte ich nicht. Bist du mal im Wald verloren gegangen?«

Ja. Jede Nacht. »Kann man so sagen«, murmle ich. Pierre nickt ernst. Und als wir weitergehen, passt er sich meinem Tempo an und bleibt dicht an meiner Seite. Wir überqueren das Plateau zwischen zwei Waldstücken. Es erinnert mich an das Spielbrett eines Riesen, der die runden Felsen als Granitmurmeln verwendet hat, bis er die Lust daran verlor und sie einfach hier vergessen hat. Ein Stück wandern wir wieder bergauf durch lichten Nadelwald, und als wir schließlich zwischen den Bäumen ins Freie treten, macht mein Herz einen Satz. Wir stehen ganz oben an der Anhöhe – dort, wo gestern die Wandergruppe entlangmarschiert ist. Von hier aus öffnet sich ein ganz neues Panorama auf die Felsterrasse, auf der ich die Reste des einstigen Schlosses ausmache. Der Donjon wirkt wie ein überdimensionaler Kaminschacht. Von hier oben erahnt man nun auch, dass einige Felsquader die Reste von Balustraden darstellen. Einst könnten sie die Front des Gebäudes in zwei symmetrischen Bögen umfasst haben, eine Andeutung von Versailler Formensprache mitten in der Wildnis. Denn ja, für mich ist das hier die Wildnis. Möglicherweise hat Irène das ja auch so gesehen und versucht, diese Wildnis zu zähmen, um ihrem Schloss einen höfischen Charakter zu geben. Vielleicht hatte sie sogar davon geträumt, einen Barockgarten mit Büschen in Formen von Kugeln und grünen Ziermauern anzulegen, und ist dabei allzu schnell an ihre Grenzen gestoßen.

»Ich bin da drüben«, sagt Pierre und zeigt zum Waldstück oberhalb des Plateaus. »Lass dir Zeit.« Ich bin froh, dass er in der Nähe bleibt. Er geht ein paar Schritte und setzt sich unter eine strauchartige Tanne. Ich dagegen mache mich auf den Weg bergab zum Ruinenplateau. Das Wetter hat heute wohl die Wanderer abgeschreckt, ich bin allein mit meinen Gedanken, dem Wind und den fernen Rufen der Greifvögel. Nach und nach komme ich zur Ruhe und schaue mich um. Ruine für Ruine taste ich mich vor, mache Fotos vom Donjon und den Balustradenresten und trete schließlich auch zu der Eiche. *Vielleicht saß Irène damals hier?* Ich stelle mir vor, wie sie das aufgeschlagene Gebetbuch in ihren Schoß sinken lässt und auf ihr Land schaut. Silbergraue Regenwolken hängen weich und schwer über dem Horizont; über die bewaldeten Hänge kriechen weiße Schleier von Hochnebel. Und als ich den Flug eines großen Raubvogels beobachte, der über den Wipfeln kreist, finde ich endlich die Verbindung, die ich gestern vermisst habe. Es wäre zu viel gesagt, dass ich mich zugehörig fühle, aber das Land hier ist mir nicht länger fremd. Heute kann ich seine Schönheit in vollen Zügen genießen und nicht nur mit Unbehagen den Nadelwald unten am Abhang betrachten.

Kurz schaue ich mich nach Pierre um. Ich will ihm zurufen, dass ich noch ein paar Minuten brauche. Aber er wirkt gar nicht ungeduldig. Jeder andere würde auf dem Smartphone herumsurfen, Pierre dagegen sitzt reglos unter der Tanne. Die Ellenbogen locker auf die Knie gestützt, blickt er gedankenverloren in die Ferne. Es tut gut, ihn in der Nähe zu wissen. Und als ich mich wieder dem Tal zuwende und den Duft von Weite tief in mich einsauge, bin ich für einen Moment einfach nur glücklich, hier zu sein.

*

Irgendwann vertreibt mich der einsetzende Nieselregen. Pierre winkt mir zu und ich beschleunige meine Schritte und flüchte mich vor dem Nass zu ihm unter den Tannenstrauch. Unter den ausladenden Zweigen ist es noch trocken, doch die feuchte Luft hat Pierres braune Locken fast in Kraushaar verwandelt. Mit seinem Dreitagebart und dem wilden Haar wirkt er nun wirklich wie ein Outdoor-Guide.

»Ich weiß, was du denkst.« Er kämmt sich mit den Fingern das Haar zurück und grinst schief. »Magali nennt mich an solchen Tagen den Pudel aus Paris.«

Eigentlich dachte ich gerade, dass du ganz gut aussiehst, denke ich bei mir. Aber ich erwidere nur sein Grinsen und setze mich im Schneidersitz neben ihn auf den kahlen, von Wurzeln durchzogenen Boden. Magalis Jacke ist lang genug, um auch als Sitzunterlage zu dienen. Und als Pierre aus einer seiner Taschen eine Dose mit *Caramels Bretons* hervorzieht, greife ich gerne zu. Wie früher als Kind lasse ich das süße Butterkaramell mit Meersalz so lange auf der Zunge schmelzen, bis das Aroma meine ganze Nase füllt.

»Du hast ja eine Menge Fotos gemacht«, bemerkt Pierre.

»Es ist ja auch wunderschön hier«, antworte ich mit vollem Mund. »Und außerdem brauche ich die Bilder sozusagen als Dokumentation.«

Sein Lächeln verlischt so jäh, als hätten meine Worte eine Flamme ausgeblasen. Stattdessen fällt ein Schatten auf seine Miene. »Dann stimmt es also, was Magali sagt?«, murmelt er. »Du willst deine Rechte am Grundstück vor Gericht einklagen, um es an einen Investor zu verkaufen?«

Um ein Haar hätte ich mich übel an dem Bonbon verschluckt. Ich huste eine ganze Weile, bis ich wieder sprechen kann. »Wieso behauptet sie das?«, stoße ich dann hervor.

»Es kam nicht von ihr«, gibt Pierre zurück. »Sie hat ein paar Leute aus ihrem Keltenverein getroffen – und bei der Fraktion aus Saugues spricht sich wohl gerade herum, dass du wegen des Erbanspruchs sogar schon bei einem Anwalt warst.«

Fake News im analogen Stil, denke ich verärgert. Schwieriger einzufangen als jeder Troll im Internet. Aber in Saugues gibt es inzwischen genug Leute, die mitbekommen haben, was mein Vater dort wollte – und dass ich nun hier bin. Vielleicht sind meine Nachforschungen ja irgendwie über die Verbindung von Gustave Charlier und dem Ehepaar Richard zum Verein durchgesickert.

»Das sind nur Gerüchte«, antworte ich unwillig. »Es gibt keinen Investor und schon erst recht keine Klage. Ja, ich war bei einem Anwalt. Aber das war rein privat und hat nichts mit dem Landstück hier zu tun. Sondern allein mit der Geschichte meiner Familie.«

Ich weiß nicht, ob Pierre mir glaubt. Er hört sehr ernst und sehr wachsam zu, während ich Mission Lucien mit ein paar Worten umreiße. Wieder kann ich nicht einschätzen, was er denkt. Erst eine ganze Weile, nachdem ich geendet habe, verzieht er den Mund schließlich zu einem kühlen Lächeln. »Dann war das vielleicht nur eine kleine Finte von Oulier, um Magali aus der Ruhe zu bringen.«

»Antoine soll das Gerücht gestreut haben? Warum sollte er das tun?«

»Vielleicht, weil er ein schlechter Verlierer ist.« Pierre lehnt sich zurück, bis er bequem an der rissigen rotbraunen Rinde lehnt. »Magali hat ihm das Les Gabales abgejagt. Vor zwei Jahren stand das Gebäude zum Verkauf. Es gehörte der Kommune und die wollte es nur mit der Auflage vergeben, dass das Gebäude für mindestens fünf Jahre öffentlich genutzt wird und einen Regionalbezug hat. Oulier hatte sich im Namen der Bestien-Gesellschaft darum beworben. Aber es war Magali, die schließlich das Rennen machte und allen anderen Bewerbern das Haus vor der Nase weggeschnappt hat.«

Okay, jetzt ergibt zumindest das gespannte Verhältnis zwischen Tomé und Magali einen Sinn. Und auch Tomés Spott über ihr Projekt im Wald. Aber das, was mich wirklich wütend macht, ist die Tatsache, dass Tomé sicher ganz genau wusste, welchen Eindruck mein Auftauchen bei Magali hinterlassen musste.

»Oulier war sich seiner Sache sehr sicher«, fährt Pierre ruhig fort. »Er ist aus allen Wolken gefallen, dass ausgerechnet unser Waldlounge-Projekt den Ausschlag gab.«

»*Unser* Projekt? Das heißt, du warst von Anfang an dabei?«

»Klar«, sagt Pierre. »Das Baumhaus-Hotel war meine Idee und mein Konzept. Ich hatte Magali davon überzeugt, es in ihr Vorhaben mit einzubinden. So hatten wir ein innovatives Gesamtprojekt, das alle Vorgaben bediente – von der Tradition und dem Regionalbezug bis hin zu der Erschließung neuer Touristen-Zielgruppen. Auf diese Weise haben wir gegen alle Wetten abgeräumt.« Er spart sich ein triumphierendes Lächeln, aber seine Augen bekommen ein verräterisches Funkeln. »Versteh mich nicht falsch«, setzt er hinzu. »Ich habe nichts gegen Oulier persönlich. Und ich glaube nicht mal, dass er das Gerücht über dich in dieser Form in die Welt gesetzt hat. Ein Lügner ist er nämlich nicht. Aber er weiß schon sehr genau, wie man zündelt.«

Ich belasse es bei einem angedeuteten Nicken. Denn ja, Tomé weiß immer genau, was er tut oder sagt. Und auch, wann er vielsagend schweigt. Bei Gerüchten genügt das schon als Zündstoff. *Und mir hast du gar nichts gesagt, Antoine*, denke ich grimmig. *Und es war sicher nicht Sylvies Idee, dass wir wie die zukünftigen Gutsherren auf Magalis Pferden zu dem Land der d'Apchers reiten.* »Mir hatte er nur erzählt, dass der Bestien-Verein einen Ort für die Waffensammlung sucht«, murmle ich. »Aber nicht, dass das Les Gabales dafür zur Auswahl stand.«

»Ja, sein Verein hatte damals ein Konzept für ein Museum über die historischen Jagden vorgestellt«, sagt Pierre. »Aber mal ehrlich: Brauchen wir hier wirklich noch ein weiteres Bestienmuseum? Es gibt eines in Saugues, eines in Auvers und jedes Dorf pflegt seine eigene Sammlung zum Thema. Zum Glück kommt man in den Kommunen langsam auf den Trichter, dass frischer Wind in die Gegend kommen muss.«

Und ich komme langsam auf den Trichter, dass Pierre wirklich alles andere als ein leicht verspulter Waldarbeiter ist. »Das heißt jedenfalls, du bist gar nicht Magalis Angestellter, sondern ihr Geschäftspartner?«

Wieder das Ricdin-Ricdon-Funkeln in seinen Augen. »Offiziell laufe ich als Angestellter. Es ist wie überall: Einem Zugereisten aus Paris vertraut man nicht unbedingt ein Land an, einer Einheimischen wie Magali schon. Sie brauchte eine innovative Idee und auch mehr Startkapital, als sie hatte – und ich brauchte einen vertrauenswürdigen Namen, der mir hier die Türen öffnete. Win-Win-Situation. Hat gut funktioniert.«

Deshalb taucht dein Name also nirgendwo in Verbindung mit dem Gabales auf. Du fliegst bewusst unter jedem Radar. »Dann hast du das Waldstück, in dem deine Lodges stehen, über Magali gekauft?«

Pierre schüttelt den Kopf. »Zum Verkauf standen nur die Weide und das Haus. Das Waldstück auf der Kuppe unterliegt einer Sonderregelung. Magali konnte es für drei Jahre pachten. Der Vorteil ist, dass Baumhäuser ja schnell wieder abgebaut sind, nur deshalb hat sich die Kommune darauf eingelassen. Die Lodges sind sozusagen ein Testlauf. Wenn dieses Hotelkonzept gut anläuft, bekommt Magali einen längeren Pachtvertrag – und kann offiziell an mich vermieten. Aber noch ist das Zukunftsmusik.«

Dann ist also Pierre derjenige, dessen Projekt gefährdet wäre, würden die Investorengerüchte stimmen. Jetzt verstehe ich, warum er heute Morgen mir gegenüber so reserviert war. Und ich kann auch Magali kaum verübeln, dass sie mich auf Anhieb nicht mochte. Umso mehr schätze ich es, dass Pierre mir trotzdem so fair begegnet ist und mir ohne Vorurteile zugehört hat. *Und das obwohl er gestern auch noch dachte, zwischen mir und Tomé liefe etwas.*

»Pierre? Woher kennst du Magali eigentlich?«

»Von einem früheren Urlaubstrip. Ich war öfter mit dem Motorrad hier auf Tour. Damals hatte ich mich mit Claude angefreundet – das war Magalis Mann. Er war wirklich ein netter Kerl.«

»Und dann hast du eines Tages beschlossen, dein Leben in Paris hinter dir zu lassen und dich an deinem Urlaubsort ins Ferienimmobiliengeschäft zu stürzen?«

Normalerweise stelle ich keine derart persönlichen Fragen, ohne die Antwort darauf schon im Netz gefunden zu haben. Aber Pierre ist für mich tatsächlich ein unbeschriebenes Blatt. Und der Erste, bei dem mich das nicht beunruhigt. *Kunststück, Fleur. Er ist ja auch kein Date.*

Pierre zuckt mit den Schultern. »Es war einfach Zeit, etwas Neues zu beginnen. Was machst du eigentlich beruflich?«

»IT. Verwaltung von Statistiken und Datenbanken, Archivierung, all das.«

»Und was gefällt dir ausgerechnet an Datenbanken?«

»Was gefällt dir ausgerechnet an Holzhäusern?«

»Ich bin gelernter Schreiner. Was soll ich sonst machen?«

»Du könntest ja auch höllisch teure Designmöbel für das Centre Pompidou bauen.«

Pierre lacht und schüttelt den Kopf. »Das wäre nichts für mich. Im Gegensatz zu dir mag ich den Wald und bin gerne im Freien. Und ohne Wald gäbe es das Centre Pompidou übrigens gar nicht.«

»Wie meinst du das? Das Museum ist doch nicht aus Holz gebaut.«

Pierre blitzt mir einen schnellen Seitenblick zu. Und ich bin sicher, dass er insgeheim lächelt. »Unsere ganze Zivilisation baut auf Holz auf«, erklärt er. »Die Menschheit ist mit dem Wald groß geworden und wenn der Wald verschwindet, gehen wir mit ihm unter. Wir haben ihn zum Heizen gebraucht, zum Bau der großen Handelsflotten, für Werkzeuge, für Häuser, für Musikinstrumente – für unsere ganze Kultur. Mit dem richtigen Holz kann man sogar Kriege gewinnen. Hier!« Er dreht sich halb um und klopft an den schuppigen Stamm des Nadelbaums, unter dem wir sitzen. »Ohne diesen Baum hätten die Engländer im Mittelalter die Schlacht von Azincourt verloren und unsere Landkarte sähe heute anders aus.«

Ich habe keine Ahnung, worauf er hinauswill, aber ich habe den Verdacht, er ist verdammt gut darin, von persönlichen Fragen geschickt abzulenken. »Wenn ein Schreiner aus Paris das sagt, muss das wohl stimmen«, gebe ich mit leichter Ironie zurück. »Wenn es keine Tannen gäbe, hätten die Franzosen also gewonnen?«

Pierre grinst. »Klar! Sie hatten das stärkere Heer. Und wir sitzen übrigens nicht unter einer Tanne, Fleur. Das ist eine Eibe.«

Ich schaue zweifelnd nach oben. Über mir wippen Zweige mit dichten, dunkelgrünen Nadeln im Wind. Wenn das keine Tanne ist, dann habe ich noch nie einen Weihnachtsbaum gesehen. Aber plötzlich entdecke ich, dass dieser Weihnachtsbaum zwischen den flachen Nadeln winzige rote Kugelfrüchte trägt.

»Die Engländer setzten auf Bogenschützen«, fährt Pierre fort. »Und nur Eibenbögen haben eine solche Schnellkraft, dass Pfeile eine eiserne Rüstung noch auf zweihundert Meter Entfernung durchschlagen können. Auf diese Weise wurden die französischen Ritter besiegt.« Er hebt die Hand und bildet mit Zeige- und Mittelfinger das Victory-Zeichen. »Das war das Siegeszeichen der englischen Bogenschützen. Er hieß: Schaut her, ich bin den Feinden nicht in die Hände gefallen und sie haben mir die Bogenfinger nicht abgeschnitten.«

Mir klappt die Kinnlade nach unten, was Pierre sichtlich amüsiert. »*Fun facts*, die man lernt, wenn man mit Holz arbeitet«, fügt er hinzu. Er steht auf, pflückt ein paar der roten Früchte von den Zweigen und lässt sich wieder neben mir nieder. »Ein Jammer nur, dass Eiben tödlich giftig sind«, bemerkt er und steckt sich eine der Früchte in den Mund.

»Pierre … Was …«, entfährt es mir.

Aber er lacht nur und spuckt den Kern in hohem Bogen in die Landschaft. »Keine Sorge. Nadeln, Rinde und die Kerne sind hochgiftig, aber die Früchte sind das Süßeste, was der Wald zu bieten hat. Willst du probieren?«

Er hält mir die Hand mit den Beeren hin. Mein *Nein!* liegt mir schon auf der Zunge, aber irgendetwas lässt mich innehalten. Vielleicht ist es ja Ricdin-Ricdons verschmitztes Lächeln. *Du bist ein guter Erzähler,* denke ich. *Auf eine andere Art als Tomé. Und du weißt wirklich sehr gut, wie du von dir selbst ablenkst.*

Pierre nimmt sich selbst eine der roten Beeren und hält sie hoch. »Die Süße des Lebens«, sagt er leise. »Zusammen auf drei?«

Und ich wage es tatsächlich und nehme behutsam eine Frucht von seiner Hand. Zwischen meinen Fingern fühlt sich die kleine Eibenbeere samtig und weich an. Der rotbraune Kern liegt in der Mitte frei, als wäre die Frucht nur ein roter Tarnmantel, der das wahre Wesen des giftigen Baums verhüllt. Und sobald Pierre bis drei gezählt hat, koste auch ich mit klopfendem Herzen das Rot. Ich bin überrascht, wie samtig es auf der Zunge zergeht. Intensive Süße füllt meinen Mund, schmilzt wie seidiger Zuckerschnee und lässt nur den Kern zurück. Gemeinsam spucken Pierre und ich die klebrigen Kerne aus.

Pierre nickt mir zu. »Mutprobe bestanden.«

Ich kann nicht anders als zu strahlen, denn genau so fühlt es sich an – als hätte ich von einer verbotenen Frucht gekostet, die umso süßer schmeckt, weil sie gefährlich ist. Der Nieselregen geht nun in richtigen Regen über und durch die Zweige der Eibe tropft es immer stärker. Pierre springt auf und klopft sich Nadeln und Erde von der Hose. »Komm! Wir kriechen besser im Trailer unter, bevor es richtig zu schütten beginnt.«

Fundstücke

Pierres Reich liegt hinter dem Granitfeld in einem kleinen Waldstück auf dem höchsten Punkt der runden Bergkuppe. Dort klettern wir in einen kleinen aufgebockten Wohnwagenanhänger ohne Räder. Das Innere ist entkernt worden und nun mit einfachen Gebrauchsmöbeln bestückt. Ein Tisch, der eher eine Werkbank ist, ein Pritschenbett, eine Truhe, die auch als Sitzbank dient, und eine sehr provisorische Küchenzeile mit einem Gaskocher. Pierre holt ein Handtuch aus der Truhe und reicht es mir. Der Regen wurde so schnell stärker, dass wir den letzten Teil des Weges rennend zurückgelegt haben. Magalis Jacke hat den Regen zwar abgehalten, aber meine Hosenbeine und meine Mütze triefen. Als ich mein Haar einigermaßen trocken gerubbelt habe, hat Pierre schon den Gaskocher angeworfen und Teewasser aufgestellt. Verstohlen starte ich einen halbherzigen Versuch, meine nassen Strähnen über die Narben zu drapieren, aber dann mache ich mir klar, wie albern das im Grunde ist. Pierre hatte ja schon gestern freie Sicht auf meine lädierte Haut. Trotzdem kostet es mich einiges, mich jetzt einfach so preiszugeben. Wenigstens herrscht im Trailer ein gnädiges Halbdunkel. Also atme ich noch einmal tief durch und lasse einfach alles, wie es ist. Pierre sucht gerade nach Geschirr, so habe ich Zeit, mich in Ruhe umzuschauen. »Übernachtest du hier auch oder warum liegt auf der Pritsche ein Schlafsack?«

»Im Sommer bin ich über Nacht gern hier oben geblieben«, antwortet Pierre. »Und ab und zu hat hier mal einer der Schreiner übernachtet, die ich für die großen Holzarbeiten dazuhole. Für die

Arbeiten, die man nur zu zweit schafft. Aber eigentlich lebe ich unten im Hotel.«

Er reicht mir eine Tasse und setzt sich mir gegenüber auf die Pritsche. Es ist so eng, dass sich unsere Knie fast berühren. Jetzt werde ich doch nervös, aber Pierre schaut mir nur in die Augen und beachtet meine Narben gar nicht. »Frierst du?«, will er wissen. »Ich kann auch die Elektroheizung anmachen.«

»Hier gibt es Strom?«

»Was dachtest du, wie ich hier oben arbeite?«, fragt Pierre amüsiert. »Mit Schnitzmesser und der blanken Axt?«

Tja, soll ich mich outen?

»Hinter dem Trailer steht ein Stromaggregat«, fährt er fort. »Nur mit Akkus käme ich bei den großen Maschinen nicht weit. Soll ich einheizen?«

»Danke, aber ich friere nicht.«

»Gut.«

Der Regen rauscht und trommelt auf das Blechdach, während wir den Tee trinken und den Geräuschen lauschen. Es ist leicht, mit Pierre zu schweigen, und nach einer Weile entspanne ich mich und lehne mich an die Wand. Erst als der Schauer vorbeigezogen ist, bricht Pierre wieder die Stille. »Willst du die Hütten noch sehen?«

»Ja, natürlich!« Ich ertappe mich dabei, wie ich mich wirklich darauf freue. Pierre lächelt über meinen Enthusiasmus und räumt die Tassen weg. Draußen ist die Luft wie reingewaschen, Regentropfen hängen wie Glasperlen an den Blättern. Der Wind hat sich gelegt und bis auf ein paar vereinzelte Vogelstimmen ist es gespenstisch still – jedenfalls nach meinen Maßstäben. Pierre geht voraus in den Bereich hinter dem Trailer. Zwischen Nadelbäumen ist eine schräge Plane aufgespannt, die den Regen abhält. Ein abschließbarer Container steht hier – und davor liegen mehrere Baumscheiben, die Pierre wohl gerade bearbeitet. Zehn Meter weiter stehen wir mitten in einem lichten Mischwald. Bevor ich die Baumhäuser entdecke, fallen mir erst Leitern und Treppen auf. Doch als ich nach oben spähe, staune ich nicht schlecht. Unter »Hütten« hatte ich mir eher etwas vorgestellt, das in das Märchen der russischen Waldhexe Baba Jaga passen würde – urige Häuschen, die auf Baumstelzen stehen. Stattdessen entdecke ich Objekte, die an moderne Kunst erinnern. Es sind kühne Formen, schlicht und streng und doch organisch. Eines der Baumhäuser erinnert mit seinen abgerundeten Wänden an einen Kokon. Ein anderes ist ein elegantes Dreieckskonstrukt, das drei Meter über dem Boden zwischen vier großen Tannen zu schweben scheint. Die Treppe ist ein Gestell aus Metall, das um eine der Tannen herumführt. Pierre erklimmt dieses Gerüst und betritt über mir die Plattform. Dann erst gibt er mir das Zeichen, nachzukommen. Die Wendeltreppe, die offenbar nicht das Gewicht von zwei Menschen gleichzeitig trägt, federt leicht unter meinen Sohlen. Nur zu gerne nehme ich Pierres Hand für die letzten Stufen. Er muss sich ducken, um durch die niedrige Tür zu kommen. Ich bin überrascht, dass der Raum dahinter viel größer ist, als er von außen wirkt. Ein hölzernes Bettpodest findet hier mühelos Platz, es gibt einen Beistelltisch aus einer polierten Baumscheibe und weitere Möbel, die gar nichts Grobes und Holzschnittartiges haben. Es duftet nach Kiefernöl und frischem Holz. Den Glanzpunkt bildet die Fensterfront aus Glas mit Balkon davor, die zwischen den Bäumen hindurch einen Ausblick auf die Berge der Margeride eröffnet.

»Und du sagst, Design für das Centre Pompidou sei nicht dein Stil?«, entfährt es mir. »Das hier ist ein … Das ist Land Art, Pierre!«

Ich meine das vollkommen ernst, doch er bügelt das Kompliment mit einem Schulterzucken ab. »Auf jeden Fall ist es gutes Handwerk.«

»Das ist mehr als Handwerk und ich schätze, das weißt du auch«, entgegne ich.

Das schnelle Lächeln, das er sofort wieder unterdrückt, verrät ihn. Ja, er weiß es genau.

Vorsichtig, als könnte der Holzboden unter mir nachgeben, gehe ich zu einem schlichten Regal an der Dreieckswand. Eine Gruppe von drei rundlichen Frauenfiguren aus rotbraunem Ton ziert das Regal. Daneben reiht sich weitere Deko, die eher zum Les Gabales als in dieses moderne Ambiente passen würde.

»Was sind das für Figuren?«, will ich wissen.

»Das ist ein Kompromiss.« Pierre tritt neben mich. »Für Magali ist es wichtig, dass das Keltenthema sich auch hier wiederfindet. Die Dreiergruppe stellt keltische Matronen dar: Göttinnen, die immer zu dritt auftauchen, meistens standen solche Skulpturen an Wegkreuzungen. Die Dreiheit der Matronen habe ich auch in der Form der Hütte angedeutet. Nur deshalb hat die Lodge eine Dreiecksform.«

Er lächelt, als ich anerkennend die Brauen hebe. Und diesmal ist ihm anzumerken, dass er sich über meine Begeisterung freut.

»Und die Sachen, die daneben stehen?«, frage ich. »Die Steine sehen eher so aus, als hättest du sie im Wald gefunden.«

»Ich dachte, es passt zu den Tonfiguren. Unten bei den Ruinen habe ich zudem noch ein paar Fundstücke geborgen. Magali schaut sich an, was man vielleicht ans Museum weitergeben sollte, aber das meiste ist nicht von historischem Wert.«

»Trotzdem sind sie schön.« Mir gefallen die kleinen Mauerreste mit Verzierungen und auch die Sorgfalt, mit der Pierre sie auf dem Regal arrangiert hat. Neben den Matronen hat er eine nur fingergroße Figur so zwischen zwei Steine geklemmt, dass sie trotz der schiefen Bruchkante aufrecht steht. Trockenes Moos haftet daran und bedeckt Gesicht, Brust und Kopf wie sprödes, langes Haar. *So sieht also Feenhaar aus*, denke ich. »Was ist das für eine Figur, Pierre?«

»Vielleicht Kinderspielzeug. Eine kleine Puppe oder so was. Manchmal finde ich Gegenstände, die Touristen zurückgelassen haben. Nach ein paar Jahren sehen solche vergessenen Gegenstände wie echte Naturartefakte aus.« Er tritt zum Balkon und öffnet die verglaste Tür. Zusammen treten wir hinaus. Auch wenn das Baumhaus nicht in den Wipfeln schwebt, war ich den Baumkronen noch nie so nah wie jetzt. »Das ist wirklich beeindruckend«, sage ich leise. »Mein kleiner Bruder würde hier sofort ein Achtsamkeitsretreat buchen.«

»Und du nicht?«

»Na ja … Du hast ja gemerkt, ich habe so meine Probleme mit dem Wald.«

»Warum eigentlich?«

»Weil … ich mit Natur einfach nicht besonders viel anfangen kann. Ich bin nun mal durch und durch ein Stadtmensch.«

Pierre lacht auf. »Das bin ich auch. Aber Stadtmenschen sind auch nur Tiere mit zu viel Hirn.«

Sofort versteife ich mich. »Wir sind keine Tiere!«, widerspreche ich mit Nachdruck.

»Nicht im wörtlichen Sinn natürlich, aber trotzdem sind wir Teil von all dem hier«, sagt Pierre leichthin. Er umfasst mit einer Geste den ganzen Wald um uns.

»Hättest du gesagt, ich bin Teil meines digitalen Arbeitszimmers, dann würde ich dir zustimmen«, kontere ich. »Aber der Wald hier … Das ist zwar alles wunderschön, aber einfach nichts für mich.« Ich weiß nicht, warum ich so darauf beharren muss. Besonders höflich kommt das sicher nicht rüber.

Pierre schweigt und ich frage mich, ob ich ihn vielleicht gekränkt habe. Doch nach einer Weile sagt er: »Ich glaube nicht, dass man einen wirklichen Unterschied zwischen dem Lebensraum von Menschen und Tieren machen kann. Wenn man es genau betrachtet, ist sogar eine Stadt wie Paris auch nur eine Form von Natur.«

Fast hätte ich aufgelacht. »Paris soll ein natürlicher Lebensraum sein? Für wen? Die Paradiesvögel vom Montmartre?« Die Ironie sollte ich mir verkneifen, aber Pierre ist auch diesmal kein bisschen gekränkt.

»Warum nicht?«, fragt er völlig ernsthaft zurück. »Treppen und Steinfassaden, der Marmor, die Vergoldung in den Kirchen – das Ganze haben nicht wir geschaffen, wir haben es nur den Steinbrüchen entnommen und aus der Erde geholt und in eine neue Form gebracht. Aber sieh dir Paris mal aus der Sicht eines Turmfalken an:

Er nistet auch in einem leeren Balkonkasten und weiß gar nicht, dass er ein Stadtvogel ist, weil er nicht unterscheidet zwischen dem, was Menschen geschaffen haben, und dem, was er sieht. Für ihn ist Notre-Dame nur ein großer schwarzer Felsen und die Champs-Élysées eine Schlucht.«

Das Bild ist so schräg, dass es mich fasziniert. »So habe ich es noch nie betrachtet.«

»Sollte man aber vielleicht«, sagt Pierre. »So gesehen ist man immer in der Natur. Egal, wo man hingeht.«

»Und warum bist du dann hier und nicht in einem Café an den Champs-Élysées mit deinen Freunden, den Turmfalken?«

Zweiter Versuch, Pierre eine private Antwort zu diesem Thema zu entlocken, aber auch diesmal lässt er mich elegant ablaufen. »Vielleicht, weil ich hier leichter einen Parkplatz finde«, erwidert er. Mein stirnrunzelnder Seitenblick bringt ihn zum Lachen. »Ich sagte doch, ich bin auch ein Stadtmensch. Und was deine ›Wildnis‹ hier betrifft: Im Grunde ist das nur ein von Menschen angelegter Park. Richtige urwüchsige Wälder gibt es hierzulande schon längst nicht mehr. Sie sind vor Jahrhunderten abgeholzt worden. Das, was du hier siehst, ist Forstlandschaft, gezähmte Natur, wenn du so willst. Und es ist völlig klar, dass Magali und ich hier im Grunde auch nur ein idealisiertes Naturbild für gestresste Großstädter verkaufen. Vermutlich suchen wir ja alle immer den wilden, heilenden Urgrund, zu dem wir in Retreats zurückfinden wollen, damit alles gut wird.«

Es klingt überhaupt nicht abfällig, es ist nur eine nüchterne Feststellung.

»Tomé nannte es Wellness-Voodoo«, sage ich.

»Tomé?«

»Ich meine … Antoine«, korrigiere ich mich hastig. »Auf dem Ausritt hat er mit seiner Nichte über das Projekt geredet.«

Zu meiner Überraschung lacht Pierre. »Ich hätte nicht gedacht, dass Oulier und ich mal einer Meinung sein könnten«, sagt er amüsiert. »Aber da ist was dran. Unser Geschäftsmodell ist Achtsamkeitsschamanismus mit Natur. Es ist ein gutes Konzept, das sich sehr gut verkauft. Doch der Punkt ist: Entweder du machst die Augen auf oder nicht. Wenn du genau hinschaust, brauchst du den ganzen Wellness- und Achtsamkeitszauber gar nicht. Und im Jetzt leben wir sowieso immer, wir haben gar keine andere Wahl.« Er wendet sich von mir ab und schaut prüfend zum Himmel. »Im Trailer liegt ein zweiter Motorradhelm. Wie sieht es aus? Nutzen wir die Regenpause, bevor die nächste Sintflut kommt?«

Tja, netter Versuch mit den privaten Fragen, Fleur. Mir liegt noch einiges auf der Zunge, aber inzwischen friere ich wirklich. Und deshalb gebe ich mich für heute geschlagen und nicke.

*

Dem Regen sind wir davongefahren. Zwar war der Untergrund an den steileren Stellen glitschig und verschlammt, aber man spürte bei jedem Meter, dass Pierre ein im Outback geschulter Fahrer ist. Dafür schlittere ich nun Magali direkt in die Arme. Noch in ihrem Mantel steht sie an der Rezeption und sichtet gerade die Post. Unter anderen Umständen wäre die Art, wie ihre Miene entgleist, als sie mich in ihrer Reitjacke hereinkommen sieht, Comedygold gewesen.

»*Bonjour?*«, grüßt sie fragend.

»*Salut*«, gebe ich zurück. »Ich … war mit Pierre bei den Hütten. Er hat mir deine Jacke geliehen, weil es geregnet hat. Er sagte, es sei in Ordnung.« *Meine Güte, ich klinge wie ein Schulmädchen, das von der strengen Lehrerin erwischt wurde.*

»So«, antwortet Magali nur. »Sagte er das?« Wenn Blicke Frost erzeugen könnten, dann hätten wir hier ein Wintermärchen. Selten habe ich mich so unbehaglich dabei gefühlt, eine Jacke auszuziehen und an die Garderobe zu hängen. Dort hat Pierre meine rote Jacke deponiert. Um ein Haar hätte ich vergessen, meine Technik aus den Taschen umzupacken. Magali beobachtet, wie ich Handy, Kabel und Powerbank aus ihrer Jacke ziehe. Und sie beherrscht es, missbilligendes Schweigen als Statement einzusetzen.

»Danke jedenfalls fürs Ausleihen«, breche ich die angespannte Stille. »Und … Pierre hat mir übrigens auch erzählt, was man über mich redet. Aber ich versichere dir, kein Wort davon stimmt. Ich bin weder hier, um irgendjemandem etwas wegzunehmen, noch will ich an das Land kommen. Dafür gäbe es auch gar keine Grundlage. Mein Besuch hier ist rein privat.«

Ich weiß nicht, was ich mir erhofft hatte. Dass Magali bei dieser Versicherung in Jubel ausbricht und mich in die Arme schließt? Aber mit einer so kühlen Reaktion hätte ich nicht gerechnet. »Aha«, sagt sie nur. »Deshalb hast du dich auch mit Antoine Oulier zusammengetan.«

»Auch das ist rein privat«, sage ich mit Nachdruck. Schon ihr herablassender Tonfall ärgert mich. Und dann fügt sie auch noch spöttisch hinzu: »Dein Wort in Gottes Ohr, *Flór*.«

*

Ich ärgere mich noch über Magali, als ich schon längst zu Hause bin und unter der heißen Dusche die letzten Spuren von Wald und Regen von meiner Haut wasche. Keine Ahnung, warum ich es so schlecht ertrage, dass ausgerechnet sie mich nicht leiden kann. Und mit meinem Ärger kehrt auch die Wut auf Tomé zurück. Erst als ich meine Kommandozentrale betrete, die mich heimelig und vertraut mit dem Geruch von Kabelkunststoff und chemisch imprägnierten Sperrholzmöbeln empfängt, komme ich langsam wieder in einen normaleren Modus.

Mein Vater hat ganze Arbeit geleistet. An meinem Rechner poppt ein Foto auf, das er von seiner Ermittlungswand gemacht hat. Und es ist wirklich die ganze Wand an seinem Schreibtisch, die mit Zetteln und Kopien bestückt ist. Sorgfältig gemalte Pfeile schaffen Querverbindungen, Stichworte auf Post-its überlappen sich. Roland hat offenbar den Bestienfall für sich entdeckt und versucht ihn nun aus der Ferne im Alleingang zu lösen. *Cop im Schaukelstuhl*, denke ich mit einem Schmunzeln. Aber immerhin hat er sich auch meine Frage von heute Morgen vorgenommen.

Die Handschrift aus dem Sterbeverzeichnis ist tatsächlich nicht identisch mit den anderen Einträgen, hat er in seine Mail getippt. *Man müsste die folgende Seite in diesem Kirchenbuch prüfen, um zu wissen, ob ein neuer Schriftführer übernommen hat. Frage nach, ob du eine Kopie bekommst. Dann sehen wir weiter.*

Ich schicke eine Anfrage an den d'Apcher-Archivar aus Clermont-Ferrand und checke dann meine anderen Nachrichten. Zwei neue Anfragen von potenziellen Neukunden und Neuigkeiten zu den Fällen, die ich noch in Bearbeitung habe. Sieht aus, als liege eine lange Nacht mit Arbeit vor mir. Doch bevor ich endlich wieder in meinen Alltag zurücksinke, habe ich noch einen Anruf vor mir. Der Blick auf die Uhr zeigt, dass ich Tomé in seiner Polizeidienststelle erwischen werde. Und normalerweise bin ich die Letzte, die Menschen aus der Arbeit reißt, zu gut weiß ich, wie ich selbst auf solche Unterbrechungen reagiere. Aber ich hätte keine Ruhe, wenn ich einige Fronten hier nicht eindeutig kläre.

Tomé geht sofort ans Handy. »Flór!«, ruft er erfreut. »Ich wollte mich gerade bei dir melden. Was willst du zuerst hören: die gute oder die schlechte Nachricht?«

»Eine schlechte Nachricht habe ich heute schon gehört«, erwidere ich. »Hast du Magali erzählt, dass ich ihr Land an mich reißen will?«

Wenn Tomé überrumpelt ist, lässt er es sich nicht anmerken. »Nein, das habe ich nicht«, sagt er ruhig.

»Aber klargestellt hast du die Gerüchte wohl auch nicht.«

Sein Lachen ist nicht amüsiert, sondern kühl, fast sachlich. »Ich mische mich nie in Tratsch und Klatsch ein.«

»Weil es effektiver ist, vielsagend zu schweigen, wenn andere über mich und meine Absichten reden?«

»Worauf willst du hinaus, Flór? Beschwerst du dich bei mir, dass deine Anwesenheit und deine Nachfragen bei der Stadtverwaltung Staub aufgewirbelt haben?«

»Ich rede von dir, Antoine«, entgegne ich. »Davon, dass du mich offenbar bei Magali vorgeführt hast, weil du genau wusstest, dass sie es in den falschen Hals bekommen würde. War das der Grund, dass du mich ausgerechnet zum Les Gabales eingeladen hattest?«

Sein scharfes Atemholen am anderen Ende der Leitung sagt mehr aus, als er wahrscheinlich preisgeben will. *Ertappt, Tomé?*, denke ich grimmig. »Wie ich dir schon neulich sagte: Es war Sylvies Idee«, sagt er verärgert. »Sie mag dich nämlich und wollte dir etwas Besonderes bieten.«

»Dennoch hast du mir nichts davon gesagt, dass es zwischen Magali und dir offene Rechnungen gibt. Ich weiß, dass euer Verein das Haus kaufen wollte, um ein Jagdmuseum daraus zu machen. Und du hast ganz zufällig vergessen, das zu erwähnen, bevor du mich ahnungslos bei Magali vorführst, nur um sie zu beunruhigen?«

In der Pause von drei Atemzügen knistert die elektrische Energie zwischen uns. Und ich stelle fest, dass dieser Zorn sich erstaunlich gut anfühlt.

»Du hast dich ja richtig gut über das Le Gabales informiert«, sagt Tomé. »Aber ich glaube, du überschätzt deinen Einfluss auf Magali.« Doch obwohl er spöttisch klingt, trägt er endlich keine Maske der Überlegenheit mehr, ich höre nur zu deutlich, wie auch bei ihm das Blut kocht.

Jedenfalls schätze ich wohl ganz richtig ein, dass du Menschen gerne als Schachfigur für deine Zwecke einsetzt. »Hör zu, Oulier«, sage ich sehr klar. »Der Tratsch um das Les Gabales interessiert mich nicht. Aber ich bin nicht deine Schachfigur. Spiel deine Spielchen von mir aus mit Magali, aber nicht mit mir.«

Am anderen Ende der Leitung höre ich ein Lachen. »Schade«, sagt er. »Du wärst die Königin in meinem Schachspiel.« Ich weiß nicht, ob ich lachen oder ihn schlagen möchte.

»Das ist kein Witz, Tomé.« Es kostet mich viel, so ruhig zu bleiben. Meine Hand krampft sich um das Handy. Für einen Moment bin ich sicher, er wird mich ablaufen lassen oder einfach das Telefonat beenden – vielleicht sogar unsere Zusammenarbeit. Aber selbst auf diese Gefahr hin werde ich mir keine Märchen erzählen lassen. Und vielleicht spürt Tomé, wie ernst es mir ist. Er schnaubt genervt, aber schließlich lenkt er ein. »In Ordnung«, sagt er in einem völlig veränderten, sachlichen Tonfall. »Vielleicht hätt ich dir etwas über das Gerede sagen sollen. Ab jetzt keine Geheimnisse mehr. Doch das gilt auch für dich, Flór.«

Insgeheim atme ich sehr tief auf. Mit Tomé zu sprechen hat eine ganz andere Dynamik als Pierres lockere Art. Die Zeit läuft sofort schneller und auch mein Puls hat sich beschleunigt.

»Das ist der Deal«, gebe ich zurück. »Weißt du denn, wer die Gerüchte über mich verbreitet hat?«

»Ich vermute mal, der Anstoß kam von Cyrille Richard. Magali und er sind beide im Dachverband der Vereine zur Erhaltung keltischen Kulturguts aktiv. Und er musste wohl nicht tief graben, um zu erfahren, dass du bei der Stadtverwaltung warst. Ich sagte doch: Saugues ist ein Dorf.«

Das habe sogar ich inzwischen mitbekommen. Und ich kann mir tatsächlich gut vorstellen, dass die Richards vielleicht über drei Ecken mit Marie-Jeanne Saby Kontakt hatten und die Puzzleteile zu einem Bild zusammengesetzt hatten. Ich schlucke und atme den Zorn weg, der immer noch in mir nachschwingt, und frage dann freundlicher: »Und was war deine schlechte Nachricht von vorhin?«

»Dass ich unser Abendessen leider verschieben muss. Ich muss diese Woche geschäftlich nach Mende, ging leider nicht anders. Aber du bist ja noch ein paar Tage in Frankreich. Sehen wir uns am Samstag bei mir? Die gute Nachricht ist nämlich, dass ich bis dahin neues Material zu den d'Apchers aus Nantes bekomme. Außerdem habe ich eine interne Anfrage zur Diebstahlsmeldung deiner Großmutter gestellt. Bald wissen wir mehr.«

»Großartig! Dann komme ich am Samstagabend zu dir.«

»Gut«, sagt er mit einem Lächeln in der Stimme. »Hast du noch zwei Minuten? Dann erzähle ich dir, was der Kollege mir zuschicken will. Nantes ist in Bezug auf Irène und Roux eine echte Goldgrube.«

Ich springe auf und laufe im Zimmer herum, während Tomé die Fakten knapp zusammenfasst. Erst als er geendet hat und fragt: »Und wie hast du deinen Tag verbracht, Flór?«, halte ich abrupt inne. Ich habe schon Luft geholt, um ihm von meinem Ausflug zu erzählen, aber irgendetwas hält mich davon ab. Und es ist nicht die Tatsache, dass Tomé nicht viel für Pierre übrig hat. *Keine Geheimnisse, keine Spielchen*, ermahne ich mich. *Genau das forderst du doch von Tomé.* Aber im selben Atemzug denke ich an die Eibenbeeren und habe plötzlich das Gefühl, dass diese Stunden bei den Ruinen etwas Privates sind, das ich weder teilen möchte noch muss. »Nichts Besonderes«, sage ich. »Ich war spazieren und sitze jetzt am Rechner.« Im Hintergrund klingeln Telefone, ein Kollege von Tomé ruft etwas durch den Raum. Doch ich zögere, das Gespräch zu beenden. »Tomé? Was ich dich gestern schon fragen wollte: Wie heißt Magalis Waldarbeiter eigentlich mit vollem Namen?«

»Pierre Cohen. Wieso?«

»Nur eine kleine Basisrecherche. Du weißt ja, ich lege immer Wert darauf zu wissen, mit wem ich es zu tun habe.«

»Falls du was Interessantes herausfindest, gib mir Bescheid.«

Das, was für dich interessant wäre, weiß ich bereits, Tomé, denke ich. Zum Beispiel, dass Pierre Magalis Geschäftspartner ist. Im Nachhinein wundere ich mich, dass Pierre mir das anvertraut hat, obwohl er mich gar nicht kennt und weiß, dass ich mit Tomé Kontakt habe. Noch lange nachdem ich aufgelegt habe, starre ich auf den Namen, den ich schon während des Telefonats in meine Suchmaschine getippt habe. Mein Puls geht immer noch viel zu schnell. Ich schwebe in dieser fiebrigen Wachsamkeit, die Tomé bei mir auslöst. Auch jetzt durchströmt sie meinen ganzen Körper.

Pierre Cohen.

Ein paar Klicks und sein Leben würde sich in groben Zügen auf dem Monitor abzeichnen. Zwei Stunden Deepdive in Verbindung mit seinem Motorradkennzeichen und ich wüsste vermutlich mehr, als Magali je über ihn erfahren wird. Mein Finger schwebt über der Maustaste und dem Cursorpfeil auf der digitalen Lupe. Aber komischerweise zögere ich. *Was ist los mit dir, Fleur?*, schelte ich mich. *Du bist doch sonst der Kontrollfreak, wenn es um Männer geht*. Doch diesmal lösche ich den Namen wieder aus dem Suchfeld und rufe meinen ersten Kundenfall auf. Und sobald ich mit den Kopfhörern auch die Geräuschwelt um mich herum ausblende und damit die letzte Schwelle überschreite, tauche ich mit einem erleichterten Durchatmen ganz in mein vertrautes Leben ein.

Peau d'âne

Vielleicht hat die Eibe ja heilende Kräfte, aber in dieser Nacht sucht mich der Jäger nicht heim. Ich träume einfach nur von Max und meinen Eltern und von gelben Retrievern, die wie schwere, warme Decken auf mir liegen. Zum ersten Mal, seit ich in der Mietwohnung aufwache, fühlt sich das Leben nach Alltag an. Meine Schulter pocht nicht mehr und meine Lebensgeister sind zurückgekehrt. Unter der heißen Dusche spüre ich den Muskelkater kaum noch. In Le Malzieu entdecke ich einen Bioladen und fülle meinen Kühlschrank mit regionalen Köstlichkeiten und mein Airbnb-Host verlängert ohne Probleme die Mietdauer. Die zwei neuen Aufträge kann ich nämlich auch gut von hier aus abwickeln. Es sind digitale Nachlässe, die aufgelöst oder stillgelegt werden müssen – von Accounts wie Youtube, TikTok und Co über verstreute Bildrechte, die ich zurückholen werde, bis hin zur Kündigung von Online-Konten, Mitgliedschaften und Abos. Aufräumarbeiten, die mich Zeit, aber nicht viel Mühe kosten.

Bevor Tomé seine Dienstreise antritt, treffen wir uns noch spontan zu einem Mittagessen in Saint-Chély-d'Apcher, wo auch seine Dienststelle ist. Er hat wieder eine schlechte und eine gute Nachricht für mich. Die schlechte ist, dass es keine Akte mehr von Margots Fall gibt – auch Kopien zu ihrem Anliegen waren im Archiv nicht zu finden. Die gute Nachricht ist, dass Tomé versuchen will, über seine privaten Netzwerke herauszufinden, wen Margot damals anzeigen wollte.

Nach unserem Treffen in Saint-Chély sitze ich wieder am Rechner und erwische mich immer wieder bei der Versuchung, Pierre zu googeln, und jedes Mal lasse ich es doch sein. Und vielleicht ist es nur eine billige Ausrede, dass ich bei dem besseren Wetter, das für morgen angekündigt wurde, noch mal Fotos machen will, doch schließlich nehme ich mir ein Herz und schreibe eine SMS. Und diesmal antwortet Pierre mir sofort.

*

Früher hätte ich einen Tag am Computer niemals gegen eine Motorradfahrt über eine matschige Wiese eingetauscht, aber als ich pünktlich zur vereinbarten Zeit am Les Gabales ankomme, kann ich nicht anders, als zu strahlen. Pierre erwartet mich schon im Hof. Magalis tollpatschiger Hund hechelt in sinnloser Freude um mich herum. Und als ich den Helm aufsetze und hinter Pierre aufs Bike steige, fällt der letzte Rest Nervosität von mir ab. Nicht einmal der Anblick von Magali, die uns mit einer Tasse in der Hand vom Fenster der Küche aus argwöhnisch beobachtet, kann mir die Laune verderben.

Es fühlt sich schon vertraut an, hinter Pierre auf dem Motorrad zu sitzen. Dennoch kostet es mich Mut, seine Mitte heute mit beiden Armen zu umfassen. Er trägt wieder die braune Arbeitsjacke, unter meinen Händen spüre ich die Verschlüsse der Taschen und den rauen Stoff, aber auch Pierres Atmen und die Spannung in seinem Körper, als er Gas gibt und die Steigung des Geländes von uns beiden verlangt, dagegenzuhalten.

In den vergangenen Tagen ist der Herbststurm endgültig abgeflaut, dieser Tag verspricht warm zu werden. Die Pferde dösen auf der Weide und zucken heute nicht mal mit den Ohren, als wir am Zaun entlangfahren. Pierre beschleunigt, sobald wir auf steinigere Pfade kommen, und ich umschließe ihn noch fester und lasse die Bäume an mir vorbeigleiten.

Auf dieser Seite des Berges ist es noch schattig, aber sobald wir oben im Wäldchen ankommen, tasten sich Lichtfinger schräg durch die Zweige. Es tut gut, sich auf Pierre zu verlassen. Für ein paar Momente schließe ich sogar die Augen und spüre nur der

Nähe zwischen uns nach. Eine Nähe zwischen Fremden, die nur im Jetzt existiert und mich dennoch lächeln lässt. Oder vielleicht gerade deswegen. Ich umfasse seine Mitte noch fester und spüre jede Wurzel, über die das Bike federt. Sogar hinter meinen geschlossenen Lidern zucken die Sonnenflecken als hellrote Schattierungen über meine Augen. Erst als Pierre bremst, öffne ich die Augen. Die Sonnenfinger malen ein Muster aus hellen Inseln und Blätterzeichnungen auf den staubigen Trailer. Pierre hält daneben und zieht sofort den Helm ab. Ein wenig benommen steige ich ab. Unter mir scheint der Boden immer noch dahinzufließen. Pierre parkt sein Bike und schließt den Trailer auf.

»Neu?«, fragt er beiläufig mit einem Blick auf meine Halbstiefel.

»Aus einem Outdoorladen in Saint-Chély«, antworte ich.

»Gute Wahl«, sagt Pierre nur. »Trinkst du noch einen Kaffee, bevor du zu den Ruinen gehst?«

»Gerne!«, sage ich, ohne zu zögern.

Er grinst und geht voraus in den Trailer. Als ich ihm folge, hat er bereits den Herd angestellt. »Gegen halb elf kommen zwei Jungs, die mir heute beim Abschleifen helfen«, sagt er über die Schulter. »Aber melde dich ruhig, wenn du von den Ruinen zurück bist. Ich fahre dich jederzeit wieder zum Hotel.«

»Ich habe mir extra Schuhe gekauft, damit ich zurücklaufen kann.«

Pierre lächelt mir zu. Er steht im Lichtstreif, der durch das schmale Fenster des Trailers fällt, und ich muss mir eingestehen, dass ich ihn bei unserer ersten Begegnung wirklich völlig übersehen habe. Heute ist er zumindest ansatzweise rasiert und mir fällt zum ersten Mal auf, dass er einen schönen Mund hat – selbst die zwei tiefen Linien um seine Mundwinkel sind kein Makel, sondern passen dazu. Er bemerkt gar nicht, dass ich ihn betrachte, sondern hantiert am Herd herum. Schließlich füllt er den Kaffee in eine verbeulte Thermoskanne um, hakt sich seine Tasse an den Daumen und nimmt seinen Rucksack. »Nimm deinen Becher mit«, sagt er schon im Hinausgehen.

Ich hatte erwartet, dass wir uns vor den Trailer setzen, aber Pierre führt mich zu einem Baumhaus-in-spe. Wände hat es noch nicht, nur die hölzerne Plattform ist bereits zwischen zwei Laubbäumen verkantet und mit Stelzen verstärkt. Pierre stellt eine Leiter auf und klettert voraus. Als ich oben ankomme, packt er schon seinen Rucksack aus. Er hat eine Decke mitgebracht, auf der wir auf dem noch feuchten Holz sitzen können – außerdem überrascht er mich mit frischem Brioche-Gebäck. Der süße Duft vermischt sich auf eigentümliche Art mit dem Geruch von Herbstlaub und feuchter Erde. Ein irritierender Kontrast, der mich fast fühlbar durchrieselt. Als wären meine Sinne eingeschlafen wie ein Arm, auf dem ich zu lange gelegen habe, und der jetzt langsam aufwacht.

Auch heute ist es leicht, mit Pierre Zeit zu verbringen. Wir sitzen im Schneidersitz auf der Decke und frühstücken, und er schildert mir, wie dieses Baumhaus aussehen wird. Verstohlen mustere ich ihn. Die Art, wie er für sein Projekt brennt und völlig darin aufgeht, erinnert mich an Tomé.

»Ich hoffe, wir bekommen noch vor Dezember die Genehmigung für die Zufahrt«, schließt er. »Hinter dem Berg führt eine Landstraße vorbei. Von dort zweigt ein Forstweg ab, der fünfzig Meter von den Lodges entfernt da hinten endet.« Er deutet hinter die beiden Buchen, wo nur noch Gestrüpp wuchert. »Das fehlende Stück muss erschlossen werden, damit wir die Urlauber mit einem Shuttle-Service hochfahren können – und auch einen Weg für die Zulieferung und Versorgung haben.«

»Aber die Genehmigung habt ihr noch nicht?«

»Magali sagt, es ist nur eine Frage der Zeit. Und bis die Jungs nachher kommen, werde ich vorarbeiten und die Wegstrecke frei machen. Es liegen eine Menge Steine dort herum.«

»Kannst du Hilfe gebrauchen?«

»Ich dachte, du wolltest gleich zu den Ruinen?«

»Ja, aber ich muss mich doch für die Mitfahrgelegenheit bedanken – und für das Frühstück.«

Er schaut prüfend auf meine Bürohände. »*Bien*«, sagt er dennoch. »Gerne. Ich gebe dir nachher ein Paar Arbeitshandschuhe.«

Doch erst einmal schenkt er sich einen zweiten Kaffee ein, streckt die Beine aus und lehnt sich gegen den glatten Baumstamm der Buche. Die Sonne tastet sich langsam durch die Baumkrone bis zu uns vor. Zitternde Lichtflecke sprenkeln meine Beine. Es hat etwas Hypnotisierendes, sich darauf zu konzentrieren. Ich nehme einen tiefen Schluck und lege den Kopf in den Nacken, schmecke das reine Aroma von ungezuckertem Kaffee und schaue eine Weile einfach nur in die Krone. Ab und zu trudeln mir von oben Blätter entgegen. Ich blinzle, wenn sie sacht mein Gesicht streifen. *Herbstküsse*, denke ich und muss lächeln. Ein herbstgelbes Buchenblatt bleibt hängen. Es kitzelt und ich puste es mir von der Nase.

»Dafür, dass du dich im Wald nicht wohlfühlst, wirkst du gerade ziemlich gechillt«, höre ich Pierre neben mir sagen. »Bist du sicher, dass ein Baumhaus wirklich nichts für dich wäre?«

»Im Sonnenlicht vielleicht«, murmle ich. »Nachts würde ich hier vor Angst sterben.«

»Warst du denn schon mal nachts im Wald?«

In hunderttausend Träumen, Pierre. »Nein, aber in jedem Märchen steckt ein wahrer Kern. Und nicht umsonst passiert alles Schlimme darin nachts in den finsteren Wäldern. Denke an Hänsel und Gretel.«

Pierre gähnt und streckt sich. »Dieses Märchen mochte ich ohnehin nie.«

»Und welches gefällt dir?«

»Du meinst, als ich noch klein war?« Er legt den Kopf in den Nacken und schaut ebenfalls in die Kronen. »Die üblichen Geschichten, die jedes Kind kennt«, sagt er nach einer Weile. »*La chatte blanche, Ricdin-Ricdon* natürlich, *Peau d'âne* … und noch ein paar andere.«

Ich horche auf. »Du mochtest Allerleirauh?«

»Ja. Mir hat es gefallen, dass sie so schlau war und sich getarnt hat und abgehauen ist, als der alte König sie heiraten wollte. Nur das Ende fand ich nicht gut – dass sie dann doch noch schöne Kleider trägt und bei einem Prinzen im Schloss landet. Sie war deutlich cooler, als sie den Fellmantel trug.«

Ich kann mir ein Grinsen nicht verkneifen. »Tja, Märchenprinzessinnen gehören nun mal in Schlösser. Das ist Grimm'sches Gesetz.«

»Ja, ein Jammer«, murmelt Pierre. »Sie hätte im Wald bleiben sollen. Sich in Fuchsfelle hüllen, Beeren sammeln, mit einer Steinschleuder Eichhörnchen jagen – und sich eine Hütte bauen.«

»So wie du.«

Er lacht. »Ja, vielleicht. Bis auf die Steinschleuder und die Eichhörnchen zum Frühstück.«

Als er zu mir herüberschaut, fängt sich ein Sonnenstrahl in seinem rechten Auge und vergoldet das Braun seiner Iris. Für einen Moment bin ich sicher, dass zwei Seelen in ihm wohnen. Der wilde Ricdin mit dem Bernsteinblick und der Mann aus Paris, der sich eine neue Existenz aufbaut. Und als er mir zulächelt, schwingt etwas Neues zwischen uns. Leicht und doch vibrierend, ein Gleichklang, obwohl wir uns völlig fremd sind. Mein Herz schlägt schneller, aber es ist etwas ganz anderes als das wilde Herzklopfen, das ich bei Tomé verspüre. Hier ist es nur das Wagnis, die Frage zu stellen, die mir schon die ganze Zeit auf der Zunge liegt.

»Pierre? Wenn … ich dich googeln würde, was würde ich da finden?«

Wenn es ein Zauberwort gibt, das eine Stimmung mit einem Wimpernschlag verschwinden ließe, dann habe ich es jetzt wohl gerade ausgesprochen. Pierres Lächeln erlischt und seine Miene verfinstert sich. Er setzt sich abrupt auf. Und zu meiner Überraschung antwortet er: »Schau doch nach. Hast du dein Handy dabei?«

Das kann wirklich nur jemand fragen, der mich überhaupt nicht kennt.

»Die Verbindung hier oben ist ganz gut«, setzt Pierre hinzu. »Gib einfach Pierre Cohen ein.« *Ich werde mich hüten,* denke ich. Ich erkenne einen Köder, wenn er mir hingehalten wird. Und auf diesen Test steige ich sicher nicht ein.

»Du … kannst mir doch auch selbst etwas von dir erzählen«, sage ich vorsichtig. »Also … wenn du willst.«

»Hör zu, Fleur«, sagt er unwillig. »Wenn es dich interessiert, wo ich meine Ausbildung gemacht, gearbeitet und gelebt habe, dann schau nach. Auf diversen Insta-Accounts gibt es sogar Fotos von Urlaubstouren, auf denen ich mal war.«

Ich schlucke. Denn nur zu deutlich ist die Grenze, die er hier zieht. Und auf eine Art ist das auch eine Antwort. »Nach deinen Urlauben hätte ich auch nicht gefragt, Pierre. Aber vielleicht nach deinem Leben in Paris.«

»Was interessiert dich mein Leben in Paris?«, ruft er erstaunlich hitzig aus. »Es war wie jedes andere. Das einzige Besondere war, dass ich meinen Anteil an einem Schreinerbetrieb verkauft habe, um mir den Traum von den Lodges zu erfüllen. Aber warum sollte ich hier darüber erzählen, als wären wir bei einem Date?«

Autsch. Das war deutlich.

Pierre atmet tief durch. »Entschuldige, Fleur. Ich wollte nicht so unfreundlich klingen, aber … Ich bin jetzt hier und das ist mein Projekt und mein Leben. Paris ist nicht mehr mein Thema. Und ich frage dich ja auch nicht nach deinem Privatleben aus.«

Paris hatte also etwas mit deinem Privatleben zu tun, denke ich. Und manchmal ist ein Wald vielleicht auch eine Zuflucht.

»Immerhin hast du mich gefragt, ob ich Antoines Freundin bin«, sage ich vorsichtig.

»Ich weiß.« Pierre seufzt genervt auf und fährt sich mit den Fingern durch das Haar. »War blöd von mir. Ich hätte nur schwören können, da ist was zwischen euch. Keine Ahnung, warum ich so direkt gefragt habe. Es geht mich ja nichts an.«

Aber du beobachtest gut, Ricdin-Ricdon. »Ich weiß ja nicht, wie es bei dir ist«, sage ich. »Aber ich habe gerade genug von Beziehungen. Und ich habe auch mein Projekt.«

Es klingt wie eine Beschwörung, mit der ich mich selbst zurückrufe von diesem Ort und dieser Gegenwart, in der ich mich gerade allzu bereitwillig verliere.

»Ja, das hast du erzählt«, murmelt Pierre. »Du willst wissen, ob die d'Apchers deine Vorfahren waren. Aber um das Land geht es dir nicht.«

Eine Frage, getarnt als Feststellung. Und säßen wir hier nicht gerade in einer flirrenden, zeitlosen Blase aus Sonnenflecken und Holzduft, sondern in einem von Verkehr umtosten Straßencafé, hätte ich ihm nicht geantwortet. »Es geht um … eine andere Art von Erbschaft. Meine Großmutter bezeichnete es als Fluch. Irgendetwas muss damals hier passiert sein, das heute noch Einfluss hat. Auf meine Familie, meine ich. Etwas Ungutes.«

Ich kann Pierre nicht verdenken, dass er ein Gesicht macht, als hätte ich verkündet, dass die Bäume hier auf dem Kopf stehen. Ich senke den Blick und starre in meine Kaffeetasse.

»Ich weiß, wie sich das anhört, Pierre. Ich habe genauso geschaut wie du, als ich die Unterlagen meiner Großmutter gesichtet habe. Aber inzwischen glaube ich, dass da etwas dran ist. Man weiß, dass Traumata über Generationen weitergegeben werden. Kriegserlebnisse, Verbrechen … Und vielleicht hallt ja auch Unglück wie ein Echo noch durch spätere Generationen.«

»Echos hallen nur, solange es auch jemanden gibt, der ruft«, gibt Pierre zu bedenken. »Außerdem: Wie viele Generationen liegen zwischen dir und den d'Apchers? Acht oder neun? Was soll da noch nachhallen?«

»Wir tragen die Echos vielleicht trotzdem unbewusst weiter«, beharre ich. »Es gibt … Ähnlichkeiten, Ereignisse, die sich vielleicht nicht ohne Grund wiederholen.«

»Was für Ereignisse meinst du?«

Die Hitze ist mir in die Wangen gestiegen. Ich spüre Pierres Blick auf mir und fürchte, er wird nun meine Narben betrachten, aber er schaut mir nur in die Augen.

»Genau kann ich es nicht sagen«, murmle ich. »Aber jedenfalls scheinen die Durands einen Hang zu extrem unglücklichen Beziehungen zu haben.«

»Die Durands?«

»Meine Herkunftsfamilie.«

Pierre zieht kritisch die Brauen zusammen. Dann schüttelt er den Kopf. »Du denkst wirklich, Unglück wird weitergegeben?«

»Wäre doch möglich? Vielleicht … ist es wie ein Albtraum, der sich immer wieder wiederholt, egal in welcher Generation.«

»Aber du kannst doch gar nicht wissen, ob die d'Apchers unglücklich waren.«

Die Briefe an Roux sagen etwas anderes, denke ich.

»Keine Generation lebt und liebt unter gleichen Bedingungen«, fährt Pierre fort. »Die Gräfin d'Apcher hatte ein ganz anderes Weltverständnis und sie lebte in einem gesellschaftlichen Korsett, das mit deiner Gegenwart weniger gemeinsam hat als das Leben eines Zoobären mit dem eines Wildtiers in der Arktis. Sie heiratete im Sinne ihrer Familie. In einer Zeit, in der Standeszugehörigkeit wichtiger war als Liebe. Ihr habt nichts miteinander gemeinsam als vielleicht ein paar Genspuren. Und Gene machen keine Beziehungen. Menschen machen sie.«

»Ich weiß!«, entfährt es mir. »Und ich kann es auch nicht erklären, aber ich weiß, dass wir dennoch etwas erben, ob wir wollen oder nicht. Zumindest in meiner Familie tickt etwas – wie ein alter Fluch.«

Zum Beispiel Träume. Und alles, was Margot mir ins Ohr flüsterte. Pierre merkt mir wohl nur zu deutlich an, wie aufgewühlt ich bin. Eine Weile überlegt er, dann stellt er seine Tasse zur Seite und steht auf. »Komm, ich zeige dir was«, sagt er sanft und hält mir die Hand hin.

Seine Hand ist rau und gebräunt von der Sonne. Ein paar helle Narben ziehen sich über den Handrücken, vielleicht alte Verletzungen von der Arbeit. Ich spüre diese dünnen Narben unter meinem Daumen, als ich seine Hand ergreife und mich hochziehen lasse. Für einen Moment bin ich versucht, seine Hand einfach in meiner zu halten, der Wärme und der Kraft darin nachzuspüren. Doch Pierre lässt mich los und klettert auf der Leiter nach unten.

Die Abkürzung zum Trailer führt mitten durch Gestrüpp und unter tiefen Ästen hindurch. Wir müssen uns ducken, um durch das Dickicht zu kommen. Unter dem Planendach hinter dem Container befindet sich ein kleiner Arbeitsplatz im Freien. Sägespäne bedecken den Boden, Holzböcke und Werkzeug stehen herum und auch ein Holzklotz, der aussieht, als würde er sich gerade in einem evolutionären Prozess befinden, der ihn in ein paar Jahrtausenden zu einem Hocker werden lässt.

Pierre packt eine Baumscheibe von der Größe eines Couchtischs, die an einem Baum lehnt, und rollt sie in die Mitte der Fläche, wo er sie kippen lässt. Das hölzerne Gewicht schlägt mit einem dumpfen Laut auf. Tannennadeln und Späne stieben in einem Ring in die Luft. Pierre zieht ein paar Handschuhe aus seiner Jackentasche, stützt sich auf ein Knie und fegt mit den Handschuhen Schmutz und Sägemehl vom Rohling.

»Das ist ein Stück von einer Eiche aus der Normandie«, erklärt er dann. »Über dreihundert Jahre alt, wie man an den Ringen abzählen kann. Hier …«, er deutet auf eine Unregelmäßigkeit des Ringmusters, »… hat der Baum vor zweihundert Jahren einen Feuerschaden abbekommen. Vielleicht war es ein Blitzschlag, die Rinde ist damals geborsten. Die nächsten Jahresringe zeigen es noch. Aber der Schaden wächst sich aus. Nach einem Jahrzehnt wird das Muster wieder regelmäßig. Und hier außen siehst du gar nichts mehr von dem Feuer. Deshalb glaube ich nicht an so etwas wie vererbte Flüche oder ein jahrhundertealtes Echo, Fleur: Die Natur hat keinen Platz dafür vorgesehen. Hier geht es immer um das Morgen, das Heilen, das Weitermachen. Was auch immer bei den d'Apchers damals passiert ist – es passierte dort.« Er tippt mit dem Finger auf das Brandmal der Eiche. »Sicher hallen Schicksalsschläge oder Traumata noch in der nächsten oder übernächsten Generation nach. Sie spielen eine Rolle, solange sich noch jemand aus erster Hand daran erinnern kann, aber irgendwann verklingen sie endgültig.« Er fährt mit dem Zeigefinger am äußersten Jahresring entlang. »Dein Leben geschieht hier. Und hier und heute ist es nie passiert, verstehst du?«

Es ist wirklich, als würden wir völlig verschiedene Sprachen sprechen. Ich hatte nicht gemerkt, dass ich die Hände in meinen Jackentaschen zu Fäusten geballt habe, als wollte ich mich an mir selbst festhalten. Und in mir ist ein zorniger Widerstand, den ich rational nicht erklären kann.

»Ich denke nun mal anders darüber«, sage ich mit Nachdruck. »Wir sind Menschen, keine Pflanzen, und Generationen sind keine Jahresringe an einem Baum. Und deshalb muss ich wissen, was in meiner Familie passiert ist.«

Ich erschrecke selbst, als ich es ausspreche. Denn zum ersten Mal fühle ich es: meine Familie. Auch wenn ich nichts beweisen kann: Jetzt gerade bin ich ein Teil von Irène, von Roux und von den Ahnen, die nach ihnen kamen.

Pierre atmet durch und steht auf. Und ich rechne ihm hoch an, dass er nicht weiterargumentiert. »Dann einigen wir uns darauf, dass wir in unterschiedlichen Teams spielen«, sagt er nur. »Du bist Team Vergangenheit, ich bin Team Gegenwart.«

Das nimmt augenblicklich die Spannung aus meinen Fäusten und bringt mich sogar zum Lächeln. »Sieht so aus, Pierre.«

Er grinst, aber plötzlich stutzt er und starrt konzentriert auf meine Stirn. Unwillkürlich will ich die Haarsträhnen glätten, aber Pierre ruft: »Warte!« Und ich halte mit klopfendem Herzen inne.

Und dann wage ich kaum zu atmen, denn Pierre tritt so nah an mich heran, dass ich den Lichtfunken in seinen Augen sehen kann. »Darf ich?«, fragt er leise. Ich kann nur sprachlos nicken. Mein Herz macht einen Satz, als Pierre die Hand ausstreckt. Doch er berührt mich nicht, er zupft nur vorsichtig an einer Haarsträhne und zeigt mir dann die stachelige Distelklette, die sich in meinem Haar verfangen hatte. Wir stehen immer noch so nah, dass ich jede Linie in seinen Zügen lesen kann. Und als würde es ihm plötzlich selbst auffallen, tritt er einen Schritt zurück. Doch ich bin immer noch völlig durcheinander von der plötzlichen Nähe. Und weder unser Schweigen noch diese Nähe sind unangenehm. Ein paar Sekunden betrachten wir einander nur, ohne dass es ein Kräftemessen ist. Selbst als Pierres Blick über meine Narben wandert, die ich nur nachlässig überschminkt habe, zucke ich nicht zurück, sondern halte es aus, diesmal einfach sichtbar zu sein.

Pierre ist der Erste, der den Bann schließlich bricht und meinem Blick ausweicht. »Die Kaffeepause ist vorbei, *Chardon*«, sagt er und hält mir seine Arbeitshandschuhe hin. »Zeit, die Zufahrt zum Hotel freizuräumen.«

Kokille

In den Märchen ist die Drei die Zahl der Prüfungen. Dreimal spinnt Rumpelstilzchen für die Müllerstochter Stroh zu Gold. Drei Aufgaben stellt Frau Holle den beiden Marien. Und dreimal versucht die böse Königin, Schneewittchen zu töten. Bisher betrachtete ich die Drei als meine Unglückszahl. Doch erstaunt stelle ich fest, wie gut es mir in den nächsten Tagen gelingt, drei Leben zu führen. In meinem ersten Leben bin ich die kühle, analytische Fleur, die ganz in den technischen Vernetzungen ihrer Arbeit aufgeht. Im zweiten heiße ich Flór und verbringe die Abende mit Tomé, atemlos und im schnellen Takt unserer Gedanken. Zwar ist er noch in Mende, aber wir treffen uns online im Zoom-Call, bevor ich noch für ein paar Stunden ins Gentiane fahre und tanze.

Und dann gibt es noch meine frühen Stunden im Jetzt. Lange vor Morgengrauen schrecke ich hoch, aufgewühlt und erschöpft von den Träumen, die sich so real anfühlen, dass ich von der Flucht noch ganz atemlos bin. Die tiefen Ringe unter meinen Augen überschminke ich nicht, sondern fahre so, wie ich bin, zum Les Gabales. Dort laufe ich den Weg an den Weiden entlang zur Kuppe. Der Oktober gibt in diesen Tagen alles, was er hat; schon morgens lässt Goldlicht das Land leuchten. Die Wanderung bei Sonnenaufgang tut gut und ist wie eine Reise über eine Schwelle, die mich in mein drittes, mit Tau benetztes Leben bringt. Hier läuft die Zeit langsamer und Pierre nennt mich *Chardon* – Distel. Vergangenheiten zählen nicht. Wir reden nur über das Jetzt und den nächsten Handgriff. Gemeinsam haben wir so die zukünftige Zufahrt zum Baumhaus-Hotel bis zur Sichtweite des Forstwegs freigeräumt und schichten nun die Granitbrocken zu einer Fahrbahnbegrenzung an den Seiten auf. Am frühen Vormittag stoßen Pierres Arbeiter dazu. Dann wird das Stromaggregat angeworfen und ich schaue noch einen Kaffee lang zu, wie die Männer Holz zusägen oder mit der Schleifmaschine glätten. Verstohlen beobachte ich Pierre, wie er mit den Männern über die Werkstücke und Pläne spricht. Man merkt ihm an, dass er mit Leib und Seele ein Teamplayer ist, und mir gefällt, wie klar und direkt er mit seinen Leuten redet und verhandelt. Er ist sichtbar in jeder seiner Handlungen und in jedem Wort. Und ich ertappe mich dabei, wie ich mich viel zu lange an der leeren Kaffeetasse festhalte, bevor ich in mein totenstilles Appartement zum bläulichen Monitorlicht zurückkehre.

Das wird bestimmt der teuerste Spontanurlaub aller Zeiten für dich, schreibt mir Max. *Aber toll, dass du noch eine Woche dranhängst. Tom und ich überlegen nämlich, ob wir für ein paar Tage mit dem TGV einen Abstecher nach Paris machen. Immerhin hat Moms da ja mal als Au-pair gearbeitet und gewohnt. Sie ist total dagegen, aber ich will es trotzdem machen. Tom war nämlich noch nie in Frankreich. Und für ihn und mich ist es gut, dass ich auch nie mit Merle dort war. So wäre Paris ein Ort, der nur uns beiden gehört. Du musst Tom kennenlernen! Und er kann es kaum erwarten, dich endlich mal live zu sehen. Wie wär's, Große: Wenn du Zeit hast, treffen wir uns irgendwo in der Mitte? Oder du kommst einfach zu uns nach Paris?*

Zu uns. Diese Worte lassen mich lächeln und wärmen mich auf eine Art, wie sie wohl nur große Geschwister empfinden, wenn die Kleinen in der Familie Flügel bekommen. Ich kann mir lebhaft vorstellen, was *Maman* von der Idee seines Paris-Trips hält. Aber immerhin scheinen meine Mutter und Max endlich miteinander zu reden – sogar über Tom. Es tut sich wohl doch etwas in ihrer hermetisch abgeschlossenen heilen Welt, die Schneekugel meiner Mutter scheint Risse zu bekommen, durch die neues Licht auf alte Fassaden fällt. Und auch mir tut es gut zu sehen, wie mutig Max seinem Herzen folgt und gegen alle Widerstände sein eigenes Leben in die Hand nimmt. *Mutiger als ich*, denke ich bei mir.

Ich bin stolz auf dich, antworte ich ihm. *Mal sehen, vielleicht passt es und ich kann auf dem Rückweg einen Stopp in Paris einlegen.*

Doch an den Rückweg will ich noch gar nicht denken. Heute Nacht habe ich meinem Airbnb-Host geschrieben und für alle Fälle auch noch die übernächste Woche reserviert, bevor etwa ein neuer Gast auftaucht. Dieses Quartier ist bereits zu einem Zuhause geworden. Und paradoxerweise war ich meinen Eltern und meinem Bruder selten so nah, auch wenn unsere Wege Datenautobahnen und unsere Stimmen Frequenzen im Handy sind. Weit weg von zu Hause bin ich dennoch eingewoben in ein dichtes Netz, das deutlich stärker zu spüren ist als in all den Jahren, in denen wir bei unseren Familienfesten Seite an Seite am Tisch saßen und uns dabei so nahe glaubten. Jetzt sehe ich, was Max meinte, als er bei unserem Streit in Echternach sagte, dass wir in unserer Familie nie über die wirklich wichtigen Dinge geredet haben – und schon gar nicht über die Albträume und Ängste, die dennoch immer unsichtbar im Raum standen. Stattdessen haben wir einen Kokon aus Ritualen und Gewohnheiten gewebt, um das Wichtige nicht auszusprechen. Doch dieser fragile Kokon wärmte nicht, bestenfalls gab er uns die Illusion von Schutz.

An diesem Vormittag wähle ich die Handynummer meiner *Maman*. Auch wenn wir Risse im Leben brauchen, damit das Licht seinen Weg findet, ahne ich, wie es ihr damit gerade geht. Als ich ihre Stimme höre, wallt Zärtlichkeit in mir auf, so resolut meldet sie sich – als würde sie dem Chaos mit kämpferisch hochgerecktem Kinn entgegentreten. »Fleur! Kannst du Gedanken lesen? Papa wollte sich gerade bei dir melden.«

»Ich will aber mit dir sprechen, Mama. Wir haben uns ja schon ein paar Tage nicht mehr unterhalten, wie geht es dir?«

»Wie soll es mir schon gehen mit einem Sohn, der völlig verrückt geworden ist, und einem Ehemann, der nicht mehr aus seinem Arbeitszimmer rauskommt?«, schnappt sie. »Da hast du bei deinem Vater was angerichtet, Fleur! Er ist völlig besessen von diesem ganzen grässlichen Bestienfall. Stell dir vor, er hat sogar seine ehemaligen Kollegen aufgescheucht. Und ich sitze seit Tagen über den Dokumenten und darf sie übersetzen.«

»Du hilfst ihm?«, entfährt es mir.

Ein genervtes Schnauben ertönt. »Denk doch mal nach, Fleur!«, sagt sie unwillig. »Glaubst du im Ernst, der eine Volkshochschulkurs in *baguette-et-cigarette*-Frühstücksfranzösisch, den dein Vater vor Jahren gemacht hat, reicht aus, um Sterbeverzeichnisse und Briefe aus dem Barock zu verstehen?«

Jähe Wärme flutet mein Herz bis in den letzten Winkel. *Das ist meine Maman!* Wenn das Leben sie mit dem Rücken an die Wand drückt, dann hält sie mit aller Kraft dagegen und geht ohne Wenn und Aber nach vorne. Tut, was getan werden muss und macht es zu ihrer Entscheidung. Es ist ihre Art, die Kontrolle zu bewahren. Oder zumindest die Illusion davon.

»Danke, Mama«, sage ich. »Aber was Max betrifft: Er ist nicht verrückt geworden.«

»Ach ja?«, wettert sie los. »Du hast ja keine Ahnung, wie er redet! Er klingt wie fremdgesteuert, er ist stur und pampig und er will nichts davon hören, dass dieser Mensch ihm wohl völlig den Kopf verdreht hat. Aber der Kerl ist vier Jahre älter und Max ist ja leicht zu beeinflussen …«

»Mama! Jetzt hör aber auf, das ist Unsinn!«

»*Ich* soll aufhören, ja?«, ruft sie. »Du hast gut reden, du hältst dich ja schön raus. Aber weißt du eigentlich, was hier los ist?«

»Stell dir vor, das weiß ich«, entfährt es mir. »Das Leben ist bei euch los. Ein Märchen-Freizeitpark war unsere Familie ja lange genug, meinst du nicht?« Noch nie habe ich so mit meiner Mutter gesprochen. »Du kannst nicht alles kontrollieren, *Maman*«, setze ich auf Französisch hinzu. »Max hat die Nase voll davon, der Sonnenscheinjunge zu sein, als den wir ihn beide gebraucht haben. Aber wir haben ihn weiß Gott lange genug in diese Rolle gedrängt.«

Für einen Moment fürchte ich, sie wird verletzt sein und vielleicht sogar auflegen, aber sie schweigt nur. Und natürlich tut es mir auf der Stelle leid, so hart mit ihr ins Gericht gegangen zu sein. Zumindest ist es jetzt raus.

»*Qu'est-ce que tu croyais, maman?*«, frage ich in die Stille. »Was hast du denn gedacht? Dass er seine erste Jugendliebe heiratet und die beiden für immer glücklich sein werden, nur weil du dir ein solches Leben für dich selbst gewünscht hättest?«

»Jedenfalls dachte ich, er liebt Merle und nicht irgendeinen Tätowierten aus Berlin«, antwortet meine Mutter bitter. »Ich meine … Ich kenne Max! Und er ist nicht homosexuell!« *Tja, die Statik einer Bilderbuch-Familie duldet keine Erschütterungen*, denke ich bei mir. Und Maman und ich hatten einfach schon zu viele davon.

»Ich weiß ja selbst, wie ich gerade klinge«, ruft sie verzweifelt aus. »Aber ich verstehe es nun mal nicht. Von einem Tag auf den anderen will er nichts mehr von seiner Freundin wissen …«

»*Exfreundin*, Mama«, sage ich mit Nachdruck. »Seine neue Beziehung heißt Tom, ob es dir gefällt oder nicht. Und Tattoos hin oder her – wenn Max ihm seine Liebe schenkt, dann wird das einen Grund haben. Vermutlich ist Tom einfach in Ordnung und ein liebenswerter Mensch, meinst du nicht?«

Ich höre, wie meine Mutter nach Luft ringt. »Lass uns über etwas anderes reden«, sagt sie dann mit brüchiger Stimme. »*Comment vas-tu?*«

Ich schaue durch das Fenster zu den Margeride-Bergen, die mir so vertraut geworden sind. »Es geht mir gut«, antworte ich ebenfalls auf Französisch. »Eigentlich … ging es mir selten so gut wie jetzt gerade.«

Erstaunt wird mir klar, dass das wirklich stimmt.

»Wirklich?«, fragt meine Mutter zweifelnd. »Dabei ist das alles doch so eine schreckliche Geschichte.« Wir wissen beide, dass sie damit nicht nur die Bestie und anno 1764 meint.

»Hast du Roland die Bilder von Maurice' Festplatte gezeigt?«, frage ich.

Sie schluckt hörbar und zögert lange. Und als sie weiterspricht, wählt sie ihre Worte sehr sorgfältig – als würde sie einen schmalen

Grat betreten, der auf beiden Seiten Abgründe öffnet. »Ja, das habe ich. Und ich kann keine Nacht mehr richtig schlafen. Ich hatte ganz vergessen, wie klein und zart du mit zwölf noch warst. Du hattest es so schwer und musstest damals schon so viel erwachsener sein als Max in deinem Alter.« Es klingt so kummervoll, dass es mir ins Herz schneidet. Da ist es wieder: ihr unsinniges Schuldgefühl, mich nicht genug beschützt zu haben. So, wie ich Max oft noch als Fünfjährigen sehe, bin ich für meine Mutter wohl für immer auch das Kind, das aus seiner Haut wollte und sich die größte Mühe gab, vor aller Augen zu verschwinden. *Vielleicht*, so überlege ich, *trägt man ja auch irrationale Schuldgefühle wie Echos durch die Generationen?*

»Wir mussten damals beide älter und stärker sein, als wir in Wirklichkeit waren, *Maman*.«

In der darauffolgenden Pause flimmern die Bilder wie eine Fata Morgana zwischen uns, die geheimen Fotos unseres Lebens, das Maurice uns entreißen wollte. Meine Mutter, die mit Ende zwanzig nach Deutschland zurückgekehrt war – ohne Familie, ohne Job, ohne Sicherheiten und mit dem Kind jenes Mannes, der geschworen hatte, sie niemals gehen zu lassen, vor allem nicht mit mir.

»Weißt du, es klingt vielleicht komisch nach all dem, was passiert ist«, fährt meine Mutter leise fort. »Aber … Maurice war im Herzen kein schlechter Mensch. Er war eifersüchtig, er hat mich betrogen, er … ist völlig durchgedreht, als ich es wagte, ihn zu verlassen. Doch als wir uns kennenlernten, war er noch ganz anders. Anfangs haben wir uns wirklich geliebt. Der Alkohol und … all das andere, das kam erst später.«

»*Je le sais, maman.*« Und ich weiß auch, dass sie mit siebzehn zu jung und zu unerfahren war, um einen Mann von über dreißig richtig einzuschätzen und ihre eigenen Grenzen aufzuzeigen. Für sie war er die große Liebe, ihr Prinz, der sie rettete und ihr eine heile Welt schenkte, die sie in ihrem eigenen zerrütteten Elternhaus nie kennenlernen durfte. Und vielleicht hoffte auch mein zerrissener Vater mit dem Herzen und der Moral eines Spielers auf eine Art Erlösung, indem er seine Liebe einem Engel schenkte. Mit einem leisen Klicken hole ich das Hochzeitsbild aus Paris, das ich auf der Festplatte gefunden hatte, auf den Monitor. Und vielleicht sieht auch meine Mutter im Geist dieses Foto vor sich, auf dem Maurice und sie als glückliches Paar strahlen. Lange bevor mein Vater endgültig an den Alkohol, seine Dämonen und seinen irrationalen Macht- und Kontrollwahn verloren ging. Nie hätte ich es gedacht, aber ich bin tatsächlich unendlich froh, dass es dieses Foto gibt. Das einzige Bild, auf dem wir zu dritt sind, ich noch im Unbewussten schlafend und geborgen unter dem Hochzeitskleid. *Unsere Familie.*

»Und was diese grässliche Geschichte mit den Morden betrifft …«, fährt meine Mutter unterdessen fort. »Dir ist hoffentlich klar, dass das alles nichts mit Maurice zu tun hat? Er mag kein makelloser Mensch gewesen sein, aber mit Mördern hatte er nichts – gar nichts – gemein! So war er im Herzen nicht. Und egal, was irgendwelche Grafen vielleicht getan haben und was Maurice war oder nicht war, es hat auch nichts mit dir zu tun, *ma petite.* Du bist und warst für mich immer das Schöne, das aus uns entstanden ist!«

Jetzt muss ich schwer schlucken. »Das weiß ich doch, *Maman*«, flüstere ich. »Aber es wird Zeit, dass wir beide endlich aufhören, wegzulaufen und uns zu verstecken.«

Irgendwo rumpelt es, dann erklingt die brummige Stimme meines Vaters im Hintergrund: »Johanna? Ist das Fleur? Gib sie mir mal!«

»Papa will dich sprechen«, sagt meine Mutter in einem völlig veränderten Ton. »Er ist gerade in die Küche geplatzt. Ja, Roland, einen Moment, sie läuft dir schon nicht weg!« Ihr deutlich hörbarer Ärger ist ein Rettungsanker, und ich verstehe sie nur zu gut. »Pass auf dich auf, *mon ange*«, sagt sie noch, dann raschelt es und ich habe meinen Vater am Ohr.

»Fleur?«, sagt er so resolut, dass ich zusammenzucke. »Guten Morgen! Hast du die Papiere parat?«

Nach dem Gespräch eben ist sein sachlicher Tonfall wie eine jähe kalte Dusche. »Warte kurz, ich hole sie«, sage ich mit belegter Stimme. Ich stehe vom Schreibtisch auf und hole die Mappe vom

Nachttisch. Während ich die Kopien heraussuche, habe ich Mühe, seinen schnellen Ausführungen zu folgen. Viel zu sehr klingt noch das Gespräch mit meiner Mutter in mir nach. »Papa, jetzt mal langsam«, murmle ich. »Ich verstehe nur, dass du die Einträge aus dem Sterberegister an irgendeinen Handschriftenmenschen geschickt hast …«

»Er ist Sprachprofiler«, korrigiert mein Vater ungeduldig. »Und er verfasst forensische Schriftgutachten. Er sagt, dass Luciens Eintrag als einziger in einer anderen Handschrift verfasst wurde. Aber viel interessanter ist, dass diese Schrift mit der in einem bestimmten Brief übereinstimmt und zusätzlich die offizielle Sterbeurkunde von Lucien ziert. Gabriel de Beauvau – das ist ja dieser Verwandte Irènes, der von Nantes aus Roux d'Apcher kirchliche Mahnbriefe geschickt hat – hat sowohl den Brief geschrieben als auch die Sterbeurkunde verfasst und den Eintrag eigenhändig ins Kirchenbuch gesetzt.«

Ich habe inzwischen den Brief herausgekramt. Und als ich die Schriften nebeneinanderlege, fällt auch mir eine gewisse Ähnlichkeit auf. »Okay. Und … was bedeutet das deiner Meinung nach?«

»Dass Irènes bischöfliche Familie erstaunlich viel Einfluss hatte, wenn sie den Geistlichen die Kirchenbücher wegnehmen konnte, um sie selbst auszufüllen. Aus irgendeinem Grund wollte man den Eintrag wohl nicht dem örtlichen Pfarrer überlassen.«

»Na ja, Lucien war auch ein Grafensohn. Vielleicht galten dafür andere Regeln.«

»Möglich«, sagt mein Vater knapp. »Aber sieh mal genau hin: Der Eintrag ist ganz unten auf der Seite platziert – in so kleiner und enger Schrift, als wäre er mit Mühe und Not noch da hingequetscht worden. Ganz anders als die regulären Einträge und außerdem nicht gerade einem Grafensohn angemessen. Das könnte bedeuten, dass Luciens Sterbedatum möglicherweise nachträglich eingefügt wurde. Fragt sich nur, warum.«

Ich starre auf die Schrift und die Daten und kann mir keinen Reim darauf machen. »Keine Ahnung. Weil … Luciens Tod erst einmal nicht publik gemacht wurde? Oder weil einfach jemand versäumt hatte, den Eintrag ins Kirchenbuch zu setzen?«

»Versäumt?« Er schnaubt. »Denk doch nach, Fleur! Niemand vergisst so etwas. Und auch Grafen waren verpflichtet, ihre Todesfälle korrekt anzugeben. Falls der Junge also schon früher gestorben war und seine Familie den genauen Todeszeitpunkt bis dahin verheimlicht hatte, dann muss es einen Grund gegeben haben.«

»Okay. Und … was machen wir jetzt mit dieser Vermutung?«

»Wir ziehen den Rahmen größer und suchen nach weiteren Anhaltspunkten. Kann man mehr über diesen Kleriker aus Nantes herausfinden? Sicher hat dein Ermittler vor Ort eine Idee, wie man an weiteres Material zu diesem Gabriel de Beauveau kommt. Du hast doch noch Kontakt zu diesem Polizisten aus Saugues?«

»Ja, wir treffen uns heute bei ihm zum Abendessen.« Meine Mutter wäre sofort hellhörig geworden, aber mein Vater ist auf diesem Ohr stocktaub.

»Gut«, sagt er in seinem knappen Copmodus. »Ich fasse meine Ergebnisse in einer Mail zusammen und schick sie dir gleich. Mach dich schlau und halt mich auf dem Laufenden!«

*

Ich weiß nicht, warum ich so aufgedreht bin, als ich an diesem Abend zu Tomé aufbreche. So fühle ich mich normalerweise nur auf der Tanzfläche. Aber vieles ist anders an diesem Samstag. Als ich mir heute Vormittag nach meinem Ausflug in Ricdin-Ricdons Reich Spinnweben und ein vertrocknetes Buchenblatt aus dem Haar gezupft habe, schaute mich aus dem Badezimmerspiegel Allerleirauh an – mit zerzaustem Haar und Sprenkeln von zartgoldenen Sommersprossen auf Nase und Wangen. Ohne Make-up habe ich mir in den vergangenen Tagen eine leichte Herbstsonnenbräune eingefangen.

Als ich nun einen letzten prüfenden Blick in den Rückspiegel meines Ladas werfe, ist von Allerleirauh nichts mehr zu erkennen. Die Sommersprossen sind überschminkt. Und weil das Make-up im Kontrast zur Sonnenbräune meines Morgen-Ichs deutlich heller ist, erscheint mir meine Haut nun schneewittchenblass. Den fransigen Haarschnitt habe ich mir sorgfältig glatt über die Narben geföhnt und die Augen mit dunkler Mascara betont. Über dem schwarzen Rollkragenshirt trage ich den edlen, taillierten Blazer, den ich für die amtlichen Termine in Luxemburg eingepackt hatte. Umso mehr fällt mein schimmernder neuer Lippenstift auf – zu rot für mich, zu auffällig, aber als ich mir im Rückspiegel zulächle, gefällt mir die mutwillige, selbstbewusste Frau, die so gar nichts Unsichtbares an sich hat.

Tomé und ich sind zu einem späten Abendessen verabredet, ich fahre durch den Sonnenuntergang und erreiche die Serpentinenstraße, als ein rosablau gefärbter Aquarellhimmel die Bäume bereits in schwarze Scherenschnitte verwandelt. Nach den regenlosen Tagen staubt der Waldweg mit den ausgefahrenen Reifenspuren. Das alte Forsthaus kauert wie ein Hexenhäuschen am Ende des Weges, die Fensteraugen fest geschlossen, als würde es wohlig von verirrten Kindern träumen. Sylvie ist wohl auf Tour, ihr Fiat steht nicht auf dem Parkplatz, nur Tomés schwarzer Renault Mégane parkt direkt am Gehegezaun. Als ich aussteige und meinen Laptop und die anderen Sachen vom Beifahrersitz klaube, sitzt mir im Nacken das unbehagliche Gefühl, beobachtet zu werden. Gewöhnliche Hunde würden jetzt bellend angerannt kommen, aber hier bricht die Stunde der Wölfe an. Ich spähe durch den Zaun, doch Fada und Ors zeigen sich nicht.

Im Neubau brennt Licht. Durch das angelehnte Küchenfenster dringt Musik bis nach draußen. Kein Franco-Rap, wie Sylvie ihn hört, sondern sanfte Lounge-Beats. Und als Tomé mir die Tür öffnet, bin ich im ersten Moment nur atemlos. Auch er hat sich Mühe gegeben. Er ist frisch rasiert, trägt elegante Jeans und ein edles schwarzes Hemd mit lässig umgeschlagenen Ärmeln. Sein Aftershave verströmt einen herben Hauch von Zedernholz und seine Augen funkeln, als er mir charmant zulächelt. »Sieh mal an«, sagt er anerkennend. »Ich ahnte doch, dass du dich nur tarnst. So umwerfend sieht Flór also aus, wenn sie nicht undercover unterwegs ist.«

»Danke, Cyrano«, erwidere ich. Tomé lacht über die Anspielung. »*Bienvenue, belle!*«, sagt er dann und bittet mich mit einer galanten Geste ins Haus. Und ich bin froh um mein Make-up, das verbirgt, dass ich unter seinem Blick tatsächlich rot werde. Tomé beherrscht es, die Grenze zwischen Arbeitstreffen und Flirt zu umspielen. *Und was ist mit dir und deinen roten Lippen, Fleur?*, denke ich. Als beim Schritt über die Schwelle die elektrischen Falter in mir zum Leben erwachen, ist mir klar, was mich in diese euphorische Tanzstimmung versetzt. Bei Tomé weiß ich nie, woran ich bin. Auch jetzt liegt eine flirrende Spannung in der Luft. Ein unterschwelliges *Was, wenn?*, das mich wachsam sein lässt. Ich genieße dieses Spiel mehr, als ich zugeben will. Auf dem Weg hallt mir die Musik aus der gefliesten Küche entgegen. Ein Geigenchoral schwillt an und klingt mir in den Ohren. Ich würde Tomé zutrauen, auf Rosen und goldumrandete Sektgläser zu setzen, aber als ich die Küche betrete, hätte ich fast gelacht. *Halt dein Kopfkino im Zaum, Fleur*, denke ich. Von Verführerromantik keine Spur. Tomé hat den Küchentisch ganz schlicht gedeckt. Die Geigenmusik wird von der Ansage eines Radiomoderators beendet, dann geht es mit schriller Werbung weiter. Tomé stellt das Radio leiser. »Nimm Platz. Möchtest du einen Aperitif?«

»Nein, danke, ich muss ja noch fahren.«

»Oh, das hatte ich wohl vergessen, dir zu sagen«, erwidert Tomé beiläufig. »Ich dachte, vielleicht wird es ja spät und deshalb habe ich Sylvie gebeten, dir sicherheitshalber das Gästezimmer im Forsthaus herzurichten – nur für alle Fälle, damit du alle Möglichkeiten hast. Und …«, er senkt die Stimme und schenkt mir ein Lächeln, das gar nichts Beiläufiges mehr hat, »… falls wir etwas zu feiern haben, könnten wir richtig darauf anstoßen.«

»Haben wir denn etwas zu feiern?«

»Lass dich überraschen, *Comtesse* d'Apcher« Er lächelt geheimnisvoll.

Sofort stehe ich aufrechter. »Hast du etwas über Margots Beweisstücke herausgefunden?«, frage ich atemlos.

Doch zu meiner Enttäuschung schüttelt Tomé den Kopf. »In Mende kam ich nicht dazu, mich um den alten Diebstahlsfall zu kümmern. Ich setze mich nächste Woche daran, wenn ich in Saugues meine Leute besuche, versprochen.«

Tomé beherrscht es meisterhaft, einem mit Andeutungen den Puls hochzujagen. Und ich ärgere mich fast schon wieder, dass ich dieser Taktik so leicht zum Opfer falle.

»Aber ich bin auf ein paar interessante neue Details aus Nantes gestoßen«, fährt er fort. »Doch lass uns erst einmal essen. Arbeit haben wir danach noch genug.« Er rückt den Stuhl vom Tisch, damit ich mich setzen kann.

»Jedenfalls werden wir mit Wasser feiern müssen«, sage ich. »Ich werde nicht übernachten.«

»Wie du willst. Dann bleiben wir heute bei einem guten Jahrgang von Volvic d'Auvergne.« Er zwinkert mir zu und holt zwei langstielige Weingläser aus dem Schrank, die er halb mit Mineralwasser füllt. Ich nehme mein Glas nicht am Stiel, sondern am Kelch, was Tomé zum Lächeln bringt. »Auf unseren Abend!«, sagt er mit sanfter Stimme.

»Auf deine Neuigkeiten«, erwidere ich. »Ich bin gespannt.«

Das Kristall klingt, als wir anstoßen. Als ich einen Schluck nehme, spüre ich der Kühle des dünnen Glasrands an meinen Lippen nach. Tomé mustert mich über den Rand seines Weinkelchs hinweg. Sein Blick ist wachsam und so intensiv, als würde er mich jetzt erst richtig wahrnehmen.

»Rot steht dir außerordentlich gut«, bemerkt er.

»Danke. Ich habe deine Wölfe gar nicht im Gehege gesehen?«

»Ich garantiere dir, sie haben dich gesehen«, antwortet Tomé, ohne den Blick von mir zu wenden. Als ein Küchenwecker surrt, steht er ohne Eile auf. Verstohlen beobachte ich ihn, während er die Ofentür öffnet und einen Auflauf hervorzieht. Die Kruste wirft knusprige Blasen. Hitze wabert wie eine Fata Morgana, die Küche füllt sich mit dem balsamischen Duft von Thymian und geschmolzenem Käse. »Ich hoffe, du hast kein Riesenmenü erwartet«, sagt Tomé über die Schulter. »Sylvie hatte allen Ernstes vorgeschlagen, ich soll dir Andouillette nach dem Geheimrezept ihrer Mutter vorsetzen, aber dieses Experiment wollte ich lieber nicht wagen.«

»Kommt darauf an, was eine Andouillette ist.«

»Eingeweidewurst aus den Innereien verschiedener Tiere – unter anderem Kalb.« Er grinst, als ich das Gesicht verziehe. »Siehst du? Das dachte ich mir. Deshalb habe ich etwas Schlichtes zubereitet. Das ist auch für Köche wie mich ein idiotensicheres Rezept.«

Schwungvoll stellt er den Auflauf zwischen uns auf den Tisch und legt die Topflappen weg. »Brotpastete nach dem Rezept der Ouliers«, erklärt er und holt ein breites Messer aus der Schublade. »Früher war es das einfache Essen der Bauern. Heute wird es mit Walnüssen, Hirschbouillon und dem berühmten Höhlenkäse aus Saint-Nectaire verfeinert. Den hat sich übrigens schon Louis quatorze nach Versailles liefern lassen.«

»Das duftet wunderbar, Tomé!«

»Warte, bis du gekostet hast.« Beiläufig schneidet er erst ein Kreuz in den Auflauf, bevor er anfängt, Scheiben abzuteilen.

»Warum das Kreuz?«, will ich wissen. Er stutzt kurz, als sei es ihm gar nicht bewusst gewesen. »Tradition«, erklärt er dann mit einem Schulterzucken. »Das wird in jeder Familie einfach so gemacht. Ursprünglich war das eine Dankesgeste an den Getreidegott Grannus.«

»Ein christliches Kreuz für eine keltische Gottheit?«

»Tja, Traditionen vermischen sich mit der Zeit.« Er legt mir eine Portion der schmelzenden Köstlichkeit auf den Teller und deutet mit einem Kinnrucken auf die geöffnete Rotweinflasche, die auf dem Tisch bereitsteht. »Möchtest du nicht wenigstens einen kleinen Schluck probieren? Nichts passt besser zu dieser Pastete als ein La Comète Sancerre.«

Vielleicht bin ich ja wirklich Rotkäppchen, das sich nur allzu leicht verführen lässt, aber Tomé hat recht: Der dunkle, volle Wein macht den Geschmack zu einem Erlebnis. Noch nie habe ich Brot in dieser Form gekostet. Es schmeckt nach zartem Wildbraten und kräftigen Gewürzen der Berge. Das feine aromatische Meersalz hat kaum Schärfe und im Käse meine ich sogar das mineralische Aroma der Höhlen wahrzunehmen, in denen der Saint-Nectaire monatelang auf Heu gelagert wird. Ich lausche Tomés Worten und kann nicht anders, als fasziniert zu sein. Er ist ein hervorragender Gastgeber. Sobald ich meinen Wein zur Seite stelle, lässt auch er seinen Rest stehen und hält sich ab da strikt an Wasser. Gebannt lausche ich, wie er über die Margeride erzählt, über den Aufstand der Kamisarden zu Zeiten des Sonnenkönigs und über seine Familie, die mit diesem Land und seiner Geschichte so fest verwachsen ist, dass sie auch zu Tomés Seele geworden ist. Ich erfahre, wie er als Kind zusammen mit seinen Brüdern bei der Weinernte an der Haute Loire geholfen hat, und ehe ich es mich versehe, beantworte ich seine Fragen und erzähle auch über mich. Über meine Mutter und unsere Zeit in Nancy, meine Kindheit im Rosengarten und unsere Spaziergänge über den Wochenmarkt, wo sie mir Salzkaramell kaufte. Wir finden erstaunlich viele Erinnerungen, die unsere Kindheiten verbinden – im selben Jahrzehnt im selben Land. Und für diese Stunde, in der wir miteinander essen und unsere Vergangenheiten teilen, steht die Zeit einfach still. Fast hätte ich sogar vergessen, dass ich mich nicht in Tomés Augen und seinem Lachen verlieren wollte. Erst ein Wolfsheulen, das von draußen in die Küche dringt und sogar das Radio übertönt, reißt mich aus meiner zeitlosen Trance. Tomé steht auf und schließt das Fenster. »Gut, dass das Haus weit genug von der nächsten Ortschaft entfernt liegt«, bemerkt er mit einem schiefen Lächeln. »Das Heulen liegt ihnen im Blut. Wie wäre es mit karamellisiertem Apfelkuchen zum Nachtisch? Ich würde gerne damit angeben, ihn selbst gebacken zu haben, aber in Wirklichkeit habe ich ihn gestern in Mende gekauft.«

»Danke, vielleicht später.«

Tomé setzt sich wieder. Doch das Wolfsheulen war wie der Glockenschlag im Märchen, der das Ende der magischen Stunden verkündet. Tomé empfindet es wohl ähnlich. Er seufzt und schaut auf die Uhr. »Dann gehen wir wohl an die Arbeit, hm?«

»Wollen wir vorher noch gemeinsam den Tisch abräumen?«

Tomé schnalzt tadelnd mit der Zunge und schüttelt mit gespielter Entrüstung den Kopf. »Ist das eine deutsche Tradition, dass Gäste für ihr Essen arbeiten müssen?«, fragt er spöttisch. »Auf keinen Fall! Geh ruhig voraus ins Arbeitszimmer und schau dir schon mal die Fotos an.«

Nach der Zeit in der durchwärmten, heimeligen Küche ist es, als würde ich in ein in jeder Hinsicht unterkühltes Büro treten. Ich fröstle und schaue zur Fensterfront. Die Vorhänge sind nicht zugezogen, die stockfinstere Nacht macht das Glas zu einem schwarzen Spiegel. Darin sehe ich mich im kalten Leuchtstofflicht stehen, eine elegant gekleidete Frau, die in ihrer kühlen Perfektion ein wenig an die schöne junge Margot erinnert. Und wieder ist da das Gefühl, dass die Wölfe mich von draußen beobachten, während ich nur mich selbst sehen kann. Hastig ziehe ich die Vorhänge zu und trete zum Tisch. Dort erwartet mich das Gewehr mit dem Lilienemblem. Es war schon seltsam genug, die Waffe aus meinen Träumen als Zeichnung zu sehen. Aber sie ganz real auf einer Fotografie zu betrachten, ist geradezu unheimlich. Am liebsten würde ich gehen und den Abend als das bewahren, was er bisher war – eine schwebende, schöne Zeit fern von allen Albträumen. Doch dann tritt schon Tomé ins Zimmer. »Und, was sagst du?«, ruft er schon an der Tür. »Das Foto stammt aus einem Museum. Es handelt sich eindeutig um Irènes Gewehr. Und das ist noch nicht alles. Setz dich!«

Mühelos hat er umgeswitcht und ist jetzt ganz und gar Energie und Fokus. Routiniert startet er seinen Laptop und sortiert seine Unterlagen vor mir auf dem Tisch in verschiedene Kategorien. Mein Vater wäre entzückt. »Der Ballistiker aus Nantes hat im Museumsarchiv sogar das Zubehör aufgespürt und durfte es fotografieren«, fährt Tomé fort. »Auch die Kokille. Roux hat sie damals passend zum Gewehr anfertigen lassen.«

»Kokille?«

»Warte, ich zeige dir, was das ist!« Er springt auf und eilt mit energischen Schritten aus dem Raum. Kurz darauf kehrt er zurück und legt eine Art großer Metallzange vor mir auf den Tisch. »Jeder Jäger hat damals seine eigenen Rundkugeln aus Blei gegossen. Ganz grob erklärt, klappst du die Kokille auf und füllst in die Rundform hier vorne das flüssige Blei ein. Manchmal wurden auch Legierungen oder andere Metalle verwendet. Du schließt die Zange und presst die Kugel damit in die Form, bis sie erkaltet ist. So wurden die Geschosse für Vorderlader hergestellt. Auch heutzutage gießen sich viele Schützen ihre Kugeln für historische Gewehre noch selbst. Und das hier ist die Kokille, die zum Liliengewehr gehört.«

Er schiebt mir ein Foto hin, das eine ähnliche Zange zeigt, nur dass sie viel prächtiger gestaltet und schwarz von der Alterspatina ist.

»Liliengewehr?«, sage ich leise. »So nennst du Irènes Waffe?«

»Ja, wegen der Intarsien. Das gleiche Schmuckelement wurde an der Kokille angebracht. Außerdem gehört ein Lederbeutel dazu, der als Behälter für die Kugeln diente. Darauf wurden die Lilien sogar mit Silberfaden aufgestickt.«

Mit einem flauen Gefühl im Magen betrachte ich die weiteren Aufnahmen. Eine zeigt sechs Kugeln, aufgereiht vor einem verzierten Beutel. Sie erinnern an schwarze Augen, aber das liegt nur daran, dass jede der Kugeln eine Vertiefung in der Oberfläche hat, nicht viel mehr als eine flache Delle, die jedoch an eine Pupille erinnert. »Es sind Originalkugeln von damals«, fährt Tomé fort. »Und sie bestehen aus Silber. Vermutlich gehörten diese hier noch zum Hochzeitsgeschenk – nur das Beste für die Braut!«

Ich schlucke. »Die Kugeln … sind nicht glatt. Liegt das daran, dass sie so alt sind?«

»Du meinst, weil sie die kleinen Vertiefungen haben? Die sind schon damals beim Guss entstanden. Das passiert, wenn die Gießform der Kokille eine Unregelmäßigkeit hat. Dann hat jede Kugel die gleiche Macke.«

Ich betrachte Irènes Waffe und denke an die Serienmörderin-Theorie meines Vaters. Und auch diesmal gelingt es mir nicht, mir vorzustellen, wie die zierliche Eulenfrau das Gewehr auf ein Mädchen richtet.

»Was sagst du, Flór?«, höre ich Tomé ungeduldig fragen. »Du bist auf einmal so still. Was ist los?«

»Nichts«, bringe ich heraus. »Ich … frage mich nur, wofür Irène dieses Gewehr benutzt hat.«

Tomé zuckt mit den Schultern. »Vermutlich hatte sie es gar nicht benutzt. Wenn man den Berichten über die Gräfin glaubt, hat sie nie im Leben eine Waffe angefasst. Sie hasste sowohl das Reiten als auch das Schießen. Nicht einmal an ihrer eigenen Jagd hat sie selbst teilgenommen. Sie betete währenddessen in der schlosseigenen Kapelle mit ihrem Beichtvater. Zumindest das ist verbürgt.«

Ich bin selbst verwundert, wie erleichtert ich über diese Aussage bin. Die Mörderinnen-Theorie meines Vaters hat mich wohl mehr umgetrieben, als ich mir eingestehen wollte. »Das ist ein großartiger Fund, Tomé!«

Er lacht stolz auf. »Nantes war eine gute Spur.«

»Und was ist mit dem Mädchen, das damals im Wald verschwunden ist?«

An der Art, wie er sich im Stuhl zurücklehnt und die Arme verschränkt, merke ich, dass er auf diese Frage gewartet hat. »Und hier kommen wir zum interessanten Teil des Abends«, sagt er geheimnisvoll. »Sie stammte nämlich gar nicht aus dem Dorf vor dem Schloss.« Vielsagend zieht er den linken Mundwinkel hoch und schweigt. Natürlich wäre er nicht Tomé, wenn er mich nicht auf die Folter spannen würde.

»Mach keine Show daraus, Tomé, sag schon! Wer war sie?«

Er lacht auf und beugt sich so weit zu mir vor, dass ich den Duft von Zeder und seiner Haut wahrnehme. »Die Tochter eines Kürschners aus Le Puy en Velay«, raunt er mir zu. »*Ein frommes Kind*, heißt es in einem Brief. Gräfin Irène hatte sie von einer ihrer

Wallfahrten mitgebracht – als Zofe oder vielleicht auch einfach, weil sie Gesellschaft beim Beten haben wollte.«

»Das Mädchen war also Irènes Bedienstete!«

»Ja, und sie hieß Claire Pélissier.« Tomé lächelt diebisch und seine Augen blitzen. »Ich sagte doch, wir haben etwas zu feiern, Flór. Bist du sicher, dass du wirklich nicht übernachten willst? Es könnte außerdem spät werden.« Mit der Geste eines Illusionisten umfasst er die Unterlagen. »Da ist noch jede Menge Material, das ich noch nicht mal gesichtet habe. Beim Überfliegen der Dokumente habe ich allerdings gesehen, dass Claire für so eine junge Zofe ein erstaunlich gutes Gehalt bekam. Vielleicht lohnt es sich ja, herauszufinden, wofür?«

Puppet master, denke ich. Wieder weiß ich nicht, ob ich mich über sein manipulatives Talent ärgern oder lachen soll. Denn nun ist klar, dass er von Anfang an eingeplant hatte, dass ich die Nacht über hierbleiben sollte. Mein Stolz sagt mir, dass ich dennoch auf meiner Entscheidung beharren sollte. Aber das Mädchen hat nun einen Namen. Und leider ist meine Neugier stärker – was Tomé sicher auch genau weiß. *Außerdem: Was habe ich zu verlieren?* Das ist schließlich kein Date. Und abgesehen davon muss ich niemandem etwas beweisen.

»Dann wird das wohl eine lange Nacht«, sage ich.

Tomé ist klug genug, sich ein triumphierendes Grinsen zu sparen.

»Und sobald wir deine Unterlagen gesichtet haben, zeige ich dir meine«, füge ich hinzu. »Du wirst nicht glauben, was ich inzwischen über Lucien herausgefunden habe!«

Tomés Brauen zucken fragend nach oben, doch nun ist es an mir, kryptisch zu lächeln. Und es ist schön zu spüren, wie die Funken zwischen uns aufleuchten wie pure Reibungsenergie.

Hexenhaus

Während ich mit Pierre in die Baumkronen geschaut habe, hat Tomé in den frühen Morgenstunden vor seinem Dienst ganze Arbeit geleistet. Innerhalb weniger Tage hat er so viel über Irènes bischöfliche Verwandtschaft zusammengetragen, dass wir es heute kaum schaffen werden, alle Listen, Verzeichnisse und Einträge in einen Zusammenhang zu bringen. Inzwischen sieht das Arbeitszimmer aus wie das Police Department in einer New Yorker Cop-Serie der Achtziger. Der Kuchen steht halb aufgegessen auf dem Tisch, die erste Weinflasche ist schon leer und ich sitze auf dem Boden zwischen Papieren, den Rücken an die Couch gelehnt. Tomé ergänzt an der Wand mit Filzstift Daten an der Zeitleiste, die wir erstellt haben. Er bemerkt gar nicht, dass ich ihn immer wieder fasziniert beobachte. Tomé gehört zu den Männern, die genau wissen, wie sie wirken. Aber ihm ist sicher nicht bewusst, wie attraktiv er ist, sobald er aufhört, sich in Szene zu setzen und einfach nur im Flow und völlig fokussiert ist, weil er für seine Sache brennt.

»Zwei Tage«, sagt er nun. »So lange dauerte die Jagd. Und genau hier fand einer der Jäger das blutige Stück Schürze von Claire. Zwanzig Kilometer von diesem Punkt.« Er macht ein Edding-Kreuz in dem Waldstück nördlich vom Schloss.

»Jedenfalls ergibt es jetzt einen Sinn, warum Irène die Jagd veranstaltete«, bemerke ich. »Sie wollte ihre Bedienstete finden.«

»Wäre eine Variante«, erwidert Tomé, ohne sich zu mir umzudrehen. »Aber man sollte sich nie in die einfachste Möglichkeit verbeißen.«

Du hörst dich an wie Cop Martin, denke ich bei mir. Mein Vater wäre von Tomé wirklich angetan. Kurz bin ich versucht, die Ermittlungswand abzufotografieren, um meinem *Beau-père* das Bild zu schicken. Doch beim Gedanken an ihn fällt mir auch der Satz ein, den er mir bei unserem Telefonat über Irène und die Morde sagte: »Unterschätze nie den Schatten einer Person.«

»Du hattest mal angedeutet, dass du auch Adelige als Täter in Betracht ziehst«, sage ich zu Tomé. »Glaubst du, die d'Apchers selbst könnten indirekt mit Claires Verschwinden zu tun haben?«

Tomé lacht nur auf. »Indirekt? Willst du damit sagen, Roux hat sie im Wald ausgesetzt?«

»Nein. Aber … vielleicht hat Claire das Schloss verlassen, weil sie wegwollte. Der Anwalt aus *Puy en Velay* sagte, Roux war auch als Wüstling bekannt.«

»Wenn, dann hatte er unter christlichen Leuten den Ruf als *heidnischer* Wüstling. Und das bedeutet nur, dass er vom gleichen Schlag war wie seine Bauern. Er war pragmatisch und wusste, wie er mit ihnen reden muss. Natürlich gab es auch die Adeligen, die ihre Macht ausspielten und gewalttätig waren. Comte de Morangies war so ein Kandidat, und er wurde von seiner eigenen Mätresse vergiftet. Aber die meisten *Seigneurs* waren weder Sadisten noch Psychopathen und pflegten ein gutes Verhältnis zu ihren Leuten. Vielen Bediensteten brach es das Herz, als ihre Herrschaften während der Revolution verhaftet wurden oder fliehen mussten. Nein, Roux war beliebt bei der Bevölkerung hier. Und er tat nachweislich alles, um die Leute zu beschützen. Wird also schwierig sein, ihm nachzuweisen, dass er sich an der Zofe seiner Frau vergreifen wollte – obwohl man natürlich nie eine Möglichkeit ausschließen sollte.«

»Und … wenn die Gräfin für Claires Tod verantwortlich war?«, sage ich leise.

Tomé wendet sich überrascht zu mir um. »Weißt du etwas, was ich nicht weiß?«

»Nein«, murmle ich und lege meine Ausdrucke entnervt zur Seite. Langsam steigt mir das Karussell der Theorien zu Kopf. »Ich überlege nur … Was, wenn Claire und Roux zusammengekommen sind? Er hat zu der Zeit ja das Schloss nicht mehr verlassen. Claire und er müssen sich also ständig begegnet sein. Und vielleicht entwickelten sie Gefühle füreinander und sie wurde von ihm schwanger. Für Irène wäre Ehebruch eine Todsünde gewesen. Und ein Kind als lebender Beweis dieser Sünde eine Schande.«

»Mord wäre für sie aber erst recht eine Sünde gewesen«, gibt Tomé zu bedenken. »Und warum sollte sie die Jagd veranstalten, wenn sie das Mädchen getötet hat?«

»Um über jeden Verdacht erhaben zu sein? Oder um doch endlich dieses großartige Gewehr mit den Kugeln voller Gussdellen auszuprobieren? Rachsucht, Eifersucht und Gerechtigkeitswahn können doch ein explosives Gemisch sein.«

Tomé lacht auf und schenkt sich ein weiteres Glas ein. Dann kommt er zu mir herüber und lässt sich neben mir auf dem Boden nieder. »Flór, kann es sein, dass du zu viele schwedische Krimis siehst?«

»Das brauche ich gar nicht. Ein Klick im Internet genügt. Dagegen ist Nordic Noir das reinste Kinderkino. *Santé!*«

Tomé hebt ebenfalls sein Glas und trinkt einen Schluck, dann lehnt er sich an die Couch und streckt die Beine aus. Schulter an Schulter sitzen wir da und betrachten die Ermittlungswand.

»Sie hätte es nicht mal selbst tun müssen«, sage ich mehr zu mir selbst als zu Tomé. »Im Märchen hat die böse Königin ihrem Jäger befohlen, Schneewittchen in den Wald zu bringen und dort zu töten.«

»An einen Bediensteten im Schloss hatte ich auch schon gedacht«, murmelt Tomé. »Roux hatte zwei Jäger an seinem Hof, einer davon kümmerte sich auch um die Hundemeute, die speziell für die Wolfsjagd ausgebildet war. Für einen solchen Täter wäre es ein Leichtes gewesen, in diesem Umkreis zu morden.«

»Aber wäre ein Jäger so dumm gewesen, jemanden vom eigenen Hof zu töten?«, überlege ich. »Noch dazu die Zofe seiner eigenen Herrin?«

»Du würdest nicht glauben, wie leichtsinnig manche Mörder werden, sobald sie sich einbilden, allen überlegen zu sein.«

In meiner Tasche surrt mein Handy. Doch bis ich mich aufgerappelt und sie geholt habe, hat das Klingeln längst wieder aufgehört. Dafür trifft nun eine kurze Nachricht von Pierre ein. *Habe versucht, dich anzurufen, Chardon. Ich bin morgen unterwegs und erst am Montagnachmittag wieder da. Aber wenn du in den Trailer willst: Schlüssel liegt hinter dem großen Mauerstein. Bis bald! Gruß, P.*

»Macht dein fester Freund aus Deutschland sich Sorgen, wo du abgeblieben bist?«, fragt Tomé völlig direkt. Ich verberge sofort das verräterische Lächeln, das sich bei Pierres Nachricht ganz von selbst auf mein Gesicht geschlichen hat und stecke das Handy wieder ein. »Ich habe es gerade nicht so mit festen Beziehungen«, sage ich.

»So?« Tomé mustert mich mit schmalen Augen. Und ich weiß nicht, warum ausgerechnet jetzt wieder die elektrischen Falter in meinem Zwerchfell lossirren. »Willst du ihn nicht wenigstens zurückrufen?«, sagt Tomé. »Oder sollte er lieber nicht wissen, dass du bei einem anderen Mann bist?«

»Erstens: Du bist hier nicht *der andere Mann*«, gebe ich spöttisch zurück. »Und zweitens: Tut mein Beziehungsstatus für unsere Ermittlungen etwas zur Sache, *Monsieur le commissaire*?«

Er grinst nur. »Auf Sirona«, sagt er dann und hebt das Glas. »Die stolze Jägerin, die frei die Wälder durchstreift und sich nicht einfangen lässt!«

»Was ist mit dir?«, kontere ich. »Dein Onkel sagte neulich im Café, du seist der ewige Junggeselle. Mögen die Frauen, die dir gefallen, keine Wölfe?«

»Ob du es glaubst oder nicht: Wölfe sind beim Daten ein Bonus. Und wenn ich eine Beziehung wollte, dann hätte ich eine. Aber im Augenblick habe ich Wichtigeres zu tun.« Er grinst. »Dann sind wir also beide glückliche Singles.«

Wenn du wüsstest, wie weit du bei mir danebenliegst!, denke ich nur bei mir. *Und sicher hast du ein Adressbuch voller Frauen, die sich liebend gerne Zeit nehmen, sobald du anrufst.* Doch ich schätze seine Direktheit. Und ich verstehe ihn nur zu gut. Tomé liebt seine Freiheit und im Moment brennt er für seine Karriere und seinen Glanz. Ruhig betrachten wir einander. Das Schweigen hängt wie ein Komma in der Luft. Doch keiner von uns vollendet den Satz.

Nach einer Weile streckt Tomé sich und steht auf. »Was Claire betrifft, ist aus den Informationen im Moment nicht viel mehr rauszuholen«, wechselt er abrupt das Thema. »Verrätst du mir, was du über Lucien herausgefunden hast?«

Ich nicke und hole meine Unterlagen hervor. »Der Eintrag im Sterbeverzeichnis zeigt eine interessante Abweichung in Bezug auf Lucien«, beginne ich. Tomé stützt sich auf dem Tisch auf, wo ich die Ergebnisse ausbreite. Und während ich ihm erkläre, was dem Schriftexperten aufgefallen ist, kann ich spüren, wie die Atmosphäre sich schlagartig verdichtet. Seine Miene verfinstert sich. Mit einem Mal ist Tomé ernst und hoch konzentriert, fast grimmig. Und als er sich mir zuwendet, ist auch sein Tonfall völlig verändert. »Du hast eine Analyse bei einem deutschen Sprachprofiler in Auftrag gegeben?« Er klingt rau, knapp, regelrecht unwirsch.

»Es ging über eine private Nachfrage und war kein offizieller Auftrag«, antworte ich verwundert.

»Aber du hast alle Informationen einfach weitergegeben?«

Bin ich plötzlich in einem Verhör?, denke ich irritiert. »Natürlich habe ich das. Was ist das Problem?«

»Dass du es nicht für nötig befunden hast, es mit mir abzusprechen, bevor du Unterlagen an externe Fachleute weitergibst«, erwidert Tomé.

Ich hoffe, ich habe mich verhört. »Das klingt ja, als müsste ich dich um Erlaubnis fragen.«

Zu meinem Erstaunen presst Tomé die Lippen zusammen und schnaubt verärgert. »Immerhin hatten wir eine Vereinbarung, schon vergessen?«, sagt er dann sehr deutlich. »Dass es *meine* Ermittlung ist! Also ist es auch meine Entscheidung, wer Einsicht bekommt.«

»Moment mal! Wir hatten vereinbart, dass du alle Ergebnisse verwerten kannst und ich im Hintergrund bleibe. Und abgesehen davon ist es *meine* Familiengeschichte, also kann ich fragen, wen ich will.«

»Es sind möglicherweise deine Vorfahren«, korrigiert mich Tomé. »Aber selbst, wenn es so ist, gehört dir deren Geschichte nicht, Flór.«

»Sondern dir?«, entfährt es mir im selben harten Tonfall. »Was soll das? Warum bist du plötzlich so angefressen?«

Tomé fährt sich mit den Fingern hektisch durch das Haar und verschränkt die Hände hinter dem Kopf, als müsste er sich zusammenreißen. Und ich merke wieder einmal, dass hinter seiner beherrschten Fassade viel Temperament kocht. »Du willst, dass wir keine Spiele spielen und keine Geheimnisse haben«, sagt er dann mühsam beherrscht. »Und dann startest du nicht nur eine private Parallelermittlung, sondern sitzt auch noch stundenlang ruhig da und lässt mich Zeit mit Claire verschwenden, statt das hier sofort auf den Tisch zu legen? Hast du eine Ahnung, was ein gefälschtes Todesdatum bedeuten könnte?«

»Ja. Dass Lucien vielleicht früher gestorben ist als offiziell angegeben.«

Tomé sieht mich an, als würde ich völlig auf dem Schlauch stehen. Dann schüttelt er den Kopf und lacht so fassungslos und arrogant auf, dass ich gute Lust hätte, mein Zeug zusammenzupacken und zu gehen.

»*Hé*, Oulier!«, sage ich mit Nachdruck. »Ich bin hier nicht die angehende Kommissarin im Morddezernat Mende, also rede nicht mit mir, als sei ich unterbelichtet, sondern sprich Klartext.«

Vielleicht ist es ein Kompliment, dass Tomé stutzt, als hätte er tatsächlich vergessen, dass wir keine Polizeikollegen sind. Dann atmet er tief durch und nickt. »Noch mal zum Mitschreiben: Es könnte bedeuten, dass der Junge früher gestorben ist, ja. Aber hast du dir mal die Daten angesehen, die wir bisher von Gabriel de Beauveau haben?«

Er geht zur Ermittlungswand und deutet auf die Informationen, die er vorhin hastig zusammengeschrieben hatte. »Lucien Louis d'Apcher, 1749 bis 1757«, liest er vor. »Sein Bruder Joseph Etienne d'Apcher lebte von 1765 bis 1771, den können wir streichen, er tut nichts zur Sache. Aber schau dir das hier an!« Er tippt auf die Jahreszahlen unter dem Namen Gabriel de Beauveau. »Den Mahnbrief schrieb er in seiner kirchlichen Funktion an seinen Schwager Roux. Und zwar im Jahr 1764. Das war auch das erste Jahr, dass er den Posten und damit auch eine entsprechende Machtposition innehatte. Da war Lucien allerdings schon sieben Jahre tot. Zumindest offiziell. Und jetzt erinnere dich mal daran, wann Irène die Spende an die Kirche getätigt hat.«

Im Augenblick stehe ich wirklich auf dem Schlauch. »1768«, murmle ich. »Glaubst du etwa, da gibt es eine Verbindung?«

Tomé nickt. »Möglicherweise war die Spende eher so etwas wie Schweigegeld, weil Irène und Beauveau den Todeszeitpunkt mit dem Wissen der örtlichen Kleriker fälschten. Beauveau war in ihren letzten Lebensjahren Irènes geistlicher Berater und Vertrauter.«

Ich schlucke. »Aber das hieße doch, er hätte den Eintrag erst mehrere Jahre nach Luciens eigentlichem Tod eingefügt.«

Und dann sagt Tomé etwas, was mich wie ein elektrischer Schlag durchfährt.

»Es könnte sogar heißen, dass Lucien gar nicht tot war, als Gabriel de Beauveau die Sterbedaten fälschte. Denk das mal weiter und stell dir vor, was es bedeuten könnte, wenn Lucien sogar noch lebte, als die Bestie wütete?«

Selten ist mir so die Kinnlade nach unten gefallen. »Aber … Es ist unmöglich, dass ein Geistlicher mit einem Eintrag eine ganze menschliche Existenz ausradiert, Tomé. 1764 wäre Lucien schließlich schon … fünfzehn Jahre alt gewesen. Und zur Zeit der großen Jagd im Jahr 1767 achtzehn. Jeder hätte ihn gekannt und heute müsste man sein Porträt zumindest auf irgendwelchen Gemälden finden. Ein Grafensohn wäre doch auf Feste gegangen und hätte an Jagden teilgenommen.«

»Vielleicht hat er das gar nicht. Die Quellen sagen, er war zu kränklich, um das Schloss zu verlassen. Ich behaupte nicht, dass es so gewesen ist. Ich sage nur, dass man jede Möglichkeit durchspielen sollte. Denn das ist jede Ermittlung erst einmal, ein Raten, ein Spiel: Was wäre, wenn?«

Seine Augen leuchten und seine hitzige Jägerenergie ist so spürbar, dass ich eine Gänsehaut bekomme. Doch obwohl sich alles in mir dagegen sträubt, springt der Funke dieses *Was wäre, wenn?* auf mich über. Mit einem Mal ist mein Hals trocken und mein Herz rast.

»Wenn das wahr wäre«, sage ich atemlos. »Wenn Lucien zu Zeiten der Bestie noch lebte, dann könnte er vielleicht wirklich mein Vorfahre sein.«

»Und er könnte zum Kreis der Verdächtigen gehören.«

»Was?«

Tomé lächelt kühl. »Der Fluch der d'Apcher. Vielleicht war damit ja in Wirklichkeit ein Sohn gemeint, der eine Todsünde begangen hat? Musste deshalb seine Existenz vertuscht werden?«

»Du meinst, ein lungenkranker Teenager könnte die Bestie gewesen sein?« Fast hätte ich gelacht. Aber Tomé meint es offenbar ernst. Ich erschrecke vor dem harten Glanz in seinen Augen.

»Ich spreche hier nur von den drei oder vier Morden an den Mädchen, Flór. Vielleicht war Lucien mit achtzehn nicht mehr krank und auch nicht schwach. Oder er war nicht allein an den Taten beteiligt. Womit wir wieder bei einem Angestellten aus dem Umfeld des Schlosses angelangt wären. In diesem Fall hätten wir vielleicht sogar ein Täterduo.«

Mir wird ganz flau und zittrig. Denn es ist eine Sache, mit dem Gedanken an ein Verbrechen in der Ahnenlinie zu spielen, aber eine ganz andere, diese Möglichkeit tatsächlich in Betracht zu ziehen.

»Aber wir hätten doch Beweise für seine Existenz als junger Mann finden müssen!«, beharre ich. »Er hätte andere Grafensöhne kennen müssen …«

»Es sei denn, Irène hat ihn Zeit seines Lebens abgeschirmt«, spinnt Tomé seine Theorie weiter. »Vielleicht lebte er ja im Donjon wie in einem Kloster und durfte sich auf Festen und Jagden gar nicht blicken lassen. Wenn die Gräfin ihren Mann für einen Heiden hielt, dann könnte sie ihre ganze Energie darauf fokussiert haben, ihren Sohn mit aller Gewalt zu einem Heiligen zu machen – oder für die vermeintlichen Sünden seines Vaters büßen zu lassen. Und heute weiß man, was Misshandlungen mit der Psyche eines Kindes machen können. Lies mal die Biografien von Serientätern!«

Was wäre, wenn?, hallt es in meinem Kopf. Ich wünschte, ich hätte die Büchse der Pandora nie geöffnet. *Bleib sachlich und bei den Fakten*, versuche ich mich zu beruhigen. »Und du denkst, Irène wollte Luciens Existenz für die Nachwelt vertuschen?«

Tomés Lächeln ist sichelscharf. »Nun, ein Sohn, der lange vor den Morden der Bestie als Kind starb, kann nichts damit zu tun haben. Somit wäre der Ruf der Familie von jedem Verdacht reingewaschen.«

»Aber vielleicht war es ja auch ganz anders!«, halte ich atemlos dagegen. »Was, wenn … Lucien selbst ein Opfer des Mörders wurde? Ich weiß, das wäre untypisch, weil der Täter sich auf Mädchen und Frauen fokussierte. Aber was, wenn er den wahren Täter entlarvt hat oder ihm in die Quere kam? In diesem Fall hätte Irène dafür bezahlt, ihren Sohn im Nachhinein vom Verdacht der Sünde reinzuwaschen. Schließlich war sie es, die die Sichtweise des Bischofs von Mende propagierte …«

»… dass die Opfer durch ihre Sünden selbst Schuld an ihrem Tod hatten und von Gott bestraft wurden«, vollendet Tomé den Satz. Anerkennend nickt er mir zu. »Immer gut, jemanden zu haben, der den Anwalt spielt. Interessante Möglichkeit, Flór.«

Mit wenigen energischen Schritten ist er wieder an der Ermittlungswand und reißt die aufgeklebten Papierbögen einfach ab. Mit dem Edding in der Hand tritt er zur historischen Karte der *Zone d'Errances et d'Attaques* und zieht einen schwungvollen Kreis um das Gebiet, in dessen Zentrum das Schloss liegt. »Zurück zum Ausgangspunkt. Was würde dafür sprechen, dass der Täter, wer auch immer es war, im Schloss lebte? Die Distanzen waren mit einem

Pferd gut zu schaffen. In diesem Radius wäre es durchaus denkbar, dass das Schloss das Zentrum dieser vier Morde war. Und auch die Abstände zwischen den Fällen von drei bis vier Wochen würden zu einer typischen Cool-off-Periode zwischen den Taten eines Serientäters passen ...«

Atemlos höre ich zu, während er in unglaublichem Tempo seine Ausführungen skizziert. Doch mit jedem Strich und jedem Pfeil, den er routiniert auf die Kopie der historischen Karte setzt, drängt sich mir ein Bild auf, das ich kaum ertragen kann: Es zeigt einen düsteren jungen Mann, ohnmächtig und zerrissen zwischen Glauben und göttlicher Schuld, zwischen Strafe und heidnischen Anschuldigungen, gefangen zwischen Eltern, die verschiedener nicht sein konnten. In meiner Vorstellung verbindet sich sein Bild mit dem meines jungen Onkels Lucien, eine blonde Gestalt, die inkognito das Schloss verlässt, vielleicht in einem Jägermantel, die Waffe in der Hand und Hass im Herzen. Als Tomé den Stift beiseitelegt, schmerzt mein Kopf, so verspannt ist mein Nacken und so fest presse ich die ganze Zeit die Zähne zusammen. »Schluss für heute«, sagt Tomé. Im Gegensatz zu mir ist er hellwach und bester Laune. Ich dagegen lasse mich matt ins Sofa zurücksinken und greife zu meinem Weinglas. Ein letzter Schluck ist noch drin und ich starre ins Glas, als könnte mir der rote Spiegel die Wahrheit zeigen, nach der ich so verzweifelt suche. »Tomé?«, frage ich leise. »Du glaubst nicht wirklich, dass Lucien ein Mörder war, oder?«

»Fürs Glauben werde ich nicht bezahlt«, erwidert Tomé trocken. »Vielleicht werden Fakten es irgendwann bestätigen, vielleicht auch nicht. Aber falls es tatsächlich stimmt, dass Irène mithilfe von Gabriel de Beauveau das Sterberegister fälschen ließ, dann wäre allein das schon eine Sensation für unsere Historiker.«

Der Lehrer aus Clermont-Ferrand würde jedenfalls begeistert einen Champagner köpfen.

»Flór«, sagt Tomé mit einem verwunderten Lachen. »Mach nicht so ein besorgtes Gesicht. Was ist denn los?«

»Soll ich mich etwa freuen?«, gebe ich zurück. »Wie fändest du die Vorstellung, vielleicht von Jack the Ripper abzustammen?«

Überrascht hebt er die Brauen. Und endlich atmet er tief durch und verwandelt sich von dem gnadenlosen Ermittler, der verbissen der Fährte folgt, wieder in den Tomé, der mir am liebsten ist. Er kommt zu mir und setzt sich neben mich auf das Sofa. »Macht dir das wirklich Sorgen?«, fragt er sanft.

Du hast ja keine Ahnung, Tomé, denke ich. Er ahnt nicht, welche Gedanken mich gerade völlig aufwühlen und mit Angst füllen. *Sind die schönen Hände des Jägers Luciens Hände? Mordete er mit dem Gewehr seiner Mutter? Träume ich in Wirklichkeit vielleicht von Claires Schicksal?* Vielleicht ist das ja der Fluch, der wie ein Echo durch die Generationen hallt: dass wir dazu verdammt sind, in den Nächten Claires Tod zu durchleiden?

»Wie würde es dir gehen?«, bringe ich mit belegter Stimme heraus. »Du sagst, wir bestehen zu einem Großteil aus der Vergangenheit unserer Familie.«

»Meine Güte, Flór!«, ruft Tomé ehrlich bestürzt aus. »Tut mir leid, ich hätte dieses ganze Mörderthema gerade nicht so ausführen sollen. Und das, was wir von unseren Ahnen mitnehmen, sind doch nicht ihre Taten, es ist nur das Feuer – alles, was es wert ist, erhalten zu werden. Das Schöne«, fügt er leiser hinzu. »Das Kostbare, das Gute, verstehst du?« Er ist so nah, dass ich die Wärme seines Atems auf meinen Lippen spüren kann, während er spricht. Und für einen Moment weiß ich nicht, ob ich die Augen schließen und den Kopf an seine Schulter legen oder schnellstens Abstand zwischen uns bringen möchte. Denn unter seinem intensiven Blick habe ich das Gefühl, dass uns nichts mehr trennt, dass ich hautlos und sichtbar bin und er sogar meine Gedanken lesen kann, als hätte ich sie laut ausgesprochen. Und als Tomé die Hand hebt und mir sacht eine Haarsträhne hinter das Ohr streicht, zucke ich nicht zurück. Seine Hand bleibt leicht, kaum spürbar auf meiner Schulter liegen. Und ganz vorsichtig streicht er mit dem Daumen an meinem Kinnbogen entlang. »Es ist wie mit Narben«, sagt er sanft. »Sie sind der Teil unserer Vergangenheit, den wir mitnehmen, aber nur als Zeichen unserer Stärke. Sie zeigen uns, dass kein Schrecken und kein Schmerz ewig währt. Und genau das reichen wir als Feuer über die Generationen weiter: Unsere Stärke. Das war das, was ich mit diesem Satz neulich sagen wollte. Dass wir … nicht allein existieren, sondern auf unsere Vergangenheit bauen können. Dass Feuer niemals erlischt.«

Und als er mir warm zulächelt und noch einmal sacht über meinen Wangenbogen streicht, passiert etwas Seltsames mit mir. Mit einem Mal ist da eine Ahnung von Hitze, die ich schon lange nicht mehr zugelassen habe. Ich spüre sie in dem Rot auf meinen Lippen und in dem Flackern, das bei Tomés Berührung meine Haut durchglüht. Verlockung und Gefahr zugleich.

»Du verbirgst sie gut«, sagt Tomé sanft. »Aber das war keine gewöhnliche Verbrennung. Stammen die Narben von Säure?«

Das ist eine Vermutung, die ich wirklich noch nie gehört habe. »Nach meinen Narben werde ich gewöhnlich frühestens nach dem dritten Date gefragt«, erwidere ich. »Nein, keine Säure. Es war nichts, was mir angetan wurde. Niemand hatte Schuld, es war Pech, nichts weiter.«

»Das klingt vielleicht komisch, aber ich bin froh, das zu hören«, sagt Tomé. »Mit Pech kann man irgendwann Frieden schließen, habe ich recht?«

In meinem Fall ist das leider etwas komplizierter, Tomé. Dennoch entlockt er mir ein Lächeln. Denn in seinen Worten klingt kein Mitleid mit. Im Gegenteil, wir sind auf Augenhöhe, ich habe ihm schon mehr von mir erzählt als all meinen Dates zusammen und für einen Moment bin ich sogar versucht, ihm die gesamte Wahrheit über mich zu sagen. Seine Hand ruht immer noch federleicht an meiner Wange, eine Frage in Form einer Berührung, ein schwebender Moment zwischen Ja und Nein. *Was wäre, wenn?* Und wider alle Vernunft gebe ich der Versuchung einfach nach. Tomé lächelt, als ich sein Gesicht mit den Händen umfasse. Und ohne zu zögern folgt er mir, als ich meine Finger in seinem Haar vergrabe, ihn zu mir herunterziehe und küsse. Seine Lippen sind kühl und fest und er erwidert meinen Kuss so leidenschaftlich, dass es mir den Atem nimmt. Und plötzlich ist es da, mein Feuer, das aufflackert wie eine längst vergessene Erinnerung. Es ist wie ein Schmerz, den ich fürchte und suche. Und obwohl ich mich nicht verlieren darf, schließe ich die Augen. Tomé legt die Arme um mich und zieht mich an sich. Ich spüre kaum, wie ich zurücksinke, als würde ich fallen. Und noch im Fall passiert etwas. Ich spüre Tomés Lippen und alles, was dieser Kuss in mir entfacht. Doch gleichzeitig denke ich an Pierres verschiedenfarbene Augen im schrägen Sonnenlicht – den wilden Bernstein und das dunkle Braun. Und dann ist da wieder Tomés Hand. Ich hatte nicht bemerkt, dass mein Rollkragenshirt aus der Jeans gerutscht ist. Tomés Finger finden das entblößte Stück Rücken und streichen unter dem Stoff hinauf. Erschrocken öffne ich die Augen – und sehe für den Bruchteil einer Sekunde nicht sein Gesicht, ich spüre nicht seine Hand, da ist nur das Kribbeln von Scham und Gefahr, das sich wie heißkaltes Wasser über meinen Rücken ergießt. Und als seine Fingerspitzen zwischen meine Schultern wandern, zucke ich zurück, als hätte ich mich verbrannt. Ich reiße mich aus seiner Umarmung los und springe auf. »Ich kann nicht«, stoße ich atemlos hervor.

Es ist Tomé nicht zu verdenken, dass er völlig überrumpelt ist. Er sieht mich einen Moment lang verständnislos an, bevor er sich wieder im Griff hat. Mit einem tiefen Atemzug setzt er sich auf und streicht sich durch das zerwühlte Haar.

»Habe ich die Signale falsch gedeutet?«, fragt er heiser und räuspert sich. »Immerhin hast du mich zuerst geküsst.«

»Nein, du hast nichts falsch verstanden, Tomé, aber … das ist nicht das, was ich will.«

Er schluckt und an den Muskeln an seinem Kiefer sehe ich, dass er die Zähne zusammenbeißt. Aber es gelingt ihm gut, die Enttäuschung hinter einem schiefen Lächeln zu verbergen.

»Tja, das habe ich gemerkt«, murmelt er. »Hast du die Befürchtung, dass es dich zu etwas verpflichtet?«

»Nein. Tut mir leid. Ich … verstehe es selbst nicht so ganz.« Das ist eine glatte Lüge. Aber die Wahrheit wäre, dass ich immer noch zu Tode erschrocken bin. Das ist das Dumme an der Scham: Sie wächst sich nicht aus wie die Ringe in einem Baum.

»Schade«, sagt Tomé. »Ich wette, wir wären auch in dieser Hinsicht ein gutes Team.«

Und genau das ist die Gefahr. Noch jetzt fühle ich mich zittrig bei dem Gedanken, wie leicht ich mich um ein Haar vergessen hätte.

Tomé erwartet wohl keine Erwiderung mehr, er steht ohne Eile auf. »Es ist spät geworden«, sagt er. »Komm, ich zeige dir das Gästezimmer.«

*

Eine schmale Holztreppe führt uns bis hinauf unter das Dach des alten Forsthauses. Bei jedem Schritt knarren die Stufen wie in einem Horrorfilm. Doch die niedrige Kammer unter dem Dachgiebel ist moderner ausgestattet als der Salon mit den Jagdtrophäen, der direkt darunter liegen muss. Die Dachschrägen sind mit weiß lackiertem Holz verkleidet und Sylvie hat das Bett mit pinkfarbenen Laken und Blumenbettwäsche bezogen. Eine noch verpackte Gästezahnbürste und ein Schlaf-T-Shirt liegen bereit. Ich lausche Tomés Schritten, die sich auf der Treppe entfernen, und dem Zuklappen der Tür, die die beiden Gebäude voneinander trennt. Dann ist es so still, dass mein eigener Herzschlag in meinen Ohren rauscht wie Meeresbrandung. Vorsichtig lege ich meine Laptoptasche aufs Bett und reibe mir fröstelnd die Arme. In dem gläsernen Schirm der Nachttischleuchte sind so viele Fliegen und Spinnen gestrandet und mittlerweile vertrocknet, dass es wie ein Schattentheater mit dem Titel »Fressen und Gefressen-Werden« wirkt. Ich würde einiges dafür geben, noch nüchtern genug zum Autofahren zu sein. Irgendwo im Gebälk knackt es. *Hexenhaus*, denke ich niedergeschlagen. *Draußen warten die Wölfe. Und drinnen meine Nachtmahre.* Auf Zehenspitzen, damit die Dielen nicht knarren, trete ich zum Fenster. Ich erschrecke nicht einmal, als im schwachen Licht, das nach draußen fällt, Wolfsaugen aufleuchten. Fada steht unter meinem Fenster und starrt angespannt direkt zu mir hoch. Mit ihrem schwarzgrauen Fell hebt sie sich kaum von den Nachtschatten ab, ich erahne ihren Umriss mehr, als ich ihn sehe, nur ihre Augen sind fahlgelbe Monde. Sie duckt sich, als ich meine Hände und meine heiße Stirn an die Scheibe lege. Mein Atem zerschellt am Glas und hüllt die Wölfin in einen pulsierenden Schleier, der mit jedem Atemzug kommt und geht. Ich weiß, es ist richtig, dass das Glas zwischen der Wildnis und mir ist, und wichtig, dass mein Feuer auf der anderen Seite des Spiegels gebannt bleibt. Und dennoch könnte ich heulen, so sehr sehne ich mich nach der Fleur, die ich einmal war – und dann nie mehr. »Bitte bleib«, flüstere ich. Doch Fada huscht schon scheu zur Seite davon und verschmilzt mit der Dunkelheit.

An jedem anderen Abend hätte ich nun meinen Laptop angemacht und mich in meine eigene Schattenwelt der vielen Namen und Identitäten geflüchtet. Aber heute lehnt sich alles in mir dagegen auf, wieder zu verschwinden. Ich stelle mir vor, wie Tomé wach liegt und darauf lauscht, ob er doch noch meine Schritte hört. Mein ganzer Nacken kribbelt und auf dem Rücken glaube ich noch seine Hände zu fühlen, seinen Mund auf meinen Lippen. Die Erinnerung daran schreckt die dunklen Schmetterlinge in meinem Bauch auf. Und wenn man es ganz nüchtern betrachtet, fühlen Verliebtheit, Leidenschaft und Angst sich zum Verwechseln ähnlich an. *Ich wäre ein lausiges Rotkäppchen*, denke ich. *Eines, das sich nur von Gefahr angezogen fühlt.* Doch dann denke ich an Pierre, seine Hände, seinen Mund und seine Augen, die mehr verraten, als er von sich zeigen will. Und seine Nähe, die ich morgens suche, ohne auch nur darüber nachzudenken.

»Bist du zufällig noch wach?«, tippe ich ins Handy.

Mein Herz macht einen Satz, als statt einer Antwort-Nachricht ein Rückruf kommt. »Ja, ich bin zufällig noch wach«, sagt Pierre. »Was gibt's?«

Ich schlucke. »Nichts … besonderes, ich wollte mich nur melden. Danke für die Nachricht.«

»Du weißt, welchen Stein ich meine, oder? Das Goliath-Exemplar, das dir beim Umkippen fast den Zeh geprellt hätte.«

Ich lächle, denn sofort ist alles wieder da: Wir beide mit Handschuhen und staubigen Schuhen, wie wir fluchend und mit aller Kraft den kantigen Brocken zur Mauer bugsieren. »Ja, ich weiß, welchen du meinst. Danke für dein Vertrauen, mir den Schlüssel zu überlassen.«

»Kein Thema«, sagt Pierre mit einem Lächeln in der Stimme.

Ich schlucke. »Was machst du gerade?«, frage ich so beiläufig wie möglich.

»Ich schaue einen Film«, antwortet er. »*Le Secret des Marrowbone.* Schräg, aber spannend.«

»Im Wald gibt es Fernsehen?«

Pierre lacht auf. »Ich bin nicht Robinson Crusoe, Fleur. Stell dir vor, in meinem Zimmer im Hotel hängt ein Flachbildschirm. Warum bist du so spät noch wach?«

»Ich … kann nicht schlafen. War ein komischer Tag.«

»Tut mir leid. Willst du deinen Fernseher anmachen und wir schauen den Film zusammen an?«

Die Idee ist so charmant, dass sie mich zum Lächeln bringt. Und wieder wünschte ich, ich hätte die Finger vom Wein gelassen und könnte in meinem Appartement zur Fernbedienung greifen.

»Ich habe leider keinen Fernseher, Pierre.«

»Eine Ferienwohnung ohne TV? Ich hoffe, du kriegst einen Nachlass.«

Es ist verrückt, dass ich Pierre nicht einfach erzähle, wo ich bin. Wir kennen einander erst seit einer Woche, wir schulden einander keine Erklärungen und dennoch fürchte ich, dass es etwas zwischen uns ändern könnte. »Du könntest mir ja etwas Schräges und Spannendes über Bäume erzählen«, sage ich stattdessen.

Es ist nur ein ironischer Scherz, aber Pierre lacht nicht. »Okay«, sagt er völlig ernsthaft. »Warte kurz, ich mach nur den Film aus und versuche Napoléon zu überreden, mir auch ein Stück von meinem Bett zu überlassen.«

Feuer und Wasser

Pierre weiß es nicht, aber er hat die magische Gabe, Albträume zu vertreiben. Als ich aufwache, ist es später Vormittag und ich habe traumlos und tief geschlafen. Ich kann mich kaum noch erinnern, worüber wir heute Nacht alles geredet haben, aber ich weiß, dass ich in seine Gegenwart eingesunken bin wie in weiches Moos. Wir haben gelacht und ich bin mit einem Lächeln auf den Lippen eingeschlafen, geborgen im Jetzt und mit Pierres Stimme am Ohr.

Nun scheint mir die Sonne ins Gesicht und irgendwo im Haus knallen Türen und es rumpelt, als würde eine Horde Hirsche durchs Haus galoppieren. Ich wälze mich aus dem Bett und tappe in das winzige Gästebad. Das bereitgelegte Schlafshirt habe ich gar nicht erst angezogen, sondern bin in meinen Kleidern eingeschlafen. Aus dem Spiegel blickt mir nun die Hauptfigur eines Films mit dem Titel *Rise of the Zombie Racoon* entgegen. Die Wimperntusche hat sich mit dem verschmierten Make-up zu einem veritablen Waschbären-Lock verbunden. Ich bin froh, dass ich meine Schminksachen zur Sicherheit immer dabeihabe. Nach einer gründlichen Katzenwäsche am Waschbecken fühle ich mich wieder menschlich genug, um Tomé zu begegnen. Aber in der Küche erwartet mich nur eine gut gelaunte Sylvie, die gerade die Spülmaschine ausräumt. »*Tiens donc!*«, ruft sie mir entgegen. »Endlich von den Toten auferstanden, hm? Setz dich, Schlafmütze, gleich gibt's Kaffee und Toast.«

»Guten Morgen, Sylvie. Du hättest mich ruhig wecken können.«

»Tomé sagte, ich soll dich in Ruhe lassen. Außerdem ist Wochenende. Hast du gut geschlafen?«

»Ja, und vielen Dank, dass ich übernachten durfte!«

»Jederzeit! Wenn wir dich schon am Steigbügel quer durch die Ruinen schleifen, ist das ja wohl das Mindeste. Wie geht's deiner Schulter inzwischen?«

»Alles gut, ich spüre gar nichts mehr. Ist Tomé im Arbeitszimmer?«

»Nein, der ist heute gleich nach dem Frühstück nach Saugues gefahren. Er hat dir 'ne Nachricht dagelassen.«

Reflexartig krame ich in meiner Tasche nach dem Handy, doch Sylvie überreicht mir eine Mappe. Darin finde ich Kopien der wichtigen Unterlagen von Tomés Recherche, die er für mich ausgedruckt hat. Und eine handschriftliche Nachricht.

Guten Morgen, Flór. Ich hoffe, du hast gut geschlafen. Hier die Kopien aus Nantes für deine Akten. Ich habe heute im Verein zu tun und muss bei der Familie vorbeischauen. Aber wir sehen uns heute Abend im Zoomcall? Ruf mich jederzeit an!

»War ja eine lange Nacht«, bemerkt Sylvie und stellt mir den Kaffee hin. »Ich kam erst gegen drei aus dem Club, da war mein Onkel immer noch am Schreibtisch und das Arbeitszimmer sah aus wie das reine Chaos. Was um Himmels willen habt ihr da ausgegraben?«

»Viele Theorien, keine Beweise«, murmle ich. »Aber das kann er dir sicher besser erklären als ich. Was macht Marseille?«

Sylvies Augen leuchten sofort auf. »Jonah zieht schon nächste Woche in unsere Wohnung. Und ich schaffe es, die Saison zu verkürzen – das heißt, in ein paar Wochen bin ich weg hier.« Sie ballt die Fäuste und reckt sie in Siegerpose in die Luft. »Gott, das wird auch Zeit!«, ruft sie aus tiefster Seele. »Hey, meine Süße!«, quietscht sie dann. Verdutzt brauche ich ein paar Sekunden, um zu begreifen, dass sie nicht mit mir spricht. Krallen klicken auf den Fliesen. Ors betritt in ihrer vollen imposanten Wolfsgröße die schmale Küche – und lässt ein leises grollendes Knurren hören. »Na, Mädchen, so nicht!«, schimpft Sylvie los. »Benimm dich!« Sie packt die Wölfin einfach am buschigen Fell und das Tier verwandelt sich in einen verspielten Haushund, der mit dem Schwanz wedelt und versucht, Sylvie über das Gesicht zu lecken.

»Keine Angst, das Knurren ist nur Show«, sagt Sylvie zu mir. »Die hat mehr Angst vor dir als du vor ihr.«

»Ach ja?«, murmle ich. Ich wage mich kaum zu rühren. Denn als Sylvie aufhört, den Wolfshund zu streicheln, leckt sich das Tier über die Lefzen und starrt mich so intensiv an, dass ich eine Gänsehaut bekomme. Irgendwo habe ich mal gelesen, dass man Hunden nicht direkt in die Augen schauen sollte, weil sie es als Aggression auffassen könnten, also wende ich mich vorsichtig dem Tisch zu, nippe am Kaffee und konzentriere mich auf die Kräutertöpfe mit den lachenden Gesichtern auf dem Fensterbrett. »Ich dachte, Wolfshunde werden nicht im Haus gehalten, weil sie alles auseinandernehmen?«

»Wenn man sie einsperrt, langweilen sie sich und brechen aus, ja«, antwortet Sylvie. »Aber ich mache morgens immer die Terrassentür auf, dann können sie rein- und rausgehen, wie sie wollen. Und dieser Krawallbär hier stellt gerne mein Zimmer auf den Kopf. Stimmt's, Ors?«

»Und Fada?«, frage ich leise.

»Die ist superscheu und kommt höchstens dann mit rein, wenn mein Onkel da ist. Ich habe schon Glück, wenn sie sich mal von mir streicheln lässt. Erschrick jetzt nicht, Fleur!«

Mein Herz bleibt trotzdem fast stehen, als eine Hundenase gegen meinen Arm stupst. Ich hatte kein Krallenklicken gehört, der Wolfshund muss sich im toten Winkel angeschlichen haben und schiebt nun den Kopf unter meinem Ellenbogen hindurch.

»Du kannst sie ruhig streicheln«, fordert Sylvie mich auf. Und nach kurzem Zögern tue ich es tatsächlich. Mit klopfendem Herzen löse ich meine rechte Hand von der Tasse und senke sie ganz vorsichtig auf das Nackenfell hinter den angelegten Ohren. Ich bin überrascht, wie weich das Fell ist. Meine Finger versinken in der Wärme, die Fingerspitzen kribbeln und Ors lässt es sich gefallen, dass ich sie kraule und schreckt nicht einmal auf, als Sylvie die

Küchenschranktür laut zuknallt und sich dann zu mir an den Tisch setzt. Schwer liegt der Wolfskopf auf meinem Oberschenkel. Nach einer Weile schnauft Ors abgrundtief und zieht sich zurück. Kurz leckt sie mir noch mit einer sehr nassen Zunge über die Hand und trottet dann aus der Küche. Sylvie seufzt. »Die Wölfe werden mir fehlen. Tomé sollte sich langsam überlegen, wer sich in Zukunft um sie kümmert, wenn er auf Geschäftsreise ist.«

»Hat er keine Freundin?«, rutscht es mir heraus. Ich weiß nicht, was mich reitet, das zu fragen. Es kam ganz von selbst – obwohl Tomé in dieser Hinsicht ganz klar war. Sylvie lehnt sich im Stuhl zurück, zieht die Beine hoch und umschließt die Knie mit den Armen. Es ist eine lässige Geste, die mich an Max erinnert. »Derzeit ist er mal wieder solo«, sagt sie mit einem Schulterzucken. »Aber das kann sich bei ihm schnell ändern. In Saugues kann man ja kaum eine Straße entlanggehen, ohne auf irgendeine Ex von ihm zu treffen.« Sie rollt ein wenig mit den Augen. Doch plötzlich stutzt sie, als wäre ihr etwas eingefallen und sie schaut mich prüfend an. »Hast du etwa aus einem bestimmten Grund gefragt hat, ob er vergeben ist?«

»Nein!«

Sie grinst. »Sorry, das sollte keine Unterstellung sein. Ich dachte nur, weil ihr ständig zusammenhängt und …«

»Wir sind ein Team, kein Date«, sage ich ruhig. »Wir arbeiten zusammen. Ich als Datenforensikerin, er als Spezialist für den Bestienfall und als Kriminalist. *C'est tout.*« Und als ich das so klar benenne, ist es, als hätte ich hinter dem offenen Satz, der seit gestern im Raum schwebt, einen Punkt gesetzt. Es fühlt sich gut an. Und ein bisschen so, als hätte ich mich hinter einer Grenze, die ich erst jetzt spüre, in Sicherheit gebracht.

*

In Märchen sind Hexenhäuser nicht nur Orte, man muss sie betrachten, als wären sie eigene Charaktere, die ihre Rolle spielen. Sie können ein Sinnbild für eine Umklammerung sein, die uns nicht guttut. Manche von ihnen symbolisieren das Totenreich, das »Sterbe und werde« unserer Häutungen. Hänsel und Gretel lernten dort, hinter die Täuschungen zu blicken. Im Haus der Baba Jaga holte sich die schöne Wassilissa das Feuer, das ihre bösen Stiefschwestern zu Asche verbrannte. Und auch mir hat das Hexenhaus mit dieser heißkalten, intensiven Nacht ein Geschenk gemacht. Es hat mich in einen Spiegel blicken lassen und mir gezeigt, wie weit ich mich von den Wölfen von meinem eigenen Weg habe weglocken lassen. Als ich mein Appartement betrete, bin ich ruhig und klar wie schon lange nicht mehr.

Ich erwische Tomé am späten Nachmittag bei seiner Tante, die ein volles Haus hat. Offenbar wird gefeiert. Im Hintergrund spielt Musik, Leute reden durcheinander und lachen. »Warte kurz, ich gehe in den Garten«, sagt Tomé. »Gut, dass du anrufst, Flór, ich hätte mich auch noch gemeldet. Ich kam noch nicht dazu, aber hast du dir die Mails schon angeschaut? Ich hatte Henri gebeten, dich ins CC zu nehmen.«

»Wer ist Henri?«

»Henri Tixier. Er gehört zu unserem Verein, ich habe ihn auf Beauveau angesetzt. Er hat die besseren Kontakte zu den Archiven – und mehr Zeit als ich im Moment.«

»Ich habe meine Mails noch nicht gesichtet …«

»Wie bitte?« Er lacht auf. »Bin ich falsch verbunden?«

Tja, genau das hätte jetzt auch Renate gefragt.

»Deswegen rufe ich an, Tomé. Ich nehme mir ein paar Tage Auszeit von Jack the Ripper.«

»Wieso?«, sagt Tomé nach einer verwunderten Pause. »Was ist passiert?«

»Ich arbeite zwar manchmal für die Polizei, aber ich bin keine Ermittlerin«, antworte ich. »Für dich ist das Alltag – und alles, was ich für deine Ermittlung beisteuern konnte, habe ich dir gegeben. Es wird Zeit, dass ich mich wieder um meine eigenen Angelegenheiten kümmere.«

»Lucien d'Apcher ist deine Angelegenheit!«

»Aber Jack the Ripper ist es nicht«, entgegne ich. »Das ist dein Fall. Natürlich will ich wissen, ob ich mit Lucien verwandt bin und wer er war. Aber von den ganzen Theorien bekomme ich nur Albträume.« Nicht ganz die Wahrheit, aber nahe dran.

Tomé schweigt. Es ist das erste Mal, dass diese Art von Stille zwischen uns herrscht, mein Puls dabei nicht rast und die Zeit nicht schneller zu laufen scheint. Als wäre ich von einem rasenden Zug abgesprungen und könnte mich zum ersten Mal wieder in Ruhe umschauen und sehen, wo ich eigentlich stehe.

»Okay«, sagt Tomé schließlich knapp. »Manchmal vergesse ich, wie verstörend das Serienkiller-Thema für jemanden ist, der sich nicht beruflich damit beschäftigt. Das hatte ich wohl falsch eingeschätzt, tut mir leid.«

Es ist ihm deutlich anzumerken, dass er trotzdem enttäuscht ist. Komischerweise scheint ihn diese Absage mehr zu kränken als die Tatsache, dass ich ihm gestern vom Bettrand gesprungen bin.

»Soll ich dich auch aus dem Verteiler nehmen?«, fügt er sachlich hinzu.

»Nein, halte mich bitte auf dem Laufenden, wenn du Ergebnisse hast oder etwas über Margots Diebstahlsfall erfährst, ja?«

»Natürlich, ich ruf dich an, Flór. Und melde dich jederzeit.«

Das war's. Irgendjemand ruft nach ihm, weil es Kuchen gibt, und wir wechseln noch schnell ein paar Worte, bevor Tomé sich verabschiedet und auflegt. Und ich tue etwas, was mir Renate nie glauben würde: Ich schalte mein Handy aus und lasse auch meinen Laptop unberührt. Meinem Vater habe ich bereits durchgegeben, dass ich mir heute freinehme und nicht über den Fall reden möchte. Die Unterlagen, die Tomé mir am Morgen dagelassen hat, liegen ungesehen in der Schublade. Auch zum Les Gabales werde ich an diesem Sonntag nicht fahren – obwohl der Schlüssel zum Trailer auf mich wartet. Stattdessen laufe ich ganz alleine los. Ohne Ziel schlendere ich durch die Altstadt von Le Malzieu und lasse mich von dort aus an Gärten und versprengten Bauernhäuschen vorbei bis zum Wasser treiben. Losgelöst von allem wandere ich an der

Truyère entlang. Das hypnotische Raunen des Flusses beruhigt mich und verlangsamt scheinbar die Zeit. Das Wasser fließt mir schneller voraus, als ich gehe. Irgendwas in mir tickt aus und kommt schließlich ganz zum Stehen. Irgendwann setze ich mich ans Wasser. Zeitlos, seidenweich und kalt rinnt es durch meine Finger – und nimmt alles mit, was mich in Tomés Umarmung gestern erstarren ließ. *Tomé und Pierre*, denke ich. *Feuer und Wasser. Rotkäppchen und Allerleirauh.*

Damalsland

In dieser Nacht bin ich nicht allein im Wald. Da ist noch eine schmale Gestalt, die am Rand einer Lichtung auf einem umgestürzten Baumstamm sitzt. Vor den schwarzen Tannen hebt das Mondlicht ihre Konturen mit zarten Pinselstrichen hervor. Der Schatten einer Kapuze verbirgt das Gesicht, aber ich vermute, es ist eine Frau. Sie ist zierlich, trägt einen Umhang und einen knöchellangen Rock. Völlig versunken nestelt sie an einem hellen Stück Stoff in ihrem Schoß. Sie trägt keine Holzschuhe wie die Bauern der Barockzeit, sondern Halbschuhe aus Leder. Trotz der Finsternis, die nach Gefahr schmeckt und jedes Härchen in meinem Nacken sträubt, sitzt sie nur ruhig da, als hätte sie mitten im nächtlichen Wald nichts zu befürchten. Vielleicht hat sie das auch nicht, *schießt es mir durch den Kopf.* Der Jäger ist ja nur hinter mir her. *Ich sollte längst fliehen, doch als ich mich endlich umdrehen will, knackt es im Unterholz, die Gestalt zuckt zusammen und hebt ruckartig den Kopf. Hinter ihr verschieben sich die Schatten, die Ahnung einer Bewegung. »Er darf dich hier nicht finden!«, wispere ich der Fremden zu. »Versteck dich vor ihm.« Als hätte ich ihn damit herbeigerufen, gleitet der Jäger lautlos aus dem Unterholz. Noch nie habe ich sein Gesicht gesehen und ich sollte nun erleichtert sein, schließlich ist es nur Tomé. Er hat Irènes Gewehr in den Händen. Doch um mich fürchte ich diesmal nicht. Tomé ist keine Gefahr. Außerdem bin ich nicht allein. Eine warme Hand umschließt meine geballte Faust, aus dem Augenwinkel nehme ich Ricdin-Ricdon wahr. Seine Gegenwart ist Wärme und Vertrautheit, seine Berührung ein Versprechen. Ich löse die Faust und erwidere seine Berührung. Seine Hand ist stark und warm und etwas rau von den Schwielen. Eine*

Sekunde nur wende ich den Kopf, schaue in Pierres Augen, die bernsteinfarben und so hell wie die eines Wolfs leuchten – und bereue die Ablenkung sofort, als ich mich wieder Tomé zuwende. Er hat das Gewehr angelegt. Er zielt zwar nicht auf mich, aber mit heißkaltem Erschrecken erkenne ich, dass er es auf die Frau abgesehen hat. »Laisse-la!«, *presse ich zwischen den Zähnen hervor. Lass sie in Ruhe! Und während ich mich noch wundere, warum ich im Traum Französisch spreche, wird mir klar, dass dies einer der luziden Momente ist, in denen ich weiß, dass ich gerade träume. »Tomé! Lass sie in Ruhe!« Im Traum ist es ein kehliger, zorniger Schrei, auf meinen Lippen nur ein mühsames Flüstern, ein Aufbäumen gegen die Paralyse des Schlafs. Ich lasse Pierres Hand los und stürze nach vorne, kämpfe mich über die Lichtung, ohne wirklich vom Fleck zu kommen. Aber Tomé ist plötzlich fort. Als die Fremde die Kapuze in den Nacken schiebt, leuchtet blondes Haar auf. Ich blicke in die von Mondlicht übergossenen Züge einer sehr jungen Frau, die mich so verwundert ansieht, als hätte ich sie eben aus dem Schlaf gerissen. Ich kenne ihr Gesicht, doch noch mehr überrascht mich das große Messer in ihrer Hand.*

»Claire?«, frage ich atemlos. »Wer war es? Wer hat dich im Wald getötet?«

Sie sieht sich nur wachsam um und legt dann warnend den Zeigefinger an ihre Lippen.

Krampfhaft versuche ich im Traum zu bleiben, doch längst rinnt die Realität in diesen geschützten Raum, Gedanken tropfen wie Tinte in die luziden Wasser und trüben die Bilder ein. Obwohl ich die Augen noch geschlossen halte, bin ich unwiderruflich wach.

*

In meinem Traum hatte ich Pierres Hand losgelassen, aber hier schließen sich meine Finger um einen Wulst in der Bettdecke, als würde ich ihn immer noch festhalten. Draußen ist es still, nicht einmal von der Tankstelle hinter dem Haus dringt Motorenlärm herein. Ein paar Minuten bleibe ich noch mit geschlossenen Augen auf der Schwelle zwischen Nacht und Morgen und ärgere mich darüber, dass die einzige Frage, die ich Claire gestellt hatte, Tomés Frage war.

Ich reibe mir die Augen und rufe mir Claires Gesicht, das mir so seltsam vertraut vorkam, ins Gedächtnis. Eines haben meine Festplatte und mein Gehirn wohl gemeinsam: Nichts, was jemals den Arbeitsspeicher auch nur streifte, verschwindet wieder. Irgendwo hatte ich einmal gelesen, dass wir im Traum gar nicht fähig sind, neue Gesichter zu erfinden, wir füllen die Leerstellen mit Menschen, die wir gesehen haben – und sei es auch nur flüchtig, im Vorübergehen, und ohne sie bewusst abzuspeichern. Im Wachsein entpuppt sich Claires Gesicht nun als das des blonden Rotkäppchens auf dem antiquarischen Märchenbuch, das damals bei Simon Rotweinflecken abbekommen hatte. *Damals.* Es fühlt sich wirklich so an, als wäre all das zu einer Zeit passiert, »wo das Wünschen noch geholfen hat«, wie die Brüder Grimm schrieben. Doch während Rotkäppchen immer weiter verblasst, wird Pierres Bild nur deutlicher und schließlich so real, dass ich die Augen wieder schließe, um ihm nachzuspüren. Zum ersten Mal gestehe ich mir meine Sehnsucht nach ihm bewusst ein. *Dabei weiß ich weniger über ihn als über Simon und all meine Tinder-Dates*, denke ich. Und ein Date ist er ja gar nicht, schließlich bin ich nicht hier, um mich zu verlieben. Außerdem kenne ich die Gefahr von Spiegeln, in denen man nur sieht, was man sehen will. *Und dennoch …*

Beim Aufstehen rutscht das Handy von meiner Brust. Das Hörbuch, das ich mir gestern noch heruntergeladen hatte, ist durchgelaufen, während ich mit der Stimme des Sprechers im Ohr eingeschlafen war. *Sur la Piste Animale* des Philosophen Baptiste Morizot. Pierre hatte mir bei unserem Telefonat am Samstag davon erzählt. Und während ich gestern Morizots poetischen Gedanken über die Wildnis lauschte, hat meine Software die Nacht über weitergearbeitet. Die Wörterbuchattacke, die ich abends auf der Suche nach einem Passwort gestartet hatte, läuft noch. Eine willkommene Ausrede für mich, den Morgen nicht mit Arbeit zu beginnen.

Vielleicht liegt es daran, dass ich mich an Pierres milden Morgenkaffee gewöhnt habe, aber heute schmeckt der Löskaffee bitter. Und auch der Einstieg in den Alltag fällt schwerer als sonst, als würde ein Teil von mir immer noch im Traum haften. Cem fragt, ob ich nächste Woche zurück bin und Kapazitäten frei habe und auch Renate will wissen, wann ich meinen Urlaub beenden werde und ob sie für mich die Post durchsehen soll, die sich schon stapelt.

Wir werden drei Tage in Paris bleiben, schreibt Max. *Gib mir Bescheid, wann und wo wir uns treffen. Wir richten uns ganz nach dir. Freue mich schon himmelblau auf dich! Kuss (auch von Tom)!* ♥ ♥

Angehängt ist die Info zu ihrer Ankunftszeit in Paris und die Adresse eines Hotels am Gare de l'Est.

Mein großer kleiner Bruder, denke ich voller Wärme. *Du machst wirklich dein Ding.* Es klingt verlockend, sich in den Lada zu setzen und noch ein paar Tage Auszeit in Paris zu nehmen. *Und dann, Fleur?*, mahnt meine analytische Stimme. *Du kannst nicht wie Pierre ewig in der Gegenwart leben, während dein Leben in Frankfurt auf dich wartet.*

Im nüchternen Licht des Morgens wird mir klar, wie weit ich auf dem Weg zu meiner Großmutter von meinem Pfad abgekommen bin. Ich habe keine einzige der Entscheidungen getroffen, die ich treffen müsste. Allzu bereitwillig habe ich mich von Tomé und dem Duft von Gefahr und Feuer locken lassen, tief in den labyrinthischen Wald der Mörder. Nur kurz spiele ich mit dem Gedanken, mich wie üblich ins Bestienforum einzuloggen. Aber der selbstverordnete Detox tut mir viel zu gut, und so lasse ich auch die Mappe mit Tomés Kopien in der Schublade. Stattdessen hole ich die Vordrucke für die Verlängerung oder Kündigung von Luciens Grabstelle hervor. Das Unterschriftenfeld neben Marie-Jeanne Sabys schiefem Kugelschreiberkreuz ist immer noch leer.

Himmelblau klingt wunderbar, Max, tippe ich an meinen Bruder. *Aber ich weiß noch nicht sicher, wann ich hier die Zelte abbreche. Es gibt noch einiges, was ich hier regeln muss. Lass uns in den nächsten Tagen mal telefonie…*

Ein hässliches Schrillen erschreckt mich halb zu Tode. Es ist ohrenbetäubend laut und so grell, dass es einem die Schädelplatte durchsägen könnte. Erst nach ein paar Sekunden verstehe ich, dass es einfach nur die Haustürklingel ist, die ich bis zu diesem Moment noch nie gehört habe.

Ein Paketbote übergibt mir Max' Päckchen aus Berlin, das schon seit Tagen unterwegs war. Gereicht hätte ein kleiner Umschlag. Doch mein Bruder hat ein Care-Paket mit Marzipan, Pocket-Coffee und Karamell vollgestopft, als gäbe es in Frankreich weit und breit keine Kalorien. Ich muss lächeln, als ich mich durch knisternde Schichten von Lieblingssüßigkeiten grabe, bis endlich das Tablettenröhrchen zum Vorschein kommt. Seit Luxemburg habe ich das Medikament ausgesetzt. Als es vorhin klingelte, hatte ich mir in der Eile schnell meine Jacke übergezogen. Die rote Farbe durchglüht mich wie eine warme Umarmung. Aber es hilft nichts, das Rot ist nur ein Mantel, der verbirgt, was ich wirklich bin.

Ich ziehe die Jacke aus und setze mich nur in Unterwäsche auf das breite Fensterbrett, den Rücken an den Mauerrahmen gelehnt. Dessen Kühle tut gut. Meine Haut ist heiß und gereizt, vielleicht durch die Reibung meines hochgeschlossenen Unterwäsche-Tops, das mir heute besonders eng vorkommt. Der Kaffee ist kalt geworden, trotzdem bleibe ich sitzen und schaue aus dem Fenster. *Wohin, Fleur?*, flüstert es in mir. *Zurück auf Los hinter den Spiegel?* Die Natur scheint keine Antwort für mich zu haben. Wie eingefroren steht die Landschaft still. Kein Windhauch bewegt die Blätter. Der Himmel ist diesig und reglos, die fernen Berge ein Panorama in zarten Farbtönen, selbst die Wiesen wirken abgetönt und verblasst, ohne Leben. Das gedämpfte Frühlicht nimmt den Schatten jede Schärfe und verleiht der Landschaft die Anmutung einer leicht vergilbten Fotografie. *Damalsland.* Doch allein beim Gedanken daran, dorthin zurückzukehren, wo jedes Feuer nur ein kaltes Abbild auf dem Spiegel ist, lehnt sich alles in mir auf. *Nicht heute*, denke ich grimmig.

Pierres Nummer ist auf der Kurzwahltaste hinterlegt. Als er sofort rangeht, sinkt mir schon wieder der Mut.

»Ja, ich bin ja schon unterwegs«, höre ich ihn genervt sagen. »Was gibt's denn schon wieder?«

Ich schlucke. »Pierre?«

»Oh, du bist es!« Sofort wird sein Tonfall freundlich. »Tut mir leid, ich habe gar nicht hingeschaut, ich dachte, es wäre schon wieder der Typ aus der Werkstatt. Es gibt ein Problem mit den Ersatzteilen, die ich bestellt habe.«

»Dann rufe ich wohl besser später an.«

»Nein, das passt schon, ich laufe gerade zur Werkstatt. Was ist los? Schlüssel zum Trailer nicht gefunden?«

»Ich war noch gar nicht dort.«

»Dann rufst du also nur an, um meine Stimme zu hören?«

Punkt für dich, Ricdin. Ich sollte locker auf seinen Scherz eingehen, aber meine Schlagfertigkeit hat die Pausentaste erwischt. Es ist so einfach, Schulter an Schulter im Wald mit ihm zu schweigen, aber aus unserer unverbindlichen Gegenwart herauszutreten, ist etwas ganz anderes. Ich starre auf die leere Landschaft und mein Herz rast, als würde ich brüchigen Boden betreten. »Ehrlich gesagt, ja«, gebe ich schließlich zu. »Ich … vermisse unseren Morgen im Wald.«

Pause und Atmen. Schritte. Im Hintergrund wird das Geräusch von Autos lauter, als würde Pierre eine Straße überqueren. Doch als er endlich antwortet, erwischt mich nicht nur das Lächeln in seiner Stimme voll und ganz. »Dann holen wir den Morgen nach«, sagt er leichthin. »Ich vermisse dich nämlich auch, Chardon.«

Seine Worte stören keine gefährlichen Schmetterlinge in mir auf, sie fachen etwas an, was heller ist, leichter und so lebendig, dass ich eine Gänsehaut bekomme.

»Du kommst doch morgen früh wieder vorbei?«, setzt er hinzu. »Oder hast du andere Pläne?«

Wirklich gute Frage, Pierre.

»Ich bin da«, sage ich leise. »Aber … ich wollte dich fragen, ob du dir eine Verabredung vorstellen kannst. Zu einem Abendessen vielleicht?«

Vielleicht bilde ich mir nur ein, dass er zögert, aber ich widerstehe dem Impuls, alles sofort wieder in Unverbindlichkeit aufzulösen. Zurückrudern wäre feige.

»Ist … etwas passiert?«, fragt Pierre dann.

»Muss etwas passieren, damit wir essen gehen?«

»Nein, natürlich nicht«, antwortet Pierre zögernd. »Aber … wir sehen uns doch ohnehin?«

Jetzt frage ich mich doch, ob ich im Lauf der letzten Jahre ein solcher Dating-Honk geworden bin, dass ich ohne Netz und doppelten Boden gar nicht mehr weiß, was los ist. Das Rauschen des Verkehrs ist zu hören, ein fernes Hupen. Ich stelle mir vor, wie Pierre an einer Straße in Clermont-Ferrand entlangläuft, vielleicht vor der Kathedrale aus schwarzem Lavastein. Wie er an dem Brunnen vorbeigeht, ohne die Wasserspeier in Form von Tierfratzen wahrzunehmen, weil er versucht, sich auf meine Worte einen Reim zu machen, die scharfen Falten um seine Mundwinkel durch die Anspannung noch etwas schärfer, die Brauen zusammengezogen. Und mit einem Mal ist seine Gegenwart so spürbar, als wäre er hier bei mir.

»Ich meinte ein Treffen ohne Baumhäuser und Arbeitshandschuhe«, sage ich leise. »Bevor ich … nach Deutschland zurück muss.« Ich schiele zum Tablettenröhrchen auf dem Nachttisch und nehme meinen ganzen Mut zusammen. »Du sagtest vorhin, du vermisst mich. Und … es klingt vielleicht komisch nach dieser kurzen Zeit, aber ich bin gerne mit dir zusammen. Und ich würde einfach gerne wissen, was das mit uns ist. Im Moment weiß ich nämlich mehr über Eiben als über dich.«

Die Schritte haben aufgehört, als wäre er stehen geblieben. »Heißt das etwa, du hast immer noch nicht im Internet nach mir gesucht?«, kommt es ernst zurück. »Würde dir eine Menge Fragen ersparen.«

Fast hätte ich vergessen, dass Pierre auch ein Spieler ist, er beherrscht es, Fallen zu stellen.

»Mag sein«, erwidere ich. »Aber ich werde dich nicht googeln. Gibt es irgendeine Chance, dass du mir selbst von dir erzählst?«

Tja, so wendet sich das Blatt. Hier stehe ich und tue genau das, was ich bei meinen Datingpartnern in Bezug auf mich fürchte wie der Teufel das Weihwasser: Ich fordere Vergangenheiten ein. Pierres Schweigen am Ende der Leitung zieht sich ins Unerträgliche.

»Pierre? Bist du noch da?«

»Mhm«, murmelt er. Nun packt mich wirklich die Angst, dass ich mich gerade lächerlich mache und dass hier etwas endet, was nur in meiner Fantasie stattfand. Ein Räuspern am Ende der Leitung lässt mir den Mut noch weiter sinken. »Weißt du schon, wann du nach Deutschland zurückfährst?«, höre ich ihn sehr sachlich fragen.

»Nein. Aber ich kann nicht für immer Team Gegenwart sein. Ich habe ein Leben – und eine Vergangenheit. Genau wie du.«

Pierre scheint zu überlegen. »Hör zu, ich bin noch bis mittags in Clermont-Ferrand«, sagt er dann. »Und ich habe es nicht so mit Restaurants und klassischen Dates. Aber wie wäre es, wir treffen uns heute Abend im Trailer und ich mache uns eine Pizza warm. Wir essen sie ohne Arbeitshandschuhe und ich verliere kein Wort über Eiben. Und dann … schauen wir einfach, wie es läuft. *D'accord?*«

»*D'accord*«, antworte ich atemlos. Das wäre der Zeitpunkt, sich zu verabschieden, aber weder er noch ich legen auf. Ich schiele wieder zu dem Tablettenröhrchen und schlucke.

»Pierre? Willst du wirklich gar nichts über meine Vergangenheit wissen?«

»Du glaubst, ich weiß nichts darüber?«, erwidert er ernst. »Worte sind nicht alles, Fleur. Und wenn du mir von dir erzählen willst, wirst du es tun. Aber wenn nicht, dann hast du einen Grund dafür und es geht mich nichts an. So sehe ich das.«

»Aber wir … gehen einander doch etwas an?«

Er stutzt hörbar, dann merke ich an seinem Atmen, wie er in sich hineinlacht. »Du lässt niemals locker, oder, *Chardon*?«

»Und du weichst schon wieder aus, *Ricdin-Ricdon*. Hör zu, ich will dich nicht festnageln. Aber mir bedeuten Worte etwas. Und du … auch. Sogar einiges, um ehrlich zu sein. Aber wenn ich falschliege und wir für dich nur gute Bekannte sind, dann sag es mir. Mit Tatsachen komme ich besser klar als mit …«

»Fleur, jetzt atme mal durch«, unterbricht er mich mit einem Lachen. »Erstens: Du liegst nicht falsch. Und zweitens: Ich bin bei der Werkstatt. Wir sehen uns heute Abend im Trailer.«

*

Heute lassen sich Privatleben und Arbeit nicht durch eine klare Schwelle trennen, sie vermischen sich wie Farben, die ineinanderlaufen. Am Laptop holt das morgendliche Telefonat mit Pierre mich immer wieder ein – in kleinen Unruhewellen, die gegen mein Zwerchfell schwappen und das *Replay* starten, in dem ich jedes Wort drehe und wende und mich dabei ertappe, immer wieder auf die Uhr zu schielen. Es ist eine andere Euphorie als die, die ich mit Tomé erlebe. Das hier ist einfach Freude und ein schwebendes *Vielleicht*, das mir ein Lächeln aufs Gesicht lockt. Schließlich reiße ich mir den Kopfhörer vom Kopf und schalte den Laptop für heute aus. Es ist noch viel zu früh, um zum Les Gabales zu fahren, aber ich halte es nicht länger in der engen Wohnung aus. Wenig später breche ich auf, in der Tasche eine Thermoskanne mit Tee und eine Decke, auf der ich mich trotz des kühlen Wetters am Ruinenfeld unter die Eiche setzen kann.

Über dem Les Gabales hängt der Vormittagshimmel wie eine graue Glocke. Die neuen Gäste sind da, auf dem Parkplatz stehen Autos mit Luxemburger Kennzeichen. Auf dem Hof hallen Stimmen und auf der Weide ist Betrieb. Ein junger Guide sattelt die Schimmel für einen Ausritt. Er schaut fragend zu mir herüber und ich nicke ihm einen Gruß zu, als würde ich hierhergehören. Vor dem Nebengebäude ziehen sich zwei ältere Herren ächzend Reitstiefel an. Wohlweislich mache ich einen weiten Bogen um den Hof. Doch gerade als ich den Pfad neben dem Weidezaun betrete, erklingt Napoléons Bellen hinter mir. Mit fliegenden Ohren holt er mich ein und wirft mich vor Wiedersehensfreude fast um. Und prompt taucht auch

Magali auf, allerdings ist sie deutlich weniger erfreut, mich zu sehen. »*Hé!*«, ruft sie mir quer über den Hof entgegen. »Warte!«

Mit großen Schritten kommt sie auf mich zu. Unwillkürlich straffe ich die Schultern. »*Salut*, Magali. Wie geht's?«

»Wo willst du hin?«, fragt sie, ohne die Höflichkeit zu erwidern.

»Zum Ruinenfeld, warum?«

Ihr Blick schweift zu meiner vollgepackten Tasche. »Um dich mit deiner Filmcrew zu treffen?«, sagt sie barsch. »Da wirst du Pech haben. Die Jungs habe ich vor zehn Minuten weggeschickt.«

»Welche Jungs …«

»Hör zu, ich kann euch nicht verbieten, bei den Ruinen zu filmen«, fährt sie mir scharf dazwischen. »Das ist öffentliches Gelände und die Filmrechte muss die Kommune genehmigen. Aber mein Hof ist tabu und der Wald auch. Und wenn du zu den Ruinen willst, dann nimm in Zukunft gefälligst die öffentliche Wanderstrecke um den Berg herum. Der Weg um die Weide ist nämlich Privatgelände und keine Abkürzung.«

Ich muss mich beherrschen, um nicht zurückzuweichen, so zornig funkelt sie mich an. »Was soll das heißen, Magali? Und ich weiß überhaupt nichts von Filmaufnahmen.«

»Du weißt nichts?«, fährt sie mich an. »Ich lasse mich doch von dir nicht verarschen, Fleur.«

Wow. Keltischer *sucker punch.*

»Zumindest verstehe ich jetzt, warum du die ganze Zeit hier herumlungerst und da oben Fotos machst«, wettert sie weiter. »Glaube nicht, ich hätte das nicht mitbekommen. Aber die Drehgenehmigung könnt ihr vergessen …«

»Hey!«, fahre ich ihr nun scharf dazwischen. »Ich weiß nichts von Filmaufnahmen. Und jetzt hör verdammt noch mal auf, mich anzuschreien, und sag mir, worum es hier geht!«

Der Guide schaut irritiert zu uns herüber und auch die Touristen sind ganz Ohr. Magali scheint ernsthaft zu erwägen, ob sie mich am Kragen packen und schütteln soll. Aber dann presst sie die Lippen wütend zusammen und atmet durch. »Komm mit!«

Sie macht auf dem Absatz kehrt und rauscht zurück zum Hotel. Napoléon schleicht ihr hinterher und sieht sich mit hängenden Ohren nach mir um. Sein zaghaftes Schwanzwedeln wirkt wie eine zerknirschte Entschuldigung. Nur zögernd setze ich mich in Bewegung. Erst jetzt merke ich, dass ich von der Wucht von Magalis Zorneswelle ganz zittrig bin. Und mir schwant nichts Gutes, als ich in den Empfangsraum trete. Magali steht am Tresen der Rezeption über den Papierkorb gebeugt und wühlt darin herum. Der Stapel von Blättern, den sie herausfischt, ist so zerknittert, als hätte sie ihn voller Wut in den Papierkorb gestopft.

»Hier!« Sie knallt das exhumierte Bündel auf den Tresen und streicht die Papiere mit der Faust glatt. »Dafür sollte ich eine Drehgenehmigung geben. Willst du mir wirklich weismachen, das hat gar nichts mit dir zu tun? Du bist doch auf der Suche nach den d'Apchers? Hast du diese Story dann gleich verkauft?«

Noch bevor ich den fettgedruckten Titel lesen kann, springt mir das farbige Bild entgegen. Eine perfekt geschminkte Frau in einem roten Jagdkleid, vielleicht ein Szenenfoto aus einem Mantel-und-Degen-Film. Mit einem Grafikprogramm wurde das Liliengewehr in ihre Hände montiert. Im Hintergrund erhebt sich der Donjon des d'Apcher-Schlosses als poppig eingefärbte historische Zeichnung. Aber das, was mir endgültig die Laune verdirbt, ist die hineinkopierte Gestalt, die neben dem Wehrturm aufragt. Es ist Petrus Gonsalvus, der im sechszehnten Jahrhundert als menschliche Attraktion am Hofe von Heinrich II. und Katharina von Medici lebte. Petrus war ein feinfühliger und sehr gebildeter Mann gewesen. Aber diese schlechte Photoshop-Montage macht ihn zu einem Werwolf. Sein feines Haar, das seinen ganzen Körper bedeckte, wurde grafisch zu zottigem Fell verdichtet, ihm wurden spitze Ohren verpasst und seinen Augen ein wölfisches gelbes Glühen.

Das Monster vom Château d'Apcher, prangt als Projekttitel unter dem Bild.

»Auf wessen Mist ist das gewachsen?«, entfährt es mir.

Magali bekommt schmale Augen. Sie traut mir immer noch nicht. Ich nehme das ganze Machwerk und blättere es durch. Auf einer der letzten Seiten steht, wer das Konzept verfasst hat. Nur, dass ich die beiden Namen noch nie gehört habe. Auch die Internetseite *Lesbouchersdesmythes* sagt mir gar nichts.

»Die Mythenmetzger?«, murmle ich. »Nie gehört. Haben sie dir gesagt, woher sie die Infos über das Gewehr haben?«

»Frag doch mal deinen Antoine«, sagt Magali kühl.

Langsam platzt mir der Kragen. »Erstens, er ist nicht *mein* Antoine«, gebe ich gereizt zurück. »Und zweitens hat er garantiert nichts mit diesem Schund hier zu tun. Genauso wenig wie ich, Magali.«

»Tja, jedenfalls wollten die jungen Männer allen Ernstes, dass ich ihnen eine Drehgenehmigung unterschreibe«, erwidert Magali. Sie schnappt mir das Manuskript aus der Hand und zieht die Seite heraus, auf der eine Einwilligungserklärung prangt. Die zwei Youtuber haben unterschrieben, das Feld, das für Magalis Unterschrift gedacht ist, ist leer. »Sie wollen im Les Gabales in der Keltenstube Interviews aufnehmen«, fährt sie fort. »Und im Wald sollen Jagdszenen mit irgendeiner Kostümtruppe gedreht werden. Dafür wollten sie sogar meine Pferde mieten.« Sie schnaubt und schüttelt den Kopf.

Und ich bekomme nun wirklich weiche Knie. »Sie wollen Interviews machen? Haben sie dir gesagt, mit wem?«

»Mit dir vielleicht, Gräfin d'Apcher?«, antwortet Magali spöttisch. »Ich habe sie nicht gefragt, denn es interessiert mich nicht. Mein Hotel ist ein seröser Erholungsort und ein Natur-Wellnessresort für Geschäftsleute und Menschen, die ihre Ruhe haben wollen, kein Freizeitpark für durchgeknallte Blogger«, fügt sie hinzu. »Ich brauche hier keine kostümierten Irren, die als Werwölfe verkleidet durch den Wald rennen. Und falls Oulier denkt, er kriegt über diese Hintertür doch noch einen Fuß in mein Hotel, hat er sich getäuscht. Auf seinen Bestien- und Jagdtourismus lege ich hier keinen Wert.«

»Du hast den Youtubern doch hoffentlich meinen Namen nicht genannt, oder?«, stoße ich hervor.

Magali stutzt und schaut stirnrunzelnd in mein blasses Gesicht. Ich kann nicht verbergen, wie sehr mich die kalte Welle überspült hat.

»Nein, habe ich nicht«, sagt Magali. »Wieso? Was ist los mit dir?«

»Nichts«, bringe ich mit belegter Stimme heraus. »Ich … bin nur privat hier und will nichts mit Filmen zu tun haben. Und das soll auch so bleiben.«

Sie lacht nur trocken auf. »Dann würde ich mich an deiner Stelle bei Oulier beschweren. Hier! Nimm diesen Mist mit und richte ihm aus, er soll sich eine andere Location für seine Jagdstorys suchen.«

Damit macht sie kehrt und verschwindet im Büro. Die Tür fällt mit einem Knall ins Schloss. Und ich bleibe zurück, immer noch so überrumpelt und zittrig, als wäre ich nur knapp einer großen Gefahr entronnen.

Auf dem Parkplatz setze ich mich in den Lada und logge mich erst einmal bei den Youtubern ein. Wie ich befürchtet hatte, ist es nicht nur irgendein kleiner Privatkanal. Als französische Version von *Creepypasta* posten sie vor allem paranormale Storys und garnieren sie mit nachgestellten Szenen, die von Cosplayern gespielt werden. Das Ganze ist ziemlich professionell aufgezogen. Manche Filme haben sogar lokale Sponsoren, was wohl erklärt, warum sie ein schriftliches Konzept vorgelegt haben.

Atemlos überfliege ich noch einmal die Seiten des Exposés. Der reißerische Teaser-Text macht es nicht besser. *Man kannte sie als gottesfürchtige Gräfin. Ihre Pilgerreisen führten sie bis nach Puy-en-Velay zur Schwarzen Madonna. Zeitgenossen nannten sie die Heilige Irène. Doch niemand ahnte, welches dunkle Geheimnis sie hütete.*

Schockierende neue Fakten, die das Blut gefrieren lassen!, lautet die Zwischenüberschrift.

Und spätestens bei den folgenden Passagen wird mir ganz anders zumute.

Ihr Gewehr trug die Lilien der Heiligen Madonna. Ihre Munition waren Silberkugeln, die einzige Waffe, die einen Werwolf zur Strecke bringen konnte. Aber stand die Gräfin wirklich auf der Seite des Guten oder hatte sie mit der Bestie des Gévaudan einen blutigen Pakt geschlossen?

Darunter prangt wieder ein Photoshop-Fail von einem Werwolf, der sich auf eine schreiende Frau stürzt, diesmal vermutlich ein Szenenfoto aus einem Gruselschocker.

Eine Wanderin schaut mich verwundert an, als ich aus dem Auto springe und die Fahrertür zuknalle. Tomé geht nicht ans Handy, also rufe ich ihn direkt in seiner Polizeidienststelle an. Ich muss mich beherrschen, wie ein normaler Mensch zu klingen, als er sich schließlich meldet.

»Flór«, sagt er etwas erstaunt. »Was gibt es?«

»Ein blutiger Pakt mit einem Werwolf«, antworte ich. »Wusstest du, dass ein paar Youtuber einen Horrorfilm über Irène drehen wollen? Mit *neuesten Fakten*?«

Tomé stutzt nur kurz, dann atmet er betont aus. »Ach das«, sagt er gelangweilt. »Ja, ich weiß, die Jungs haben sich auch bei mir gemeldet.«

Ich habe mich hoffentlich verhört. »Du weißt davon?«, rufe ich. »Und … du sagst mir kein Wort?«

»Ich habe es dir doch weitergeleitet! Hast du deine Postbox noch gar nicht gesichtet?« Nur zu deutlich spüre ich, dass sich etwas zwischen uns verändert hat. Tomé ist kühler als sonst. Und auch die Art von Spannung, die wie ein Störknistern zwischen uns ist, ist neu.

»Das heißt, du hast die Nachricht an meinen Gastaccount auf der Vereinsseite geschickt?«, frage ich.

»Ja, natürlich«, erwidert Tomé. »Privat willst du doch mit dem Fall nichts mehr zu tun haben. Deshalb habe ich Henri Tixier auch nur deine Forumsadresse weitergegeben. Er hat übrigens ein paar interessante Bilder im Archiv gefunden. Die hast du auch noch nicht gesehen, nehme ich an?«

»Ich war seit zwei Tagen nicht mehr im Forum«, antworte ich hastig. »Aber … wie kommen diese *Mythenmetzger* an die ganzen internen Infos? Wie konnte das nach außen dringen? Sie haben sogar das Liliengewehr abgebildet.«

»Habe ich gesehen«, erwidert Tomé ruhig. »Das Bild kursiert im Verein und damit auch im Forum. Und Irènes Jagd ist kein Geheimnis, es war bisher nur kein großes Thema. Natürlich springen die Blogger auf so etwas sofort an.«

»Das Monster vom Schloss d'Apcher?«, sage ich. »Hast du eigentlich gelesen, was sie aus Irènes Geschichte machen wollen?«

Tomé lacht nur verwundert auf. »Flór, warum regt dich das so auf? Das ist doch nur Unterhaltung. Und wie ich dir vorgestern schon sagte: Geschichte gehört niemandem und damit allen. Also verstehe ich nicht, was für ein Problem du hast.«

Ich schlucke und betrachte die reißerische Karikatur von Petrus. »Ich habe nur ein Problem mit Lügen und Sensationsgier«, sage ich mühsam beherrscht. »Und damit, dass man Leute, die sich nicht wehren können, zu Monstern macht und zur Unterhaltung ausschlachtet.«

»Das wirst du kaum verhindern können«, sagt Tomé nur trocken. »Wenn es nach den reinen Fakten ginge, müsste man so gut wie alle Filme, Romane und Comics über die Bestie einstampfen.«

Ich muss den heißen Kloß in meiner Kehle mühsam herunterschlucken. Ich kann mir denken, wie ich gerade auf ihn wirke. Aber wie sollte ich ihm auch erklären, warum ich die nächste Angstwelle niederkämpfen muss.

»Woher hat du eigentlich das Konzept, wenn du deine Nachrichten nicht abgerufen hast?«, will er nun wissen.

»Ich wollte zur Ruine gehen und bin Magali in die Arme gelaufen. Sie war so wütend, dass sie die Youtuber vom Hof gejagt hat.«

»War sie das?« Tomé lacht auf. »Nun, es braucht ja nicht viel, um Magali wütend zu machen.«

Und vielleicht schätzt sie dich besser ein als ich, denke ich bei mir.

»Du hast den Jungs nicht zufällig den Tipp für das Les Gabales als Location gegeben?«

»Sehe ich aus, als hätte ich Zeit, mich mit Youtubern abzugeben?«, antwortet Tomé spöttisch. »Aber das Hotel eignet sich schon gut als Kulisse. Ich habe sie nur darauf hingewiesen, bei wem sie sich den Vordruck für eine Drehgenehmigung herunterladen können.«

Vielleicht liegt es nur an meiner Paranoia, aber irgendetwas hat hier einen schiefen Klang.

»Warum machst du dir so viel Gedanken darum?«, will er nun wissen. »Oder befürchtest du etwa, dein Name könnte in Verbindung mit Irène auf Youtube auftauchen?«

Eines muss man ihm lassen, er hat wirklich gute Antennen. »Wäre das so abwegig?«

Er lacht verärgert auf. »Weht daher der Wind, Flór?«, fragt er mit einer kühlen Arroganz, die er mir gegenüber noch nie so ausgespielt hat. »Glaubst du im Ernst, nur weil du mich abblitzen lässt, zählt mein Wort nicht mehr? Wir haben einen Deal, schon vergessen? Du hast gesagt, ich soll dich raushalten, also bist du raus. Und selbst wenn ich herausfinden sollte, dass du von dieser d'Apcher-Linie abstammst, wird es keine Verbindung zwischen Fleur Martin, dem Gewehr und den Ermittlungen geben.«

*

Die Lust darauf, ein paar Stunden bei den Ruinen Tee zu trinken und zu lesen, ist mir gründlich vergangen. Stattdessen starte ich den Lada und fahre zurück, unruhig und aufgewühlt. Ja, technisch gesehen gibt es kein Problem. Und mir war auch völlig klar, dass es nur eine Frage der Zeit war, bis solche Videos aufpoppen würden. Ich traue Tomé und weiß, dass er zu seinem Wort steht. Das Dumme ist nur, dass Algorithmen sich nicht an Abmachungen halten.

Zurück in der Wohnung starte ich noch im Stehen den Laptop und logge mich auf der Vereinsseite ein. Im Postfach reihen sich Tomés Nachrichten und auch eine von Henri Tixier, der Mann, der in den Archiven in Nantes nach Gabriel de Beauveau forschen wollte. Ich finde die Mail der Youtuber, die Tomé an mich weitergeleitet hatte. Darin bitten sie Tomé um Infos zum Fall und um ein Interview zu Irènes Jagd, eine Anfrage, die er hoffentlich abgelehnt hat. Angefügt ist auch ein Link zu dem Teil des Forums, in dem ich bisher keine Minute Zeit verschwendet habe. Es ist die Gossip- und Unterhaltungsecke. Ein Stichwort reicht und schon poppen alle markierten Threads der letzten Tage auf. Der Bericht des Hirtenjungen, der den Wolf auf zwei Beinen gesehen haben wollte, wurde aus der Versenkung geholt. Ein Scan des Liliengewehrs ist hinterlegt und die krudesten Gerüchte machen die Runde. Ich finde den Thread, der die Youtuber vermutlich auf das Thema gebracht hat. Darin will jemand gelesen haben, dass Irène und ein Jäger aus ihrem Schloss eine Affäre hatten. Als sie entdeckte, dass er der Mörder der Bauernmädchen im Umfeld ihres Schlosses war, erschoss sie ihn selbst auf der Jagd. Andere machen sie zur Komplizin und den Jäger zum *Loup-Garou* – einem Werwolf, der auf zwei Beinen läuft. Es juckt mich in den Fingern, diese Threads sofort mit einem Bug lahmzulegen und verschwinden zu lassen. *Ich muss Luciens Grab auflösen*, denke ich. *Den Namen Durand vom Grabkreuz verschwinden lassen, alle Spuren verwischen.*

Hektisch suche ich das Formular aus Saugues heraus – und stutze beim Blick auf Marie-Jeannes Kreuz. Es ist so charakteristisch, dass es wie eine eigene Unterschrift wirkt. Und vor allem: Ich habe es heute schon einmal woanders gesehen. Mit fahrigen Händen suche ich die Drehgenehmigung heraus. Es ist ein Vordruck, den die Youtuber mit Kugelschreiber ausgefüllt haben. Aber das blasse Kreuz neben dem leeren Unterschriftenfeld ist Teil der Vorlage, als wäre das Formular, das sie von der Vereinsseite heruntergeladen haben, das PDF eines Scans. Und es ist eindeutig dasselbe Hinweiskreuz.

»Marie-Jeanne«, flüstere ich. Und höre Tomés Worte: *Ich habe sie nur darauf hingewiesen, bei wem sie sich den Vordruck für eine Drehgenehmigung herunterladen können.*

Das sagt noch gar nichts, Fleur, rede ich mir zu. In Saugues kennt jeder jeden. Und dass Tomé weiß, dass Marie-Jeanne existiert und auch für städtische Drehgenehmigungen zuständig ist, hat er mir schon bei unserem ersten Treffen verraten. Trotzdem läuft hier irgendetwas im Hintergrund, was ganz und gar nicht gut ist. Und jedes *Was wäre, wenn?*, gibt diesem Feuer in mir neue Nahrung. *Was, wenn diese Marie-Jeanne von Margot und ihrem Erbstreit um das Land der d'Apchers erzählt? Was, wenn jemand längst die Verbindung zwischen Lucien, Margot Durand und Fleur Martin hergestellt hat? Wem gehört dann meine Geschichte?*

Mir ist schwindlig, so sehr rast mein Puls. *Durchatmen, Fleur*, ermahne ich mich. *Denk nach. Und dann ruf Tomé an.* Mechanisch klicke ich aber erst einmal die Nachrichten durch, um mich zu beruhigen. *Salut, Flór*, schrieb mir Tomé gestern Abend. *Die Kopien hat Sylvie dir ja heute Morgen gegeben. Henri hat inzwischen eine weitere Verbindung entdeckt: Gabriel de Beauveau hat es sich einiges kosten lassen, den Neffen, den er nach Irènes Tod zu sich genommen hat, ärztlich zu untersuchen. Er hat dafür einen Spezialisten kommen lassen. Henri schickt dir ein paar Scans. Könnte vielleicht eine Erklärung sein, warum Irène und Roux ihre Söhne von der Öffentlichkeit fernhielten.*

Mit jedem Wort ist mein Puls weiter hochgeschossen. Die nächste Nachricht ist von Tixier. *Hallo Fleur, Antoine bat mich, dir diese Bilder weiterzuleiten.* Und die Bilder treffen mich ohne Vorwarnung. *Tochter eines Wollhändlers aus Lyon mit deformierter Nase und Lippe, 1762* steht am Rand des einen, *Bauernjunge mit Klumpfuß aus einem Dorf in der Nähe von Mende, 1754* bei dem anderen. Es sind anatomische Studien von Gaumenspalten und schiefen Wirbelsäulen. Doch das, was mir den Boden unter den Füßen wegzieht, ist die Zeichnung, die nur mit dem Vermerk *Junge aus Nantes* versehen ist. Und wie über jeder Zeichnung steht auch über dieser: *Des aberrations humaines.*

Ich merke jetzt erst, dass ich mich an die Stuhllehne klammere. Doch es hilft nichts. Das Damalsland wirft sein klebriges Netz über mich und reißt mich fort. Fort aus der Gegenwart, aus der Sicherheit und fort von allem, was ich glaubte zu sein.

Geheimnisse

Angst folgt eigenen Gesetzen. Die Wahrnehmung gleicht einem fragmentierten Speicher, in dem Daten gecrasht und nicht mehr auffindbar sind. Nur der Teil von mir, der mich in Sicherheit bringt, funktioniert, lenkt den Lada, sorgt dafür, dass der Wagen die Spur hält und den Weg findet, während mich immer wieder Kopfkino-Panik einholt. Baptiste Morizot schreibt, dass sich das Leben in der Wildnis auf der Skala zwischen Angst oder Hunger bewegt. Raubtiere fürchten nicht um ihr Leben, der Preis ihres Daseins ist Hunger. Rehe hungern nicht, dafür leben sie in ständiger Angst vor Jägern. Und Tomé täuscht sich, wenn er denkt, dass ich zu den Jägerinnen gehöre.

Diesmal parke ich nicht am Les Gabales, sondern umrunde den Berg. Ich finde die schmale Abfahrt zu dem Feldweg, der irgendwann eine Zufahrt zu den Baumhäusern werden soll. Ohne Rücksicht jage ich den Lada steil aufwärts über Stock und Stein, bis das Unterholz zu dicht wird und trockene Brombeerranken über den Autolack kratzen. Von hier aus geht es nur zu Fuß weiter. Die Dornen reißen an meinen Hosenbeinen, doch ich nehme das Stechen nur wie durch einen Nebel wahr. Rennend erreiche ich den Pfad, den Pierre und ich freigeräumt haben, und ertaste das glatte Metall des Trailerschlüssels in der Kuhle unter dem größten Granitbrocken. Die Baumhütten stehen verwaist im Waldstück, Hexenhäuser, dunkel vom feuchten Dunst des Waldes. Kälte kriecht mir bis auf die Haut. In der Wohnung hatte ich blindlings nach der ersten Jacke gegriffen, die ich auf dem Weg zur Tür zu fassen bekam. Es war die Übergangsjacke, die ich von zu Hause mitgebracht hatte.

Im Trailer ist es frostig, der Atem bauscht sich vor dem Gesicht. Auf dem Tisch steht ein Teller mit schon trockenem Briochegebäck, das seit Samstag auf mich wartet. *Fühl dich wie zu Hause*, hat Pierre vor zwei Tagen mit Kugelschreiber auf einer Papierserviette notiert. Und aus irgendeinem Grund bricht dieser Satz den Bann und ich fange haltlos an zu zittern. Mir war nicht klar, dass ich immer noch so weit an der äußeren Skala des Angstspektrums existiere, dort, wo die Welt kein sicherer Ort ist, weil es keine Verstecke gibt. Wo mein leiblicher Vater in jedem Auto sitzen konnte, das neben dem Gehweg plötzlich langsamer fuhr. Wo jedes Telefonklingeln meine Mutter und mich in Panik versetzte und keine geheime Adresse je geheim blieb, weil er Wege fand, uns überall aufzuspüren und uns aufzulauern. Doch es ist nicht nur mein zwölfjähriges Ich, das mir unter der Haut sitzt. Es ist auch die zwanzigjährige Studentin, die ich war, und die Fleur, die genau weiß, was Tomés Ermittlungen bereits ins Rollen gebracht haben. Ja, Familien sind aus feinen Netzen gewebt, die sich über Generationen erstrecken. Und Scham kann so tiefe Löcher reißen, dass wir alle nur noch an seidenen Fäden über dem Abgrund hängen.

*

Ich weiß nicht, wie lange ich mit angezogenen Beinen auf der Pritsche gekauert habe, die Finger in den Schlafsack gekrallt, den ich als Decke über meine Knie gezogen habe. Das schabende Geräusch eines Schlüssels im Schloss katapultiert mich aus einem Mahlstrom von wirren Erinnerungen und Bildern zurück ins Jetzt. Ich fahre erschrocken hoch – und sehe Pierre, der in den Trailer tritt.

»Fleur«, sagt er verwundert. »Hier bist du also. Meine Güte, warum sitzt du im Dunkeln?«

»Ich muss eingeschlafen sein«, bringe ich atemlos hervor. Es muss später Nachmittag sein. Im Trailer ist es bereits dämmrig. Pierre macht die Tür hinter sich zu und stellt seinen Rucksack auf den Stuhl. Auf seiner Arbeitsjacke sind frische Schlammspritzer, aber ich hatte das Motorrad gar nicht gehört. »Ich hatte mich schon gefragt, wo du abgeblieben bist«, sagt er. »Ich versuche dich schon den ganzen Nachmittag über zu erreichen. Aber du gehst nicht ans Handy.«

»Tut mir leid. Das habe ich wohl im Lada vergessen.«

»*Du* vergisst dein Handy?«, fragt er ungläubig. »Und wie bist du überhaupt hergekommen? Dein Auto steht nicht auf dem Hotelparkplatz.«

»Ich habe es hinter den Hecken am Bergweg abgestellt. Ich wollte nicht, dass jemand mich finden kann.«

Eigentlich hatte ich sagen wollen: dass mich jemand auf dem Weg hierher sieht.

»Wer soll dich nicht finden, Fleur?«

»Das ist eine längere Geschichte«, antworte ich heiser.

»Geht es etwa um diese Typen vom Paranormal-Channel?«, fragt Pierre. »Magali sagt, dass du heute im Les Gabales warst und ziemlich neben der Spur wirktest, als sie dir erzählte, dass die einen Film drehen wollen. Du hättest dir Sorgen gemacht, dass sie deinen Namen erfahren könnten.«

»Den werden sie früher oder später sowieso herauskriegen. Aber ich … musste einfach weg.«

Pierre mustert mich besorgt. Ich würde ihm gerne sagen, wie froh ich bin, dass er hier ist, aber ich kann nur krampfhaft schlucken.

»Zu dünne Jacke für die Jahreszeit«, bemerkt er schließlich. »Komm, nimm den Schlafsack mit. Wenn du untertauchen willst, gibt es hier bessere Verstecke.«

Draußen ist herbstlicher Nebel aufgestiegen. Die Luft ist schneidend kalt, sie riecht nach nassem Eisen und dem ersten Hauch von Winter. Den Schlafsack wie einen Umhang um die Schultern gezogen, folge ich Pierre zu der Lodge der drei Matronen. Heute steigt er dicht hinter mir die Wendelstufen hoch, ein sicherer Fallback, während meine Knie so weich sind, als wäre alle Stärke aus meinen Knochen gewichen. Sobald ich den dreieckigen Giebelraum betrete, fühle ich mich tatsächlich geschützter. Die Feuchtigkeit lockt die ätherischen Düfte nach Harz und Tannennadeln hervor. Pierre stellt seinen Rucksack ab und klettert wieder nach unten. Ich breite den Schlafsack als Unterlage auf das hölzerne Bettpodest und setze mich darauf. Kurz darauf beginnt draußen der Stromgenerator zu laufen. Wie von Zauberhand gehen im dämmrigen Raum Lämpchen an, eine Lichtleiste, die am Regal entlangführt, taucht die Gruppe der drei Frauenfiguren aus Ton in warmes Leuchten. *Irène, Margot und ich*, denke ich. *Drei Frauen, drei Zeiten, aber derselbe Fluch.*

Wenig später kehrt Pierre zurück und legt mir einen Hoodie hin und auch eine Wolldecke, die aus der Truhe im Trailer stammt. »Falls du trotz Heizung frierst«, sagt er und wendet sich dem Ofen zu. Ich beobachte ihn, während er routiniert die durchbrochene Holzverkleidung abnimmt und das Heizelement einstellt, das ebenfalls ans Stromaggregat angeschlossen ist. Die aufsteigende Wärme ist sofort zu spüren. »Besser?«, fragt Pierre über die Schulter.

»Ja, danke.« Das Lächeln, das ich mir abringen will, gelingt mir nicht. Pierre zieht seine Jacke aus und setzt sich zu mir. Erst jetzt fällt mir auf, wie verändert er wirkt. Er trägt ein edles schwarzes Hemd, ist frisch rasiert und duftet nach einem Aftershave mit einer Sandelholznote. Sein Haar hat er zu einer lässigen Frisur gebändigt. Als er meinen Blick bemerkt, zuckt er mit den Schultern. »Na ja, wir hatten ja ein Date geplant«, sagt er mit einem schiefen Lächeln.

»Tut mir so leid, Pierre, ich …«

»Kein Thema, Fleur. Also, was ist passiert, dass du dich verstecken musst?«

»Joseph Etienne d'Apcher ist passiert«, sage ich leise. »Im Forum ist eine anatomische Zeichnung aufgetaucht, die ein Arzt von Irènes Zweitgeborenem gezeichnet hat. Im achtzehnten Jahrhundert hat er medizinische Fallstudien gemacht zu Fehlbildungen und …«

»Erzählst du mir hier im Ernst, dass es wieder nur um diese alte Geschichte geht?«, unterbricht mich Pierre unwillig. »Herrgott, Fleur, und ich dachte schon, es wäre etwas Schlimmes geschehen!«

»Für mich ist es schlimm! Jetzt ergibt so vieles einen Sinn. Auch der Fluch der d'Apchers.«

Pierres Augen blitzen verärgert auf, er presst die Lippen zusammen, was die Linien um seine Mundwinkel noch betont. »Du weißt ja, was ich von dieser ganzen Fluchgeschichte halte«, sagt er dann. »Egal, was du in irgendwelchen Archiven ausgräbst, das hat doch nichts mehr mit dir und schon gar nichts mit heute zu tun …«

»Es ist mein Heute, Pierre!«, bricht es aus mir so heftig heraus, dass ich selbst erschrecke. »Nur, dass die Ärzte nicht mehr von *Aberrations humaines* sprechen. Sondern von Mutation und Vererbung.« Die Haut glüht unter meinen Fingerspitzen, als ich mir das Haar aus dem Gesicht hinter das Ohr streiche und Pierre die Seite mit der sichelförmigen Narbe zuwende. »Auch wenn du mich nie danach gefragt hast, hast du sicher überlegt, woher meine Narben stammen«, füge ich leise hinzu. »Bis ich vierzehn war, war die Haut hier noch von Haar bedeckt – genau wie bei Irènes Sohn. Im Gesicht reichte es vom Haaransatz bis zu den Brauen, und von den Schläfen über die äußeren Partien der Wangen zum Kinnbogen.« Ich schlucke und starre die Matronenfiguren an. Nur aus dem Augenwinkel erahne ich noch Pierres Gestalt. »Vielleicht kennst du ja die Bilder von Menschen, die eine bestimmte Form einer Hypertrichose haben«, fahre ich fort. »Ambras-Syndrom, im Internet auch gerne mal ›Werwolf-Syndrom‹ genannt. Es ist die bekannteste Form dieser Mutation. Und wenn in früheren Zeiten ein Hirtenjunge einen solchen Menschen am Waldrand gesehen hat, dann konnte er schon mal glauben, einen Werwolf vor sich zu haben. Einiges deutet darauf hin, dass Irènes Erstgeborener Lucien vielleicht gar nicht als Kind starb, sondern ungefähr achtzehn war, als ein Hirtenjunge angeblich die Bestie auf zwei Beinen am Waldrand stehen sah.«

»Dann macht es dir also Sorgen, dass dieser Lucien die Bestie gewesen sein könnte?«, höre ich Pierre sagen. »Aber selbst, wenn die beiden Grafensöhne und du dasselbe … Syndrom hatten, ist das allein doch kein Beweis für deine Abstammung. Ambras kommt doch sicher auf der ganzen Welt vor …«

»Nur, dass es nicht die Ambras-Variante ist, Pierre.« Ich wende Pierre den Rücken zu und ziehe die Jacke aus, das Rollkragenshirt und schließlich auch noch das Unterwäschetop. Mein Herzschlag dröhnt in meiner Brust und mein Nacken und mein Rücken pochen, als wäre meine Haut zu eng. *Willkommen zurück in der Manege, Fleur.* Trotzdem nehme ich auch noch die Haare hoch und gebe den Blick auf meinen Nacken frei. Und obwohl es nur Pierre ist, der mich betrachtet, spüre ich das Sengen von tausend fremden Blicken, höre die vernichtenden Worte und fühle alles wieder auf der eigenen Haut, als wäre keine Sekunde vergangen, seit ich zwanzig war.

Denn das ist das Tückische an Scham: Sie hat kein Verfallsdatum. Selbst die tiefste Trauer wandelt sich irgendwann, sinkt in uns ein und wird ein Teil von uns. Mit Trauer kann man verwachsen, so, wie Bäume ihre Verletzungen überwallen. Scham dagegen reißt die Rinde immer wieder von Neuem auf. Sie ist ein Dorn, der in der Seele eitert.

»Das hier ist das Falx-Syndrom«, sage ich. »Benannt nach dem lateinischen Wort für Sichel – es bezieht sich auf diese typische Form der Haarverteilung.«

Viel wird Pierre nach den wenigen Tagen ohne Tabletten auf meinem Rücken noch nicht sehen, aber dort, wo bald die ersten Härchen zu einem feinen Flaum wachsen werden, ist die Haut gereizt und gerötet und zeichnet bereits deutlich die Muster vor: ein schmaler Streifen vom Haaransatz über den Nacken bis zur Mitte der Wirbelsäule – und von den Schultern ausgehend in symmetrischen zarten Bögen die Hinterseite der Oberarme entlang. Meine Mutter erzählte mir als Kind, ich sei mit einem Engelsflaum geboren worden – als Erinnerung daran, dass dort einmal Flügel gewesen waren, als ich noch im Himmel war wie alle Babys vor ihrer Geburt. Aber dieses Märchen hat leider keinen wahren Kern.

»Es ist eine erbliche Mutation, die noch seltener ist als Ambras und erst vor ein paar Jahren als eigenes Syndrom erkannt und eingestuft wurde«, fahre ich mit belegter Stimme fort. »Und es ist keine gewöhnliche Hypertrichose, die Mutation ist komplexer und wirkt sich auf alles Mögliche aus. Normalerweise habe ich ein Medikament, das das Haarwachstum stoppt, aber seit ich in Frankreich bin, habe ich es nicht mehr genommen.«

Hinter mir höre ich nur Pierres Atmen. Und ich bin ihm dankbar, dass er nichts sagt und auch keine Fragen stellt. Ich ziehe das Top wieder an, aber ich wende mich nicht um. Es ist einfacher, zu den Matronen zu sprechen, als Pierre in die Augen zu schauen. »Das ist mein genetischer Blitzschlag«, füge ich leise hinzu. »Er wächst sich nicht aus wie der Hitzeschaden bei einer Eiche, es vererbt sich nämlich sowohl väterlicher- als auch mütterlicherseits und mit so hoher Wahrscheinlichkeit, dass ein Kind ohne Falx so etwas wie ein Lottogewinn wäre. Das meinte meine Großmutter, als sie vom Fluch der d'Apchers sprach. Ich dachte immer, nur mein Vater und ich seien davon betroffen. Aber offenbar trat es gar nicht als Neumutation bei meinem Vater auf, sondern ist schon länger in der Familie.«

Erst jetzt, als ich es laut ausspreche, wird es real. Margot war wie ich – beziehungsweise ich war wie sie. Und meine Familie ist nicht länger ein Buch, das in einer fremden Sprache geschrieben ist. Man muss nur den genetischen Code lesen und hat eine Chronik, beginnend bei Irène, die ein Kind bekam, das in ihren Augen einem Tier glich, einer Strafe Gottes für die Sünden der Menschen. Und da sie eine Heilige war, suchte sie die Schuld bei ihrem Mann Roux *le païen*, der lieber jagte als zu beten und der die heidnischen keltischen Götter nicht von seinem Land vertreiben wollte, so sehr ihn ihre bischöflichen Verwandten auch zu maßregeln versuchten. Auch das zweite Kind brach diesen genetischen Fluch nicht. Das Gemälde von Roux und Irène mit der von Spitzenstoff verhüllten Wiege ihres Zweitgeborenen enthüllt die ganze Tragik ihres Lebens.

Bete das Ave Maria, Kind der Sünde, hallen Margots Worte in mir wider. *Bitte die Heilige Jungfrau, dass sie deinem Vater vergibt und auch deinen von Gott verfluchten Vorfahren verzeiht.* Ihre religiöse Verbissenheit wirkt wie ein Widerhall von Irènes Scham über ihr Kind, dessen Makel von ihrer Familie in Nantes als Schande und

Gottesstrafe ausgelegt wurde. Doch es half nichts, die Schwarze Madonna auf Knien darum anzuflehen, den Fluch von ihrem Sohn Lucien zu nehmen. Beten ist den Genen leider herzlich egal.

»Warum ist es so selten, wenn es sich mit so hoher Wahrscheinlichkeit vererbt?«, höre ich Pierre fragen.

»Weil es wenig wahrscheinlich ist, mit dieser Störung Kinder zu zeugen. Wie ich schon sagte, es ist ein komplexes Syndrom, bei dem verschiedene Gene zusammenspielen. Jedenfalls ist dadurch die Wahrscheinlichkeit, Kinder zu bekommen, bei Betroffenen deutlich niedriger im Vergleich zur normalen Empfängnisrate.«

»Aber zwischen den d'Apchers und dir liegen immerhin .... acht oder neun Generationen? Und die Gräfin hatte doch sogar zwei Söhne bekommen.«

Genau wie Margot, denke ich. Und beide Frauen haben viele Jahre auf ein zweites Kind gewartet.

»In jeder Generation muss ja nur ein Kind zur Welt gekommen sein, das die Genmutation weiterträgt«, murmle ich. »Und dass es wenig wahrscheinlich ist, sogar ein zweites Kind zu bekommen, heißt ja nicht, dass es keine statistischen Glücksfälle geben kann.«

Zumindest für Margot war der makellose Lucien ein Glücksfall und ein Beweis, dass ihre Gebete erhört wurden. Es ist seltsam, die harte verbitterte Frau mit neuen Augen zu betrachten. Zum ersten Mal spüre ich Mitgefühl für ihre Verzweiflung und die Scham, die sie sicher gequält hat. Wie viel hat es sie gekostet, ihr Geheimnis zu verstecken – vermutlich sogar vor ihrem Mann und ihrem Sohn. Schloss sie sich wie die Wasserfrau Melusine ins Bad ein, entfernte heimlich ihren Makel und verbarg ihre entzündete Haut unter hochgeschlossenen Kleidern und ihrer Maske von heller Schminke und Puder? Ich verstehe den trotzigen Triumph, mit dem sie Lucien auf seinem Kommunionsfoto der Welt präsentierte. Und sogar ihren Hass, als sie mir das Haar abschnitt. *Struppiges Ungeheuer*, höre ich sie voller Verachtung flüstern.

Ja, Menschen zerschlagen gerne Spiegel, weil sie ihr eigenes Abbild darin nicht ertragen können. Maurice und ich waren Margots

Spiegel. Lucien, ohne Falx geboren, war ihre Erlösung. Doch meine Geburt brachte den Fluch zurück.

Ich zucke zusammen, als sich etwas Weiches auf meine Schultern legt. Pierre hat mir die mitgebrachte Decke umgelegt. »Du zitterst«, sagt er sanft. Seine Hände bleiben leicht auf meinen Schultern liegen, reiben vorsichtig über die Arme, als wollte er die Haut warmreiben. Vorsichtig lasse ich mich zurücksinken, bis mein Rücken an seiner Brust lehnt und mein Kopf an seiner Schulter. Und Pierre schließt die Arme um mich und zieht mich so nah an sich heran, dass ich in seiner Umarmung und seiner Wärme versinke. Im Schweigen, das wir teilen, kann ich die Augen schließen.

»Ich hatte vermutet, die Narben stammen von einer Verbrennung«, höre ich Pierre sagen.

»Es war eine Laserbehandlung«, antworte ich. »Ich wollte nicht mehr in der Schule als Affenmädchen verspottet werden und die Zielscheibe sein. Ich wollte einfach nur unsichtbar sein und in der Menge verschwinden.« *Und vor allem nichts mehr mit meinem Vater gemeinsam haben.* Bei ihm fiel das Falx weniger auf. Auf dem Hochzeitsfoto aus Paris gibt ihm sein Haar, das er in die Stirn kämmte, um den Flaum zu verbergen, etwas Verwegenes, genau wie sein Bart. Aber für mich als Mädchen war es ein Brandzeichen, ein Siegel, das mich überall sichtbar und zu einem Teil von ihm machte.

»Für Hormontherapie war ich mit vierzehn Jahren viel zu jung«, fahre ich fort. »Die Haare auf übliche Weise zu entfernen, brachte mir jedes Mal eine allergische Entzündung ein, denn bei Falx reagiert die Haut viel empfindlicher. Mein Vater trug einen Bart, um sich nicht rasieren zu müssen. Meine Mutter war strikt dagegen, aber als es für mich so schlimm wurde, dass ich das Zimmer nicht mehr verlassen wollte, willigte sie trotz meines Alters schließlich doch in eine Haarentfernung ein. Als Test wurde erst am Oberarm ein kleiner Streifen gelasert. Es heilte so gut ab, dass die Behandlung im Gesicht begonnen wurde – das, was mich äußerlich am meisten zur Außenseiterin machte. Doch dummerweise hat sich die Wundfläche auf der Stirn und der linken Wange entzündet, vielleicht habe ich unbewusst daran herumgekratzt, ich weiß es nicht mehr. Jedenfalls sprang die Infektion auf die tieferen Hautschichten und die Nerven über. Und dann war ich wochenlang im Krankenhaus und alles, was sie tun konnten, war, mich mit Schmerzmittel und Antibiotika vollzupumpen und zu retten, was zu retten war.« Ich muss mich räuspern, so trocken ist meine Kehle. »Vielleicht mochte ich ja deshalb die Märchen. Dort war niemand für immer verhext. Die weiße Katze legte einfach ihr Fell ab und verwandelte sich zurück in die Prinzessin. Ich hoffte, ich könnte wie sie sein.«

»Du weißt ja, Prinzessinnen werden überschätzt«, antwortet Pierre. Das entlockt mir ein Lächeln. Ich entspanne mich in seinen Armen. Dennoch kostet es mich Mut, den Kopf zu wenden und ihn anzusehen. »Tut mir leid, Pierre. Dabei sollte das ja eigentlich ein Date werden und kein *Oversharing-Event* meiner Vergangenheit.« Ich will mich aufrichten, aber Pierre hält mich sanft, aber bestimmt zurück. Wärme durchströmt mich, als er mir das Haar aus der Stirn streicht. Den Kuss auf meiner Stirn spüre ich nicht, doch ich erahne die Berührung an dem Atem, der meine Augenlider streift, und an meinem Herzen, das stolpert und schneller schlägt. Worte sind nicht alles, das hatte Pierre mir bei unserem letzten Gespräch gesagt. Und er hat recht. Manchmal sind es die Gesten, die viel mehr ausdrücken.

»Du wolltest doch wissen, was du finden würdest, wenn du den Namen Pierre Cohen im Internet eingibst«, sagt er nach einer Weile. »Du würdest auf meinen jüngeren Bruder Alain und unsere Firma stoßen, die wir ein paar Jahre lang gemeinsam aufgebaut hatten. Aber vor allem würdest du Fotos von Alice Cohen finden. Von unseren Reisen durch Spanien mit dem Motorrad. Wir waren oft auf Tour, in Schottland und England und Skandinavien ... Es gibt sogar ein offizielles Verlobungsfoto unter dem Nordlicht auf den Lofoten vor drei Jahren. Und auf den neuesten Bildern siehst du Alice mit Maja im Arm. Die Kleine ist jetzt drei Wochen alt. Ihr Bruder – Laurent – ist eineinhalb. Er sieht wirklich genauso aus wie ich.«

Mit vielem hätte ich gerechnet, aber das trifft mich nun völlig aus dem Off. Und diesmal hält Pierre mich nicht zurück, als ich mich seiner Umarmung entziehe. »Wolltest du deshalb nicht, dass ich im Internet nach dir suche? Weil du in Paris Frau und Kinder hast?«

»Fleur ...«

»Warum hast du nichts gesagt, Pierre? Du redest von Eiben und Tannen und lässt mich mein ganzes Leben vor dir ausbreiten, ohne Alice wenigstens in einem Nebensatz zu erwähnen? Und was war das dann die ganze Zeit mit uns, wenn du in Wirklichkeit verheiratet bist und sogar eine neugeborene Tochter hast?«

Ich kann nicht fassen, dass ein schnelles Ricdin-Ricdon-Lächeln in seinen Mundwinkeln aufzuckt. »Abgesehen davon, dass du mich sofort als untreuen Ehemann abstempelst, gäbe es auch noch die Möglichkeit, dass wir geschieden sind«, bemerkt er dann. »Aber die Wahrheit ist: Alice ist nicht meine Frau. Wir waren zwar fünf Jahre zusammen, wir haben uns verlobt, aber geheiratet haben wir nie. Und Laurent und Maja sind nicht meine Kinder.«

»Aber du sagtest doch ...«

»... dass Laurent mein Ebenbild ist? Ja, und wie du wohl am besten weißt, kann Vererbung eine komische Sache sein.«

Ich sollte nicht so erleichtert sein. Aber für einen Moment habe ich Pierre tatsächlich zugetraut, eine Familie zu verschweigen. *Du bist eine tindergeschädigte Zynikerin, Fleur,* schelte ich mich. Doch Pierre scheint nicht gekränkt zu sein.

»Mein Bruder ist in jeder Hinsicht das genaue Gegenteil von mir«, fährt er ruhig fort. »Aber die Familienähnlichkeit schlägt bei seinem Sohn in meine Richtung aus. Und glaub nicht, dass Alain mit dieser Ähnlichkeit gut klarkommt.«

Ich schlucke. »Und du?«

Die Frage trifft wohl mitten in einen wunden Punkt. Pierre lächelt bitter. »So gut, wie man eben damit klarkommt, die Freundin und den Bruder am selben Tag zu verlieren, weil sie dir eröffnen, dass sie schon seit einem Jahr miteinander schlafen und sie im vierten Monat schwanger ist. Und bis zum Vaterschaftstest war nicht mal klar, ob Laurent mein Kind oder das meines Bruder ist.«

Ich brauche eine Weile, um dieses Puzzle wirklich zusammenzusetzen. »Aber dann … hat Alice dich mit deinem eigenen Bruder betrogen!«, hauche ich. »Während sie noch mit dir schlief.«

Über Pierres Miene huscht ein Schatten. »Ja«, sagt er leise. »Aber ich habe mich auch selbst betrogen. Ich wollte lange nicht sehen, dass sich zwischen den beiden etwas anbahnt, aber ich hätte es wissen können. Und es war nicht der beste Weg für uns alle, wie es gelaufen ist. Aber heute sehe ich, dass unsere Beziehung längst auf der Kippe stand. Alice wollte unbedingt Kinder haben. Schon auf unseren Touren hat sie immer wieder davon gesprochen. Doch mir war es zu früh. Und als dann unser Vater starb und Alain und ich die Firma übernahmen, da war der Zeitpunkt auch nicht richtig. Gott, was haben Alice und ich uns über dieses Thema gestritten! Ich bin nicht stolz darauf, aber ich wollte sie einfach nicht verstehen. Und irgendwann hörte mein Bruder ihr wohl besser zu als ich – und er wäre nicht Alain, wenn er seine Chance nicht ergriffen hätte.«

»Aber dann hätte es andere Wege gegeben, als dich zu hintergehen. Zum Beispiel eine faire Trennung.«

Pierre zuckt mit den Schultern. »Ja, sicher. Aber das sagt sich so leicht im Nachhinein. Und die Wahrheit ist, ich habe es auch verhauen. Ich war nicht immer fair und habe es ihr Weißgott nicht leicht gemacht. Und ihr Traum war es nun mal, eine Familie zu haben. Sie hat es mir tausendmal gesagt, ich habe es tausendmal überhört. Alain war bereit dazu. Und mein Bruder hat mir oft gesagt, dass ich ein Idiot sei, weil ich Alice hinhielt und sie nicht zu schätzen wusste. Und zumindest mit dem Hinhalten hatte er recht.« Er leckt sich über die Lippen und starrt aus dem Fenster zu den fernen Bergen. »Das habe ich damals auf die harte Tour gelernt: dass es nie nur eine Wahrheit gibt, vor allem nicht in der Liebe. Und dass es in einer Beziehung nicht darum geht, seine Wahrheit durchzusetzen.«

So kann man es auch betrachten, denke ich. Ich frage mich, wo er seinen Groll und seine Trauer über den Verrat vergräbt, vielleicht zwischen den Wurzeln der Eiben.

»Und deshalb bist du aus Paris weggegangen?«

Pierre nickt. »Die Stadt ist kleiner, als man denkt. Alain und ich haben zwar die Firma verkauft und ich habe die Zelte abgebrochen. Aber ganz weg kommt man nie. Die ganze Verwandtschaft drängt darauf, dass Alain und ich Frieden schließen, den Kindern zuliebe. Und weil wir doch Brüder seien, trotz allem. Aber ich komme einfach nicht damit klar, so zu tun, als wäre nichts gewesen und meine Rolle als Schwager und Onkel zu spielen. Es macht mir zu schaffen, Alice mit den Kindern zu sehen.«

»Weil du sie noch liebst?« Ich weiß nicht, warum diese Frage so wichtig ist, aber sie ist es. Pierre scheint zu spüren, wie angespannt ich bin. Er schaut mich sehr konzentriert an, aus schmalen Augen.

»Ganz ehrlich, Chardon?«, sagt er dann ernst. »Ich wünschte, ich könnte sie noch lieben. Aber das mit Alice war vorbei, als sie mir die Wahrheit über ihre Schwangerschaft beichtete. Ich hielt mich damals für einen großzügigen Menschen, der viel verzeihen kann. Aber manchmal passieren Dinge, die einfach alles verändern – auch uns selbst. Dann sind wir nie wieder dieselben wie vorher. Diese Zeit, in der wir alle drei noch nicht wussten, wer von uns Brüdern der Vater des Kindes ist, hat für mich alles verändert. Einfach alles. So einen Verrat konnte ich nicht einfach verzeihen. Und es gelingt mir bis heute nicht.«

Ich schlucke. Plötzlich ist mir kalt, als wäre die Wahrheit ein kühler Hauch. »Flüchtest du deshalb in die Gegenwart?«, frage ich leise.

»Tue ich das?« Pierre lächelt und schaut aus dem Fenster zu den Bergen. »Ja, vielleicht hast du recht. Ich glaube seitdem nicht mehr an gemeinsame Geschichten, an Versprechen und Worte. Und wie du dir vorstellen kannst, halte ich seitdem nichts mehr von Geheimnissen. Ich verlasse mich lieber auf das, was greifbar und wirklich ist.«

Er wendet sich mir wieder zu. Das Licht der Girlande entzündet den Bernsteinglanz in seinen Augen, der Duft von Sandelholz vermischt sich mit der Ahnung von Harz und Nebel. Es ist Pierres Zauber, dass alles weit weg scheint, als hätte die Gegenwart einfach den Atem angehalten. Und alles in mir will wieder in seine Arme fließen und meine eigenen Narben vergessen. Aber Pierres Worte hallen noch wie ein Echo in mir. *Manchmal passieren Dinge, die einfach alles verändern – auch uns selbst. Dann sind wir nie wieder dieselben wie vorher.* »Jede Antwort im Leben hat ihren Preis«, sagt Pierre. »Und man muss wissen, ob man bereit ist, ihn zu zahlen. Also: Spielt es für dich wirklich eine so große Rolle, ob dieser Lucien damals noch am Leben und vielleicht sogar die Bestie war?«

»Darum … geht es nicht. Zumindest nicht nur«, flüstere ich.

»Dann fürchtest du also nur, dass die Filmleute deinen Namen herauskriegen könnten, weil dann die Geschichte mit deinem Falx-Syndrom in Ouliers Verein landen könnte?«

Nur?, denke ich. Ich weiche seinem Blick aus und starre auf meine Hände in meinem Schoß. Ganz von selbst habe ich sie zu Fäusten geballt. »Sie wird dort landen«, antworte ich zögernd. »Wenn sich wirklich herausstellt, dass Lucien nicht als Kind gestorben ist, sondern zur Zeit der Bestie lebte und als Täter infrage kommen könnte, dann läuft die Maschinerie erst richtig an.«

»Aber wer sagt, dass Oulier und die anderen auf diesem Weg die Verbindung zu dir herstellen können? Du hast ein paar Narben, na und? Solange du niemandem erzählst, was es damit auf sich hat, musst du dir doch keine Sorgen machen.«

»Danke, dass du mich beruhigen willst, Pierre«, bringe ich mit belegter Stimme heraus. »Aber glaube mir, wenn ich dir sage, so funktioniert das Internet leider nicht.«

»Okay. Aber selbst, wenn die Verbindung rauskommt, was wäre heute so schlimm daran? Ich will es einfach nur verstehen, Fleur. Du bist nicht mehr das Schulkind, das gemobbt wurde, weil es anders aussah. Also wovor hast du solche Angst?«

Vor tausend Augen, Pierre. Denn Algorithmen sind Grabräuber. Egal, wie tief wir unsere Vergangenheit beerdigen, sie graben sie wieder aus. Der Sisyphus unserer Zeit rollt keinen Felsen auf den Berg, von wo aus der Stein immer wieder herabrollt. Er hat eine Schaufel in der Hand, mit der er vergeblich versucht, die Gräber zu schließen und das Recht auf Fehler und Vergessen zu verteidigen.

»Ich will einfach nicht an die Öffentlichkeit gezerrt werden«, sage ich und stehe auf. Doch als ich zu meiner Jacke greifen will, kommt Pierre mir zuvor und reicht mir seine Arbeitsjacke. »Es ist richtig kalt geworden. Zieh meine Jacke an, ich begleite dich zum Auto. Oder … möchtest du hier übernachten?«

»Im Wald bei den Wölfen?«

Er lacht. »Stimmt, die hatte ich vergessen. Aber vielleicht wäre es ein Angebot, im Hotel zu schlafen? Ich fahre dich mit dem Motorrad runter, dann lässt du das Auto einfach hinter den Hecken stehen, so weiß niemand, wo du bist. Mein Zimmer ist zwar nicht aufgeräumt, aber auf jeden Fall hättest du dort wirklich Ruhe. Magali ist unterwegs, sie wird dich also gar nicht sehen. Und morgen früh komme ich runter und wir holen den Morgenkaffee nach. Wie hört sich das an?«

Besser als alles, was ich in den letzten Tagen gehört habe. Ich schlucke. »Und du?«

Pierre schenkt mir ein Spielerlächeln und holt seinen Schlüsselbund hervor. »Ich bleibe hier, bei Allerleirauh und den Wölfen«, gibt er zurück. »Es wird höchste Zeit, die Lodge zu testen. Touristen werden schließlich viel Geld dafür zahlen.«

Asche

Der Hof wirkt verlassen. Die Pferde haben sich nach Anbruch der Nacht in den offenen Stall zurückgezogen und im Haus ist kein einziges Fenster erleuchtet, die neuen Gäste scheinen noch unterwegs zu sein – oder sie gehen sehr früh schlafen. Nur zögernd löse ich mich von Pierre. Er macht den Motor aus und steigt ebenfalls ab. Obwohl ich Pierres Arbeitsjacke trage, bin ich durchgefroren von der Fahrt. Wir haben die Helme nicht aus dem Trailer geholt. Pierre hat sich nur seinen Hoodie übergezogen und als er die Kapuze nun zurückschiebt, ist sein Haar wieder wirr und ungebändigt, wie ich es von ihm kenne. Im schwachen Licht, das den Bewegungsmelder im Hof angehen lässt, liegt sein Gesicht halb im Schatten. Es ist, als würde ich seine zwei Seiten vor mir sehen: Pierre, aber auch Ricdin-Ricdon, dessen Züge ich in der Dunkelheit nur erahne. Er hakt seinen Hausschlüssel vom Schlüsselbund los und reicht ihn mir.

»Danke für den Unterschlupf«, sage ich. »Und … auch für das Date.«

»War das eines für dich?« Im Halbschatten flackert sein Spielerlächeln auf. »Nur zum Vergleich, *Chardon* …«

Mein Herz macht einen Satz, als er zu mir tritt und mich sanft, aber bestimmt an sich zieht. Sein Kuss ist zärtlich und sanft, er hat nichts von Tomés besitzergreifender Art, doch er nimmt mir auf andere Art den Atem. Ich zucke nicht zurück, als Pierres Hand an meinem Rücken hoch zu meinem Nacken streicht. Es überwältigt mich, wie mühelos er mit der Berührung seiner Fingerspitzen das Feuer in mir hervorlockt. Einen Herzschlag lang ist es, als könnte ich einfach durch den Spiegel treten. Doch schlagartig kehrt die Angst zurück. Ich wage kaum zu atmen, als Pierres Lippen sich von meinen lösen. »Siehst du?«, raunt er mir zu. »*Das* ist ein richtiges Date.«

Es ist eindeutig Ricdins Lächeln, das er mir schenkt. Und bevor ich reagieren kann, lässt er mich los und steigt wieder aufs Motorrad. »Falls du etwas brauchst, ruf mich mit meinem Smartphone an«, sagt er. »Es liegt im Zimmer. Die Nokia-Nummer ist dort unter *Gabales* abgespeichert. Bis morgen!«

Er wartet keine Antwort ab, sondern fährt einfach los, und ich bleibe zurück, aufgewühlt von Furcht und Sehnsucht, mit der Glut von Pierres Kuss auf den Lippen und Tränen in der Kehle.

*

Pierres Quartier liegt direkt über den Lagerräumen im hintersten Teil des Hauses. Auf Anhieb finde ich die schmale Stiege hinter den Spinden, die er mir beschrieben hat. Sie führt zu einem Zimmer direkt unter dem Dachgiebel. Doch es bietet keine Zuflucht, es ist vielmehr, als hätte ich ein Labyrinth betreten, in dem jeder Weg mich zu Pierre zurückbringt. Die Ahnung seines Aftershaves hängt noch im Raum – genau wie seine Träume noch im Zimmer zu schweben scheinen. Er hat nicht übertrieben, als er sagte, er hätte nicht aufgeräumt. Das Bett ist zerwühlt, als hätte er es gerade erst verlassen. Über der Bettkante hängen achtlos hingeworfene Kleidungsstücke, darunter der braune Pullover, den er gern zum Arbeiten trägt. Aber ich entdecke auch Facetten, die mir neu sind. Ein iPhone neuester Generation auf dem Schreibtisch. Kugelschreiber mit dem Werbeaufdruck der Firma Cohen. Elegante Stadtschuhe aus schwarzem Leder neben Motorradstiefeln. Ein Jackett, das am Schrank aufgehängt ist. Artefakte seiner Pariser Identität, Postkarten und Fotos an einer Pinnwand über dem Bett und Erinnerungsstücke, deren Bedeutung nur Pierre selbst kennt. Wohin ich mich auch wende, er ist so präsent, als wäre er hier. Ich dagegen bin ein Gespenst, das sich auf Zehenspitzen durch sein Leben bewegt, unsichtbar – und unfähig, ihn auf seiner Seite des Daseins zu berühren.

Auf dem Schreibtisch surrt das Smartphone. Es ist eine Nachricht von Pierre aka Gabales. Erst jetzt fällt mir ein, dass ich ja seinen Code bräuchte, um das Handy zu entsperren, aber verwundert stelle ich fest, wie ernst es Pierre damit ist, Geheimnisse aus seinem Leben zu verbannen: Sein Smartphone ist nicht mit einem Code gesichert, alle Daten liegen offen.

Wenn du Hunger hast, hol dir etwas aus der Hotelküche, lese ich. *Ersatzzahnbürste findest du in der obersten Schublade im Bad. Handtücher und T-Shirts sind im Schrank. Was du sonst brauchst, nimmst du dir einfach. Und surfe nicht die ganze Nacht im Netz herum. Das Leben ist anderswo.*

Meine Kehle wird eng und gleichzeitig bringen seine Worte mich zum Lächeln. Laut der Zahl auf dem Display hat Pierre siebzehn Anrufe verpasst. Ich könnte mit einem *Tap* erfahren, wer ihn so dringend erreichen will – und ich hätte auch Zugriff auf alle Kontakte, Apps, Nachrichten und Fotos. Es ist eine verkehrte Welt: Pierre öffnet mir die Tür zu seinem analogen Leben, und auch zu seinem digitalen Ich. Alles, was ich vor jedem ersten Tinder-Date und jedem Kuss heimlich recherchieren würde, läge offen vor mir. Aber ich rufe nur das Internet auf. Obwohl Pierre mir erzählt hat, was ich finden würde, ist es eine ganz andere Sache, seine Ex wirklich zu sehen. *Alice on Tour* heißt ihr Blog. In der Beschreibung präsentiert sie sich als Fotografin. Meerüberspült liegt sie an einem Strand und lacht dem Betrachter entgegen. Es gibt mir einen Stich, Alice hinter Pierre auf dem Motorrad zu sehen, sie sind ein typisches Großstadtpaar auf Reisen, gekleidet in glänzendes Motorradleder. Im Hintergrund erstrecken sich atemberaubende Landschaften, die die ganze Palette der Instagram-Farbfilter ausschöpfen. Doch diese älteren Fotos poppen nur als Throwback-Verknüpfung auf, der letzte Eintrag ist drei Jahre alt. *Alice au pays des merveilles* ist der Name ihrer aktuellen Homepage und aller ihrer Kanäle von Youtube, TikTok bis hin zu Insta, Twitch und anderen Plattformen.

Alice im Wunderland. Untertitel: Meine Reise ins Familienglück. Es ist eine Mischung aus Mama-Blog und ästhetischer *Cottagecore*-Fotografie und hat über zehntausend Follower. Ich würde Alice gern unterstellen, dass sie skrupellos ist, aber auch wenn sie ihre Kinder nicht aus ihrem Influencer-Business ausspart, achtet sie zumindest darauf, sie nicht direkt vor die Kamera zu halten. Auf dem Insta-Account, den ich nun durchscrolle, finden sich keine Porträts, keine Badewannenvideos oder Fotos von verschmierten Mündern und tränenreichen Wutanfällen. Wenn überhaupt etwas von den Kindern zu sehen ist, sind es Details – kleine Hände, die eine Margerite halten, ein Babyfuß auf rosa Leinen, eine Kindersonnenbrille im Sand, Weichzeichner-Kunst eines Bilderbuchlebens in Pastellfarben und beigen Stimmungen. *White woman's Instagram,* wie es der Sänger Bo Burnham in seinem Song umreißt. Das Foto mit Alice und ihrem Neugeborenen ist in dieser Serie eine Ausnahme und strotzt vor Likes und Glückwünschen. Vom Baby sieht man nur ein winziges Fäustchen, das aus einer weißen Wolldecke hervorragt, von Laurent erkennt man lediglich eine widerborstige, fast krause Locke vom selben Braun wie Pierres Haar. Der Kopf des Kindes ist ansonsten von einem Smiley-Herz verdeckt, doch Pierre kennt natürlich das wahre Foto. Alice und ihr Mann inszenieren sich dagegen in voller Größe als Traumpaar. Und auch wenn Alain dunkleres und glattes Haar hat und ein ganz anderer Typ als Pierre ist, erkenne ich doch die Ähnlichkeit zwischen den Brüdern. Ich verstehe, warum Pierre nicht wollte, dass ich im Internet nach ihm suche, bevor wir einander ein wenig kennenlernen konnten. Jedes Paar erschafft sein Narrativ. Und jedes Märchen braucht eine Prüfung, einen Widersacher und einen Sieg. Ohne es zu wollen, ist Pierre Teil dieser Geschichte, dafür sorgen die automatischen Verknüpfungen zu Alice' Fotos. Doch Follower bekommt man nicht mit Fotos allein. *Link in Bio,* steht unter Alice' Insta-Posts. Ich lande auf dem Blog ihrer Homepage. Und auch wenn sie Pierre niemals namentlich erwähnt, zählen die Algorithmen für die User eins und eins zusammen. Ich überfliege nur wenige Einträge. In Alice'

Version ihres Lebens war sie in »einer unglücklichen Beziehung gefangen«. Sie schreibt von Streit und durchweinten Nächten, von ihrer inneren Leere hinter der schönen Fassade, die nur auf Fotos existierte. Von ihrer großen Liebe, die sie traf. In ihrem Märchen fand kein Betrug statt, die neue Liebe zu wagen war ein zwingend logischer Befreiungsschlag. Es gibt keine Zeit zwischen zwei Männern, keinen Vaterschaftstest, keine Beziehung zweier Brüder, die in Trümmer gefallen ist. Und so gut ich auch darin bin, den wahren Kern von Märchen zu ergründen, bin ich froh, Pierre nicht wie meine anderen Dates vorab gescannt zu haben. Wir wären einander nie so nahegekommen. Und mit dem Blick zurück erscheinen mir meine Dates mit Simon und anderen Männern ohne Leben, die Küsse und Nächte, in denen ich mich nie ganz zeige, blass und blutleer, Rauch statt Feuer. Und noch bin ich unsichtbar und in Sicherheit. Aber lange wird es nicht dauern und das Falx-Syndrom wird sich mit der Bestiengeschichte verknüpfen. Und diese Verknüpfung wird auch das aus dem Deepweb holen, was ich seit Jahren immer wieder beerdige. Mein Finger schwebt über dem Handy. Seit Jahren habe ich den Namen nicht mehr eingetippt. Es ist seltsam, nun sein Gesicht zu sehen. Damals erschien es mir männlich und sehr erwachsen. Aus heutiger Sicht ist es das jungenhaft glatte Gesicht eines Studenten Mitte zwanzig. Ich werde älter, er nicht. Und dennoch sind wir für immer verbunden.

Ich lösche den Suchverlauf, lege das Smartphone weg und mache das Licht aus, als könnte die Dunkelheit mich länger verbergen. Nur in Unterwäsche krieche ich in Pierres Bett.

In der Hochzeitsnacht des »Wolfsmannes« Petrus Gonsalvus und der Hofdame Catherine drängte sich der Hofstaat vor dem Schlüsselloch, Ohren pressten sich an Wände und Türen, begierig darauf, zu verfolgen, ob der »Tiermann« über seine Braut herfallen würde. Katharina von Medici wollte herausfinden, ob man mit Petrus »Wilde züchten« könne. Doch ihr Hofstaat hoffte, ein blutiges Schauspiel zu sehen. Ich habe mir immer vorgestellt, wie Petrus im Inneren des Gemachs auf Zehenspitzen ging. Wie er lautlos seinen

Mantel nahm und ihn seiner weinenden Braut, die um ihr Leben fürchtete, um die Schultern legte. Er rührte Catherine nicht an, sondern gab ihr mit der Geste seines Mantels zu verstehen, dass sie unter seinem Schutz stand und ihr kein Leid geschehen würde. In dieser Nacht unterhielten sie sich flüsternd. Und im Laufe von Tagen und Wochen öffnete ihm Catherine ihr Herz und ihre Tür und liebte Petrus bis ans Ende ihrer Tage.

Aber die digitale Welt ist ein löchriger Mantel und Daten und Fakten kein Schutz vor Verrat und Scham. Das Kissen riecht nach Pierres Haut und weckt den Hunger nach seiner Berührung, seinem Kuss. Ich vergrabe die Nase in Pierres Duft und wünschte, ich könnte endlich weinen. Unter der Decke umarme ich mich selbst, bis meine Fingerspitzen über die empfindliche Haut am Oberarm streichen, hinauf zum Nacken, wo der Flaum am deutlichsten spürbar ist.

*

Das laute Klopfen schreckt mich auf. Es ist tiefe Nacht, aber auf dem Flur draußen hat jemand das Licht angemacht. Drei fadendünne helle Streifen umreißen die Tür, als hätte ein dünnes Lichtschwert sie aus der Nacht geschnitten. Das zweites Klopfen lässt mich hochfahren. »Pierre?«, frage ich.

»Nein, Magali«, kommt es energisch von der anderen Seite der Tür zurück. »Mach auf!«

Das Erste, was ich im Dunkel zu fassen bekomme, ist Pierres Jacke, die ich aufs Bett gelegt hatte. Hektisch kämme ich die Haare über die Narben, tappe zur Tür und öffne sie nur einen kleinen Spalt. Doch Napoléon macht mir einen Strich durch die Rechnung. Er wirft sich mit ganzem Gewicht nach vorne, drückt die Tür auf und springt an mir hoch. Magali greift neben den Türstock und schaltet das Licht im Zimmer an. Prima, von einer Sekunde auf die andere bin ich so gut wie blind. »Schläft es sich gut in meinem Hotel?«, fragt sie nicht besonders freundlich.

»Pierre hat mir den Schlüssel gegeben«, antworte ich.

»Glaubst du, das weiß ich nicht?«, kommt es trocken zurück. »Er hat mir Bescheid gesagt, dass du heute hier bist. Es würde ja noch fehlen, dass du heimlich hier einbrichst. Wobei: Du hängst ja schon jeden Tag hier herum, verdrehst meinem Geschäftspartner den Kopf und jetzt schläfst du in seinem Bett und trägst seine Jacke. Was kommt als Nächstes? Ziehst du hier ein?«

Napoléon leckt mir noch einmal über die Hand, dann läuft er schnurstracks zu Pierres Bett und springt hinein.

»Ich … bin nur heute Nacht hier«, erkläre ich.

»Während Pierre oben in der Kälte übernachtet?« Verärgert schüttelt sie den Kopf. »Weißt du, ich schaue mir das mit euch ja schon eine Weile an. Und er ist ein guter Kerl, er mag dich wirklich, aber was zum Teufel willst du eigentlich von ihm? Ihn nach deiner Pfeife tanzen lassen, während du in Wirklichkeit mit Oulier umherziehst?«

»Ich weiß, dass er ein guter Kerl ist, Magali«, entfährt es mir schärfer, als ich will. »Und ich glaube kaum, dass mein Privatleben dich etwas angeht.«

Ich mache mich darauf gefasst, dass Magali mir spätestens jetzt sagen wird, dass ich meine Sachen nehmen und verschwinden soll, aber sie runzelt nur die Stirn und starrt auf meine Wange. Mein Herz hämmert bis zum Hals und mein Gesicht glüht. Ohne jegliches Make-up leuchten die hellen Hautinseln auf meiner Stirn sicher auch durch die Haarsträhnen hindurch. Aber die Narben sind es wohl gar nicht, die sie irritieren. »Was hast du da?« Sie deutet auf meinen Hals, dort, wo die Jacke aufklafft und auch mein Shirt nicht mehr viel verdeckt.

»Nichts«, entfährt es mir. Ich ziehe den Kragen von Pierres Jacke zusammen und verberge die gerötete Haut.

»Erzähl keinen Blödsinn«, beharrt Magali. »Das ist doch eine Prellung, oder? Hast du dich verletzt? Oder … war das jemand anderes?«

»Nein!«, stoße ich hastig hervor. »Alles okay. Es ist nur eine … Allergie.«

Wenn jemand mit einem einzigen Blick eine ganze *Bullshit!*-Ansprache halten kann, dann ist es Magali. »Schon klar«, sagt sie trocken. »Dein Privatleben geht mich nichts an. Aber du stehst ja völlig neben dir, Mädchen! Willst du mir im Ernst erzählen, dass mit dir alles in Ordnung ist?«

Ich sollte nicken und ihr und mir versichern, dass ich nur einen schlechten Tag hatte. Aber nach all den Jahren, in denen ich diese Art von Lügen erzähle, schaffe ich es nun einfach nicht mehr.

»Nein«, höre ich mich mit belegter Stimme sagen. »Nichts ist in Ordnung mit mir. Gar nichts, Magali. Aber das ist meine Sache.« Die letzten Worte kann ich nur noch flüstern, bevor die Stimme versagt. Meine Hände zittern, während ich versuche, den Reißverschluss der Jacke ganz nach oben zu ziehen. Und als er sich verkantet, weiche ich zurück und versuche die Tür zu schließen. Doch wie beiläufig blockiert Magali mit ihrem Stiefel die Tür. »Hey, langsam. Sag mir die Wahrheit. Hat es etwas mit Oulier zu tun? Hast du dich wegen ihm hier verkrochen?«

Mein Atemholen ist ein rauer Laut, der in meiner Kehle schabt. »Nein!«, bringe ich heraus. »Wegen … Noah.«

Ich presse die Lippen zusammen, als könnte ich das Gesagte noch aufhalten, aber es ist zu spät. »Weinst du etwa?«, höre ich Magali besorgt sagen. Ich schüttle den Kopf, obwohl mir die Tränen bereits in die Mundwinkel rinnen. Und bei Gott, diesmal fühle ich sie. Sie sind heiß und zornig, und sie schmecken so bitter, dass mir fast übel wird. Ja, die Märchenerzähler wussten Bescheid. Namen haben Macht über uns. Und diesen habe ich nicht mehr laut ausgesprochen, seit ich zwanzig war und mein Feuer unter einer Schicht von Scham begrub. Magali ist mit zwei Schritten bei mir. Als ich das nächste Mal nach Luft ringe, finde ich mich in ihrer festen Umarmung wieder. »Lass endlich den verdammten Reißverschluss los«, sagt sie sanfter in mein Haar. Ich kann ihr nicht in die Augen sehen, aber ich klammere mich an sie und vergrabe mein Gesicht an ihrer Schulter. Und irgendwann gelingt es mir, ruhiger zu atmen und den Boden unter meinen bloßen Füßen wieder zu spüren.

Magali fasst meine Schultern und führt mich von der Tür weg. Mit weichen Knien sinke ich neben ihr auf den Rand von Pierres Bett. Mehr Platz lässt Napoléon uns nicht. Er spürt, dass etwas nicht stimmt, er winselt und robbt mir fast auf den Schoß.

»Bekommst du wieder Luft?«, höre ich Magali sagen.

Ich nicke, aber ich schaffe es nicht, den Blick zu heben.

»Willst du mir nicht doch sagen, worum es geht?«, fragt Magali ernst. »Und wer dieser Noah ist?«

»Das ist lange her, Magali«, sage ich heiser.

»Nicht lange genug, wenn du immer noch so eine Panik kriegst«, entgegnet sie. Ich starre auf meine Hände, die zu Fäusten geballt sind. Nur mühsam kann ich die Linke öffnen, um den Hund zu kraulen. Diese Berührung bringt etwas in mir zum Fließen, das sich in meine Kehle drückt, in meine Zunge, bis ich tatsächlich anfange zu erzählen.

»Er war meine erste richtige Beziehung«, sage ich leise. »Er ... fand mich schön – trotz ... meiner Narben.« Ich belasse es bei Narben, den Teil der Wahrheit, den nur Pierre kennt, kann und werde ich nicht mit ihr teilen. Dafür erzähle ich ihr das, was ich Pierre nicht erzählen konnte. Von der Studentin, die Computerlinguistik im Hauptfach hatte und für ihr Nebenfach französische Klassiker las. Und eines Tages in der Bibliothek von einem Mann angesprochen wurde – denn ein Junge war Noah mit seinen sechsundzwanzig Jahren für eine Zwanzigjährige nicht. Er studierte im letzten Semester Medizin. Anfangs wagte sie nicht zu glauben, dass sich jemand wirklich in sie verlieben konnte. Doch schließlich vertraute sie ihm und Noah öffnete ihr eine neue Tür zu sich selbst. Sie hatte nicht gewusst, wer sie in Wirklichkeit war, bis sie mit ihm zusammen diese Welt betrat. Sie vertraute ihm bedingungslos. Bis zu dem Tag, als sie erkannte, wer sich hinter der Maske des Prinzen verbarg.

Magali hört schweigend zu, nur ab und zu drückt sie meine Schulter etwas fester, als wollte sie mir Halt geben. Ich weiß nicht, ob sie wirklich nachfühlen kann, wie sich ein solcher Verrat anfühlt, wir kennen einander ja nicht. Und ich weiß auch nicht, warum ich ausgerechnet ihr anvertraue, was ich niemandem je erzählen konnte. Doch hier sitze ich und klage dem Eisenofen mein Leid.

Als ich fertig bin, schweigen wir beide. Napoléon schnarcht inzwischen und zuckt im Traum mit der Vorderpfote. Und als Magali wieder etwas sagt, ist es zum Glück nicht eine banale Schrecklichkeit wie: *Ach herrje, du Arme!* Oder: *Wie konnte er so etwas tun?* Stattdessen fragt sie nur ruhig: »Was hat die Polizei dazu veranlasst?«

»Ich war nicht bei der Polizei«, sage ich leise. »Damals habe ich mich viel zu sehr geschämt. Und auch meinen Eltern habe ich es nie erzählt.«

Magali schaut mich ehrlich entsetzt an. »Du hast es für dich behalten? Und du hast Noah auch später nicht angezeigt?«

»Später war zu spät«, entgegne ich. »Noah hatte ein paar Jahre danach einen Verkehrsunfall, den er nicht überlebt hat. Das habe ich aus dem Internet erfahren.« *Nur Fotos und Videos leben ewig*, setze ich in Gedanken hinzu. Magali schluckt und ich habe den Eindruck, sie verbeißt sich eine zynische Bemerkung.

»Aber wie bist du ganz allein damit fertiggeworden, Fleur?«, fragt sie dann.

»Indem ich alle Brücken hinter mir abgebrochen habe. Ich bin in eine andere Studienstadt gezogen und habe mir auch ein neues Studienfach gesucht. Ich bin einfach … verschwunden. Und ich fuhr nur noch selten nach Hause zu meinen Eltern.«

Tja, Masken tragen und Spuren verwischen können wir in der Familie. Natürlich hat meine *Maman* sich gewundert, als ich aufhörte, das scheue Mädchen zu sein, das sie kannte, als ich härter wurde, selbstständiger und kühler. Aber sie ließ sich nur zu gerne davon überzeugen, dass ich einfach erwachsen geworden war. Vielleicht hoffte sie sogar, dass meine neue Stärke ein Zeichen war, dass ich die Ängste vor dem Stalking endlich abgelegt hatte.

Magali sagt eine ganze Weile nichts. Irgendwann steht sie auf. »Zieh dich an«, sagt sie resolut, aber freundlich. »Und dann komm runter in die Küche.«

*

Ich lerne etwas über keltische Feen. Sie sind misstrauisch und zornig und sie haben scharfe Zähne. Aber sie haben auch ein fühlendes Herz. Magali erwähnt mit keinem Wort, dass ich über meinem Rollkragenshirt auch Pierres Jacke trage, sie lässt mich einfach sein, wie ich bin. Aufgewühlt und traurig, den Reißverschluss bis zum Kinn hochgezogen, sitze ich an einem Tisch in der großen Hotelküche, während Magali Tee kocht und Häppchen aus dem Kühlschrank auf einem Keltenteller anrichtet. Napoléon trottet hin und her in der Hoffnung, etwas abzubekommen.

Schließlich holt sie auch noch eine Flasche hervor und stellt zwei Gläser auf den Tisch. Aromatischer Kräuterduft steigt mir in die Nase, als sie den Verschluss öffnet. »*Gentiane*-Likör aus dem gelben Enzian«, sagt Magali. »Claude – mein Mann – liebte ihn. Er sagte immer: Bitter wie Kummer. Heilsam wie die Hoffnung.«

Das bringt mich zum Lächeln und fast wieder zum Heulen. Ich stoße mit Magali an und trinke den Likör in einem Zug aus. Aber das, was mich wirklich wärmt, ist Magalis Gegenwart.

»Weißt du, ich konnte dich wirklich nicht leiden«, sagt sie. »Weil du nicht greifbar warst, sondern so glatt wie Teflon. Ich wusste einfach nicht, woran ich mit dir bin. Aber ich verstehe, dass du dich auf diese Art verstecken musstest. Und was ich von diesem Noah halte, muss ich wohl nicht extra ausführen. Aber eines möchte ich dir sagen: Du hast keine Schuld. Es ist in Ordnung, eine junge leidenschaftliche Frau zu sein. Es ist in Ordnung, sich auszuprobieren, Fehler zu machen, über die Stränge zu schlagen und zu lieben, wen man will und wie man will. Und wenn man noch so jung ist, dann vertraut man nun mal, wenn man sich verliebt. Sonst wären wir keine Menschen.«

Ich weiß. Dasselbe sage ich den Müttern und Mädchen, die entblößt vor Scham meine Hilfe suchen: *Es war nicht deine Schuld*. Wie sehr hätte ich damals selbst jemanden gebraucht, der mich freispricht. Als Zwanzigjährige hatte ich niemanden wie mich. Aber jetzt habe ich Magali.

Sie ist aufgestanden und stellt mir einen Becher mit heißem Tee hin. Es ist das Gefäß mit dem Frauengesicht. »Die Göttin der Jagd«, sage ich.

»Sirona ist auch die Göttin des Mondes«, entgegnet Magali. »Und die Beschützerin der Mädchen und Frauen.« Und ernst fügt sie hinzu. »Der Kerl ist tot, Fleur. Und ich kann nicht sagen, dass mir sein Unfall leidtut. Aber du kannst nur nach vorne gehen. Also begrab die Sache endgültig und lass dir dein Leben nicht länger stehlen.«

Die Sache endgültig begraben. Schön wär's. Das Problem ist nur, dass das Internet voller Grabräuber ist. »Danke, Magali«, sage ich dennoch.

Keltische Feen haben es nicht mit Gefühlen. Sie winkt unwillig ab. »Soll ich hierbleiben oder kommst du klar?«, fragt sie dann mit einem Anflug ihres nüchternen Tons.

»Ich komme klar.«

Sie legt im Hinausgehen noch einmal die Hand auf meine Schulter, drückt sie kurz. Ich lausche ihren Schritten und dem Zuklappen einer Tür irgendwo im Haus. Napoléon ist bei mir geblieben. Mit dem Becher in den Händen gehe ich zum Lichtschalter und mache das Licht aus. Das Küchenfenster zeigt zur Weide hin und bergauf zum Wald. Nach einer Weile haben sich meine Augen an das Dunkel gewöhnt. Die Wolken sind vorübergezogen, draußen scheint ein heller Mond. Er ist noch nicht voll, aber sein Schein genügt, um die Silhouetten der Baumwipfel nachzuzeichnen. Der Wald selbst ist Schwärze. Aber tausend Augen starren mich aus den Schatten an.

Suchen und Finden

Ich weiß nicht, wie lange ich an der Schwelle zwischen Angst und Hunger verbracht habe, die Fingerspitzen am kühlen Fensterglas. Irgendwann ist meine Hand ganz von selbst in die Jackentasche geglitten, zu Pierres Zimmerschlüsseln. Denn ja, ich werde endlich damit aufhören, mir mein Leben stehlen zu lassen.

Der Hund ist mir zurück ins Zimmer gefolgt und hat zugesehen, wie ich Pierres braunen Pullover übergezogen habe. Jetzt versucht er sich an mir vorbei in die Nachtluft zu drängen, aber ich packe ihn am Halsband und bugsiere ihn zurück ins Hotel.

Die Taschenlampe aus dem Lager weist mir den Weg über die Weide. Der Lichtkegel huscht wie ein Irrlicht über schlafendes Gras und von Hufen aufgeworfene Erde. Angelockt von meinen Schritten, sind Magalis Pferde aus dem Stall gekommen und begleiten mich auf der letzten Wegstrecke. Aus dem Augenwinkel erscheinen mir die Schimmelstuten wie große wolkige Drachen, die Atemfahnen aus den Nüstern schnauben. Ich hätte keinen Pullover gebraucht, mir ist jetzt schon heiß. Und als ich am Ende der Weide durch das Gatter steige und den Wald betrete, habe ich nur noch Angst. Obwohl ich versuche, leise zu atmen, bilde ich mir ein, dass mein Atmen jedes schlafende Raubtier im Umkreis von Kilometern aufhorchen lässt. Im Dunkel knackt und raschelt es, als würde mir jemand folgen. Aber ich gehe weiter, zwinge mich, den Blick auf den Lichtkegel und den Pfad vor mir zu halten, während mich auf jedem Schritt neue Erinnerungen wie klebrige, kalte Wellen überschauern. Ich bin hautlos und allem, was mich finden will, blind ausgeliefert. Margot beobachtet mich aus den Schatten. Und ich höre Noahs Stimme. Er flüstert mir ins Ohr, wie schön ich bin und wie sehr er mich liebt.

Ich durchwandere die Zeit, in der er mich überzeugte, meine Medikamente nicht zu nehmen, weil er mich ganz und gar kennenlernen wollte. Durch die Wochen, die ich wie im Rausch verbrachte, aufgeputscht von Alkohol und Noahs Gegenwart, ohne zu ahnen, dass er mich nicht trotz meiner Makel begehrte, sondern gerade wegen ihnen. Ich durchschreite die Wochen, in denen ich frei und glücklich war wie nie, losgelöst von jeder Scham und brennend in dem Feuer, das ich eben erst entdeckte. Wir löschten das Licht nicht in den Nächten. Sein Blick verletzte mich nicht, er gab mir Gestalt und Wirklichkeit und das Gefühl, völlig eins mit meinem Körper zu werden. Ich verlor mich und fand mich jede Nacht wieder. Und ahnte nicht, dass in einer dieser Nächte eine Handykamera auf mich gerichtet war, die Noah vermutlich auf dem Bücherregal aufgestellt hatte.

Ja, ich hätte zur Polizei gehen sollen, aber Scham ist ein tiefer Ozean. Das Video ist von schräg hinten aufgenommen, Noah, der unter mir liegt, ist darauf nicht zu erkennen. Von mir erahnt man nur bei manchen Bewegungen ein halbes Profil. Aber um mein Gesicht ging es dabei ja auch nicht. Es ging um meinen Rücken und den reißerischen Titel des Videos, das erst unter der Hand an Kommilitonen weitergemailt wurde, bis es schließlich seinen Weg in die üblichen Kanäle fand. *Sex mit Werwölfin*. Aber das, was mich fast am meisten verstörte, war diese fremde Frau auf dem Video. Wir hatten wieder einiges getrunken an dem Abend, wir kamen von einem Straßenfest, auf dem ich getanzt hatte. Ich war überdreht und glücklich. Und auf dem Video erkannte ich das Mädchen, das ich im Spiegel und in meinen Gedanken sah, nicht wieder. Niemals hätte ich ertragen, dass meine Eltern dieses Video zu Gesicht bekommen, dass die Polizei es überhaupt mit meinem Namen in Verbindung bringt. Ich erschrak zu Tode vor mir und begrub diesen ungezähmten Teil meiner Selbst, der mir nur bestätigte, was ich ohnehin fürchtete:

dass ich mehr Tier als Mädchen war. Ein Ungeheuer, wie Margot mir zu sagen pflegte. Und sogar als mein Rücken wieder glatt und nach außen hin makellos war, wagte ich nie wieder, ohne ein Shirt mit einem Mann ins Bett zu gehen. Und schon erst recht nicht, mich ihm ganz zu zeigen.

Und so wachsam ich auch bin und so sorgfältig ich das Video jedes Mal, wenn es irgendwo aufpoppt, lösche, entferne, die Spuren verwische, es auf dem Grund des Ozeans vergrabe, genau so sehr weiß ich auch, dass das Schleppnetz der Algorithmen durch meine Verbindung mit Lucien d'Apcher, Petrus Gonsalvus und schließlich über das Grab Lucien Durands in Saugues auch dieses Video wieder vom Grund fischen wird.

Und trotzdem gehe ich einfach immer weiter – mitten durch den Wald der Augen, die mich aus der Anonymität heraus anstarren. Ich verkrieche mich nicht länger, ich bleibe sichtbar und verteidige mein Leben mit jedem neuen Schritt gegen Räuber und Trolle. Die Dunkelheit scheint die Sinne zu wecken, ich bilde mir ein, besser zu hören und intensiver zu riechen. In den Schatten raschelt und knackt es. Doch Wölfe schrecken mich nicht mehr. Je näher ich der Kuppe komme, desto ruhiger wird mein Atem, die grelle Flamme der Angst wird kleiner, bis nur noch mein wütendes Nein! in mir schwingt. Magali hat recht: Wir vertrauen, *sonst wären wir keine Menschen.* Und über Menschen lerne ich noch etwas in dieser Nacht: Wir teilen uns nicht in Jäger und Gejagte auf, sondern haben immer die Wahl zwischen Angst und Hunger. Ich übertrete den Scheitelpunkt und erreiche das andere Ende der Skala. Atemlos verlasse ich den Wald, schüttle die Asche und meine Scham ab und trete auf die Lichtung voller Granitbrocken, den Spielplatz der Riesen, zwar immer noch hautlos und innerlich zitternd, aber mit geballter Faust und erhobenem Kopf.

Im Haus der Matronen ist kein Licht zu sehen. Mit klammen Beinen bewältige ich die Metalltreppe. Pierre hat die Tür nicht abgeschlossen und sobald ich sie öffne, erahne ich im Mondlicht sein Profil. Er schläft nicht, er sitzt auf dem Boden am Fenster, den

Rücken gegen das Holz gelehnt. Als die Tür hinter mir zuschnappt, fährt er herum und springt auf.

»Fleur!«, ruft er. »Gott, hast du mich erschreckt!« Er atmet durch und fügt dann verwundert hinzu: »Bist du im Dunkeln hochgelaufen?«

»Ja«, flüstere ich.

»Warum hast du denn nicht angerufen? Ich hätte dich abgeholt …«

Er verstummt, als ich auf ihn zutrete und ihn einfach umarme. Langsam legt er ebenfalls die Arme um mich. Ich spüre seine Hand an meinem Rücken und seinen Atem als warmen Hauch an meiner Schläfe. Einen Atemzug lang warte ich noch, dann kann ich nicht länger widerstehen. Sein Haar verfängt sich zwischen meinen Fingern. Und ohne zu zögern gibt er nach, als ich ihn zu mir ziehe und ihn mit allem küsse, was ich habe und was ich bin. Ich kann spüren, wie überrumpelt er ist, er zieht die Luft scharf durch die Nase ein. Doch seine Zurückhaltung dauert nur einen kurzen Moment. Und als er meinen Kuss mit aller Leidenschaft erwidert, bin ich so überrascht, dass ich die Augen öffne. Nie hätte ich geahnt, dass in Pierre ein Feuer brennt, das meinem so ähnlich ist. Noch halb im Kuss spüre ich, wie er lacht, als ich ihn mit mir ziehe. Und er fängt mich auf, als das Podest mir in die Quere kommt, und wir beide auf dem Holz zu liegen kommen.

Es gibt Menschen, die glauben, dass Fotografien und Videos uns einen Teil unserer Seele stehlen können. Doch ich habe nicht nur meine Scham im Wald zurückgelassen, ich lerne auch, dass dieser Teil meiner Seele gar nicht gestohlen werden konnte – weder von Noah noch von den Jägern im Netz. Ich selbst habe mich in Sicherheit gebracht und mein Feuer so gründlich versteckt, dass ich es nur aufspüren kann, indem ich den Fährten von Empfindungen und den Leuchtfeuern unserer Küsse folge. Ich lasse meinen Atem frei, der mit jeder Bewegung tiefer in meinen Bauch strömt. Haut an Haut mit Pierre sinke ich in die Wildnis ein, folge der Spur seiner Lippen und seiner Hände an meiner bloßen Brust, meinem Rücken, meinen Schenkeln. Schicht um Schicht nehme ich meinen Schutzmantel ab. Der Stoff meines Tops knistert über mein Haar, als ich auch diese letzte Haut abstreife. Ich spüre Pierres Hände und höre sein atemloses Flüstern an meinem Ohr, ohne die Worte zu verstehen. Meine eigene Stimme hat längst keine Silben mehr – nur raue Laute, die tief aus dem Bauch kommen. Ich bin keine zarte Nymphe. Ich liebe mit Zähnen und Klauen, Haut und Haar. Und Pierre fängt mein Feuer auf und lässt sich mitreißen. Ich höre sein Keuchen, spüre jeden Muskel unter meinen Fingern, als ich seine Schultern zu Boden drücke. Kalte Luft streift über meinen verschwitzen Rücken und lässt mich frieren und brennen zugleich. Pierre stemmt sich gegen mich – und ich lasse mich los, falle in den Spiegel, spüre sein Brechen und verliere mich ganz und gar.

Ich weiß nicht, wie viel Zeit vergangen ist. Als ich mich wiederfinde, liegt meine Hand an Pierres Wange und mein Kopf auf seiner Brust. Sein dröhnender Herzschlag hallt mir im Ohr. Wir sind beide verschwitzt und immer noch etwas außer Atem und ich zittere am ganzen Körper. Das Podest hat Schürfungen an meinen Knien hinterlassen, aber selbst dieses Brennen fühlt sich lebendig und gut an. Als ich mich zur Seite rollen will, merke ich, dass Pierre den Schlafsack wie eine Decke über mich gebreitet hat und sacht meinen Rücken reibt, als wollte er mich wärmen.

»Mir ist nicht kalt«, flüstere ich. Er zieht mich zu sich hoch, bis ich wieder auf ihm liege und umfasst mein Gesicht mit seinen Händen. Im Dunkeln sind wir nur Schatten und trotzdem sehen wir einander. »Du liebst, wie du tanzt, Chardon«, sagt er mit einem Lächeln in der Stimme.

»Woher weißt du, wie ich tanze?«

»Ich habe dich im Club Gentiane gesehen, einen Tag, bevor du im Les Gabales aufgetaucht bist. Ab und zu bin ich dort, der DJ ist ein Freund von mir. Ich stand den ganzen Abend an der Bar, du hast mich glatt übersehen. Aber ich dich nicht.«

Ich erinnere mich gut an meinen ersten Abend in Le Malzieu, als ich losgezogen bin, weil ich die Stille nicht ertragen konnte. Ich weiß noch, wie losgelöst und frei ich an diesem Abend war, weil niemand mich kannte. Und jetzt wird mir klar, warum Pierre mich bei unserem ersten Treffen so überrascht begrüßt hatte, als würde er mich bereits kennen.

»Warum hast du mir nichts davon gesagt?«

»Weil es schräg gewesen wäre«, gibt er zurück. »Keine Frau hört gerne, dass man sie den ganzen Abend über beobachtet hat.«

»Und jetzt ist es weniger schräg?«

Pierre lacht. »Nein, jetzt ist es eine Geschichte.«

*

Es ist eine Sache, sich im Oktober in einer beheizten Waldhütte zu lieben. Und eine andere, vor dem Morgengrauen zähneklappernd darauf zu warten, dass Pierre den Generator wieder zum Laufen bringt, der plötzlich seinen Geist aufgegeben hat. Und weil es egal ist, ob ich drinnen oder draußen friere, habe ich mich angezogen und Pierre zum Trailer begleitet. Es ist surreal, mitten im dunklen Wald zu stehen, der jeden Schrecken verloren hat. Die Schatten sind nur noch fehlendes Licht, die Blätter nur noch Blätter. Und die einzigen Augen, die mich anstarren, sind die einer Elster, die vor mir davonflattert. Pierre kommt hinter dem Trailer hervor und gibt mir einen beiläufigen Kuss, der mich zum Lächeln bringt. *Als wäre es schon immer so gewesen.*

»Ich hätte das Ersatzteil gestern gleich einbauen sollen«, murmelt er. »Kannst du in der Innentasche nachschauen? Da müsste ein Schraubendreher sein.«

Seine Arbeitsjacke hat nicht nur eine Innentasche, aber ich finde das kleine Werkzeug zwischen Münzen und einem kleinen Stück Holz, das ebenfalls dort verstaut ist. Trockenes Moos streift meine Finger, als ich das Holzstückchen umfasse. Mein Daumen streift über eine schiefe Bruchkante. Pierre ist mit seiner eigenen Taschenlampe schon wieder unterwegs zum Generator, aber ich bleibe stehen und ziehe den Gegenstand hervor. Es ist eines der kleinen Fundstücke, die Pierre auf dem Regal neben den drei Matronen aufgereiht hat. Pierre hat es wohl schon seit einer Weile in der Tasche, die Münzen und der Schraubendreher haben die Moosschicht abgerieben und zum Vorschein kommt nun das Gesicht einer kleinen Holzfigur. Im Licht meiner Taschenlampe sieht man deutlich, dass es kein Spielzeug aus heutiger Zeit ist. Es ist eine verwitterte, ehemals schwarze Holzfigur, sie ist völlig zerkratzt, die Nase ist abgebrochen und nur noch eine Andeutung. Ich zupfe die Moosreste herunter und betrachte die schräge Bruchkante – genau dort, wo die Figur den Kontakt zu einem Fundament verloren hat. Vielleicht saß sie auf einem Sockel. *Vielleicht aber auch auf den Knien einer keltischen Maria?*, schießt es mir durch den Kopf. Der Gedanke, der sich zu dem nächsten findet, ist völlig abwegig. Und trotzdem … *Was, wenn?*

»Das wird nichts«, murmelt Pierre, ohne vom Generator aufzublicken. »Sieht so aus, als wäre unsere romantische Nacht in der Lodge vorbei. Fahren wir runter zum Hotel.«

»Wolltest du das hier Magali zeigen?«

Pierre blickt verdutzt auf, als ich ihm die Figur hinhalte.

»Ja, ich habe nur vergessen, ihr die Figur ins Büro zu legen.«

Ich schlucke. »Wo hast du sie gefunden?«

»Das habe ich dir doch gesagt – unten bei den Ruinen. Warum?«

Ich lecke mir über die Lippen. »Weil … die Figur vielleicht zu einer Madonna gehört. Kannst du mir zeigen, wo genau sie lag?«

»Jetzt?«, fragt Pierre ungläubig. Aber nach einem Blick in meine Miene seufzt er ergeben und steckt den Schraubendreher ein.

Vor dem Morgengrauen verwandelt sich wohl jede verlassene Gegend in ein Märchenland. Die Ruinen werden zu den Umrissen schlafender Drachen und die Wacholdersträucher zu struppigen Wesen, die den Mond anbeten. Wie Irrlichter tanzen die Lichtkegel unserer Taschenlampen zwischen Steinen und Gras. Mit klopfendem Herzen klettere ich Pierre hinterher. Er führt mich direkt zum Fundament des Donjon und steigt über die niedrige Mauer. Herbstlaub hat sich hier angehäuft und bedeckt fast eine ganze Mauerseite. Mit dem Stiefel schaufelt Pierre die Blätter einfach beiseite, bis steiniger Untergrund zum Vorschein kommt. Ein paar Steinbrocken, die früher einmal Teil der Wand waren, liegen hier verstreut. »Hier ungefähr«, sagt Pierre. »Ich hatte mir ein paar alte Steinplatten geholt, als Trittsteine für den Aufgang zu einer der Hütten. Und unter einer von ihnen war die Figur eingeklemmt. Was suchst du eigentlich?«

»Ich weiß es nicht genau.«

Ich sollte den Statistiken glauben, die mir sagen, dass es nicht sein kann. Aber diesmal lasse ich die Fakten hinter mir und drehe jeden Stein um, den ich in die Finger bekomme. Pierre betrachtet mich eine Weile, dann hilft er mir dabei. Im Schein der Taschenlampen ziehen wir Wurzeln und Erdbrocken aus einer breiten Höhlung zwischen zwei Mauersteinen. Und als ich mich hinknie, um noch tiefer in die Öffnung zu kommen, erstarre ich. Manchmal muss man die Augen schließen und innehalten, damit der Körper zu einer lange zurückliegenden Erinnerung zurückfinden kann.

Ich knie in Margots Wohnzimmer, vor dem Schrank, in dem die Bestie wohnt. Auf dem Schrank steht die Schwarze Madonna. Margot zischt mir ins Ohr, ich solle um Erlösung beten. Doch diesmal schaue ich nicht auf das Mädchen im Hungerturm, ich ziehe den Rahmen größer, bis er in ein anderes Jahrhundert reicht. Und als ich die Augen öffne, betrachte ich das Loch in der Mauer ganz anders.

»Fleur?«, höre ich Pierre sagen. »Was ist?«

»Siehst du das Loch in der Mauer?«, flüstere ich. »Das könnte eine Nische gewesen sein, bitte hilf mir, sie freizulegen.« Ich nehme einen flachen Stein und fange an, Wurzeln und Erde wegzukratzen. Pierre zückt seinen Schraubendreher und lockert damit die Kruste aus Erde und kleinen Steinen. Und als wir die Fläche freigelegt haben, zeigt sich, dass sie nicht aus Granit besteht, sondern aus einem anderen weicheren Stein. Als ich ihn mit dem Ärmel säubere, kommt ein weißlicher Streifen zum Vorschein. »Das scheint Marmor zu sein«, stellt Pierre fest.

»Das war bestimmt eine Gebetsnische«, sage ich. »Möglicherweise stand hier eine Marienfigur, die mir gehört.«

»Wie kommst du denn darauf?«, fragt Pierre verwundert.

»Weil meine Madonna beschädigt ist. Das Jesuskind auf ihrem Schoß ist abgebrochen und verloren gegangen. Die Bruchkante ist so schief, dass sie zu der kleinen Figur passen könnte, die du gefunden hast.« *Vielleicht auch nicht, Fleur.* Alles, was ich habe, sind Echos und Ahnungen, die alles und nichts bedeuten können.

»Du weißt, wie unwahrscheinlich das ist?«, gibt Pierre zu bedenken.

Bei Tageslicht hätte ich ihm recht gegeben, aber jetzt wische ich fieberhaft weiter über die Platte, lege die Nische weiter frei, während Pierre seine Taschenlampe in die Höhlung richtet. Und mit einem Mal stoßen meine Fingerspitzen auf Kratzer und Rillen, die zu tief und glatt sind, um durch Wind und Wetter entstanden zu sein. Jemand muss viel Zeit damit verbracht haben, sie in den Stein zu graben. Und als Pierre die Lampe direkt darauf richtet, wird etwas sichtbar, was eine Schrift sein könnte.

»Buchstaben«, flüstere ich. »Und darunter … ist das eine Jahreszahl?«

»Möglich.« Jetzt ist auch Pierre wie elektrisiert. Er nimmt den Schraubendreher und kratzt vorsichtig die Rillen frei. »LL«, liest er vor. »Und ein C. Und darunter die Zahl 1767.«

Ich wage kaum noch zu atmen. »Vielleicht sind es Initialen«, hauche ich. »Lucien Louis. Und das C könnte für Claire stehen. Irène d'Apchers Bedienstete, die im Wald von der Bestie getötet wurde.« *Vielleicht, Fleur. Vielleicht auch nicht.* Durch die Schichten aller Erinnerungen, von denen es weder Fotos noch Gemälde noch überlieferte Geschichten gibt, schimmert wie ein zartes Relief ein ganz neues Bild hindurch. Pierre schaut mich fragend an. Aber noch habe ich Angst, das fragile Bild durch ein lautes Wort zu vertreiben. *Der Donjon konnte auch als Kerker dienen,* erinnere ich mich an Tomés Worte.

»Möglicherweise war Lucien ja hier eingesperrt«, sage ich schließlich leise. »Vielleicht haben Irène und Roux ihn über Jahre hier versteckt gehalten.« *In einer Klosterzelle, in der er zur Madonna beten sollte,* setze ich in Gedanken hinzu. Ich weiß es nicht, ich kann es nur vermuten. »Vielleicht holte sich Irène deshalb Bedienstete von außerhalb. Wären es Leute aus der Gegend gewesen, dann wäre bestimmt nach außen gesickert, dass ihr Sohn ein Ungeheuer ist. Aber was, wenn Claire ihn gar nicht als Ungeheuer sah? Und mit ihm zusammen geflohen ist?«

Ich kann nachvollziehen, warum Pierre zweifelnd die Brauen zusammenzieht. Für Team Gegenwart gibt es keine Flüche. Aber ich sehe Lucien, der dazu verdammt war, unsichtbar für die Welt zu sein, bis ihm ein Mädchen begegnete. Vielleicht fand Claire zufällig heraus, wer der Gefangene im Donjon war. Vielleicht wusste sie es als Irènes Vertraute auch von Anfang an und musste auf Bibel und Verdammnis schwören, niemandem von ihm zu erzählen. Das würde zumindest erklären, warum ihre Stelle als Zofe so gut dotiert war, als hätte Irène einen Teil davon auch als Schweigegeld bezahlt.

»Der Hirtenjunge hat nicht die Bestie am Waldrand gesehen, sondern Lucien an dem Tag, an dem er mit Claire zusammen geflohen ist«, flüstere ich. »Vielleicht haben sie diesen Plan lange geschmiedet und sie hat ihm die Tür geöffnet. Und seine Mutter hat die beiden gesucht und es als Jagd getarnt. Sie musste befürchten, dass ihr Sohn als Bestie verkannt und getötet wird.«

Zumindest ist das die Version, mit der ich am ehesten leben könnte. Aber wenn es stimmt, dass wir von etwas wissen können, was wir selbst nie erlebt haben, dann erzählen meine Albträume, in denen ich wie ein Tier gejagt werde, eine Geschichte, die sehr viel düsterer ist. Der Kloß in meinem Hals schmerzt, als ich schwer schlucke.

»Du meinst, der Gräfin ging es nur um die vermeintliche Schande?«, höre ich Pierre sagen.

»Nicht nur ihr, sondern auch ihrer bischöflichen Familie. Sie mussten ihn zurückholen, tot oder lebendig. Und als sie ihn nicht aufspürten, hat Gabriel de Beauveau seine Beziehungen spielen lassen, damit sein Todesdatum nach seinem Verschwinden gefälscht und um Jahre vordatiert wurde. Ich glaube, sie haben ihn auf diese Weise einfach verschwinden lassen.«

»Dafür wirst du nur kaum Beweise finden.«

»Aber es könnte bedeuten, dass meine Familie wirklich von Lucien abstammt. Und von Claire. Ich glaube nämlich nicht, dass sie getötet wurde.«

Pierre steht auf und streckt sich, verschränkt die Hände hinter dem Kopf, eine Geste, die ich auch von meinem Bruder kenne, wenn die Welt ihm zu groß wird. Hinter ihm zeigt sich über den fernen Bergen das erste Morgengrauen. »Tja, dann weißt du doch, was du wissen wolltest«, sagt er dann. »Aber wie ich dich kenne, lässt du es jetzt erst recht nicht ruhen.«

Ich lache auf. »Ich habe Tomé lange genug meine Familiengeschichte überlassen.«

Pierre seufzt abgrundtief, aber dann streckt er mir die Hand hin und zieht mich hoch. Meine aufgeschürften Knie schmerzen höllisch, als ich aufstehe, die Müdigkeit sitzt in jedem Knochen, und dennoch bin ich hellwach und voll fiebriger Energie.

Täuschungen

Nach der kalten Nacht röchelte der Lada beim Start besorgniserregend, aber jetzt trägt mein tapferes altes Auto mich mit überhöhter Geschwindigkeit aus der Wildnis zurück in die Arena. Auf meinem Handy reihen sich verpasste Anrufe, doch keiner davon stammt von Tomé. *Morgen früh geht es los*, schrieb Max gestern. *Ich freue mich auf dich. Ruf mich an. Kuss!* ❤ ❤

Seine letzte Nachricht, erst vor zehn Minuten abgeschickt, lautet: *Sind schon im Zug nach Frankfurt, dort steigen wir in den TGV um. Wo bist du abgeblieben?*

Im Wald, Brüderchen, denke ich. Vor Le Malzieu bremst mich der frühe Berufsverkehr aus, erst kurz nach neun komme ich bei der Ferienwohnung an. Gestern hatte ich tatsächlich die Wohnungstür nicht abgeschlossen. Und als ich in das Chaos zurückkomme, das ich hinterlassen habe, fühle ich mich an Margots Mausoleum erinnert, so lange scheint es her zu sein, seit ich hier vor dem Laptop saß und entsetzt auf die anatomische Zeichnung des Falx-Kindes starrte. Wie Artefakte liegen alle Kopien und Ausdrucke kreuz und quer auf dem Tisch, darunter auch das zerknitterte Drehbuchkonzept mit der Filmgräfin und dem zur Bestie verunstalteten Petrus Gonsalvus.

Behutsam hole ich die verwitterte Holzfigur aus der Jackentasche und lege sie neben den Laptop. Als ich über die vertrockneten Reste von Moos streiche, ist die Nacht mit Pierre wieder so präsent, dass mich eine Gänsehaut von Empfindungen überschauert. Auch der Abschiedskuss zwischen Brombeerranken klingt in jeder Faser nach, als wäre mein Körper aus einem Dornröschenschlaf erwacht.

Hinter meinen geschlossenen Lidern sehe ich Pierres Gestalt im Rückspiegel kleiner werden und die Sehnsucht blüht so jäh auf, dass ich mich überwinden muss, die Augen wieder zu öffnen.

Ich sollte Renate anrufen und sie bitten, die Bruchkante auf den Knien meiner Schwarzen Madonna zu fotografieren, damit ich die Winkel vergleichen und abschätzen kann, ob die beiden Figuren tatsächlich zwei Teile eines Ganzen sind.

Doch erst checke ich noch schnell die neuesten Beiträge im Forum. Nach fünf Minuten bin ich weitgehend beruhigt. Noch ist niemand auf eine Verbindung zwischen dem Augenzeugenbericht des Hirten, den d'Apcher-Söhnen und dem anonymen Jungen mit dem Falx-Flaum auf dem Körper gestoßen. Dafür wundert mich etwas ganz anderes: Mein Postfach ist leer, keine Nachricht von Tomé zu Margots Diebstahlsfall, wie ich gehofft hatte, aber auch sonst kein Lebenszeichen von ihm. Er war seit gestern überhaupt nicht mehr online, was seltsam ist. An seinem Handy geht komischerweise nur die Mailbox ran. Und als ich schließlich die Durchwahl zu seinem Arbeitsplatz wähle, wird der Anruf umgeleitet und eine freundliche Mitarbeiterin teilt mir mit, dass Monsieur Oulier erst morgen wieder im Haus sei. *Wo bist du, Tomé?*, denke ich. *Undercover-Ermittlungen, von denen niemand etwas wissen soll?* Schon unser letztes Gespräch hatte einen schrägen Klang gehabt, ich konnte nur nicht so recht den Finger darauf legen, was genau mir daran komisch vorkam. Doch als ich nun noch einmal alle Nachrichten durchgehe und auch Tomés Reaktion auf den geplanten Youtuber-Film Revue passieren lasse, fällt mein Blick auf den zerknitterten Vordruck der Drehgenehmigung. Heute springt mir Marie-Jeannes schiefes Kreuz regelrecht entgegen. Und langsam dämmert mir, was mir gestern schon hätte auffallen müssen. *Tomé hat den Youtubern Marie-Jeannes Kontaktnummer gegeben*. Bei unserem Gespräch war ich zu durcheinander und zu aufgewühlt, um die letzte Verbindungslinie zu ziehen. Aber nun kommt mir auch ein Satz von Sylvie in den Sinn, den sie einmal ganz beiläufig fallen gelassen hatte. Und ich brauche nicht lange zu suchen, um im Internet zu finden, was die ganze Zeit direkt vor meiner Nase war.

Sylvie war heute noch gar nicht auf Instagram aktiv, ihr letzter Post ist ein Mitternachtsselfie im Tanzclub Donjon. Wie erwartet, hole ich sie nun mit meinem Anruf aus dem Katerschlaf. »Hallo?«, nuschelt sie kaum verständlich.

»Guten Morgen, hier ist Fleur. Oh, tut mir leid, hast du etwa noch geschlafen?«

In der Pause kann ich den Zeitlupen-Ladebalken in ihrem Kopf vor mir sehen. »Fleur!«, murmelt sie, als er bei hundert Prozent angelangt ist. »Schon okay, ich muss sowieso aufstehen. Was gibt's?«

»Nur eine Frage: Hast du eine Ahnung, wo Antoine gerade ist?«

»Bei der Arbeit, wieso?«

»Aber er hat doch heute freigenommen.«

Mein *Beau-père* Roland würde es einen Probeschuss aus der Hüfte nennen. Und offenbar trifft er ins Schwarze.

»Ja schon, aber er fährt doch erst heute Nachmittag zu dem Treffen«, sagt Sylvie und gähnt. *Bingo, Miss Marple*, denke ich. *Und der Grund, dass er mich plötzlich ghostet, ist nicht gekränkte Eitelkeit.*

»Ach stimmt ja, er hat so etwas gesagt«, entgegne ich. Das ist eine glatte Lüge, aber Sylvie ist noch im Halbschlaf und bemerkt nicht, dass ich nicht besonders gut bluffe. »Das muss mir durchgerutscht sein. Danke, Sylvie, dann versuche ich es bei ihm auf dem Revier. Oder weißt du, wo er sich heute mit Marie-Jeanne trifft?«

Noch ein Schuss ins Blaue, und diesmal stutzt Sylvie. Die Pause reicht für einen irritierten Gedankensuchlauf. Jetzt sitze ich unwillkürlich noch gerader. Und als sie endlich das Puzzle zusammengesetzt hat und antwortet, würde ich vor Wut am liebsten die Papiere vom Tisch fegen. »Hat er dir etwa gesagt, er fährt heute wieder nach Saugues zu Marie-Jeanne?«, sagt sie und gähnt. »Nein, bei der war er doch gestern den ganzen Abend. Heute hat er, soweit ich weiß, irgendeinen Auswärtstermin für seinen Verein, aber worum es da geht, musst du ihn schon selbst fragen.«

*

Tomé kann meine Anrufe blockieren und sein eigenes Spiel spielen, ohne dass ich es bemerke, aber er kann sich nicht unsichtbar machen. Ich setze mich in Saint-Chély-d'Apcher in das Café am Markt, direkt gegenüber seiner Arbeitsstelle. Es ist erst elf Uhr, aber ich brauche die Zeit, um etwas runterzukommen. Für das Gespräch, das vor mir liegt, werde ich einen kühlen Kopf brauchen. Und für Tomé einen Schluck Wein. *Schließlich sind wir ja Kollegen, die auf neue Fährten anstoßen müssen, nicht wahr?*

Ich bin schon beim dritten Kaffee, als die erste Welle der Leute, die hier Mittagspause machen, abgeflaut ist. Und gerade als ich schon befürchte, dass ich Tomé vielleicht doch verpasst habe, tritt er endlich aus dem Gebäude und überquert den Platz, eine Hand lässig in der Tasche seines langen Mantels vergraben, in der anderen das Handy, auf das er beim Gehen den Blick gerichtet hält. Sein Mantel steht offen und sein selbstbewusster Gang lässt ihn auch heute wie ein Model wirken. Bei unserem letzten Mittagessen hier war er allerdings nicht wie für ein Vorstellungsgespräch gekleidet, während er nun unter dem Mantel einen eleganten taubenblauen Anzug trägt. Zum ersten Mal kann ich ihn mit nüchternen Augen betrachten. Seinen zielstrebigen Gang, das kaum wahrnehmbare Stutzen, als er den Blick hebt und mich plötzlich entdeckt – und das charmante Lächeln, mit dem er seine Überraschung überspielt, als ich ihm zuwinke, zu mir ins Café zu kommen. »Flór!«, ruft er mir schon von der Tür entgegen. »So eine Überraschung. Was machst du denn hier?«

»Ich bin zum Mittagessen vorbeigekommen«, gebe ich freundlich zurück. »Aber ehrlich gesagt hatte ich auch gehofft, dich hier zu treffen. Ich dachte, wenn du nicht ans Handy gehst, kommt das andere Ende der Leitung eben zu dir.«

Sein Lächeln kühlt nur kaum merklich ab. »Ich hatte seit gestern einfach viel zu tun.«

»Hast du jetzt eine Viertelstunde Zeit?« Ich deute auf den freien Platz. Tomé schaut kurz auf seine Uhr, dann lässt er sich mir gegenüber nieder. Doch er zieht seinen Mantel nicht aus und er wirkt angespannt und wachsam. Als er die zwei halb vollen Gläser Rotwein entdeckt, runzelt er die Stirn. »Nett gemeint, aber ich bestelle mir lieber einen Kaffee, Flór. Ich muss noch fahren.«

»Ja, ich weiß. Du hast extra den Nachmittag freigenommen, um zu einem Termin für den Verein zu fahren. Aber du sagst doch selbst immer, ein kleiner Schluck gehört dazu, wenn es Neuigkeiten zu feiern gibt.«

Ich proste ihm mit meinem Glas zu, nippe aber nicht am Wein. Sein Lächeln ist schlagartig verschwunden, er schaut mich scharf und prüfend an. Und es ist seltsam, dass ich auch die Dynamik zwischen Tomé und mir nach der Nacht mit Pierre mit ganz anderer Intensität wahrnehme. Ohne die dunklen Schmetterlinge der Angst im Zwerchfell ergibt sich zwischen uns ein Spiel auf Augenhöhe. Vielleicht spürt Tomé es auch. Er lehnt sich langsam zurück und mustert mich aus schmalen Augen.

»Du schuldest mir immer noch eine Antwort zu Margots Diebstahlsanzeige«, füge ich hinzu.

»Ich schulde dir gar nichts, Flór«, entgegnet er ruhig. »Und ich sagte dir doch, ich gebe dir Bescheid, sobald ich etwas Neues erfahre.«

»Dein Fall, deine Regeln?«, entgegne ich ebenso kühl. »Aber in einem hast du sicher recht: Von uns beiden bist du der bessere Ermittler. Ich stelle die falschen Fragen. Aber inzwischen habe ich zumindest meine Hausaufgaben gemacht.« Damit hole ich mein Handy heraus und lege es so vor ihn hin, dass er das Foto von sich und Marie-Jeanne bei einem Familienfest der Ouliers betrachten kann. »Ich hätte gleich darauf kommen sollen, dass ihr euch bestens kennt und sie von Anfang an mitgemischt hat. Sylvie hat zudem mal erwähnt, dass man in Saugues an jeder Straßenecke Exfreundinnen von dir über den Weg läuft. Es ist zwar schon ein paar Jahre her, seit Marie-Jeanne und du ein Paar wart, aber es ist doch schön, wenn man es trotz einer Trennung schafft, Freunde und vor allem *Partners in crime* zu bleiben.«

Ja, ich hätte es wirklich ahnen sollen. Hinter jedem guten Ermittler steht ein hervorragendes Netzwerk, das im Schatten agiert und ihm zuarbeitet. Doch bei meinem ersten Suchlauf nach Tomé war ich von seinem Glanz so geblendet, dass ich vergessen hatte, auch den Background zu scannen. Marie-Jeanne ist eine Frau, die gerne mit der Tapete verschmilzt, aber sogar auf den Bildern von Tomés Familienfesten ist sie oft irgendwo im Hintergrund als Teil der Menge zu sehen.

Ich hatte nicht erwartet, dass er sich wirklich ertappt fühlt, doch als er nun amüsiert auflacht, brodelt die Wut in mir wieder gefährlich hoch. »Das ist deine große Erkenntnis des Tages?«, sagt er spöttisch. »Dass Marie-Jeanne und ich vor Jahren mal kurz zusammen waren, ist ja nun wirklich kein Geheimnis.«

»Komisch, dass du es mir gegenüber dann nie erwähnt hast.«

Tomé grinst. »Eifersüchtig auf meine Exfreundin, Flór?«

»Nein, nur enttäuscht. Und das meine ich wörtlich, Tomé. Ich habe mich nur zu gerne von dir täuschen lassen, weil ich dir einfach vertrauen wollte. Ich dachte, wir beide seien das Team. Dabei waren wir die ganze Zeit zu dritt. Und ich könnte sogar wetten, du bist an jenem Tag nicht zufällig in das Café in Saugues gekommen. Du wusstest bei unserer ersten Begegnung bereits genau, wer ich bin. Hat Marie-Jeanne dir gesteckt, dass sich die Touristin mit dem Laptop und der Aktentasche für die alte d'Apcher-Sache interessierte?«

Ich kenne das amüsierte Zucken um Tomés Mundwinkel. Und auch das Blitzen in seinen Augen, als er sich vorbeugt und nun doch nach seinem Weinglas greift. Und das Verrückte ist, dass dieses Kräftemessen zwischen uns sich immer noch gut anfühlt.

»Was ist nur passiert, seit du ausgestiegen bist?«, bemerkt Tomé. »Du wirkst ja wie verwandelt. Und das Rot steht dir immer noch gut.« Er hebt sein Weinglas, doch sein Blick ruht auf meinem Mund und dem Make-up, das ich diesmal besonders sorgfältig aufgetragen habe. Heute lasse ich mich nicht aus dem Konzept bringen. Es ist eine interessante Erfahrung, die Welt vom anderen Ende der Skala aus zu betrachten – von der Seite der Jäger. Gefahr vernebelt die Sicht und Angst macht blind für die Kleinigkeiten, die direkt vor unserer Nase liegen. Doch wenn man keine Gefahren mehr fürchtet, weil man nur dem Hunger nach Leben, nach Wissen, nach Klarheit folgt, wird der Blick erstaunlich scharf und lässt nur Raum für das Wesentliche.

»Lenk nicht ab, Oulier«, sage ich. »Habe ich recht oder nicht? Du wusstest, wer ich bin, als du mir in Saugues scheinbar zufällig über den Weg gelaufen bist.«

»Und wenn es so wäre, muss ich mich vor dir nicht rechtfertigen, Fleur.«

»Aber du könntest mir zumindest jetzt die Wahrheit über das Reliquiar und den Beweis sagen. Fakten auf den Tisch, Antoine. Marie-Jeanne und du habt das Reliquiar doch längst gefunden, habe ich recht?«

Er schnaubt genervt, und endlich spart er sich sein überlegenes Lächeln. »Also schön«, sagt er in einem völlig veränderten Tonfall. Als er das Weinglas abstellt, ist er nur noch der Ermittler. »Der Mann, den deine Großmutter bei der Polizei anzeigen wollte, hieß Ulain Maurier. Er stammte aus Saugues, aber er besaß ein paar Grundstücke auf dem ehemaligen Land der d'Apchers. Die hatte er von seiner Mutter geerbt, die aus Ruynes stammte. Von den Pachteinnahmen lebte er – und viel war es nicht gerade, du weißt ja, die Gegend ist ziemlich steinig und karg. Als deine Großmutter damals aufgetaucht ist, muss sie ihm ziemlich zugesetzt haben. Eine ehemalige Nachbarin erinnerte sich, dass Margot Durand mehrmals bei ihm vor der Tür stand und sich lauthals mit ihm stritt. Er glaubte ihr wohl wirklich, sie könne ihm sein Land abnehmen, da wusste sie allerdings schon, dass sie vor Gericht leer ausgehen würde. Sie hatte es nicht mal durchgebracht, den Namen d'Apcher auf den Grabstein ihres verstorbenen Sohnes setzen zu dürfen. Vielleicht wollte sie Ulain Maurier dazu bringen, eine Art Ausgleichsregelung zu unterschreiben. Und irgendwie hat er es geschafft, ihr die vermeintlichen Beweise abzunehmen und … sie verschwinden zu lassen.«

»Was heißt das: sie verschwinden zu lassen?«, sage ich atemlos. »Dass ihr Margots Beweise also doch nicht gefunden habt?«

»Das Dokument jedenfalls nicht«, gibt Tomé ruhig zurück. »Wenn Maurier schlau war, hat er es verbrannt.«

»Und was ist mit dem Reliquiar?«

»Das wird damals kaum Feuer gefangen haben«, entgegnet Tomé lakonisch. »Trotzdem war es nicht einfach, es zu finden. Marie-Jeanne hat es schließlich über den Nachlass von Maurier aufgespürt.«

Und mir sagst du kein Wort davon. Ich muss mir auf die Zähne beißen, so sehr liegen mir ein paar hitzige Worte auf der Zunge. Tomé entsperrt sein Handy und sucht nun seinerseits ein Foto heraus. Und dann blicke ich auf das sakrale Schmuckstück. Es sieht exakt so aus wie das Reliquiar, das Margot gezeichnet hat. Nur eine kleine Lötstelle stammt wohl aus neuerer Zeit. »Ulain Maurier hatte zwar weder Frau noch Kinder«, fährt Tomé fort. »Aber eine jüngere Halbschwester, die nach seinem Tod alles erbte und sein Land an die Kommune verkaufte. Sie behielt nur ein paar private Erbstücke. Heute ist die Dame auch schon über achtzig und war sich gar nicht klar darüber, woher das Schmuckstück eigentlich stammte. Marie-Jeanne ist eine gute Verhandlerin. Und das Geld, das die Dame für das Reliquiar will, zahle ich nur zu gerne.«

»Das heißt, ihr beide kauft dieser Halbschwester *mein* Erbstück ab?«, entfährt es mir. »Und das alles lief die ganze Zeit hinter meinem Rücken.«

»Es ist mein Fall«, sagt er mit Nachdruck. »Und die Ergebnisse lege ich dir vor, wenn ich alle Fakten ausgewertet habe, nicht früher.«

Ich hatte mir vorgenommen, ruhig und beherrscht zu bleiben, aber seine Arroganz bringt mich zur Weißglut. »Wie konntest du mir das alles einfach verschweigen?«, stoße ich hervor. »Wolltest du sichergehen, dass ich dir auf keinen Fall dazwischenfunke?«

Tomé hebt den linken Mundwinkel zu einem arroganten Halblächeln. »Manchmal stellst du ja doch die richtigen Fragen, Flór«, sagt er. »In einer Hinsicht kenne ich dich besser als du dich selbst.

Du nimmst die Sache viel zu persönlich. Und wenn es um Fakten geht, sind Emotionen fehl am Platz.«

Jetzt hätte ich wirklich große Lust, ihm den Wein ins Gesicht zu schütten. »Und Marie-Jeanne und du fahrt also heute zu dieser Halbschwester und holt das Reliquiar.«

»Ich hole es ab«, korrigiert mich Tomé kühl. »Marie-Jeanne konnte nicht freinehmen, aber mir ist es offen gesagt auch lieber, mir das Beweisstück allein anzusehen.«

»Du wirst mir also nicht sagen, wo das Treffen stattfindet.«

Tomé lacht nur trocken auf und schüttelt den Kopf. »Ich wäre ein schlechter Ermittler, wenn ich das Risiko eingehen würde, dass du mir den Beweis abjagst, bevor ich ihn ausgewertet habe. Und das würdest du versuchen, nicht wahr? Schließlich sind wir beide Jäger.«

Er grinst mir zu. Sein Handy ist auf stumm gestellt, nur das Aufleuchten des Bildschirms zeigt, dass eine Nachricht eingetroffen ist. Ich kann sie nicht lesen, aber ich erkenne das Icon der Messenger-App. Tomé öffnet die Nachricht beiläufig und greift wieder zu seinem Weinglas.

»Ich halte mein Versprechen, Flór«, sagt er ernst. »Ich rufe dich als Erste an, sobald ich bei Madame Maurier bin.«

Das Verrückte ist, ein Teil von mir versteht ihn nur zu gut. Er handelt rational und schaltet alle möglichen Störfaktoren aus, um seine Beweise zu sichern. Mein Vater, der Cop, hätte bei einem seiner Fälle nicht anders gehandelt. Und obwohl ich so zornig auf Tomé bin, dass ich ihn am liebsten anschreien würde, kann ich nicht sagen, dass ich ihn als Mensch nicht länger mag. Im Gegenteil. Schärfer denn je nehme ich wahr, wie viel uns verbindet. Und er hat mich ganz richtig eingeschätzt, denn ich werde nicht zulassen, dass er mir zuvorkommt.

»Dann trinken wir auf dein Versprechen«, sage ich. Ich schaffe es sogar, ein Lächeln aufzusetzen, als ich zum Weinglas greife. Es hat einen Vorteil, wenn man das Glas nach französischer Art am Kelch fasst statt am Stiel. Es ist leichter, es aus Versehen umzustoßen.

»Verdammt!«, stößt Tomé hervor. Er springt auf, aber es ist zu spät. Der Wein ergießt sich über die Tischkante. Rotwein sprenkelt den blauen Stoff seiner Anzughose und auch der Mantel hat etwas abbekommen.

»Mist, das wollte ich nicht!«, rufe ich. »Oh nein, mein Handy!« Ich schnappe mir eine Serviette und werfe sie über unsere beiden Handys, als müsste ich Wein abtupfen. Inzwischen eilt schon die Bedienung herbei und versucht mit einer weiteren Serviette zu retten, was zu retten ist. Tomé wirft mir einen wütenden Blick zu und läuft zu den Toiletten.

Tja, ich mag keine Ermittlerin sein, aber die Kunst der Ablenkung beherrsche ich. Tomés Gerät ist noch entsperrt. Meine Hände sind so fahrig, dass mir das Gerät beinahe aus der Hand rutscht. Aber ich schaffe alles gerade noch rechtzeitig, bevor Tomé zurückkommt, die Weinflecken nur provisorisch entfernt. »Tut mir leid, Tomé.« Ich hoffe, ich wirke zerknirscht genug.

»Schon gut, nichts passiert«, entgegnet er. Doch an seinen Kiefern sehe ich, dass er wütend die Zähne zusammenbeißt, während er sein Handy einsteckt. »Also, bis nachher, ich melde mich.«

Damit lässt er mich stehen. Ich schaue ihm nach, wie er mit großen unwilligen Schritten den Platz überquert. Erst als er um die Ecke verschwunden ist, hole ich mein eigenes Handy wieder unter dem Tisch hervor. Max hatte mich immer im Verdacht, ein heimlicher Hacker zu sein. Und das hier ist kein Hexenwerk, wie ich vor ein paar Wochen schon Jenny Lesnik erklärte. Um auf fremde Daten Zugriff zu bekommen, braucht es lediglich ein entsperrtes Handy, das Wissen um die richtigen Einstellungen und ein paar schnelle Klicks, um es mit einem anderen Handy zu verbinden. Mir ist völlig klar, dass dieser hinterhältige *Loverboy-Move* alles andere als legal ist, aber ich werde den Teufel tun und zulassen, dass Tomé mir meine eigene Familiengeschichte abjagt.

*

Antoine Oulier ist zweifellos Experte, was Serienmörder, Wölfe und historische Gewehre angeht, aber von modernen Waffen im Schafspelz hat er wenig Ahnung, sonst hätte er seine Nachrichten noch einmal separat verschlüsselt, sensible Daten nicht in einer Backup-Cloud deponiert und seine Passworte nicht zum automatischen Abruf hinterlegt. Alles, was Tomé auf seinem Handy sieht und tut, kann ich als unsichtbarer User synchronisiert auf meinem Gerät nun auch sehen. Es ist, als würde ich mich als Tomés Spiegelbild tarnen. Ich muss nur aufpassen, dass ihn eine Bewegung auf der anderen Seite nicht stutzig macht. Aber vermutlich sitzt er gerade im Auto und wird kaum Mails schreiben, während ich nach Marie-Jeanne suche.

Als ich wieder im Lada sitze, fahre ich gar nicht erst los, sondern mache mich direkt auf die Suche. Ich hätte nun Zugriff auf Tomés Accounts, Mails, Chats, Nachrichten und Fotos. Mich interessiert aber nur die Korrespondenz zwischen ihm und seiner Partnerin *in crime*. Wie vermutet, werde ich bei den Messenger-Nachrichten schnell fündig. Die beiden chatten seit über einer Woche quasi ununterbrochen zu dem Fall. Zähneknirschend erkenne ich, dass sie sogar an dem Abend, als ich bei Tomé war, in Verbindung standen. Marie-Jeanne ist ein kühler Kopf und ihre Nachrichten knapp, aber umso aufschlussreicher. Ich sollte triumphieren, aber dieser Triumph schmeckt schal und bitter. Und als ich den nächsten Anhang öffne und einen Namen und eine Adresse mit einer kopierten Mail finde, hätte ich am liebsten laut geflucht.

Pierre scheint nur darauf gewartet zu haben, dass ich mich endlich melde. Er ist nach dem ersten Klingeln am Telefon. Und während ich rede, unterbricht er mich kein einziges Mal. »Er hat also nicht nur die Adresse dieser Halbschwester von Maurier, Marie-Jeanne hat außerdem schon vor drei Tagen mit ihr gesprochen«, sprudele ich hervor. »Sie hat einen möglichen Preis vereinbart, aber es gibt keinen Kaufvertrag, nur die mündliche Zusage, dass er Bargeld mitbringt und das Reliquiar bezahlt, wenn er es begutachtet hat und es wirklich haben will. Marie-Jeanne und Antoine haben nicht durchblicken lassen, welchen Wert es wirklich hat. Und Antoine ist jetzt gerade auf dem Weg zu Madame Maurier.«

Ich kann nicht fassen, dass Pierre lacht. »Hast du im Ernst etwas anderes von ihm erwartet, Fleur? Er macht sein eigenes Ding. Und ich sage es dir nicht gern, aber in mancher Hinsicht bist du keinen Deut besser als er. Du weißt schon, dass es nicht in Ordnung ist, ein Handy zu knacken?«

»Das ist mir klar«, entgegne ich ungeduldig. »Aber es geht um meine Familie! Wenn jemand Margots Beweise sichtet, dann bin ich das. Aber er ist bereits auf dem Weg zu der alten Dame. Und sie wohnt in Versailles.«

»Wo bist du gerade?«

»Noch in *Saint-Chély*.«

»Dann sind es nach Versailles etwa fünf Stunden.«

Ich schnaube nur. »Exakt. Und das heißt, selbst wenn ich mit dem Lada die Schallmauer durchbreche, hat Antoine mich mit seinem Vorsprung längst abgehängt.«

Am Ende der Leitung höre ich Pierre sehr tief durchatmen. »Es ist dir also wirklich so wichtig, Oulier zuvorzukommen, ja?«

»Das ist es, Pierre! Ich muss verhindern, dass sie ihm das Reliquiar gibt. Es ist meine Familiengeschichte!«

»Dann ruf Madame Maurier an und mach ihr ein besseres Angebot.«

»Daran habe ich auch gedacht, aber wie wahrscheinlich ist es, dass eine alte Dame einer windigen Fremden mit deutschem Akzent den Vorrang vor einem ehrwürdigen Polizisten gibt, dem sie außerdem zugesagt hat, das Reliquiar für ihn zu reservieren? Und als Marie-Jeanne werde ich mich kaum ausgeben können, ihre Stimme kennt sie schon.«

»Da ist was dran.« Doch in Pierres Tonfall schwingt etwas mit, das nur zu deutlich an Ricdin-Ricdon erinnert. »Aber …«, fährt er dann gedehnt fort, »Ouliers Stimme kennt sie nicht, oder? Er hat nie direkt mit ihr telefoniert, richtig?«

»Worauf willst du hinaus?«

»Nehmen wir an, er meldet sich bei ihr und sagt ihr, dass er heute leider nicht persönlich vorbeikommen kann. Aber dass er … jemanden vorbeischickt, der das Erbstück für ihn abholt – und auch die vereinbarte Summe bezahlt?«

Fast hätte ich aufgelacht, so überrascht bin ich. Vor allem davon, wie naheliegend es ist. »Und dieser Fake-Oulier am Telefon … wärst du?«

»Zumindest könnte ich mich bemühen, so wie er zu reden«, gibt Pierre ruhig zurück. »Und ich weiß ja nicht, ob es dir schon aufgefallen ist, aber ich bin auch ein ziemlich guter Verhandler.«

Knallharter Verhandler, denke ich bei mir. *Und ein Spieler dazu.* »Du weißt schon, dass das im Grunde Betrug wäre?«

»Betrug an wem?«, fragt Pierre trocken. »An Oulier, der mit gezinkten Karten spielt? Und Madame Maurier bekommt ihr Geld – so oder so.«

Ich bin nicht stolz darauf, aber ganz von selbst hat sich ein Lächeln in mein Gesicht geschlichen. Und zwar eines, das Oberkommissar Walter gar nicht gefallen würde.

»Dafür, dass du mir moralisch ins Gewissen redest, hast du ziemlich viel kriminelle Energie«, bemerke ich. »Aber nur mal angenommen, sie kauft uns den Schwindel ab – wie sorgen wir dafür, dass Antoine nicht vor uns bei ihr aufkreuzt?«

»Wir schaffen es nicht, vor ihm in Versailles zu sein. Also müssten wir dafür sorgen, dass jemand anderes vor Oulier bei der Adresse ist.«

»Und dieser jemand wäre dann wer?«

Pierre lässt sich Zeit mit der Antwort. Und bevor er mir antwortet, räuspert er sich die Kehle frei. »Ich … könnte meinen Bruder anrufen«, sagt er dann zögernd. »Ich bin sicher, er würde uns helfen. Er und Alice wohnen zwar auf der falschen Seite von Paris, aber wenn er sich von der Arbeit loseisen kann, müsste er es hinkriegen, in zwei Stunden in Versailles zu sein.«

»Du würdest wirklich Alain um Hilfe bitten?«

»Na ja, bei ihm weiß ich, dass ich mich darauf verlassen kann, dass es klappt. Wenn er mir nicht gerade die Frau ausspannt, kann ich auf ihn zählen.«

»Aber das kann ich nicht von dir verlangen, Pierre!«

Ein tiefes Durchatmen ist zu hören. »Du sagtest doch, es ist dir wirklich wichtig, das Reliquiar zu bekommen.«

Seine Worte treffen mich mitten ins Herz. Denn ich weiß nur zu gut, was der Anruf bei Alain ihn kosten würde. Und ich könnte heulen, weil mir noch nie jemand etwas gesagt hat, das einer Liebeserklärung so nahekommt. Ich muss schwer schlucken, um mich wieder zu fangen. Und so einfach es wäre, ich schüttle den Kopf, obwohl Pierre es nicht sehen kann. »Ich danke dir«, sage ich aus vollem Herzen. »Aber … ich habe eine andere Idee.«

*

Die fünf Stunden, die Tomé benötigen wird, um nach Versailles zu kommen, haben mich etwas heruntergebremst und halten meinen Fuß auf dem Gaspedal ruhig, während ich zu Pierre fahre. Madame Mauriers Telefonnummer habe ich noch auf dem Parkplatz an Pierre weitergeleitet. Und als ich ein Stück langer, leerer Bergstraße vor mir habe, rufe ich Max' Nummer auf. Er meldet sich aus dem Zug, versetzt mit Hintergrunddröhnen und Kindergeschrei. »Na endlich«, ruft er. »Ich dachte schon, du wärst verschollen.« Seine Stimme hallt über die Freisprecheinrichtung im Auto wider. Es tut gut, ihn zu hören.

»Hey, Kleiner«, sage ich zärtlich. »Wie geht's dir?«

Max stutzt kurz, dann lacht er. »Silberrosa, schätze ich«, sagt er nach kurzem Überlegen. »Wie der Himmel bei einem Sonnenaufgang, so fühle ich mich gerade die ganze Zeit. Und du, Große? Wie geht es dir?«

Ich denke an Pierres Augen und kann gar nicht anders, als zu lächeln. »Feuergolden«, antworte ich. »Wie klarer Bernstein, durch den die Sonne so hell hindurchscheint, dass man alles genau erkennen kann.«

»Wow«, sagt Max. »Was ist passiert?«

»Später, Max, das ist eine längere Geschichte. Wo seid ihr beiden gerade?«

»Im TGV. Wir haben noch etwa zwei Stunden bis Paris.«

Ich schiele auf die Uhr auf dem Armaturenbrett. »Wann kommt ihr genau an?«

»Viertel vor fünf, wieso? Du sitzt im Auto, nicht wahr? Holst du uns etwa in Paris ab?«

»Nein, Max, hör zu, ich kann nicht viel erklären, aber es geht um Margot und das Erbstück. Hast du noch das Geld auf dem Konto, das ich dir für Berlin geliehen habe?«

»Ja. Bis jetzt habe ich nur das Geld für das Zugticket ausgegeben.«

»Gut. Sobald ihr in Paris ankommt, gehst du zur nächsten Bank. Lass dir fünfzehnhundert Euro bar auszahlen. Deponiert euer Gepäck irgendwo und schaut, dass ihr so schnell wie möglich nach Versailles kommt. Wenn ihr keine Bahn erwischt, nehmt ein Taxi, die Adresse schicke ich dir noch. Und tut mir einen Gefallen – falls ihr irgendetwas Seriöseres als eure Backpacker-Kluft dabeihabt, zieht es bitte an.«

*

Ich kann nur hoffen, dass die alte Dame das Schmuckstück auch zwei jungen Kerlen in die Hand drückt, die nur Schulfranzösisch beherrschen. Pierre hat da weniger Sorge, er hat fast eine halbe Stunde mit Madame Maurier telefoniert und sie auf alles vorbereitet. Vermutlich hält sie Antoine Oulier nun für einen richtig netten Kerl, mit dem sie ein unterhaltsames Gespräch hatte. Die beiden haben sogar über Paris geplaudert.

Nun lenkt Pierre ruhig den Lada in Richtung Versailles, während ich auf dem Beifahrersitz auf dem Handy alle Koordinaten im Blick behalte. Inzwischen habe ich Max mit meinem Jagdfieber angesteckt, von Telefonat zu Telefonat wird er aufgeregter. Inzwischen ist er in Paris, ich höre seine schnellen Schritte und das Hintergrundtosen der Straße am *Gare de l'Est*. Es wundert mich, dass ich seine Sohlen klappern höre, normalerweise trägt er Outdoorschuhe oder Sneaker. »Wir nehmen die nächste Regionalbahn«, keucht er. »Aber dafür müssen wir erst noch innerhalb von Paris umsteigen. Falls wir die Bahn noch erwischen, sind wir dann in einer halben Stunde in Versailles. Ich melde mich wieder, sobald wir in der Altstadt sind. *Bye*, Große!«

»Spring nicht vom Sitz«, sagt Pierre mit einem Lächeln. »Wir haben noch Zeit und die Jungs auch. Oulier hat noch ein ganzes Stück Fahrt vor sich. Und um die Zeit steckt er ohnehin im Feierabendverkehr fest.«

Und wenn er auf die Idee kommt, sich zwischendrin bei Madame Maurier zu melden, wird er auf der anonymen Sprachboxmeldung von Pierres altem Nokia landen, beruhige ich mich. Wenn man freien Zugriff auf Daten hat, ist es die leichteste Übung, eine Telefonnummer zu ändern. *Komm runter, Fleur*, ermahne ich mich. Trotzdem starre ich wie die Schlange Kaa auf mein Handy – beziehungsweise auf die Spiegelung von Tomés Phone.

*

Eine Stunde kriecht vorbei und Max hat sich immer noch nicht gemeldet. Und als ich ihn anrufe, ist der Teilnehmer plötzlich nicht mehr erreichbar. »Mach dir keine Sorgen«, sagt Pierre. »Die melden sich schon. Und jetzt hör auf, das Handy anzustarren, als wolltest du es hypnotisieren. Du kannst nichts machen, also atme einfach mal durch. Erzähl mir lieber von Max und seinem Freund.«

Bei diesen Worten macht er das Radio an. Die Musik von Tri Yann erschallt, Max' CD ist immer noch im Laufwerk. Pierre lächelt mir überrascht zu. »Du hörst bretonischen Folkrock?«

»Die CD hatte mein Bruder für unsere Fahrt nach Luxemburg aufgenommen. Er entdeckt wohl gerade seine Liebe für Frankreich.«

»Tja, dann haben er und ich ja schon etwas gemeinsam«, bemerkt Pierre. »Ich mag diese Band. Und … ich entdecke gerade meine Liebe zu Deutschland.« Unsere Blicke treffen sich kurz, dann konzentriert sich Pierre wieder auf die Fahrbahn. In mir aber flirrt wieder alles und als ich zu ihm hinübergreife, löst er eine Hand vom Lenkrad und umschließt meine Linke so fest, dass ich für ein paar Sekunden tatsächlich vergesse, mir um Max und das Reliquiar Sorgen zu machen.

Es vergeht eine weitere halbe Stunde und dann noch eine. Und so hart es ist, in diesen kriechenden Ewigkeiten erkenne ich, dass mir die Kontrolle längst völlig entglitten ist. Ich kann nur noch hoffen, dass nichts schiefgeht.

Nach ganzen eineinhalb Stunden meldet sich plötzlich Max' Handy zurück.

Sorry, lese ich. *Akku war leer und Tom hat sein Handy in der Hektik im Hotel gelassen. Wir sind jetzt schon im Café La Pêche, Rue du Général Leclerc, direkt neben der Steckdose. ;-) PS: GOT IT!*

»Vielen Dank, Chardon«, murmelt Pierre nach meinem gellenden Triumphschrei. »Jetzt bin ich nicht nur todmüde von der schlaflosen Nacht, sondern auch noch taub.«

Wir kommen viel später in Versailles an als geplant. Tourenbusse voller Touristen schieben sich hier träge durch den Verkehrsstrom, auf schnurgeraden, strahlenförmig angelegten Straßen, die alle zum Schloss von Versailles führen. Von der Ferne glänzen die Gitter vor den Palastgebäuden und erinnern mich an die goldenen Tore von Nancy. Ich widerstehe dem Impuls, mich tief in den Sitz zu ducken, sobald uns ein schwarzer Renault Mégane überholt, der Tomé gehören könnte, aber wahrscheinlich ist er längst auf dem Weg zurück nach Saugues, ziemlich sicher fassungslos und vermutlich auch außer sich vor Wut. Ich kann nur hoffen, dass die alte Dame nicht zu verwirrt war. Tomé ist zwar kein Typ, der seinen Unmut an anderen Leuten auslässt, trotzdem schulde ich Madame Maurier einen Anruf und ein paar Erklärungen. Ihr Kontakt ist das Einzige, was ich von Tomés Daten behalten werde. Nach Max' Nachricht habe ich sofort die Telefonnummer der Dame in Tomés Kontakten wieder geändert, alle weiteren Spuren der Übernahme gelöscht und die Verbindung mit seinem Handy gekappt.

Im Stautempo kriecht der Palast an uns vorbei und mit ihm lassen wir Ludwig XV. hinter uns, und auch seinen Jäger Monsieur Antoine, den der König ins Gévaudan schickte, um die wahre Bestie zu erlegen. *Vielleicht wirst du ja eines Tages mehr Glück haben als der Jäger des Königs, Tomé,* denke ich. *Aber dieser Tag ist nicht heute.*

*

Ich konnte nicht anders als die letzten Meter zum Café zu rennen. Und im ersten Moment hätte ich meinen Bruder um ein Haar nicht erkannt. Zusammen mit Tom sitzt er an einem Ecktisch. Die beiden sehen aus wie die Men in Black. Max hat einen Seitenscheitel durch seine Locken gezogen und sie glatt gekämmt. Er trägt ein weißes Hemd und den Anzug von seinem Abi-Abschlussball. Tom ähnelt nur noch entfernt seinem wilden Instagram-Ich. Er ist ebenfalls auf brav und seriös gestylt und hat sich mit Jackett und Hemd in Schale geworfen, ganz so, als hätten die beiden Jungs für die Reise einen Abend in der Pariser Oper eingeplant. Max grinst, als er meine ungläubige Miene sieht, dann schiebt er sich hinter dem engen Tisch hervor und umarmt mich mitten im Café. »Fleur! Wow, du siehst … einfach toll aus. Seit wann trägst du so schrilles Rot?« Doch dann entgleisen auch ihm die Züge, als Pierre an mich herantritt und beiläufig den Arm um meine Taille legt.

»*Salut, Max*«, sagt er zu meinem kleinen Bruder. »*Pierre. Je suis heureux de faire ta connaissance.*«

»Hi!«, erwidert Max nur und ergreift ziemlich verdattert die Hand, die Pierre ihm hinstreckt. Weiter kommen die beiden nicht. Der Kellner beschwert sich, dass wir den engen Raum zwischen den Tischen blockieren und so drängen wir uns zu der Sitzecke, wo Tom schon aufgestanden ist und mir sichtlich nervös entgegenblickt. »Hallo Fleur«, sagt er. »Freut mich, dass wir uns kennenlernen.«

»Und mich erst, Tom!« Ich ignoriere seine Hand und umarme ihn einfach zur Begrüßung. »Danke, dass du mit Max zusammen das Erbstück geholt hast!«, sage ich aus vollem Herzen.

»Echt kein Thema«, erwidert Tom etwas verdattert und lächelt überrascht. Er wirft Max einen vielsagenden Blick zu. Ich will lieber nicht wissen, wie sehr Max' Beschreibung seiner analytisch-kühlen großen Schwester gerade mit der erlebten Wirklichkeit kollidiert.

Pierre nimmt neben mir Platz, ganz beiläufig gibt er mir einen Kuss auf die Wange, bevor er sich auch Tom vorstellt, diesmal in Englisch, das er mit einem deutlichen französischen Akzent spricht. Überraschenderweise antwortet Tom ihm in ganz ordentlichem Französisch. Man merkt den beiden an, dass sie sich auch ganz ohne Sprachen auf Anhieb bestens verstehen.

»Du hast also auch einen Prinzen gefunden«, raunt Max mir verstohlen ins Ohr.

»Die Prinzen seid ihr zwei«, raune ich zurück.

Und dann fällt mein Blick auf den schmalen, abgeschabten Schuhkarton, der zwischen Tom und Max auf der Sitzbank steht. Max stellt ihn auf den Tisch und hebt den Deckel hoch. Er holt zerknülltes und schon seit Jahren vergilbtes Zeitungspapier heraus und birgt unter diesem Polstermaterial dann einen Gegenstand, der schon lange nicht mehr silbern aussieht, sondern dunkel angelaufen ist. Nur die kleine Lötstelle, die ich schon vom Foto kenne, glänzt in einem glatteren, helleren Ton. Das Reliquiar, das Margot gehörte, wiegt erstaunlich schwer in meiner Hand. Ich halte es ins Licht, aber die kleine Kammer, die als Behälter für eine Reliquie gedacht war, ist nicht durchbrochen und zudem fest verlötet. »Darf ich?«, fragt Pierre und nimmt mir den Anhänger ab. Aus seiner Arbeitsjacke mit den vielen Taschen zaubert er eine winzige Zange mit spitzen Enden hervor.

»Vorsichtig!«, entfährt es Tom. Aber Pierre ist kein Mensch, der sich der Vergangenheit beugt, er setzt die Zange an – und knackt das verlötete Schloss mit ein paar routinierten Griffen auf. Max ist blass geworden und auch mir bleibt fast das Herz stehen, als er den kleinen Deckel aufklappt. Das Erste, was ich erkenne, ist ein bräunlicher, fleckiger Fetzen. Ehemals war der Stoff vielleicht weiß, aber als Pierre das Knäuel mit der Zange vorsichtig aus dem Reliquiar hebt und auseinanderzieht, stellt sich heraus, dass nur die dunklen Flecken den Stoff so versteifen wie getrocknete Farbe. Und dass es gar keine Farbe ist. »Das ist Blut, oder?«, fragt Tom.

Und der Stoff war vielleicht Teil einer bestickten Schürze, von der ein Streifen abgerissen worden war, setze ich in Gedanken hinzu. *Vielleicht, um eine Wunde zu verbinden.* Aussprechen kann ich es nicht, viel zu sehr rast mein Herz. Die Stichmuster auf dem Stoff sind noch zu erahnen, genau wie ein paar verkrustete lose Stickfäden. Und als Pierre den Stoff mit den Spitzen der Zange behutsam ganz auseinanderbiegt, enthüllt diese seltsame Blüte eine schwarze Kugel. »*Ce n'est pas un projectile de plomb*«, murmelt Pierre mir zu.

»Was?«, höre ich Max sagen.

»Er sagt, es ist keine Bleikugel«, flüstere ich. »Sie ist aus Silber gegossen. Und zwar mit Irènes Kokille.«

Durch den Aufprall wurde das Geschoss verformt, aber dort, wo sich Blut gesammelt hat, ist noch deutlich zu erkennen, dass die Kugel einen Makel hatte.

»Was ist eine Kokille?«, will Tom wissen. Ich muss mich zusammenreißen, so sehr springen meine Gedanken durcheinander. Ich bin froh, dass ich sitze, denn innerlich zittere ich so sehr, dass mir fast schwindelig wird.

»Ein Gerät zum Gießen von Gewehrkugeln«, erkläre ich. Pierre fragt nicht nach, während ich den beiden Jungs kurz auf Deutsch erkläre, worum es geht. Aber unter dem Tisch greift er nach meiner Hand und hält sie fest. Erst als ich geendet habe, deutet er auf das Reliquiar und sagt: »Da drin ist noch etwas.«

Ich hatte das zusammengefaltete Stück Papier fast übersehen. Als Pierre es ganz behutsam mit der Zange hervorholt und auseinanderfaltet, entpuppt es sich als kleine Liste in einer blassen Schrift, kaum noch lesbar. Aber im schrägen Licht kann man Namen und Jahreszahlen entziffern. Mein Herz stolpert, als ich einen Namen darauf erkenne. »*Une généalogie*«, hauche ich. Es ist tatsächlich eine Art Stammbaum-Verzeichnis. Knisternd und voller brüchiger Risse entfaltet sich die Geschichte der nachfolgenden Generationen. Jeweils nur ein Kind, meist ein Sohn. Und in den Zahlen, die sich wie Binärcodes dicht an dicht reihen, finde ich endlich meine Antwort. »Wir hatten recht mit unserer Vermutung, Pierre«, hauche ich auf Französisch. Diesmal falle ich ganz von selbst in die Sprache meiner Kindheit. »Claire und Lucien sind tatsächlich zusammengekommen. Aber Lucien … starb keine Woche nach ihrer Flucht. Vielleicht an der Verletzung durch diese Kugel.« *Und vielleicht können wir doch wissen, was wir nie selbst erlebt haben.* Tom und Max schauen mich fragend an, aber ich kann noch nicht übersetzen, was ich selbst erst begreifen muss. *Fürchte nicht die Wölfe. Fürchte die Jäger.* Meine Augen brennen so sehr, dass ich sie schließen muss. Ich will nicht an meine Albträume denken. Aber in dem pulsierenden Rot hinter den Lidern ist der Wald, und ich fliehe vor einem Jäger, der Irènes Waffe hält. Ich kann nur hoffen, dass sie es nicht selbst war und wirklich zur Zeit der Jagd mit ihrem Beichtvater zusammen betete, wie es überliefert ist. Doch vielleicht war es kein kaltblütiger Mord, sondern ein Unfall? Tomé sagte, dass die Gewehre damals nicht sicher zielen konnten. Eine Kugel mit einem Makel fliegt noch unwahrscheinlicher in der vorgesehenen Bahn. Ich werde wohl nie wissen, wer auf Lucien schoss und was damals im Wald wirklich geschah. Aber ich spüre den Schmerz der Kugel, die Lucien traf, und auch die ganze Wucht seiner Verzweiflung, die mir auch in den Träumen in der Kehle brennt: *Aber ich bin doch kein Tier!*

»Von Claire wurde nur ein blutiges Stück Schürze gefunden«, flüstere ich. »Man erklärte sie für tot. Aber sie war unverletzt und schaffte es allein bis nach Nevers. Dort bekam sie nur wenige Monate später Luciens Sohn, Julian.« *Und sein Sohn hieß Baptiste und dessen Sohn Gabriel …*

Die Stimme bricht mir weg. Das Echo hallt so stark in mir, dass ich zittere. Pierre legt den Arm um mich und auch Max rückt an mich heran und greift nach meiner Hand. Ich konnte nicht weinen, als ich die Todesnachricht von Maurice erhielt. Aber jetzt weine ich – um den Jungen, der so lange im Donjon versteckt gehalten wurde, dass er vielleicht selbst schon glaubte, eine Strafe Gottes und ein Tiermensch zu sein. Ich weine um das Mädchen, das ihn liebte und ihn auf diese grausame Weise verlor – genau in dem Moment, als er zum ersten Mal frei war. Und dann weine ich endlich auch um meinen leiblichen Vater, um meine Großmutter und um meinen Onkel Lucien.

Schneewittchens Spiegel

In der letzten Nacht ist früher Oktoberschnee gefallen. Noch immer schweben fedrige Flocken vom Himmel und decken alle Spuren zu. Der Atem bauscht sich vor meinem Gesicht, als ich am Morgen den Friedhof von Saugues betrete. Es ist noch dämmrig und zu früh für die üblichen Sonntagsbesucher, noch schlafen auch die Hunde in den umliegenden Gehöften. Ich bin alleine hier in einer schneedichten Stille, in der mein eigenes Atmen und meine Schritte überlaut klingen. Die Graspfade zwischen den Grabreihen sind unsichtbar geworden und auch der Keramikschmuck und die künstlichen Blumen auf den Gräbern sind mit einem dicken Flockenpelz überzogen. Luciens Grab ist weiß überweht. Ich wische das Namensschild frei und entsorge die vertrockneten Reste der Asternsträuße, die ich bei meinem letzten Besuch hier abgelegt hatte. Zum dritten Mal stehe ich am Grab meines jungen Onkels. Aber die Drei ist nicht länger meine Unglückszahl. Heute vollendet sie nur das, was über Jahrhunderte hinweg zusammenfinden musste. Ich lege die frischen Blumen vor das Kreuz. Es sind weiße Rosen – solche, wie in Echternach an der Fassade von Margots Haus wuchsen, dem Elternhaus von Maurice und seinem Bruder. Eine Rose für jede Seele: Für Lucien d'Apcher und Claire Pélissier. Für meine Großmutter, meinen Vater und für meinen Onkel Lucien Durand. Und als ich auch noch das rote Grablicht entzünde und in den Schnee stelle, kommt etwas in mir endgültig zur Ruhe, als würde der Herzschlag der Zeit für einige Sekunden innehalten. Manche Fluchten enden erst nach zweihundertfünfzig Jahren. Und in der Pause zwischen Aus- und Einatmen sind wir tatsächlich über alle Zeiten hinweg verbunden. Meine Narbe spannt in der Kälte, als ich lächle. Und als ich mit der Hand unter meinen Schal fahre und unter meinen schneekalten Fingerspitzen den Flaum am Nackenwirbel fühle, ist da wieder die unbändige Freude, mein eigenes Feuer wiedergefunden zu haben.

Mit einem trockenen Knall fällt in der Nähe ein Kofferraum zu. Das Geräusch des nahenden Wagens habe ich überhört – oder der Wind hat es in die andere Richtung getragen. Ich ziehe die Mütze tiefer in die Stirn und schultere die Tasche, in der heute kein Laptop ist.

Ohne Eile folge ich meinen eigenen Spuren im Schnee zurück zum Friedhofstor und trete auf eine Plateauebene hinter der Mauer – dorthin, wo alle Straßen bergab führen und von wo aus man die beste Aussicht auf das Land hat. Noch bevor ich sie sehe, höre ich schon die Wölfe. Tomé hat sich Zeit gelassen, zu dem Treffpunkt zu kommen, dem ich ihm per Mail vorgeschlagen hatte. *Aber er ist tatsächlich gekommen*, denke ich. Mein Herz schlägt nun doch bis zum Hals.

Die meterlangen Schleppleinen hält er in lockeren Schlingen in der Hand. Seine Wolfsmischlinge halten sich ohnehin nahe bei ihm. Sobald sie mich entdecken, fängt Ors an, mit dem Schwanz zu wedeln, Fada dagegen wird nach Wolfsart wachsam und beobachtet mich sehr genau. Zwei Meter vor mir bleibt Tomé stehen, die Wölfe nun eng an der Leine an seiner Seite. Er trägt seinen eleganten Mantel, in dem er mir das erste Mal begegnet ist. Sein Blick ist sehr ernst und seine Augen werden schmal und wachsam, als wir einander mustern. In der Kälte und dem Schnee, der sich in seinem Haar fängt, bekommen seine klaren Züge eine Schönheit, die mich wieder gefangen nimmt. Schweigend wenden wir beide der Stadt den Rücken zu und schauen Seite an Seite in die Ferne. Es ist immer noch dieser Gleichklang zwischen uns zu spüren. Und vielleicht nehmen das auch die Wölfe wahr, denn als Tomé die Leinenschlingen locker lässt und nur die Enden in der Faust behält, fühle ich kurz darauf einen Lufthauch und die Berührung einer kühlen Nase in der Wölbung meiner Hand. Ich wage nicht, mich zu rühren, als der Wolf mir über die Finger leckt. Und während ich die Berührung mit klopfendem Herzen zulasse, springt ein paar Meter vor mir Ors in den Schnee und mir wird mit einem kleinen heißen Schreck klar, dass es Fada ist, die meine Nähe sucht. Als ich zu ihr herunterschaue, starrt die schwarze Wölfin aus Bernsteinaugen zurück. Noch nie waren wir einander so nah. Doch als hätte mein Blick die Nähe zerstört, duckt sie sich und huscht davon – im großen Bogen flieht sie vor mir, so weit es die Leine zulässt. Tomé wechselt die Leinenhand und Fada gesellt sich zu Ors, die sich noch immer begeistert im Schnee wälzt. Ich schließe die Hand, als könnte ich die Berührung festhalten. *Wolfsatmen in meiner Hand.* Denn auch wenn Fada vor mir flieht, für eine Sekunde war sie da und hat mich daran erinnert, dass auch ich ein Teil der Wildnis bin – und sie ein Teil von mir.

»Schön, dass du gekommen bist«, sage ich leise zu Tomé.

Nur aus dem Augenwinkel sehe ich sein Schulterzucken. »Du wolltest, dass ich herkomme«, sagt er sehr kühl. »Hier bin ich. Also, was willst du noch?«

»Ich hatte gehofft, dass wir Frieden schließen, Tomé. Wir waren zwar Konkurrenten bei der Jagd auf das Beweisstück, aber wir sind keine Feinde, zumindest … hoffe ich das.«

Er schnaubt nur spöttisch. »Um mein Feind zu sein, müsstest du Ehre im Leib haben. Aber du bist nur eine Diebin.«

Es klingt beherrscht und überlegen, aber ich kann regelrecht fühlen, wie es in ihm brodelt. Er wäre nicht der stolze Antoine Oulier, wenn er sich erlauben würde, sich eine Niederlage einzugestehen. Auch bei Madame Maurier hat er sich nicht anmerken lassen, dass er gerade aufs Kreuz gelegt wurde. Und wir beide wissen, er kann mir nichts nachweisen. Er ist der Ermittler, aber digitale Spuren verwischen kann ich besser als er.

»Ich verstehe, dass du das denkst«, antworte ich. »Aber ich habe nichts gestohlen, was mir nicht ohnehin gehört.« Meine Finger sind klamm vor Kälte und brauchen eine Weile, um den Reißverschluss der Laptoptasche aufzubekommen. Tomé runzelt misstrauisch die Stirn, als ich den Karton hervorhole. Vorsichtig nehme ich den Deckel ab und halte ihm die offene Kiste hin. »Hier, das gehört mir jetzt nicht mehr.«

Er mustert mich so scharf, als rechne er damit, in eine Falle zu tappen. Auf mein aufforderndes Nicken hin tritt er schließlich doch näher. Und als sein Blick in den Karton fällt, verwandelt sich seine Miene völlig. »Ist das …«

»Das Reliquiar, dass ich geerbt habe, ja. Du hast es wiedergefunden und ich habe es in Versailles abgeholt. Ich habe lange mit Madame Maurier telefoniert und ihr erklärt, was es mit dem Reliquiar auf sich hatte. Sie hat darauf bestanden, mir das Geld dafür zurückzugeben. Es tat ihr leid, dass ihr Halbbruder es Margot gestohlen hatte, und sie wollte diese alte Geschichte wiedergutmachen. Und ich spende Irènes Schmuck jetzt dem Archiv eurer Gesellschaft – oder ihr gebt es an ein Museum weiter, das solche Kostbarkeiten ausstellt. Denn mit dem Bestienfall hat es nichts zu tun.«

Tomé ist immer noch misstrauisch. Aber als er das Artefakt behutsam herausholt, leuchten seine Augen auf. Das Reliquiar pendelt an der Kette und glänzt im Winterlicht auf, Turm, Axt und Wolfskopf. Pierre hat das Silber vorsichtig gereinigt und alle Spuren, die beim Öffnen des Reliquiars entstanden sind, unsichtbar gemacht.

Tomé schluckt. »Und?«, fragt er heiser.

Ich schüttle den Kopf. »Leer. Leider. In dem Reliquienfach war kein Beweis zu finden. Vielleicht ist der Inhalt irgendwann herausgenommen worden und verloren gegangen. Ich vermute eher, dass der Besitz eines Schmuckstücks aus Irènes Händen der Beweis an sich sein sollte. Und dass es ein Erbstück ist, heißt ja nicht, dass es nicht einfach aus irgendeinem Antiquariat stammen könnte. Zumindest hat es eindeutig Irène d'Apcher gehört – und damit hat es immerhin historischen Wert.«

Es würde mich wundern, würde Tomé mir vorbehaltlos glauben. Und dafür schweigt er zu lange. Es fällt mir nicht leicht, seinem bohrenden Ermittlerblick standzuhalten. Endlich, nach einer Ewigkeit, gibt er sich wider besseres Wissen geschlagen. »Und du behauptest immer noch, keine Jägerin zu sein, Flór?«

Dieser Name aus seinem Mund berührt mich wie eine warme Welle und entfacht ein Lächeln auf meinem Gesicht.

»Ich nehme an, du wirst mir nicht verraten, wer der Kerl war, den du dafür eingespannt hast, bei Madame Maurier anzurufen und ihr weiszumachen, ich käme an diesem Tag nicht persönlich bei ihr vorbei?«, will er dann wissen.

»Du wirst es sicher noch herausfinden«, sage ich. *Und es wird dir nicht gefallen.*

Tomé schnaubt. »Sagst du mir dann wenigstens, ob Lucien der Täter gewesen sein könnte?«, sagt er unwillig.

»Er war es nicht.« Und dann gebe ich doch etwas preis von dem, was ich nie einem Jäger anvertrauen wollte. »Zwar lebte er 1767 noch, genau wie du vermutet hattest. Aber er starb, noch bevor dein dritter Mord geschah. Und deine anderen Morde ereigneten sich, als er im Donjon eingesperrt war. Irène ließ ihn tatsächlich für die vermeintlichen Sünden seines Vaters büßen. Frag mich nicht, woher ich das weiß, aber ich weiß es. Er kann es nicht gewesen sein, Tomé.«

Er runzelt kritisch die Stirn. »Sicher?«

»Du kennst mich inzwischen gut genug, um zu wissen, dass ich einen Mörder nicht schützen würde – selbst, wenn Lucien d'Apcher wirklich mein Vorfahre gewesen wäre. Aber er war nicht mein Ahne. Zumindest fehlt dafür jeder Beweis.«

Zwei Lügen in zwei Sätzen. Aber heilsame Geheimnisse gehören nur denen, die sie gut genug hüten und vor dem Wind schützen wie kostbare Flammen. Wie zum Beispiel die Liebe, die Claire und Lucien zusammengeführt hat. Die Idee gefällt mir: Dass wir in jeder Generation diese Flamme weitertragen statt – wie Margot – auf den Knien die Asche verbrannter Existenzen anzubeten und damit nur die Echos zu nähren.

Vielleicht glaubt mir Tomé. Da ist eine hauchfeine Veränderung um seine Augen, ein Lächeln, das seine Mundwinkel nicht erreicht.

Behutsam legt er das Reliquiar in die Kiste zurück. »Dann danke ich für die Spende«, sagt er betont sachlich. »Unser d'Apcher-Spezialist in Clermont-Ferrand wird außer sich sein vor Freude.«

»Das heißt, wir beide schließen Frieden?« Ich strecke ihm die Hand hin. »Oder zumindest einen Waffenstillstand?«

Tomé lacht trocken auf. »Ich schätze, die Jagd ist vorbei«, antwortet er und schlägt ein. »Zumindest für dieses Jahr.« Ein paar Sekunden messen wir uns mit dem Händedruck, ein letztes Kräftespiel zwischen uns, das unentschieden ausgeht. Und als wir uns in die Augen sehen, bricht die Spannung endgültig und wir lächeln einander zu.

»In der Mail hast du geschrieben, du reist heute ab?«, will er wissen.

»Ja, aber nicht nach Deutschland, erst fahre ich nach Paris.«

»Um weiterzusuchen?«

»Nein, es wird eine Art Familientreffen. Meine Eltern haben sich ein paar Tage Urlaub genommen. Mein kleiner Bruder kommt auch.« *Und Pierre wird mich begleiten.* Bei diesem Gedanken glüht mein Herz in meinem Feuer, das mich ganz erfüllt.

Die Leinen rucken in Tomés Faust. Die Wölfe nutzen den ganzen Spielraum aus und balgen sich am Abhang mit Geknurr und gefletschten Zähnen. Verhedderte Schleppleinen schleifen im Schnee. Das Weiß staubt wie eine Aura, während sie einander immer wieder einen Stock abjagen, den sie am Hang gefunden haben. Ich schaue auf das Land hinaus, die fernen Berge und Wälder, alles, was mir in seiner Weite und Freiheit früher Angst gemacht hätte.

»Schau sie dir an«, höre ich Tomé sagen. »Die sind wie wir zwei.« Dann grinst er mir verschmitzt zu und ruft Fada und Ors zu sich. Er dreht sich nicht mehr um und ich schaue den dreien nach, bis sie auf dem Weg zum Parkplatz aus meinem Blickfeld verschwinden.

Mein Weg führt in die andere Richtung. Schon von Weitem sehe ich Pierre auf dem Parkplatz vor dem Hotel Sabatier. Mit verschränkten Armen lehnt er am Lada, in einen langen braunen Wintermantel aus Wolle gehüllt, die Mütze über das lockige Haar gezogen. In seinem Gesicht geht die Sonne auf, als er mich sieht. Er winkt mir zu. Ich widerstehe dem Impuls, meinen Schritt zu beschleunigen und koste die Zeit aus, in der ich ihm entgegengehe. Denn zum ersten Mal seit vielen Jahren gehe ich langsam, aufrecht und den Blick nach vorne gerichtet. Es ist ein ungewohntes Gefühl, nicht mehr auf der Flucht zu sein.

»Frierst du nicht?«, fragt Pierre, als ich bei ihm bin. Er knöpft seinen Mantel auf, zieht mich an sich und hüllt mich in seine Wärme ein. Ich vergrabe die Nase an seiner Brust, spüre den Wollstoff und seine Arme um mich und schließe die Augen.

»Alles erledigt?«, höre ich ihn fragen.

»Für heute ja«, sage ich leise. Ich spüre, wie auch Pierre aufatmet. Da ist ein leichtes Schwingen zwischen uns, schwerelos wie Feuer, und ich genieße es, wie stark es aufflammt, als Pierre sich hinunterbeugt und mich leidenschaftlich küsst. Nur widerwillig lösen wir uns voneinander.

»Also auf nach Paris«, sagt Pierre und lächelt schief. Ich weiß, dass er gemischte Gefühle dabei hat. Es ist seine Geschichte, zu der er nun zurückkehren wird, seine Stadt mit den Wegen, auf denen er Hand in Hand mit Alice gelaufen ist.

Schneeflocken schmelzen wie eisige Küsse auf meinem Gesicht. Ich ziehe die Mütze herunter und streiche mir den Pony aus dem Gesicht. Die Tabletten nehme ich nicht mehr und auch den Concealer habe ich mir gespart.

Ich überlasse Pierre das Steuer und lehne mich zurück. Wir lassen Saugues hinter uns und auch die verschneite Bestienskulptur am Eingang des Ortes. Ein endgültiger Abschied ist es nicht. Meine Maman wird sich nicht darüber freuen, aber ich werde das Grab behalten und die Urnen von Margot und meinem leiblichen Vater hier bestatten lassen. Maurice' Erbschaft in Luxemburg werde ich ablehnen. Mein *beau-père* Roland wird es nicht verstehen, aber ich brauche keinen Nachlass in Form von Stein, Möbeln und zerbrochenen Spiegeln. Das einzige Erbe, auf das es mir ankommt, trage ich in mir: Das Wissen darum, dass es einen Jungen namens Lucien gegeben hat und ein Mädchen namens Claire. Ich weiß nicht, ob Irène an Luciens Tod Schuld hatte – und nie werde ich erfahren, wie Roux zu seinem Sohn stand und welche Rolle er in dem Ganzen spielte. Aber ich weiß, dass Claire und Lucien einander liebten und dass Lucien ihrer beider Namen verschlungen in den Fels kratzte, als wollte er, dass zumindest eine Erinnerung von ihnen blieb. Möglicherweise schrieb er diese Namen ja für mich auf. *Vielleicht, weil wir einander begegnet sind? Träumte er von mir, so, wie ich von ihm und seinen Jägern träumte?* Ich werde es nie wissen. Aber ich bin ziemlich sicher, dass das Blut auf dem Lederstück und an der Silberkugel noch heute beweisen würde, dass ich das Erbe von Lucien d'Apcher in mir trage. Ein Gen wie meines kann ein Fluch sein, wie Margot überzeugt war – oder aber ein Geschenk, das uns auf besondere Weise mit unseren Wurzeln verbindet. Ich werde aber keine Gentests machen, mir genügt es zu wissen, dass die Echos endlich verstummt sind.

Bevor ich heute Morgen neben Pierre erwachte, träumte ich nicht vom Jäger, ich sah Schneewittchens Spiegel. Er hing mitten im Wald, Flechten überwucherten den goldenen Rand, aber es war noch zu erkennen, dass es der große Barockspiegel aus Margots Wohnung war. Als Kind hatte ich mich oft gefragt, ob in dem Märchen von Schneewittchen nicht noch eine ganz andere verborgene Geschichte steckt. Wer war in den Spiegel gebannt worden mit diesem Fluch, selbst nie gesehen zu werden? Wer steckte hinter der Fläche und war dazu verdammt, nur ein Echo fremder Eitelkeit zu sein?

»Du bist so still, Chardon«, höre ich Pierre neben mir sagen. »Woran denkst du gerade?«

»An ein Märchen«, antworte ich. Und als ich die Augen schließe, muss ich lächeln, so deutlich leuchtet mein Traum von heute Nacht hinter meinen geschlossenen Lidern:

Das Silber fließt vom Spiegel und rollt davon wie Kugeln von Quecksilber. Im Rahmen sichtbar wird die Frau, die ich wirklich bin. Sie tritt aus dem Spiegel. Der Bann bricht und sie wird nie wieder unsichtbar sein.

ENDE

Zum Weiterlesen

Zum ersten Mal begegnete mir die Bestie des Gévaudan bei einer Recherchetour für einen historischen Jugendroman, der zur Zeit von Louis XV. in Versailles und in der heutigen Auvergne spielte. Schon damals war ich davon fasziniert, wie lebendig die Bestiengeschichte bis heute in dieser Region gepflegt wird. Das mysteriöse Untier beschäftigt Biolog*innen, Historiker*innen, Fachleute der Kriminalistik und nicht zuletzt auch Künstler*innen. Jährlich erscheint die Zeitschrift *La Gazette de la Bête* mit den aktuellsten Forschungsergebnissen – und auch der Bestienmalwettbewerb für Grundschulkinder, den ich im Roman erwähne, ist keine Erfindung. Wer die Theorien zu diesem bis heute ungelösten Fall im Detail studieren möchte, findet dazu also eine Fülle von Fakten in den Untersuchungen von Éric Mazel, Jean-Claude Bourret, Marie-Hélène Soubiran, Jean Richard (Gründer des Museums in Saugues und der jährlich erscheinenden Zeitschrift), Bernard Soulier, Jean-Marc Moriceau und Roger Oulion.

Was mich besonders faszinierte, war der Gedanke, in wie vielen Familien die Bestie bis heute in Form eines ungelösten gewaltsamen Todes ein Fragezeichen in der Familiengeschichte hinterlässt. Heute wissen wir, dass sich Traumata tatsächlich über Generationen hinweg vererben können. Doch wie lange schwingen ungelöste Verbrechen, Unglücksfälle oder andere traumatische Ereignisse in den Familien der nachfolgenden Generationen nach? Und können wir wissen, was wir selbst nie erlebt haben? Die französische Psychologin und Psychotherapeutin Anne Ancelin Schützenberger hat mit ihrem Modell des Genosoziogramms eine klare Antwort darauf gefunden. In ihrem Buch *Oh, meine Ahnen! Wie das Leben unserer Vorfahren in uns wiederkehrt* beschreibt sie, wie wir als Gefangene in einem Spinnennetz leben, das wir gleichzeitig selbst weben. Dieses Netz, das sich über Generationen erstreckt, wurde so zum Thema dieses Romans über Erbschaften der verschiedensten Art. Wer weiterlesen möchte, findet auch in dem Buch *Der Ahnen-Faktor – Das emotionale Familienerbe als Auftrag und Chance* des Psychiaters Peter Teuschel spannende Fallstudien.

Fleurs Geschichte ist natürlich fiktiv, und während Jean-Joseph d'Apcher eine historisch verbürgte Figur ist, sind auch Roux Elzéar d'Apcher, seine Familie und der Adelssitz im Cantal frei erfunden – ebenso wie das Falx-Syndrom, das ich dem anonymen »Jungen aus Nantes« angedichtet habe. Zu Petrus Gonsalvus gibt es dagegen eine detaillierte Biografie mit dem Titel *Der wilde Mann von Teneriffa – Die wundersame Geschichte des Pedro Gonzalez und seiner Kinder*, verfasst von Roberto Zapperi.

Einen realen Hintergrund hat das Baumhaushotel, das im Roman eine Rolle spielt. Vorbild für die Lodges, die Pierre baut, ist das Baumhaus-Dorf im Wald von La Stèle in der Auvergne. Und auch die »Sofawölfe«, also Wolf-Hund-Mischlinge, die mit gefälschten Abstammungsnachweisen über das Internet verkauft und hoch gehandelt werden, sind keine Erfindung von mir. Wer sich über wildlebende Wölfe informieren will, bekommt in den Büchern der Wolfsexpertin Elli Radinger und auch in Baptiste Morizots *Philosophie der Wildnis – Die Kunst, vom Weg abzukommen* spannende und erhellende Einblicke.